Scherz Krimis
Die mit den Streifen

W0086516

Der Millennium-Krimi

Das Beste aus
der Kriminalliteratur

Agatha Christie · Erle Stanley Gardner · Dashiell Hammett
Ingrid Noll · Ruth Rendell · Georges Simenon u.a.

Scherz

Herausgegeben von
Joachim Körber

Inhalt

Der stibitzte Brief

Edgar Allan Poe

Nil sapientiae odiosius acumine nimio.
Seneca

Es war zu Paris, just nach Dunkelheit an einem sturmwindigen Abend im Herbst des Jahres 18 - -, daß ich mich in Gesellschaft meines Freundes C. Auguste Dupin dem zweifachen Genusse der Meditation und einer Meerschaumpfeife hingab, und zwar in Dupins kleiner, nach hinten heraus gelegener Bibliothek oder Bücherstube, *au troisième, No. 33, Rue Dunôt, Faubourg St. Germain.* Wenigstens eine Stunde lang hatten wir tiefes Stillschweigen bewahrt; derweil wir beide einem jeden zufälligen Beobachter hätten beflissen und ausschließlich mit den gekräuselten Rauchwirbeln beschäftigt scheinen mögen, welche die Atmosphäre der Kammer drucklastig machten. Ich selber freilich war damit befaßt, gewisse Themen, die zu früherer Stunde am Abend Gesprächsstoff zwischen uns gebildet hatten, im Geiste noch einmal durchzugehen; ich meine die Affäre in der Rue Morgue und das Geheimnis um den Mord in der Rue Morgue und das Geheimnis um den Mord an Marie Rogêt. Ich sah's daher geradezu als eine Art Koinzidenz, als die Türe unseres Gemachs jetzt aufgestoßen ward und unsere alte Bekanntschaft, Monsieur G - - -, den Präfekten der Pariser Polizei, hereinließ.

Wir hießen ihn herzlich willkommen; denn mochte er auch zur Hälfte ein verächtlicher Tölpel sein, so war doch seine andere Hälfte ganz unterhaltsam, und außerdem hatten wir ihn mehrere Jahre nicht gesehen. Wir waren im Dunkel gesessen, und nun erhob sich Dupin, um eine Lampe anzuzünden, setzte sich jedoch, ohne es zu tun, wieder hin, als G - - - bemerkte, er sei vorbeigekommen, um unsern Rat – oder vielmehr die Ansicht meines Freundes – in einer amtlichen Angelegenheit einzuholen, die ihm arges Kopfzerbrechen bereitet habe.

»Wenn es sich um eine Sache handelt, die Nachdenken erfordert«, meinte Dupin, indem er es unterließ, den Docht zu entzünden, »so werden wir sie zweckmäßiger im Dunkeln untersuchen.«

»Das ist wieder einer Ihrer komischen Einfälle«, sagte der Präfekt, der die Gewohnheit hatte, alles »komisch« zu nennen, was ihm über die Begriffe ging, und folglich inmitten förmlicher Fluten von »Komik« lebte.

»Sehr wahr«, erwiderte Dupin; er versorgte seinen Besucher mit einer Pfeife und schob ihm einen bequemen Stuhl hin.

»Und wo liegt nun die Schwierigkeit?« fragte ich. »Hoffentlich geht es nicht schon wieder um einen Mord!«

»O nein; nichts dergleichen. Tatsächlich ist die Sache ganz simpel, und ich hege keinerlei Zweifel, daß wir sie leidlich wohl allein bewältigen können; doch dachte ich dann, Dupin würde wohl gern die Einzelheiten hören, denn das Ganze ist so überaus komisch.«

»Einfach und komisch, soso«, sagte Dupin.

»Nun ja, genau genommen beides auch wieder nicht. In der Tat sind wir alle ein bißchen durcheinander, eben *weil* die Affäre so einfach ist und uns doch weidlich zum Narren hält.«

»Vielleicht ist es gerade die Einfachheit der Sache, die Ihnen den Blick trübt«, meinte mein Freund.

»Nana, was reden Sie denn da für Unsinn!« antwortete der Präfekt herzlich lachend.

»Vielleicht ist das Geheimnis ein bißchen *zu* schlicht«, sagte Dupin.

»Ach du guter Gott! – Hat man so etwas schon gehört?«

»Ein bißchen *zu* selbst verständlich.«

»Ha! ha! ha! – ha! ha! ha! – ho! ho! ho!« brüllte unser Besucher, zutiefst belustigt, »oh, Dupin, Sie werden noch mein Tod sein!«

»Und worum handelt es sich nun eigentlich?« fragte ich.

»Also gut, ich will es Ihnen erzählen«, antwortete der Präfekt; nachdenklich gab er einen langen und gleichmäßigen Rauchstoß von sich und setzte sich in seinem Stuhl zurecht. »Ich will Ihnen in wenigen Worten berichten; doch bevor ich beginne, lassen Sie mich die Warnung aussprechen, daß diese Affäre die größte Diskretion erfordert und daß ich höchstwahrscheinlich meine Stellung verlöre, die ich jetzt innehabe, würde es bekannt, daß ich die Sache jemand anders anvertraut.«

»Fahren Sie fort«, sagte ich.

»Oder auch nicht«, sagte Dupin.

»Nun denn; ich habe von sehr hoher Seite die persönliche Information erhalten, daß ein gewisses Dokument von oberster Wichtigkeit aus den königlichen Gemächern entwendet worden ist. Die Person, die es an sich nahm, ist bekannt; da besteht kein Zweifel; sie ward dabei gesehen. Bekannt ist ebenfalls, daß es sich noch immer in ihrem Besitz befindet.«

»Wieso ist das bekannt?«

»Es geht eindeutig aus der Natur des Dokuments hervor«, erwiderte der Präfekt, »und daraus, daß gewisse Folgen ausgeblieben sind, die sich augenblicklich eingestellt hätten, wäre es aus dem Besitz des Diebes weitergelangt; – das heißt, wenn er es so verwendet hätte, wie er es letzten Endes zu verwenden die Absicht haben muß.«

»Ach, drücken Sie sich doch ein bißchen deutlicher aus«, sagte ich.

»Nun gut, ich darf riskieren, soviel zu sagen, daß jenes Papier seinem Besitzer eine gewisse Macht verleiht – und zwar an einer Stelle, wo eine solche Macht ungeheuer wertvoll ist.« Der Präfekt liebte den Jargon der Diplomatie.

»Ich verstehe immer noch nicht ganz«, sagte Dupin.

»Nicht? Ja – also wenn das Dokument einer dritten Person, die ungenannt bleiben soll, vor Augen käme, so geriete die Ehre einer Persönlichkeit von allerhöchstem Stande in Gefahr; und diese Tatsache verschafft dem Besitzer des Dokuments einen übergewichtigen Einfluß auf die erlauchte Persönlichkeit, deren Ehre und Seelenruhe so auf dem Spiele stehen.«

»Aber dieser gefährliche Einfluß«, warf ich ein, »würde doch zur Voraussetzung haben, daß dem Dieb mit Sicherheit bekannt sei, daß wiederum er dem Bestohlenen bekannt sei. Wer aber würde es wagen –«

»Der Dieb«, sagte G - - -, »ist der Minister D - - -, der schlechthin alles wagt, ob es nun einem Manne wohlansteht oder nicht. Die Methode des Diebstahls war ebenso ingeniös wie kühn. Die beraubte Persönlichkeit hatte das fragliche Dokument – einen Brief, um offen zu sein – erhalten, während sie allein im königlichen *boudoir* weilte. Als sie ihn eben durchlas, wurde sie plötzlich vom Eintreten der andern hohen Persönlichkeit unterbrochen, vor der sie ihn vorzüglich zu verbergen wünschte. Nach einer hastigen, doch vergeblichen Anstrengung, ihn in eine Schublade zu werfen, war sie gezwungen, ihn – offen, wie er war – auf den Tisch zu legen. Die Adresse befand sich jedoch obenauf, und da der Inhalt somit dem Blick nicht ausgesetzt war, entging der Brief der Beachtung. In diesem kritischen Moment tritt der Minister D - - - herein. Sein Luchsauge entdeckt sogleich das Papier, erkennt die Handschrift auf der Adresse, bemerkt die Verwirrung der Persönlichkeit, an die er gerichtet, und ermißt ihr Geheimnis. Nach Abwicklung einiger Dienstgeschäfte, die er in seiner gewöhnlichen Hast erledigt, zieht er einen Brief hervor, der dem in Rede stehenden in etwa ähnlich sieht, öffnet ihn, stellt sich, als läse er, und legt ihn dann dicht neben den anderen hin. Wiederum redet er einige fünfzehn Minuten lang über die öffentlichen Angelegenheiten. Schließlich nimmt er Abschied und zugleich vom Tisch den Brief, auf den er gar kein Anrecht besaß. Sein rechtmäßiger Eigentümer sah es mit an, doch wagte er – in Gegenwart der dritten Person, die dicht daneben stand – natürlich nicht, auf die Tat aufmerksam zu machen. Der Minister brach nun rasch auf und ließ seinen eigenen Brief – ein Papier ohne jede Bedeutung – auf dem Tische liegen.«

»Na also«, sagte Dupin zu mir, »da haben Sie genau, was Sie fordern: Die Bedingungen sind vollkommen erfüllt – dem Dieb ist bekannt, daß wiederum er dem Bestohlenen bekannt ist.«

»Ja«, setzte der Präfekt hinzu; »und die Gewalt, die damit in seine Hände gelangte, ist in den letzten Monaten in sehr gefährlichem Maße zu politischen Zwecken ausgenutzt worden. Die bestohlene Persönlichkeit ist von Tag zu Tag dringender von der Notwendigkeit überzeugt, ihren Brief zurückzugewinnen. Aber das läßt sich natürlich nicht offen bewerkstelligen. Schließlich hat sie denn, zur Verzweiflung getrieben, die Angelegenheit mir übertragen.«

»Und damit einem Sachwalter«, sagte Dupin inmitten eines förmlichen Wirbels von Rauch, »wie man ihn sich scharfsinniger, so nehme ich an, kaum wünschen, ja wohl nicht einmal vorstellen konnte.«

»Sie schmeicheln mir«, erwiderte der Präfekt; »doch mag es immerhin zutreffen, daß man sich von einer solchen Meinung leiten ließ.«

»Klar ist jedenfalls«, sagte ich, »daß sich der Brief, wie Sie bemerken, immer noch im Besitz des Ministers befindet; denn es ist dieser Besitz, und nicht die Verwendung des Briefes, auf dem die ganze Macht beruht. Mit der Verwendung wäre die Macht zu Ende.«

»Richtig«, sagte G - - -; »und diese Überzeugung bestimmte mein Vorgehen. Meine erste Sorge war, das Palais des Ministers gründlich durchsuchen zu lassen; und hierbei lag mein Haupthindernis in der Notwendigkeit, dies ohne seine Kenntnis zu tun. Vor allem nämlich hatte man mich vor der Gefahr gewarnt, die entstehen würde, gäben wir ihm nur irgend Anlaß, unser Vorhaben zu argwöhnen.«

»Aber in solchen Durchsuchungen«, sagte ich, »sind Sie doch ganz *au fait*. Die Pariser Polizei macht dergleichen ja nicht zum ersten Mal.«

»Jaja; und aus diesem Grunde verzweifelte ich auch nicht. Die Gewohnheiten des Ministers gaben mir zudem einen großen Vorteil. Er ist häufig die ganze Nacht lang von Hause abwesend. Auch ist seine Dienerschaft gar nicht einmal besonders zahlreich. Sie schläft in einiger Entfernung vom Gemach ihres Herrn, und da es sich hauptsächlich um Neapolitaner handelt, kann man sie leicht betrunken machen. Wie Sie wissen, habe ich Schlüssel, mit denen ich jedes Zimmer oder Schrankgelaß in Paris öffnen kann. Seit drei Monaten ist nun keine Nacht vergangen, die ich nicht größtenteils damit verbracht habe, in Person das Minister-Palais zu durchstöbern. Meine Ehre steht zum Pfande, und – damit lüfte ich ein großes Geheimnis – es winkt eine enorme Belohnung. So gab ich keine Ruhe und suchte, bis ich die volle Gewißheit hatte, daß der Dieb gerissener ist als ich. Ich bilde mir ein, nicht eine Ecke, nicht einen Winkel des Grundstücks ausgelassen zu haben, wo die Möglichkeit bestünde, das Papier könnte dort verborgen sein.«

»Aber wäre es nicht möglich«, gab ich zu bedenken, »daß der Minister den Brief, der sich fraglos noch in seinem Besitz befindet, irgendwo anders, außerhalb seines eigenen Anwesens, versteckt hat?«

»Das dürfte kaum der Fall sein«, sagte Dupin. »So wie die Verhältnisse gegenwärtig bei Hofe liegen – und besonders jene Kabalen, in welche D - - - bekanntermaßen verwickelt ist –, hat die augenblickle Verfügbarkeit des Dokuments – die Möglichkeit, es jederzeit im Moment zur Hand zu haben, nahezu gleiche Bedeutung wie sein Besitz.«

»Die Möglichkeit, es zur Hand zu haben?« fragte ich.

»Gewiß – nämlich, um es zu *vernichten*«, sagte Dupin.

»Richtig«, bemerkte ich; »dann befindet sich das Papier noch einwandfrei auf dem Grundstück. Daß es der Minister am Leibe bei sich trägt, dürfen wir wohl als ausgeschlossen betrachten.«

»Gar und gar«, sagte der Präfekt. »Es ist ihm zweimal aufgelauert worden, dem Anschein nach von Straßenräubern, und dabei wurde er unter meiner eigenen Aufsicht rigoros durchsucht.«

»Diese Mühe hätten Sie sich sparen können«, sagte Dupin. »D - - - ist, so möchte ich doch annehmen, kein kompletter Narr, und so muß er ganz selbstverständlich diese Wegelagerei vorausgesehen haben.«

»Kein *kompletter* Narr – das mag sein«, sagte G--, »aber dann schreibt er auch Gedichte, und von da ist's bis zum Narren bloß noch ein kleiner Schritt, meiner Meinung nach.«

»Schon recht«, sagte Dupin nach einem langen und gedankenvollen Zug aus seiner Meerschaumpfeife, »obgleich ich mich selbst schon einmal einiger Reimereien schuldig gemacht habe.«

»Ich schlage vor«, sagte ich, »Sie erzählen uns jetzt einmal im einzelnen von Ihrer Suche.«

»Schön, also wir haben uns wirklich Zeit genommen und schlechthin *alles* durchsucht. Ich habe ja in solchen Sachen lange Erfahrung. Ich nahm mir das ganze Gebäude vor, Raum für Raum, und widmete einem jeden davon die Nächte einer ganzen Woche. Zuerst untersuchten wir das Mobiliar eines jeden Gemachs. Wir öffneten jedes nur mögliche Schubfach; und Sie werden ja wohl wissen, daß es für einen richtig geschulten Polizei-Agenten so etwas wie *Geheimfächer* gar nicht gibt. Wer sich bei einer Durchsuchung dieser Art ein ›geheimes‹ Fach entgehen läßt, ist ein Tölpel. Die Sache ist ja *so* einfach. In jedem Schrank muß ein gewisses Raumvolumen in Betracht gezogen werden. Dann geht alles nach genauen Regeln. Nicht der fünfzigste Teil einer Linie könnte uns entgehen. Nach den Schränken nahmen wir uns die Stühle vor. Die Kissen wurden mit jenen feinen langen Nadeln geprüft, die Sie mich schon verwenden sahen. Von den Tischen entfernten wir die Platten.«

»Wieso das?«

»Manchmal wird die Platte eines Tisches oder eines andern ähnlich gebauten Möbelstücks von der Person abgenommen, die einen

Gegenstand verstecken will; dann wird das Bein ausgehöhlt, der Gegenstand in der Höhlung deponiert und die Platte wieder an Ort und Stelle gebracht. Fuß und Knauf von Bettpfosten finden in der nämlichen Weise Verwendung.«

»Aber könnte die Höhlung nicht am Klang erkannt werden – durch Abklopfen?« fragte ich.

»Durchaus nicht, wenn man sie, nachdem der Gegenstand hineingelegt ist, genügend mit Baumwolle ausstopft. Im übrigen waren wir ja in unserm Fall gehalten, ohne Geräusch vorzugehen.«

»Aber Sie haben doch nicht sämtliche Platten entfernen können – haben doch nicht *jedes* Möbelstück in seine Teile zerlegen können, das in der von Ihnen geschilderten Weise für ein Versteck geeignet gewesen wäre! Ein Brief läßt sich zu einer dünnen Rolle zusammenpressen, die sich nach Gestalt oder Volumen nicht sonderlich von einer dickeren Stricknadel unterscheidet, und in dieser Form ließe er sich zum Beispiel in der Verstabung eines Stuhls unterbringen. Sie haben doch nicht etwa sämtliche Stühle zerlegt?«

»Natürlich nicht; doch wir machten es besser – wir untersuchten sämtliche Stäbe an sämtlichen Stühlen im Palais und tatsächlich die Fugenteile an jeder Art Mobiliar mit der Hilfe eines höchst starken Mikroskops. Wären nur irgend Spuren einer kürzlichen Beschädigung daran gewesen, so hätten wir's im Augenblick entdckt. Ein einziges Körnchen Bohrstaub zum Beispiel wäre gradso aufgefallen wie ein Apfel. Jede schadhafte Stelle in der Verleimung – jeder ungewöhnliche Riß in den Fugen – hätte mit Sicherheit zur Entdeckung geführt.«

»Ich darf wohl annehmen, Sie sahen sich auch die Spiegel an, taten einen Blick zwischen Rückwand und Platten, und untersuchten die Betten und das Bettzeug ebenso wie die Vorhänge und Teppiche.«

»Gewiß, gewiß; und als wir dann auf diese Weise jedes Stückchen Möbel um und um gewendet hatten, kam das Haus selbst an die Reihe. Wir teilten seine sämtlichen Flächen in Abschnitte auf, die wir numerierten, damit kein einziger ausgelassen werden konnte; dann suchten wir jeden einzelnen Quadratzoll auf dem ganzen Grundstück wie zuvor mit dem Mikroskop ab – einschließlich der beiden unmittelbar angrenzenden Häuser.«

»Die auch noch?« rief ich aus; »da haben Sie aber wirklich eine Menge zu tun gehabt!«

»Das hatten wir; aber die ausgesetzte Belohnung ist auch entsprechend beträchtlich.«

»Sie schlossen auch den Grund und Boden der Häuser mit ein?«

»Alle Höfe sind mit Backsteinen gepflastert. Damit hatten wir vergleichsweise wenig Mühe. Wir untersuchten das Moos zwischen den Ziegeln und fanden es unbeschädigt.«

»Sie stöberten doch gewiß auch in D - - -'s Papieren und sahen sich die Bücher seiner Bibliothek an?«

»Aber sicher; wir öffneten jeden Pack und jedes Päckchen; wir öffneten ferner nicht nur jedes Buch, sondern wendeten auch noch jedes Blatt in jedem Bande um, indem wir uns nicht, wie's bei einigen unseren Polizeibeamten Mode ist, mit einfachem Ausschütteln zufrieden gaben. Wir maßen auch die Dicke eines jeden Buch-*Deckels* aus, mit der größten Akkuratesse, und unterzogen einen jeden der peinlichsten mikroskopischen Untersuchung. Hätte sich jemand an irgendeinem der Einbände letzterzeit zu schaffen gemacht, es wäre unmöglich unserer Aufmerksamkeit entgangen. Einige fünf oder sechs Bände, die eben vom Buchbinder gekommen waren, prüften wir in aller Sorgfalt der Länge nach mit den Nadeln.«

»Sie richteten Ihr Forschen auch auf die Böden unter den Teppichen?«

»Versteht sich. Wir rollten jeden Teppich auf und setzten das Mikroskop auf die Bohlen an.«

»Auch auf die Tapeten an den Wänden?«

»Ja.«

»Sie sahen sich die Keller an?«

»So ist es.«

»Dann«, sagte ich, »haben Sie sich einfach verkalkuliert, und der Brief befindet sich *nicht* auf dem Grundstück, wie Sie's annehmen.«

»Ich fürchte, da haben Sie recht«, erwiderte der Präfekt. »Und nun, Dupin, was würden denn Sie mir raten?«

»Das Grundstück noch einmal gründlich durchzukämmen.«

»Das wäre absolut nutzlos«, gab G - - - zurück. »Meine Überzeugung, daß ich atme, ist allmählich kaum noch größer als die, daß sich der Brief nicht im Palais befindet.«

»Einen besseren Rat kann ich Ihnen nicht anbieten«, sagte Dupin.

»Sie haben natürlich doch eine genaue Beschreibung des Briefes?«

»O ja!« – Und hier zog der Präfekt ein Notizbuch hervor und hob an, mit lauter Stimme einen peinlich genauen Bericht über die innere und besonders die äußere Erscheinung des abhanden gekommenen Dokuments zu verlesen. Bald nachdem er die Deklamation dieser Beschreibung vollbracht hatte, empfahl er sich, und zwar so vollkommen niedergeschlagen, wie ich den guten Mann noch nie zuvor gesehen hatte.

Etwa einen Monat später stattete er uns einen erneuten Besuch ab und fand uns in fast gleicher Weise beschäftigt wie ehedem. Er nahm sich eine Pfeife und einen Stuhl und ließ sich dann auf eine allgemeine Konversation ein. Schließlich sagte ich – »Schön und gut, – aber, G - - -, wie steht es denn nun eigentlich mit dem stibitzten Brief? Ich nehme an, Sie sind am Ende doch zu der Einsicht gekommen, daß es nichts damit ist, den Minister zu prellen?«

»Hol' ihn der Kuckuck, sag' ich – ja; immerhin aber habe ich noch einmal alles um und um gedreht, wie's Dupin mir anriet –, doch ich wußte's ja im voraus: es war alles bloß verlorene Mühe.«

»Wie hoch, sagten Sie doch, war die ausgesetzte Belohnung?« fragte Dupin.

»Naja, eine ganze Menge – eine *sehr* großzügige Belohnung –, ich möchte nicht gern genau sagen, wieviel; aber *eins will* ich sagen, daß ich mich nicht bedenken würde, meinerseits eine Privatanweisung über fünfzigtausend Francs dem auszustellen, der mir den Brief beizuschaffen vermöchte. Tatsache ist, daß die Sache von Tag zu Tag immer mehr Wichtigkeit gewinnt; und die Belohnung ist auch kürzlich noch verdoppelt worden. Aber selbst wenn sie verdreifacht würde – ich könnte nicht mehr tun, als ich getan habe.«

»Nun – ja«, sagte Dupin gedehnt zwischen paffenden Zügen aus seiner Meerschaumpfeife, »ich – glaube – wirklich, G - - -, Sie – haben sich – in dieser Sache – nicht bis zum Äußersten bemüht. Sie sollten – noch ein bißchen mehr – tun, – meine ich, eh?«

»Aber was denn – wie?!«

»Nun – paff, paff – Sie sollten – paff, paff – in der Sache vielleicht einen Rat einholen, eh? – paff, paff, paff. – Erinnern Sie sich der kleinen Geschichten, die man sich von Abernethy erzählt?«

»Nein; an den Galgen mit Abernethy!«

»Schon recht, an den Galgen mit ihm, und von Herzen gern.

Aber – also da war einmal ein reicher Filz, der faßte den Entschluß, diesem Abernethy einen ärztlichen Rat abzuschnorren. Indem er in einer privaten Gesellschaft zu diesem Zweck eine gewöhnliche Konversation anfing, trug er dem Doktor seinen Fall ganz wie zufällig als den einer imaginären Person vor.

›Nehmen wir doch einmal an‹, sagte der Geizhals, ›seine Symptome wären so und so; nun, Doktor, was hätte er nach *Ihrer* Meinung tun sollen?‹

›Tun?‹ antwortete Abernethy, ›na – ärztlichen Rat einholen natürlich.‹«

»Aber«, sagte der Präfekt ein wenig verdattert, »ich bin ja ganz und gar willens, einen Rat einzuholen und dafür zu bezahlen. Ich würde *wirklich* einem jeden fünfzigtausend Francs geben, der mir in der Sache hülfe.«

»In diesem Fall«, erwiderte Dupin, indem er ein Schubfach aufzog und ein Scheckbuch herausnahm, »können Sie mir gleich eine Anweisung auf die erwähnte Summe ausstellen. Sobald Sie die unterschrieben haben, gebe ich Ihnen den Brief.«

Ich war erstaunt. Der Präfekt aber schien förmlich wie vom Donner gerührt. Einige Minuten lang verblieb er sprach- und bewegungslos und starrte ungläubig auf meinen Freund, mit offenem Mund und offenen Augen, die aus ihren Höhlen zu treten schienen; dann gewann er offenbar einigermaßen seine Fassung wieder, ergriff eine Feder, und nach mehreren Pausen leeren Starrens füllte er schließlich einen Scheck über fünfzigtausend Francs aus, unterzeichnete ihn und reichte ihn Dupin über den Tisch hinüber. Mein Freund untersuchte ihn sorgsam und legte ihn in sein Taschenbuch; indem er sodann ein *escritoire* aufschloß, entnahm er diesem einen Brief und gab ihn dem Präfekten. Der Beamte griff in förmlich agonischer Freude danach, öffnete ihn mit zitternder Hand, warf einen raschen Blick auf den Inhalt, und indem er sodann in taumelnder Hast zur Türe strebte, stürzte er schließlich ganz unfeierlich aus dem Zimmer und aus dem Haus, ohne auch nur noch eine Silbe geäußert zu haben, seit Dupin ihn aufgefordert, den Scheck auszufüllen.

Als er gegangen war, ließ sich mein Freund auf einige nähere Auskünfte ein.

»Die Pariser Polizei«, sagte er, »ist auf ihre Weise überaus befähigt. Sie ist ausdauernd, erfinderisch, gerissen und gründlich versiert in allem, was ihre Pflichten hauptsächlich zu erfordern scheinen. Als denn G - - - uns schilderte, wie er auf dem Grundstück des Ministers verfahren sei, war ich vertrauensvoll überzeugt, daß er zufriedenstellende Arbeit geleistet habe – so weit jedenfalls, wie diese Arbeit reichte.«

»Soweit diese Arbeit reichte?«

»Ja«, sagte Dupin. »Die angewendeten Maßnahmen waren nicht nur die besten ihrer Art, sondern wurden in absolut vollkommener Weise durchgeführt. Hätte sich der Brief im Bereich der Durchsuchung befunden, so hätten ihn die Burschen ganz fraglos gefunden.«

Ich lachte bloß, doch ihm schien es mit allem, was er sagte, völlig ernst zu sein.

»Die Maßnahmen selber also«, fuhr er fort, »waren gut in ihrer Art und wurden trefflich ausgeführt; sie hatten nur einen Fehler: Für diesen Fall und für diesen Mann waren sie ungeeignet. Ein gewisser Vorrat an raffiniert erdachten Hilfsmitteln ist für den Präfekten eine Art Prokrustes-Bett, dem er seine Absichten mit Gewalt einpaßt. Aber er irrt sich permanent, indem er die jeweilige Angelegenheit entweder zu tief oder zu flach behandelt; und manch ein Schuljunge weiß mit seinem Verstand Besseres anzufangen als er. Ich kannte einen von etwa acht Jahren, der durch seine Erfolge im Raten beim Spiel ›Grad oder Ungrad‹ breiteste Bewunderung erregte. Das Spiel ist ganz simpel; man nimmt dazu nur ein paar Murmeln. Ein Spieler hält eine Anzahl dieser Dinger in der Hand und fragt einen anderen, ob diese Zahl grad oder ungrad sei. Wenn richtig geraten wird, gewinnt der Rater eine Murmel; wenn falsch, verliert er eine. Der Junge nun, den ich meine, gewann alle Murmeln der Schule. Natürlich hatte er beim Raten ein System; und dieses bestand darin, daß er einfach die Gewitztheit seiner Gegenspieler beobachtete und abschätzte. Nehmen wir einmal an, er hat einen heillosen Einfaltspinsel zum Gegner, und der hebt die geschlossene Hand und fragt: ›Grad oder ungrad?‹ Unser Schuljunge erwidert ›ungrad‹ und verliert; doch beim zweiten Versuch gewinnt er, denn da sagt er sich – ›Beim erstenmal hatte der Dummkopf eine gerade Zahl, und seine Schlauheit reicht nun eben dazu aus, ihn beim zweitenmal eine ungerade wählen zu lassen; darum werd' ich auf ‹ungrad› raten‹; – er tut es und gewinnt. Bei einem Bürschchen nun, das einen Grad schlauer als das erste ist, würde er die folgende Überlegung angestellt haben: ›Dieser Tölpel weiß, ich habe beim erstenmal ‹ungrad› geraten, und so wird er sich jetzt, im ersten Impuls, einen einfachen Wechsel von grad auf ungrad vornehmen, wie's der andere Simpel eben tat; aber dann wird ihm ein zweiter Gedanke sagen, daß das eine zu einfältige Variation wäre, und schließlich wird er sich entscheiden, wieder grad zu wählen wie zuvor. Also werd' ich jetzt auf ‹grad› raten‹; – er tut es und gewinnt. Was eigentlich geht da nun im Kopf des Schuljungen vor sich, den seine Kameraden einen ›Glückspilz‹ nannten, – woraus besteht seine Denkarbeit, wenn wir sie aufs letzte analysieren?«

»Sie besteht ganz einfach darin«, sagte ich, »daß er sich mit dem Intellekt seines Gegenspielers identifiziert.«

»Genau«, sagte Dupin; »und als ich den Jungen ausforschte, mit welchen Mitteln er diese *gänzliche* Identifizierung zuwege brächte, auf der sein Erfolg beruhte, erhielt ich die folgende Antwort: ›Wenn ich herausfinden will, wie schlau oder wie dumm, wie gut oder wie böse jemand ist, oder was ihm im Augenblick so durch den Kopf geht, dann passe ich meinen Gesichtsausdruck so getreu wie möglich dem seinigen an und warte einfach ab, welche Gedanken oder Empfindungen nun *mir* im Kopf oder im Herzen aufsteigen – gleichsam paßgerecht dazu, in Übereinstimmung mit diesem Ausdruck.‹ Diese Antwort des Schuljungen begründet und erklärt zuletzt den ganzen vorgeblichen Tiefsinn, den man Rochefoucauld, La Bougive, Machiavelli und Campanella nachgesagt hat.«

»Und die intellektuelle Identifizierung mit dem Gegner«, sagte ich, »hängt, versteh' ich Sie recht, von der Präzision ab, mit welcher der Intellekt des Gegners eingeschätzt wird.«

»Ihr praktischer Wert, ihr praktisches Gelingen beruht darauf, ja«, erwiderte Dupin; »und der Präfekt und seine Schar versagen eben darum so häufig, weil ihnen einmal diese Identifikationsmöglichkeit abgeht und weil sie zum anderen den Intellekt, mit dem sie es zu tun haben, falsch oder vielmehr überhaupt nicht einschätzen. Sie haben bloß ihre eigenen Begriffe von Verstandeswitz im Kopf; und wenn sie nach irgend etwas Verstecktem suchen, so ziehen sie nur die Verfahrensweise in Betracht, nach der *sie* selber es versteckt haben würden. Damit haben sie freilich insofern durchaus recht, als ihre eigene Findigkeit ein getreues Abbild des

Massen-Verstandes ist; doch wenn die Schläue des individuellen Verbrechens einmal in wesentlichen Zügen von ihrer eigenen abweicht, so ziehen sie natürlich sofort den Kürzeren. Das geschieht stets, wenn sie der ihren überlegen ist, sehr häufig aber auch, wenn sie unter der ihren liegt. Ihre Prinzipien haben keinen Spielraum bei ihren Nachforschungen; bestenfalls dehnen sie, wenn eine ungewöhnliche Notlage sie zwingt – oder wenn ihnen eine außerordentliche Belohnung winkt, ihre alten *Praktiken* aus oder übertreiben sie, ohne daß jedoch das Grundsätzliche davon berührt würde. Was ist zum Beispiel im Falle D - - - getan worden, um die Verfahrensweise *im Prinzip* zu variieren? Was ist all dies Bohren und Prüfen, dies Abklopfen und mikroskopische Untersuchen, dies Aufteilen der Gebäudeflächen in registrierte Quadratzoll – was ist das alles, wenn nicht eine übertriebene Anwendung jenes einen Prinzips oder jener einen Prinzipiengruppe, die wieder auf jener einen Gruppe von Begriffen beruht, die sich der Präfekt im Verlaufe seiner langen Dienstroutine so im Umgang mit dem menschlichen Verstandeswitz gebildet hat? Sehen Sie nicht, daß er einfach als gegeben und bewiesen voraussetzt, *alle* Menschen suchten sich als Versteck für einen Brief – nun, wenn auch nicht gerade das Bohrloch eines Stuhlbeins – so aber doch wenigstens *irgendeinen* ganz abseitigen Winkel aus, ein Plätzchen also, das von derselben Denkhaltung angeraten ward, die einen Menschen auch veranlassen würde, einen Brief in einem ausgebohrten Stuhlbein zu verbergen? Und sehen Sie nicht ebenfalls, daß solche ausgesucht abseitigen Versteckswinkel nur für gewöhnliche Gelegenheiten taugen und nur von gewöhnlichen Köpfen gewählt werden? – denn in allen Fällen, wo etwas versteckt war, läßt sich ja von vornherein vermuten, nach welchem Gesichtspunkt der betreffende Gegenstand versteckt wurde – nach dem nämlich, einen abgesucht abseitigen Winkel zu benutzen; und so hängt seine Entdeckung überhaupt nicht mehr vom Scharfsinn der Suchenden ab, sondern allemal bloß noch von ihrer Sorgfalt, Geduld und Entschlossenheit; und wo es sich um einen Fall von Wichtigkeit handelt – oder, was in den Augen der Polizei auf das gleiche hinausläuft, die Belohnung besonders gewichtig ausfällt –, haben die genannten Eigenschaften denn auch bekanntlich *niemals* versagt. Sie werden nun verstehen, was ich meine, wenn ich feststelle: wäre der stibitzte Brief irgendwo im Untersuchungsbereich des Präfekten versteckt gewesen – mit anderen Worten, wäre er nach einem Prinzip versteckt worden, das mit zu den Prinzipien des Präfekten gehörte –, seine Entdeckung hätte ganz und gar außer Frage gestanden. Nun ist aber dieser Beamte gründlich düpiert worden; und diese Niederlage hat er mittelbar der Unterstellung zu verdanken, daß der Minister ein Narr sei, weil er sich ja einen Ruf als Dichter erworben hat. Alle Narren sind Dichter; so *empfindet's* der Präfekt; und er macht sich bloß einer *non distributio medii* schuldig, wenn er sich daraus ableitet, daß nun auch alle Dichter Narren wären.«

»Aber ist denn *er* auch wirklich der Dichter?« fragte ich.

»Soviel ich weiß, gibt es zwei Brüder; und beide genießen literarischen Ruf. Der Minister hat, glaube ich, wissenschaftlich über die Differentialrechnung geschrieben. Er ist Mathematiker und kein Dichter.«

»Da irren Sie; ich kenne ihn recht wohl; er ist beides. Als Dichter und Mathematiker wußte er seinen Verstand glänzend zu gebrauchen; als bloßer Mathematiker hätte er damit überhaupt nichts zuwege gebracht und wäre folglich dem Präfekten auf Gedeih und Verderb ausgeliefert gewesen.«

»Sie setzen mich in Erstaunen«, sagte ich, »denn diese Ansichten stehen im krassen Widerspruch zur Meinung der Welt. Sie werden doch nicht im Sinn haben, die wohldurchdachte Auffassung von Jahrhunderten einfach in den Wind zu schlagen! Der mathematische Verstand hat lange für *den* Verstand *par excellence* gegolten.«

»*›Il y a à parier‹*«, erwiderte Dupin mit einem Zitat aus Chamfort, »*›que toute idée publique, toute convention reçue, est une sottise, car elle a convenu au plus grand nombre.‹* Die Mathematiker, das versichere ich Ihnen, haben ihr bestes getan, den volkstümlichen Irrtum zu verbreiten, den Sie da vorbringen und der nicht dadurch weniger unsinnig wird, daß er breithin für Wahrheit gilt. Mit einer Kunstfertigkeit, die einer bessern Sache würdig gewesen wäre, haben sie zum Beispiel den Ausdruck ›analysis‹ ganz unter der Hand für die Algebra in Anwendung gebracht. Die Franzosen sind die Urheber dieser exemplarischen Irreführung; doch wenn ein Ausdruck nur irgend von Bedeutung ist – wenn Worte nur irgend Wert aus ihrer Anwendbarkeit herleiten –, dann drückt ›analysis‹ die ›Algebra‹ ungefähr ebenso exakt aus, als im Latheinischen ›ambitus‹ den Ehrgeiz in sich beschließt, ›religio‹ die Religion oder ›homines honesti‹ ein Häufchen Ehrenmänner.«

»Wie ich sehe«, sagte ich, »haben Sie grad einen Streit mit einigen Pariser Algebraikern auf dem Halse; doch fahren Sie fort.«

»Ich bestreite die Gültigkeit und damit den Wert eines jeden Verstandes, der in einer andern Spezialform als der abstrakt-logischen ausgebildet wird. Ich bestreite im besondern jeden Verstand, der sich aus mathematischen Studien entwickelt. Die Mathematik ist die Wissenschaft von Form und Größe; mathematisches Denken ist lediglich eine auf die Beobachtung von Form und Größe angewandte Logik. Der große Irrtum liegt in der Annahme, daß die Wahrheiten dessen, was *reine* Algebra heißt, gar abstrakte oder allgemeine Wahrheiten seien. Und dieser Irrtum ist so faustgrob, daß ich bestürzt bin ob der Universalität, mit der er hingenommen wurde. Mathematische Axiome sind *nicht* Axiome allgemeiner Wahrheit. Was für Verhältnisse – Form und Größe – zutrifft, ist oft ganz gröblich falsch im Hinblick auf zum Beispiel die Ethik. In dieser letztern Wissenschaft ist es sehr häufig einfach *unwahr*, daß die addierten Teile gleich dem Ganzen seien. Auch in die Chemie stimmt das Axiom nicht. Und nehmen wir die Frage von Motivierungen: zwei Motive von je einem gegebenen Wert haben nicht notwendigerweise auch vereint einen Wert, welcher der Summe ihrer Einzelwerte gleich wäre. Es gibt zahlreiche andere mathematische Wahrheiten, die einzig innerhalb der Grenzen der *Verhältnisse* Wahrheiten sind. Doch der Mathematiker schließt und folgert rein gewohnheitsmäßig aus seinen *begrenzten Wahrheiten*, als wären sie von absolut allgemeiner Anwendbarkeit – was sich die Welt ja tatsächlich auch von ihnen einbildet. Bryant erwähnt in seiner sehr gelehrten ›Mythologie‹ eine analoge Irrtumsquelle, wenn er sagt: ›Obwohl die heidnischen Sagen gar nicht geglaubt werden, vergessen wir uns doch fortwährend und ziehen aus ihnen Folgerungen, ganz als handle es sich dabei um existente Realitäten.‹ Bei den Algebraikern jedoch, die selber Heiden sind, *werden* die ›heidnischen Sagen‹ geglaubt, und daß man daraus Folgerungen zieht, geschieht also nicht so sehr aus Gedächtnisschwäche, als vielmehr aus schierer Hirnlosigkeit. Ich bin noch nie einem Nur-Mathematiker begegnet, dem man – kurz gesagt – außerhalb von Gleichungslösungen hätte trauen können, oder einem, der es nicht insgeheim für einen Glaubensartikel hielt, daß $x^2 + px$ absolut und bedingungslos gleich q sei. Probieren Sie's einmal und sagen Sie einem dieser Herren, wenn's gefällt, *Sie* wären des

Glaubens, es könnten Fälle eintreten, wo $x^2 + px$ *nicht* gänzlich gleich q sei, und wenn Sie ihn so weit haben, daß er begreift, was Sie meinen, so begeben Sie sich aber ja so rasch als eben angängig aus seiner Reichweite, denn er wird zweifelsohne trachten, Sie mit Faustschlägen zu widerlegen.

»Ich möchte deutlich machen«, fuhr Dupin fort, indessen ich bloß lachte über seine letzten Bemerkungen, »daß dem Präfekten die saure Notwendigkeit, mir diesen Scheck auszustellen, erspart geblieben wäre, hätte er es bei dem Minister mit nichts als einem Mathematiker zu tun gehabt. Ich jedoch kannte ihn als Mathematiker *und* Dichter, und meine Maßnahmen richteten sich entsprechend auf diese seine Kapazität ein – unter Berücksichtigung noch der Umstände, von denen er umgeben war. Ebenfalls kannte ich ihn als Höfling und als kühnen Intriganten. Solch ein Mann, so erwog ich, mußte sich unfehlbar über die üblichen Polizeimaßnahmen im klaren sein. Unmöglich, daß er nicht im voraus ahnte – und er ahnte es ja auch, wie die Ereignisse zweifelsfrei bewiesen haben –, man werde ihm auflauern, ihn überfallen. Er mußte auch, so überlegte ich, die geheimen Durchsuchungen seines Grundstücks vorausgesehen haben. Seine häufige Abwesenheit von Hause bei Nacht, die der Präfekt als sichere Hilfe zum Erfolg begrüßte, betrachtete ich einzig als List, der Polizei Gelegenheit zu gründlicher Nachsuche zu verschaffen und ihr damit um so eher die Überzeugung nämlich, daß der Brief nirgends auf dem Gelände versteckt sei. Ich fühlte insgleichen, daß der ganze Gedankengang, den ich Ihnen soeben mit einiger Mühe auseinandersetzte, bezüglich des starren Prinzips der Polizeimaßnahmen bei der Suche nach versteckten Gegenständen – ich fühlte, daß dieser ganze Gedankengang notwendigerweise auch dem Minister durch den Kopf gehen würde. Er würde ihn kategorisch dazu veranlassen, alle gewöhnlichen Versteckwinkel zu verschmähen. *Er* konnte, so grübelte ich, nicht so schwachköpfig sein zu übersehen, daß noch das entlegenste und vertrackteste Versteck seines Palais für die Augen, die Sonden, die Bohrer und die Mikroskope des Präfekten so offen zugänglich sein würde wie der erstbeste Schrank. Kurz, es zeigte sich mir, daß er ganz wie selbstverständlich zur *Simplizität* getrieben werden würde, wenn er nicht gar von vornherein aus freien Stücken darauf kam. Sie erinnern sich vielleicht, wie schrecklich der Präfekt lachen mußte, als ich bei unserer ersten Unterredung durchblicken ließ, es sei sehr wohl möglich, daß dies Geheimnis ihm grad darum soviel Ärger mache, weil es so sehr selbst-verständlich sei.«

»Ja«, sagte ich, »ich entsinne mich recht wohl noch seiner Heiterkeit. Ich dachte wirklich, er würde noch in Krämpfe fallen.«

»Die materielle Welt«, fuhr Dupin fort, »strotzt förmlich von strikten Analogien zur immateriellen; und so ist schon etwas Wahres an dem rhetorischen Dogma, daß Metapher oder Gleichnis dazu dienlich sein kann, sowohl ein Argument zu bestärken als auch eine Beschreibung auszuschmücken. Das Prinzip des *vis inertiae* zum Beispiel scheint in Physik wie in Metaphysik gleicherweise gültig zu sein. In der ersteren gilt, daß ein großer Körper mit mehr Schwierigkeit in Bewegung zu setzen ist als ein kleinerer und daß seine nachherige Schubkraft zu dieser Schwierigkeit im Verhältnis steht; und nicht weniger gilt in der Metaphysik, daß Intellekte höherer Größenordnung zwar kräftiger, stetiger und wirksamer in ihren Bewegungen sind als die geringeren Grades, doch dafür schwieriger in diese Bewegung zu bringen: Die ersten Schritte ihres Vorgehens sind verlegener und zögernder. Und noch etwas: Haben Sie schon einmal darauf geachtet, welche Straßenschilder über den Ladentüren die meiste Aufmerksamkeit an sich ziehen?«

»Darauf habe ich noch nie einen Gedanken gewendet«, sagte ich.

»Es gibt da ein Vexier-Spiel«, setzte er fort, »das wird auf einer Landkarte gespielt. Eine Spielpartei fordert eine andere auf, ein gegebenes Wort zu suchen – den Namen einer Stadt, eines Flusses, Staates oder Reichs –, kurz, irgendeinen Silbenfall auf der buntscheckigen und verwickelten Kartenfläche. Ein Neuling im Spiel sucht nun generell seine Opponenten dadurch zu verwirren, daß er ihnen die am kleinsten gedruckten Namen aufgibt; doch der Eingeweihte wählt grad solche Worte aus, die sich in großen-breiten Charakteren vom einen Ende der Karte zum andern hinziehen. Diese entgehen, wie die übergroß beschrifteten Schilder und Plakate an der Straße, eben darum der Aufmerksamkeit, weil sie gar so sehr ins Auge fallen; und hier entspricht das physische Übersehen genau dem geistigen Nicht-Aufnehmen: was allzu aufdringlich und allzu handgreiflich selbst-verständlich ist, läßt der Intellekt unregistriert vorüber. Doch das ist, scheint's, ein Punkt, der dem Präfekten ein bißchen über – oder unter – die Begriffe geht. Er hat es nicht ein einzigesmal für wahrscheinlich oder möglich gehalten, der Minister könnte den Brief ganz offen aller Welt vor die Nase gelegt haben, um gerade so am ehesten zu verhindern, daß auch nur einer ihn erblickte.

»Aber je mehr ich über den waghalsigen, eleganten und scharf wägenden Verstandeswitz D - - -'s nachdachte; über die Tatsache, daß er das Dokument jederzeit *zur Hand* haben mußte, wollte er's zu gutem Zweck gebrauchen; und über die entschiedene Überzeugung des Präfekten, es sei nicht im Bereich der üblichen Durchsuchung versteckt gewesen, die der würdige Mann veranstaltete; – je mehr ich mir das alles überlegte, desto gewisser ward ich, daß der Minister, um diesen Brief zu verbergen, auf den bündigen und scharfsinnigen Ausweg verfallen sein mußte, gar nicht erst den Versuch zu unternehmen, ihn zu verbergen.

»Von diesen Gedanken erfüllt, rüstete ich mich mit einer grünen Brille aus und sprach eines schönen Morgens rein wie zufällig beim Palais des Ministers vor. Ich traf D - - - zu Hause an, gähnend, trödelnd, faulenzend, wie üblich: er stellte sich, als plage ihn das letzte Extrem von *ennui*. Dabei ist er in Wirklichkeit vielleicht der tatkräftigste Mensch, der jetzt lebt – doch das nur, wenn niemand ihn sieht.

»Um mit ihm gleichzuhalten, klagte ich über meine schwachen Augen und bejammerte die Notwendigkeit der Brille, unter deren Schutz ich behutsam und gründlich das Gemach musterte, derweilen meine Obacht scheinbar nur auf die Unterhaltung mit meinem Gastgeber gerichtet war.

»Besondere Aufmerksamkeit zollte ich einem großen Schreibtisch, in dessen Nähe er saß und auf dem allerlei Briefe und andere Papiere in wirrem Durcheinander lagen, im Verein mit ein oder zwei Musikinstrumenten und ein paar Büchern. Doch auch nach einer langen und sehr bedächtigen Unterredung erblickte ich hier nichts, was irgend besonderen Verdacht hätte erregen können.

»Schließlich fielen meine Blicke, die das Zimmer im Kreise durchschweiften, auf ein schäbiges Filigran-Gestell aus Pappkarton, das an einem schmutzigen blauen Band von einem kleinen Messingknopf just in der Mitte unter dem Kaminsims baumelte. In diesem Gestell, das drei oder vier Fächer hatte, befanden sich fünf oder sechs Visitenkarten und ein einzelner Brief. Dieser letztere war stark verschmutzt und verknittert. Er war fast mittendurch gerissen – wie wenn die Absicht, ihn als wertlos gänzlich zu zerreißen, im zweiten Augenblick geändert oder aufgegeben worden wäre. Er trug ein großes schwarzes Siegel, das überaus auffällig die D - - - Initiale zeigte, und war, in winziger Frauenhandschrift, an D - - -, den Minister selber, adressiert. Achtlos, und wie es schien, gar verächtlich war er in eine der obern Abteilungen des Gestells geworfen worden.

»Kaum war mir dieser Brief vor den Blick gekommen, so wußte ich schon, daß ich gefunden hatte, was ich suchte. Sicherlich, allem Anschein nach war er grundverschieden von dem, dessen so minuziöse Beschreibung des Präfekt uns vorgelesen hatte. Hier war das Siegel groß und schwarz und trug die D - - -Initiale; dort war es klein und rot gewesen und hatte das herzogliche Wappen der S - - -Familie gezeigt. Hier wieder war die Adresse des Ministers winzig und in weiblichem Duktus geschrieben; dort hatte die Anschrift an eine gewisse königliche Persönlichkeit betont kühne und energische Züge getragen; allein das Format bildete einen Punkt der Übereinstimmung. Aber gerade die *Ausgeprägtheit* dieser Unterschiede, die förmlich ins Auge stach; der Schmutz; der besudelte und zerrissene Zustand des Papiers, der so gar nicht zu D - - -'s *wahren*, nämlich sehr methodischen Gewohnheiten paßte und geradezu die Absicht durchblicken ließ, den Betrachter zu verleiten, das Dokument für wertlos zu halten; – all dies, zusammen mit dem schon mehr als aufreizenden Lageort dieses Dokuments, voll im Blickfeld eines jeden Besuchers – und damit genau in Übereinstimmung mit den Schlüssen, zu denen ich zuvor gelangt war –, dies alles, sagte ich, war aufs stärkste dazu angetan, den Verdacht zu bestätigen – bei einem, der ja nur in der Absicht hergekommen war, solche Bestätigung für seinen Argwohn zu finden.

»Ich dehnte meinen Besuch so lange als möglich aus, und während ich eine höchst angeregte Diskussion mit dem Minister unterhielt, über einen Gegenstand, der ihn, das wußte ich, stets interessiert und gereizt hatte, hielt in Wirklichkeit mein Augenmerk ganz auf den Brief gerichtet. Während dieser Prüfung prägte ich meinem Gedächtnis seine äußere Erscheinung und Lage in dem Gestelle ein und kam schließlich auf eine Entdeckung, die endgültig beseitigte, was ich an winzigem Zweifel noch nähren mochte.

Als ich nämlich die Kanten des Papiers in Augenschein nahm, bemerkte ich, daß sie viel *abgewetzter* waren, als mich's nötig dünkte. Sie sahen so *gebrochen* aus, wie es sich zeigt, wenn ein steifes, bereits einmal gefaltetes und mit einem Falzbein gepreßtes Papier nach der anderen Seite umgefalzt wird, und zwar in denselben Kniffen oder Kanten, welche die ursprüngliche Falte gebildet hatten. Diese Entdeckung gab den Ausschlag. Es war mir klar, daß der Brief gewendet worden war wie ein Handschuh, das Innere nach außen, und sodann neu adressiert und gesiegelt. Unverzüglich wünschte ich dem Minister einen guten Morgen und empfahl mich, nicht ohne eine goldene Schnupftabakdose auf dem Tisch liegen zu lassen.

»Am nächsten Morgen sprach ich wieder vor, um die Schnupftabakdose zu holen, und eifrig nahmen wir die Unterhaltung vom Vortage wieder auf. Während wir so noch beschäftigt waren, erscholl jedoch ein lauter Knall, wie von einem Pistol, und anschließend eine Reihe furchtsamer Schreie und das Lärmen des Pöbels. D - - - eilte zu einem Fenster, stieß es auf und sah hinaus. Derweilen trat ich zu dem Kartengestell, nahm den Brief, steckte ihn in die Tasche und ersetzte ihn durch eine – was das Äußere betraf – getreue Nachbildung, die ich zuvor in meiner Wohnung sorgfältig hergestellt hatte; das D - - -'sche Initial war dabei sehr bequem mit Hilfe eines aus Brot geformten Siegels nachzuahmen gewesen.

»Der Tumult auf der Straße war durch das tolle Benehmen eines Mannes mit einer Flinte verursacht worden. Er hatte sie mitten in einen Haufen Weiber und Kinder abgefeuert. Wie sich jedoch erwies, war sie nicht scharf geladen gewesen, und so ließ man den Burschen als geistesgestört oder betrunken laufen. Als er fort war, kam D - - - vom Fenster zurück, zu dem ich ihm unmittelbar gefolgt war, nachdem ich mich des fraglichen Gegenstands versichert hatte. Bald danach verabschiedete ich mich. Der vorgebliche Geistesgestörte war ein Mann, der in meinem Solde stand.«

»Doch welchen Zweck verfolgten Sie damit«, fragte ich, »daß Sie den Brief durch eine Nachbildung ersetzten? Wäre es nicht besser gewesen, ihn schon beim ersten Besuch ganz offen zu nehmen und damit zu verschwinden?«

»D - - -«, erwiderte Dupin, »ist ein desperater Mann, und er riskiert allerhand. Auch ist sein Palais nicht ohne Dienerschaft, die seinen Interessen blind ergeben ist. Hätte ich den irrwitzigen Versuch unternommen, den Sie mir da anraten, ich hätte die ministerliche Gegenwart niemals lebend verlassen. Das gute Völkchen von Paris hätte wohl nie mehr wieder etwas von mir gehört. Doch es gab für mich ganz unabhängig von diesen Erwägungen einen Grund. Meine politischen Vorurteile kennen Sie ja. In dieser Angelegenheit handle ich als Parteigänger der betroffenen Dame. Achtzehn Monate lang hat der Minister sie in seiner Gewalt gehabt. Nun hat sie ihn in der ihren; denn da er ganz ahnungslos ist, daß der Brief sich nicht mehr in seinem Besitz befindet, wird er mit seinen Erpressungen fortfahren, wie wenn es noch der Fall wäre. So wird er sich unvermeidlich selber jäh in sein politisches Verderben bringen. Und sein Sturz wird nicht weniger plump als plötzlich erfolgen. Vom *facilis descensus Averni* ist leicht reden; doch bei jeder Sorte Klettern fällt es, wie's die Catalani vom Singen sagte, weit leichter, hinauf zu kommen, als wieder nieder. Im vorliegenden Fall hege ich keinerlei Mitgefühl – oder wenigstens kein Mitleid – für den Stürzenden. Er ist ein *monstrum horrendum*, ein Genie ohne Grundsätze. Ich bekenne jedoch, daß ich sehr gern genau wissen würde, was ihm so durch den Kopf geht, wenn er, herausgefordert von ihr, die der Präfekt ›eine gewisse Persönlichkeit‹ nennt, genötigt ist, den Brief zu öffnen, den ich in dem Kartengestell für ihn zurückließ.«

»Wie? Sie taten etwas Besonderes hinein?«

»Nun ja – es schien mir doch nicht ganz richtig, das Innenblatt leer zu lassen –, das wäre beleidigend gewesen. D - - - spielte mir einst in Wien einen üblen Streich, und damals habe ich ihm in aller Gemütlichkeit versprochen, ihm den zu gedenken. Und da ich denn wußte, daß ihn doch einige Neugier plagen würde, wer ihn da wohl überlistet habe, fand ich's schade, ihn ohne einen Fingerzeig zu lassen. Meine Handschrift ist ihm wohlbekannt, und so schrieb ich denn einfach mitten auf das leere Blatt die Worte –

›- - - *Un dessin si funeste,*
S'il n'est digne d'Atrée, est digne de Thyeste.‹

Sie finden sie im ›Atreus‹ Crébillon's.«

London im Nebel

Arthur Conan Doyle

In der dritten Novemberwoche des Jahres 1895 lastete dicker gelber Nebel über London. Ich glaube kaum, daß es von Montag bis Donnerstag überhaupt möglich war, von unseren Fenstern in der Baker Street die Häuser auf der anderen Straßenseite zu erkennen.

Den ersten dieser Nebeltage hatte Holmes damit zugebracht, den Index, seines mehrbändigen Verbrecheralbums zu vervollständigen; der zweite und dritte gingen gemächlich dahin, indem er sich seinem neuesten Hobby widmete – der alten Musik. Aber als wir zum vierten Mal, nach dem Frühstück, die dichten, schweren, braunen Wolkenmassen über uns lasten sahen, da war es aus: Die ungeduldige Natur meines Freundes konnte dieses monotone Dasein nicht länger ertragen. Er lief rastlos, fiebernd von zurückgestauter Energie kreuz und quer in unserem Wohnzimmer herum, kaute an seinen Fingernägeln, stieß sich an den Möbeln und rebellierte gegen das Gesetz der Trägheit.

»Nichts Interessantes in der Zeitung, Watson?« fragte er.

Ich wußte zu gut, daß er unter »etwas Interessantes« nur ein Ereignis auf kriminellem Gebiet meinen konnte. Nun, es gab zwar die Meldung über eine Revolution, über einen möglichen Krieg, einen wichtigen Regierungswechsel – aber das lag außerhalb von Holmes' eigentlicher Sphäre. Ich konnte keinerlei Notiz finden, die sich auf ein Verbrechen bezog, außer alltäglichen Bagatellen. Holmes seufzte und setzte seine Zickzackwanderung fort.

»Die Londoner Unterwelt muß voller Dummköpfe sein«, sagte er in verdrießlichem Ton. »Werfen Sie mal einen Blick aus dem Fenster, Watson. Schauen Sie sich das an, wie da Gestalten auftauchen, kaum erkennbar, und wieder im Nebelmeer verschwimmen. Ein Dieb oder ein Mörder könnte an solch einem Tag London durchstreifen wie der Tiger den Dschungel, unbemerkt bis zum Angriff, und auch dann nur für sein Opfer sichtbar.«

»Es gab zahlreiche kleine Diebstähle«, warf ich ein.

Holmes drückte seine Verachtung durch ein Knurren aus.

»Diese großartige, finstere Bühne wartet auf ein größeres Schauspiel«, sagte er. »Die Londoner Bevölkerung kann froh sein, daß ich kein Verbrecher bin.«

»Wie recht Sie haben!« stimmte ich aufrichtig zu.

»Nehmen Sie einmal an, ich wäre Brooks oder Woodhouse oder ein anderer von den rund fünfzig Männern, die guten Grund haben, mir nach dem Leben zu trachten – wie lange könnte ich meinem Verfolger entgehen? Eine fingierte Einladung, eine falsche Verabredung, und alles wäre vorbei. Bei Gott! Hier kommt endlich etwas, das vielleicht die tödliche Langeweile unterbricht.«

Es war das Mädchen mit einem Telegramm. Holmes riß es auf und lachte laut. »Herrlich! Na, was meinen Sie?« fragte er. »Bruder Mycroft kommt.«

»Warum auch nicht?«

»Warum nicht, fragen Sie noch! Das ist ungefähr so, als würden Sie eine Straßenbahn eine Dorfstraße entlangfahren sehen. Mycroft hat seine eigenen Gleise, auf denen bewegt er sich. Seine Wohnung in der Pall Mall, der Diogenes Club, Whitehall – das ist sein Revier. Nur ein einziges Mal ist er hier gewesen. Welches Ereignis kann ihn bloß aus dem Gleis gebracht haben?«

»Schreibt er darüber nichts?«

Holmes reichte mir die Nachricht seines Bruders. Ich las: Muss DICH WEGEN CADOGAN WEST SEHEN. BIN AUF DEM WEG. MYCROFT.

»Cadogan West . . .? Den Namen habe ich schon einmal gehört.«

»In mir bringt er nichts zum Klingeln. Aber daß Mycroft so unvermutet ausbricht! Genausogut könnte ein Planet seine Bahn verlassen. Übrigens, wissen Sie eigentlich, was Mycroft von Beruf ist?«

Ich hatte eine vage Erinnerung, daß ich damals, als wir uns mit dem Abenteuer des griechischen Dolmetschers befaßten, etwas davon gehört hatte.

»Sie haben mir erzählt, daß er irgendein kleines Amt bei der Regierung bekleidet.«

Holmes kicherte. »In jenen Tagen kannte ich Sie noch nicht so gut. Man muß vorsichtig sein, wenn man über hohe Staatsgeschäfte spricht. Sie haben recht, wenn Sie glauben, daß er für die

Regierung arbeitet. Und Sie würden ebenfalls in gewissem Sinne recht haben, wenn Sie sagen, daß er dann und wann die britische Regierung verkörpert.«

»Aber mein lieber Holmes!«

»Dachte mir schon, es würde Sie überraschen. Mycroft bezieht vierhundertfünfzig Pfund im Jahr, bleibt in untergeordneter Position, hat keinerlei Ambitionen und wird weder Ehren noch Titel ernten; und doch ist er der unentbehrlichste Mann in England.«

»Aber wie denn das?«

»Nun, seine Stellung ist einmalig. Er hat sie sich selbst geschaffen. Vorher hat es noch nie so etwas gegeben, noch wird er je einen Nachfolger haben. Von allen Menschen, die ich kenne, besitzt er den schärfsten und methodischsten Verstand und das beste Gedächtnis. Dieselben Gaben, die ich bei der Aufklärung von Verbrechen benutze, wendet er bei seiner Arbeit an. Die Beschlüsse jedes Regierungsbezirks werden ihm zugeleitet, und er bildet die zentrale Verbindungsstelle, die für das Gleichgewicht sorgt. Alle anderen Menschen sind Spezialisten, seine Spezialität ist Universalbildung. Nehmen Sie denn Fall an, ein Minister benötigt eine Information über einen Vorgang, mit dem die Schiffahrt, Indien, Kanada und das internationale Währungssystem verquickt sind. Er könnte verschiedene Auskünfte von den verschiedenen Ämtern dafür anfordern und erhalten, aber nur Mycroft ist in der Lage, sie auf einen Nenner zu bringen und sofort zu sagen, wie jeder Faktor den anderen beeinflussen wird. Seine Laufbahn begann damit, daß man ihn als bequemen Hinweislieferanten benutzte – heute ist er unentbehrlich. In diesem überragenden Verstand hat jede Einzelheit ihren Platz und kann jederzeit hervorgeholt werden. Wieder und wieder hat sein Wort die Politik der Nation entschieden. Er lebt in ihr, geht in ihr auf. Hin und wieder, wenn ich ihn aufsuche, entspannt er sich – zum geistigen Training – und berät mich bei einem meiner kleinen Probleme. Heute nun steigt Jupiter zu mir Sterblichem herab! Was um Himmels willen mag das bedeuten? Wer ist Cadogan West und was hat Mycroft mit ihm eigentlich zu tun?«

»Ich hab's!« rief ich und wühlte auch schon in dem Wust von Zeitungen auf dem Sofa. »Ja, ja. Hier ist es, bestimmt! Cadogan West war der junge Mann, den man Dienstag früh tot nahe bei der Untergrundbahn gefunden hat.«

Holmes richtete sich gespannt auf, die Pfeife auf halbem Weg zum Mund.

»Das muß eine ernste Sache sein, Watson. Ein Todesfall, der meinen Bruder veranlaßt, seine geheiligten Gewohnheiten zu brechen! Höchst anomal. Was in der Welt kann er damit zu tun haben? Der Fall blieb, soweit ich mich erinnere, ohne Nachspiel. Der junge Mann war offensichtlich aus dem Zug gefallen und hatte dabei den Tod gefunden. Er war nicht beraubt worden, und es gab keinen einleuchtenden Grund, einen Gewaltakt zu vermuten. Das stimmt doch?«

»Eine Untersuchung hat stattgefunden«, sagte ich, »und es sind eine Menge neuer Gesichtspunkte dazugekommen. Näher betrachtet, würde ich doch sagen: eine seltsame Geschichte!«

»Wenn man nach der Wirkung auf meinen Bruder urteilt, sogar sehr seltsam!« Er drückte sich tiefer in seinen Sessel und fügte murmelnd hinzu: »Lassen Sie doch mal die Fakten hören, Watson.«

»Der Mann hieß Cadogan West. Er war siebenundzwanzig Jahre alt, ledig und Angestellter im Waffenlager in Woolwich.«

»Also Staatsdienst. Da hätten wir schon die Verbindung zu Bruder Mycroft!«

»Er brach am Montag abend hastig von Woolwich auf und wurde zuletzt von seiner Verlobten, Miss Violet Westbury, gesehen. Von ihr trennte er sich unvermutet etwa gegen sieben Uhr dreißig abends, bei dichtem Nebel. Es hatte keinen Streit zwischen ihnen gegeben, und sie kann keinen Grund für sein Verhalten nennen. Das nächste, was man von ihm hörte, war, daß ein Schienenleger namens Mason seine Leiche eben außerhalb der Aldgate Station gefunden hatte.«

»Wann war das?«

»Um sechs Uhr morgens am Dienstag. Der Körper lag ausgestreckt auf den Schienen, und zwar linker Hand, wenn man in östlicher Richtung geht, ungefähr dort, wo die Züge aus dem Tunnel kommen. Sein Kopf war entsetzlich zugerichtet – diese Verletzung dürfte durchaus vom Sturz herrühren. Der Körper kann nur auf diese Weise auf die Gleise gelangt sei; denn wäre er von einer benachbarten Straße dorthin geschafft worden, hätte er die Stationsschranke passieren müssen, die ständig von einem Kontrolleur bewacht wird. Dies scheint absolut sicher festzustehen.«

»Sehr gut. Eindeutig genug. Der Mann – ob bereits tot oder noch am Leben – fiel jedenfalls oder wurde aus dem Zug gestoßen. Bis hierher ist mir alles klar. Fahren Sie fort.«

»Die Züge, die dort, wo die Leiche gefunden wurde, über die Gleise rollen, fahren auf der Ost-West-Achse. Einige sind reine Stadtzüge, andere kommen von Willesden und außengelegenen Knotenpunkten. Man kann es als sicher annehmen, daß der junge Mann aus einer dieser Richtungen kam, als er den Tod fand. Aber wo er den Zug bestieg, läßt sich nicht feststellen.«

»Das würde doch der Fahrschein verraten.«

»Man fand keinen Fahrschein in seinen Taschen.«

»Keinen Fahrschein? Aber, Watson, das ist wirklich merkwürdig. Nach meinen Erfahrungen ist es eine Sache der Unmöglichkeit, ohne Fahrschein auf einen Bahnsteig der Metropolitan-Linie zu gelangen. Nehmen wir also an, der junge Mann habe einen besessen – hat man ihn ihm weggenommen, um seinen Ausgangspunkt zu verwischen? Eine Möglichkeit. Oder hat er ihn während der Fahrt verloren? Eine zweite. Dieser Punkt ist von besonderem Interesse. Sie sagten, nichts deutet auf einen Raubüberfall hin?«

»Offenbar nein. Hier gibt es ein Verzeichnis seiner Sachen. Im Portemonnaie hatte er zwei Pfund und fünfzehn Shilling, außerdem trug er ein Scheckheft auf das Konto bei der Counties Bank in Woolwich bei sich. Dadurch ließ sich überhaupt erst seine Identität feststellen. Ferner fand man zwei Theaterkarten für den ersten Rang im Woolwich-Theater, und zwar für den fraglichen Abend. Dann nur noch einige technische Papiere.«

Holmes stieß einen befriedigten Laut aus.

»Na endlich, Watson! Englische Regierung – Waffenlager in Woolwich – technische Papiere – Bruder Mycroft. Die Kette ist geschlossen. Aber da kommt er auch schon, wenn ich nicht irre, und wird selbst berichten.«

Einen Augenblick später trat der große, behäbige Mycroft Holmes in unser Zimmer. Er war massig gebaut, und man mochte zunächst den Eindruck von körperlicher Schwerfälligkeit gewinnen. Doch diese Figur krönte ein Kopf, so majestätisch im Ausdruck, so wach mit den stahlblauen Augen, dem festen Mund, so intelligent, daß man in der nächsten Sekunde den plumpen Körper vergessen hatte und nur noch den beherrschenden Geist sah. Ihm auf den Fersen folgte schmächtig und düster unser alter Freund

Lestrade, Inspektor von Scotland Yard. Der Ernst auf beiden Gesichtern kündigte Unheil an. Lestrade schüttelte uns wortlos die Hand. Mycroft Holmes schälte sich etwas mühsam aus seinem Mantel und ließ sich in einen Sessel sinken.

»Eine sehr unangenehme Geschichte, Sherlock«, sagte er. »Ich hasse es – wie du weißt – in höchstem Maße, mich in meinen Gewohnheiten stören zu lassen, aber die betreffenden Stellen würden keine Absage hinnehmen. So, wie es zur Zeit mit Siam aussieht, kann ich mein Büro eigentlich keine Minute im Stich lassen. Es handelt sich aber um eine wirkliche Krise. Ich habe den Premierminister noch nie so ratlos erlebt. Und das Marineministerium – na, da geht's zu wie in einem umgestülpten Bienenkorb. Hast du über den Fall gelesen?«

»Wir sind gerade damit fertig. Was waren das für technische Aufzeichnungen?«

»Ah, das ist ja gerade der Punkt! Glücklicherweise ist darüber nichts weiter öffentlich bekanntgeworden. Die Presse würde rasen. Die Dokumente, die dieser unglückselige Junge in der Tasche hatte, waren die Pläne für das Bruce-Partington-Unterseeboot.«

Mycroft Holmes sprach mit solch feierlichem Gesicht, daß man fühlte, welche Bedeutung er der Sache beimaß. Sein Bruder und ich lauschten erwartungsvoll.

»Du hast doch bestimmt davon gehört? Ich dachte, jeder weiß davon.«

»Es ist für mich nur ein Name.«

»Nun, die Bedeutung dieser Pläne kann gar nicht stark genug betont werden. Strengstes Geheimnis der Regierung! Du kannst mir aufs Wort glauben, daß innerhalb der Reichweite eines Bruce-Partington kein Seegefecht geführt werden kann. Vor zwei Jahren konnte man eine hohe Summe aus dem Haushaltsplan herausschmuggeln und damit das Monopol für diese Erfindung erwerben. Man hat alles getan, das Geheimnis zu wahren. Die Pläne sind äußerst verwickelt und enthalten noch etwa dreißig andere Patente, die, jedes für sich, für das Ganze wichtig sind. Sie werden in dem kunstvoll gesicherten Safe eines vertrauenswürdigen Amtes, das mit dem Waffenlager zusammenhängt, aufbewahrt. Der betreffende Raum ist an Fenstern und Türen einbruchssicher. Unter keinerlei denkbaren Umständen durfte man die Pläne aus diesem Büro entfernen. Wollte der Chefkonstrukteur der Marine sie sehen, war er gezwungen, sich in das Büro in Woolwich zu bemühen. Und trotzdem finden wir sie jetzt hier in der Tasche eines toten jungen Angestellten, mitten im Herzen Londons. Aus staatlicher Sicht ist das einfach eine Katastrophe.«

»Ihr habt sie aber doch wieder?«

»Nein, Sherlock, eben nicht! Das ist ja das Unglück. Wir haben sie nicht. Hör zu: Zehn Dokumente wurden aus Woolwich gestohlen. Sieben davon fand man in den Taschen von Cadogan West. Die drei wichtigsten sind weg – verschwunden. Du mußt alles stehen- und liegenlassen, Sherlock, und auf deine üblichen Kriminalpossen verzichten. Hier geht es um ein lebenswichtiges internationales Problem, das du lösen mußt. Wie gelangte Cadogan West zu den Papieren? Wo sind die fehlenden drei? Wie starb er? Wie gelangte seine Leiche dorthin, wo sie gefunden wurde? Wie kann man die Katastrophe abwenden? Finde die Antwort auf all diese Fragen und du hast unserem Land einen großen Dienst erwiesen.«

»Weshalb löst du das Problem nicht selbst, Mycroft? Du bist ebensowenig kurzsichtig wie ich.«

»Möglich, Sherlock, aber hier geht es darum, Einzelheiten in die Hand zu bekommen. Berichte mir, was du gefunden hast, und ich werde dir vom Sessel aus ein wunderbares, fachmännisches Urteil abgeben. Aber hierhin und dorthin laufen, Bahnhofsschaffner mit Fragen durchlöchern, mit dem Gesicht auf dem Boden und der Lupe vor den Augen auf der Erde liegen – das ist nicht mein *métier*. Nein, du bist der einzige Mensch, der den Fall lösen kann. Wenn du Lust hast, deinen Namen auf einer der nächsten Dekorierungslisten zu finden . . .«

Mein Freund schüttelte lächelnd den Kopf.

»Ich spiele das Spiel um des Spieles willen, wie du weißt«, sagte er. »Ich hätte schon Lust, mir das Ganze näher anzusehen. Aber bitte noch ein paar Fakten.«

»Die wesentlichsten habe ich hier auf diesem Blatt notiert, dazu ein paar Adressen, die dir nützlich sein werden. Der derzeitige offizielle Hüter dieser Dokumente ist der berühmte Regierungsexperte Sir James Walter. Allein seine Orden und Untertitel füllen zwei Zeilen eines Nachschlagewerkes. Er ist im Dienst grau geworden, ein Gentleman vom Scheitel bis zur Sohle, gern gesehen in den besten Häusern und darüber hinaus ein Mann, an dessen patriotischer Treue nicht gezweifelt werden kann. Er ist eine der beiden Personen, die einen Schlüssel zum Safe haben. Übrigens kann ich noch hinzufügen, daß die Papiere sich während der Dienststunden am Montag ganz bestimmt im Safe befunden haben und daß Sir James den Schlüssel mitnahm, als er um drei Uhr nach London aufbrach. Er verbrachte den ganzen Abend bei Admiral Sinclair, Barclay Square, während sich das alles abspielte.«

»Gibt es Zeugen dafür?«

»Ja, sein Bruder, Albert Valentine Walter, hat seine Abfahrt von Woolwich bezeugt, und Admiral Sinclair seine Ankunft in London. Damit ist Sir James sozusagen von der Liste gestrichen.«

»Wer ist der andere, der einen Schlüssel hat?«

»Der Seniorangestellte und technische Zeichner, Mr. Sidney Johnson. Ein Mann von etwa vierzig Jahren, verheiratet, fünf Kinder. Ein schweigsamer, mürrischer Mensch, aber alles in allem mit dem besten Leumund im Staatsdienst. Bei seinen Kollegen ist er nicht beliebt, aber ein zäher Arbeiter. Seiner Aussage nach – sie wird nur durch seine Frau bestätigt – war er den ganzen Montagabend nach Dienstschluß zu Hause, und sein Schlüssel ist keinen Augenblick lang von seiner Uhrkette weggekommen.«

»Erzähl uns jetzt von Cadogan West.«

»Er ist seit zehn Jahren im Büro und hat gut gearbeitet. Er soll ein Hitzkopf gewesen sein, aber dabei ein gerader, ehrlicher Kerl. Bei uns liegt nichts gegen ihn vor. Stellungsmäßig rangierte er gleich nach Sidney Johnson. Seine Aufgaben im Büro brachten ihn täglich in Kontakt mit den Plänen. Kein anderer konnte an sie heran.«

»Wer schloß an diesem Abend die Pläne ein?«

»Mr. Sidney Johnson.«

»Nun, es ist sicherlich klar, wer die Papiere entfernt hat. Sie sind schließlich bei dem jüngeren Angestellten, Cadogan West, gefunden worden, und das scheint ja eindeutig genug zu sein, oder?«

»Das ist es, Sherlock, und doch bleibt noch vieles unverständlich. Zunächst einmal: Warum nahm er sie dann überhaupt?«

»Ich denke, sie sind so wertvoll?«

»Er hätte mehrere tausend Pfund dafür bekommen können.«

»Kannst du mir dann irgendeinen anderen plausiblen Grund nennen, warum er sie nach London mitnahm, als den, daß er sie verkaufen wollte?«

»Ich wüßte keinen.«

»Dann müssen wir zunächst diese Annahme als Arbeitshypothese wählen. Also: Der junge West stahl die Dokumente. Das konnte er nur mit einem Nachschlüssel . . .«

»Mehreren Nachschlüsseln. Er mußte ja die Haus- und die Bürotür öffnen.«

»Schön. Er hatte also mehrere Nachschlüssel. Er nahm die Pläne mit, um das Geheimnis zu verkaufen. Natürlich hatte er vor, die Papiere am nächsten Morgen wieder in den Safe zurückzulegen, ehe jemand sie vermißt haben konnte. Während er seinen verräterischen Plan in London verfolgte, fand er den Tod.«

»Wie?«

»Ich möchte annehmen, er befand sich bereits auf der Rückreise nach Woolwich, als er getötet und aus dem Abteil gestoßen wurde.«

»Die Aldgate Station – da wurde die Leiche ja gefunden – liegt ein gutes Stück hinter London Bridge, wo er doch nach Woolwich hätte umsteigen müssen.«

»Es gibt eine Menge Gründe, warum er bei London Bridge durchgefahren ist. Vielleicht war jemand im Abteil, der ihn in ein fesselndes Gespräch verwickelte. Dieses Gespräch führte zu Handgreiflichkeiten, wobei er ums Leben kam. Oder er hat versucht, den Waggon zu verlassen, fiel dabei auf die Schienen und fand so den Tod. Der andere schloß schlicht die Tür. Es war dichter Nebel, und man konnte kaum die Hand vor den Augen sehen.«

»Bei unserem augenblicklichen Wissen läßt sich keine bessere Erklärung finden. Und doch, Sherlock, bedenke, wie viele Punkte du unberücksichtigt gelassen hast. Wir wollen ruhig einmal annehmen, der junge West hatte wirklich vor, die Dokumente nach London zu bringen. Natürlich hätte er dann mit dem fremden Agenten eine Verabredung getroffen und sich den Abend freigehalten. Aber was tut er? Er kauft zwei Theaterkarten, begleitet seine Verlobte den halben Weg lang und verschwindet plötzlich von der Erdoberfläche.«

»Ein Täuschungsmanöver«, sagte Lestrade, der der Unterhaltung etwas ungeduldig zugehört hatte.

»Ein sehr seltsames. Das wäre Punkt eins. Nun Punkt zwei: Wir wollen wiederum annehmen, er kommt in London an und trifft den Agenten. Er muß die Pläne bis zum nächsten Morgen zurückgebracht haben – oder ihr Verschwinden wird entdeckt. Zehn hat er genommen, nur sieben hat man gefunden. Was ist aus den restlichen geworden? Freiwillig würde er sie bestimmt nicht zurückgelassen haben. Dann – wo bleibt der Lohn für seinen Verrat? Man hätte erwarten können, einen schönen Batzen Geld in seinen Taschen zu finden.«

»Mir ist die ganze Geschichte völlig klar«, sagte Lestrade. »Ich bezweifle keinen Augenblick, daß es sich folgendermaßen zugetragen hat: Er entwendete die Dokumente, um sie zu verkaufen. Traf den Agenten. Sie konnten sich über den Preis nicht einigen. Er machte sich wieder auf den Heimweg, der Agent folgte ihm. Im Zug brachte dieser ihn um, nahm die wichtigsten Papiere an sich und stieß die Leiche aus dem Abteil. Das würde doch alles erklären, nicht?«

»Weshalb hatte er keine Fahrkarte bei sich?«

»Die Karte hätte verraten, in welcher Gegend die Wohnung des Agenten liegt. Deshalb nahm er sie aus der Tasche des Toten.«

»Gut, Lestrade, sehr gut«, sagte Holmes. »Ihre Theorie hat Hand und Fuß. Wenn sie stimmt, ist der Fall gelöst. Aber einerseits ist der Verräter tot, und andererseits befinden sich die Bruce-Partington-Pläne wahrscheinlich bereits auf dem Kontinent. Was sollen wir also tun?«

»Handeln, Sherlock, handeln!« rief Mycroft, indem er aufsprang. »Ich wehre mich mit jeder Faser gegen diese Erklärung. Nutze deine Fähigkeiten! Geh zum Ort des Verbrechens! Sieh dir die Leute an, die damit in Verbindung stehen. Laß keinen Stein auf dem andern! In deiner ganzen Laufbahn hast du noch nie eine solche Chance gehabt, deinem Land zu dienen.«

»Schon gut, schon gut«, sagte Holmes beschwichtigend. »Dann kommen Sie, Watson. Und wie ist es mit Ihnen, Lestrade, wollen Sie uns für ein, zwei Stunden mit Ihrer Gesellschaft erfreuen? Wir werden damit beginnen, daß wir die Aldgate Station aufsuchen. Adieu, Mycroft, ich erstatte noch vor Abend Bericht, warne dich jedoch schon im voraus. Du hast wenig zu erwarten.«

Eine Stunde später standen Holmes, Lestrade und ich an der Stelle der Untergrundbahngleise, wo sie unmittelbar vor der Aldgate Station aus dem Tunnel kommen. Ein freundlicher, rotbäckiger alter Herr vertrat die Bahngesellschaft.

»Sehen Sie, da lag die Leiche des jungen Mannes«, sagte er, indem er auf eine Stelle, etwa zweieinhalb Meter von den Schienen entfernt, deutete. »Sie kann nicht von oben heruntergefallen sein, denn da sind lauter blinde Wände, wie Sie bemerken. Sie muß also aus dem Zug gestürzt sein, und dieser Zug muß – soweit wir feststellen können – Montag Mitternacht hier durchgekommen sein.«

»Hat man die Waggons untersucht, ob Zeichen von einem Kampf zu finden sind?«

»Es gab nirgends solche Spuren, und einen Fahrschein hat man auch nicht gefunden.«

»Kein Hinweis, daß eine Tür offengestanden hat?«

»Nichts.«

»Heute früh haben wir eine neue Meldung bekommen«, sagte Lestrade. »Ein Fahrgast, der um elf Uhr dreißig bei Aldgate mit einem Metropolitanzug durchgefahren ist, hat berichtet, er habe einen schweren Aufprall gehört, so, als wäre ein Körper auf die Gleise aufgeschlagen, gerade ehe der Zug die Station erreichte. Es war ja dichter Nebel, und man konnte nichts sehen. Zunächst hat er auch keine Meldung gemacht. Was ist denn mit Mr. Holmes los?«

Mein Freund stand vor den Gleisen und starrte sie an, genau an der Stelle, wo sie aus dem Tunnel herausführten. Aldgate ist ein Knotenpunkt, und so gibt es hier ein ganzes Spinnennetz von Linien. Darauf waren seine Augen gerichtet, konzentriert, wach, prüfend. Ich bemerkte das Aufeinanderpressen der Lippen in dem scharfen, gespannten Gesich, das Beben der Nasenflügel, das scharfe Zusammenziehen der Brauen – Anzeichen, die ich so gut kannte.

»Weichen«, murmelte er vor sich hin. »Weichen.«

»Was ist damit? Was meinen Sie?«

»Ich nehme an, bei einer Anlage wie dieser gibt es wohl nicht sehr viele Weichen?«

»Nein, nur sehr wenige.«

»Und eine Kurve, das auch . . . Weichen und eine Kurve. Mein Gott, wenn's doch wahr wäre!«

»Was – was denn, Mr. Holmes! Haben Sie eine Spur?«

»Eine Idee, einen Hinweis, mehr nicht. Aber der Fall erscheint zusehends interessanter. Einzigartig – völlig einzigartig. Und doch – warum nicht *doch*? Ich kann keinerlei Blutflecken auf den Gleisen feststellen.«

»Es gab so gut wie keine.«

»Aber ich hörte doch, daß er erheblich verletzt wurde?«

»Die Knochen wurden zerquetscht, aber es gab keine größeren Wunden an der Außenseite des Körpers.«

»Und doch hätte man mit einem beträchtlichen Blutverlust rechnen müssen. Ließe es sich machen, daß ich mir den Zug ansehe, in dem der Gast saß, der den Aufschlag gehört hat?«

»Ich fürchte, das wird nicht gehen, Mr. Holmes. Der Zug ist vorhin auseinanderrangiert und die einzelnen Waggons sind neu zusammengestellt worden.«

»Ich kann Ihnen versichern, Mr. Holmes, daß jeder Waggon sorgsam untersucht worden ist«, sagte Lestrade. »Ich habe mich selbst darum gekümmert.«

Es war immer schon eine der größten Schwächen meines Freundes, daß er bei jedem, der ihm geistig nicht gleichkam, leicht ungeduldig wurde.

»Ja, ja. Schon möglich«, sagte er, indem er sich abwandte, »aber es handelt sich dabei ja nicht um die Wagen, die ich sehen möchte! Watson, wir haben hier alles erledigt, was es zu erledigen gab. Wir brauchen Sie nicht weiter zu bemühen, Mr. Lestrade. Ich glaube, wir sollten uns jetzt nach Woolwich begeben.«

Bei London Bridge setzte Holmes ein Telegramm an seinen Bruder auf. Er zeigte es mir, ehe er es aufgab: SEHE EINEN LICHTSCHIMMER. VIELLEICHT TRÜGERISCH. SCHICK INZWISCHEN DURCH BOTEN VOLLSTÄNDIGE LISTE MIT NAMEN ALLER AUSLÄNDISCHEN SPIONE ODER INTERNATIONALEN AGENTEN, DIE IN ENGLIND BEKANNT. GENAUE ADRESSENANGABE. – SHERLOCK.

»Das könnte uns weiterhelfen, Watson«, sagte er, als wir im Zug nach Woolwich Platz nahmen. »Wir schulden Bruder Mycroft wirklichen Dank, daß er uns mit einem Fall bekannt gemacht hat, der außergewöhnlich zu sein verspricht.« Sein hageres Gesicht zeigte noch immer den Ausdruck gesteigerter Energie, der mir verriet, daß ein bedeutungsvoller Umstand seinem Geist neuen Auftrieb gegeben hatte. Man vergleiche etwa einen Jagdhund mit hängenden Ohren und eingeklemmtem Schwanz, der am Rinnstein herumlungert – mit dem, der mit funkelnden Augen und gespannten Muskeln einer Fährte folgt: eine solche Wandlung war bei Holmes seit dem Morgen eingetreten. Wo war der schlaffe, lustlose Mensch im mausgrauen Morgenmantel geblieben, der noch ein paar Stunden zuvor in dem nebelumhüllten Zimmer herumlungerte?

»Hier haben wir Fakten. Hier sind Ansatzpunkte!« sagte er.

»Zu dumm von mir, das nicht früher erkannt zu haben.«

»Ich verstehe noch überhaupt nichts.«

»Die Lösung liegt für mich genauso im dunkeln, aber ich habe eine Idee, die uns vielleicht weiterbringen wird: Der Mann fand seinen Tod an anderem Ort – auf dem Dach des Eisenbahnwagens war seine *Leiche*.«

»Auf dem *Dach*?«

»Bemerkenswert, nicht wahr? Aber beachten Sie bitte die Tatsache: Ist es ein Zufall, daß die Leiche dort gefunden wurde, wo der Zug ruckelt und hin und her schwankt, während er die Weiche passiert? Ist das nicht genau die Stelle, wo man annehmen sollte, daß ein Gegenstand, der sich auf dem Dach des Waggons befindet, herunterfällt? Im Innern des Zuges könnte einem das Schlingern nichts anhaben. Die Leiche fiel also entweder vom Dach, oder es handelt sich um ein höchst seltsames Zusammentreffen verschiedener Faktoren. Und denken Sie jetzt bitte einmal an das Blut. Natürlich kann es keine Blutspuren auf den Gleisen geben, wenn der Körper woanders geblutet hat. Jeder einzelne Punkt leuchtet ein – alle zusammen gewinnen noch mehr an Überzeugungskraft.«

»Und dann noch der Fahrschein?«

»Stimmt. Wir konnten uns das Fehlen des Billetts nicht erklären. Das hier würde die Lösung sein. Alles fügt sich ineinander.«

»Aber angenommen, das stimmt wirklich alles, so sind wir doch immer noch genausoweit davon entfernt, das Geheimnis seines Todes zu lösen. Es wird dadurch ja nicht einfacher, sondern schwieriger!«

»Vielleicht!« meinte Holmes versonnen, »vielleicht.« Er versank in träumerisches Schweigen, das er beibehielt, bis der langsame Zug endlich in die Station Woolwich einlief. Dort winkte Sherlock eine Kutsche herbei und zog Mycrofts Notizen aus der Tasche.

»Wir haben ein paar Nachmittagsbesuche vor uns«, sagte er. »Ich glaube, Sir James Walter sollte der erste sein.«

Das Haus des berühmten Staatsmannes war eine schöne Villa. Grüne Rasenflächen erstreckten sich bis zur Themse hinab. Als wir dort anlangten, lichtete sich der Nebel, und eine schwache Sonne brach durch. Auf unser Klingeln erschien der Butler.

»Sir James, Sir?« sagte er ernst. »Sir James ist heute morgen entschlafen.«

»Mein Gott!« rief Holmes überrascht. »Woran ist er gestorben?«

»Vielleicht möchten Sie hereinkommen, Sir, und mit seinem Bruder, Colonel Valentine, sprechen?«

»Ja, das ist sicher das beste.«

Wir wurden in ein Wohnzimmer geführt, wo sich kurz darauf ein sehr großer, gutaussehender Mann mit hellem Bart, ungefähr fünfzig Jahre alt, zu uns gesellte: der jüngere Bruder des toten Wissenschaftlers. Die wilden Augen, das unordentliche Haar – alles das zeugte von dem plötzlichen Schlag, der das Haus getroffen hatte. Man konnte seine Worte kaum verstehen.

»Dieser schreckliche Skandal«, sagte er. »Mein Bruder, Sir James, war ein Mann von sehr empfindlichem Ehrgefühl. Er konnte diese Sache nicht überleben. Es hat ihm das Herz gebrochen. Er war immer so stolz über die Tüchtigkeit seiner Abteilung – das war ein vernichtender Schlag . . .«

»Wir hofften auf einige Hinweise von ihm, die uns weiterhelfen könnten.«

»Ich versichere Ihnen, das Ganze war ihm genauso ein Rätsel wie Ihnen und uns anderen. Alles, was er wußte, hatte er bereits der Polizei mitgeteilt. Natürlich hatte er keine Zweifel, daß Cadogan West schuldig war. Ansonsten begriff er nichts.«

»Sie können uns auch keinen neuen Gesichtspunkt nennen?«

»Ich selbst weiß nichts, als was ich gelesen oder gehört habe. Ich möchte nicht unhöflich sein, Mr. Holmes, aber Sie verstehen sicher, daß hier zur Zeit ziemliche Unruhe herrscht, und deshalb darf ich Sie bitten, dies Interview schnell zu beenden.«

»Das ist allerdings eine völlig unerwartete Wendung«, sagte mein Freund, als wir wieder im Cab saßen. »Ich frage mich, ob es ein natürlicher Tod war oder ob der arme Kerl sich gar selbst umgebracht hat? Wenn Selbstmord – kann man dann darin ein Schuldbekenntnis sehen? Wegen Nachlässigkeit im Amt? Die Antwort auf diese Frage müssen wir der Zukunft überlassen. Wir wollen uns jetzt zu den Hinterbliebenen von Cadogan West begeben.«

Die so plötzlich ihres Sohnes beraubte Mutter lebte in einem kleinen, aber gut instand gehaltenen Haus; sie war durch den Schmerz zu sehr betäubt, um uns irgend von Nutzen sein zu können. Wir trafen bei ihr aber eine blasse junge Dame an, die sich als die Verlobte des Toten vorstellte: die letzte Person, die ihn an jenem unseligen Abend gesehen hatte.

»Ich kann es nicht erklären, Mr. Holmes«, sagte sie. »Ich habe seit dieser furchtbaren Tragödie kein Auge mehr geschlossen. Ich grüble Tag und Nacht, grüble und grüble, was wirklich hinter all dem steckt. Cadogan war der ehrlichste, der anständigste Mensch, den man sich vorstellen kann. Eher hätte er sich die rechte Hand abgehackt, als ein Staatsgeheimnis, das ihm anvertraut war, zu verraten. Für jeden, der ihn kannte, ist allein schon der Gedanke absurd, mehr als das – grotesk, unmöglich!«

»Aber die Tatsachen, Miss Westbury?«

»Ja, ja. Ich gebe zu, ich finde dafür keine Erklärung.«

»Hatte er Geldsorgen?«

»Nein; er war in seinen Bedürfnissen sehr bescheiden und kam mit seinem Gehalt gut aus. Außerdem hatte er ein paar hundert Pfund gespart, und wir wollten zu Neujahr heiraten.«

»Gab es keine Zeichen einer seelischen Erschütterung? Bitte, Miss Westbury, seien Sie uns gegenüber vollkommen offen.«

Die scharfen Augen meines Freundes hatten eine Veränderung in ihrer Haltung wahrgenommen; sie errötete und zögerte.

»Doch«, sagte sie schließlich, »ich hatte das Gefühl, daß ihn etwas bedrückte.«

»Seit langem?«

»Ungefähr seit der letzten Woche. Er war so nachdenklich und bekümmert. Einmal fragte ich ihn, und er gab zu, daß er im Zusammenhang mit seiner Arbeit Sorgen habe. ›Es ist zu bedeutend, als daß ich darüber sprechen könnte – nicht einmal mit dir‹, sagte er. Ich konnte nichts weiter aus ihm herausbekommen.«

Holmes blickte sie ernst an. »Fahren Sie fort, Miss Westbury. Auch wenn's gegen ihn zu sprechen schein – bitte, fahren Sie fort. Wir wissen nicht, wohin es uns bringt.«

»Ich habe wirklich nichts mehr zu berichten. Ein- oder zweimal schien es mir, als sei er drauf und dran, mir etwas zu sagen. An einem Abend sprachen wir über die Wichtigkeit von Geheimakten, und ich erinnere mich dunkel, daß er meinte, ausländische Spione würden wohl eine Menge dafür zahlen.«

Holmes' Gesicht wurde noch ernster.

»Sonst noch etwas?«

»Er sagte, wir seien zu nachlässig, und es müsse für einen Verräter ein leichtes sein, die Pläne zu bekommen.«

»Hat er solche Bemerkungen erst in der letzten Zeit gemacht?«

»Ja, erst kürzlich.«

»Erzählen Sie mir jetzt von dem letzten Abend.«

»Wir wollten ins Theater gehen. Der Nebel war so dicht, daß es keinen Sinn hatte, einen Wagen zu nehmen, deshalb gingen wir zu Fuß und kamen in der Nähe seines Büros vorbei. Plötzlich stürzte er in den Nebel davon und war verschwunden.«

»Ohne ein Wort?«

»Er stieß einen Schrei aus, das war alles. Ich wartete eine Zeitlang, aber er kam nicht zurück, also ging ich nach Haus. Am nächsten Morgen, nachdem das Büro geöffnet hatte, fragte man nach ihm. Gegen zwölf Uhr erfuhren wir die furchtbare Nachricht. Oh, Mr. Holmes, wenn Sie doch wenigstens seine Ehre retten könnten! Sie bedeutete ihm so viel!«

Holmes schüttelte düster den Kopf.

»Kommen Sie, Watson«, sagte er. »Wir müssen weiter. Die nächste Etappe ist das Büro, aus dem die Papiere verschwanden.«

»Es stand schon finster genug um den jungen Mann, aber die Resultate unserer Untersuchung machen's noch schlimmer«, bemerkte er, während die Kutsche losratterte. »Die bevorstehende Heirat liefert ein Motiv für das Verbrechen. Natürlich brauchte er Geld. Er verfolgte diesen Gedanken, seit er das erste Mal davon sprach. Fast machte er das Mädchen zu seiner Komplizin, indem er mit ihr darüber redete. Das sieht alles sehr böse aus.«

»Aber, Holmes, Charakter ist doch wohl etwas, das zählt? Warum sollte ein Mann wie er das Mädchen mitten auf der Straße stehenlassen und davonstürzen, um ein Verbrechen zu begehen?«

»Berechtigte Frage. Ganz gewiß gibt es Einwendungen. Fest steht, daß wir bis jetzt den Fall noch nicht durchschauen.«

Im Büro empfing uns Mr. Sidney Johnson, der ältere Angestellte, und zwar mit dem Respekt, den die Visitenkarte meines Freundes immer hervorruft. Ein dünner, verdrießlicher Mensch in mittleren Jahren, der sich in der nervösen Anspannung unablässig die Hände rieb.

»Schlimme Sache, schlimme Sache, Mr. Holmes! Haben Sie vom Tod des Chefs gehört?«

»Wir kommen gerade von seinem Haus.«

»Hier geht alles drunter und drüber. Der Chef tot, Cadogan West tot, die Pläne gestohlen. Ja. Und als wir am Montag abend unsere Türen zumachten, waren wir doch ein genauso guter Betrieb wie irgendeiner im ganzen Staatsdienst. Es ist furchtbar, auch nur daran zu denken! Und ausgerechnet der West!«

»Sie sind demnach von seiner Schuld überzeugt?«

»Ich sehe sonst keine Erklärung. Und doch – ich hätte ihm vertraut, wie ich mir selbst vertraue.«

»Zu welcher Zeit wurde das Büro am Montag zugemacht?«

»Um fünf.«

»Schlossen Sie ab?«

»Ich bin immer der letzte, der geht.«

»Wo befanden sich die Pläne?«

»In diesem Safe. Ich habe sie selbst hineingetan.«

»Gibt es in diesem Haus keinen Wächter?«

»Wir haben einen; aber er muß noch einige andere Abteilungen im Auge behalten. Ein alter Soldat; höchst vertrauenswürdiger Mann. An dem Abend hat er nichts bemerkt. Allerdings, der Nebel war ja sehr dicht.«

»Nehmen wir an, Cadogan West wollte nach Büroschluß ins Haus gelangen; er hätte doch drei Schlüssel gebraucht, ehe er an die Papiere herangekommen wäre?«

»Ja, so ist es. Den Schlüssel für die Haustür, den Schlüssel zum Büro und den Safeschlüssel.«

»Und nur Sir James Walter und Sie hatten diese Schlüssel?«

»Ich besaß keinen Schlüssel für die Türen, nur für den Safe.«

»War Sir James ein *ordentlicher Mensch*?«

»Ja, ich glaube schon. Soweit es die drei Schlüssel betrifft, weiß ich, daß er sie am selben Schlüsselring trug. Ich habe sie oft daran gesehen.«

»Und diesen Ring nahm er mit nach London?«

»So sagte er.«

»Und Sie haben Ihren Schlüssel nie aus der Hand gegeben?«

»Niemals.«

»Dann muß also West, falls er der Schuldige ist, ein Duplikat gehabt haben. Und doch fand man keines bei seiner Leiche. Eine andere Frage: Sollte ein Angestellter des Büros die Absicht haben, die Pläne zu verkaufen, würde es dann nicht einfacher für ihn sein, sie zu kopieren, statt die Originale zu nehmen, was jetzt ja geschehen ist?«

»Beachtliche technische Kenntnisse wären nötig, dies erfolgreich zu tun.«

»Doch ich vermute, weder Sir James noch Sie, noch West verfügten über diese Kenntnisse?«

»O doch, selbstverständlich! Aber bitte versuchen Sie nicht, mich in diese Sache hineinzuziehen. Was soll das alles, wo doch die Originalpläne bei West gefunden wurden?«

»Nun, es ist immerhin seltsam, daß er riskiert haben soll, die Originale zu nehmen, wenn er unbeschadet Kopien hätte verwenden können, die ihm genauso nützlich gewesen wären.«

»Seltsam, zweifellos – aber schließlich, er tat es.«

»Mit jedem Schritt, den wir in diesem Fall vorwärtsgehen, stoßen wir auf ein neues Rätsel. Jetzt fehlen noch drei Dokumente. Soweit ich gehört habe, sind das die wesentlichen.«

»So ist es, leider.«

»Glauben Sie, daß jemand, der diese drei Dokumente besitzt, dem die übrigen sieben fehlen, ein Bruce-Partington-Unterseeboot konstruieren könnte?«

»Diese Meinung brachte ich im Marineamt bereits zum Ausdruck. Heute habe ich mir die Zeichnungen nochmals angesehen, und nun bin ich mir nicht mehr sicher. Die Doppelventile mit den sich automatisch selbstbetätigenden Klappen sind auf einem der Pläne, die wir zurückbekommen haben. Solange den Ausländern diese Erfindung nicht selbst gelingt, können sie das Boot nicht bauen. Freilich, diese Hürde werden sie vielleicht bald nehmen.«

»Aber die drei fehlenden Zeichnungen sind die wesentlichen?«

»Zweifellos.«

»Ich möchte – Ihr Einverständnis vorausgesetzt – mir jetzt einmal das Gelände hier ansehen. Ich glaube nicht, daß ich noch weitere Fragen habe.«

Holmes untersuchte das Schloß des Safes, die Tür zum Zimmer und schließlich die eisernen Fensterläden. Doch erst draußen auf dem Rasen entdeckte er offenbar etwas Wichtiges. Vor dem Fenster stand ein Lorbeerbusch, und mehrere Zweige wiesen Spuren auf, als seien sie verdrückt oder gebrochen worden. Er examinierte sie sorgfältig durch die Lupe, desgleichen ein paar undeutliche, verquollene Abdrücke in der Erde. Darauf ersuchte er den Seniorangestellten, die Fensterläden zu schließen, und machte mich darauf aufmerksam, daß sie in der Mitte auseinanderklafften, so daß jeder, der draußen stand, mit Leichtigkeit sehen konnte, was im Raum geschah.

»Diese drei Tage Verzögerung haben die Spuren zerstört«, sagte er. »Das hier kann viel oder nichts bedeuten. Nun, Watson, ich glaube nicht, daß wir in Woolwich weiterkommen. Eine bescheidene Ernte haben wir da eingebracht. Vielleicht haben wir in London mehr Glück.«

Und doch sollten wir noch eine weitere Garbe zu unserer Ernte dazugewinnen, ehe wir Woolwich verließen. Der Schalterbeamte erklärte mit Bestimmtheit, daß er Cadogan West – den er vom Sehen gut kannte – Montag abend gesehen hatte und daß jener um acht Uhr fünfzehn nach London Bridge gefahren sei: allein und mit einem einfachen Billett dritter Klasse. Damals war dem Beamten Wests Nervosität und Aufregung aufgefallen. Er zitterte derart, daß er kaum das Wechselgeld hatte einstecken können und der Beamte ihm dabei hatte helfen müssen. Ein Blick auf den Fahrplan bewies, daß dieser Zug um acht Uhr fünfzehn der erste war, den er benutzen konnte, nachdem er sich von der Dame getrennt hatte.

»Lassen Sie uns zusammenfassen, Watson«, sagte Holmes nach einer halben Stunde Schweigen.

»Immerhin haben wir einige beachtliche Fortschritte gemacht. Was wir bei unserer Untersuchung in Woolwich herausbekamen, sprach in der Hauptsache gegen den jungen West; doch die Spuren am Fenster ermöglichen eine erfreulichere Hypothese. Nehmen wir einmal an, ein ausländischer Agent habe sich an ihn gewandt. Unter Umständen, die es ihm verboten, darüber zu sprechen. Aber seine Gedanken kreisten darum, und so sprach er mit seiner Verlobten. Schön. Wir wollen ferner annehmen, daß er, auf dem Weg zum Theater, plötzlich im Nebel diesen selben Agenten auftauchen und in Richtung des Büros weitergehen sah. Er war ein ungestümer Mensch, schnell in seinen Entschlüssen. Ganz klar für ihn, was er zu tun hatte. Er folgte dem Mann, erreichte das Fenster, beobachtete, wie die Dokumente entwendet wurden, und heftete sich dem Dieb an die Fersen. Damit hätten wir den Einwand beseitigt, daß keiner, der imstande ist, Kopien anzufertigen, die Originaldokumente nehmen würde. Der Fremde war auf die Originale angewiesen. Soweit paßt alles zusammen.«

»Und wie geht's weiter?«

»Jetzt beginnen die Schwierigkeiten. Man möchte doch annehmen, der junge Cadogan West würde in dieser Situation sofort den Dieb festhalten und Alarm schlagen. Warum tat er das nicht?

Könnte es ein Vorgesetzter gewesen sein, der die Papiere entwendete? Das würde Wests Verhalten erklären. Oder ist der Mann West im Nebel entschlüpft, so daß dieser sich sofort auf den Weg nach London machte, um ihn in seinen eigenen Räumen zu stellen – vorausgesetzt, daß er wußte, wo er wohnte? Es muß sich um etwas sehr Dringendes gehandelt haben, daß er sein Mädchen im Nebel stehenließ und keinen Versuch unternahm, ihr sein Verhalten zu erklären. Unsere Spur wird hier kalt, und es tut sich eine weite Kluft auf zwischen unserer Hypothese und der Tatsache, daß Wests Leiche, mit sieben Dokumenten in der Tasche, auf dem Dach eines Metropolitan-Zuges landete. Mein Instinkt rät mir jetzt, die Sache vom anderen Ende her anzugehen. Sobald Mycroft uns die Liste mit den Adressen geschickt hat, werden wir vielleicht unseren Mann fassen können, indem wir zwei Spuren folgen statt einer.«

Natürlich erwartete uns bereits eine Nachricht in der Baker Street. Ein Regierungsbote hatte sie eilig überbracht. Holmes überflog das Blatt und warf es mir herüber. Ich las:

Es gibt eine Reihe kleiner Fische, aber nur wenige, die eine so große Sache bewältigen können. Die einzigen Leute, bei denen es sich lohnt, sie unter die Lupe zu nehmen, sind Adolph Meyer, Great George Street Nr. 13, Westminster; Louis La Rothière, Campden Mansions, Notting Hill; dann Hugo Oberstein, Caulfield Gardens Nr. 13, Kensington. Vom letzteren weiß man, daß er Montag in der Stadt gewesen ist; jetzt soll er wieder weg sein. Schön, daß Du etwas Licht siehst. Das Kabinett wartet begierig auf Deinen Endbericht. Von allerhöchster Stelle kommen Mahnungen. Der gesamte Staatsapparat wird Dich unterstützen, sollte es nötig sein. – Mycroft.

»Ich fürchte«, sagte Holmes lächelnd, »daß sämtliche Pferde und Männer der Königin in diesem Fall nichts ausrichten können.« Er hatte seinen großen Stadtplan von London vor sich ausgebreitet und studierte ihn eifrig. »Gut, sehr gut«, sagte er plötzlich befriedigt, »endlich scheinen die Karten sich uns zuzuwenden. Nun, Watson, ich bin ehrlich überzeugt, daß wir's doch noch schaffen werden.« Vergnügt schlug er mir auf die Schulter. »Ich gehe jetzt weg. Ich will nur ein bißchen spionieren. Ohne meinen vertrauten Freund und Biographen an meiner Seite werde ich nichts Ernsthaftes unternehmen, keine Sorge. Bleiben Sie hier, und wahrscheinlich komme ich in ein, zwei Stunden zurück. Sollte Ihnen die Zeit zu lang werden, nehmen Sie Papier und Bleistift und beginnen zu erzählen, wie wir den Staat gerettet haben.« Etwas von seiner guten Laune ging auf mich über, denn ich wußte, daß er nicht fähig war, seinen üblichen Ernst derart abzuschütteln, wenn es nicht gute Gründe dafür gab. Also wartete ich den ganzen langen Novemberabend über, wenn auch recht ungeduldig, auf seine Rückkehr. Schließlich, kurz nach neun Uhr, erschien ein Bote mit einer Nachricht:

Ich esse bei Goldini, Gloucester Road, Kensington, zu Abend. Kommen Sie bitte gleich zu mir. Bringen Sie ein Brecheisen, eine verdunkelte Laterne, einen Meißel und einen Revolver mit. – S.H.

Eine hübsche Sammlung für einen ehrbaren Bürger, die ich da durch die düsteren, nebelverhangenen Straßen schleppen sollte. Ich verstaute alles diskret in meinem Mantel und fuhr zu der angegebenen Adresse. Mein Freund saß an einem kleinen Tisch nahe der Tür in einem prunkvollen italienischen Restaurant.

»Haben Sie schon gegessen? Ja? Dann leisten Sie mir bei einem Kaffee und Curaçao Gesellschaft. Versuchen Sie mal eine Zigarre des Hauses. Sie sind nicht ganz so ungesund wie sie aussehen. Haben Sie die Werkzeuge?«

»Ja, hier in meinem Mantel.«

»Ausgezeichnet. Ich will Ihnen kurz berichten, was ich inzwischen getan habe, und dann, was uns jetzt bevorsteht. Sie werden wohl begriffen haben, lieber Watson, daß die Leiche des jungen Mannes auf das Dach des Zuges gelegt worden ist. Das war für mich klar, seit für mich feststand, daß er vom Dach und nicht aus dem Abteil gestürzt war.«

»Kann er nicht von einer Brücke gestürzt sein?«

»Ich möchte sagen, das ist unmöglich. Wenn Sie sich die Dächer der Eisenbahnwagen einmal näher anschauen, werden Sie feststellen, daß sie gerundet sind und ohne ein noch so niedriges Gitter. Somit können wir mit Sicherheit annehmen, daß der junge Cadogan West aufs Dach gelegt wurde.«

»Aber wie?«

»Das war die Frage, die ich klären mußte. Es gibt nur eine Möglichkeit. Sie wissen doch, daß die Untergrundbahn an einigen Stellen des West Ends im Freien fährt. Ich hatte eine vage Erinnerung, daß ich auf dieser Strecke gelegentlich Fenster über mir gesehen

habe. Nehmen Sie nun an, ein Zug hält unter solch einem Fenster –
welche Schwierigkeit sollte bestehen, eine Leiche auf das Dach eines Waggons zu legen?«

»Das klingt doch sehr unwahrscheinlich.«

»Wir müssen zu dem alten Grundsatz zurückkehren: Wenn alle
anderen Möglichkeiten ausfallen, ist das, was übrigbleibt, und sei
es noch so unwahrscheinlich, die richtige Erklärung. In unserem
Fall sind alle anderen Möglichkeiten ausgeschieden. Als ich erfuhr, daß jener internationale Agent, der London gerade verlassen
hat, in einer Häuserreihe wohnte, die an die Untergrundbahn
grenzt, war ich so erfreut, daß Sie über meine plötzliche Sorglosig-
keit sogar ein wenig die Nase gerümpft haben.«

»Ach, deshalb also!«

»Ja, deshalb. Mr. Hugo Oberstein aus Caulfield Gardens Nr. 13
war mein Forschungsobjekt geworden. Ich begann meine Unternehmungen an der Station Gloucester Road, wo mich ein sehr
hilfsbereiter Beamter an den Gleisen entlangführte. Mit Befriedigung entdeckte ich, daß nicht nur die hinteren Flurfenster von
Caulfield Gardens über den Gleisen liegen – nein, die Hauptsache
ist, daß die Untergrundbahn an genau dieser Stelle gewöhnlich einige Minuten lang hält, um einen der größeren Züge passieren zu
lassen.«

»Wunderbar, Holmes! Sie haben es geschafft!«

»Langsam – langsam. Wir machen zwar Fortschritte, aber das
Ziel ist noch in weiter Ferne. Nun, nachdem ich also die Rückseite
der Häuser Caulfield Gardens' besichtigt hatte, nahm ich mir die
Frontseite vor und überzeugte mich, daß der Vogel wirklich aus-
geflogen war. Es handelt sich um ein ansehnliches Gebäude und –
soweit ich es feststellen konnte – in den oberen Räumlichkeiten un-
möbliert. Oberstein lebte mit einem einzigen Diener zusammen,
der höchstwahrscheinlich sein absoluter Vertrauter war. Wir dürfen nicht vergessen, daß Oberstein zum Kontinent hinüberfuhr,
um seine Beute abzuliefern, und nicht etwa, um zu fliehen. Denn
er hatte keinerlei Grund, einen Haftbefehl zu befürchten, und der
Gedanke, daß man bei ihm eine private Hausdurchsuchung vornehmen könnte, wäre ihm sicher nie gekommen. Und genau das
ist es, was wir tun werden.«

»Könnten wir denn nicht einen Haftbefehl erlangen und legal
vorgehen?«

»Kaum auf die vorhandenen Beweise hin.«

»Was dürfen wir denn davon erwarten?«

»Wer weiß, was für Korrespondenz wir dort vorfinden werden.«

»Das gefällt mir gar nicht, Holmes.«

»Mein Lieber, Sie können auf der Straße Schmiere stehen! Ich werde den kriminellen Teil übernehmen. Wir haben keine Zeit, uns mit Kleinigkeiten abzugeben. Denken Sie an Mycrofts Worte, an das Marineamt, das Kabinett, an die ›allerhöchste Stelle‹, die auf Neues wartet. Wir sind verpflichtet, es zu tun.«

Meine Antwort war, daß ich vom Tisch aufstand.

»Sie haben recht, Holmes, es ist unsere Pflicht.«

Er sprang auf und schüttelte mir die Hand.

»Ich wußte doch, daß Sie zum Schluß nicht zurückschrecken werden«, sagte er, und einen Augenblick lang sah ich einen Ausdruck in seinen Augen, der beinahe an Zärtlichkeit heranreichte. Eine Sekunde später war er wieder der beherrschte, sachliche Mensch wie immer.

»Es ist fast eine halbe Meile bis dahin, aber wir wollen zu Fuß gehen«, sagte er. »Lassen Sie die Instrumente nicht fallen, ich flehe Sie an! Eine höchst unglückliche Komplikation, wenn man Sie als verdächtiges Subjekt verhaften würde.«

Caulfield Gardens war eine dieser Wohngegenden mit säulengeschmückten Häusern, die für die mittlere Viktorianische Epoche im West End Londons so bezeichnend sind. Im Haus nebenan schien es eine Kindergesellschaft zu geben, denn fröhliches Gekreisch junger Stimmen und das Geklimper von einem Klavier schallten durch die Nacht. Der Nebel lastete noch in der Luft und verbarg uns in seinen freundlichen Schwaden. Holmes hatte seine Laterne angezündet und richtete den Lichtstrahl gegen die massive Tür.

»Schon wieder ein Hindernis«, sagte er. »Die Tür ist bestimmt sowohl verschlossen wie auch verriegelt. Durch den Hof würden wir sicher besser herankommen. Es gibt dort einen herrlichen Eingang, in den man verschwinden könnte, sollte ein allzu eifriger Polizist aufkreuzen. Stützen Sie mich, Watson, ich helfe dann Ihnen hinüber.«

Eine Minute später standen wir beide im Hof. Kaum hatten wir im dunklen Schatten verschwinden können, als auch schon die

Schritte eines Polizisten im Nebel hörbar wurden. Das rhythmische Stampfen verklang, und Holmes machte sich an der Kellertür ans Werk. Er ging mehrmals in die Hocke und richtete sich wieder auf, bis sie endlich mit einem scharfen Knirschen aufflog. Wir drängten uns in den dunklen Gang und schlossen die Tür hinter uns. Holmes führte uns eine schmale Wendeltreppe empor. Der kleine gelbe Lichtkreis seiner Lampe fiel auf ein tief gelegenes Fenster.

»Da wären wir, Watson – dies muß es sein.« Er öffnete es, und schon drang ein undeutliches, aus der Tiefe kommendes Gemurmel herauf, das sich schließlich zu einem lauten Getöse steigerte, als unter uns ein Zug durch die Finsternis rollte. Holmes ließ den Lichtstrahl über das Fensterbrett gleiten. Es war mit einer dicken Schicht Ruß von den vorbeifahrenden Zügen bedeckt, doch die schwarze Oberfläche erwies sich an mehreren Stellen als verwischt und zerkratzt.

»Hier haben sie die Leiche abgesetzt, sehen Sie's? Hallo, Watson, was ist denn das? Zweifellos ein Blutfleck.« Er deutete auf einige schwache Verfärbungen an den Holzteilen des Fensters. »Und hier haben wir's auf den Treppensteinen wieder. Damit ist das Bild vollständig. Wir wollen warten, bis ein Zug hält.«

Wir brauchten nicht lange zu warten. Schon der nächste Zug ratterte wie der zuvor aus dem Tunnel, doch er verlangsamte sein Tempo und hielt dann mit knirschenden Bremsen unmittelbar unter uns. Von der Fensterbrüstung bis zum Dach des Waggons waren es nicht mehr als vier Fuß. Holmes schloß vorsichtig das Fenster.

»Soweit hätten wir recht behalten«, sagte er. »Was sagen Sie nun, Watson?«

»Eine Meisterleistung. Selbst für Sie.«

»Darin kann ich Ihnen nicht zustimmen. Von dem Moment an, als mir klar wurde, daß die Leiche auf dem Dach gelegen hat – was wirklich nicht zu abwegig war –, ergab sich alles andere von selbst. Ging es nicht um die schwerwiegenden Hintergründe, der Fall als solcher wäre soweit unbedeutend. Die eigentlichen Schwierigkeiten liegen noch vor uns. Aber vielleicht finden wir hier irgend etwas, das uns weiterhilft.«

Wir kletterten die Küchentreppe hinauf und betraten den ersten Stock. Ein Raum war als Wohnzimmer eingerichtet, düster und nichtssagend. Der zweite diente als Schlafzimmer, ebenfalls unergiebig. Das letzte Zimmer schien interessanter, und mein Freund begann eine systematische Durchsuchung. Es war von Büchern und Papieren jeder Art überhäuft; offensichtlich ein Arbeitsraum. Eilig und methodisch inspizierte Holmes den Inhalt einer Schublade nach der anderen, ein Regalbrett nach dem andern, doch kein Aufleuchten in seinem ernsten Gesicht zeigte, daß er etwas gefunden hätte. Nach einer Stunde war er genausoweit wie zuvor.

»Der verdammte Kerl hat seine Spuren verwischt«, sagte er. »Es ist einfach nichts da, was ihn überführen könnte. Den gefährlichen Briefwechsel hat er entweder vernichtet oder beiseite geschafft. So – hier haben wir unsere letzte Chance.«

Auf dem Schreibtisch stand eine kleine Metallkassette. Holmes öffnete sie mit seinem Meißel. Darin befanden sich mehrere Papierrollen, bedeckt mit Zeichnungen und Kalkulationen, doch nichts verriet uns, um was es sich dabei handelte. Die mehrfach wiederkehrenden Worte »Wasserdruck« und »Druck je Quadratzoll« ließen einen Bezug zur Technik eines U-Bootes annehmen. Ungeduldig schob Holmes sie alle beiseite. Nur ein Umschlag mit kleinen Zeitungsausschnitten verblieb in der Kassette. Er schüttelte seinen Inhalt auf den Tisch, und plötzlich las ich auf seinem Gesicht, daß er eine Hoffnung witterte.

»Was haben wir hier, Watson? Was ist das? Eine Sammlung von Botschaften im Annoncenteil einer Zeitung. Dem Papier und Druck nach zu urteilen, ist es die ›Seufzerspalte‹ des DAILY TELEGRAPH. Sie wissen schon, in der rechten oberen Ecke des Blattes. Keine Daten – aber die Botschaften zeigen selbst ihre Reihenfolge an. Dies muß die erste sein:

HOFFTE NACHRICHT FRÜHER ZU ERHALTEN. MIT BEDINGUNGEN EINVERSTANDEN. AUSFÜHRLICHEN BERICHT AN ADRESSE DIE AUF KARTE ANGEGEBEN. – PIERROT.

Die nächste: ZU SCHWIERIG FÜR BLOSSE BESCHREIBUNG. MUSS VOLLSTÄNDIGES MATERIAL HABEN. ZAHLUNG NACH WARENLIEFERUNG. – PIERROT.

Dann: DIE SACHE DRÄNGT. MUSS ANGEBOT ZURÜCKZIEHEN, FALLS VERTRAG NICHT ERFÜLLT WIRD. MACHEN SIE BRIEFLICH VORSCHLAG ZUM TREFFEN. WERDE PER ANNONCE ANTWORTEN. – PIERROT.

Jetzt die letzte: MONTAG ABEND NACH NEUN. ZWEIMAL KLOPFEN. NUR WIR ZWEI. NICHT SO VIEL MISSTRAUEN. BARZAHLUNG, SOBALD WARE GELIEFERT. – PIERROT.

Eine hübsche vollständige Sammlung, lieber Watson! Wenn wir bloß an den Mann auf der anderen Seite herankämen!« Er saß nachdenklich da und trommelte mit den Fingern auf den Tisch. Schließlich sprang er auf.

»Nun, vielleicht ist das gar kein so großes Problem. Hier können wir nichts mehr tun, Watson. Ich glaube, wir sollten zum Büro des DAILY TELEGRAPH fahren und die Arbeit eines vollen Tages zum Abschluß bringen.«

Mycroft Holmes und Lestrade waren laut Verabredung am nächsten Morgen zum Frühstück erschienen, und Sherlock Holmes hatte ihnen von den Unternehmungen des Vortages Bericht erstattet. Der Polizeibeamte schüttelte nur den Kopf über unseren eingestandenen Einbruch.

»Wir können von Amts wegen solche Dinge nicht tun, Mr. Holmes«, sagte er. »Kein Wunder, daß Sie zu Resultaten gelangen, die uns in den Schatten stellen. Aber eines Tages, das sage ich Ihnen, werden Sie zu weit gehen, und dann sitzen Sie und Ihr Freund in der Tinte.«

»Für England, für seine Witwen und Waisen – wie, Watson? Märtyrer auf dem Altar des Vaterlandes! Aber was meinst du dazu, Mycroft?«

»Ausgezeichnet, Sherlock. Bewundernswert. Aber wie willst du damit weiterkommen?«

Holmes griff nach dem DAILY TELEGRAPH, der auf dem Tisch lag. »Habt ihr Pierrots heutige Annonce gesehen?«

»Was – eine weitere?«

»Ja, hier ist sie: HEUTE ABEND. DIESELBE ZEIT. DERSELBE ORT. ZWEIMAL KLOPFEN. LEBENSWICHTIG. IHRE SICHERHEIT AUF DEM SPIEL. – PIERROT.«

»Herrgott!« schrie Lestrade. »Wenn er darauf reagiert, haben wir ihn!«

»Diesen Gedanken hatte ich auch, als ich die Annonce aufgab. Ich glaube, wenn ihr beide es einrichten könntet, uns gegen acht Uhr nach Caulfield Gardens zu begleiten, kommen wir der Lösung, vielleicht etwas näher.«

Zu einer der bemerkenswertesten Eigenschaften von Sherlock Holmes gehörte es, daß er die Fähigkeit besaß, seine Gedanken völlig abzuschalten und sie in leichtere Bahnen zu lenken, und zwar immer dann, wenn er wußte, daß er im Augenblick nichts mehr in einer Sache tun konnte. Ich erinnere mich, daß er sich an diesem ganz denkwürdigen Tag mit der Monographie über die polyphonische Motette von Orlando di Lasso beschäftigte, die er zu schreiben begonnen hatte. Ich meinerseits besaß nichts von dieser seiner Fähigkeit, und folglich schien der Tag für mich kein Ende nehmen zu wollen. Die immense nationale Bedeutung, die Ungewißheit in hohen Regierungskreisen, die direkte Art unseres Vorgehens – alles zusammen zehrte an meinen Nerven. Es war geradezu eine Erlösung für mich, als wir uns nach einem leichten Dinner auf den Weg machten. Wie verabredet, trafen wir Mycroft und Lestrade am Ausgang der Gloucester Road Station. Die Tür zum Hof hatten wir in der vorigen Nacht offengelassen, und ich mußte, da Mycroft Holmes sich strikt und gekränkt weigerte, das Geländer hochzuklettern, hinein und ihm die Fronttür aufschließen. Um neun Uhr saßen wir alle im Arbeitszimmer und warteten gottergeben auf unseren Mann.

Eine Stunde verstrich und noch eine weitere. Als es elf schlug, schienen die gemessenen Schläge der großen Kirchturmuhr den Grabgesang für unsere Hoffnungen auszudrücken. Mycroft und Lestrade rutschten unruhig auf ihren Sitzen hin und her und schauten zweimal in der Minute auf ihre Uhren. Holmes saß gelassen da, die Augenlider halb geschlossen, aber mit allen Sinnen wach. Mit einem plötzlichen Ruck hob er den Kopf.

»Er kommt«, sagte er.

Hinter der Tür hörte man heimliche Schritte, jetzt wieder. Wir nahmen ein schlurfendes Geräusch von draußen wahr und dann zwei scharfe Klopfzeichen mit den Knöcheln. Holmes stand auf, indem er uns bedeutete, sitzen zu bleiben. Die Gasflamme in der Halle war ein blasser Lichtschimmer. Er öffnete das Tor und schloß und verriegelte es, nachdem eine dunkle Gestalt hinter ihm hereingeschlüpft war. »Hier entlang«, hörten wir ihn sagen, und einen Augenblick später stand unser Mann vor uns. Holmes war ihm auf den Fersen gefolgt, und als der Mann sich jetzt mit einem erstaunten und alarmierten Schrei umwandte, packte er ihn am Kragen und stieß ihn ins Zimmer. Noch ehe unser Gefangener sein Gleichgewicht wiedergefunden hatte, war die Tür zu. Holmes stand mit dem Rücken gegen sie gelehnt. Der Mann starrte ihn an, taumelte und stürzte bewußtlos zu Boden. Bei dem Aufprall flog ihm der breitrandige Hut vom Kopf, der Schal rutschte vom Kinn, und da hatten wir den langen hellen Bart und das sanfte, hübsche Gesicht Oberst Valentine Walters vor uns. Holmes pfiff triumphierend.

»Wer ist das?« fragte Mycroft scharf.

»Der jüngere Bruder des verstorbenen Sir James Walter, des Leiters der Marineabteilung. Ja, die Karten sind jetzt aufgedeckt. Er kommt zu sich. Ich glaube, du solltest ihn mir überlassen.«

Wir hatten den erschlafften Körper auf das Sofa gelegt. Nun richtete sich unser Gefangener auf, blickte mit einem schreckentstellten Gesicht um sich und schlug die Hände vor die Stirn, wie einer, der seinen eigenen Sinnen nicht traut.

»Was bedeutet das?« fragte er. »Ich kam her, um Mr. Oberstein zu besuchen.«

»Wir wissen alles, Oberst Walter«, sagte Holmes. »Wie ein englischer Gentleman derart handeln kann, geht über mein Fassungsvermögen. Doch Ihre gesamte Korrespondenz, Ihre Verbindung mit Oberstein ist uns bekannt. Ebenfalls Ihr Zusammenhang mit dem Tod des jungen Cadogan West. Ich rate Ihnen, wenigstens einen winzigen Rest von Würde zurückzugewinnen, indem Sie Reue zeigen und gestehen, denn es sind da noch einige Einzelheiten, die nur Sie uns erklären können.«

Der Mann stöhnte und vergrub sein Gesicht in den Händen. Wir warteten, aber er schwieg.

»Ich versichere Ihnen, alles Wesentliche ist bekannt«, sagte Holmes. »Wir wissen, daß Sie in Geldnot waren; daß Sie sich einen Abdruck von den Schlüsseln Ihres Bruders verschafften und daß Sie in Verbindung zu Oberstein traten, der Ihnen über die Annoncenspalten des DAILY TELEGRAPH antwortete. Wir wissen ferner, daß Sie Montag abend im Nebel zum Büro gingen, aber vom jungen Cadogan West erkannt und verfolgt wurden. Wahrscheinlich hatte er schon davor einen Grund gehabt, Ihnen zu mißtrauen. Er beobachtete den Diebstahl, konnte aber keinen Alarm schlagen, da es ja möglich war, daß Sie die Papiere für Ihren Bruder holten. Alle privaten Rücksichten beiseite schiebend, folgte er Ihnen im Nebel und blieb Ihnen auf den Fersen, bis Sie dieses Haus erreicht hatten. Hier trat er vor Sie hin, und dann geschah es, Colonel Walter, daß Sie dem Verrat das noch schrecklichere Verbrechen des Mordes hinzufügten.«

»Ich habe es nicht getan! Ich nicht! Ich schwöre vor Gott, daß ich's nicht getan habe!« rief unser unglückseliger Gefangener.

»Dann erzählen Sie uns, wie Cadogan West den Tod fand, ehe Sie ihn auf das Dach eines Waggons legten.«

»Das werde ich. Ich schwöre Ihnen, daß ich es erzählen werde. Ich habe den Rest besorgt. Ich gestehe es. Es war alles genauso, wie Sie eben berichtet haben. Ich hatte an der Börse spekuliert und mußte einen Kredit zurückzahlen. Ich brauchte das Geld verzweifelt. Oberstein bot mir fünftausend Pfund. Ich mußte sie haben, um mich vom Ruin zu retten. Aber was den Mord betrifft, bin ich so unschuldig wie Sie.«

»Was geschah also?«

»West verdächtigte mich schon früher, und er folgte mir, wie Sie es schilderten. Ich habe es nicht bemerkt, bis ich hier vor der Tür stand. Es war dicker Nebel, und man konnte kaum drei Meter weit sehen. Ich hatte zweimal geklopft, und Oberstein war an der Tür erschienen. Der junge Mann stürzte auf uns zu und verlangte eine Erklärung, was wir mit den Dokumenten vorhätten. Oberstein hatte einen Totschläger. Er trug ihn immer bei sich. Als West sich hinter uns den Zutritt ins Haus erzwang, schlug er ihm damit über den Kopf. Nach fünf Minuten war der Mann tot. Lag in der Eingangshalle, und wir wußten nicht, was tun. Da kam Oberstein dieser Einfall mit den Zügen, die unter seinem Hinterfenster halten. Zuerst aber untersuchte er die Dokumente, die ich mitgebracht hatte. Er erklärte, drei davon seien wesentlich, die müßte er behalten. ›Das können Sie nicht‹, erklärte ich ihm. ›Es wird ein furchtbares Aufsehen in Woolwich geben, wenn sie nicht an ihrem Platz liegen.‹ – ›Ich muß sie behalten‹, sagte er, ›sie sind technisch so schwierig, daß es unmöglich ist, in der kurzen Zeit Kopien anzufertigen.‹ – ›Dann müssen alle heute nacht zurück‹, sagte ich. Er überlegte kurz und rief dann, er hätte die Lösung. ›Ich werde drei behalten‹, sagte er. ›Die übrigen stecken wir dem jungen Mann in die Tasche. Sobald man ihn findet, wird die ganze Geschichte unweigerlich auf sein Konto geschrieben.‹

Ich sah keinen anderen Operationsplan, und wir gingen so vor, wie er vorgeschlagen hatte. Wir warteten eine halbe Stunde am Fenster, bis ein Zug hielt. Der Nebel war dicht, wir hatten keine Schwierigkeit, Wests Leiche auf das Dach zu legen. Das ist der Schluß der Geschichte, soweit ich beteiligt bin.«

»Und Ihr Bruder?«

»Er sagte nichts. Er hatte mich schon einmal mit seinen Schlüsseln überrascht, und ich glaube, er verdächtigte mich. Ich las es seinen Augen ab, daß er es tat. Wie Sie ja wissen, hat er sich nicht wieder davon erholt.«

Im Raum blieb es still. Mycroft Holmes brach das Schweigen. »Können Sie gar keine Wiedergutmachung leisten? Es würde Ihr Gewissen erleichtern und Ihnen vielleicht mildernde Umstände verschaffen.«

»Was kann ich tun?«

»Wo befindet sich Oberstein mit den Plänen?«

»Ich weiß nicht.«

»Hat er Ihnen keine Adresse genannt?«

»Er sagte, daß Briefe an das Hôtel du Louvre, Paris, ihn vielleicht erreichen würden.«

»Dann haben Sie eine Chance«, sagte Sherlock Holmes.

»Ich werde alles tun, was ich kann. Ich schulde diesem Kerl keine Rücksichtnahme. Er war mein Ruin, so und so.«

»Hier sind Papier und Feder. Setzen Sie sich an diesen Tisch, und schreiben Sie nach meinem Diktat. Adressieren Sie den Brief an die Ihnen genannte Anschrift. So ist's richtig. Nun der Text: ›Sehr geehrter Herr – Sie werden sicher inzwischen festgestellt haben, daß im Zusammenhang mit Ihrer Transaktion ein wesentliches Glied fehlt. Ich besitze jetzt den Teil, der die Lücke schließt. Das hat mich in zusätzliche Schwierigkeiten gebracht, und so muß ich Sie um einen weiteren Vorschuß von fünfhundert Pfund bitten. Ich möchte den Gegenstand nicht der Post anvertrauen, noch etwas anderes als Gold oder Banknoten entgegennehmen. Ich würde hinüber zu Ihnen aufs Festland kommen, aber es könnte auffallen, wenn ich England zum gegenwärtigen Zeitpunkt verließe. Deshalb werde ich Sie im Rauchsalon des Charing Cross Hotels Sonnabend mittag erwarten. Denken Sie bitte daran, daß nur englische Währung oder Gold in Frage kommt.‹ Das wird vollauf genügen. Es sollte mich sehr wundern, wenn das unseren Mann nicht in die Falle lockt.«

Heute ist es längst ein Faktum der Geschichte – jener Geheimgeschichte eines Volkes, die häufig so viel wesentlicher und bewegender ist, als was von ihr öffentlich bekannt wird –, daß Oberstein, begierig, das Geschäft seines Lebens zu machen, auf den Köder anbiß und die nächsten fünfzehn Jahre sicher in einem britischen Gefängnis zubrachte. In seinem Gepäck fand man die unschätzbaren Bruce-Partington-Pläne, die er in navigatorisch interessanten Teilen Europas zum Kauf hatte anbieten wollen.

Oberst Walter ist im Gefängnis gestorben, gegen Ende des zweiten Jahres seiner Haft. Was Holmes betrifft, so kehrte er erfrischt zu seiner Monographie über die polyphonischen Motetten Orlandos zurück, die übrigens inzwischen im Privatdruck erschienen ist und von den Fachleuten begeistert gepriesen wurde. Einige Wochen später erfuhr ich zufällig, daß mein Freund einen Tag in Windsor verbracht hatte, von wo er eine bemerkenswert schöne Krawattennadel mit einem Smaragd heimbrachte. Als ich ihn fragte, ob er sie gekauft habe, erwiderte er, es sei ein Geschenk von einer gütigen Dame, in deren Interesse er glücklicherweise einmal einen kleinen Auftrag habe ausführen können. Mehr verriet er nicht; aber ich glaube, ich kann den erlauchten Namen dieser Dame erahnen. Sicher ist, daß der Smaragd die Erinnerung meines Freundes an jenes Abenteuer wachhalten wird, das im Londoner Nebel begonnen hatte.

Das Duell des Dr. Hirsch

Gilbert Keith Chesterton

M. Maurice Brun und M. Armand Armagnac schritten durch die sonnenbeschienenen Champs-Élysées, gewissermaßen lebhaft und würdevoll zugleich. Sie waren beide klein, frisch und zuversichtlich. Sie hatten beide schwarze Bärte, die nicht zu ihren Gesichtern zu gehören schienen, entsprechend der seltsamen französischen Mode, die es zuwege bringt, echtes Haar wie künstliches erscheinen zu lassen. M. Brun trug einen dunklen Keil von Barthaar, anscheinend unterhalb seiner Unterlippe befestigt. M. Armagnac hatte der Abwechslung halber zwei Bärte; je einen aus jeder Ecke seines scharfgeschnittenen Kinns hervorsprießend. Beide Männer waren jung. Beide waren Atheisten, mit all den dazugehörigen deprimierenden Ansichten dieser Lehre, jedoch auch höchst flexibel im Hinblick auf deren Auslegung. Sie waren beide Schüler des großen Dr. Hirsch: Wissenschaftler, Publizist und Moralist.

M. Brun war durch den Vorschlag berühmt geworden, den landläufigen Ausdruck »Adieu« aus der französischen Schriftsprache zu eliminieren und eine kleine Geldstrafe für den Gebrauch des Wortes im gewöhnliches Leben einzuführen. »Dann würde«, meinte er, »der bloße Name eures imaginären Gottes zum letzten Mal an das Ohr der Menschheit gedrungen sein.« M. Armagnac hatte sich mehr auf einen gewissen Widerstand gegen den Militarismus spezialisiert und wünschte, daß die Worte der Marseillaise: »Aux armes, citoyens« umgeändert würden in: »Aux grèves, citoyens«. Doch sein Antimilitarismus war von einer besonderen und gallischen Art. Ein hervorragender und sehr wohlhabender englischer Quäker, der ihn einst aufsuchte, um eine Abrüstung des ganzen Planeten mit ihm zu besprechen, war nicht wenig entsetzt ob Armagnacs Vorschlag, daß, um einen Anfang zu machen, die Soldaten ihre Offiziere niederschießen sollten.

Und wirklich waren es diese beiden Punkte, in denen die zwei

Männer am meisten von der Lehre ihres Vordenkers und Vaters auf dem Gebiete der Philosophie abwichen. Dr. Hirsch – obwohl er in Frankreich geboren war und die außerordentlichen Vorteile einer französischen Erziehung genossen hatte – gehörte seinem Temperament nach einem anderen Typus an; er war sanft, verträumt, menschlich und, trotz seiner skeptischen Lehre, nicht ohne eine gewisse Neigung zum Transzendenten. Kurz, er war eher wie ein Deutscher, nicht wie ein Franzose; und so sehr man ihn auch bewunderte, empörte sich doch etwas im Unterbewußtsein dieser Gallier über seine so friedliche Art, den Frieden zu predigen. Doch blieb Paul Hirsch für seine Anhänger in ganz Europa der Heilige der Wissenschaft. Seine umfassenden und verwegenen kosmischen Theorien zeugten von seiner strengen Lebensführung und seiner makellosen, wenn auch etwas frigiden Moralität; er nahm ungefähr die Stelle eines Darwin und Tolstoi zugleich ein. Doch war er weder Anarchist noch Antipatriot; seine Ansichten über die Abrüstung waren gemäßigt, er glaubte an eine organische Entwicklung – die republikanische Regierung setzte volles Vertrauen in ihn, besonders auf Grund von verschiedenen wichtigen Verbesserungen, wie zum Beispiel einem kürzlich von ihm entdeckten, geräuschlos wirkenden Sprengstoff, dessen Geheimnis die Regierung sorgfältig wahrte.

Sein Haus stand in einer schönen Straße nahe dem Élysée – einer Straße, die in diesem herrlichen Sommer beinahe ebenso reich belaubt schien wie der Park selbst; eine Reihe von Kastanienbäumen hielt die Sonnenstrahlen ab und war nur an einer Stelle unterbrochen, an der sich ein großes Kaffeehaus weit auf die Straße hinaus ausbreitete. Beinahe gerade gegenüber stand das Haus des großen Mannes der Wissenschaft mit weißen Mauern, grünen Jalousien und einem eisernen, ebenfalls grün angestrichenen Balkon unter den Fenstern des ersten Stockwerks. Darunter befand sich der Eingang in einen lustig, mit Zwergbäumen und Kacheln ausgeschmückten Hof, in den die beiden Franzosen, in angeregtes Gespräch vertieft, eben eintraten.

Der alte Diener des Doktors, Simon, öffnete ihnen die Tür. Man hätte ihn leicht selbst für einen Doktor halten können, da er einen schlichten schwarzen Anzug trug, eine Brille, graues Haar und ein vertrauenerweckendes Auftreten hatte. Tatsächlich sah er weit repräsentabler aus als sein Herr, Dr. Hirsch, der mit seinem knollenförmigen Kopf, unter dem der Körper verschwindend klein erschien, an ein Radieschen erinnerte. Mit der ganzen Feierlichkeit eines großen Arztes, der ein Rezept überreicht, händigte Simon dem M. Armagnac einen Brief aus, den dieser mit der seinem Temperament entsprechenden Ungeduld aufriß, um schnell folgende Zeilen zu lesen:

»Ich kann nicht hinunterkommen, um mit Ihnen zu sprechen. Es ist ein Mann in diesem Haus, den zu empfangen ich mich weigere. Er ist ein chauvinistischer Offizier, Dubosc. Er sitzt auf der Treppe. Er hat alle Möbel in sämtlichen Zimmern durcheinandergeworfen. Ich habe mich in meinem Studierzimmer vorn an der Straßenseite eingeschlossen. Wenn Sie mich lieben, gehen Sie in das Kaffeehaus hinüber, und warten Sie an einem der draußen stehenden Tische. Ich werde versuchen, ihn zu Ihnen hinüberzuschicken. Ich möchte gern, daß Sie ihn treffen und mit ihm verhandeln. Ich kann nicht selbst mit ihm zusammenkommen. Ich kann nicht; ich will nicht. Es wird einen zweiten Dreyfus-Prozeß geben.

P. Hirsch.«

Mr. Armagnac sah M. Brun an. M. Brun bat sich den Brief aus, las ihn und sah M. Armagnac an. Dann setzten sich beide gegenüber an einem der kleinen Tischchen unter den Kastanienbäumen nieder und bestellten zwei Gläser mit entsetzlichem grünem Absinth, den sie anscheinend zu jeder Zeit und bei jeder Witterung trinken konnten. Sonst war das Kaffeehaus ziemlich leer, nur an einem Tisch trank ein Soldat Kaffee, und an einem anderen Tisch saß ein großer Mann, der ein kleines Glas Fruchtsaft trank, mit einem Priester zusammen, der gar nichts trank.

Maurice Brun räusperte sich und sagte: »Natürlich müssen wir dem Meister in jeder Weise beistehen, aber . . .«

Es entstand ein plötzliches Schweigen, dann sagte Armagnac: »Er mag natürlich besondere Gründe haben, warum er dem Mann nicht selbst begegnen will, aber . . .«

Ehe einer von den beiden den Satz zu Ende sprechen konnte, wurde offenbar, daß man den Eindringling aus dem gegenüberliegenden Haus entfernte. Die Zwergbäumchen in der Hauseinfahrt gerieten ins Schwanken und flogen zur Seite, als der unwillkommene Gast wie eine Kanonenkugel aus ihrer Mitte herausschoß.

Er war von stämmiger Gestalt und trug einen kleinen, aufgeschlagenen Tirolerhut aus Filz und machte überhaupt den Eindruck eines Tirolers. Die Schultern des Mannes waren stark und breit, doch seine Beine, in Kniehosen und gestrickten Wollstrümpfen steckend, waren zierlich und flink. Sein Gesicht war nußbraun; er hatte sehr große, ruhelose Augen; das dunkle Haar war vorn straff aus der Stirn gebürstet und hinten kurz geschnitten, so daß sich der mächtige, eckig geformte Schädel deutlich abzeichnete; er trug einen riesigen schwarzen Schnurrbart, der gleich Bisonhörnern abstand. Ein so kräftiger Kopf sitzt meist auf einem Stiernakken; doch dieser Hals war von einer breiten, farbigen Krawatte verdeckt, die bis zu den Ohren hinaufgewickelt und vorn in den Rock hineingeschlungen war wie eine bunte Weste. Die Krawatte war in kräftigen, doch dunklen Farben gemustert, dunkelrot und altgold und purpurn, wahrscheinlich von orientalischer Machart. Der Mann hatte im ganzen etwas leicht Barbarisches an sich und glich eher einem ungarischen Gutsherrn als einem gewöhnlichen französischen Offizier.

Sein Französisch war jedoch offensichtlich das eines Einheimischen und sein französischer Patriotismus so heftig, daß er ein wenig absurd anmutete. Das erste, was er tat, als er aus dem Hausflur trat, war, daß er mit trompetengleicher Stimme die Straße hinunterschrie: »Gibt es hier irgendwo einen Franzosen?«, als riefe er in Mekka nach einem Christen.

Armagnac und Brun standen augenblicklich auf; doch sie kamen zu spät. Schon liefen Leute von den Straßenecken herbei, es bildete sich eine kleine, doch undurchdringliche Menschenmenge. Mit dem schnellen französischen Instinkt für Politik auf der Straße war der Mann mit dem schwarzen Schnurrbart schon bis zur einen Ecke des Kaffeehauses gerannt, sprang auf einen Tisch, hielt sich an einem herabhängenden Ast eines der Kastanienbäume fest und schrie, wie einst Camille Desmoulins geschrien hatte, als er Eichenlaub unter die Bevölkerung streute.

»Franzosen!« rief er. »Ich bin kein Redner! Gott helfe mir, darum eben rede ich! Die Leute in ihrem schmierigen Parlament, die reden lernen, lernen auch schweigen – zu schweigen wie jener Spion, der sich in dem gegenüberliegenden Hause versteckt! Er schwieg, als ich an die Tür seines Schlafzimmers klopfte! Er schweigt jetzt, obwohl er meine Stimme über diese Straße hinweg hört und zitternd auf seinem Stuhl sitzt! Oh, sie haben eine schweigende Beredsamkeit – diese Politiker! Doch die Zeit ist gekommen, da wir, die wir nicht reden können, reden müssen. Man hat euch den Preußen verraten. In diesem Augenblick verraten. Jener Mann hat euch verraten. Ich bin Jules Dubosc. Oberst der Artillerie, Belfort. Wir fingen gestern in den Vogesen einen deutschen Spion, und man fand bei ihm ein Papier – ein Papier, das ich hier in meiner Hand hielt. Oh, man versuchte wohl, es zu vertuschen; aber ich brachte es sofort dem Mann, der es geschrieben hat – dem Mann in jenem Hause! Es ist von seiner Hand. Es ist mit seinen Initialen gezeichnet. Es ist eine Anleitung zur Aufdeckung des Geheimnisses dieses neuen, geräuschlos wirkenden Sprengstoffes. Hirsch hat ihn erfunden: Hirsch schrieb diese Notiz darüber. Diese Notiz ist deutsch geschrieben und wurde in der Tasche eines Deutschen gefunden: ›Sagen Sie dem Mann, daß die Formel für Sprengstoff in einem grauen Kuvert im ersten Schrank links vom Schreibtisch des Sekretärs liegt, Kriegsministerium, mit roter Tinte. Er soll vorsichtig sein. P. H.«

So ratterte er kurze Sätze wie ein Maschinengewehr hervor; er war offensichtlich einer jener Leute, die entweder verrückt sind oder recht haben. Die meisten der versammelten Menschen waren Nationalisten und bereits in gefährlich aufgebrachter Stimmung. Eine Minorität ebenso zorniger Intellektueller, geführt von Armagnac und Brun, bewirkte nur, daß die Majorität noch kampflustiger wurde.

»Wenn dies ein Militärgeheimnis ist«, schrie Brun, »warum schreien Sie es auf der Straße aus?«

»Ich will Ihnen sagen, warum ich das tue!« brüllte Dubosc über die brüllende Menschenmenge hin. »Ich bin geradewegs und höflich zu dem Mann. Hätte er mir irgendeine Erklärung geben wollen, so hätte er das unter vollkommener Diskretion tun können. Er weigert sich, Erklärungen abzugeben. Er verweist mich an zwei Fremde im Kaffeehaus wie an zwei Bedienstete. Er hat mich aus dem Haus geworfen, aber ich werde wieder hineingehen, mit den Einwohnern von Paris hinter mir!«

Ein Schrei erscholl, von dem die ganze Häuserfassade zu erbeben schien, und zwei Steine flogen empor, deren einer eine Scheibe der Balkontür zertrümmerte. Der empörte Oberst verschwand wieder in der Hauseinfahrt, und man konnte ihn drinnen schreien und poltern hören. Mit jedem Augenblick wurde das Meer von

Menschen größer und größer; es wogte das Geländer und die Stufen zum Haus des Verräters empor; es schien beinahe unvermeidlich, daß man das Haus stürmen würde, wie man einst die Bastille gestürmt hatte, als plötzlich die Flügel der eingeworfenen Glastür geöffnet wurden und Dr. Hirsch auf den Balkon hinaustrat. Einen Augenblick lang schlug die Wut in Gelächter um, denn es war eine lächerliche Gestalt für einen derartigen Schauplatz. Der lange nackte Hals und die abfallenden Schultern ließen ihn einer Champagnerflasche gleichen, aber das war auch der einzige festliche Eindruck, den der Mann erweckte. Der Rock schlotterte an ihm herum wie an einer Puppe; er trug sein karottenfarbenes Haar lang und zerzaust; Wangen und Kinn waren dicht umrahmt von einem jener aufreizenden Bärte, die weitab vom Munde beginnen. Der Mann war sehr blaß und trug eine blaue Brille.

So blutleer sein Antlitz auch war, sprach er doch mit einer gewissen gezierten Bestimmtheit, so daß die Menge, als er in der Mitte seines dritten Satzes angelangt war, vollkommen still wurde.

».. . Ihnen jetzt nur zwei Dinge zu sagen. Das eine gilt meinen Feinden, das zweite meinen Freunden. Meinen Feinden sage ich: Es ist wahr, daß ich M. Dubosc nicht sprechen will, obwohl er eben vor dieser meiner Tür poltert. Es ist wahr, daß ich zwei andere Männer gebeten habe, ihn in meiner Vertretung anzuhören. Und ich will Ihnen sagen, warum! Weil ich ihn nicht empfangen will und darf – weil es gegen jede Regel der Ehre und Würde verstoßen würde, ihn zu empfangen. Ehe ich nicht vor einem Gericht vollkommen freigesprochen bin, gibt es eine andere Entscheidung, die ein Mann zur Verteidigung seiner Ehre in Anspruch nehmen kann und die er mir als Ehrenmann schuldig ist; wenn ich ihn nun darum an meine Sekundanten verweise, bin ich .. .«

Armagnac und Brun schwenkten wild ihre Hüte, und sogar die Feinde des Doktors brüllten laut Beifall ob dieser unerwarteten Herausforderung. Wieder blieben einige Sätze unverständlich, doch konnte man ihn sagen hören: »Meinen Freunden .. . ich persönlich ziehe immer rein intellektuelle Waffen vor, und eine höher entwickelte Menschheit wird sich sicherlich auf diese beschränken. Aber auch unsere eigene heiligste Überzeugung ist im Grunde nur das Ergebnis von äußeren Umständen und Vererbung. Meine Bücher hatten Erfolg; meine Theorien sind unwiderleglich; doch ich leide in politischer Beziehung unter einem beinahe physischen Vorurteil der Franzosen. Ich kann nicht sprechen wie Clemenceau oder Déroulède, denn ihre Worte sind wie der Widerhall ihrer Pistolenschüsse. Der Franzose verlangt nach einem Mann, der Duelle schlägt, wie der Engländer nach einem, der Sport betreibt. Nun, ich will meine Probe ablegen: Ich will dieses barbarische Bestechungsgeld bezahlen und für den Rest meines Lebens zur Vernunft zurückkehren.«

Es fanden sich sofort zwei Männer in der Menge, die dem Oberst Dubosc ihre Dienste anboten, als dieser einige Augenblicke später befriedigt herauskam.

Einer von ihnen war der Soldat mit dem Kaffee, der einfach sagte: »Ich werde Sie vertreten, Monsieur. Ich bin der Herzog von Valognes.« Der zweite war der große Mann, den sein Freund, der Priester, anfangs davon abhalten wollte; der Priester ging dann aber allein fort.

Gegen Abend wurde im rückwärtigen Teil des Café Charlemagne ein leichtes Abendessen serviert. Der Garten war zwar weder durch Glas noch vergoldeten Gips überdacht, aber die Gäste befanden sich doch beinahe alle unter einem zarten und unregelmäßigen Laubdach; denn die reichbelaubten Bäume standen so dicht um die Tische, daß sie etwas von dem hellen Glanz und der dunklen Glut eines kleinen Obstgartens hatten. An einem der mittleren Tische saß – völlig allein – ein stämmiger kleiner Priester, durch und durch zufrieden mit einer großen Portion Weißfisch beschäftigt. Da seine tägliche Lebensführung sehr einfach war, hatte er eine besondere Vorliebe für unerwartete und besondere Genüsse; er war ein enthaltsamer Epikureer. Er hob die Augen nicht von seinem Teller, neben dem Paprika, Zitronen, Schwarzbrot und Butter in einer geraden Reihe aufgestellt waren, bis ein großer Schatten über den Tisch fiel und sein Freund Flambeau ihm gegenüber Platz nahm. Flambeau war düsterer Stimmung.

»Ich fürchte, daß ich diese Geschichte aufgeben muß«, sagte Flambeau nachdrücklich; »ich stehe ganz auf seiten der französischen Soldaten wie Dubosc und ganz im Gegensatz zu den französischen Atheisten wie Hirsch. Aber es scheint mir, daß wir in diesem Fall einen Fehler gemacht haben. Der Herzog und ich hielten es für das beste, die Anklage zu untersuchen, und ich muß sagen, ich bin froh, daß wir es getan haben.«

»Ist das Papier also ein Schwindel?« fragte der Priester.

»Das ist eben das Merkwürdige«, erwiderte Flambeau. »Es ist genau die Handschrift des Dr. Hirsch, und niemand kann irgendeinen Fehler daran feststellen. Aber Hirsch hat es nicht geschrieben. Wenn er ein französischer Patriot ist, so hat er es nicht geschrieben, weil es Deutschland eine Information gibt. Und wenn er ein deutscher Spion ist, so hat er es nicht geschrieben, nun – weil es Deutschland keine Information gibt.«

»Sie meinen, die Information ist falsch?« fragte Pater Brown.

»Falsch«, wiederholte der andere bestätigend, »und gerade darin falsch, worin Dr. Hirsch richtige Angaben gemacht hätte – über das Versteck seiner eigenen Formel in seinem eigenen amtlichen Departement. Mit Erlaubnis des Dr. Hirsch und der Behörden gestattete man dem Herzog und mir, das Geheimfach im Kriegsministerium zu inspizieren, in dem die Formel des Dr. Hirsch aufbewahrt wird. Wir sind die einzigen Leute, die sie je zu Gesicht bekommen haben, ausgenommen der Erfinder selbst und der Kriegsminister; aber der Minister hat es erlaubt, um Hirsch vor dem Zweikampf zu bewahren. Daraufhin können wir Dubosc natürlich nicht mehr sekundieren, wenn seine Aufdeckung nur Blödsinn ist.«

»Und das ist sie?« fragte Pater Brown.

»Ja«, sagte sein Freund düster. »Es ist ein plumper Schwindel von jemand, der nichts von dem wahren Versteck weiß. Angeblich sollte das Papier in dem Schrank links vom Schreibtisch des Sekretärs liegen. Tatsächlich ist der Schrank mit dem Geheimfach etwas rechts von dem Schreibtisch. Weiterhin sollte das graue Kuvert ein Dokument enthalten, das mit roter Tinte geschrieben ist. Es ist nicht mit roter Tinte, sondern mit ganz gewöhnlicher, schwarzer geschrieben. Natürlich ist es Unsinn anzunehmen, daß Hirsch über ein Papier hätte im Irrtum sein können, von dem außer ihm niemand etwas wußte, oder daß er sich bemüht haben sollte, einem fremden Dieb behilflich zu sein, indem er ihn anwies, in einem falschen Schrank zu suchen. Ich fürchte, wir müssen die Geschichte aufgeben und Freund Rothaar um Entschuldigung bitten.«

Pater Brown schien zu überlegen; er hob ein Stückchen Weißfisch auf die Gabel.

»Sind Sie sicher, daß das graue Kuvert nicht im linken Schrank war?« fragte er.

»Ganz sicher«, erwiderte Flambeau. »Das graue Kuvert – es war eigentlich ein weißes Kuvert – war . . .«

Pater Brown ließ Gabel samt Fisch auf den Teller sinken und starrte seinen Gefährten über den Tisch hinweg an.

»Was?« fragte er mit veränderter Stimme.

»Nun, was?« wiederholte Flambeau und aß herzhaft weiter.

»Es war nicht grau?« fragte der Priester. »Flambeau, Sie machen mir angst.«

»Vor was zum Teufel haben Sie Angst?«

»Ich habe Angst vor einem weißen Kuvert«, sagte der andere ganz ernst. »Wenn es doch nur grau gewesen wäre! Zum Kuckuck, es hätte doch ebensogut grau sein können! Aber wenn es weiß gewesen ist, scheint das Ganze eine schwarze Geschichte zu sein. Der Doktor hat also doch irgendwie im trüben fischen wollen.«

»Aber ich sage Ihnen doch, er hätte so eine Notiz gar nicht schreiben können!« rief Flambeau. »Es stimmt ja *nichts*. Und ob er nun schuldig oder unschuldig ist, Dr. Hirsch kannte alle Tatsachen ganz genau.«

»Auch der Mann, der diese Notiz geschrieben hat, kannte alle Tatsachen genau«, sagte der Kleriker schlicht. »Er hätte sie niemals so falsch hinstellen können, wenn er sie nicht gekannt hätte. Man muß schrecklich viel wissen, wenn man in allen Punkten unrecht haben will – wie der Teufel.«

»Meinen Sie . . .?«

»Ich meine, wenn einer auf gut Glück etwas hätte zusammenlügen wollen, so hätte er in manchen Punkten die Wahrheit gesagt«, erwiderte der Freund mit Bestimmtheit. »Nehmen Sie an, es hätte Sie jemand auf die Suche nach einem Haus geschickt, das eine grüne Tür und blaue Fensterläden hat, ein Vorgärtchen, aber keinen Hintergarten, einen Hund, aber keine Katze, und in dem man Kaffee trinkt, aber keinen Tee. Wenn Sie ein solches Haus nicht fänden, würden Sie sagen, man habe Sie gefoppt. Aber ich sage nein. Ich sage, wenn Sie ein Haus gefunden hätten, wo die Tür blau und die Fensterläden grün wären, wo es einen Hintergarten, aber keinen Vorgarten gäbe, wo Katzen gebräuchlich wären, aber Hunde augenblicklich erschossen würden, wo man Tee literweise tränke und Kaffee verboten wäre – dann würden Sie wissen, daß Sie das Haus gefunden hätten. Der Mann mußte dieses spezielle Haus gekannt haben, um so genau ungenau sein zu können.«

»Aber was kann das bedeuten?« fragte sein Gegenüber.

»Ich kann es mir nicht vorstellen«, sagte Pater Brown. »Ich verstehe diese Hirsch-Affäre ganz und gar nicht. Solange es nur der rechte Schrank war statt des linken und schwarze Tinte statt roter, dachte ich, daß es die zufälligen Irrtümer eines Schwindlers seien, wie Sie sagen. Doch drei ist eine mystische Zahl; sie bringt die Dinge zu einem Abschluß. Sie bringt dies hier zu einem Abschluß. Daß von allen Angaben – über die Stellung des Schrankes, die Farbe der Tinte, die Farbe des Kuverts – keine einzige zufällig richtig sein sollte, das kann kein Zufall sein. Das war keiner.«

»Aber was war es dann? Verrat?« fragte Flambeau und machte sich wieder ans Essen.

»Das weiß ich auch nicht«, antwortete Pater Brown mit einem Gesicht, das völlige Verwirrung zeigte. »Das einzige, woran ich denken kann . . . Nun, ich verstand den Fall Dreyfus auch niemals. Ich kann Beweise moralischer Art immer eher begreifen als andere. Ich richte mich nach den Augen eines Menschen und nach seiner Stimme, wissen Sie, und ob seine Familie glücklich zu sein scheint, was er bevorzugt – und was er meidet. Nun, dieser Fall Dreyfus hat mich verwirrt. Nicht wegen der schrecklichen Dinge, die man sich gegenseitig zur Last legte; ich weiß, obwohl es der modernen Anschauung widerspricht, daß die menschliche Natur, zum äußersten getrieben, immer noch imstande ist, Cenci oder Borgia zu sein. Nein, was mich verwirrte, war die Aufrichtigkeit beider Parteien. Ich meine nicht die politischen Parteien; Parkett und Galerie sind im großen und ganzen ehrlich und werden oft getäuscht. Ich meine die handelnden Personen, die Verschwörer, wenn es denn Verschwörer waren – den Verräter, wenn es ein Verräter war. Ich meine die Leute, die die Wahrheit gewußt haben mußten. Nun, Dreyfus fuhr fort, sich wie ein Mann zu benehmen, der wußte, daß man ihm unrecht tat. Und andererseits fuhren die französischen Staatsmänner und Soldaten fort, sich so zu benehmen, als ob sie wüßten, daß er nicht ein Mann wäre, dem man unrecht täte, sondern einer, der unrecht getan hatte. Ich meine nicht, daß sie sich richtig benommen hätten. Ich meine, sie benahmen sich so, als ob sie ihrer Sache sicher gewesen wären. Ich kann diese Dinge nicht erklären; ich weiß, was ich meine.«

»Ich wollte, ich wüßte es auch«, sagte sein Freund. »Und was hat das alles mit dem alten Hirsch zu tun?«

»Nehmen Sie an«, fuhr der Priester fort, »daß ein Geheimnisträger anfinge, dem Feind Informationen zu geben, weil es falsche Informationen waren. Nehmen Sie an, daß der Mann vielleicht sogar glaubte, sein Land zu retten, indem er die Gegenseite irreführte. Nehmen Sie an, daß ihn dies in die Kreise von Spionen brachte und daß man ihm kleine Darlehen gab und damit ein wenig festband. Nehmen Sie an, daß er seine widerspruchsvolle Stellung auf eine komplizierte Art aufrechthielt, indem er den fremden Spionen niemals die Wahrheit sagte, sie aber mehr und mehr erraten ließ. Sein besseres Ich, soviel eben noch übrig war davon, würde immer noch sagen: ›Ich habe dem Feind nicht geholfen; ich habe gesagt, daß es der linke Schrank sei.‹ Seine schlechtere Hälfte würde jedoch schon anfangen zu sagen: ›Aber sie könnten klug genug sein, um zu merken, daß der rechte gemeint ist.‹ Ich glaube, das ist psychologisch möglich – in einem aufgeklärten Zeitalter, wissen Sie.«

»Es mag psychologisch möglich sein«, antwortete Flambeau, »und es könnte sicherlich eine Erklärung für Dreyfus sein – mit seiner eigenen Überzeugung, daß man ihm unrecht tue, und seinen Richtern, die von seiner Schuld überzeugt waren. Aber es würde ihn historisch nicht reinwaschen, da die Papiere von Dreyfus – wenn es seine Papiere waren – buchstäblich richtig waren.«

»Ich habe nicht an Dreyfus gedacht«, sagte Pater Brown. Es war allmählich still geworden um sie, je mehr die Tische sich leerten; es war schon spät, obwohl die Sonnenstrahlen sich noch an allen Dingen festhielten, als hätten sie sich zufällig in den Bäumen verfangen.

In dieser Stille rückte Flambeau laut seinen Stuhl zurück, was ein vereinzeltes, widerhallendes Geräusch hervorrief.

»Nun«, sagte er etwas grob, »wenn Hirsch nichts Besseres als ein feiger Verrats-Krämer ist . . .«

»Sie dürfen nicht zu streng sein mit solchen Menschen«, sagte Pater Brown sanft. »Es ist nicht nur ihre Schuld; sie haben keine Instinkte. Ich meine jene Empfindungen, die eine Frau davon abhalten, mit einem Mann zu tanzen, oder einen Mann abhalten, vertrautes Gut anzurühren. Sie haben gelernt, daß da nur ein gradueller Unterschied besteht.«

»Immerhin«, rief Flambeau ungeduldig, »es wäre keine Besudelung meiner Prinzipien; und ich will die Sache zu Ende führen. Der alte Dubosc mag ein wenig verrückt sein, aber schließlich ist er in seiner Art ein Patriot.«

Pater Brown wandte sich wieder seinem Fisch zu.

Die ernsthafte Art, mit der er dies tat, bewog Flambeau, seinen Gefährten nochmals mit wilden, schwarzen Blicken zu streifen. »Was ist denn los mit Ihnen?« fragte er. »Mit Dubosc ist doch soweit alles in Ordnung. Oder hegen Sie Mißtrauen gegen ihn?«

»Mein Freund«, sagte der kleine Priester und legte mit einer Gebärde hilfloser Verzweiflung Messer und Gabel nieder. »Ich hege heute gegen alles Mißtrauen. Ich meine gegen alles, was sich heute zugetragen hat. Ich traue der ganzen Geschichte nicht, obwohl sie sich vor meinen Augen abgespielt hat. Ich zweifle an allem, was meine Augen seit heute früh gesehen haben. Irgendwie unterscheidet sich diese Geschichte völlig von den gewöhnlichen Polizeimysterien, in denen der eine immer mehr oder weniger lügt und der andere mehr oder weniger die Wahrheit sagt. Hier sind beide Männer . . . Nun! Ich habe Ihnen die einzige Theorie dargelegt, von der ich mir vorstellen könnte, daß sie jemanden befriedigt. Aber, um ehrlich zu sein, mich befriedigt sie nicht.«

»Mich auch nicht«, erwiderte Flambeau stirnrunzelnd, während der andere fortfuhr, mit einer Miene vollständiger Resignation Fische zu essen. »Wenn Sie nichts anderes vorbringen können als jene Idee, daß eine Nachricht durch Angaben vermittelt wird, die der Wahrheit entgegengesetzt sind, so würde ich das zwar ungewöhnlich klug und spitzfindig nennen, aber . . .«

»Ich würde es durchsichtig nennen«, sagte der Priester schnell. »Ich würde es sogar ungewöhnlich durchsichtig nennen. Aber das ist das Merkwürdige an der Geschichte. Sie ist wie eine Schulbubenlüge. Es gibt nur drei Versionen, die von Dubosc, die von Hirsch und die meine. Entweder wurde diese Nachricht von einem französischen Offizier geschrieben, um einen französischen Beamten zu ruinieren; oder sie wurde von einem französischen Beamten geschrieben, um deutsche Offiziere irrezuführen. So weit, so gut. Man würde erwarten, daß ein geheimes Papier, das zwischen solchen Leuten wie Offizieren und Beamten kursiert, anders aussieht. Man würde vielleicht Chiffren, sicherlich aber irgendwelche Kürzel voraussetzen; jedenfalls wissenschaftliche Termini und strikte Fachausdrücke. Aber dies hier ist so vorsätzlich simpel wie ein Schauerroman: ›In der roten Grotte werden Sie die goldene Kassette finden.‹ Es sieht so aus, als ob . . . es Absicht wäre, daß man es durchschaut.«

Beinahe noch ehe sie es bemerken konnten, war eine kleine Gestalt in französischer Uniform mit Windeseile an ihren Tisch herangetreten und ließ sich schwer auf einen Stuhl fallen.

»Ich bringe erstaunliche Nachrichten«, sagte der Herzog von Valognes. »Ich komme eben von unserem Oberst. Er packt gerade seine Koffer, um das Land zu verlassen, und er bittet uns, *sur le terrain* seine Entschuldigung vorzubringen.«

»Was?« schrie Flambeau mit einer ganz erschreckenden Ungläubigkeit. »Abbitte tun?«

»Ja«, sagte der Herzog mürrisch, »da und dort – vor allen Leuten –, wenn die Schwerter gezogen sind. Und Sie und ich sollen es machen, während er das Land verläßt.«

»Aber was kann das bedeuten?« rief Flambeau. »Er wird sich doch nicht vor diesem kleinen Dr. Hirsch fürchten! Verdammt noch mal«, rief er in einer Art kalter Wut, »vor dem kann sich doch niemand fürchten.«

»Ich glaube, es ist irgendeine Intrige!« schnaubte Valognes, »irgendeine Verschwörung dieser Freigeister. Es soll wahrscheinlich dazu beitragen, den Ruhm dieses Dr. Hirsch zu mehren . . .

An Pater Browns Miene war nichts Auffallendes zu bemerken, nur seltsam befriedigt sah er drein; es konnte ebensogut Unwissenheit wie Begreifen sein, was seine Züge erhellte. Doch gab es zuweilen einen Augenblick des Aufleuchtens. Dann war es, als nähme er eine Maske ab und zeigte sein dahinter verborgenes kluges Gesicht; und Flambeau wußte, daß sein Freund plötzlich verstanden hatte. Der Priester sagte nichts, sondern beendete seine Mahlzeit.

»Wo haben Sie unseren feinen Oberst zuletzt gesehen?« fragte Flambeau ärgerlich.

»Er ist drüben im Hotel Saint-Louis, wohin wir ihn im Wagen begleitet haben. Er packt seine Koffer, sag ich Ihnen.«

»Glauben Sie, daß er noch dort ist?« fragte Flambeau und blickte stirnrunzelnd auf den Tisch herab.

»Ich glaube nicht, daß er schon fertig ist«, erwiderte der Herzog; »er packt für eine lange Reise . . .«

»Nein«, sagte Pater Brown ganz einfach und stand plötzlich auf, »eher für eine kurze Reise. Aber wir könnten noch zurechtkommen, um ihn abzufangen, wenn wir mit einem Automobil hinüberfahren.«

Mehr war nicht aus ihm herauszubringen, bis das Auto vor dem Hotel Saint-Louis um die Ecke bog, wo sie ausstiegen und er die Gesellschaft durch eine Seitenallee hinaufführte, die infolge der zunehmenden Dämmerung bereits in tiefem Schatten lag. Als der Herzog einmal ungeduldig fragte, ob Dr. Hirsch des Verrats schuldig sei oder nicht, antwortete der Priester ein wenig zerstreut: »Nein, nur des Ehrgeizes – wie Cäsar.« Dann fügte er ein wenig unvermittelt hinzu: »Er führt ein sehr einsames Leben; er mußte stets alles allein machen.«

»Nun, wenn er ehrgeizig ist, so sollte er jetzt befriedigt sein«, sagte Flambeau ein wenig bitter. »Ganz Paris wird ihm zujubeln, da unser verfluchter Oberst davongelaufen ist.«

»Sprechen Sie nicht so laut«, sagte Pater Brown, selbst die Stimme senkend; »Ihr verfluchter Oberst ist gerade vor uns.«

Die beiden anderen fuhren zusammen und zogen sich tiefer in den Schatten der Mauer zurück, denn die stämmige Gestalt ihres flüchtig gewordenen Duellanten eilte im Zwielicht an ihnen vorbei, in jeder Hand einen Koffer. Er sah beinahe genauso aus, wie sie ihn zum ersten Mal gesehen hatten, nur daß er seine malerische Kniehose gegen ein gewöhnliches Beinkleid vertauscht hatte. Offenbar eilte er bereits aus dem Hotel.

Die Wiese, über die sie ihm folgten, machte den Eindruck, als läge sie hinter den Dingen – wie die Rückseite einer Kulisse. Auf der einen Seite lief eine farblose Mauer entlang, in der in gewissen Abständen trübselig aussehende, beschmutzte Türen waren, alle fest verschlossen und gänzlich schmucklos, bis auf das Kreidegekritzel eines zufällig vorbeigekommenen Gamins. Baumkronen waren ab und zu über der Mauer zu sehen und dahinter im grauroten Schein des Abends die Rückseite irgendwelcher hoher Häuser, die in Wirklichkeit ziemlich nahe standen, doch aussahen wie eine ferne, unerreichbare Gebirgskette. Die andere Seite der Wiese war durch ein hohes vergoldetes Gitter begrenzt, das einen finsteren Park säumte.

Flambeau sah sich ein wenig zaghaft um. »Wissen Sie«, sagte er, »es ist hier so merkwürdig . . .«

»Hallo!« rief der Herzog plötzlich. »Dieser Kerl ist verschwunden. Versunken, wie durch einen verdammten Zauber!«

»Er hat einen Schlüssel«, erklärte ihr kirchlicher Berater. »Er ist nur durch eine dieser Gartentüren eingetreten.«

Und schon hörten sie eine der Holztüren klirrend ins Schloß fallen.

Flambeau eilte mit langen Schritten zu der Tür hin, die solcherart beinahe vor seiner Nase zuschlug, stand einen Augenblick lang vor ihr still und biß voll wütender Neugierde auf seinem schwarzen Schnurrbart herum. Dann warf er seine langen Arme empor und schwang sich wie ein Affe auf die Mauer. Schwarz hob sich seine riesige Gestalt wie die dunklen Baumgipfel gegen den roten Himmel ab.

Der Herzog sah den Priester an. »Die Flucht dieses Dubosc ist wohlüberlegter, als wir dachten«, sagte er, »doch ich glaube, er flieht aus Frankreich.«

»Er entflieht von überall«, antwortete Pater Brown.

Valognes' Augen erhellten sich, doch seine Stimme wurde düsterer. »Meinen Sie Selbstmord?« fragte er.

»Man wird seine Leiche nicht finden«, erwiderte der andere. Flambeau schrie auf, oben auf der Mauer. »Mein Gott«, rief er aus, »jetzt weiß ich, wo wir sind! Ja, es ist die Hinterseite der Straße, in der unser Freund Hirsch wohnt. Ich denke, ich erkenne die Rückseite eines Hauses ebensogut wie den Rücken eines Menschen.«

»Und Dubosc ist da hineingegangen?« rief der Herzog und schlug sich auf die Schenkel. »Na, da werden sie einander schließlich doch noch begegnen.« Und in einer plötzlichen Anwandlung gallischer Lebhaftigkeit sprang er auf die Mauer an Flambeaus Seite und saß dort, buchstäblich mit den Beinen zappelnd vor Aufregung. Nur der Priester blieb unten, lehnte sich gegen die Mauer und drehte so dem ganzen Schauspiel den Rücken zu, während er sinnend auf das Staket des gegenüberliegenden Parks und auf die schwankenden Bäume sah.

Der Herzog, so aufgeregt er auch war, blieb seinen aristokratischen Instinkten treu und wünschte nur, das Haus anzustarren, nicht etwa, es auszuspionieren; doch Flambeau mit seinen Einbrecher- und Detektivinstinkten hatte sich bereits von der Mauer aus in die Gabelung eines Baumes geschwungen, von wo aus er ganz in die Nähe des einzigen erleuchteten Fensters an der Rückseite des hohen, dunklen Hauses klettern konnte. Über das Fenster war eine rote Jalousie herabgelassen, doch schief befestigt worden, so daß sie auf einer Seite offenstand, und Flambeau konnte, wenn er den Hals weit vorbog, hinter einem Zweig gerade noch den Oberst

Dubosc erblicken, der in einem hellerleuchteten und luxuriös ausgestatteten Schlafzimmer umherging. Doch so nah Flambeau auch dem Hause war, hörte er die Worte seines Kollegen an der Mauer und wiederholte sie leise.

»Ja, jetzt werden sie einander schließlich doch begegnen.«

»Sie werden einander niemals begegnen«, sagte Pater Brown. »Hirsch hatte recht, wenn er sagte, daß in einer solchen Sache die beiden Hauptpersonen nicht direkt zusammenkommen sollten. Haben Sie jemals jene seltsame psychologische Studie von Henry James gelesen, in der zwei Leute einander durch Zufall so oft verfehlen, daß sie beide große Angst voreinander bekommen und glauben, es sei Schicksal? Das hier ist etwas Ähnliches, aber noch seltsamer.«

»Es gibt Leute in Paris, die sie von derlei krankhaften Einbildungen heilen werden«, versprach Valognes rachsüchtig. »Sie werden schön miteinander kämpfen müssen, wenn wir sie fangen und dazu zwingen, einander zu begegnen.«

»Und sie werden einander nicht einmal am Tag des Jüngsten Gerichts begegnen«, sagte der Priester. »Wenn der allmächtige Gott die Rollen der Listen hielte und St. Michael die Posaune bliese, auf daß die Schwerter gekreuzt werden – auch dann noch, wenn einer von ihnen bereitstünde, würde der andere nicht kommen.«

»Ach, was soll all dieser Mystizismus bedeuten?« rief der Herzog von Valognes ungeduldig; »warum sollten sie um Himmels willen einander nicht begegnen wie andere Menschen?«

»Sie sind das Gegenteil voneinander«, sagte Pater Brown mit einem seltsamen Lächeln. »Sie widersprechen einander. Sie heben einander auf, sozusagen.«

Er fuhr fort, auf die gegenüberstehenden dunklen Bäume zu starren, doch Valognes wandte schnell den Kopf, auf einen unterdrückten Ausruf Flambeaus hin. Dieser Kundschafter, der in das erleuchtete Fenster spähte, hatte eben gesehen, wie der Oberst nach einigem Aufundabgehen anfing, sich den Rock aufzuziehen. Flambeaus erster Gedanke war, daß dies wirklich nach einem Duell aussähe; doch bald mußte er diese Ansicht zugunsten einer anderen fallenlassen. Die kräftigen, breiten Schultern und die starke Brust Duboscs waren nichts als ein gutes Stück Polsterung, die zusammen mit dem Rock abfiel. In Hemd und Hose war er ein verhältnismäßig schlanker Herr, der durch das Schlafzimmer in das Badezimmer ging, ohne jede andere kampflustige Absicht, als sich zu waschen. Er beugte sich über ein Becken, trocknete seine nassen Hände und sein Gesicht an einem Handtuch ab, und wandte sich wieder um, so daß das helle Licht auf sein Gesicht fiel. Die braune Farbe war durchaus gewichen, auch der große schwarze Schnurrbart war verschwunden; er war glatt rasiert und sehr blaß. Vom Oberst war nichts übriggeblieben als seine leuchtenden braunen Adleraugen. Unter der Mauer fuhr Pater Brown in seinen tiefsinnigen Betrachtungen fort, als spräche er zu sich selbst.

»Es ist genauso, wie ich Flambeau gesagt habe. Mit solchen Gegensätzen geht es nicht. Das stimmt nicht. Das kämpft auch nicht. Wenn es weiß statt schwarz ist und fest anstatt flüssig und so weiter in jedem einzelnen Fall – dann stimmt etwas nicht. Monsieur, dann stimmt etwas nicht. Einer dieser Männer ist blond, der andere schwarz. Der eine kräftig, der andere mager, der eine stark, der andere schwach. Der eine hat einen Schnurrbart und keinen Vollbart, so daß man seinen Mund nicht sehen kann; der andere hat einen Vollbart und keinen Schnurrbart, so daß man sein Kinn nicht sehen kann. Der eine hat das Haar am Hinterkopf kurz geschnitten, aber eine breite Krawatte, die seinen Hals verbirgt; der andere trägt einen niedrigen Kragen, aber langes Haar, das seinen Hinterkopf verbirgt. Es stimmt alles zu genau, Monsieur, und darum stimmt etwas nicht. Dinge, die einander so entgegengesetzt sind, sind Dinge, die nicht miteinander streiten können. Wo immer der eine herausguckt, taucht der andere unter. Wie ein Gesicht und eine Maske, wie ein Schloß und ein Schlüssel . . .«

Flambeau starrte in das Haus, und sein Gesicht war so weiß wie ein Blatt Papier. Der Bewohner des Zimmers stand dort und wandte ihm den Rücken zu, aber ihm gegenüber befand sich ein Spiegel, und der Mann hatte bereits um sein Gesicht eine Art Umrahmung aus rotem Haar gelegt, das ungeordnet um seinen Kopf hing und längs der Wangen bis zum Kinn herabfiel, so daß der spöttisch verzogene Mund freiblieb. So im Spiegel betrachtet glich das weiße Gesicht einem Judas, der grauenhaft lachte und von den Höllenflammen umlodert war. Einen Augenblick lang sah Flambeau die wilden rotbraunen Augen tanzen, dann wurden sie von einer blauen Brille verdeckt. Als die Gestalt in einen weiten schwarzen Rock geschlüpft war, verschwand sie in Richtung Vorderseite des Hauses. Einige Augenblicke später verriet ein Beifallssturm, daß Dr. Hirsch abermals auf dem Balkon erschienen war.

Glut am Gesicht

Dashiell Hammett

»Wir haben sie gestern zurückerwartet«, beendete Alfred Banbrock seine Geschichte. »Als sie bis heute morgen nicht gekommen waren, rief meine Frau Mrs. Walden an. Mrs. Walden sagte, sie wären gar nicht dort unten gewesen, und man hätte sie auch nicht erwartet.«

»Auf den ersten Blick«, meinte ich, »sieht es so aus, als wären Ihre Töchter aus eigenem Antrieb weggegangen und als blieben sie auch aus eigenem Antrieb fort.«

Banbrock nickte ernst. Schlaffe Muskeln schwabbelten in seinem fleischigen Gesicht.

»Es scheint so«, stimmte er mir zu. »Deshalb bin ich ja auch nicht zur Polizei gegangen, sondern habe mich an Ihre Agentur um Hilfe gewandt.«

»Sind sie früher schon mal verschwunden?«

»Nein. Wenn Sie Zeitungen und Illustrierte lesen, ist Ihnen sicher nicht entgangen, daß die jüngere Generation zum Schlendrian neigt. Meine Töchter kamen und gingen so ziemlich, wie es ihnen paßte. Aber obwohl ich nie wußte, was sie vorhatten, war uns im großen und ganzen immer bekannt, wo sie waren.«

»Können Sie sich irgendeinen Grund für ihr Verschwinden denken?«

Er schüttelte müde den Kopf.

»Hat es in letzter Zeit Streit gegeben?« bohrte ich weiter.

»N-«. Er verbesserte sich: »Ja, doch ich habe ihm keine Bedeutung beigemessen und hätte mich nicht daran erinnert, wenn Sie nicht meinem Gedächtnis nachgeholfen hätten. Es war am Donnerstagabend – am Abend, bevor sie fortgingen.«

»Und worum drehte es sich?«

»Natürlich ums Geld. Das war das einzige, weshalb es zwischen uns Streit gab. Ich gab jeder meiner Töchter ein angemessenes Taschengeld – vielleicht ein sehr reichliches. Und ich war auch sonst nicht kleinlich. Es gab nur wenige Monate, in denen sie nicht mehr brauchten. Am Donnerstagabend baten sie mich um eine Summe, die noch höher als üblich war und das, was zwei junge Mädchen brauchen, weit überschritt. Ich wollte sie ihnen nicht geben, gab ihnen aber schließlich einen etwas kleineren Betrag. Wir haben nicht direkt gestritten, aber es herrschte eine ziemlich gereizte Stimmung zwischen uns.«

»Und nach dieser Auseinandersetzung sagten sie, daß sie übers Wochenende zu Mrs. Walden nach Monterey fahren wollten?«

»Möglich. Ich bin mir dessen nicht ganz sicher. Ich glaube, daß ich erst am nächsten Morgen davon hörte, aber vielleicht haben sie es meiner Frau schon vorher gesagt.«

»Und Sie können sich keinen anderen Grund denken, warum sie verschwunden sind?«

»Keinen. Ich kann mir nicht vorstellen, daß unser Streit wegen des Geldes – der überhaupt nichts Ungewöhnliches war – etwas damit zu tun hatte.«

»Was hält ihre Mutter von der Sache?«

»Ihre Mutter ist tot«, korrigierte mich Banbrock. »Meine Frau ist ihre Stiefmutter. Sie ist nur zwei Jahre älter als Myra, meine ältere Tochter. Sie ist genauso ratlos wie ich.«

»Sind Ihre Töchter und ihre Stiefmutter gut miteinander ausgekommen?«

»Aber ja! Ausgezeichnet! Bei Familienstreitigkeiten standen sie meistens zusammen gegen mich.«

»Ihre Töchter sind am Freitagnachmittag aufgebrochen?«

»Mittags – vielleicht ein paar Minuten danach. Sie wollten mit dem Wagen fahren.«

»Der Wagen ist natürlich auch verschwunden?«

»Klar.«

»Was für einer ist es?«

»Ein Locomobile, mit einer speziellen Kabriolett-Karosserie. Schwarz.«

»Können Sie mir das Kennzeichen und die Motornummer geben.«

»Sicher.«

Er drehte sich auf seinem Stuhl zu dem großen Rollpult um, das ein Viertel der einen Bürowand verdeckte, kramte zwischen den

Papieren in einem Fach herum und las mir die Nummern über seine Schulter hinweg vor. Ich schrieb sie auf die Rückseite eines Briefumschlags.

»Ich werde den Wagen auf die polizeiliche Fahndungsliste für gestohlene Autos setzen lassen«, sagte ich ihm. »Das läßt sich machen, ohne Ihre Töchter zu erwähnen. Vielleicht findet die Polizei den Wagen. Das würde uns helfen, Ihre Töchter zu finden.«

»Einverstanden«, sagte er, »aber hoffentlich kann unliebsames Aufsehen vermieden werden. Wie ich Ihnen schon sagte, möchte ich nicht mehr Publicity als unbedingt nötig – außer es erweist sich als wahrscheinlich, daß den Mädchen etwas zugestoßen ist.«

Ich nickte verständnisvoll und stand auf.

»Ich möchte hinausfahren und noch mit Ihrer Frau sprechen«, sagte ich. »Ist sie zu Hause?«

»Ja, ich denke schon. Ich werde sie anrufen und ihr sagen, daß Sie kommen.«

In einer großen Kalksteinfestung auf einem Hügel in Sea Cliff, mit Blick auf Meer und Bucht, hatte ich meine Unterredung mit Mrs. Banbrock. Sie war ein großes dunkelhaariges Mädchen von nicht mehr als zweiundzwanzig Jahren, mit einer Anlage zur Molligkeit.

Sie konnte mir nichts sagen, was ihr Mann nicht bereits erwähnt hatte, doch sie ging mehr ins Detail.

Ich bekam eine Beschreibung der zwei Mädchen:

Myra – 20 Jahre alt; 1,66 Meter; 150 Pfund; athletisch; lebhaft, beinahe männliches Auftreten und Benehmen; brauner Bubikopf; braune Augen, eckiges Gesicht mit großem Kinn und kurzer Nase; Narbe über dem linken Ohr, unter dem Haar verborgen; sie liebte Pferde und sämtliche Freiluftsportarten. Als sie das Haus verließ, trug sie ein blaugrünes Wollkleid, einen kleinen blauen Hut, einen kurzen schwarzen Sealmantel und schwarze Halbschuhe.

Ruth – 18 Jahre alt; 1,58 Meter; 105 Pfund; braune Augen; brauner Bubikopf; schmales ovales Gesicht; still, schüchtern, mit einer Neigung, sich auf ihre kräftigere Schwester zu stützen. Als sie zuletzt gesehen wurde, trug sie einen tabakbraunen Mantel mit braunem Pelzbesatz, dazu ein graues Seidenkleid und einen großen braunen Hut.

Ich bekam von jedem Mädchen zwei Fotos und außerdem einen Schnappschuß von Myra, auf dem sie vor dem Kabriolett stand.

Man gab mir eine Liste der Dinge, die sie mitgenommen hatten – Dinge, die man normalerweise für einen Wochenendbesuch einpackt. Das Wertvollste war mir jedoch eine Liste ihrer Freunde, Verwandten und sonstigen Bekannten, soweit Mrs. Banbrock von ihnen wußte.

»Haben sie Mrs. Waldens Einladung vor ihrem Streit mit Mr. Banbrock erwähnt?« fragte ich, als ich die Listen verstaut hatte.

»Ich glaube nicht«, sagte Mrs. Banbrock nachdenklich. »Ich habe die zwei Dinge überhaupt nicht in Zusammenhang gebracht. Sie haben nicht richtig mit ihrem Vater gestritten, wissen Sie. Der Ausdruck ist viel zu hart dafür.«

»Haben Sie sie gesehen, als sie gingen?«

»Natürlich! Sie brachen Freitag mittag gegen halb eins auf. Sie küßten mich wie immer beim Abschied, und an ihrem Benehmen war überhaupt nichts Ungewöhnliches.«

»Und Sie haben keine Ahnung, wohin sie gefahren sein können?«

»Nicht die geringste.«

»Sie haben auch keine Vermutung?«

»Nein. Unter den Namen und Adressen, die ich Ihnen gegeben habe, sind einige Freunde und Verwandte der Mädchen in anderen Städten. Vielleicht sind sie dorthin gefahren. Meinen Sie, wir sollten –?«

»Ich werde mich darum kümmern«, versprach ich. »Können Sie mir nicht ein oder zwei davon nennen, die Ihnen am wahrscheinlichsten vorkommen?«

»Nein«, sagte sie entschieden. »Das kann ich nicht.«

Nach dieser Unterredung fuhr ich zur Agentur zurück und setzte ihre Maschinerie in Gang. Ich veranlaßte, daß Mitarbeiter der Filialen der Continental die auswärtigen Namen auf meiner Liste überprüften, daß das verschwundene Locomobile auf die Fahndungsliste der Polizei gesetzt wurde und daß ein Foto von jedem Mädchen vervielfältigt wurde.

Danach fing ich an, mit den Personen auf der Liste, die Mrs. Banbrock mir gegeben hatte, zu reden. Zuerst besuchte ich eine gewisse Constance Delee in ihrem Apartmenthaus in der Post Street. Ich traf nur das Dienstmädchen. Es sagte mir, daß Miss Delee verreist sei, doch wo sie war und wann sie zurückkam, wollte sie mir nicht verraten.

Von dort fuhr ich die Van Ness Avenue hinauf und fand im Verkaufssalon eines Autohändlers einen glatthaarigen jungen Mann namens Wayne Ferris. Sein sehr freundliches Benehmen und sein eleganter Anzug verbargen völlig alles andere – Intelligenz zum Beispiel –, was er noch haben mochte. Es war sehr hilfsbereit, wußte aber nichts und brauchte sehr lange, um mir das zu sagen.

Wieder eine Niete: »Mrs. Scott ist in Honolulu.«

Im Büro eines Grundstücksmaklers in der Montgomery Street fand ich den nächsten – wieder einen gewandten, eleganten glatthaarigen jungen Mann mit netten Manieren. Sein Name war Raymond Elwood. Ich hätte ihn für einen nahen Verwandten, höchstens einen Cousin von Ferris gehalten, wenn ich nicht gewußt hätte, daß die Welt – besonders die tanzende, teeschlürfende Welt – von diesen Typen wimmelt. Ich erfuhr nichts von ihm.

Dann zog ich noch ein paar Nieten: »Verreist«, »Einkaufen«, »Ich weiß nicht, wo Sie ihn finden können.«

Doch bevor ich Schluß machte, fand ich noch eine Freundin der Banbrock-Mädchen. Ihr Name war Mrs. Stewart Correll, und sie wohnte in Presidio Terrace, nicht weit von den Banbrocks. Sie war eine kleine mädchenhafte Frau, etwa im gleichen Alter wie Mrs. Banbrock. Eine zierliche blonde Person mit großen Augen von jenem besonderen Blau, das immer ehrlich und aufrichtig wirkt, egal, was dahinter vorgeht.

»Ich habe Ruth und Myra zwei Wochen oder noch länger nicht gesehen«, beantwortete sie meine Frage.

»Haben sie damals – als Sie sie das letzte Mal sahen – irgend etwas gesagt, daß sie fort wollten?«

»Nein.«

Ihre Augen waren groß und aufrichtig. Ein kleiner Muskel zuckte in ihrer Oberlippe.

»Und Sie haben keine Ahnung, wo sie sein könnten?«

»Nein.«

Ihre Finger rollten ihr Spitzentaschentuch zu einem kleinen Ball zusammen.

»Haben Sie von ihnen gehört, seit Sie sie das letzte Mal sahen?«

»Nein.«

Sie befeuchtete ihren Mund, bevor sie es sagte.

»Würden Sie mir bitte die Namen und Adressen aller Leute geben, die Sie und die Banbrock-Mädchen gemeinsam kennen?«

»Warum –? Gibt es –?«

»Es besteht die Möglichkeit, daß einige von ihnen sie später als Sie gesehen haben«, erklärte ich. »Oder vielleicht seit Freitag.«

Ziemlich widerstrebend sagte sie mir ein Dutzend Namen. Alle standen bereits auf meiner Liste. Zweimal zögerte sie, als wäre ihr fast ein Name herausgerutscht, den sie nicht nennen wollte. Sie sah mich unverwandt an mit großen, treuherzigen Augen. Ihre Finger knüllten nicht mehr das Taschentuch zusammen, sondern zupften an ihrem Rock.

Ich tat nicht einmal so, als ob ich ihr glaubte. Doch ich war mir meiner Sache nicht sicher genug, um sie in die Zange zu nehmen.

Bevor ich ging, gab ich ihr ein Versprechen, das sie als Drohung auffassen konnte, wenn sie wollte.

»Vielen Dank«, sagte ich. »Ich weiß, es ist schwer, sich an alles genau zu erinnern. Wenn ich auf etwas stoße, womit ich Ihrem Gedächtnis nachhelfen könnte, komme ich wieder und sage es Ihnen.«

»Wa –? Ja, tun Sie das!« sagte sie.

Als ich mich von dem Haus entfernte, sah ich mich um, bevor es aus meinem Blickfeld entschwand. Hinter einem Fenster im ersten Stock bewegte sich ein Vorhang. Die Straßenbeleuchtung war nicht hell genug, um erkennen zu können, ob hinter dem Vorhang ein blonder Kopf steckte.

Auf meiner Uhr war es halb zehn; zu spät, um noch mehr Freunde der Mädchen aufzusuchen. Ich fuhr nach Hause, schrieb meinen Tagesbericht und ging zu Bett, wobei ich mehr an Mrs. Correll als an die Mädchen dachte.

Sie schien einer genaueren Überprüfung wert.

Als ich am nächsten Morgen ins Büro kam, waren einige telegrafische Berichte eingegangen. Keiner war irgendwie von Wert. Die Überprüfung der Namen und Adressen in anderen Städten hatte nichts zutage gefördert. Eine Ermittlung in Monterey hatte ergeben, daß weder die Mädchen noch das Locomobile dort aufgetaucht waren.

Die ersten Ausgaben der Nachmittagszeitungen lagen zum Verkauf aus, als ich frühstücken ging, bevor ich mit der Plackerei da weitermachte, wo ich sie am Abend vorher aufgegeben hatte.

Ich kaufte mir eine Zeitung und stellte sie hinter meiner Grapefruit auf.

Folgende Meldung verdarb mir mein Frühstück:

Mrs. Stewart Correll, Gattin des Vizepräsidenten der Golden Gate Trust Company, wurde heute morgen von ihrem Dienstmädchen in ihrem Schlafzimmer in ihrem Haus in Presidio Terrace tot aufgefunden. Eine Flasche, die vermutlich Gift enthielt, lag neben dem Bett auf dem Boden.

Der Gatte der Toten konnte für den Selbstmord seiner Frau keinen Grund angeben. Er sagte, sie habe nicht deprimiert gewirkt oder . . .

Im Haus der Corrells mußte ich mir den Mund fußlig reden, bevor man mich zu Correll vorließ. Er war ein großer, schlanker Mann unter fünfunddreißig mit einem blassen, nervösen Gesicht und blauen unruhigen Augen.

»Entschuldigen Sie, daß ich in so einem Moment störe«, entschuldigte ich mich, als ich endlich zu ihm vorgedrungen war. »Ich werde nicht mehr von Ihrer Zeit als nötig in Anspruch nehmen. Ich bin ein Mitarbeiter der Continental Detektiv-Agentur und versuche Ruth und Myra Banbrock zu finden, die vor einigen Tagen verschwunden sind. Ich nehme an, Sie kennen sie?«

»Ja«, sagte er teilnahmslos. »Ich kenne sie.«

»Wußten Sie, daß sie verschwunden sind?«

»Nein.« Sein Blick wanderte von einem Stuhl zu einem Teppich. »Woher sollte ich?«

»Haben Sie eine von beiden in den letzten Tagen gesehen?« fragte ich, seine Frage ignorierend.

»Vergangene Woche – am Mittwoch, glaube ich. Als ich von der Bank heimkam, waren sie gerade im Gehen und standen an der Tür und sprachen mit meiner Frau.«

»Hat Ihre Frau Ihnen nichts von ihrem Verschwinden erzählt?«

»Nein. Ich kann Ihnen wirklich nichts über die Banbrock-Mädchen sagen. Wenn Sie mich bitte entschuldigen wollen –«

»Nur noch einen Moment«, sagte ich. »Ich würde Sie nicht belästigen, wenn es nicht nötig wäre. Ich war gestern abend hier, um Mrs. Correll einige Fragen zu stellen. Sie schien nervös. Mein Eindruck war, daß einige ihrer Antworten auf meine Fragen – eh – ausweichend waren. Ich möchte –«

Er sprang von seinem Sessel auf. Sein Gesicht vor mir war rot.

»Sie!« schrie er. »Ihnen habe ich es also zu verdanken –«

»Aber Mr. Correll«, versuchte ich ihn zu beruhigen. »Es hat doch keinen Sinn –«

Doch er hatte sich richtig hineingesteigert.

»Sie haben meine Frau in den Tod getrieben«, beschuldigte er mich. »Sie haben sie umgebracht mit Ihrer verdammten Schnüffelei – mit Ihren Einschüchterungen und Drohungen, mit Ihren –«

Das war albern. Dieser junge Mann, dessen Frau sich umgebracht hatte, tat mir leid. Abgesehen davon hatte ich eine Menge Arbeit. Ich zog die Schraube enger.

»Wir wollen nicht streiten, Correll«, sagte ich. »Es geht darum, daß ich hierherkam, um zu sehen, ob mir Ihre Frau etwas über die Banbrocks sagen konnte. Sie sagte mir nicht die Wahrheit. Später beging sie Selbstmord. Ich möchte wissen, warum. Sagen Sie's mir, und ich werde tun, was ich kann, um zu verhindern, daß die Zeitungen und die Öffentlichkeit ihren Tod mit dem Verschwinden der Mädchen in Verbindung bringen.«

»Ihren Tod mit ihrem Verschwinden in Verbindung bringen?« rief er. »Das ist absurd!«

»Vielleicht. Aber ein Zusammenhang ist da!« Ich ließ nicht locker. Er tat mir leid, aber ich mußte meine Arbeit tun. »Er ist da. Wenn Sie offen zu mir sind, braucht es vielleicht nicht an die Öffentlichkeit zu kommen. Ich krieg's auf jeden Fall heraus. Sagen Sie's mir, oder ich häng's an die große Glocke.«

Einen Moment dachte ich, er wollte auf mich losgehen. Ich hätte es ihm nicht verübelt. Sein Körper straffte sich, dann sackte er zusammen und sank in seinen Sessel zurück. Sein Blick wich dem meinen aus. »Es gibt nichts, was ich Ihnen sagen kann«, murmelte er. »Als das Mädchen heute morgen in ihr Zimmer ging, um sie zu wecken, war sie tot. Es war keine Nachricht da, keine Erklärung, nichts.«

»Haben Sie sie gestern abend gesehen?«

»Nein. Ich habe nicht zu Hause zu Abend gegessen. Ich kam spät heim und ging direkt in mein Zimmer, um sie nicht zu stören. Ich hatte sie nicht gesehen, seit ich am Morgen das Haus verließ.«

»Schien sie da verstört oder beunruhigt?«

»Nein.«

»Was glauben Sie, warum sie es getan hat?«

»Mein Gott, Mann, ich weiß es nicht! Ich habe nachgedacht und nachgedacht, aber ich weiß es nicht!«

»Gesundheitliche Gründe?«

»Sie schien in Ordnung. Sie war nie krank, hat nie geklagt.«

»Hatten Sie in letzter Zeit Streit?«

»Wir haben nie gestritten – kein einziges Mal in den eineinhalb Jahren, seit wir verheiratet waren!«

»Finanzielle Schwierigkeiten?«

Ohne etwas zu sagen oder vom Boden aufzublicken, schüttelte er den Kopf.

»Irgendwelchen anderen Ärger?«

Er schüttelte wieder den Kopf.

»Hat das Mädchen gestern abend irgend etwas Ungewöhnliches an ihrem Benehmen bemerkt?«

»Nein.«

»Haben Sie ihre Sachen durchgesehen – nach Papieren oder Briefen?«

»Ja – aber ich habe nichts gefunden.« Er hob den Kopf und sah mich an. »Das einzige« – er sprach sehr langsam – »war ein kleiner Haufen Asche auf dem Kaminrost in ihrem Zimmer, als hätte sie Papier oder Briefe verbrannt.«

Aus Correll war nichts weiter herauszuholen.

Das Mädchen am Eingang von Alfred Banbrocks Bürosuite im Shoreman Building sagte mir, er sei in einer Konferenz. Ich ließ mich bei ihm melden. Er kam aus der Konferenz und ging mit mir in sein Privatbüro. Sein müdes Gesicht war voller Fragen.

Ich ließ ihn nicht auf die Antworten warten. Er war ein erwachsener Mann. Ich redete nicht um die schlechten Neuigkeiten herum.

»Die Sache hat eine böse Wendung genommen«, sagte ich, sobald wir allein waren. »Ich glaube, wir müssen uns an die Polizei und an die Zeitungen um Hilfe wenden. Eine Mrs. Correll, eine Freundin Ihrer Töchter, log mich an, als ich sie gestern ausfragte. In der Nacht beging sie Selbstmord.«

»Irma Correll? Selbstmord?«

»Sie kannten sie?«

»Ja! Sehr gut! Sie war mit meiner Frau und meinen Töchtern eng befreundet. Sie hat sich umgebracht?«

»Ja. Vergiftet. Letzte Nacht. Was hat sie mit dem Verschwinden Ihrer Töchter zu tun?«

»Keine Ahnung. Sind Sie sicher, daß da ein Zusammenhang besteht?«

»Ich glaube, ja. Sie sagte mir, daß sie Ihre Töchter zwei Wochen nicht gesehen hat. Ihr Mann sagte mir eben, sie hätten sich mit ihr unterhalten, als er letzten Mittwochnachmittag von der Bank nach Hause kam. Sie schien nervös, als ich sie befragte. Kurz danach hat sie sich umgebracht. Es gibt kaum einen Zweifel, daß sie irgendwas mit der Sache zu tun hat.«

»Und das bedeutet –?«

»Das bedeutet, daß Ihre Töchter vielleicht außer Gefahr sind, daß wir es uns aber nicht leisten können, uns darauf zu verlassen.«

»Sie glauben, daß ihnen etwas zugestoßen ist?«

»Ich glaube gar nichts«, wich ich aus, »außer daß wir nicht herumspielen dürfen, wenn ein Todesfall eng mit ihrem Verschwinden in Zusammenhang steht.«

Banbrock rief seinen Anwalt an – einen rosigen, weißhaarigen alten Knaben namens Norwall, der im Ruf stand, mehr von Aktiengesellschaften zu verstehen als sämtliche Morgans, der aber nicht die mindeste Ahnung von Polizeiarbeit hatte. Er bat ihn, sich mit uns im Justizgebäude zu treffen. Wir verbrachten dort eineinhalb Stunden damit, die Polizei auf die Sache anzusetzen und den Zeitungen die Informationen zu geben, die wir ihnen geben wollten. Wir sagten ihnen alles über die Mädchen und gaben ihnen eine Menge Fotos und so weiter, informierten sie aber nicht über den Zusammenhang zwischen ihnen und Mrs. Correll. Die Polizei weihten wir natürlich darüber ein.

Als Banbrock und sein Anwalt zusammen gegangen waren, ging ich zurück ins Dienstzimmer der Detektive, um die Sache mit Pat Reddy durchzukauen, dem Beamten, dem der Fall übertragen worden war.

Pat war das jüngste Mitglied der Detektivabteilung – ein großer blonder Ire, der auf seine träge Art etwas Imposantes hatte.

Vor ein paar Jahren, als er ein neuer Bulle war, hatte er in seinem Hügeldistrikt seine Runden gedreht. Eines Abends schrieb er ein Auto auf, das vor einem Hydranten parkte. Die Besitzerin kam im selben Moment heraus und machte ihm eine Szene. Es war Althea Wallach, die einzige und verwöhnte Tochter des Inhabers der Wallach Coffee Company – ein schlankes, unbekümmertes junges Ding mit heißen Augen. Sie muß Pat ganz schön beschimpft haben. Er nahm sie mit zum Revier und steckte sie in eine Zelle.

Wie es heißt, erschien Old Wallach am nächsten Morgen kochend vor Wut und mit der Hälfte aller Anwälte von San Francisco. Doch Pat machte seine Anzeige, und das Mädchen wurde zu einer Geldstrafe verurteilt. Es fehlte nicht viel, und Old Wallach hätte Pat nachher auf dem Korridor eine runtergehauen. Pat grinste den Kaffeeimporteur auf seine schläfrige Art an und brummte: »Lassen Sie das lieber bleiben – oder ich trinke Ihren Kaffee nicht mehr.«

Dieser Witz wurde von den meisten Zeitungen des Landes abgedruckt und sogar von einer Broadwayshow aufgegriffen.

Doch Pat ließ es mit der schnippischen Antwort nicht bewenden. Drei Tage später fuhren er und Althea Wallach nach Alameda hinüber und heirateten. Ich war zufällig auf derselben Fähre wie sie, und so schleppten sie mich als Trauzeugen mit.

Old Wallach verstieß sofort seine Tochter, doch schien das niemand weiter tragisch zu nehmen. Pat streifte weiter durch sein Revier, doch nun, da er ein bekannter Mann geworden war, dauerte es nicht lange, bis man seine Qualitäten bemerkte. Er wurde zur Kriminalpolizei versetzt.

Old Wallach versöhnte sich mit Althea, bevor er starb, und hinterließ ihr seine Millionen.

Pat nahm den Nachmittag frei, um zum Begräbnis zu gehen, doch am Abend tat er wieder Dienst und schnappte eine Wagenladung Gangster. Er blieb bei der Polizei. Ich weiß nicht, was seine Frau mit ihrem Geld tat, doch Pat stieg nicht mal auf eine bessere Sorte Zigarren um – obwohl er das hätte tun sollen. Er wohnte jetzt zwar in der Wallachvilla und wurde hin und wieder an einem regnerischen Morgen in einem Hispano-Suiza-Coupé zum Justizgebäude chauffiert, doch abgesehen davon hatte er sich nicht verändert.

Das war der große blonde Ire, der mir im Dienstzimmer hinter seinem Schreibtisch gegenübersaß und etwas schmauchte, das wie eine Zigarre aussah.

Er nahm das zigarrenartige Ding aus dem Mund und sprach durch den Qualm. »Diese Correll-Frau, von der Sie glauben, daß sie mit dem Fall Banbrock zu tun hat – die wurde vor ein paar Monaten überfallen und um achthundert Dollar erleichtert. Wissen Sie das?«

Ich hatte es nicht gewußt. »Ist ihr außer dem Geld noch was abhanden gekommen?« fragte ich.

»Nein.«

»Glauben Sie das?«

Er grinste. »Da liegt der Hund begraben«, sagte er. »Wir haben den Kerl, der's getan hat, nicht geschnappt. Bei Frauen, die Dinge auf diese Weise verlieren – besonders Geld –, ist es immer eine Frage, ob's nicht ein fingierter Überfall war.« Er zog an seiner Zigarre, ließ das Giftgas aus dem Mund quellen und fügte hinzu: »Kann aber sein, daß es ein echter Überfall gewesen ist. Was haben Sie jetzt vor?«

»Schauen wir in der Agentur vorbei und sehen wir nach, ob's was Neues gibt. Dann möchte ich noch mal mit Mrs. Banbrock sprechen. Vielleicht kann sie uns was über die Correll sagen.«

Im Büro fand ich neu eingegangene Berichte über die übrigen auswärtigen Namen und Adressen vor. Offenbar wußte keiner von diesen Leuten etwas über den Aufenthaltsort der Mädchen. Reddy und ich fuhren hinauf nach Sea Cliff zum Haus der Banbrocks.

Banbrock hatte die Nachricht von Mrs. Corrells Tod seiner Frau telefonisch mitgeteilt, und sie hatte die Zeitungen gelesen. Sie sagte uns, daß sie sich keinen Grund für den Selbstmord denken könne. Sie könne sich auch keinen Zusammenhang zwischen dem Selbstmord und dem Verschwinden ihrer Stieftöchter vorstellen.

»Mrs. Correll schien zufrieden und glücklich wie immer, als ich sie vor zwei oder drei Wochen zum letzten Mal sah«, sagte Mrs. Banbrock. »Sie war zwar ihrem Wesen nach etwas launenhaft, doch nicht so sehr, daß man hätte annehmen müssen, daß sie so etwas tun würde.«

»Wissen Sie von irgendwelchen Schwierigkeiten zwischen ihr und ihrem Mann?«

»Nein. Soviel ich weiß, waren sie glücklich, obwohl –«

Sie brach ab und blickte unschlüssig und verlegen drein.

»Obwohl?« wiederholte ich.

»Wenn ich es Ihnen nicht sage, denken Sie womöglich, ich will etwas verbergen«, sagte sie errötend und mit einem leisen Lachen, das mehr nervös als belustigt klang. »Es hat keinerlei Bedeutung, aber ich war immer ein wenig eifersüchtig auf Irma. Sie und mein Mann waren – nun, alle dachten, sie würden heiraten. Es war kurz bevor er und ich heirateten. Ich habe es mir nie anmerken lassen, und vermutlich war es dumm von mir, doch ich hatte immer den Verdacht, daß Irma Stewart hauptsächlich aus Verbitterung heiratete und daß sie Alfred – Mr. Banbrock – immer noch gern mochte.«

»Gab es irgendwelche bestimmten Gründe für Ihre Annahme?«

»Nein, gar keine – wirklich nicht! Ich habe es nie ernstlich geglaubt. Es war nur so ein vages Gefühl.«

Es ging auf den Abend zu, als Pat und ich das Banbrock-Haus verließen. Bevor wir für den Tag Schluß machten, rief ich den Alten an – den Leiter der Continental-Filiale in San Francisco und somit meinen Chef – und bat ihn, einen Mitarbeiter auf Irma Corrells Vergangenheit anzusetzen.

Bevor ich zu Bett ging, warf ich noch einen Blick in die Morgenzeitungen, was möglich war, weil sie zu erscheinen pflegten, sobald die Sonne untergegangen war. Sie berichteten ausführlich über die Angelegenheit. Alle Fakten bis auf jene, die mit dem Fall Correll zusammenhingen, standen darin, außerdem Fotos und das übliche Sortiment von Vermutungen und ähnlichem Kram.

Am nächsten Morgen begab ich mich zu den Freunden der vermißten Mädchen, mit denen ich noch nicht gesprochen hatte. Ich traf einige von ihnen an, erfuhr aber nichts Wesentliches. Später am Vormittag rief ich im Büro an, um zu sehen, ob es etwas Neues gab. Es gab etwas.

»Das Sheriffbüro von Martinez hat eben angerufen«, sagte mir der Alte. »Ein italienischer Winzer in der Nähe von Knob Valley fand vor ein paar Tagen ein angesengtes Foto und erkannte, daß es Ruth Banbrock darstellte, als er heute morgen ihr Bild in der Zeitung sah. Fahren Sie hinauf? Ein Hilfssheriff und der Italiener erwarten Sie im Marshal-Büro von Knob Valley.«

»Bin schon unterwegs«, sagte ich.

In der Fährstation versuchte ich in den vier Minuten bis zur Abfahrt meines Schiffes, Pat Reddy anzurufen, doch ich erreichte ihn nicht.

Knob Valley ist eine Stadt mit weniger als tausend Einwohnern, eine trostlose, schmutzige Stadt im Distrikt Contra Costa. Ein Lokalzug der Strecke San Francisco–Sacramento setzte mich am frühen Nachmittag dort ab.

Ich kannte den Marshal flüchtig – er hieß Tom Orth. Zwei Männer waren in seinem Büro. Orth machte uns miteinander bekannt. Abner Paget, ein schlaksiger Mann von etwas über vierzig mit einem schlaffen Kinn, einem mageren Gesicht und blassen intelligenten Augen, war der Hilssheriff. Gio Cereghino, der italienische Winzer, war ein kleiner nußbrauner Mann mit kräftigen gelben Zähnen, die unter seinem schwarzen Schnurrbart zu einem ständigen Lächeln gefletscht waren, und sanften braunen Augen.

Paget zeigte mir das Foto. Ein angesengtes Stück Papier in der Größe eines halben Dollars, offenbar alles, was von dem Originalbild nicht verbrannt war. Es war Ruth Banbrocks Gesicht; daran gab es wenig Zweifel. Sie hatte ein merkwürdig erregtes – fast betrunkenes – Aussehen, und ihre Augen waren größer als auf den anderen Fotos, die ich von ihr gesehen hatte. Aber es war ihr Gesicht.

»Er sagt, er hat es vorgestern gefunden«, erklärte Paget trocken und deutete mit dem Kopf auf den Italiener. »Der Wind hat es vor seine Füße geweht, als er eine Straße in der Nähe seines Hofs raufging. Er sagt, er hat es aufgehoben und in seine Tasche gesteckt, ohne besonderen Grund.« Er schwieg einen Moment und sah den Italiener nachdenklich an. Der Italiener nickte eifrig.

»Jedenfalls«, fuhr der Hilfssheriff fort, »war er heute vormittag in der Stadt und hat die Bilder in den Zeitungen aus Frisco gesehen. Deshalb ist er hierhergekommen und hat Tom davon berichtet. Tom und ich entschieden, daß es das beste war, Ihre Agentur anzurufen – weil in den Zeitungen stand, daß Sie den Fall bearbeiten.«

Ich sah den Italiener an. Paget schien meine Gedanken zu lesen und erklärte: »Cereghino wohnt drüben in den Bergen. Hat dort ein Weingut. Er ist seit fünf oder sechs Jahren hier und hat, soviel ich weiß, noch niemanden umgebracht.«

»Wissen Sie noch die Stelle, wo Sie das Bild gefunden haben?« fragte ich den Italiener.

Sein Grinsen unter dem Schnurrbart wurde breiter, und er nickte. »Natürlich weiß ich die Stelle noch.«

»Schauen wir hin«, schlug ich Paget vor.

»Okay. Kommst du mit, Tom?«

Der Marshal sagte, er könne nicht. Er habe etwas in der Stadt zu tun. Cereghino, Paget und ich gingen hinaus und stiegen in einen staubigen Ford, den der Hilfssheriff lenkte.

Wir fuhren fast eine Stunde lang auf einer Landstraße, die sich den Hang des Mount Diablo hinaufschlängelte. Nach einer Weile sagte der Italiener etwas, und wir bogen auf eine noch staubigere und holprigere Straße ein, die wir etwa eine Meile entlangfuhren.

»Hier ist es«, sagte Cereghino.

Paget hielt an, und wir stiegen an einer Lichtung aus. Die Bäume und Sträucher, die die Straße gesäumt hatten, wichen hier etwa sechs oder sieben Meter auf beiden Seiten zurück und ließen eine kleine, staubige, runde Stelle im Wald frei.

»Ungefähr hier«, sagte der Italiener. »Ich glaube, bei diesem Baumstumpf. Ganz bestimmt zwischen dieser Biegung dort vorn und der dort hinten.«

Paget war ein Mann vom Land. Ich nicht. Ich wartete ab, was er tat.

Er stand zwischen dem Italiener und mir und blickte sich langsam auf der Lichtung um. Plötzlich leuchteten seine blassen Augen auf. Er ging um den Ford herum zur anderen Seite der Lichtung. Cereghino und ich folgten ihm.

Nahe dem Rand des Gebüschs am Saum der Lichtung hielt der Hilfssheriff an und blickte mit einem Grunzen auf den Boden. Man sah deutlich die Reifenspuren eines Autos. Ein Wagen hatte hier gewendet.

Paget ging weiter in den Wald. Der Italiener heftete sich dicht an seine Fersen, und ich bildete die Nachhut. Paget folgte einer Art Spur. Ich konnte sie nicht sehen, weil er und der Italiener vor mir sie verdeckten. Wir gingen ein ziemliches Stück weit.

Paget blieb stehen. Der Italiener auch.

Paget sagte »Hm-hm«, als hätte er etwas gefunden, was er erwartet hatte.

Der Italiener sagte etwas, worin Gottes Namen vorkam. Ich zertrampelte einen Busch, als ich neben sie trat, um zu sehen, was sie entdeckt hatten. Ich sah es.

Am Fuß eines Baumes lag auf der Seite und mit dicht an den Körper angezogenen Knien ein totes Mädchen. Es war kein schöner Anblick. Vögel hatten sich über sie hergemacht.

Sie hatte einen tabakbraunen Mantel an, der halb von ihren

Schultern herabgerutscht war. Ich wußte, daß es Ruth Banbrock war, bevor ich sie herumdrehte und den Teil ihres Gesichtes sah, den der Boden vor den Vögeln bewahrt hatte.

Cereghino stand da und beobachtete mich, während ich das Mädchen untersuchte. Sein Gesicht drückte ruhige Trauer aus. Der Hilfssheriff kümmerte sich wenig um die Leiche. Er kroch im Unterholz herum und suchte den Boden ab. Als ich eben meine Untersuchung beendete, kam er zurück.

»Erschossen«, sagte ich ihm, »mit einem Schuß in die rechte Schläfe. Vorher hat es, glaube ich, einen Kampf gegeben. An dem Arm, der unter ihrem Körper lag, sind Spuren. Sie hat nichts bei sich – keinen Schmuck, kein Geld, gar nichts.«

»Es muß folgendermaßen gewesen sein«, sagte Paget. »Zwei Frauen stiegen hinten auf der Lichtung aus dem Wagen und kamen hierher. Es können auch drei Frauen gewesen sein – wenn die anderen diese hier getragen haben. Ich kann nicht feststellen, wie viele wieder zurückgegangen sind. Eine von ihnen war größer als die hier. Hier hat es eine Balgerei gegeben. Haben Sie die Kanone gefunden?«

»Nein«, sagte ich.

»Ich auch nicht. Sie müssen sie im Wagen mitgenommen haben. Dort drüben sind die Überreste von einem Feuer.« Er deutete mit dem Kopf nach links. »Verbranntes Papier und Stoffetzen. Nichts, was uns weiterhilft. Schätze, das Foto, das Cereghino gefunden hat, wurde von dem Feuer weggeweht. Ich nehme an, Freitagabend oder vielleicht Samstagmorgen . . . Später bestimmt nicht.«

Ich glaubte dem Hilfssheriff. Er schien sich auf sein Fach zu verstehen.

»Kommen Sie her. Ich zeig Ihnen was«, sagte er und führte mich zu einem kleinen schwarzen Haufen Asche.

Er hatte mir nichts zu zeigen. Er wollte nur außer Hörweite des Italieners mit mir sprechen.

»Ich glaube, der Italiener ist in Ordnung«, sagte er, »aber ich glaube, sicherheitshalber werde ich ihn doch für eine Weile einbuchten. Diese Stelle ist ziemlich weit weg von seinem Hof, und er hat ein bißchen zuviel gestottert, als er mir erzählte, wieso er hier vorbeikam. Natürlich bedeutet das nicht viel. Alle diese Italiener handeln mit *vino*, und ich nehme an, das hat ihn in diese Gegend geführt. Jedenfalls werde ich ihn ein oder zwei Tage festhalten.«

»Gut«, stimmte ich zu. »Dies ist Ihr Revier, und Sie kennen die Leute. Können Sie sich ein bißchen umhören und sehen, ob Sie was aufschnappen? Ob jemand irgendwas gesehen hat? Ein Locomobile-Kabriolett oder was anderes? Sie können mehr rauskriegen als ich.«

»Wird gemacht«, versprach er.

»Okay. Dann fahr ich jetzt nach San Francisco zurück. Ich nehme an, Sie werden hier bei der Leiche kampieren?«

»Ja. Fahren Sie mit dem Ford nach Knob Valley zurück und sagen Sie Tom, was los ist. Er wird selbst kommen oder jemanden schicken. Den Italiener behalte ich hier bei mir.«

Während ich in Knob Valley auf den nächsten nach Westen fahrenden Zug wartete, rief ich im Büro an. Der Alte war nicht da. Ich erzählte das Ganze einem der Mitarbeiter und bat ihn, es dem Alten so schnell wie möglich mitzuteilen.

Als ich nach San Francisco zurückkam, waren alle im Büro versammelt. Alfred Banbrock mit einem rötlich-grauen Gesicht, das toter aussah als ein völlig graues. Sein rosiger, weißhaariger alter Anwalt, Pat Reddy in einen Sessel zurückgelehnt und die Füße auf einem Stuhl. Der Alte mit seinen sanften Augen hinter der goldenen Brille und seinem milden Lächeln, das die Tatsache verbarg, daß fünfzig Jahre Detektivspielen ihn jeglichen Gefühls beraubt hatten.

Niemand sagte etwas, als ich hereinkam. Ich erzählte so kurz wie möglich, was ich zu sagen hatte.

»Dann war die andere Frau – die Frau, die Ruth umbrachte – ?«

Banbrock beendete seine Frage nicht. Niemand beantwortete sie.

»Wir wissen nicht, was passiert ist«, sagte ich nach einer Weile. »Vielleicht sind Ihre Tochter und jemand, den wir nicht kennen, dorthin gefahren. Möglicherweise war Ihre Tochter schon tot, bevor sie dorthin gebracht wurde. Vielleicht ist sie –«

»Aber Myra!« Banbrock zerrte mit einem Finger an seinem Kragen. »Wo ist Myra?«

Ich konnte das nicht beantworten, und von den andern auch keiner.

»Fahren Sie hinauf nach Knob Valley?« fragte ich ihn.

»Ja, sofort. Kommen Sie mit?«

Ich bedauerte nicht, daß ich nicht konnte. »Nein. Es ist hier Verschiedenes zu erledigen. Ich gebe Ihnen einen Brief an den Marshal mit. Ich möchte, daß Sie sich genau das Stück von dem Foto Ihrer Tochter ansehen, das der Italiener gefunden hat – um festzustellen, ob Sie sich daran erinnern.«

Banbrock und der Anwalt gingen.

Reddy zündete sich eine seiner schrecklichen Zigarren an.

»Wir haben den Wagen gefunden«, sagte der Alte.

»Wo?«

»In Sacramento. Er wurde dort Freitagnacht oder Samstagmorgen in einer Garage abgestellt. Foley ist hinaufgefahren, um sich darum zu kümmern. Und Reddy ist auf eine neue Spur gestoßen.«

Pat nickte durch seinen Qualm.

»Ein Pfandleiher ist heute morgen erschienen«, sagte Pat, »und sagte uns, daß Myra Banbrock und ein anderes Mädchen letzte Woche in seinen Laden gekommen sind und eine Menge Sachen versetzt haben. Sie haben ihm falsche Namen gesagt, aber er schwört, daß die eine Myra war. Er hat sie sofort erkannt, als er sie auf dem Foto in der Zeitung sah. Ihre Begleiterin war nicht Ruth. Es war eine kleine Blondine.«

»Mrs. Correll?«

»Hm-hm. Der Pfandleiher kann's nicht beschwören, aber ich glaube, daß sie's gewesen ist. Ein Teil des Schmucks gehörte Myra, ein Teil Ruth, und von dem Rest wissen wir nicht, wem er gehörte. Ich meine, wir können nicht beweisen, daß es Mrs. Corrells Eigentum war – aber vielleicht gelingt's uns.«

»Wann ist das gewesen?«

»Sie haben das Zeug am Montag verhökert, bevor sie verschwunden sind.«

»Haben Sie mit Correll gesprochen?«

»Hm-hm. Ich habe eine Menge mit ihm gesprochen, aber es ist nicht viel dabei herausgekommen. Er sagt, er weiß nicht, ob etwas von ihrem Schmuck verschwunden ist oder nicht, und es wäre ihm egal. Er hätte ihr gehört, sagt er, und sie hätte damit machen können, was sie wollte. Er war ziemlich unfreundlich. Mit einem der Mädchen hab ich mich ein bißchen besser verstanden. Sie sagt, einige von Mrs. Corrells Schmucksachen wären letzte Woche verschwunden, Mrs. Correll sagte, sie hätte sie einer Freundin geliehen. Ich werde das Zeug, das der Pfandleiher hatte, dem Mädchen morgen zeigen, um zu sehen, ob sie es identifizieren kann. Sonst hat sie nichts gewußt – außer daß Mrs. Correll am Freitag – dem Tag, an dem die Banbrock-Mädchen verschwanden – eine Weile nicht da war.«

»Was heißt das – sie war nicht da?« fragte ich.

»Sie ging am Vormittag weg und tauchte erst gegen drei Uhr am nächsten Morgen wieder auf. Sie und Correll hatten deshalb einen Krach, doch sie wollte ihm nicht sagen, wo sie gewesen war.«

Das gefiel mir. Es konnte von Bedeutung sein.

»Und Correll hat sich erinnert«, fuhr Pat fort, »daß seine Frau einen Onkel in Pittsburgh hatte, der 1902 überschnappte, und daß sie eine krankhafte Angst hatte, selbst verrückt zu werden. Sie hat oft gesagt, daß sie sich umbringen würde, wenn sie das Gefühl hätte, verrückt zu werden. War es nicht nett von ihm, sich schließlich noch an diese Dinge zu erinnern? Um ihren Tod zu erklären?«

»Stimmt«, pflichtete ich ihm bei, »aber es bringt uns nicht weiter. Es beweist nicht einmal, daß er etwas weiß. Ich vermute –«

»Zum Teufel mit Ihren Vermutungen«, sagte Pat, stand auf und rückte seinen Hut zurecht. »Ihre Vermutungen kommen mir reichlich unfruchtbar vor. Ich geh jetzt heim, esse, lese in der Bibel und gehe zu Bett.«

Vermutlich tat er das. Jedenfalls verließ er uns.

Wir alle hätten die nächsten drei Tage im Bett verbringen können, wenn man bedenkt, was bei unserer Herumrennerei herauskam. Kein Platz, den wir besuchten, niemand, den wir befragten, brachte uns weiter. Wir steckten in einer Sackgasse.

Wir fanden heraus, daß niemand anderer als Myra Banbrock das Locomobile in Sacramento abgestellt hatte, doch wir konnten nicht feststellten, wohin sie danach verschwunden war. Wir erfuhren, daß ein Teil des Schmucks im Pfandhaus Mrs. Correll gehörte. Mrs. Correll wurde beerdigt. Ruth Banbrock wurde beerdigt. Die Zeitungen fanden andere Sensationen. Reddy und ich buddelten und buddelten, doch alles, was wir zum Vorschein brachten, war Mist.

Am nächsten Montag war ich mit meinem Latein so ziemlich am Ende. Offenbar blieb nichts weiter übrig, als sich zurückzulehnen und zu hoffen, daß die Zirkulare, mit denen wir Nordamerika überhäuft hatten, Resultate bringen würden. Reddy hatte man bereits abberufen und auf frischere Spuren angesetzt. Ich machte weiter, weil Banbrock wollte, daß ich dranblieb, solange noch der

Schatten einer Aussicht bestand. Doch am Montag war ich auf dem toten Punkt angelangt.

Bevor ich in Banbrocks Büro ging, um ihm zu sagen, daß ich es nicht schaffte, schaute ich im Justizgebäude vorbei, um die Angelegenheit noch einmal mit Pat Reddy zu bequatschen. Er kauerte über seinem Schreibtisch und schrieb einen Bericht über einen anderen Fall.

»Hallo!« begrüßte er mich, schob seinen Bericht weg und beschmierte ihn mit Asche von seiner Zigarre. »Wie sind Sie in der Banbrock-Sache weitergekommen?«

»Überhaupt nicht«, gestand ich. »Ich begreife nicht, daß wir bei all dem Material, das wir haben, in eine Sackgasse geraten sind! Die Lösung ist nicht weit, wir brauchen sie bloß zu finden. Die Notwendigkeit, sowohl vor dem Verschwinden der Banbrock-Mädchen wie dem Tod Mrs. Corrells Geld zu beschaffen, Mrs. Corrells Selbstmord, nachdem ich sie wegen der Mädchen vernommen hatte, das Verbrennen von Dingen, bevor sie starb und das Verbrennen von Dingen unmittelbar vor oder nach Ruth Banbrocks Tod.«

»Vielleicht ist der Haken der«, meinte Pat, »daß Sie kein besonders guter Detektiv sind.«

»Möglich.«

Schweigend rauchten wir eine oder zwei Minuten nach dieser Beleidigung.

»Ist Ihnen klar«, sagte Pat schließlich, »daß zwischen dem Verschwinden der Banbrock-Mädchen und dem Tod der einen Schwester und dem Tod Mrs. Corrells gar kein Zusammenhang zu bestehen braucht?«

»Vielleicht nicht. Aber es muß ein Zusammenhang zwischen dem Verschwinden der Banbrock-Mädchen und Ruths Tod bestehen. Bevor dies passierte, liefen die Aktionen der Banbrocks und Mrs. Corrells zusammen – in dieser Pfandleihe. Wenn dieser Zusammenhang da ist, dann –« Ich brach ab; ich war voller Ideen.

»Was ist los?« fragte Pat. »Haben Sie Ihren Kaugummi verschluckt?«

»Hören Sie zu!« Ich steigerte mich fast in eine Art Begeisterung hinein. »Drei Frauen ist zusammen was Scheußliches passiert. Wenn wir noch ein paar mehr damit in Verbindung bringen könnten ... Ich brauche die Namen und Adressen sämtlicher Frauen und Mädchen in San Francisco, die im letzten Jahr Selbstmord begangen haben, ermordet wurden oder verschwunden sind.«

»Sie glauben, es handelt sich um eine Massenaktion?«

»Ich glaube, je mehr wir in Verbindung miteinander bringen können, um so mehr Spuren gibt's für uns zu verfolgen. Und sie können nicht alle ins Nichts führen. Stellen wir unsere Liste zusammen, Pat!«

Wir verbrachten den ganzen Nachmittag und den größten Teil der Nacht damit. Der Umfang der Liste hätte die Handelskammer in Verlegenheit gebracht. Sie sah aus wie ein Auszug des Telefonbuchs. In einer Großstadt passiert in einem Jahr eine Menge. Der Teil, der die weggelaufenen Ehefrauen und Töchter enthielt, war der größte; danach kam der mit den Selbstmorden; und selbst der kleinste – Morde – war alles andere als kurz.

Die meisten Namen konnten wir nach dem, was die Polizei bereits über sie und ihre Motive herausgefunden hatte, streichen. Den Rest teilten wir in zwei Gruppen auf, solche, bei denen ein Zusammenhang unwahrscheinlich war, und solche, bei denen er möglich schien. Trotzdem war die zweite Liste länger als ich erwartet oder gehofft hatte.

Sie enthielt sechs Selbstmorde, drei Morde und einundzwanzig Vermißte.

Reddy hatte andere Arbeit zu tun. Ich steckte die Liste in meine Tasche und machte mich auf den Weg.

Vier Tage lang rackerte ich mich mit der Liste ab. Ich suchte, fand, befragte und überprüfte Freunde und Verwandte der Frauen und Mädchen, die darauf standen. Meine Fragen zielten alle in die gleiche Richtung. War sie mit Myra Banbrock bekannt gewesen? Mit Ruth? Mit Mrs. Correll? Hatte sie vor ihrem Tod oder ihrem Verschwinden Geld gebraucht? Hat sie vor ihrem Tod oder ihrem Verschwinden irgend etwas vernichtet? Hatte sie irgendeine der andere Frauen auf meiner Liste gekannt?

Dreimal zog ich Treffer.

Sylvia Varney, ein zwanzigjähriges Mädchen, das sich am 5. November umbrachte, hatte in der Woche vor ihrem Tod sechshundert Dollar von der Bank abgehoben. Keiner ihrer Angehörigen konnte sagen, was sie mit dem Geld gemacht hatte. Eine Freundin von Sylvia Varney – Ada Youngman, eine fünf- oder sechsundzwanzigjährige verheiratete Frau – war am 2. Dezember verschwunden und bisher nicht wieder aufgetaucht. Das Varney-Mädchen war, eine Stunde bevor sie sich umbrachte, in Mrs. Youngmans Wohnung gewesen.

Mrs. Dorothy Sawdon, eine junge Witwe, hatte sich am Abend des 13. Januar erschossen. Weder von dem Geld, das ihr Mann ihr hinterlassen hatte, noch von dem Fonds eines Klubs, dessen Schatzmeisterin sie war, wurde eine Spur gefunden. Ein dicker Brief, den ihr Mädchen ihr an jenem Nachmittag gegeben hatte, wurde nie entdeckt.

Der Zusammenhang dieser drei Frauen mit dem Banbrock-Correll-Fall war reichlich dünn. Keine von ihnen hatte irgend etwas getan, was nicht neun von zehn Frauen tun, die sich umbringen oder fortlaufen. Doch die Schwierigkeiten aller drei hatten sich in den letzten Monaten zugespitzt – und alle drei waren in etwa der gleichen finanziellen und gesellschaftlichen Position wie Mrs. Correll und die Banbrocks.

Als ich mit meiner Liste fertig war, ohne neue Anhaltspunkte gefunden zu haben, widmete ich mich ganz diesen drei.

Ich hatte die Namen und Adressen von zweiundsechzig Freunden der Banbrock-Mädchen. Ich machte mich daran, über die drei Frauen, die ich ins Spiel zu bringen versuchte, gleiche Listen aufzustellen. Ich brauchte die Arbeit nicht allein zu tun. Zum Glück gab es zwei oder drei Mitarbeiter der Agentur, die gerade nichts anderes zu tun hatten.

Wir stießen auf etwas.

Mrs. Sawdon hatte Raymond Elwood gekannt. Sylvia Varney hatte Raymond Elwood gekannt. Nichts deutete darauf hin, daß Mrs. Youngman ihn gekannt hatte, doch es schien wahrscheinlich. Sie und das Varney-Mädchen waren dick befreundet gewesen.

Ich hatte diesen Raymond Elwood bereits im Zusammenhang mit den Banbrock-Mädchen befragt, ihm aber keine besondere Aufmerksamkeit gewidmet. Ich hatte ihn lediglich als einen von diesen glatten Modejünglingen betrachtet, von denen ziemlich viele auf der Liste standen.

Voll Interesse wandte ich mich ihm wieder zu. Die Resultate waren vielversprechend.

Er hatte, wie bereits erwähnt, ein Grundstücksmaklerbüro in der Montgomery Street. Wir waren außerstande, einen einzigen Kunden zu finden, den er je bedient hatte, oder irgendwelche Anzeichen dafür, daß einer existierte. Er hatte ein Apartment draußen im Sunset District, in dem er allein wohnte. Die Leute in der Nachbarschaft kannten ihn nicht länger als zehn Monate, und wann genau er nach San Francisco gekommen war, ließ sich nicht herausfinden. Offenbar hatte er keine Verwandten in der Stadt. Er gehörte mehreren fashionablen Klubs an. Es hieß, daß er über ›gute Verbindungen im Osten‹ verfügte. Er gab eine Menge Geld aus.

Ich konnte Elwood nicht beschatten, weil ich ihn vor zu kurzer Zeit vernommen hatte. Dick Foley tat es für mich. Elwood war in den ersten drei Tagen, die Dick sich an seine Fersen heftete, selten in seinem Büro. Er war selten im Geschäftsviertel. Er besuchte seine Klubs, tanzte, nahm an Teaparties teil und so weiter, und an jedem dieser drei Tage ging er in ein Haus auf dem Telegraph Hill.

Am ersten Nachmittag, an dem Dick sich ihm widmete, ging Elwood mit einem großen blonden Mädchen aus Burlingame in das Haus auf dem Telegraph Hill. Am Abend des zweiten Tages mit einer molligen jungen Frau, die aus einem Haus am Broadway kam. Am dritten Abend mit einem sehr jungen Mädchen, das im gleichen Haus wie er zu wohnen schien.

Meistens verbrachten Elwood und seine Begleiterin drei bis vier Stunden in dem Haus auf dem Telegraph Hill. Auch andere Leute – alle offenbar in guten Verhältnissen – betraten und verließen ebenfalls das Haus, während Dick es beobachtete.

Ich erklomm den Telegraph Hill, um mir selbst das Haus anzusehen. Es war ein großes Haus aus Holz, eigelb gestrichen. Es hing schwindelerregend auf einem Vorsprung des Hügels, einem Vorsprung, der steil zu einem Steinbruch abfiel. Es sah so aus, als würde das Haus jeden Moment auf die weit darunter liegenden Dächer rutschen.

Es gab keine unmittelbaren Nachbarhäuser. Der Zugang war von Sträuchern und Bäumen gesäumt.

Ich befaßte mich eingehend mit diesem Teil des Hügels und klapperte sämtliche in der Nähe liegenden Häuser ab. Niemand wußte etwas über das gelbe Haus oder seine Bewohner. Die Leute auf dem Hügel sind nicht neugierig – vielleicht, weil die meisten von ihnen selbst etwas zu verbergen haben.

Meine Kletterei brachte mir nichts ein, bis es mir gelang, zu erfahren, wem das gelbe Haus gehörte. Es gehörte zu einem Grundbesitz, dessen Verwaltung von der West Coast Trust Company wahrgenommen wurde.

Ich dehnte meine Ermittlungen auf die Treuhandgesellschaft aus – mit einigem Erfolg. Das Haus war vor acht Monaten von Raymond Elwood gemietet worden, und zwar für einen Kunden namens T. F. Maxwell.

Wir konnten Maxwell nicht finden. Wir konnten niemanden auftreiben, der Maxwell kannte. Wir konnten keinen Beweis dafür entdecken, daß Maxwell mehr als ein Name war.

Einer der Mitarbeiter ging zu dem gelben Haus auf dem Hügel hinauf und drückte eine halbe Stunde lang ohne Ergebnis auf die Klingel. Wir taten dies kein zweites Mal, um in diesem Stadium kein Aufsehen zu erregen.

Ich machte einen zweiten Trip auf den Hügel und begab mich auf Haussuche. Ich konnte kein Gebäude finden, das so sehr in der Nähe des gelben Hauses lag, wie ich es mir gewünscht hätte, doch es gelang mir, eine Dreizimmerwohnung zu mieten, von der aus man seinen Zugang beobachten konnte.

Dick und ich kampierten in der Wohnung – mit Pat Reddy, wenn er nichts anderes zu tun hatte – und beobachteten Autos, die in den abgeschirmten Weg zu dem gelben Haus einbogen. Nachmittags und abends erschienen Autos. In den meisten saßen Frauen. Wir sahen niemanden, der in dem Haus zu wohnen schien. Elwood kam täglich, manchmal allein, manchmal mit Frauen, deren Gesichter wir von unserem Fenster aus nicht sehen konnten.

Einige der Besucherinnen beschatteten wir. Sie waren ohne Ausnahme wohlhabend, und einige gehörten der guten Gesellschaft an. Wir redeten mit keiner von ihnen. Selbst ein gut gewählter Vorwand erweist sich meist als erfolglos und vertreibt das scheue Wild, mit dem wir es zu tun hatten.

Drei Tage lang ging das so – dann kam unsere Chance.

Es war früh am Abend, kurz vor Einbruch der Dunkelheit. Pat Reddy hatte angerufen, daß er zwei Tage und eine Nacht mit einem Fall zu tun gehabt hatte und daß er rund um die Uhr schlafen wolle. Dick und ich saßen am Fenster unserer Wohnung, beobachteten Autos, die zu dem gelben Haus einbogen, und schrieben ihre Zulassungsnummer auf, wenn sie durch den blauweißen Lichtfleck einer Bogenlampe fuhren, die direkt unter unserem Fenster stand.

Eine Frau kam zu Fuß den Hügel heraufgestiegen. Es war eine große, kräftig gebaute Frau. Ein dunkler Schleier, der nicht dick genug war, daß es so aussah, als trage sie ihn, um ihr Gesicht zu verbergen, verbarg es trotzdem. Auf der anderen Seite der Straße ging sie den Hügel hinauf, vorbei an unserer Wohnung.

Ein nächtlicher Wind, der vom Pazifik her wehte, ließ das Geschäftsschild eines Lebensmittelhändlers unter uns quietschen und ließ die Bogenlampe darüber schwanken. Der Wind erfaßte die Frau, als sie den Schutz unseres Hauses verließ. Er zerrte an ihrem Mantel und ihrem Rock. Sie wandte dem Wind den Rücken zu und hielt ihren Hut fest. Der Schleier flatterte vor ihrem Gesicht.

Ihr Gesicht war das Gesicht von einem Foto – Myra Banbrocks Gesicht.

Dick erkannte sie zugleich mit mir. »Unser Baby!« rief er und sprang auf.

»Warte«, sagte ich. »Sie geht in das Haus am Rand des Hügels. Laß sie gehen. Wir laufen ihr nach, wenn sie drinnen ist. Das ist ein Grund für uns, die Bude zu durchsuchen.«

Ich ging ins Nebenzimmer, in dem das Telefon war, und rief Pat Reddy an.

»Sie ist nicht reingegangen«, rief mir Dick vom Fenster aus zu. »Sie ist an dem Weg vorbeigegangen.«

»Ihr nach!« befahl ich. »Das Ganze hat keinen Sinn. Was ist mit ihr los?« Ich war irgendwie empört darüber. »Sie muß reingehen! Verfolge sie. Ich komme nach, sobald ich Pat Bescheid gesagt habe.«

Dick ging.

Pats Frau meldete sich. Ich sagte ihr, wer ich war.

»Würden Sie Pat bitte aus dem Bett holen und hierher schicken? Er weiß, wo ich bin. Sagen Sie ihm, ich brauche ihn dringendst.«

»In Ordnung«, sagte sie. »Er ist in zehn Minuten dort – wo das auch sein mag.«

Draußen ging ich die Straße hinauf und suchte Dick und Myra Banbrock. Keiner von beiden war zu sehen. Nachdem ich an den Sträuchern vorbeigegangen war, die das gelbe Haus abschirmten, bog ich nach links auf einen steinigen Weg ab. Keine Spur von den beiden.

Ich drehte mich rechtzeitig um, um zu sehen, wie Dick in unsere Wohnung ging. Ich folgte ihm.

»Sie ist drin«, sagte er, als ich zu ihm trat. »Sie ist die Straße hinaufgegangen, schlug sich durch ein paar Büsche durch, kam zum Rand der Klippe zurück und rutschte mit den Füßen zuerst durch ein Kellerfenster.«

Das war nett. Je verrückter sich die Leute benehmen, hinter denen man her ist, um so schneller ist man im allgemeinen am Ende seiner Probleme. Reddy traf eine oder zwei Minuten früher ein, als es seine Frau versprochen hatte. Er knöpfte sich seine Kleider zu, als er hereinkam.

»Was, zum Teufel, haben Sie Althea gesagt?« fuhr er mich an.

»Sie gab mir einen Mantel, den ich über meinen Pyjama ziehen sollte, warf meine übrigen Sachen in den Wagen, und ich mußte während der Fahrt in sie reinschlüpfen.«

»Warten Sie eine Weile, dann bedaure ich Sie«, ging ich über seinen Ärger hinweg. »Myra Banbrock ist eben durch ein Kellerfenster in das Haus gestiegen. Elwood ist schon seit einer Stunde da. Beeilen wir uns.«

Pat ist ein besonnener Mensch.

»Wir brauchen trotzdem einen Durchsuchungsbefehl«, wandte er ein.

»Sicher«, stimmte ich zu, »aber den können Sie sich nachher beschaffen. Jetzt sind Sie schon mal hier. Die Polizei von Contra Costa County sucht sie – vielleicht wegen Mordes. Das ist für uns Grund genug, um das Haus zu betreten. Wir holen sie uns. Sollten wir noch auf etwas anderes stoßen – um so besser.«

Pat knöpfte sich seine Weste zu.

»Also meinetwegen«, sagte er säuerlich. »Wie Sie wollen. Aber wenn ich gefeuert werde, weil ich ein Haus ohne Befugnis durchsuche, müssen Sie mir einen Job bei Ihrer gesetzesbrecherischen Agentur geben.«

»Klar.« Ich wandte mich zu Foley. »Du mußt draußen bleiben, Dick. Behalte den Ausgang im Auge. Kümmere dich sonst um niemanden, aber wenn das Banbrock-Mädchen rauskommt, hefte dich an ihre Fersen.«

»Das hab ich erwartet«, jammerte Dick. »Jedes Mal, wenn's irgendwelchen Spaß gibt, muß ich irgendwo an einer Straßenecke stehen!«

Pat Reddy und ich gingen direkt den buschgesäumten Weg hinauf zum Eingang des gelben Hauses und drückten auf die Klingel.

Ein großer Schwarzer mit einem roten Fez, einer roten Seidenjacke über einem rotgestreiften Seidenhemd, roten Zuavenhosen und roten Pantoffeln öffnete die Tür. Er füllte sie ganz aus und hob sich von dem Dunkel der Diele ab.

»Ist Mr. Maxwell zu Hause?« fragte ich.

Der Schwarze schüttelte den Kopf und sagte etwas in einer Sprache, die ich nicht verstand.

»Oder Mr. Elwood?«

Wieder schüttelte er den Kopf, wieder unverständliches Zeug.

»Sehen wir doch mal nach, wer zu Hause ist«, beharrte ich.

Aus dem Wortschwall, der mir nichts besagte, gabelte ich diesmal drei auf, die wie ›Master‹, ›nicht‹ und ›zu Hause‹ klangen.

Langsam ging die Tür zu. Ich stellte meinen Fuß dazwischen.

Pat zückte seine Dienstmarke.

Obwohl das Englisch des Schwarzen erbärmlich war, kannte er sich mit Polizeiabzeichen aus.

Er stampfte mit dem einen Fuß auf den Boden hinter sich. Im hinteren Teil des Hauses ertönte ohrenbetäubend ein Gong.

Der Schwarze lehnte sich mit seinem ganzen Gewicht an die Tür.

Ich verlagerte mein Gewicht auf den Fuß, der die Tür blockierte, beugte mich zur Seite und neigte mich auf den Neger zu.

Von der Hüfte ausholend, rammte ich ihm meine Faust in den Bauch.

Reddy stieß die Tür auf, und wir traten in die Diele.

»Bei Gott, Dicker«, japste der Schwarze mit gutem Virginia-Akzent, »hast du mir weh getan!«

Reddy und ich gingen an ihm vorbei und die Diele hinunter, die in tiefstem Dunkel lag.

Ich stieß mit dem Fuß an die unterste Stufe einer Treppe.

Oben krachte eine Kanone. Sie schien auf uns gerichtet zu sein, doch sie traf uns nicht.

Ein Stimmengewirr – kreischende Frauen, schreiende Männer – brach oben los, schwoll an und ab, als würde eine Tür geöffnet und geschlossen.

»Los, rauf, Junge«, schrie mir Reddy ins Ohr.

Wir rannten die Treppe hinauf. Den Mann, der auf uns geschossen hatte, fanden wir nicht.

Oben an der Treppe war eine versperrte Tür. Reddy warf sich dagegen und rammte sie auf.

Wir traten in bläuliches Licht. Ein großer Raum, ganz in Purpur und Gold. Ein Durcheinander von umgestürzten Möbeln und zerknüllten Teppichen. Neben einer Tür am anderen Ende lag ein grauer Pantoffel. Mitten auf dem Fußboden lag ein grünes Seidenkleid. Kein Mensch war da.

Ich rannte mit Pat auf die hinter einem Vorhang verborgene Tür hinter dem Pantoffel zu. Die Tür war nicht versperrt. Reddy riß sie weit auf.

Ein Raum mit drei Mädchen und einem Mann, die in einer Ecke kauerten. Keiner von ihnen war Myra Banbrock oder Raymond Elwood oder sonst wer, den wir kannten.

Nachdem wir uns schnell umgesehen hatten, wandten wir unseren Blick ab.

Die offene Tür auf der anderen Seite des Raumes fesselte unsere Aufmerksamkeit.

Die Tür führte in ein kleines Zimmer.

In dem Zimmer herrschte ein Chaos.

Ein kleines Zimmer, vollgepackt mit verschlungenen Körpern – dampfenden, sich windenden Körpern. Der Raum glich einem Trichter, in den Männer und Frauen hineingeschüttet worden waren. Lärmend wälzten sie sich auf das eine kleine Fenster zu, das die Öffnung des Trichters darstellte. Männer und Frauen, Jungen und Mädchen, schreiend, zappelnd, sich windend, kämpfend. Einige hatten keine Kleider an.

»Wir schlagen uns durch und blockieren das Fenster!« schrie Pat mir ins Ohr.

»Denkste –« begann ich, doch er hatte sich schon in den Wirrwarr gestürzt. Ich folgte ihm.

Ich hatte nicht die Absicht, das Fenster zu blockieren. Ich hatte vor, Pat vor seiner Dummheit zu bewahren. Keine fünf Männer hätten sich durch diese wogende Masse von Irren durchkämpfen können. Keine zehn Männer hätten sie vom Fenster wegdrängen können.

Pat lag – so groß er ist – auf dem Boden, als ich ihn erreichte.

Ein halbbekleidetes Mädchen – ein Kind – hämmerte mit scharfen, hohen Absätzen auf sein Gesicht, Hände und Füße droschen auf ihn ein.

Ich befreite ihn, indem ich mit meinem Pistolenknauf auf Kinne und Handgelenke einhieb, und zerrte ihn zurück.

»Myra ist nicht da!« schrie ich ihm ins Ohr, als ich ihm hochhalf. »Elwood auch nicht!«

Ich war mir nicht sicher, doch ich hatte sie nicht gesehen, und ich bezweifelte, daß sie sich in dieser Horde befanden. Diese Wilden, die sich, ohne sich um uns zu kümmern, wieder zum Fenster drängten, mochten sein, wer sie wollten, doch sie gehörten nicht zum inneren Kreis. Sie waren der Pöbel, und die Anführer waren sicher nicht unter ihnen.

»Sehen wir in den anderen Zimmern nach«, schrie ich. »Die können wir nicht brauchen.«

Pat rieb sich mit dem Handrücken über sein zerkratztes Gesicht und lachte.

»Verlassen Sie sich drauf – ich hab genug von ihnen«, sagte er.

Wir gingen den Weg, den wir gekommen waren, zum oberen Teil der Treppe zurück. Wir sahen niemanden. Die Mädchen und Männer, die im Nebenzimmer gewesen waren, waren verschwunden.

Oben an der Treppe blieben wir stehen. Hinter uns war kein Geräusch zu hören, außer dem leisen Geschrei der Irren, die darum kämpften, aus dem Raum herauszukommen.

Unten fiel laut eine Tür zu.

Eine Gestalt kam aus dem Nichts, prallte gegen meinen Rücken, warf mich auf den Treppenabsatz.

An meiner Wange spürte ich Seide. Eine kräftige Hand griff nach meinem Hals.

Ich krümmte mein Handgelenk, bis meine Kanone umgedreht an meiner Wange lag. Ich betete um mein Ohr und drückte ab.

Meine Wange brannte. In meinem Kopf dröhnte es, als wollte er platzen.

Die Seide glitt weg.

Pat zerrte mich hoch.

Wir liefen die Treppe hinunter.

Wumm!

Etwas sauste an meinem Gesicht vorbei und streifte mein Haar. Tausend Stücke Glas, Porzellan, Gips explodierten vor meinen Füßen.

Ich hob den Kopf und die Kanone.

Die rotseidenen Arme eines Negers streckten sich über das Geländer über uns.

Ich schoß einmal auf ihn, Pat zweimal.

Der Neger taumelte über das Geländer.

Er kam auf uns herabgestürzt, die Arme ausgestreckt: der Sturzflug eines Toten.

Wir rannten unter ihm weg die Treppe hinunter.

Das Haus erbebte, als er aufschlug, doch wir achteten nicht weiter auf ihn.

Der glatte, geschniegelte Kopf Raymond Elwoods fesselte unsere Aufmerksamkeit. In dem Licht von oben lugte er für den Bruchteil einer Sekunde um den Pfosten am Fuß der Treppe. Tauchte auf und verschwand wieder.

Pat Reddy, der näher am Geländer war als ich, schwang sich darüber in das Dunkel unter uns.

Ich erreichte den Fuß der Treppe mit zwei Sprüngen, riß mich mit einer Hand um den Pfosten herum und ließ mich in das plötzlich von Lärm erfüllte Dunkel der Diele fallen.

Ich rannte gegen eine Wand, die ich nicht sehen konnte, prallte gegen die Wand gegenüber und landete in einem Zimmer, dessen graues Licht in das Dunkel der Diele schien.

Pat Reddy stützte sich mit einer Hand auf eine Sessellehne und hielt sich mit der andern den Bauch. Sein Gesicht war mausgrau. Seine Augen waren glasig vor Schmerz. Er sah aus wie ein Mann, der einen Tritt gekriegt hatte.

Das Grinsen, das er versuchte, mißlang. Er deutete mit dem Kopf auf den rückwärtigen Teil des Hauses. Ich ging nach hinten.

In einem kleinen Gang fand ich Raymond Elwood.

Er schluchzte und zerrte wild an einer versperrten Tür. Sein Gesicht war kreidebleich vor Entsetzen.

Ich schätzte die Entfernung zwischen uns ab.

Er drehte sich um, als ich losstürzte.

Ich legte meine ganze Kraft in meinen Arm und schlug mit der Kanone zu.

Eine Tonne Fleisch und Knochen krachte gegen meinen Rücken.

Ich taumelte gegen die Wand, atemlos, schwindlig, benommen.

Rotseidene Arme, die in braunen Händen endeten, umklammerten mich.

Ich fragte mich, ob ich es mit einem ganzen Regiment dieser bunt aufgeputzten Neger zu tun hatte oder ob ich immer und immer wieder zusammenprallte.

Er ließ mir nicht viel Zeit zum Denken.

Er war groß. Er war stark. Er hatte nichts Gutes im Sinn.

Der Arm mit meiner Kanone hing an meiner Seite herab. Ich versuchte einen Schuß auf die Füße des Negers abzufeuern. Traf nicht. Versuchte es noch einmal. Er zog seine Füße weg. Ich wandte mich halb herum, ihm halb zu.

Elwood ging von der andern Seite auf mich los.

Der Neger bog mich zurück und krümmte mein Rückgrat wie ein Akkordeon.

Ich bemühte mich, meine Knie steif zu machen. Zuviel Gewicht hing an mir. Meine Knie sackten ein, und ich krümmte mich nach hinten.

Pat Reddy, der schwankend in der Tür erschien, strahlte mich über die Schulter des Negers wie der Erzengel Gabriel an.

Pats Gesicht war grau vor Schmerz, doch seine Augen waren klar. In der rechten Hand hielt er eine Kanone. Mit der Linken zog er einen Totschläger aus der Hüfttasche.

Er schmetterte ihn auf den rasierten Schädel des Negers.

Der Schwarze torkelte, den Kopf schüttelnd, von mir weg.

Pat schlug ihn noch einmal, bevor der Neger auf ihn losging. Er traf ihn voll ins Gesicht, konnte ihn aber nicht abschütteln.

Ich riß meine freie Hand hoch, jagte Elwood eine Kugel durch die Brust und ließ ihn an mir herab auf den Boden gleiten.

Der Neger hatte Pat an die Wand gedrängt und setzte ihm schwer zu. Sein breiter roter Rücken bot ein gutes Ziel.

Doch ich hatte fünf von den sechs Kugeln in meiner Kanone verschossen. Ich hatte noch mehr, doch Laden kostet Zeit.

Ich trat über Elwoods kraftlose Hände hinweg und bearbeitete den Neger mit dem Knauf meiner Kanone. Wo sein Schädel und sein Hals ineinander übergingen, war ein Fettwulst. Als ich ihn das dritte Mal traf, ging er nieder und riß Pat mit sich.

Ich wälzte ihn von Pat herunter. Der blonde Polizeidetektiv stand auf.

Am anderen Ende des Ganges lag hinter einer offenen Tür eine leere Küche.

Pat und ich gingen zu der Tür, an der Elwood gezerrt hatte. Es war ein gutes Stück Tischlerarbeit und fest verschlossen.

Gemeinsam warfen wir uns mit unseren vereinten dreihundertsiebzig oder -achtzig Pfund gegen die Tür.

Sie erbebte, gab aber nicht nach. Wir stießen wieder zu. Holz, das wir nicht sehen konnten, splitterte.

Noch mal.

Die Tür ging auf. Wir purzelten hindurch und rollten uns überschlagend eine Treppe hinunter, bis wir auf einen Zementboden aufschlugen.

Pat kam als erster zu sich.

»Sie sind mir ein schöner Akrobat«, sagte er. »Runter von meinem Rücken!«

Ich stand auf. Er stand auf. Wir schienen den Abend abwechselnd damit zu verbringen, auf den Boden zu stürzen und vom Boden aufzustehen.

Neben meiner Schulter war ein Lichtschalter. Ich knipste ihn an.

Wenn ich nur halbwegs so aussah wie Pat, waren wir ein schönes Paar von Schreckgespenstern. Er war zerschunden und voll Dreck und hatte nicht mehr genug am Leib, um beides zu verbergen.

Sein Anblick gefiel mir nicht, und so schaute ich mich in dem Keller um, in dem wir standen. In seinem hinteren Teil befanden sich ein Heizungsofen, Kohlenbehälter und ein Holzstoß. Vorn waren ein Gang und Zimmer, genauso wie oben.

Die erste Tür, die wir zu öffnen versuchten, war versperrt, aber nicht fest. Wir stürzten durch sie in die Dunkelkammer eines Fotografen.

Die zweite Tür war unversperrt und führte in ein chemisches Labor; Retorten, Röhren, Brenner und ein kleiner Destillierapparat. In der Mitte des Raums stand ein kleiner, runder eiserner Ofen. Niemand war da.

Weniger freudig gingen wir hinaus auf den Gang und zur dritten Tür. Dieser Keller schien eine Pleite zu sein. Wir vergeudeten hier Zeit, während es oben sicher Wichtigeres gab. Ich rüttelte an der Tür.

Sie gab nicht nach.

Wir warfen uns gemeinsam dagegen. Sie rührte sich nicht.

»Moment.« Pat ging nach hinten zu dem Holzstoß und kam mit einer Axt zurück.

Er hieb mit der Axt gegen die Tür und riß ein Stück Holz heraus. Silbrige Funken sprühten aus dem Loch. Die andere Seite der Tür bestand aus einer Eisen- oder Stahlplatte.

Pat ließ die Axt sinken und stützte sich auf den Griff.

»Das nächste Rezept verschreiben Sie«, sagte er.

Ich hatte nichts vorzuschlagen, außer: »Ich bleibe hier. Sie rennen nach oben und sehen nach, ob schon welche von Ihren Bullen aufgetaucht sind. Dies ist ein gottverlassenes Loch, aber vielleicht hat jemand Alarm geschlagen. Sehen Sie nach, ob Sie einen anderen Eingang in diesen Raum finden – vielleicht ein Fenster oder genügend Männer, die uns helfen, diese Tür aufzukriegen.«

Pat wandte sich zur Treppe.

Ein Geräusch stoppte ihn – das Klicken von Riegeln auf der anderen Seite der eisenbeschlagenen Tür.

Ein Sprung brachte Pat auf die eine Seite der Tür. Mit einem Schritt trat ich auf die andere.

Langsam ging die Tür nach innen auf. Zu langsam.

Ich stieß sie auf.

Pat und ich folgten meinem Stoß und traten in den Raum.

Seine Schulter traf eine Frau. Es gelang mir, sie aufzufangen, bevor sie hinfiel.

Pat nahm ihr ihre Kanone ab. Ich richtete sie auf die Füße auf.

Ihr Gesicht war ein blasses, ausdrucksloses Viereck.

Es war Myra Banbrock, doch sie war nicht im mindesten so männlich wie auf den Fotos und in ihrer Beschreibung.

Ich hielt sie mit einem Arm aufrecht, wo ich zugleich ihre Arme festhielt, und sah mich in dem Raum um.

Es war eine kleine Bude, deren Wände aus braungestrichenem Metall bestanden. Auf dem Boden lag ein komisch aussehender, kleiner toter Mann.

Ein kleiner Mann in enganliegendem schwarzem Samt und Seide. Eine Bluse und Kniehosen aus schwarzem Samt, schwarze Seidenstrümpfe, ein Käppchen auf dem Kopf und schwarze Pumps aus Lackleder. Sein Gesicht war klein und alt und knochig, doch steinglatt, ohne Falten und Runzeln.

In seiner Bluse, wo sie hoch unter sein Kinn heraufreichte, war ein Loch. Aus dem Loch sickerte langsam Blut. Auf dem Boden um ihn sah man, daß es eine kleine Weile zuvor stärker geblutet hatte.

Hinter ihm stand ein offener Safe. Davor auf dem Boden waren Papiere verstreut, als hätte man den Safe gekippt, um sie herausrutschen zu lassen.

Das Mädchen lehnte sich an meinen Arm.

»Haben Sie ihn umgebracht?« fragte ich.

Ihr »Ja« war so leise, daß es einen Meter weit weg nicht zu hören gewesen wäre.

»Warum?«

Mit einem müden Zucken des Kopfes schüttelte sie das kurze braune Haar aus ihren Augen.

»Ist das wichtig?« fragte sie. »Ich hab ihn eben umgebracht.«

»Natürlich ist das wichtig«, sagte ich, zog meinen Arm weg, ging zur Tür und machte sie zu. Menschen reden offener in einem Raum mit geschlossener Tür. »Ich bin von Ihrem Vater engagiert. Mr. Reddy ist ein Polizeidetektiv. Natürlich kann keiner von uns gegen die Gesetze an, aber wenn Sie uns sagen, was passiert ist, können wir Ihnen vielleicht helfen.«

»Sie sind von meinem Vater engagiert?« fragte sie.

»Ja. Als Sie und Ihre Schwester verschwanden, beauftragte er mich, Sie zu suchen. Wir haben Ihre Schwester gefunden und –«

Leben erfüllte ihr Gesicht und ihre Augen und ihre Stimme.

»Ich habe Ruth nicht umgebracht!« rief sie. »Die Zeitungen haben gelogen! Ich hab sie nicht umgebracht! Ich wußte nicht, daß sie den Revolver hatte. Ich wußte es nicht! Wir wollten fortgehen und uns verstecken – vor allem. Wir haben im Wald haltgemacht, um diese Sachen zu verbrennen. Da hab ich das erste Mal gemerkt, daß sie den Revolver hatte. Wir hatten zuerst von Selbstmord gesprochen, aber ich hab sie überredet – oder gedacht, ich hätte überredet –, es nicht zu tun. Ich hab versucht, ihr den Revolver wegzunehmen, doch es gelang mir nicht. Sie hat sich erschossen, während ich versuchte, ihn ihr zu entwinden. Ich hab versucht, sie davon abzubringen. Ich hab sie nicht umgebracht!«

Das brachte uns schon etwas weiter.

»Und dann?« ermutigte ich sie.

»Und dann fuhr ich nach Sacramento, ließ den Wagen dort und kam nach San Francisco zurück. Ruth sagte mir, sie hätte Raymond Elwood einen Brief geschrieben. Sie sagte es mir, bevor ich sie überredet hatte, sich nicht umzubringen – das erste Mal. Ich versuchte den Brief von Raymond zu bekommen. Sie hatte ihm geschrieben, daß sie sich umbringen würde. Ich bemühte mich, den Brief zu kriegen, aber Raymond sagte, er hätte ihn Hador gegeben.

Heute abend kam ich hierher, um ihn zu holen. Ich hatte ihn eben gefunden, als oben ein Höllenlärm losbrach. Dann kam Hador herein und fand mich. Er verriegelte die Tür. Und dann – dann hab ich ihn mit dem Revolver, der in dem Safe war, erschossen. Ich – ich erschoß ihn, als er sich abwandte, bevor er irgendwas sagen konnte. Ich mußte es so machen – sonst hätte ich's nicht gekonnt.«

»Sie meinen, Sie haben ihn erschossen, ohne daß er Sie bedrohte oder angriff?« fragte Pat.

»Ja, ich hatte Angst vor ihm – Angst, daß er sprechen würde. Ich habe ihn gehaßt! Es ging nicht anders, ich mußte es so machen. Wenn er gesprochen hätte, hätte ich ihn nicht erschießen können. Er – er hätte mich nicht gelassen!«

»Wer war dieser Hador?« fragte ich.

Ihr Blick wanderte von Pat und mir zu den Wänden, zur Decke, zu dem komischen, kleinen toten Mann auf dem Boden.

»Er war ein –« Sie räusperte sich und setzte wieder an, auf ihre Füße niederstarrend. »Raymond Elwood hat uns das erste Mal hierhergebracht. Wir fanden es komisch. Doch Hador war ein Teufel. Er sagte einem allerlei Dinge, und man glaubte sie. Man konnte nicht anders. Er sagte einem alles mögliche, und man glaubte es. Vielleicht standen wir unter dem Einfluß von Drogen. Es gab immer einen warmen bläulichen Wein. Es muß eine Droge drin gewesen sein; sonst hätten wir nicht diese Dinge tun können. Niemand hätte es gekonnt. Er nannte sich einen Priester – einen Priester von Alzoa. Er lehrte die Befreiung des Geistes vom Körper durch –«

Sie brach ab und erschauderte.

»Es war entsetzlich!« sagte sie in das Schweigen hinein, das Pat und ich bewahrten. »Aber man hat ihm geglaubt. Das war das Wesentliche. Sie können es nicht verstehen, wenn Sie das nicht begreifen. Die Dinge, die er lehrte, waren unmöglich. Doch er sagte, sie wären wirklich so, und man glaubte ihm das. Oder vielleicht – ich weiß es nicht –, vielleicht glaubte man nur deshalb daran, weil man verrückt war und Drogen im Blut hatte. Wir kamen immer und immer wieder, wochenlang, monatelang, bevor uns der Ekel, der uns erfüllte, schließlich vertrieb.

Wir kamen nicht mehr, Ruth und ich – und Irma. Und dann fanden wir heraus, was er wirklich war. Er verlangte Geld, mehr Geld, als wir gezahlt hatten, als wir an seinen Kult glaubten – oder zu glauben vorgaben. Wir konnten ihm das Geld, das er verlangte, nicht geben. Ich sagte ihm, daß wir es nicht tun würden. Er schickte uns Fotos von uns, die er aufgenommen hatte, während wir hier waren. Es waren unbeschreibliche Bilder. Und sie waren echt! Wir wußten, daß sie echt waren! Was sollten wir tun? Er sagte, er würde Abzüge an unseren Vater schicken, an unsere Freunde, an alle, die wir kannten, wenn wir nicht zahlten.

Was sollten wir tun außer zahlen? Wir beschafften uns das Geld irgendwie. Wir gaben ihm Geld – immer mehr und mehr. Und dann hatten wir keins mehr und konnten keins mehr beschaffen. Wir wußten nicht, was wir tun sollten, außer – Ruth und Irma wollten sich umbringen. Auch ich habe daran gedacht. Doch ich redete es Ruth aus. Ich sagte ihr, wir würden weggehen. Ich würde sie fortbringen – in Sicherheit. Und dann – dann dies!«

Sie brach ab und starrte weiter auf ihre Füße.

Ich blickte auf den kleinen toten Mann auf dem Boden, diesen unheimlichen Kerl mit seiner schwarzen Kappe und seinem Kostüm. Aus seinem Hals sickerte kein Blut mehr.

Es war nicht schwer, die Teile zusammenzusetzen. Dieser tote Hador, selbsternannter Priester, hatte unter dem Vorwand religiöser Zeremonien Orgien veranstaltet. Elwood, sein Komplize, hatte ihm wohlhabende Frauen aus angesehenen Familien gebracht. Ein Raum, der hell genug zum Fotografieren war, mit einer versteckten Kamera. Geldspenden seiner Anhänger, solange sie seinem Kult anhingen. Danach Erpressung mit Hilfe der Fotos.

Ich blickte von Hador auf Pat Reddy. Er starrte den Toten finster an. Kein Geräusch drang von draußen in den Raum.

»Haben Sie den Brief, den Ihre Schwester Elwood geschrieben hat?« fragte ich das Mädchen.

Ihre Hand fuhr zu ihrem Busen, wo ein zerknülltes Papier steckte.

»Ja.«

»Es steht eindeutig drin, daß sie sich umbringen wollte?«

»Ja.«

»Dadurch dürfte sie mit Contra Costa quitt sein«, sagte ich zu Pat.

Er nickte mit seinem zerschundenen Kopf.

»Das glaube ich auch. Auch ohne den Brief hätten sie ihr wohl kaum einen Mord nachweisen können. Mit ihm werden sie sie nicht vor Gericht stellen. Das ist ziemlich sicher. Dafür, daß sie diesen Kerl erschossen hat, wird sie keine Schwierigkeiten kriegen.

Man wird sie freisprechen und sich obendrein noch bei ihr bedanken.«

Myra Banbrock zuckte vor Pat zurück, als hätte er sie ins Gesicht geschlagen.

Ich war von ihrem Vater angeheuert worden. Ich sah ihre Seite der Sache.

Ich zündete mir eine Zigarette an und betrachtete, was ich unter dem Blut und Schmutz von Pats Gesicht sehen konnte. Pat ist ein prima Kerl.

»Hören Sie, Pat«, beschwatzte ich ihn, doch in einem Ton, als liege es mir völlig fern, ihn zu beschwatzen. »Es kann sein, daß Miss Banbrock vor Gericht kommt und freigesprochen wird und daß man sich außerdem noch bei ihr bedankt. Doch damit das passiert, muß sie alles vorbringen, was sie weiß. Sie braucht sämtliche Beweise, die es gibt. Sie muß all die Fotos vorlegen, die Hador aufgenommen hat – oder alle, die wir finden können.

Einige dieser Bilder haben Frauen zum Selbstmord getrieben, Pat – zumindest zwei, die wir kennen. Wenn Miss Banbrock vor Gericht kommt, müssen wir die Fotos von Gott weiß wie vielen anderen Frauen der Öffentlichkeit preisgeben. Wir müssen Dinge aufdecken, die Miss Banbrock und wer weiß wie viele andere Frauen und Mädchen in eine Lage bringen, aus der mindestens zwei Frauen nur einen Selbstmord als Ausweg sahen.«

Pat sah mich finster an und rieb sich sein schmutziges Kinn mit einem noch schmutzigeren Daumen.

Ich holte tief Luft und deckte meine Karten auf. »Pat, Sie und ich sind hierhergekommen, um Raymond Elwood zu vernehmen, nachdem wir ihn hier aufgespürt hatten. Vielleicht verdächtigen wir ihn, mit der Bande zu tun zu haben, die letzten Monat die Bank in St. Louis ausraubte. Vielleicht verdächtigen wir ihn, das Zeug verhökert zu haben, das vorletzte Woche bei dem Überfall in der Nähe von Denver aus dem Postzug geraubt wurde. Jedenfalls waren wir hinter ihm her, weil wir wußten, daß er eine Menge Geld unbekannter Herkunft hatte und daß er ein Immobilienbüro betrieb, das in Wirklichkeit keine Immobiliengeschäfte machte.

Wir kamen hierher, um ihn im Zusammenhang mit einem dieser Fälle zu vernehmen. Wir wurden oben von ein paar Negern angefallen, als sie herausfanden, daß wir Detektive sind. Daraus hat sich all das andere ergeben. Dieser religiöse Kult war etwas, worauf wir nur zufällig gestoßen sind, und er hat uns nicht besonders interessiert. Soviel wir wissen, sind all diese Leute nur aus Freundschaft für den Mann, den wir vernehmen wollten, auf uns losgegangen. Hador war einer davon, und als Sie mit ihm rangen, haben Sie ihn mit seiner eigenen Kanone erschossen, die natürlich jene war, die Miss Banbrock im Safe gefunden hat.«

Reddy schien mein Vorschlag überhaupt nicht zu gefallen. Der Blick, mit dem er mich ansah, war unverkennbar grimmig.

»Sie sind wohl übergeschnappt«, warf er mir vor. »Was bringt das ein? Damit halten Sie Miss Banbrock nicht heraus. Sie ist doch hier – oder nicht? –, und alles übrige wird sich von selbst ergeben.«

»Aber Miss Banbrock war nicht hier«, erklärte ich. »Vielleicht wimmelt es inzwischen oben von Bullen. Vielleicht auch nicht. Jedenfalls bringen Sie Miss Banbrock von hier weg und übergeben sie Dick Foley, der sie heimbringen wird. Sie hat nichts mit dieser Sache zu tun. Morgen werden sie, der Anwalt ihres Vaters und ich hinauf nach Martinez fahren und mit dem Staatsanwalt von Contra Costa County verhandeln. Wir werden ihm beweisen, daß Ruth sich selbst umgebracht hat. Wenn jemand den Elwood, der hoffentlich tot oben liegt, mit dem Elwood in Zusammenhang bringen sollte, der die Mädchen und Mrs. Correll kannte – was ist schon dabei? Wenn wir einen Prozeß vermeiden – was wir tun werden, indem wir die Contra-Costa-Leute überzeugen, daß sie sie unmöglich wegen des Mordes an ihrer Schwester verurteilen können –, dann kommt nichts in die Zeitungen, und es gibt keinen Ärger.«

Pat sah mich unentschlossen an, den Daumen noch am Kinn.

»Vergessen Sie nicht«, drängte ich ihn, »daß wir dies nicht nur für Miss Banbrock tun. Es geht doch um einen Haufen toter und eine Menge lebender Frauen, die sich sicherlich aus eigenem Antrieb mit Hador eingelassen haben, aber die doch trotzdem menschliche Wesen sind.«

Pat schüttelte störrisch den Kopf.

»Tut mir leid«, sagte ich mit gespielter Hoffnungslosigkeit zu dem Mädchen. »Ich habe getan, was ich kann, aber es ist von Reddy zuviel verlangt. Ich kann's ihm nicht verübeln, daß er Angst hat, soviel zu riskieren.«

Pat ist ein Ire. »Stecken Sie's doch nicht so verdammt schnell auf«, fuhr er mich an und stoppte meine Heuchelei. »Aber warum muß ich derjenige sein, der Hador erschossen hat? Warum nicht Sie?«

Ich hatte ihn soweit!

»Weil Sie ein Bulle sind und ich nicht«, erklärte ich. »Es wird einen kleineren Skandal geben, wenn er guten Glaubens von einem sterntragenden, plattfüßigen Gesetzesbeamten erschossen wurde. Ich habe die meisten dieser Kerle oben umgelegt. Sie sollten etwas tun, um zu zeigen, daß Sie auch da waren.«

Das war nur ein Teil der Wahrheit. Ich dachte, wenn Pat die Verantwortung übernahm, konnte er sich nachher nicht gut darum drücken, ganz gleich, was passierte. Pat ist ein prima Kerl, und ich habe volles Vertrauen zu ihm – aber man kann einem Mann viel leichter vertrauen, wenn man ihn eingewickelt hat.

Pat brummte und schüttelte den Kopf, doch er knurrte: »Kein Zweifel, ich ruiniere mich – aber ich werd's ausnahmsweise tun.«

»Na endlich!« Ich hob den Hut des Mädchens auf, der in einer Ecke lag. »Ich warte hier, bis Sie sie Dick übergeben haben und zurückkommen.« Ich gab dem Mädchen den Hut und zugleich einige Anweisungen. »Sie fahren mit dem Mann, dem Reddy Sie übergibt, nach Hause. Bleiben Sie dort, bis ich komme, was ich tun werde, sobald ich es schaffe. Sagen Sie niemandem irgendwas, außer, daß ich Ihnen gesagt habe, Sie sollen den Mund halten. Auch nicht Ihrem Vater. Erzählen Sie ihm, ich habe Ihnen gesagt, ihm nicht zu verraten, wo Sie mich gesehen haben. Ist das klar?«

»Ja, und ich –«

Dankbarkeit ist etwas, was man gern akzeptiert, doch sie hält einen auf, wenn man beschäftigt ist.

»Haut ab, Pat!«

Sie gingen.

Sobald ich mit dem Toten allein war, trat ich über ihn, kniete mich vor den Safe, schob Briefe und Papiere weg und suchte nach Fotos. Es war keins zu sehen. Ein Fach des Safes war verschlossen.

Ich filzte die Leiche. Kein Schlüssel. Das verschlossene Fach war nicht sehr stabil, doch ich bin nicht der beste Safeknacker im Westen. Ich brauchte eine Weile, um es zu öffnen.

Was ich suchte, war darin. Ein dicker Stoß Negative. Ein Stapel Abzüge – an die fünfzig.

Ich begann sie durchzusehen und nach den Bildern der Banbrock-Mädchen zu suchen. Ich wollte sie einstecken, bevor Pat zurückkam. Ich wußte nicht, wieviel weiter er mich gehen lassen würde.

Ich hatte kein Glück, und mir fehlte die Zeit, die ich gebraucht hatte, um in das Fach zu kommen. Er kam zurück, als ich beim sechsten Abzug angelangt war. Diese sechs waren ziemlich gräßlich.

»So, erledigt«, brummte Pat mich an, als er in den Raum trat. »Dick hat sie übernommen. Elwood ist tot, und der einzige von den Negern, die ich oben gesehen habe, auch. Alle andern scheinen abgehauen zu sein. Bullen sind noch keine aufgetaucht, und so hab ich eine Wagenladung angefordert.«

Ich stand auf, den Stoß Negative in der einen Hand, die Abzüge in der andern.

»Was ist das?« fragte er.

Ich versuchte ihn nochmals zu übertölpeln. »Fotos. Sie haben mir eben einen großen Gefallen getan, Pat, und ich bin nicht gemein genug, um Sie um noch einen zu bitten. Aber ich möchte Ihnen etwas vor Augen führen, Pat. Die Entscheidung können Sie treffen.«

»Das hier« – ich hielt ihm die Bilder hin – »ist Hadors Leibrente – die Fotos, mit denen er Geld kassierte oder zu kassieren beabsichtigte. Es sind Fotos von Menschen, Pat, hauptsächlich von Frauen und Mädchen, und einige davon ziemlich scheußlich.

Wenn morgen in den Zeitungen steht, daß in diesem Haus nach dem Skandal ein Haufen Fotos gefunden wurde, dann gibt es in den Zeitungen der nächsten Tage eine dicke Liste von Selbstmorden und eine noch dickere Liste von Vermißtenfällen. Wenn die Zeitungen die Fotos nicht erwähnen, werden die Leute vielleicht ein bißchen kleiner sein, aber nicht viel. Einige der Leute, deren Fotos hier sind, wissen, daß sie hier sind. Sie werden damit rechnen, daß die Polizei sie aufspürt. Wir wissen von den Fotos, daß sich ihretwegen zwei Frauen umgebracht haben. Dies ist ein Haufen Material, das eine Menge Menschen und eine Menge Familien ins Unglück stürzen kann, Pat – ganz gleich, für welche von den zwei Möglichkeiten sich die Zeitungen entscheiden.

Aber angenommen, Pat, die Zeitungen schreiben, daß Hador, bevor er erschossen wurde, eine Menge Bilder und Papiere verbrannte, und zwar bis zur Unkenntlichkeit. Ist es dann nicht wahrscheinlich, daß es keine Selbstmorde geben wird? Daß einige, die in den letzten Monaten verschwunden sind, wieder auftauchen? So ist es, Pat – Sie müssen sich entscheiden.«

Wenn ich daran zurückdenke, scheint es mir, daß ich in diesen Minuten beredsamer gewesen bin als je zuvor in meinem Leben.

Doch Pat war nicht begeistert. Er beschimpfte mich, er überhäufte mich mit Beschimpfungen und mit einem Maß an Gefühl, das mir sagte, daß ich wieder einen Punkt in meinem kleinen Spiel gewonnen hatte. Er belegte mich mit Namen, die ich noch nie von einem Mann, der aus Fleisch und Blut war, gehört hatte, ohne ihm eine zu kleben.

Als er fertig war, trugen wir die Papiere und Fotos und ein kleines Adreßbuch, das wir im Safe fanden, in den Nebenraum und stopften sie in den kleinen, runden eisernen Ofen. Als wir über uns die Polizei hörten, war das Ganze zu Asche verbrannt.

»So, das wär's!« erklärt Pat, als wir mit unserer Arbeit fertig waren. »Und wenn Sie tausend Jahre alt werden – bitten Sie mich nie wieder um einen Gefallen.«

»Das wär's«, wiederholte ich.

Ich mag Pat. Er ist ein prima Kerl. Das sechste Foto in dem Stoß stammte von seiner Frau – der übermütigen, glutäugigen Tochter des Kaffeeimporteurs.

Der Daumenabdruck
des heiligen Petrus

Agatha Christie

»Und nun, Tante Jane, bist du an der Reihe«, sagte Raymond West.

»Ja, Tante Jane, und wir erwarten etwas recht Pikantes«, fiel Joyce Lemprière ein.

»Nun, ihr wollt mich wohl verulken, meine Lieben«, sagte Miss Marple gelassen. »Ihr glaubt sicher alle, daß ich wahrscheinlich nichts Interessantes erlebt habe, weil ich mein ganzes Leben in diesem abgelegenen Fleckchen zubrachte.«

»Gott behüte, daß ich jemals wieder das Leben in einem Dorf als friedlich und ereignislos betrachte«, erklärte Raymond leidenschaftlich. »Nicht nach all den schrecklichen Enthüllungen, die wir von dir gehört haben! Die ganze Welt erscheint mir milde und harmlos im Vergleich zu St. Mary Mead.«

»Nun, lieber Neffe«, meinte Miss Marple, »die menschliche Natur ist überall ziemlich gleich, und natürlich hat man in einem Dorf bessere Gelegenheit, sie aus der Nähe zu studieren.«

»Sie stehen wirklich einzig da, Tante Jane«, rief Joyce. »Hoffentlich haben Sie nichts dagegen, wenn ich Sie Tante Jane nenne«, fügte sie hinzu. »Ich weiß wirklich nicht, warum ich es tue.«

»Wirklich nicht, meine Liebe?« fragte Miss Marple.

Sie warf Joyce einen merkwürdigen Blick zu, der dem Mädchen die Röte in die Wangen trieb.

Raymond West wurde ganz nervös und räusperte sich verlegen.

Miss Marple sah sie beide an und lächelte wieder.

»Es ist natürlich richtig, daß ich ein ereignisloses Leben geführt habe, wie man so zu sagen pflegt, und doch habe ich beträchtliche Erfahrungen sammeln können. Manche Ereignisse waren wirklich ganz lehrreich, aber es hat keinen Zweck, davon zu erzählen, da es sich um unwesentliche Dinge handelt. Nein, das einzige Erlebnis, das Sie interessieren würde, bezieht sich auf den Mann meiner armen Nichte Mabel.

Es geschah vor zehn oder fünfzehn Jahren, und glücklicherweise ist jetzt alles vorbei und vergessen. Die Menschen haben ein kurzes Gedächtnis, und das ist meiner Ansicht nach sehr gut. Mabel ist, wie gesagt, meine Nichte. Ein nettes Mädchen, wirklich ein sehr nettes Mädchen, aber leider viel zu arglos. Sie liebte es melodramatisch, und wenn sie aufgeregt war, sagte sie oft ein Wörtchen zuviel. Mit zweiundzwanzig Jahren heiratete sie einen Mr. Denman, und ich fürchte, die Ehe war nicht sehr glücklich. Ich hatte gehofft, daß diese Zuneigung nicht bis zur Ehe führen würde, denn Mr. Denman schien ein recht jähzorniger Mann zu sein, der nicht viel Geduld für Mabels Schwächen aufbringen würde, und ich hatte außerdem erfahren, daß Geistesgestörtheit in seiner Familie lag. Aber die jungen Mädchen waren damals genauso eigensinnig wie heute, und das werden sie auch immer bleiben. Mabel heiratete ihn also.

Nach ihrer Heirat sah ich sie nur noch selten. Sie besuchte mich ein paarmal, und sie luden mich wiederholt zu sich ein. Da ich aber nicht gern dorthin wollte, habe ich die Einladungen immer unter irgendeinem Vorwand abgelehnt. Nach zehnjähriger Ehe starb Mr. Denman plötzlich. Es waren keine Kinder da, und er hinterließ Mabel sein ganzes Vermögen. Ich erbot mich natürlich, ihr zu helfen, falls sie mich brauchte. Aber sie schrieb mir einen sehr vernünftigen Brief, dem ich entnahm, daß sie nicht gerade vom Kummer überwältigt war. Das erschien mir auch ganz natürlich, denn ich wußte, daß die beiden sich schon seit einiger Zeit nicht mehr verstanden. Drei Monate später erhielt ich einen ganz hysterischen Brief von Mabel, in dem sie mich bat, so bald wie möglich zu ihr zu kommen, da ihre Lage von Tag zu Tag schlimmer würde und sie es bald nicht mehr aushalten könne.

Natürlich habe ich meinem Mädchen Clara sofort das Kostgeld gezahlt und das Silber sowie den Deckelkrug von König Charles zur Bank bringen lassen. Dann setzte ich mich in den Zug. Bei meiner Ankunft fand ich Mabel in sehr nervöser Verfassung vor. Ihr Haus war ziemlich groß und behaglich eingerichtet. Eine Köchin und ein Hausmädchen waren vorhanden, ferner eine Pflegerin für den alten Mr. Denman, Mabels Schwiegervater, der, wie man so sagt, ›nicht ganz richtig im Oberstübchen‹ war. Ganz friedlich und gesittet, aber zu Zeiten entschieden merkwürdig. Wie ich schon sagte, lag Geisteskrankheit in der Familie.

Ich war wirklich entsetzt, als ich Mabel so verändert fand. Sie war das reinste Nervenbündel, furchtbar zappelig, und doch hatte ich die größten Schwierigkeiten, sie dazu zu bewegen, mir ihr Herz auszuschütten. Schließlich habe ich alles auf indirektem Wege erfahren. Ich erkundigte mich nach ihren Freunden, den Gallaghers, die sie immer in ihren Briefen erwähnte. Zu meiner Überraschung erfuhr ich, daß sie sich kaum noch sahen. Auf meine Frage nach den anderen Freunden erhielt ich die gleiche Antwort. Ich redete auf sie ein und betonte, wie töricht es sei, zu grübeln und, vor allen Dingen, sich von seinen Freunden loszusagen. Dann rückte sie endlich mit der Wahrheit heraus.

›Es liegt nicht an mir, sondern an den anderen. Keine Menschenseele will hier mit mir reden. Wenn ich die High Street hinuntergehe, verschwinden sie alle, nur um mir nicht zu begegnen oder nicht mit mir sprechen zu müssen. Ich komme mir vor wie eine Aussätzige. Es ist furchtbar, und ich kann das nicht länger ertragen. Ich fühle mich gezwungen, das Haus zu verkaufen und ins Ausland zu gehen. Jedoch sehe ich nicht ein, warum ich mich vertreiben lassen soll. Ich habe doch nichts getan.‹

Ich war über alle Maßen beunruhigt.

›Meine liebe Mabel‹, erwiderte ich, ›du setzt mich in Erstaunen. Was ist die Ursache für dieses merkwürdige Verhalten?‹

Schon als Kind war Mabel schwierig gewesen, und ich hatte die größte Mühe, eine klare Antwort auf meine Frage, zu bekommen. Sie sprach erst ganz allgemein von bösem Geschwätz und müßigen Leuten, die nichts im Sinn hätten als Klatsch und Tratsch, und von Leuten, die anderen einen Floh ins Ohr setzten.

›Das ist mir alles klar‹, erwiderte ich. ›Offenbar geht ein Gerücht über dich um. Aber was für ein Gerücht das ist, mußt du genausogut wissen wie die anderen. Und du solltest es mir jetzt sagen.‹

›Es ist so boshaft‹, stöhnte Mabel.

›Natürlich ist es boshaft‹, erklärte ich. ›Es gibt nichts in der menschlichen Gesinnung, das mich noch überraschen könnte. Mabel, willst du mir endlich in schlichten Worten erzählen, was die Leute über dich reden?‹

Dann kam alles ans Licht.

Offenbar gab der plötzliche und unerwartete Tod von Geoffrey Denman Anlaß zu allen möglichen Gerüchten, die darauf hinausliefen, daß Mabel ihren Mann vergiftet habe.

Wie Sie alle wohl wissen, gibt es nichts Grausameres als Geschwätz, und nichts läßt sich so schwer bekämpfen. Wenn Leute hinter unserem Rücken reden, können wir nichts abstreiten, und das Gerücht schwillt zu ungeheuren Ausmaßen an. Von einer Sache war ich ganz überzeugt: Mabel war völlig unfähig, jemanden zu vergiften. Und ich sah nicht ein, warum ihr Leben ruiniert und ihr Heim für sie unerträglich gemacht werden sollte, nur weil sie aller Wahrscheinlichkeit nach irgendeine Torheit begangen hatte.

›Von nichts kommt nichts‹, bemerkte ich. ›Nun, Mabel, du mußt mir sagen, was die Leute zu diesem Gewäsch veranlaßt hat. Es muß irgend etwas vorgefallen sein.‹

Mabel begann zu faseln und erklärte, es sei nichts gewesen – aber auch gar nichts, nur sei Geoffreys Tod eben sehr plötzlich eingetreten. An dem betreffenden Abend habe er sich beim Abendessen anscheinend noch sehr wohl gefühlt und sei in der Nacht dann heftig erkrankt. Man habe den Doktor kommen lassen, aber der arme Geoffrey sei wenige Minuten nach Ankunft des Arztes verschieden. Der Tod sei dem Genuß giftiger Pilze zugeschrieben worden.

›Nun‹, meinte ich, ›ein so plötzlicher Tod kann natürlich die Zungen in Bewegung setzen, aber nicht ohne zusätzliche Tatsachen. Hast du dich mit Geoffrey gestritten oder dergleichen?‹

Sie gab zu, daß sie morgens beim Frühstück eine heftige Auseinandersetzung gehabt hatten.

›Und das haben die Dienstboten wohl gehört?‹ fragte ich.

›Sie waren nicht im Zimmer.‹

›Nein, liebes Kind, aber wahrscheinlich standen sie draußen ziemlich nahe an der Tür.‹

Ich kannte die Tragweite von Mabels hoher, hysterischer Stimme nur zu gut, und Geoffrey Denman sprach auch nicht gerade leise, wenn er zornig war.

›Worüber habt ihr denn gestritten?‹ fragte ich.

›Oh, über die üblichen Dinge. Das war immer das gleiche. Eine Kleinigkeit gab den Anlaß. Dann wurde Geoffrey unmöglich, und ich sagte etwas Abscheuliches und gab ihm zu verstehen, was ich von ihm hielt.‹

›Demnach habt ihr euch ja häufig gestritten, nicht wahr?‹ fragte ich.

›Es war nicht meine Schuld –‹

›Mein liebes Kind, wessen Schuld es war, spielt gar keine Rolle. Das steht nicht zur Debatte. An einem solchen Ort sind die Privatangelegenheiten eines jeden Menschen mehr oder weniger öffentliches Eigentum. Du und dein Mann, ihr habt euch dauernd gestritten. Eines Morgens hattet ihr einen besonders heftigen Krach, und am selben Abend starb dein Mann eines plötzlichen und geheimnisvollen Tod. Ist das alles, oder gibt es noch etwas anderes?‹

›Ich weiß nicht, was du unter etwas anderem verstehst‹, antwortete sie verstockt.

›Genau das, was ich sage, liebes Kind. Wenn du irgend etwas Törichtes getan hast, dann rede jetzt um Gottes willen darüber, denn ich möchte ja alles tun, was ich kann, um dir zu helfen!‹

›Nichts, niemand kann mir helfen‹, rief Mabel verzweifelt, ›außer dem Tod.‹

›Glaube etwas mehr an die Vorsehung, liebes Kind‹, riet ich ihr. ›Also, Mabel, ich weiß genau, daß du mir etwas verheimlichst.‹

Ich wußte stets, selbst als sie noch ein Kind war, wenn sie mir nicht die volle Wahrheit sagte. Na, es dauerte ja eine ganze Weile, aber schließlich bekam ich es heraus. Sie war an jenem Morgen zur Apotheke gegangen und hatte Arsenik gekauft. Sie mußte natürlich ihren Namen eintragen, und der Apotheker hatte selbstverständlich nachher geschwatzt.

›Wer ist euer Arzt?‹ fragte ich.

›Dr. Rawlinson.‹

Ich kannte ihn vom Sehen. Mabel hatte mich einmal auf ihn aufmerksam gemacht. Er war, wenn ich mich etwas derb ausdrücken darf, ein alter Trottel. Ich habe zuviel Lebenserfahrung, um an die Unfehlbarkeit der Ärzte zu glauben. Manche unter ihnen sind klug und andere wieder nicht. Und sehr oft wissen die besten nicht, was einem fehlt. Ich persönlich will mit Ärzten und ihren Mixturen nichts zu tun haben.

Ich ließ mir die Sache durch den Kopf gehen. Dann setzte ich meinen Hut auf und stattete Dr. Rawlinson einen Besuch ab. Der Eindruck, den ich von ihm hatte, wurde bestätigt. Er war ein netter alter Mann, freundlich vage, jammervoll kurzsichtig, etwas taub und dazu im höchsten Grade reizbar und empfindlich. Er war sofort in seinem Fahrwasser, als ich Geoffrey Denmans Tod erwähnte, und hielt mir einen langen Vortrag über eßbare und giftige Pilze. Er hatte die Köchin befragt, und sie hatte zugegeben, daß einige der Pilze ›ein wenig merkwürdig‹ ausgesehen hätten, aber da sie aus einem Laden geschickt worden waren, hatte sie angenommen, daß sie in Ordnung seien. Je mehr sie seitdem darüber nachdachte, desto tiefer war sie davon überzeugt, daß das Aussehen der Pilze ungewöhnlich war.

›Das kann ich mir lebhaft vorstellen‹, sagte ich. ›Zunächst waren es in ihren Augen wohl ganz normale Pilze, und zum Schluß wurden sie orangefarben mit lila Flecken. Es gibt wohl nichts, das diesen Dienstboten nicht einfällt, wenn sie sich lange genug mit einer Sache beschäftigen.‹

Aus den Worten des Doktors schloß ich, daß Denman nicht mehr sprechen konnte, als der Arzt eintraf. Auch konnte er nicht schlucken und starb nach wenigen Minuten. Der Doktor schien völlig von der Richtigkeit des Totenscheins, den er ausgestellt hatte, überzeugt zu sein. Doch wieviel davon auf Starrköpfigkeit und wieviel auf echtem Glauben beruhte, vermochte ich nicht zu entscheiden.

Ich ging sofort wieder nach Hause und fragte Mabel, warum sie Arsenik gekauft habe, worauf Mabel in Tränen ausbrach.

›Ich wollte mir das Leben nehmen‹, stöhnte sie. ›Ich war zu unglücklich und dachte, es sei am besten, allem ein Ende zu machen.‹

›Hast du das Arsenik noch?‹ fragte ich.

›Nein, ich habe es fortgeworfen.‹

Ich saß da und ließ mir die Dinge durch den Kopf gehen.

›Was geschah, als dein Mann krank wurde? Hat er dich gerufen?‹

›Nein.‹ Sie schüttelte den Kopf. ›Er klingelte heftig. Er muß mehrere Male geläutet haben. Schließlich hörte es Dorothy, das Hausmädchen. Sie weckte die Köchin auf, und sie kamen zusammen nach unten. Als Dorothy ihn sah, bekam sie Angst; denn er phantasierte im Fieberwahn. Sie ließ die Köchin bei ihm zurück und kam gleich zu mir. Ich stand auf und ging zu ihm. Natürlich sah ich sofort, daß er schwer krank war. Zum Unglück war Brewster, die den alten Mr. Denman betreut, in dieser Nacht nicht da, und wir anderen wußten nicht, was wir tun sollten. Ich schickte Dorothy zum Arzt und blieb mit der Köchin bei ihm. Doch nach einer kurzen Weile konnte ich es nicht mehr ertragen; es war zu schrecklich. Ich rannte in mein Zimmer zurück und schloß die Tür ab.‹

›Sehr selbstsüchtig und unfreundlich von dir‹, bemerkte ich, ›und du kannst dich darauf verlassen, daß dieses Benehmen dir sehr geschadet hat. Die Köchin wird überall davon erzählt haben. Das ist eine sehr dumme Geschichte.‹

Dann sprach ich mit den Dienstboten. Die Köchin fing gleich von den Pilzen an, aber ich schnitt ihr das Wort ab. Von diesen Pilzen hatte ich allmählich genug. Statt dessen erkundigte ich mich genau nach der Verfassung ihres Herrn in jener Nacht. Alle beide stimmten darin überein, daß er große Qualen litt, nicht zu schlucken vermochte und nur mit erstickter Stimme sprechen konnte, und wenn er sprach, war es nur ein sinnloses Phantasieren.

›Was sagte er denn, wenn er phantasierte?‹ fragte ich neugierig.

›Irgend etwas von einem Fisch, nicht wahr?‹ wandte sich die Köchin an Dorothy.

Dorothy nickte.

›Ja, Pillen und Fisch oder irgend sonst ein Unsinn. Ich habe sofort erkannt, daß er nicht richtig bei Verstand war, der arme Herr.‹

Das ergab natürlich keinen Sinn. Zu guter Letzt ging ich nach oben und stattete Brewster einen Besuch ab. Sie war eine hagere Frau von etwa fünfzig Jahren.

›Es ist ein Jammer, daß ich in jener Nacht nicht hier war‹, meinte sie. ›Niemand scheint sich seiner angenommen zu haben, bis der Arzt kam.‹

›Ich glaube, er befand sich im Fieberwahn‹, sagte ich zweifelnd. ›Aber das ist doch kein Symptom von Pilzvergiftung, nicht wahr?‹

›Das kommt darauf auf‹, entgegnete Brewster.

Ich erkundigte mich nach ihrem Patienten. Sie schüttelte den Kopf. ›Ihm geht es ziemlich schlecht.‹

›Schwach?‹

›O nein, körperlich ist er stark genug – abgesehen von seinen Augen, die sehr schlecht sind. Er mag uns alle überleben, aber mit seinem Verstand geht es rapide bergab. Ich habe Mr. und Mrs. Denman bereits gesagt, daß er eigentlich in eine Anstalt gehört, aber Mrs. Denman wollte gar nichts davon wissen.‹

Eines muß ich Mabel zugestehen: Sie hat ein gutes Herz.

Nun, ich überlegte mir das Ganze noch einmal nach allen Richtungen hin und kam zu dem Schluß, daß uns nur noch ein Ausweg blieb. Angesichts der umherschwirrenden Gerüchte mußten wir die Exhumierung der Leiche beantragen und eine richtige Leichenschau vornehmen lassen, damit die verleumderischen Zungen für immer zum Schweigen gebracht werden. Mabel machte natürlich ein großes Theater, hauptsächlich aus sentimentalen Gründen: Man solle den Toten nicht in seiner Ruhe stören und dergleichen. Aber ich blieb fest.

Ich will mich bei diesem Teil der Geschichte nicht lange aufhalten. Kurz und gut, wir erhielten die Erlaubnis für die Exhumierung, und es wurde eine Leichenschau veranstaltet, jedoch das Ergebnis war nicht so befriedigend, wie ich mir das gedacht hatte. Es war keine Spur von Arsenik vorhanden – und das war nur gut –, aber der Bericht lautete: *Es läßt sich nicht feststellen, wodurch der Verstorbene zu Tode gekommen ist.*

Damit war also die mißliche Lage noch nicht geklärt. Die Leute klatschten weiter – sprachen von seltenen Giften, die keine Spuren hinterließen, und ähnlichem Unsinn. Ich redete mit dem Pathologen, der die Leiche untersucht hatte, und stellte ihm mehrere Fragen. Obwohl er sich nach Kräften bemühte, sich vor den Antworten zu drücken, bekam ich doch aus ihm heraus, daß er die giftigen Pilze für eine höchst unwahrscheinliche Todesursache hielt. Eine gewisse Idee spukte mir im Kopf herum, und ich fragte ihn, was für ein Gift in diesem Fall eventuell in Frage käme. Er hielt mir einen langatmigen Vortrag, von dem ich kaum etwas verstand, das will ich gern zugeben. Aber der Kernpunkt war dieser: Der Tod hätte durch ein starkes Pflanzenalkaloid hervorgerufen worden sein können.

Ich hatte nämlich folgende Idee: Angenommen, Geoffrey Denman hätte auch die Anlage zur Geistesgestörtheit geerbt, wäre es da nicht möglich gewesen, daß er sich das Leben genommen hätte? Er hatte früher einmal Medizin studiert und sicher gute Kenntnis von Giften und ihren Wirkungen gehabt.

Das klang zwar etwas dünn, aber es war die einzige Erklärung, die mir einfiel. Und ich war fast am Ende meines Lateins, das kann ich Ihnen versichern. Jetzt werden die modernen jungen Leute unter Ihnen wahrscheinlich lachen, aber wenn ich tief in der Klemme stecke, dann sage ich immer ein kleines Gebet vor mich hin, ganz gleich, wo ich mich aufhalte, ob auf der Straße oder in einem Laden. Und ich bekomme stets eine Antwort, manchmal in Form einer unwesentlichen Kleinigkeit, die anscheinend gar nichts mit der

Sache zu tun hat. An dem Morgen, von dem hier die Rede ist, ging ich nun die High Street hinunter und betete inbrünstig. Ich schloß die Augen, und was meinen Sie wohl, worauf mein erster Blick fiel, als ich sie wieder öffnete?«

Fünf Gesichter richteten sich voller Spannung auf Miss Marple. Es läßt sich jedoch mit Sicherheit annehmen, daß keiner der Anwesenden die richtige Antwort auf diese Frage gefunden haben würde.

»Ich sah«, versicherte ihnen Miss Marple mit großem Nachdruck, »*das Schaufenster eines Fischladens*. Es lag nur ein Gegenstand darin, und das war ein *frischer Schellfisch*.«

Sie blickte triumphierend um sich.

»Oh, mein Gott!« stöhnte Raymond West. »Als Antwort auf ein Gebet – ein frischer Schellfisch!«

»Ja, Raymond«, tadelte Miss Marple, »und du brauchst gar nicht zu lästern. Gottes Hand ist überall. Das erste, was ich sah, waren die schwarzen Flecken – die Daumenabdrücke des heiligen Petrus, wie es in der Legende heißt. Und das gab mir eine klare Einsicht: Ich brauchte Glauben, den felsenfesten Glauben des heiligen Petrus. Ich brachte die beiden Dinge miteinander in Zusammenhang, Glaube – und Fisch.«

Sir Henry schneuzte sich eiligst die Nase. Joyce biß sich auf die Lippe.

»Da kam mir ein Gedanke. Die Köchin und das Hausmädchen hatten beide erwähnt, daß der sterbende Mann das Wort ›Fisch‹ ausgesprochen habe. Ich war völlig davon überzeugt, daß die Lösung des Geheimnisses in den beiden Worten des sterbenden Mannes zu finden sei. Ich kehrte nach Hause zurück mit dem festen Entschluß, der Sache auf den Grund zu gehen.

Ich nahm mir die Köchin und das Hausmädchen getrennt vor und fragte die Köchin, ob sie ganz sicher sei, daß ihr Herr die Worte Pille und Fisch gebraucht habe. Sie versicherte es mir noch einmal.

›Wie lauteten die Worte genau?‹ fragte ich. ›Hat er etwa eine besondere Art von Fisch erwähnt?‹

›Ja, richtig‹, erwiderte die Köchin, ›es war eine besondere Art von Fisch. Aber was für eine Sorte, kann ich Ihnen im Augenblick nicht sagen. Was war es doch nur? Barsch – oder Hecht? Nein. Es fing nicht mit einem H an.‹

Dorothy entsann sich ebenfalls, daß ihr Herr eine besondere Fischart erwähnt hatte. ›Ein ungewöhnlicher Fisch war es‹, meinte sie.

›Und das Wort Pille hat er auch gebraucht?‹

›Ja, es klang jedenfalls so. Ich bin nicht mehr so ganz sicher – es ist schwer, sich an die eigentlichen Worte zu erinnern, nicht wahr, Miss, besonders, wenn sie keinen Sinn ergeben. Aber wenn ich es mir richtig überlege, ist mir doch klar, daß es das Wort Pille war, und der Fisch begann mit einem K, aber es war nicht Kabeljau oder Klippfisch.‹

Bei dem, was nun folgt, bin ich richtig stolz auf mich‹, erklärte Miss Marple, »weil ich natürlich von Drogen nichts verstehe – eine ekliger, gefährlicher Kram in meinen Augen. Aber ich wußte, daß verschiedene medizinische Bücher im Haus existieren. Ich nahm sie mir vor und fand in einem Band ein alphabetisches Verzeichnis von Drogen.

Erst suchte ich unter K, fand aber nichts, das paßte; dann begann ich mit P, und sehr bald stieß ich auf – was meinen Sie wohl?«

Sie blickte sich im Kreise um und verlängerte den Augenblick ihres Triumphs.

»Pilokarpin. Man stelle sich vor: Ein Mann, der kaum sprechen konnte, versucht, dieses Wort herauszubringen. Wie würde es in den Ohren einer Köchin klingen, die das Wort nie gehört hatte? Würde sie nicht den Eindruck gehabt haben, er habe ›Pille‹ und ›Karpfen‹ gesagt?«

»Wahrhaftig!« rief Sir Henry erstaunt.

»Darauf wäre ich nie gekommen«, gab Dr. Pender zu.

»Höchst interessant«, meinte Mr. Petherich. »Wirklich höchst interessant.«

»Ich schlug rasch die im Verzeichnis angegebene Seite auf«, fuhr Miss Marple fort, »und las, was da stand über Pilokarpin und seine Wirkung auf die Augen und vieles andere, das mit unserem Fall nichts zu tun zu haben schien, aber schließlich stieß ich auf eine höchst bedeutsame Stelle: *Ist mit Erfolg als Gegengift bei Atropinvergiftung angewandt worden.*

Da fiel es mir auf einmal wie Schuppen von den Augen, kann ich Ihnen sagen. Ich hatte ja nie richtig daran geglaubt, daß Geoffrey Denman Selbstmord begangen hatte. Diese neue Lösund war nicht nur möglich, sondern ich war fest überzeugt, daß sie die einzig richtige war; denn jede Tatsache ergab sich logisch aus der anderen.«

»Ich mache erst gar nicht den Versuch zu raten«, erklärte Raymond. »Erzähl weiter von deiner auffallenden Entdeckung, Tante Jane.«

»Von Medizin habe ich natürlich keine Ahnung«, fuhr Miss Marple fort, »aber eines wußte ich. Als meine Augen schlecht wurden, verordnete mir der Arzt Tropfen, die Atropinsulfat enthielten. Ich marschierte schnurstracks nach oben in das Zimmer des alten Mr. Denman.

›Mr. Denman‹, sagte ich, ›ich weiß alles. Warum haben sie Ihren Sohn vergiftet?‹

Er blickte mich eine Weile an – und ich muß sagen, er war ein ziemlich gutaussehender alter Herr – und brach dann in ein schallendes Gelächter aus. Es war das boshafteste Lachen, das ich je gehört hatte. Ich bekam eine richtige Gänsehaut.

›Ja‹, antwortete er, ›nun bin ich quitt mit Geoffrey. Ich war zu klug für ihn. Er wollte mich in eine Anstalt stecken, nicht wahr? Ich habe wohl gehört, wie sie darüber gesprochen haben. Mabel ist ein gutes Mädchen – Mabel trat für mich ein, aber ich wußte, daß sie sich auf die Dauer nicht gegen Geoffrey behaupten konnte. Letzten Endes hätte er doch seinen Willen bekommen, wie immer. Aber ich habe mit ihm abgerechnet – habe mit meinem liebevollen Sohn abgerechnet! Ha, ha! In der Nacht habe ich mich hinuntergeschlichen. Es war ganz leicht. Brewster war ja fort. Mein teurer Sohn schlief bereits. Neben seinem Bett stand ein Glas Wasser, das er immer trank, wenn er mitten in der Nacht aufwachte. Ich goß es aus – ha, ha! – und füllte meine Augentropfen in das Glas. Wenn er aufwachte, würde er sie ahnungslos hinunterschütten. Es war nur ein Eßlöffel voll – aber genug, völlig genug. Und er hat sie dann auch getrunken! Am nächsten Morgen kamen sie alle zu mir und brachten es mir ganz schonend bei. Sie hatten Angst, es würde mich zu sehr aufregen. Ha! Ha! Ha! Ha! Ha!‹«

»Nun«, schloß Miss Marple, »damit ist die Geschichte zu Ende. Der arme alte Mann wurde natürlich in eine Anstalt gebracht. Er war für seine Tat nicht verantwortlich. Sobald die Wahrheit bekannt wurde, brachte man Mabel wieder Sympathie und Freundschaft entgegen und man konnte nicht genug tun, um den angerichteten Schaden wiedergutzumachen. Aber wenn Geoffrey nicht gemerkt hätte, was für einen Stoff er geschluckt hatte, und nicht versucht hätte, das Gegengift zu nennen, das man ihm unverzüglich holen sollte, wäre die Wahrheit wahrscheinlich nie an den Tag gekommen. Ich glaube, bei einer Atropinvergiftung sind ganz bestimmte Symptome vorhanden – erweiterte Pupillen und dergleichen; aber der arme alte Dr. Rawlinson war, wie ich schon erwähnte, sehr kurzsichtig. Und in demselben medizinischen Werk, in dem ich weiterlas – manches war höchst interessant –, wurden die Symptome von Pilzvergiftung und Atropinvergiftung beschrieben, und sie waren sich in ihren Auswirkungen nicht unähnlich. Aber ich kann Ihnen versichern, daß ich niemals frischen Schellfisch gesehen habe, ohne an die Daumanabdrücke des heiligen Petrus zu denken.«

Es entstand eine lange Pause.

»Meine liebe Freundin«, unterbrach Mr. Petherick das Schweigen, »meine sehr liebe Freundin, Sie sind geradezu erstaundlich.«

»Ich werde Scotland Yard empfehlen, sich bei Ihnen Rat zu holen«, erklärte Sir Henry.

»Aber eins, liebe Tante Jane«, sagte Raymond, »weißt du jedenfalls nicht.«

»Doch, mein lieber Neffe«, erwiderte Miss Marple. »Es geschah gerade vor dem Essen, nicht wahr? Als du Joyce mit in den Garten nahmst, um den Sonnenuntergang zu bewundern. Die Stelle an der Jasminhecke ist sehr beliebt. Dort hat vor Jahren auch der Milchmann unsere Annie gefragt, ob er das Aufgebot bestellen dürfe.«

»Zum Kuckuck, Tante Jane«, rief Raymond. »Verdirb nicht alle Romantik. Joyce und ich sind nicht wie der Milchmann und Annie.«

»Da bist du aber auf dem Holzweg, lieber Neffe«, meinte Miss Marple. »Die Menschen sind sich alle sehr ähnlich. Aber es ist vielleicht ein Glück, daß sie es nicht merken.«

Die Leiche im oberen Stock

Cornell Woolrich

An jenem Abend kam ich ungefähr um Viertel nach sechs nach Hause. »Hast du 'nen schweren Tag gehabt?« wollte meine Frau wissen, als ich meinen Hut auf dem Kronleuchter landen ließ. »Das Essen ist fertig.«

»Bin gleich da, sobald ich mich abgeschrubbt hab«, sagte ich. Ich ging ins Badezimmer, zog mich aus und hüpfte in die Wanne.

Als ich gerade halb fertig war, hielt ich inne und sah mich um. Entweder war ich nicht ganz nüchtern, oder irgendwas war mit der Seife los. Es war eine Healthglo, rot, wie sie sein muß – aber die Farbe schien sich von ihr zu lösen. Sie färbte das ganze Wasser um mich herum in einem blaßrosa Ton. Sehr hübsch, aber nicht gerade ein Bad nach meinem Geschmack.

Ganz plötzlich spürte ich etwas auf meiner Schulter und sah hoch. Ich stieß einen unterdrückten Schrei aus. Die ganze Decke über mir war patschnaß. Der feuchte Fleck breitete sich an den Rändern weiter aus, und genau in seiner Mitte bildete sich immer wieder ein einzelner Tropfen, der dann herunterfiel. Im Badezimmer über mir muß ein mannsgroßes Loch sein, dachte ich – es brauchte einen mittleren Wolkenbruch, um soviel Wasser anzuschwemmen! Aber das allein wäre noch nichts besonderes gewesen. Wäre es nur eine undichte Stelle gewesen, so hätte das bloß den Klempner betroffen. Es war aber ein *rosa* Leck! Es war Wasser, gemischt mit irgend etwas anderem. Und es veränderte sogar nach und nach die Farbe meines Badewassers, wie es so hineintropfte. Nicht, daß mir der Gedanke besonders angenehm war, aber ich konnte mir schon ungefähr vorstellen, um was es sich handelte.

Naß wie ich war, schlüpfte ich in Hemd und Hose und stürmte aus dem Badezimmer. Auf dem Weg zur Tür rannte ich beinahe meine Frau um. »Es geht um die Frasers«, sagte ich. »Da oben ist was passiert!«

»Ach, die arme Frau!« hörte ich sie hinter mir sagen.

»Bleib erst mal bloß aus dem Badezimmer draußen«, schnauzte ich.

Ich raste die Treppe hoch, ohne auf den Aufzug zu warten. Wir wohnten im dritten Stock, sie im vierten. Vor der Tür stand ein Kerl, der gerade seine Hand vom Türknauf nahm, als ich ankam. Als er sich umdrehte, sah ich, daß es Fraser selbst war.

»Ich komme nicht rein«, sagte er. »Ich hab meinen Schlüssel vergessen, als ich heute morgen weggegangen bin.« Er sah mitgenommen aus und versuchte zu lächeln. Er war ein blasser, gutaussehender Kerl, der seinen Hut schräg übers linke Ohr geschoben hatte.

Ich antwortete nicht. Statt dessen drehte ich mich um und brüllte ins Treppenhaus hinunter. »Katie!« Sie wäre keine richtige Frau gewesen, wenn sie nicht auf dem Treppenabsatz gestanden und gelauscht hätte, statt in der Wohnung zu bleiben, wo sie hingehörte. »Ruf von uns aus den Verwalter an und sag ihm, daß er seinen Generalschlüssel mitbringen soll.«

Fraser schien absolut keine Ahnung zu haben, daß irgend was im Anzug war. Schließlich kannte ich ihn nur vom Sehen. Man hätte denken können, es wäre ihm komisch vorgekommen, daß ich mir Sorgen machte, ob er in seine Wohnung kam oder nicht. Wenn das so war, dann zeigte er es nicht. Er sagte bloß: »Das ist aber nicht nötig; meine Frau muß jetzt jede Minute kommen.«

»Das glaub ich kaum, Freundchen, das glaub ich kaum«, sagte ich, erklärte aber nicht, was ich meinte. Das würde sich früh genug herausstellen.

Die Fahrstuhltür sprang auf, und der Verwalter kam herausgestürzt. Ich streckte meine Hand nach dem Schlüssel aus. »Geben Sie her«, sagte ich, »ich werd selbst aufschließen.«

Zum ersten Mal zeigte Fraser Anzeichen einer leichten Überraschung. »Ich versteh Sie nicht«, meinte er. »Was wollen Sie in meiner Wohnung?«

Ich sagte nur: »Halten Sie die Luft an, Sie werden sie noch brauchen«, und ging als erster hinein. Das erste Zimmer, das Wohnzimmer, war absolut in Ordnung, sauber wie nur was. Noch nicht mal ein Aschenbecher stand da, wo er nicht hingehörte. Von hier aus führte ein kurzer Flur ins Schlafzimmer (es war derselbe Grundriß wie unsere Wohnung), und dazwischen war das Bad.

Die Badezimmertür war fest geschlossen, und im ersten Moment fiel einem nichts auf, bis man auf den Boden schaute. Vor der Türschwelle hatte sich eine Wasserlache gebildet, unbewegt wie Glas. Aber als ich die Tür aufmachte – Jungejunge! Drin stand das Wasser ungefähr dreißig Zentimeter hoch, und die Wanne floß über. Aber das war es nicht; was zählte, war der Inhalt der Wanne! Es – oder sie – war da drin, vollkommen unter Wasser. Aber sie war nicht zum Baden ausgezogen; sie war bekleidet. Neben ihr in der Wanne lag ein Bügeleisen. Ihr Kopf war regelrecht zerschmettert worden, und man hätte sie nicht mehr erkennen können, selbst wenn man sie gekannt hatte. Wenn es jemals ein Blutbad gegeben hat, dann war das eines! Kein Wunder, daß es in unserer Wohnung durchgekommen war.

Natürlich war es Frasers Frau. Hinter mir hörte ich ein Geräusch, wie wenn man aus einem Reifen langsam die Luft herausläßt. Fraser war in den Armen des Verwalters in Ohnmacht gefallen. Der Verwalter selbst war ziemlich grün im Gesicht, und mein eigener Magen stülpte sich auch fast um. »Bringen Sie ihn runter zu mir«, sagte ich.

Ich sperrte wieder ab, um die anderen Mieter draußenzuhalten, und folgte den beiden. »Katie, kümmer dich bitte um den Mann«, sagte ich und wählte auf unserem Telefon Spring 7-3100.

»Mord?« hauchte sie.

»Und wie. Gieß mir 'nen Doppelten ein; es ist das Übelste, was ich je gesehen hab.« Sie war nicht umsonst die Frau eines Detektivs; sie stellte keine weiteren Fragen.

»Hier spricht Galbraith, Chef. Ich ruf von zu Hause an. Hier im Haus ist ein Mord passiert. Eine Mrs. Fraser, Wohnung Vier-C. Kopf mit 'nem Bügeleisen zerpflügt.«

»In Ordnung, machen Sie sich ran«, schnauzte er. »Ich werd Ihnen sofort den Mediziner schicken.« *Klick.*

»Du sollst doch hier draußen bleiben, hab ich dir gesagt. Laß die Tür zu.« Soviel zu Katie, die ich erwischte, wie sie an der Badezimmertür stand und wie hypnotisiert auf unsere tropfende Decke starrte. »Das lassen wir morgen frisch anstreichen.«

Ich erledigte mein Abendessen, indem ich das kleine Whiskyglas, das sie mir gegeben hatte, über meinem Mund umdrehte; dann rannte ich wieder hinauf und schloß die Tür auf.

Von der Badezimmertür warf ich einen Blick in die Folterkammer und sah mir die Leiche genauer an. Sie trug einen geblümten Morgenmantel und Pantoffeln mit Pompons. Ich streckte die Hand aus, schloß meine Augen, drehte den Hahn ab und zog den Stöpsel heraus, damit das Wasser ablaufen konnte. Dann machte ich, daß ich wieder hinauskam.

Ich ging um die Ecke, um ins Schlafzimmer zu schauen. Auf der Kommode stand einer dieser Fotorahmen für zwei Bilder – eins von ihm, eins von ihr –, und das verschaffte mir einen guten Eindruck, wie ihr Gesicht ausgesehen hatte, als sie noch eins gehabt hatte. Nicht hübsch, aber intelligent – allerhand im Hirn. Das war jetzt im ganzen Badezimmer verteilt, kam mir in den Sinn, so daß jeder es anschauen konnte. Ich riß die Kommodenschubladen auf und spähte kurz hinein. Sein Zeug war in eine kleine Schublade ganz oben gestopft, alle anderen waren voll mit ihrem. Sie hatte also ihr eigenes Köpfchen gehabt, was? Als nächstes der Kleiderschrank. Er hatte einen Anzug, sie neun Kleider. Da war nur eine komische Sache: Die Luft im Schlafzimmer war klar und geruchslos, aber in diesem Schrank roch es eindeutig nach abgestandenem Zigarettenrauch. Ich schloß rasch die Tür, nahm draußen einen tiefen Atemzug, öffnete sie wieder und schnüffelte hinein. Es war schwächer als beim ersten Mal, aber immer noch da.

»Ja, ich bin hier drin; laßt mich in Ruhe, schaut lieber ins Bad«, brüllte ich dem Mediziner und den ganzen Jungs zu, die gerade angekommen waren. Vor der Tür hatten sie einen Schutzmann stationiert, um die Reporter abzuhalten, und alle machten sich an die Arbeit. Als sie mir allmählich in die Quere kamen, ging ich in meine eigene Wohnung hinunter, um mir ein wenig mehr Freiraum zu verschaffen. Ich nahm eine Versicherungspolice auf Mrs. Frasers Leben mit, die ich in der untersten Kommodenschublade versteckt gefunden hatte, und zwei Haarnadeln, eine vom Teppich im Schlafzimmer, eine von dem Schlamassel auf dem Badezimmerboden. Die Police lautete auf zehn Riesen, und die erste Rate war gerade eine Woche zuvor bezahlt worden, so daß sie nun gültig war. Ich rief den Agenten an, der sie ausgestellt hatte, und unterhielt mich kurz mit ihm.

»Nee, er ist's nicht gewesen; sie selbst hat sie ausstellen lassen«, sagte er mir. »Sie hat gesagt, sie will's machen, weil er es unbedingt will und ihr Tag und Nacht damit in den Ohren liegt.«

»Ah-ah«, brummte ich. »Haben Sie irgend 'ne Vorstellung, wer diese Mrs. Drew ist?«

»'ne Freundin von ihr. Sie hat gesagt, daß sie das machen wollte, weil sie von zu vielen Fällen gehört hatte, in denen die Leute wegen ihres Versicherungsgelds umgebracht wurden. Deshalb wollte sie kein Risiko eingehen. Wollte ihren Mann nicht als Begünstigten einsetzen, nur um sicherzugehen.«

Das leuchtete mir aber gar nicht ein. Keine Frau, die alle Habseligkeiten ihres Mannes in eine kleine Kommodenschublade stopft und den ganzen Rest für sich behält, hat Angst, daß ihr Mann so was mit ihr machen könnte. Sie hat ihn zu sehr in der Hand. Oder wenn sie wirklich Angst gehabt hatte, warum hatte sie dann überhaupt eine Police ausstellen lassen; warum hatte sie es nicht einfach bleibenlassen und war damit allen Problemen ausgewichen?

Ich ging hinein, um Fraser ein paar Fragen zu stellen, ob er dazu bereit war oder nicht. Er saß in unserem Wohnzimmer auf der Sofakante, steckte seine Nase in ein Glas Wasser mit Salmiakgeist und hatte von der Hüfte aufwärts den Veitstanz. Katie und der Verwalter saßen neben ihm und versuchten, ihn aufzumuntern. »Raus«, sagte ich zu beiden und zeigte mit dem Daumen zur Tür.

»Mach hier drin bloß keine Unordnung«, warnte mich Katie halblaut. »Ich hab dieses Zimmer gerade erst gesaugt.«

»Wieviel verdienen Sie?« fragte ich ihn, als die beiden draußen waren. Er sagte es mir. »Und wie hoch ist Ihre Lebensversicherung?«

»Fünfundzwanzigtausend.«

»Und die Ihrer Frau?«

»Die hat keine«, sagte er.

Ich beobachtete ihn genau. Er log nicht. Als er antwortete, sah er mich an, statt den Blick zu senken.

Ich ging einmal im Zimmer auf und ab und zündete eine Kippe an. »Wie war ihr Mädchenname?« fragte ich.

»Taylor.«

»Ist eine Ihrer Schwestern verheiratet?«

»Nein, ich hab nur eine, und die ist ledig.«

»Wie steht's mit den Schwestern Ihrer Frau?«

»Die hat gar keine.«

Ich trat zu ihm und kickte seinen Fuß aus dem Weg. »Wann haben Sie Mrs. Drew zum letzten Mal gesehen?«

»Wen?« fragte er.

Ich wiederholte es, ungefähr einen Zoll vor seinem Gesicht.

Er sperrte unschuldig die Augen auf. »Ich weiß nicht, wovon Sie reden. Ich kenne keine Mrs. Drew.«

Ich schätzte ihn als einen nervösen Typ ein. Es würde nichts nützen, ihm ein paar überzubraten. War sowieso nicht mein Stil. »Okay, Freundchen, kommen Sie mit ins Badezimmer.« Ich schob ihn an der Schulter hinein. Als er die Decke sah, stöhnte er auf. Ich ließ ihn auf den Wannenrand sitzen; dann packte ich ihn am Genick und hielt seinen Kopf nach unten. Es kam immer noch durch. Nun war es hauptsächlich Wasser, aber das konnte er nicht sehen. Er wand sich und versuchte, zurückzuzucken, als der erste Tropfen auf seinem Hinterkopf landete. Der Schweiß lief ihm in Strömen vom Gesicht. »Warum haben Sie's getan?« sagte ich.

»Ich war's nicht, mein Gott, ich war's nicht«, flehte er mit erstickter Stimme. »Lassen Sie mich hier raus . . .«

»Sie bleiben hier sitzen, bis Sie mir sagen, warum Sie's getan haben und wer Mrs. Drew ist.«

»Ich weiß es nicht«, stöhnte er. »Ich hab nie von ihr gehört.« Ein weiterer Tropfen landete, diesmal auf einer heraustretenden Vene, und ich dachte fast, er würde Krämpfe bekommen.

»Warum haben Sie's getan? Wer ist Mrs. Drew?«

Er konnte kaum mehr sprechen. »Ich war's nicht. Ich kenne sie nicht. Wie kann ich's Ihnen sagen, wenn ich sie nicht kenne?« Er wartete darauf, daß der dritte Tropfen ihn traf. Ganz plötzlich kippte sein Kopf zur Seite, und er fiel wieder in Ohnmacht.

Es war vielleicht grausam gewesen, aber es rettete ihm das Leben. Es überzeugte mich davon, daß er es nicht gewesen war und daß er nicht wußte, wer Mrs. Drew war. Ich schleppte ihn zu einem großen Sessel und ging hinaus, um Katie herbeizuwinken.

»Vielleicht kannst du mir helfen. Warum hast du gesagt: ›Die arme Frau!‹, bevor ich das erste Mal nach oben gegangen bin? Wie kam es, daß du nicht ›der arme Mann!‹ gesagt hast?«

Sie sah ungehalten aus. »Na, weil er sie mies behandelt hat! Du warst nie lange genug zu Hause, um zu hören, was da oben vor sich gegangen ist. Sie haben sich schrecklich gestritten. Erst heute morgen ist sie bei mir vorbeigekommen und hat mir gesagt, daß er ihr Leben bedroht hat.«

»Ich hab gar nicht gewußt, daß du sie so gut gekannt hast.«

»Ich hab sie auch nicht so gut gekannt«, meinte sie. »Eigentlich war es heute zum ersten Mal, daß sie jemals hier gewesen ist.«

»Das versteh ich nicht«, warf ich ein. »Warum sollte sie hier herkommen und dir so was erzählen, wenn sie dich kaum gekannt hat?«

»Sie hat erwähnt, daß sie von einer Nachbarin erfahren hat, daß ich mit 'nem Detektiv verheiratet bin. Vielleicht wollte sie dich um Hilfe bitten.«

Oder vielleicht, sagte ich zu mir selbst, schob sie ihrem Mann auch belastende Indizien unter. Zuerst bei dem Versicherungsagenten, dann bei Katie. Irgendwie roch die Sache nicht ganz koscher. Vielleicht schwätzen Frauen über die Männer von anderen Frauen, aber nie über ihren eigenen.

Bei ihr war das anders gewesen. Außerdem hatte sie nicht irgend etwas von sich gegeben. Sie hatte ihr Mundwerk genau da in Tätigkeit gesetzt, wo es am nützlichsten war; sie hatte zwei Kronzeugen für den Staatsanwalt geschaffen, falls irgendwas passierte.

»Wart mal 'nen Moment«, sagte ich. Ich holte die beiden Haarnadeln, die ich oben aufgehoben hatte, und spülte die ab, die auf dem Boden des Badezimmers gelegen hatte. Dann setzte ich mich wieder vor Katie. »Du bist doch 'ne Frau«, sagte ich. »Wie hat sie ihr Haar getragen?«

Sie brauchte viereinhalb Minuten, um mir alles darüber zu erzählen, ohne sich auch nur einmal zu wiederholen. Dann zeigte ich ihr die beiden Haarnadeln. »Welche von denen würde dazu passen?«

»Na, die bernsteinfarbene natürlich.« Sie lachte mich beinahe aus. »So 'ne Frage kann wirklich nur ein Mann stellen! Wie könnte 'ne Blonde wie sie jemals 'ne schwarze Haarnadel wie die andere da benutzen? Das hätte man doch hundert Meter weit gesehen.«

»Hier ist 'n bißchen Kleingeld«, sagte ich. »Geh rüber ins Kino, das hast du dir verdient. Und ich will dich nicht hierhaben, wenn die Jungs runterkommen, um mit Fraser zu reden.«

Spielerisch jonglierte ich die beiden Haarnadeln in der rechten Hand. Es war die schwarze gewesen, die ich im Schlafzimmer gefunden hatte. Irgend etwas sagte mir, daß es sich bei Mrs. Drew, wenn sie in ein paar Monaten auftauchte, um die zehn Riesen abzukassieren, um eine dunkelhaarige Dame handeln würde. Aber so lange würde ich nicht warten, um mich zu vergewissern. Ich wollte sie unbedingt möglichst bald kennenlernen.

Ich griff mir den Verwalter und zog ihn vom Flur herein, wo Katie noch herumgestanden hatte, um mit ihm wegen des Tünchens unserer Decke zu sprechen. »Heute hatte Mrs. Fraser tagsüber irgendwann 'ne Besucherin«, begann ich. »Überlegen Sie scharf.«

»Das brauch ich gar nicht«, meinte er. »Sie ist direkt zu mir gekommen und hat mich gefragt, welchen Eingang sie nehmen muß. Es muß ihr erster Besuch gewesen sein.« Das Gebäude ist eines von denen mit einem Innenhof und vier Flügeln.«

»Sie hatte dunkle Haare, oder?«

»Nee, sie war so blond, wie's nur geht.«

Ich brauchte eine Weile, um mich von dieser Aussage zu erholen. Denn daß er eine Besucherin gesehen hatte, bedeutete nicht, daß später nicht noch andere erschienen waren, die ihm nicht aufgefallen waren. »Sie haben nicht zufällig gesehen, wie sie wieder weggegangen ist, oder?« Die Frage war eigentlich zuviel des Guten. Aber nicht für ihn, wie sich herausstellte; er schien alles zu wissen, was vor sich ging. »Ich glaube schon«, meinte er. »Da bin ich aber nicht sicher.«

»Was wollen Sie damit sagen?« erwiderte ich ungeduldig. »Wenn Sie sie so genau gesehen haben, als sie reingegangen ist, hätten Sie sie doch wiedererkennen müssen, als sie rauskam?«

»Ich weiß aber nicht, ob sie's war oder nicht«, sagte er. »Ich hab da jemand rauskommen sehen, der wie sie aussah und auch genau dieselben Sachen anhatte wie sie, aber als sie reinging, war sie allein, und als sie rauskam, war ein Kerl bei ihr. Beim zweitenmal war ich nicht nah genug an ihr dran, um zu sagen, ob's dieselbe war.«

»Das liegt da dran, daß Ihr Hirn nicht entsprechend trainiert ist«, schnauzte ich. »Jetzt vergessen Sie mal total, daß sie eventuell wieder rausgekommen ist, und konzentrieren Sie sich darauf, wie sie reinging. Das sollte nicht weiter schwierig sein, weil Sie gesagt haben, daß Sie Ihnen direkt vor die Füße gelaufen ist. Okay, haben Sie das verstanden?« Er nickte belämmert. »Was für 'ne Farbe hatten ihre Kleider?«

»Schwarz.«

»Gut, war da irgendeine Verzierung, 'n Schmuckstück oder so was an ihr, das Ihnen ins Auge gefallen ist?«

»Ich hab nichts bemerkt«, meinte er.

»Schließen Sie die Augen und versuchen Sie's.«

Er gehorchte, und dann öffnete er sie sofort wieder. »Stimmt, da war was«, grinste er glücklich. »Ich hab mich erst jetzt dran erinnert, als meine Augen zu waren. Sie hatte 'ne große Schleife an der Seite ihres Huts.« Er schnippte mit den Fingern. »Ja, klar, es muß dieselbe gewesen sein, die rausgekommen ist, denn die zweite hatte auch so was. Ich hab dieselbe Schleife gesehen, obwohl ich auf der anderen Seite des Hofs gestanden hab.«

»Sehen Sie, wie so was funktioniert?« sagte ich. »Kommen Sie mal vorbei, wenn Sie Zeit haben, und wir werden Ihnen gern 'ne kleine Arbeit zukommen lassen – so wie Bodenschrubben.« Sie hatte also einen Kerl bei sich, als sie wegging. Das erklärte, wer im Kleiderschrank da oben geraucht hatte. Kleider sind einer Frau zu heilig, ob es ihre eigenen sind oder nicht, als daß sie es riskieren würde, daß irgendwelche Funken drauffallen. Es hatte ein Mann sein müssen, der sich nicht darum scherte, wo er sich eine anzündete.

Ich blickte immer noch überhaupt nicht durch. Das Einleuchtendste, das ich mir vorstellen konnte, war folgendes: Zuerst war die Besucherin angekommen, ganz offen, und war von Mrs. Fraser eingelassen worden. Dann, als Mrs. F. gerade nicht aufpaßte, hatte sie einen Komplizen in die Wohnung schlüpfen lassen. Der hatte sich im Kleiderschrank versteckt und auf eine günstige Gelegenheit gewartet, um herauszuspringen und ihr eins über die Rübe zu geben. Aber das kratzte ich mir wieder aus den Haaren. Es war miserabel, es stank. Erstens, weil die Frau freiwillig zum Verwalter gegangen war und sich von ihm genau anschauen ließ, obwohl das leicht genug zu vermeiden gewesen wäre. Zweitens, weil sie blond war und die Haarnadel, die ich aufgehoben hatte, schwarz war. Drittens, weil Mrs. Fraser selbst und niemand anders herumgelaufen war und Verdachtsmomente gegen ihren Mann ausgestreut hatte. Man hätte beinahe sagen können, sie habe bei ihrem eigenen Mord die Hand im Spiel gehabt.

Ich ging wieder in 4-C hoch und verpaßte mir dabei eine anständige Kopfhautmassage. Vor der Tür stand immer noch der Schutzmann. »Sie brauchen erst gar nicht versuchen, die Zigarette hinter sich zu verstecken«, sagte ich, »Sie werden sich bloß genau da 'n

Loch in die Hose brennen, wo's nicht gerade angenehm wäre.« Die Reporter waren nicht mehr da, die mußten ihre Termine einhalten, und auch der Gerichtsmediziner war verschwunden. Sie war immer noch drin, inzwischen auf dem Boden des Wohnzimmers, bereit zum Abtransport. »Ach, übrigens«, bemerkte ich nebenbei, »ich hab den Ehemann drunten in meiner Wohnung, falls ihr Jungs ihn euch mal anschauen wollt.« Sie fielen fast übereinander, so eilig hatten sie es, hinaus- und sich auf ihn zu stürzen. »Er war's nicht«, rief ich ihnen hinterher, ohne große Hoffnung, daß sie auf mich hören würden.

Ich folgte ihnen nach draußen, und sogleich öffnete sich eine andere Tür hinten im Flur um einen oder zwei Zoll. Es war bloß Mrs. Katz von 4-E, die eine kostenlose Aussicht auf die Leiche erhaschen wollte, wenn sie hinausgetragen wurde. Ich winkte ihr, und sie kam ganz heraus, Pfunde über Pfunde von ihr. Ich mochte den Anblick von Mrs. K. Ich hätte gewettet, daß sie eine gemein gute Nudelsuppe kochte. »Vielleicht können Sie mir was erzählen, was ich gerne wüßte.«

Sie schluckte erst einmal den Marshmallow herunter, auf dem sie kaute. »Klar, klar, vielleicht kommt dann mein Name in die Zeitung, hm? Kommen Sie nur rein, Paps.«

»Nee, Paps bleibt hier. Haben Sie heute irgend jemand da reingehen sehen, um sie zu besuchen, in 'nem schwarzen Kleid?«

»Nein«, sagte sie, »aber eine im schwarzen Kleid ist rausgekommen. Ich hab sie da beim Aufzug getroffen, als ich vom Einkaufen zurückgekommen bin. Es waren zwei, 'n Mann und 'ne Frau zusammen. Sie wohnen nicht hier, also waren sie vielleicht auf Besuch.«

»Hatte sie 'ne große Schleife am Hut?«

Sie nickte aufgeregt. »Klar, klar.«

»Das sind sie. Sie war blond, oder?«

»Na hören Sie mal! Dunkel – sogar noch dunkler als ich.«

Ich packte sie, drehte sie herum und schob sie wieder in ihre Wohnung. Jetzt hatte ich's! Der Verwalter hatte sie hereinkommen sehen und sagte, sie sei blond gewesen. Mrs. Katz hatte sie beim Hinausgehen getroffen und sagte, sie sei dunkel gewesen. Nun, sie hatten beide recht. Sie war blond hineingegangen und brünett wieder herausgekommen.

Ich rannte die ganzen Treppen hinunter bis ins Erdgeschoß und zerrte den Verwalter von seinem Radio weg. »Um wieviel Uhr heizen Sie den Verbrennungsofen an?«

»Erst nach Mitternacht«, meinte er. »Ich laß das Zeug dann bis zum Morgen verbrennen.«

»Dann ist der ganze Müll von heute noch unangetastet?«

»Klar. Ich rühr ihn nie an, bevor die Mieter alle schlafen.«

»Zeigen Sie mir, wo er ist; ich muß da ran.« Wir nahmen zwei Taschenlampen, ein Paar Gummihandschuhe und einen eisernen Schürhaken, und gingen hinunter in den Keller. Wir hätten auch Gasmasken mitnehmen sollen. Er warf die Türen des großen, ofenähnlichen Dings auf, und ich duckte mich und fing an, mit dem Kopf voraus hineinzukriechen.

»Sie können da nicht reingehen!« schrie er entsetzt. »Um diese Zeit wird der Müllschlucker doch noch benutzt; Sie werden von oben bis unten mit Dreck bombardiert werden.«

»Wie zum Teufel soll ich sonst da rankommen?« brüllte ich über die Schulter zurück. »Aus welcher von diesen Öffnungen kommt das Zeug aus den C-Wohnungen?«

»Aus der letzten ganz da drüben.«

»Als ob ich's nicht gewußt hätte! Gehen Sie rauf und weisen Sie die Leute an, daß keiner in dem Flügel mehr Müll runterleert, bevor ich nicht hier draußen bin.«

So einen Job wünsche ich mir bestimmt nicht noch einmal. In den Überresten vom Abendessen der Leute herumzuwühlen, ist wirklich der letzte Schrei an Widerwärtigkeit. Glitschige Kartoffelschalen schlüpften in meine Schuhe, und Fischgräten stachen mir in die Finger. Es half nicht viel, daß ich den Atem anhielt. Ich war über eine halbe Stunde da drin. Als ich fertig war, schob ich mich Zoll für Zoll rückwärts wieder hinaus und schneuzte mich erst einmal kräftig, aber was ich mitgebracht hatte, war die Sache wert gewesen. Ich hatte zwei Handvoll menschlicher Haare, blondes Haar, das nahe an der Kopfhaut abgeschnitten worden war. Eilig abgeschnitten, denn eine der Haarnadeln, die es zusammengehalten hatten, war noch darin verfangen. Es kam nicht vom Kopf der Toten; es war kein Blut dran. Die Haarnadel war bernsteinfarben, genau wie die, die ich oben gefunden hatte. Außerdem hatte ich den zusammengeknüllten Deckel einer Pappschachtel, auf der *Coiffeur Sylvia* stand. Er sah wie der Deckel einer Hutschachtel aus, war aber keiner – Friseure verkaufen schließlich keine Hüte. Ich brauchte ihn eigentlich nicht, hatte schon eine ungefähre Vorstellung, wie die Fakten zusammenpaßten; aber wie man so sagt: Wer den Pfennig nicht ehrt, ist den Taler nicht wert.

Oben hing ich mein Zeug zum Lüften an die Feuerleiter und zog mir saubere Sachen an. Dann machte ich mich auf zum Polizeipräsidium, um noch ein wenig mit Fraser zu plaudern. Ich fand ihn im Hinterzimmer, wo ein paar Jungs Händchen mit ihm hielten, seit sie ihn hergebracht hatten. Sie zeigten mir allesamt die kalte Schulter, um es vorsichtig auszudrücken. »Schau, schau«, sagte einer von ihnen, »wer kommt denn da. Nett, daß du mal vorbeischaust. Willst dich wohl ins Gästebuch eintragen?«

»Ach, jetzt weiß ich's wieder«, meinte der andere. »Ist das nicht unser Galbraith? Das war doch der, dem der Chef grad heute abend diesen Fall übergeben hat?«

»Das weiß er jetzt nicht mehr. Er ist nicht nah genug an ihm dran passiert, daß es ihm aufgefallen wäre«, sagte der erste. »Die Leiche ist bloß um ein Haar auf seinem . . .«

Ich steckte meine Hände tief in die Taschen und packte das Futter. »Was ist das für 'n Zettel, den du da in der Hand hast?« unterbrach ich ihn.

»Ach so, das ist bloß das Geständnis von dem Fraser da, daß er seine Frau umgebracht hat. Er wird's jetzt gleich unterschreiben. Stimmt doch, Fraser?«

Fraser nickte wie ein Kasperl, und seine Augen schienen im ganzen Kopf herumzurollen. »Alles, alles«, keuchte er. Sie lasen es ihm noch einmal vor, und er riß es ihnen beinahe aus den Händen, so gierig war er, es zu unterschreiben, damit die Sache erledigt war. Ich stand einfach daneben und hörte mir das Ganze an. Es war nicht gerade was Besonderes. Eigentlich war es so gut wie gar nichts wert. »Puuh!« sagte ich. »Ihr habt ihn einfach nur dumm und dämlich geschlagen, das ist alles. Wer zum Teufel war nicht in der Lage, irgendwas aus diesem Nervenzusammenbruch rauszukriegen?«

Seine Hand zitterte so, daß er kaum seinen Namen drunterschreiben konnte. Sie mußten ihn am Ellbogen festhalten.

»Jetzt wer'n Sie mich aber in Ruhe lassen, jetzt wer'n Sie mich aber in Ruhe lassen?« brabbelte er unablässig vor sich hin.

»Ich geb euch 'nen guten Rat«, sagte ich, als ich ihnen nach draußen folgte. »Warum erspart ihr euch nicht 'nen ganz großen Reinfall und zerreißt das Ding, bevor ihr es irgend jemand zeigt?«

»Hast du das gehört?« lachte einer von ihnen.

»Gelb vor Neid«, meinte der andere.

»Schaut her«, sagte ich geduldig, »laßt mich die Sache mal erklären. Er hatte gar keinen Schlüssel, konnte gar nicht hinein, um es zu tun, selbst wenn er's gewollt hätte.«

»Das hat er uns auch beibringen wollen.«

»Ich weiß, daß es stimmt, weil ich selbst seinen Schlüssel gefunden hab, auf dem Boden des Wohnzimmers in meiner eigenen Wohnung. Der Verwalter hatte ihn aufs Sofa abgeladen, seht ihr, und seine Füße hochgelegt.«

Wie sie lachten! Sie machten mehr Lärm als eine ganze Schießbude.

»Wißt ihr, wo er die ganze Zeit gewesen ist? Im Aufschlag seiner Hose. Er hat ihn vermutlich reinfallen lassen, als er sich heute morgen angezogen hat, und da hat er den ganzen Tag gelegen. Das ist ganz normal, eine von diesen verrückten kleinen Sachen, die immer mal wieder passieren. Deshalb glaub ich ihm auch. Wenn der Schlüssel ganz verschwunden wäre, hätte ich's nicht getan. Aber wem wäre eingefallen, einen Schlüssel in seinem eigenen Hosenaufschlag zu plazieren? Wenn euch Trottel das noch nicht reicht, ich hab auch nachgeschaut, wo er arbeitet, hab seinen Chef zu Hause angerufen, hab festgestellt, um wieviel Uhr er das Büro verlassen hat. Er war tatsächlich gerade erst an seine Tür gekommen, als ich die Treppe raufkam und ihn davorstehen sah.«

Aber ich hätte mir die Worte sparen können; es war, als hätte ich zu einer Wand gesprochen. Sie hatten ihren Verdächtigen im Sack und würden sich darum kümmern, daß er auch drinblieb. Sie schüttelten mitleidig den Kopf und gingen los, um dem Chef die frohe Botschaft zu überbringen. Ich ging wieder zu Fraser hinein und schickte den Schutzmann aus dem Zimmer. Sein Haar hing ihm jetzt übers ganze Gesicht, und er starrte nur noch darunter hervor, ohne irgend etwas zu sehen. Er tat mir leid, aber das ließ ich ihn nicht merken.

»Warum haben Sie das getan?« fragte ich ruhig.

Er wußte, was ich meinte – daß er das getürkte Geständnis unterschrieben hatte. »Es macht keinen Spaß, wenn die einem Zigarettenkippen in den Achselhöhlen ausdrücken.«

»Vergessen Sie das.« Ich sah ihn scharf an. »Ihre Probleme interessieren mich nicht. Wenn es irgendwas Feigeres gibt, als seine Frau umzubringen, ist es, so was zuzugeben, wenn man's gar nicht getan hat. Jetzt reißen Sie sich mal zusammen und benehmen Sie sich wie 'n Mann, selbst wenn Sie keiner sind. Ich will Sie was fragen.« Ich rief den Schutzmann und ließ ihn eine Tasse Kaffee holen. Während er ihn auf seinem ganzen Hemd verschüttete und in die Tasse schniefte, sagte ich: »Sie haben mir erzählt, daß Sie 'ne ledige Schwester haben. Ist sie blond?«

»Ja«, schluchzte er, »genau wie ich.«

»Wo kann ich sie erreichen?«

»Sie wohnt nicht hier, sie ist in Pittsfield, Massachusetts, bei meiner Familie.«

»Wie ist sie mit Ihrer Frau ausgekommen?«

»Nicht so besonders«, gab er zu.

Dann ließ ich ihn allein. »Steckt ihn wieder in die Mottenkiste«, sagte ich dem Schutzmann.

Im Büro des Chefs führten die beiden halbgaren Anfänger fast einen Kriegstanz um ihr gesalbtes Geständnis auf, während der Chef seine Brille aufgesetzt hatte und es durchlas. Gesalbt ist das richtige Wort, es stank nur so vor sich hin.

»Bei diesem Fall haben Sie sich nicht gerade 'nen Blumentopf verdient«, sagte der Chef vergrätzt zu mir.

»Warum denn; die Sache ist noch nicht gelöst, ich arbeite noch dran«, sagte ich ruhig. »Dieser Kerl da, Fraser, hatte überhaupt nichts damit zu tun.«

»Wer dann?«

»'ne Mrs. Drew«, sagte ich. »Ich bring Sie Ihnen hier rein, sobald ich kann. Gut Nacht.«

Die Ferngespräche nach Pittsfield, Massachusetts, kosteten eine Stange Geld, aber ich brauchte nicht lange, um alles herauszufinden, was ich über Frasers Schwester wissen wollte. Es handelte sich einfach darum, daß sie nicht da war. Das letzte, was irgend jemand von ihr gesehen hatte, war, daß sie am Vorabend am Bahnhof auf einen Zug gewartet hatte. Ich fragte mich, ob selbst ein Mädchen aus Pittsfield so bescheuert sein konnte, zu meinen, daß sie sich unkenntlich machte, indem sie ihre Haarfarbe von hell zu dunkel änderte – aber natürlich weiß man nie. Ab und zu taucht einer dieser Tricks von 1880 noch in einem 1935er Fall auf. Abgesehen davon fand ich heraus, daß in ganz Pittsfield niemand mit Namen Drew wohnte.

Auch so hatte ich nach ganzen vierundzwanzig Stunden Arbeit schon eine ganz hübsche Konstruktion. Ich hatte jetzt zwei Seiten des Dreiecks – die beiden Frauen, Frasers Frau und seine Schwester. Was fehlte, war die dritte Seite, der Mann. Und das war nicht Fraser, der diente hier bloß als Sündenbock.

Den Kerl zu finden, der im Kleiderschrank geraucht hatte und dann herausgeplatzt war, um Mrs. Frasers Kopf in Kaviar zu verwandeln, würde nicht gerade ein Kinderspiel sein. Wenn ich alles zusammenkratzte, wußte ich folgendes über ihn: sowohl der Verwalter wie Mrs. Katz hatten ihn beim Weggehen gesehen, was nicht viel war, aber immer noch besser als gar nichts. Außerdem war da eine andere kleine Sache, die mir niemand sagen mußte. Ich war mir so sicher, als ob ich bei seiner Taufe dabeigewesen wäre, daß sich sein Name als Drew entpuppen würde, also wie der der Dame, die auf der Versicherungspolice als Begünstigte eingetragen war. Aber das war nur eine Nebensache. Er konnte sich meinetwegen Smith nennen, solange ich ihn in die Finger bekam. Was Frasers Schwester betraf, so konnte das warten. Die Sache war die: wo Drew war, würde Mrs. Drew nicht weit sein. Und wenn die kleine Fraser sich inzwischen zufällig Drew nannte, mit oder ohne den Segen der Geistlichkeit, war das ihr Pech.

Als erstes griff ich mir den Verwalter und Mrs. Katz, natürlich nacheinander, und fragte sie aus, um mir einen groben Eindruck davon zu verschaffen, wie er ausgesehen hatte. Es brauchte Stunden und Tausende von Wörtern, weil keiner von beiden ein kleiner Einstein war, aber ich holte ein paar interessante Tatsachen aus ihnen heraus. Der Verwalter, der ihn nur von der anderen Seite des Hofs gesehen hatte, konnte nur beitragen, daß er auf dem Weg hinaus die Frau, die bei ihm war, am Arm genommen hatte, um ihr die beiden sehr niedrigen, harmlosen Stufen hinunterzuhelfen, die auf den Bürgersteig führten. Mrs. Katz, die auf den Aufzug gewartet hatte, als sie herausgekommen waren, unterstrich diese galante Eigenschaft, die er zu besitzen schien.

»Na, eins will ich Ihnen sagen, es war kein Stoffel«, sagte sie lobend. »Ich hatte meine Hände voll mit Paketen, also, was macht er, er dreht sich um und hält mir die Aufzugstür auf, damit ich reingehen kann.«

Verdammt höflich, sagte ich zu mir selbst, für einen Kerl, der gerade einen Mord begangen hat. Höflichkeit mußte eine seiner ausgeprägtesten Eigenschaften sein. Sie hatte wohl von dem Beruf abgefärbt, den er ausübte. Mrs. Katz war sicherlich nicht mehr die jüngste, und ich hab schon hübschere Frauen gesehen. Wer, fragte ich mich, ist darauf trainiert, höflich zu Frauen jeden Alters zu sein, egal wie sie aussehen? Wer muß sich so benehmen, um seinen Lebensunterhalt zu verdienen? Ein Gigolo. Ein Oberkellner. Ein Abteilungsleiter in einem Kaufhaus. Ein Autohändler. Ein Friseur ...

Klar. Ich hätte es von Anfang an wissen sollen. Bei der ganzen Geschichte schien Haar eine große Rolle zu spielen. Die Frau war blond hineingegangen und brünett herausgekommen. Ich hatte im Verbrennungsofen eine Menge blondes Haar gefunden, ohne Blut darauf, Haar, daß überstürzt abgeschnitten worden war. Dieser unbekannte Kerl war da oben gewesen, obwohl niemand gesehen hatte, wie er hinaufgegangen war. Und er war so darauf geeicht, seinen Kundinnen Honig ums Maul zu schmieren, daß er selbst mit einem derartigen Schlachtfest auf dem Gewissen einer Frau instinktiv die Tür aufgehalten und einer anderen galant eine zwei Zoll hohe Treppe hinuntergeholfen hat. Was man eine Reflexhandlung nennen könnte. Und um die ganze Sache klarzumachen, war da der zerknüllte Deckel eines Pappkartons, den man in den Müllschlucker geworfen hatte; der Deckel, auf dem *Coiffeur Sylvia* stand.

Ich hatte also eine gute Vorstellung davon, wie er seine Talente in der Wohnung oben eingesetzt hatte, abgesehen davon, Mrs. Fraser durch die Mangel zu drehen. Aber es nahm mir trotzdem den Atem, hinterließ ein flaues Gefühl in meiner Magengrube. Der Kerl mußte ein Monster sein. War es einem Menschen möglich, eine Frau derart brutal zu Tode zu schlagen und sich dann ruhig ins nächste Zimmer zu setzen, um seiner Komplizin rasch eine andere Haarfarbe zu verpassen?

Er mußte gesagt haben: »Hat dich jemand reinkommen sehen?« Sie mußte gesagt haben: »Ich mußte erst den Verwalter fragen, wo es ist.« Er mußte sie verflucht haben, weil sie derart bescheuert gewesen war, um dann zu sagen: »Na gut, ich bin das Risiko eingegangen, daß dich jemand sieht. Ich hab was mitgebracht, das die Sache bereinigt, damit sie dich nicht mehr erkennen, wenn du rausgehst.«

Nun, ich konnte es hinbiegen, daß nächstes Jahr niemand mehr einen von beiden erkennen konnte; und dabei verschwendete ich weiter keine Zeit. Ich schlug im Telefonbuch unter *Sylvia* nach, und glücklicherweise standen da nur drei Läden, um die ich mich kümmern mußte. Wäre es *Frances* oder *Renée* gewesen, hätte ich eine halbe Spalte überprüfen müssen. Bei den ersten beiden hatte ich kein Glück; den dritten erreichte ich kurz vor fünf Uhr nachmittags.

Es war ein riesiger Laden. Zweiundzwanzig Kabinen in vollem Betrieb und eine Mischung aus Dampf, Parfüm und Zigarettenrauch in der Luft. Ich bekam Zustände, als ich da herumstand, besonders nachdem mich jemand mit einem ganz mit schwarzem Schlamm beschmierten Gesicht beinahe zu Tode erschreckt hatte. Ich blieb also in der Nähe der Tür und fragte nach der Besitzerin. Es stellte sich heraus, daß *Sylvia* nur der Name des Ladens war und die Besitzerin in Wirklichkeit ein Mann. Händereibend kam er herbei; vielleicht trocknete er sie auch bloß ab.

»Arbeitet jemand namens Drew für Sie?« fragte ich.

»Nein«, sagte er, »wir hatten hier bis vorgestern einen Experten mit Namen de la Rue, aber der ist nicht mehr bei uns.«

Das interessierte mich sofort. »Entschuldigen Sie, wie war der Name?«

Er spitzte den Mund wie der Kerl auf den Haarwasserplakaten. »Gaston de la Rue«, gurgelte er.

Ich hielt ihm meine Marke vor die Nase, und er sprang fast an die Decke und vergaß, daß er Franzose war. »Nun lassen Sie mal Luft ab«, sagte ich, »ich bin nicht einer Ihrer Kunden. Kein Zweibeiner hat jemals so 'nen Namen gehabt. Hieß er nun Drew oder nicht?«

»*Pssst*, nicht so laut«, sagte er, »das ist sehr schlecht fürs Geschäft. Sie mögen es französisch. Das nur unter uns. Bitte behalten Sie's für sich. Nun gut, ich glaube, daß er im Privatleben den Namen Gus Drew oder so ähnlich trug. Aber was für ein Künstler; er hätte einem Stachelschwein 'ne Dauerwelle machen können . . .«

»Zeigen Sie mir Ihren Terminkalender von den letzten Wochen.« Er führte mich in sein Büro und legte ihn mir vor. Mrs. Frasers Namen stand da dreimal in einem Monat, und direkt daneben waren die Initialen von »de la Rue«. »Warum hat sie immer gerade ihn gekriegt?« wollte ich wissen.

Er zuckte mit den Achseln. »Sie hat darum gebeten. Manche von ihnen wollen ein wenig flirten.«

»Ein Flirt mit dem Tod«, grummelte ich vor mich hin. »Wird er noch mal hierherkommen, um was abzuholen?« fragte ich ihn dann.

»Er hatte noch einen Wochenlohn ausstehen, aber als er angerufen hat und ich ihn darauf angesprochen hab, hat er gesagt, er würde ihn sich nicht abholen. Er hat mir gesagt, ich sollte ihn zu seiner Wohnung schicken.«

»Und – haben Sie's gemacht? Wann?«

»Gestern abend, nach Geschäftsschluß.«

Der Brief wurde also gerade um diese Zeit ausgetragen. »Rasch«, sagte ich, »haben Sie seine letzte Adresse in den Akten? Suchen Sie sie raus.«

Er gab sie mir, und dann machte er eine Bemerkung, die mich beinahe umbrachte. »Warum seine letzte, ist er umgezogen?«

»Nein, nein, er wird mir wahrscheinlich vom Fenster aus zuwinken.«

Er folgte mir zurück, zum Eingang des Ladens, und sah besorgt drein.

»Was hat er angestellt?« fragte er. »Warum sind Sie hinter ihm her?«

»Der Chef will sich 'ne Dauerwelle in den Schnurrbart machen lassen«, erwiderte ich und ging aus der Tür.

Ich nahm mir ein Taxi und ließ mich direkt zu der Adresse fahren, die mir Mr. ›Sylvia‹ gegeben hatte. Ich hatte nicht erwartet, daß er noch dort sein würde, und er war tatsächlich fort. »Ist gerade gestern ausgezogen«, sagte der Hausmeister. »Hat nicht gesagt, wohin. War 'n netter, ruhiger Bursche.«

»Wo ist der Brief, den Sie für ihn aufbewahren sollen?« fragte ich. »Ist der schon gekommen?«

»Gerade eben. Er hat gesagt, daß er ihn sich abholen würde.« Er sperrte den Mund auf. »Woher haben Sie das gewußt?«

»So bin ich nun mal«, sagte ich. »Jetzt hören Sie mal zu. Ich kann hier nicht im Flur rumhängen. Er könnte tagelang nicht auftauchen. Ich nehme eines Ihrer Zimmer. Wenn er kommt, geben Sie ihm seinen Brief, aber passen Sie auf, lassen Sie sich nichts anmerken. Dann läuten Sie dreimal meine Glocke, so wie jetzt, sehen

Sie? Machen Sie's nicht so, daß er es sieht, aber warten Sie auch nicht zu lange – tun Sie's, sobald er Ihnen den Rücken zuwendet. Haben Sie das jetzt gut verstanden? Gott schütze Sie, wenn Sie's verpatzen.«

»Meine Güte, das ist aber aufregend!« sagte er. Er zeigte mir ein winziges Zimmer am Ende des Erdgeschosses, das genau drei Dinge enthielt – ein Bett, eine Glühbirne und ein Fenster. Dafür bezahlte ich je einen Dollar, und schon wohnte ich da. Ich testete die Batterie der Türglocke, indem ich blieb, wo ich war, und den Hausmeister aus dem Foyer läuten ließ. Es waren nicht gerade Kirchenglocken, aber man konnte es zumindest hören, was alles war, was mich interessierte.

Man sagt, man sollte in der Lage sein, beide Seiten jeder Geschichte zu erkennen. Wie ich so dasaß und wartete, während die Wände langsam auf mich zukamen, sah ich soviel von der Seite Drews, wie ich jemals sehen würde. Kein Wunder, daß zehn Riesen wie eine Menge Geld ausgesehen hatten; kein Wunder, daß er auch vor Mord nicht zurückgescheut hatte, wenn es darum ging, aus einem solchen Loch herauszukommen. Nicht daß er mir leid tat; ich verstand ihn nur ein wenig besser als vorher. Aber die Sache hatte auch eine praktische Konsequenz. Die zehn Riesen würden ihm noch lange nicht gehören, noch monatelang nicht. Inzwischen brauchte er das, was in dem Umschlag steckte, den der Hausmeister hatte, brauchte das bißchen Geld, das ›Sylvia‹ ihm schuldete, brauchte es dringend. Er würde es abholen. Ich konnte nicht verlieren.

Ab und zu, wenn jemand ins Haus kam oder es verließ, hörte ich Schritte auf der Treppe, der alten Holztreppe, die direkt über mein Zimmer zu führen schien. Einmal brüllte eine Frau vom obersten Stock ihrem Kind zu, es solle hinaufkommen. Das war alles. Die restliche Zeit herrschte Schweigen. Die Minuten zogen sich hin wie Stunden, die Stunden wie Wochen. Ich konnte noch nicht einmal rauchen; im Zimmer war nicht genug Platz für zwei Arten Luft. Ich saß einfach da, bis ich Kopfschmerzen hatte.

Es war kurz vor acht, eher, als ich erwartet hatte. Er mußte es dringend brauchen, um so bald zu kommen; oder vielleicht dachte er auch, es sei sicherer, es sofort zu erledigen, anstatt erst ein paar Tage zu warten. Er hatte inzwischen wahrscheinlich sowieso in der Zeitung gelesen, daß man Fraser eingebuchtet hatte. Und wenn er seinen Brief einmal in der Tasche hatte und um die Ecke ging, sollte man nur versuchen, ihn zu finden.

Ding-ding-ding quietschte die Glocke, und die Luft im Zimmer war plötzlich wie aufgepeitscht. Ich riß die Tür auf und rannte den düsteren Flur entlang. Der Hausmeister stand direkt am Ausgang und ruderte mit seinen Armen wie eine Windmühle. »Er ist gerade weggegangen«, sagte er. »Da geht er, sehen Sie ihn?« Sein billiger beiger Regenmantel war problemlos zu verfolgen.

»Zurück!« knurrte ich und gab ihm einen Stoß. »Er wird sich wahrscheinlich noch mal umdrehen.« Ich wartete eine Sekunde, um mich zusammenzunehmen, dann schlich ich aus dem Haus, lugte in den Himmel, klappte meinen Mantelkragen hoch und ging in derselben Richtung die Straße hinunter. Er drehte sich tatsächlich an der Ecke um, bevor er dahinter verschwand, aber ich hatte schon die Straßenseite gewechselt und war nun außerhalb seines Blickfelds.

Die ersten zwei Blocks ließ ich ihn an der langen Leine; dann sah ich vor uns einen U-Bahneingang und schloß rasch zu ihm auf. Er ging hinein, wie ich befürchtet hatte. Das ist so ziemlich die beste Art und Weise, um jemand abzuschütteln, der hinter einem her ist, aber er mußte eine Münze wechseln oder so was, und als ich die Treppe hinunterkam, war er gerade erst durchs Drehkreuz gegangen. Auf dem Bahnsteig stand schon ein Zug, die Türen weit offen und vollgepackt bis zur Decke. Zusammen mit vielen anderen nahm er einen Anlauf und quetschte sich in den nächsten Wagen, gerade als sich die Schiebetüren schlossen. Als ich ankam, war bloß noch genug Platz, um meine Fingernägel dazwischen zu bringen, aber das war alles, was ich brauchte. Es war die pneumatische Sorte. Die Tür ging wieder auf, und schon stand ich auf seinen Füßen, und wir bliesen uns gegenseitig den Atem ins Gesicht. ›Puuh!‹ dachte ich und heftete meinen Blick fest auf die Rückseite der Zeitung, die der Dicke neben ihm las.

In der 110ten schob und drückte er und wand sich schließlich los. Als auch ich die Straße erreichte, ging er gerade in einen A.&P.-Laden. Ich spähte durch die Tür, als ich vorbeiging. Er stand an der Theke und wartete, bis er an der Reihe war. Offenbar hatten sie noch nicht einmal genug Geld für Lebensmittel gehabt, bis er das Geld abgeholt hatte, das man ihm noch schuldete. Ich ging bis zur nächsten Ecke, dann auf der anderen Straßenseite wieder zurück, um mich schließlich an eine Bushaltestelle zu stellen und da zu warten. Aber der richtige Bus schien nie zu kommen.

Er war über zehn Minuten da drin, und als er schließlich herauskam, waren seine Hände immer noch leer. Was bedeutete, daß er so viel gekauft hatte, daß er es nicht selbst tragen konnte. Sie wollten sich also Vorräte für die nächsten paar Wochen besorgen und sich dann einigeln, was? Von da an behielt ich ihn gerade noch im Blick, nahe genug, um festzustellen, in welches Haus er ging – weil ich wußte, daß er sich da zum letzten Mal umschauen würde, bevor er hineinschlich. Schließlich war er angekommen. Er warf ein paar schlaue Blicke zurück, einen über jede Schulter, und dann war es vorbei. Er war drin – und in großen Schwulitäten.

Ich sah mir das Haus an, während ich auf irgendeinem Geländer an meinen Schnürsenkeln fummelte. Es war ein schäbiger Wohnblock aus der Zeit McKinleys, an der Südseite der 109ten, noch nicht einmal mit einem zusätzlichen Lieferanteneingang. Das hieß, daß die Lebensmittel, wenn sie ankamen, durch die Vordertür geliefert wurden; was eine Gelegenheit war, wesentlich mehr als nur Lebensmittel hineinzubringen. Nachdem er hineingegangen war, ging hinter keinem der Vorderfenster Licht an, so daß ich annehmen konnte, daß sie eine Wohnung nach hinten hatten. Ich schlich ins Foyer. Die Hälfte der Briefkästen trug keinen Namen. Ich hatte nicht erwartet, daß auf seinem ein Name stand, aber wenn auf den anderen etwas gestanden hätte, hätte ich das gute alte Ausscheidungsverfahren anwenden können. Der Block war so drittklassig, daß die Eingangstür noch nicht einmal eine Sperre hatte; man machte sie einfach auf und ging hinein.

Ich schob mich Stockwerk um Stockwerk die Treppen hoch und lauschte auf jedem Absatz aufmerksam an allen nach hinten führenden Türen. Hinter einer von ihnen war ein Radio zu hören, aber in den anderen Wohnungen schien niemand zu sein. Wenn ich sie tatsächlich in die Ecke getrieben hatte, verhielten sie sich mächtig ruhig. Der Gedanke, daß man mich womöglich irgendwie reingelegt hatte, war mir alles andere als angenehm. Ich begann, mich wieder nach unten zu schleichen, und gleich unterhalb des zweiten Stocks stieß ich auf die Lebensmittel. Sie wanderten in einer riesigen Kiste hoch, die doppelt so groß war wie der Junge, der mit ihr kämpfte. »Wo soll das hin?« fragte ich.

»Vierter Stock, nach hinten.«

Ich ließ ihn die Kiste absetzen, dann winkte ich ihn nach unten. »Ich werd dafür sorgen, daß sie's bekommen.« Er war zu erschöpft, um mit mir zu streiten. Ich entsicherte meine Kanone, klopfte ein paarmal an die Tür und drückte mich an einer Seite flach an die Wand.

Ein paar Minuten lang war kein Laut zu hören, noch nicht einmal ein Schritt. Dann sprach mich ganz plötzlich eine Stimme von der anderen Seite der Tür her an, nur ein paar Zoll von mir entfernt. »Wer ist da draußen?«

Ich verstellte meine Stimme, damit sie wie die eines Jungen klang. »A.&P., Chef.«

Eine Kette klirrte und fiel herunter. Das Schloß, fiel mir auf, war blitzblank und neu, es mußte gerade erst eingesetzt worden sein. Ich streckte den Fuß aus und kickte an eine Tomatendose, um ihn zu beruhigen. Die Tür knarrte, und noch bevor sie fünf Zentimeter weit auf war, drückte ich schon die Kanone in seine Gürtelschnalle. »Hände hoch«, schnauzte ich. Zitternd hob er sie hoch. Aber er hatte nichts bei sich.

Die Vorsichtsmaßnahmen waren also nur dazu dagewesen, um ihnen Zeit zum Verschwinden zu geben, und nicht, weil er vorgehabt hatte, sich zu verteidigen. Die Wohnung hatte keinen Flur, und die Tür führte geradewegs ins Wohnzimmer. Ich kettete ihn an mich und begann, mich hineinzuschieben.

»Was soll das eigentlich bedeuten?« sagte er, um Zeit zu gewinnen, und ich hörte, wie sich ein Fenster öffnete.

»Halt!« rief ich und zielte über seine Schulter weg auf sie, gerade als sie ein Bein gehoben hatte, um hinüberzusteigen. »Komm bloß wieder rein, Baby.«

Da war sie, meine kleine schwarzhaarige Lady, ein wenig bleich im Gesicht, mit sperrangelweit aufgerissenen Augen. Irgendwas war komisch an ihr; was, war mir zuerst nicht klar. Ich schaute noch einmal genau hin und wäre beinah umgekippt. Hätte ich's tatsächlich getan, so hätten sie allerdings nicht herumgesessen und gewartet, bis ich wieder zu mir kam; also gab ich statt dessen einen langgezogenen Pfiff von mir und ließ es dabei bewenden. Ich stieß sie mit dem Knie an, um ihr zu zeigen, welche Richtung sie nehmen sollte. »Los geht's, Sie führen den Gänsemarsch die Treppe runter an.«

Der Chef hatte fast einen Schlaganfall, als ich sie zu ihm ins Zimmer brachte.

»Ihre Mrs. Drew war also tatsächlich kein Gespenst, und Sie haben sie endlich gefunden«, begann er.

Ich wischte ihr mit dem Handrücken die schwarze Perücke vom Kopf. »Vergessen Sie Mrs. Drew. Wenn Sie Fraser festhalten, weil er seine Frau umgebracht hat, sollten Sie ihn lieber freilassen. Das da ist sie nämlich.« Ihr blondes, kurzgeschnittenes Haar stand seltsam von ihrem Kopf ab.

Einer der Jungs, die Frasers Achselhöhlen als Aschenbecher benutzten, machte den Mund auf. »Aber was war dann das, was wir in der Badewanne gesehen haben . . .«

»Das war Frasers Schwester, armer Kleiner«, sagte ich. »Sie hat Pittsfield seit dem besagten Tag verlassen und ist seither nicht mehr gesehen worden. Fraser wußte nicht, daß sie kam, aber dieses saubere Pärchen wußte es – vielleicht hatten sie sie irgendwie dazu gebracht, zu kommen. Dann muß sie unerwartet früh hereingekommen sein und ihre große Liebesszene verdorben haben. Drew versteckte sich im Kleiderschrank, bis es Zeit war, herauszukommen und sich an die Arbeit zu machen. Mrs. Fraser begann die Sache wahrscheinlich mit einem Streit. Sie und die Schwester haßten sich. Jedenfalls hatten sie den Plan ausgeklügelt, ihre Leiche als die seiner Frau auszugeben und ihn dafür ans Messer zu liefern. Sie zogen ihr Mrs. F.s Bademantel an, warfen sie in die Wanne und machten sich dann daran, ihr Gesicht mit dem Bügeleisen so zu verstümmeln, daß selbst ihr angeblicher Ehemann sie nicht mehr erkennen konnte. Dann zog die echte Mrs. Fraser die Kleider des toten Mädchens an, stülpte sich diese schwarze Perücke auf und verschwand mit ihrem Komplizen. Sobald man Fraser in Sing-Sing an die Decke geblasen hätte, hätte sie Drew geheiratet, und dann hätte es tatsächlich eine Mrs. Drew gegeben, die die zehn Riesen Versicherung auf ihr eigenes Leben kassiert hätte.«

Ich schob ihm alle Beweismittel, die ich hatte, über den Tisch und ging nach Hause.

»Das Essen ist fertig«, sagte meine Frau. »Soll ich damit warten, bis du gebadet hast?«

»Mach einfach nur die Fenster auf«, sagte ich. »In der Wanne da wirst du mich erst 1940 wieder sehen.«

Der Fall mit dem hungrigen Pferd

Erle Stanley Gardner

Es war 19.55, als Lew Turlock den Telefonhörer abnahm und erfuhr, daß Miss Betty Turlock verlangt wurde. Ob er sie bitte an den Apparat holen könne?

»Sie ist nicht hier.«

Die synthetisch süße Stimme des Fräuleins vom Amt zeigte Lew Turlock, daß er direkt mit der Stadt sprach. Eine Telefonistin aus Rockville hätte natürlicher gesprochen. Manchmal versuchten die hiesigen Mädchen, diesen Tonfall zu imitieren, aber das gelang ihnen nie ganz, weil sie zu dick auftrugen.

»Wann ist sie wieder da?« fragte die melodische Stimme.

Lew drehte sich nach seiner Frau um. »Betty kommt erst morgen wieder nach Hause, stimmt's, Millie?«

»Sie übernachtet bei Rose Marie Mallard«, antwortete seine Frau. »Wer will sie denn sprechen?«

»Jemand aus der Stadt«, sagte Turlock. Dann sprach er wieder ins Telefon. »Tut mir leid, sie ist heute nicht mehr hier zu erreichen.«

»Vielleicht unter einer anderen Nummer?«

»Nein«, antwortete Turlock. »Die Leute, bei denen sie übernachtet, haben kein Telefon.«

Er legte auf und griff wieder nach der *Rockville Gazette*.

»Großer Gott, wer kann das nur gewesen sein?« fragte Mrs. Turlock. »Ein Ferngespräch für Betty . . .«

Ihr Mann grunzte nur.

»Du hättest wenigstens fragen können, wer sie sprechen wollte«, fuhr sie fort. »Betty würde die ganze Nacht kein Auge zutun, wenn sie wüßte, daß jemand versucht hat, sie aus der Stadt zu erreichen.«

Lew schien etwas sagen zu wollen, ließ dann die Zeitung sinken und legte den Kopf schief.

»Was hörst du?« wollte seine Frau wissen.

»Calhouns Pferde sind merkwürdig unruhig«, erklärte Turlock ihr. »Sie stampfen und schnauben ständig.«

»Darüber kann Sid Rowan sich den Kopf zerbrechen«, wehrte Mrs. Turlock spitz ab. »Wir haben selbst genug Arbeit, ohne daß wir uns Sorgen um anderer Leute Pferde machen. Sid wird von Tag zu Tag fauler. Außerdem weiß ich gar nicht, wie du etwas hören willst. Ich höre überhaupt nichts.«

»Ich habe eben ein Ohr für solche Geräusche«, antwortete Turlock. »Lorraine Calhouns Stute hat Dynamit in den Beinen. Sie tritt gegen die Seitenwand ihrer Box, glaube ich.«

Ihr Nachbar hatte seine Farm vor einem halben Jahr an Carl Carver Calhoun, einen reichen Börsenmakler, verkauft. Turlock war es nicht leichtgefallen, sich an diese Veränderung zu gewöhnen. Calhoun, der nur am Wochenende aufs Land kam, hatte Sid Rowan und dessen Frau angestellt und zahlte ihnen nach Turlocks Meinung ein viel zu hohes Gehalt.

Der neue Besitzer hatte einiges geändert. Das Vieh war verkauft worden, und in dem ehemaligen Kuhstall standen jetzt elegante Reitpferde. Calhoun hatte nur zwei Milchkühe auf der Farm behalten. Er hatte einen Tennisplatz anlegen lassen, und der Swimmingpool befand sich im Bau.

Calhoun war ein freundlicher Nachbar. Er gab sich sogar besondere Mühe, zuvorkommend zu sein. Aber wie Turlock seiner Frau erklärt hatte, konnte ein Millionär niemals ein richtiger Nachbar werden. »Stell dir vor, du würdest dir zwei Tassen Reis leihen«, hatte er gesagt, »und wenn du sie dann zurückbringen wolltest, würden sie wahrscheinlich lächelnd abwehren: ›Oh, das wäre doch nicht nötig gewesen!‹«

Das Telefon klingelte wieder.

Diesmal sagte die Telefonistin, ihre Teilnehmerin wolle mit irgend jemand im Haus sprechen. Eine Sekunde später fragte eine leicht ungeduldige Mädchenstimme: »Mit wem spreche ich bitte?«

»Lew Turlock.«

»Oh, Sie sind Bettys Vater, nicht wahr?«

»Ja.«

»Hören Sie, würden Sie mir einen Gefallen tun?«

»Welchen denn?«

»Sie kennen mich nicht, Mr. Turlock. Ich bin Irma Jessup, eine

Freundin Lorraine Calhouns – und auch Ihrer Tochter. Hören Sie, ich muß Betty unbedingt sprechen. Ich muß sie einfach erreichen!«

»Sie ist bei Freunden, die kein Telefon haben.«

»Ja, ich weiß. Aber ist es von Ihnen aus weit dorthin?«

»Knapp sieben Meilen.«

»Hören Sie, können Sie ihr irgendwie etwas ausrichten lassen? Oder gibt es dort vielleicht einen Nachbarn, der sie ans Telefon holen könnte? Können Sie sie nicht *irgendwie* erreichen?«

»Doch, das müßte sich machen lassen«, gab Turlock widerstrebend zu. »Wenn die Sache wirklich wichtig ist . . .«

»Ja, das ist sie! Betty möchte bitte Irma Jessup unter der Nummer Trinidad sechs-zwei-sieben-drei anrufen. Sie telefoniert wahrscheinlich von einem Nachbarn aus?«

»Ja.«

»Dann soll sie ein R-Gespräch anmelden, damit es in dieser Beziehung keine Schwierigkeiten gibt. Richten Sie ihr bitte aus, daß ich hier am Telefon auf ihren Anruf warte.«

»Wiederholen Sie bitte die Nummer?«

Die Stimme klang ungeduldig, weil Lew Turlock sich so dumm anstellte. »Trinidad sechs-zwei-sieben-drei – das ist eine öffentliche Sprechstelle. Sagen Sie Betty, daß Irma Jessup auf ihren Anruf wartet. Ich bleibe hier am Apparat. Sie kann ein R-Gespräch anmelden. Ist das klar?«

»Ja«, antwortete Turlock seufzend.

»Auf Wiederhören.«

»Wer war das?« rief Mrs. Turlock aus dem Wohnzimmer, als ihr Mann den Hörer auflegte.

»Oh, eine Freundin von Lorraine Calhoun – sie heißt Irma Jessup –, die unbedingt Betty sprechen will. Die Sache scheint schrecklich wichtig zu sein, aber ich nehme an, daß es nur um eine Einladung zu einer Party oder sonst was geht. Ich weiß gar nicht, warum ich nicht danach gefragt hab.«

»Willst du etwa zu den Mallards fahren?«

»Ich glaube, daß Jim Thornton hingeht und sie ans Telefon holt. Er hat nur ein paar hundert Meter weit zu gehen . . . Was kann bloß mit den Pferden los sein? Vielleicht sehe ich doch einmal nach. Drüben brennt nirgends Licht. Wahrscheinlich sind Sid Rowan und seine Frau wieder im Kino.«

»Hör doch auf, dir wegen der Pferde Sorgen zu machen!« verlangte Mrs. Turlock. »Du kannst nicht auch noch Sids Arbeit übernehmen.«

»Weißt du Jim Thorntons Nummer?« fragte Lew.

»Sechs-sieben-vier – dreimal klingeln lassen.«

»Okay.«

Turlock nahm den Hörer ab und wählte. »Jim, hier ist Lew Turlock«, sagte er, als Thornton sich meldete. »Tut mir leid, daß ich Sie belästigen muß, aber Betty übernachtet heute bei Rose Marie Mallard. Eine Freundin aus der Stadt muß sie angeblich dringend sprechen. Glauben Sie, daß Sie . . .«

»Klar, wird gemacht«, unterbrach Thornton ihn. »Ich hole gleich jemand herüber.«

»Ist das nicht zu umständlich?«

»Nein, nein, durchaus nicht. Ich habe ein Signal mit ihnen vereinbart. Ich habe hier einen alten Autoscheinwerfer installiert, der auf ihr Haus gerichtet ist, und wenn einer von ihnen am Telefon verlangt wird, schalte ich ihn einfach an. Meistens dauert es keine fünf Minuten, bis jemand herüberkommt. Ich stelle den Scheinwerfer gleich an, Lew. Wie geht's sonst?«

»So einigermaßen.«

»Sie wollen Ihr Kuhkalb wohl nicht verkaufen? Ich kenne einen Mann, der für gute Kälber einen guten Preis zahlt.«

»Wieviel?«

Thorntons Stimme klang plötzlich vorsichtig, als sei ihm eben eingefallen, daß sie eine Gemeinschaftsleitung benützten, bei der die Gespräche von jedem Anschluß aus mitgehört werden konnten. »Erinnern Sie sich noch daran, wieviel ich für mein braunes Fohlen bekommen habe?«

»Ja.«

»Nun, er will für die richtigen Kälber ungefähr gleichviel ausgeben.«

»Das muß ich mir noch überlegen. Vielleicht sehen wir uns morgen, Jim.«

»Okay, dann bis morgen.«

Turlock legte den Hörer auf. Knapp fünf Minuten später klingelte das Telefon wieder.

»Das muß Betty sein«, meinte Mrs. Turlock.

Lew legte seufzend seine Zeitung weg, ging wieder ans Telefon, nahm den Hörer ab und meldete sich.

»Guten Abend, Mr. Turlock«, sagte eine nervöse Mädchenstimme. »Hier ist Rose Marie. Betty ist im Augenblick nicht da. Sie kommt erst etwas später. Sie ist noch aufgehalten worden. Aber sie muß gleich... sie muß praktisch jeden Augenblick kommen. Wenn Sie ihr etwas ausrichten lassen wollen, können Sie's mir sagen.«

Lew Turlocks Hand umklammerte den Telefonhörer. Er wollte eine Frage stellen, aber dann wurde ihm klar, daß vermutlich noch andere Ohren mithörten. Ein wunderbares Thema für Klatschgeschichten! Übertrieben, entstellt und mehrfach ausgeschmückt würde dieses Gerücht seine Tochter als Mädchen hinstellen, das behauptet hatte, die Nacht bei einer Freundin zu verbringen, um in Wirklichkeit...

Turlock bemühte sich, ganz normal zu sprechen. »Sagen Sie ihr bitte, daß Irma Jessup angerufen hat. Betty möchte sofort zurückrufen und ein R-Gespräch anmelden. Die Nummer ist Trinidad sechs-zwei-sieben-drei. Das ist alles. Tut mir leid, daß ich Sie belästigt habe, aber Irma Jessup hat gesagt, die Sache sei wirklich dringend. Ich hab ihr allerdings erklärt, Betty sei erst am späten Abend zu erreichen.«

»Okay, ich... ich sag's ihr«, stammelte Rose Marie.

»Danke«, sagte Lew noch und legte auf.

Er brauchte ein paar Sekunden, um sich soweit zu beherrschen, daß er ins Wohnzimmer zu seiner Frau zurückgehen konnte. Aber Mrs. Turlock saß vor dem Fernseher und achtete kaum darauf, als Lew hereinkam. Sie nahm an, daß Rose Marie versprochen hatte, Betty zu benachrichtigen.

Lew blieb an der Tür stehen und überlegte, was er als nächstes tun sollte. Drüben bei den Calhouns schnaubte und stampfte wieder ein Pferd. Der Ostwind trug diese Geräusche deutlich herüber. Turlock nutzte diese Ablenkung aus.

»Ich gehe hin und sehe nach den Pferden«, entschied er. »Wer weiß, vielleicht hängt eines der Tiere irgendwo fest.«

»Sid Rowan tut jedenfalls nicht mehr als unbedingt nötig«, stellte Mrs. Turlock fest. »Ich finde es einfach leichtsinnig von den Calhouns, daß sie die Farm Sid Rowan überlassen. Sie sind selbst nur sieben oder acht Tage im Monat hier – und wenn sie da sind, ist der Krach kaum auszuhalten.«

»Ja, ich weiß«, wehrte Lew ab. »Ich bin in zehn Minuten wieder da.« Er nahm seine Taschenlampe mit und verließ das Haus durch den Hinterausgang.

Die Grundstücksgrenze verlief über einen kleinen Hügel. Aus diesem Grund standen die Häuser näher beisammen, als es sonst der Fall gewesen wäre, denn beide Farmer hatten sich ein Haus mit guter Aussicht bauen wollen.

Lew Turlock überquerte den Rasen, öffnete das Tor im Gartenzaun und ging auf Calhouns Stall zu. Nachmittags hatte es noch geregnet, aber jetzt war die Wolkendecke aufgerissen, so daß Sterne sichtbar waren. Die kühle Nachtluft roch nach feuchter Erde.

Aber Turlock achtete weder auf die Sterne noch auf die würzige Luft; seine Gedanken kreisten nur um ein einziges Thema. Er wußte, daß er sich irgendeine Ausrede einfallen lassen mußte, um zu George Mallard hinausfahren zu können. Dort mußte er Rose Marie auf die Seite nehmen und ausfragen, bevor sie Gelegenheit gehabt hatte, sich mit Betty auf irgendeine Story zu einigen. Und daran war seiner Meinung nach Lorraine Calhoun schuld; ihre selbstbewußt überlegene Art verleitete die anderen Mädchen zu allen möglichen Dummheiten, mit denen sie es ihrem leuchtenden Vorbild gleichtun wollten ...

Lew marschierte so gedankenverloren weiter, daß er erst im letzten Augenblick merkte, daß der Lichtstrahl seiner Taschenlampe von dem Chromzierat eines Kabrios zurückgeworfen wurde, das fast vor der Stalltür parkte. Er leuchtete den Wagen ab und erkannte Lorraine Calhouns Kabrio. Das Verdeck war zurückgeklappt, so daß die roten Ledersitze zu sehen waren.

Ein Wagen, der mehr als ein Traktor kostet, überlegte Lew sich mürrisch.

Das Spielzeug einer Millionärstochter, die damit von einem Freizeitvergnügen zum anderen fährt.

Im Stall schnaubte und stampfte ein Pferd.

Lew Turlock öffnete die Stalltür. Irgendwo im Hintergrund wieherte ein Pferd, als es die Gegenwart eines Menschen spürte. Turlock merkte, wie nervös die Tiere waren – wie vor dem Ausbruch eines Gewitters.

Ein Pferd schnaubte. Andere stampften unruhig. Lew fand den Lichtschalter und betätigte ihn. Sobald die Neonröhren aufflammten, hielten die Pferde still.

Turlock sah die Boxen entlang und erkannte, daß aus einer der letzten ein Frauenbein mit einem hochhackigen Schuh in den Gang hinausragte. Selbst bei diesem erschreckenden Anblick war er sich darüber im klaren, daß er die Pferde nicht weiter beunruhigen durfte. Er sprach beruhigend auf sie ein, während er auf die leblose Gestalt zuging.

Die junge Frau lag auf der Seite und halb in der Box, so daß die Stute schräg vor ihr stehen mußte, um sie nicht zu treten. Die entstellende Kopfwunde, aus der Blut auf den Stallboden gesickert war, machte weitere Erklärungen überflüssig. Turlock kniete neben der bewegunslosen Gestalt nieder.

»Miss Calhoun – Lorraine!« sagte er.

Die junge Frau reagierte nicht. Lew berührte ihren Arm. Das genügte bereits, um ihm zu zeigen, daß hier jede Hilfe zu spät kam.

Er ließ die Tote so liegen, wie er sie entdeckt hatte, machte aber das Pferd los und führte es aus der Box. Die Stute wollte scheuen, sprang dann jedoch mit einem Satz über Lorraine Calhoun hinweg.

Lew band das Tier an, bevor er zu dem Telefon ging, das Calhoun erst vor zwei Wochen in den Pferdestall hatte legen lassen.

Sheriff Bill Eldon war zu Hause, als der Anruf kam. Er litt im Augenblick unter einem der häufigen Besuche seiner Schwägerin Doris. Weder ihr Verstand noch ihre Zunge waren im Lauf der Jahre stumpfer geworden.

Der Sheriff hörte sich die Einzelheiten an, die Lew Turlock nüchtern vortrug.

»Die Stute muß ausgeschlagen und sie am Kopf getroffen haben?« erkundigte Eldon sich.

»Ja, so sieht's jedenfalls aus. Sie muß in den Stall gegangen sein, und die Stute scheint ausgeschlagen zu haben. Der Huf hat sie genau an der Stirn getroffen.«

»Sie haben sie nicht bewegt?«

»Nun, ich hab sie aus der Box geholt.«

»Das hätten Sie nicht tun sollen, Lew. Sie hätten die Leiche nicht...«

»Nicht die Leiche«, unterbrach Lew ihn, »die Stute. Sie war verdammt nervös, kann ich Ihnen sagen. Die Tote hab ich natürlich nicht angefaßt. Und das Pferd ist glatt über sie weggesprungen.«

»Was ist mit den Calhouns?« erkundigte sich der Sheriff. »Sind sie zu Hause?«

»Nein, hier ist niemand. Sid Rowan und seine Frau sind vermutlich im Kino.«

»Okay«, sagte der Sheriff. »Ich verständige den Coroner und komme sofort hinaus. Und ich lasse Sid Rowan im Kino ausrufen, damit er gleich zurückkommt. Passen Sie bitte auf, daß nichts verändert wird. Auf Wiedersehen.«

Doris Nelson saß im Wohnzimmer und horchte angestrengt in die Diele hinaus. Eldon hatte kaum aufgelegt, als sie ihn bereits mit Fragen überschüttete: »Wer war das? Wer ist umgekommen? Was ist passiert?«

Der Sheriff grinste boshaft und nahm erneut den Hörer ab, weil er ihre Fragen dann am besten ignorieren konnte. Wenige Minuten später hatte er den Coroner verständigt und dafür gesorgt, daß Sid Rowan im Kino ausgerufen wurde. Dann verließ er das Haus und holte seinen Wagen aus der Garage – alles ohne Doris' Fragen, die wie aus einer Schnellfeuerkanone kamen, zu beantworten. Schon das war eine beachtliche Leistung.

Logan, der Coroner, und Lew Turlock wohnten im Süden der kleinen Stadt, und Turlocks Ranch lag etwa fünf Meilen außerhalb, so daß Logan als erster eintreffen würde. Der Sheriff hatte das rote Blinklicht seines Dienstwagens eingeschaltet, aber er verzichtete darauf, die Sirene zu benützen. Wozu auch? Lorraine Calhoun war tot.

Die Calhouns waren prominente Leute. Dieser Fall würde beträchtliches Aufsehen erregen. Die großen Zeitungen in der Stadt würden wahrscheinlich anrufen, um sich nach Einzelheiten zu erkundigen. Lorraine Calhoun war bildhübsch gewesen – aber sie war in der Stadt aufgewachsen und hätte sich nachts nicht in die Nähe eines nervösen Pferdes wagen dürfen.

Außerhalb der Stadt fuhr der Sheriff schneller und bog dann von der Straße auf den Weg ab, der zu den beiden Ranchhäusern auf dem Hügel führte. Er sah den Wagen des Coroners vor dem Stall und atmete erleichtert auf. Er fand es unangenehm, wenn man herumstehen und auf den Coroner warten mußte. Logan war bereits im Stall. Er drehte sich um, als der Sheriff hereinkam.

»Ich hab mich inzwischen umgesehen, Bill«, sagte der Coroner. »Die Sache scheint ein Unfall zu sein. Miss Calhoun ist anscheinend im Stall gewesen, um irgend etwas zu holen, und die Stute hat ausgeschlagen. Das muß unmittelbar nach der Fütterung gewesen sein. Die Stute war danach offenbar so nervös, daß sie nichts gefressen hat – die Krippe ist noch voll.«

»Wie lange ist sie schon tot?« fragte der Sheriff.

»Das können wir feststellen, wenn Sid Rowan zurückkommt und uns sagt, wann er die Pferde gefüttert hat. Der Unfall muß unmittelbar danach passiert sein. Aha, das ist wahrscheinlich bereits Sid.«

Draußen hielt ein Wagen. Ein Mann und eine Frau stiegen aus und kamen in den Stall.

»Was ist denn los?« fragte Sid Rowan irritiert. »Kann ich denn nicht mal ins Kino gehen, ohne . . .«

Er sprach nicht weiter, als der Sheriff vortrat.

Rowan war ein hagerer großer Mann Mitte 50. Er hatte stahlgraue Augen und wirkte schlaksig, obwohl er sich rasch und sicher bewegte. Seine Frau war vier oder fünf Jahre jünger, dicklich und schwerfällig.

Der Sheriff erklärte ihnen, was passiert war.

»Aber sie war nicht hier!« widersprach Rowan. »Hier war niemand. Die Familie wollte erst morgen kommen! Sie wissen doch, wie das ist. Zuerst waren die Calhouns jedes Wochenende da, aber jetzt kommen sie nur noch zweimal im Monat – die Familie, Freunde und das Personal. Sie . . . Augenblick, das dort draußen ist ihr Auto! Dann muß sie unangemeldet gekommen sein.«

»Sie haben also nicht gewußt, daß sie hier war?«

»Nein. Ich habe sie erst morgen erwartet. Dann kommt die Familie.

»Sie wissen auch nicht, wann sie hergekommen ist?«

»Nein.«

»Sie müssen die Pferde gefüttert haben und unmittelbar danach ins Kino gefahren sein.«

»Richtig. Ich hab die Pferde gefüttert und bin mit meiner Frau losgefahren, weil wir rechtzeitig zur ersten Vorstellung kommen wollten. Man kann schließlich nicht Tag und Nacht arbeiten.«

»Das war gegen halb sieben, wenn Sie zur ersten Vorstellung zurechtgekommen sind?«

»Ja, ich hab kurz vor halb sieben angefangen. Ich bin um zwanzig vor sieben fertig geworden und gleich losgefahren.«

»Um diese Zeit war es im Stall schon dunkel, nicht wahr?«

»Natürlich.«

»Und Sie haben Licht gemacht?«

»Richtig.«

»Und haben es danach ausgeschaltet?«

»Selbstverständlich.«

»Hat sie einen Hausschlüssel gehabt?«

»Ich nehme es an. Klar. Calhoun hat für alle Familienmitglieder Schlüssel machen lassen.«

»Wohnen Sie im Haus oder . . .«

»Nein. Meine Frau und ich haben eine Wohnung über der Garage.«

»Wir wissen natürlich nicht, *warum* sie hier im Stall war«, warf Logan ein, »aber offensichtlich ist sie hereingekommen, hat die Stute nervös gemacht und ist von dem ausschlagenden Pferd an der Stirn getroffen worden.«

Sid Rowan nickte.

»Davon bin ich keineswegs überzeugt«, sagte Sheriff Eldon.

Sie starrten ihn fragend an. »Wie sollte's sonst gewesen sein, Bill?« fragte der Coroner.

Bill Eldon wandte sich an Turlock.

»Sie haben die Pferde schnauben gehört?« fragte der Sheriff.

»Richtig. Die Stute hat sich ziemlich aufgeführt. Sie hat geschnaubt und gestampft und gegen die Seitenwand der Box getreten. Sie wollte unbedingt weg.«

»Sie war dort angebunden?«

»Ja. Durch den Eisenring am Zaum war ein Strick gezogen.«

»Wie lange haben Sie den Lärm schon gehört, bevor Sie herübergekommen sind?«

»Mindestens eine halbe Stunde. Vielleicht auch länger.«

»Sie haben mich um acht Uhr fünfundzwanzig angerufen«, sagte der Sheriff. »Ich habe mir die Zeit notiert.«

»Dann bin ich ein paar Minuten zuvor herübergekommen.«

»Und als Sie hergekommen sind, war's im Stall dunkel?« erkundigte sich der Sheriff.

»Ganz recht.«

»Aber Sie hatten eine Taschenlampe bei sich, mit deren Hilfe Sie den Schalter gefunden haben, so daß Sie Licht machen konnten?«

»Ja.«

»Und die Tote hat hier auf dem Boden gelegen?«

»Richtig.«

Der Sheriff wandte sich an Logan.

»Na bitte.«

»Das verstehe ich nicht«, gab Logan zu.

»Rowan hat den Stall um zwanzig vor sieben verlassen«, erklärte ihm der Sheriff. »Um diese Zeit war es bereits dunkel. Hier im Stall muß es stockfinster gewesen sein. Als die junge Frau hereingekommen ist, hat sie logischerweise Licht gemacht, um überhaupt etwas sehen zu können. Aber wer hat das Licht wieder ausgeschaltet?«

»Hmmm.« Der Coroner runzelte die Stirn. »Dann kann sie nicht allein hiergewesen sein.«

»Richtig, jemand muß das Licht ausgemacht haben.«

Logan stieß einen leisen Pfiff aus.

»*Nachdem* das passiert war«, fügte der Sheriff hinzu.

Der Coroner sah zu Rowan hinüber. »Könnte sie sich eingeschlichen haben, während Sie die Pferde gefüttert haben, so daß sie . . .«

»Ausgeschlossen!« unterbrach Rowan ihn nachdrücklich.

Logan zeigte auf die Krippe. »Die Stute hat praktisch nichts gefressen . . . Die Tote ist doch Lorraine Calhoun, Rowan?«

»Klar. Sie muß hergekommen sein, als wir eben erst weggefahren waren. Als ich vom Heuboden runtergekommen bin, hab ich noch zu der Stute hineingesehen. Sie hatte gerade zu fressen begonnen.«

Der Sheriff ging an der Leiche vorbei zur Futterkrippe und warf einen prüfenden Blick auf das Heu. »Praktisch nichts herausgezogen«, stellte er fest. »Die Stute hat . . . He, was ist *das*?«

Der Lichtstrahl seiner Taschenlampe erfaßte ein kleines in schwarzes Leder gebundenes Buch, das so im Schatten lag, daß es erst im Lampenlicht sichtbar geworden war.

Bill Eldon griff danach. »Hmmm, scheint ein Tagebuch zu sein«, stellte er fest. »Ihr Name steht auf der ersten Seite – Lorraine Calhoun. Wenn Sie einverstanden sind, Logan, lasse ich Quinlan ein paar Fotos von der Leiche machen. Bis dahin wollen wir lieber nichts verändern.«

Der Sheriff trat unter die nächste Leuchte und schlug das Tagebuch auf. »Nein, ich will nicht darin herumschnüffeln«, entschied er dann. Er wollte es schon einstecken, als ihm etwas anderes einfiel. »Aber wir könnten uns die letzte Eintragung ansehen. Vielleicht gibt uns die einen Hinweis.«

Eldon schlug die am gleichen Tag gemachte Eintragung auf und las: *Wahrscheinlich halten mich manche Leute für dumm. Ich werde morgen zu einer klärenden Aussprache mit Frank und dieser heuchlerischen Betty zusammenkommen. Aber warum soll ich noch länger warten? Warum soll ich die beiden nicht . . .*

Der letzte Satz war nicht zu Ende geschrieben.

Der Sheriff klappte das Tagebuch abrupt zu, steckte es ein und wandte sich an Turlock. »Wo ist Betty heute abend, Lew?« erkundigte er sich beiläufig.

Lew Turlock zögerte, als er merkte, daß James Logan, Sid Rowan und Mrs. Rowan ihn neugierig beobachteten.

»Sheriff«, stieß er dann hervor, »kann ich Sie einen Augenblick allein sprechen – sozusagen privat?«

In der hintersten Stallecke erzählte Lew Turlick dem Sheriff, wie Betty ihn getäuscht hatte.

»Sie hat also behauptet, sie sei mit Mallards Tochter zusammen?« erkundigte Eldon sich.

Turlock nickte trübselig. »Sie und Rose Marie wollten angeblich etwas für den Wohltätigkeitsball üben. Sie ist gleich nach dem Abendessen weggefahren.«

»Wann war das?«

»Nun, Millie hat das Essen früher als sonst fertig gehabt, damit Betty fahren konnte. Ich nehme an, daß sie gegen sechs Uhr weggefahren ist. Sie hat meiner Frau noch beim Abspülen geholfen und ist dann zum Wagen hinausgelaufen und weggefahren.«

»Und Mallard hat kein Telefon?«

»Richtig. Ich habe Jim Thornton angerufen, damit er den Mallards ein Zeichen gibt, daß jemand ans Telefon kommen soll. Betty ist ein gutes Mädchen, Sheriff. Ich weiß nicht, was das alles soll, aber wahrscheinlich war es nur ein Scherz. Aber wenn herauskommt, daß Betty nicht dort war, wo sie hätte sein sollen . . . nun, Sie brauchen sich nur Rowans Frau anzusehen, wie sie eifrig zu uns herüberhorcht . . .«

»Kommen Sie«, forderte der Sheriff ihn auf, »wir fahren sofort zu Mallard hinüber.« Er wandte sich an die anderen. »Lew Turlock und ich fahren jetzt weg, um zu fragen, ob seine Tochter heute abend mit Lorraine gesprochen oder sie gesehen hat. Sie ist bei Freunden, die kein Telefon haben. Jim, rufen Sie Quinland an, damit er ein paar Aufnahmen von der Leiche macht? Und achten Sie bitte darauf, daß nichts verändert wird!«

Der Sheriff hielt Turlock die Tür des Streifenwagens auf, und Lew nahm bedrückt auf dem Beifahrersitz Platz. »Sie wissen ja, wie schnell aus solchen Sachen Gerüchte entstehen, Bill«, sagte er niedergeschlagen. »Ich brauche nur an Sid Rowans Frau zu denken. Die kommt schon fast um vor Neugier.«

»Ja, ich weiß«, antwortete Bill Eldon mitfühlend.

»Ich hab im ersten Augenblick sogar gedacht, die Tote sei Betty. Das Licht im hinteren Teil des Stalls ist schlecht, und da die Tote halb auf dem Gesicht liegt ... Sie können sich vorstellen, wie mir zumute war. Mit Betty ist alles in Ordnung, Bill. Ich weiß nicht, welche Erklärung es dafür gibt, aber ...«

»Ja, natürlich«, beruhigte der Sheriff ihn. »Sie machen sich zuviel Sorgen, Lew. Mit Betty ist natürlich alles in Ordnung, aber wenn diese Lorraine Calhoun sie heute abend sprechen wollte, müssen wir einfach mit Betty reden. Ich kenne die Calhouns überhaupt nicht. Wirklich schade um das Mädchen. Und schade um unsere ganze Gegend. In den letzten fünf Jahren haben mindestens fünfzig kleine Rancher an Leute aus der Stadt verkauft. Manche wollen selbst Farmer werden, aber die meisten benützen ihre neue Ranch nur als Landhaus.«

Bill Eldon sprach weiter, wechselte dabei noch öfter das Thema und lenkte Turlock von seinen Sorgen ab.

Sie fuhren an Jim Thorntons Haus vorbei, blieben auf dem gleichen Weg und hielten wenig später bei Mallard.

George Mallard kam ins Freie.

Der Sheriff übernahm es, mit ihm zu reden, wofür Lew Turlock ihm dankbar war. Eldon ging diplomatisch vor, sprach zuerst über die Ernte, diskutierte das Wetter und erkundigte sich dann beiläufig, ob Rose Marie zu Hause sei.

»Nein, leider nicht«, antwortete Mallard. »Vor ungefähr einer Viertelstunde hat jemand bei ihr angerufen. Daraufhin hat sie sich in den Wagen gesetzt und ist weggerast.«

Der Sheriff nickte langsam. »Sie spielt doch bei der Theateraufführung im Rahmen des Wohltätigkeitsfestes mit?«

»Richtig – sie und Betty Turlock.«

»Ich wollte sie gern etwas wegen der Aufführung fragen«, behauptete der Sheriff. »Sie wissen wohl nicht, wohin sie gefahren ist, George?«

»Nein. Sie ist hereingestürzt, hat ihren Mantel geholt und ist weggefahren. Die jungen Leute haben heutzutage mehr Termine als der Gouverneur.«

Bill Eldon ließ den Motor an. »Okay, George, ich muß jetzt weiter. Ihre Tochter soll mich anrufen, sobald sie nach Hause kommt. Nein, Augenblick . . . am besten setzt sie sich gleich ins Auto und fährt zu mir ins Büro.«

Mallard runzelte die Stirn. »Wozu denn? Was . . .«

Der Sheriff grinste beruhigend. »Mit dieser verflixten Theateraufführung werden wir noch viel Arbeit haben, bis sie endlich über die Bühne geht. Aber ich möchte wetten, daß Rose Marie bezaubernd sein wird. Wer weiß, vielleicht wird sie von einem Talentsucher für Hollywood entdeckt?«

»Ich will nicht, daß sie nach Hollywood geht«, stellte George Mallard nachdrücklich fest.

»Natürlich nicht«, sagte Eldon, »aber wer weiß?«

Er wendete und war etwa 50 Meter weit gefahren, als sie einen Wagen von der Straße auf den Zufahrtsweg abbiegen sahen.

»Das muß Rose Marie sein«, erklärte der Sheriff seinem Begleiter. »Sie bringt bestimmt Betty mit.«

Lew Turlock seufzte erleichtert auf.

Der Sheriff fuhr weiter, parkte den Streifenwagen und blinkte mehrmals, um Rose Marie zum Anhalten zu veranlassen.

»Am besten fangen Sie an«, sagte Eldon zu Turlock.

Lew nickte, stieg aus und blieb im Scheinwerferlicht stehen, bis der andere Wagen auf gleicher Höhe mit ihnen hielt. Am Steuer saß eine blonde Schönheit, aber der Beifahrersitz war – leer.

Turlock trat vor. »Hallo«, murmelte er unbeholfen, während er den leeren Sitz neben Rose Marie anstarrte.

»Oh!« rief sie überrascht aus. »Mr. Turlock . . . Guten Abend, Mr. Turlock. Tut mir leid, daß . . . Sie sind doch hoffentlich nicht nur hergekommen, um . . .«

»Wo ist Betty?« fragte Lew Turlock.

Rose Marie rutschte unbehaglich hin und her. Sie runzelte die Stirn, aber dann behauptete sie lächelnd: »Oh, sie muß jeden Augenblick kommen! Sie war dicht hinter mir.«

Der Sheriff stieg aus. »Hallo, Rose Marie«, sagte er. »Wo steckt Betty?«

Rose Marie Mallard sah von einem Mann zum anderen. Ihr Blick wurde ängstlich. Sie lächelte nicht mehr.

»Wo ist sie?« fragte der Sheriff. »Ich muß sie dringend sprechen.«

»Ich weiß nicht, wo sie ist«, gab Rose Marie kaum hörbar zu. »Ich habe versucht, sie zu finden.«

Der Sheriff trat einen Schritt vor. »Keine Ausflüchte!« forderte er sie auf. »Was wissen Sie über Betty Turlock?«

»Gar nichts. Sie wollte herkommen . . . etwas später herkommen.«

»Und bei Ihnen übernachten?«

»Ja.«

»Um welche Zeit wollte sie kommen?«

»Sie . . . nun, eben später.«

»Wann später?«

»Das weiß ich nicht. Sie hat nur *später* gesagt.«

»Drüben bei den Calhouns ist ein Unfall passiert«, erklärte Eldon ihr. »Wir suchen Betty, und andere Leute werden vielleicht auch nach ihr suchen. Es macht bestimmt einen schlechten Eindruck, wenn niemand zu wissen scheint, wo sie ist. Besonders dann, wenn Bettys Mutter sagt, ihre Tochter sei bei einer Theaterprobe.«

»Ein Unfall, Sheriff?«

»Lorraine Calhouns ist tot.«

»*Lorraine!* Aber das *kann* Betty nicht gewesen sein! Dazu wäre sie nie imstande!«

»Wozu?«

»Nun, zu einem Mord . . . Es war ein Unfall, nicht wahr?«

»Ja, ein scheuendes Pferd hat ausgeschlagen und sie tödlich verletzt.«

»Oh«, sagte Rose Marie nur. Aus ihrem Tonfall sprach große Erleichterung.

»Nachdem Mr. Turlock Sie angerufen hatte«, fuhr der Sheriff fort, »haben Sie sich ins Auto gesetzt, um Betty zu suchen, nicht wahr?«

Die Blondine zögerte kurz, aber dann nickte sie.

»Gut, bleiben Sie bitte wenigstens *jetzt* bei der Wahrheit, Rose Marie«, forderte Eldon sie auf. »Erzählen Sie uns, wo Sie überall waren?«

166

»Ich bin am Fluß entlanggefahren.«

»Haben Sie damit gerechnet, sie in einem geparkten Auto zu finden?«

»Ja.«

»In wessen Auto?«

»In ihrem – in Mr. Turlocks Wagen.«

»Ich . . . ich habe nur nach *ihr* Ausschau gehalten.«

Der Sheriff machte eine ungeduldige Handbewegung. »Erzählen Sie bitte nur Tatsachen«, verlangte er, »und überlassen Sie uns die Denkbarbeit. Wir stehen alle auf Bettys Seite und wollen verhindern, daß dumme Gerüchte entstehen. Sie dürfen uns nichts verheimlichen, Rose Marie. Sie helfen Betty am besten, wenn Sie uns schnell die Wahrheit sagen.«

»Sie wollte sich heute abend mit Frank Garwin treffen«, antwortete die Blondine leise.

»Wer ist Garwin?« fragte der Sheriff.

»Ein Freund der Calhouns«, warf Lew Turlock ein.

Eldon warf ihm einen nachdenklichen Blick zu, bevor er sich wieder an Rose Marie wandte. »Bitte weiter!« forderte er sie auf.

»Als die Calhouns die Ranch gekauft haben, war Lorraine bei Freunden in Maine im Urlaub. Sie ist erst vor ungefähr drei Wochen hergekommen. Frank Garwin ist ein Freund der Familie. Er . . . nun, alle haben ihn gern, und er . . . Er wollte Jura studieren, aber dann hatte er nicht das Geld dazu, und Lorraines Vater hat ihm das Studium finanziert, weil Frank und Lorraine befreundet waren. Aber jetzt hat Frank sich in Betty verliebt – und sie sich in ihn . . . Ein schreckliches Durcheinander. Ich weiß nicht allzuviel davon. Ich weiß nur, daß die beiden darunter leiden.«

»Und Lorraine?«

Rose Marie schüttelte den Kopf. »Lorraine bestimmt nicht! Sie hatte in Maine längst einen neuen Freund und wollte gar nicht nach Kalifornien zurück, als ihr Vater die Ranch gekauft hat. Ich möchte wetten, daß sie nur hergekommen ist, um Frank Garwin den Laufpaß zu geben. Aber dann hat sie gesehen, wie die Dinge standen, und beschlossen, ihren Kopf durchzusetzen. An Frank liegt ihr überhaupt nichts – aber sie konnte den Gedanken nicht ertragen, daß eine andere ihr einen Freund weggeschnappt haben könnte . . . der großen Lorraine Calhoun, der gebildeten, weitgereisten, gönnerhaften, snobistischen kleinen . . .«

»Sie ist jetzt tot«, warf der Sheriff ein.

»Entschuldigung, das hatte ich ganz vergessen. Ich . . . nun, das tut mir leid.«

Plötzlich flammte vor ihnen ein Scheinwerfer auf.

»Das ist Mr. Thornton«, sagte Rose Marie verzweifelt. »Damit signalisiert er uns, daß wir am Telefon verlangt werden. Wahrscheinlich ruft Betty an.«

Sie warteten, bis sie gewendet hatte, und fuhren dann hinter ihr her zu Thorntons Haus. Aber am Apparat war nicht Betty Turlock, sondern Irma Jessup und rief wieder aus der Stadt an. Sie hatte erneut bei den Turlocks angerufen und von Mrs. Turlock erfahren, Betty sei unter dieser Nummer zu erreichen.

Sheriff Eldon griff nach dem Hörer. »Hallo«, sagte er.

Die Frauenstimme am anderen Ende antwortete ungeduldig: »Ich wollte nicht wieder Sie sprechen, ich wollte . . .«

»Augenblick!« unterbrach Eldon sie. »Hier ist der Sheriff. Bei den Calhouns ist ein Unfall passiert, und . . .«

Er sprach nicht weiter, als er hörte, daß am anderen Ende abrupt aufgelegt wurde.

Bill Eldon saß in seinem Büro im Gerichtsgebäude, hatte die Schreibtischlampe eingeschaltet und blätterte in Lorraine Calhouns Tagebuch.

Dann öffnete sich die Tür, und George Quinland kam mit raschen Schritten herein.

»Hast du die Aufnahmen gemacht?« fragte der Sheriff.

»Ein Dutzend Fotos«, betätigte Quinland. »Wir haben die Leiche inzwischen abtransportieren lassen. Ich habe selbst mit C. C. Calhoun telefoniert. Er müßte bald eintreffen. Er war völlig erledigt. Er hat nicht gewußt, daß seine Tochter hierher kommen wollte. Er hat geglaubt, sie sei mit Freunden ausgegangen.«

Draußen im Korridor kamen Schritte näher.

»Das kann schon Calhoun sein«, sagte Quinlan.

»Anscheinend hat er jemand mitgebracht«, stellte der Sheriff fest.

Dann wurde an die Tür geklopft, und ein großer gutaussehender Mann betrat den Raum. »Ich heiße Calhoun«, sagte er, »und möchte den Sheriff sprechen.«

Calhouns gewelltes Haar war grau meliert. Seine elegante Erscheinung, sein energisches Gesicht und seine klare Stimme trugen dazu bei, ihm selbstverständliche Autorität zu verleihen. Er trug einen perlgrauen Anzug und einen hellgrauen leichten Mantel.

Bill Eldon stand auf und streckte ihm die Hand entgegen.

»Ich bin Sheriff Eldon«, stellte er sich vor. »Tut mir aufrichtig leid, daß wir uns unter diesen Umständen kennenlernen, Mr. Calhoun.«

C. C. Calhoun nickte schweigend und schüttelte ihm die Hand. Dann trat er einen Schritt zur Seite und zeigte auf den Mann, der hinter ihm an der Tür stehengeblieben war.

»Mr. Parnell, ein Geschäftsfreund«, sagte er. »Er hat sich erboten, die . . . die Details zu regeln.«

Parnell war einige Jahre jünger als Calhoun und wirkte noch kälter, noch energischer. Er trug einen teuren Maßanzug, der jedoch nicht ganz verbergen konnte, daß er ziemlich viel Fett angesetzt hatte.

Der Sheriff schüttelte auch ihm die Hand und stellte den beiden Deputy Sheriff Quinland vor. Die vier Männer nahmen Platz.

»Erzählen Sie uns bitte, was passiert ist«, forderte Calhoun Eldon auf.

Bill Eldon schilderte mit knappen Worten, was auf der Ranch geschehen war.

Calhoun schüttelte den Kopf. »Das begreife ich einfach nicht!« sagte er.

Der Sheriff nickte mitfühlend. »Anscheinend war ihre Fahrt hierher nicht geplant.«

»Allerdings nicht!« Wir wollten erst morgen gemeinsam hierher fahren. Aber Lorraine hat natürlich einen eigenen Wagen gehabt und konnte fahren, wohin sie wollte.«

»Ich muß Sie leider bitten, die Leiche zu identifizieren«, fuhr Eldon fort. »Sie wissen ja, wie das ist . . . Wir haben unsere Vorschriften, an die wir uns halten müssen.«

Jetzt mischte sich Parnell ein. »Deshalb bin ich mitgekommen, Sheriff. Das alles kann für einen Vater ziemlich schlimm sein. Ich bin hier, um ihm möglichst viel abzunehmen.«

Parnell war genau der richtige Mann für diese Aufgabe; er würde alles für seinen trauernden Freund erledigen und dabei gute Arbeit leisten.

»Möchten Sie jetzt Ihre Tochter sehen?« fragte der Sheriff Calhoun.

»Natürlich«, antwortete Calhoun knapp.

»Je schneller wir das hinter uns bringen, desto besser ist es für Mr. Calhoun«, warf Parnell ein. »Er braucht dringend Ruhe.«

Der Sheriff nickte Quinlan zu. »Hältst du inzwischen hier die Stellung, George? Dann gehen wir hinunter und erledigen die notwendigen Formalitäten.«

Calhoun begleitete Eldon schweigend in den Leichenkeller des Gerichtsgebäudes. Als der Sheriff ihn mit Logan, dem Coroner, bekannt machte, nickte er nur. Dann beugte Carl Carver Calhoun sich mit Tränen in den Augen über die Leiche auf der Marmorplatte.

In der nächsten Sekunde richtete er sich auf und fuhr herum.

»Was soll das?« fragte er eisig. »Wo ist die andere?«

»Die andere? Wie meinen Sie das?«

»Die andere Leiche – die meiner Tochter.«

Die verblüfften Gesichter der anderen waren Antwort genug.

»Soll das heißen, daß *das* die Tote ist, die Sie in meinem Stall gefunden haben« erkundigte er sich.

»Ist das nicht Ihre Tochter?« fragte Logan.

»Bestimmt nicht!«

»Wissen Sie, wer das ist?« warf Bill Eldon ein.

»Nein, das weiß ich nicht, und ich muß sagen, daß ich es unerhört finde, daß ich benachrichtigt worden bin, meine Tochter sei tot. Ich bin mir natürlich darüber im klaren, daß die Polizei in einer Kleinstadt auf dem Land nicht mit großstädtischen Maßstäben gemessen werden darf, aber . . .« Calhoun beherrschte sich mühsam, zuckte mit den Schultern und wandte sich an Parnell.

»Kommen Sie, ich will hier raus!«

»Augenblick, Mr. Calhoun«, wandte der Sheriff ein. »Wir müssen erst Klarheit schaffen. Sie wissen bestimmt, daß das nicht Ihre Tochter ist?«

»Sie trauen mir doch zu daß ich meine eigene Tocher kenne, Sheriff?«

Eldon sah zu Parnell hinüber, der den Kopf schüttelte.

»Das ist nicht Lorraine Calhoun, falls Sie das meinen, Sheriff.«

»Und keiner von Ihnen weiß, wer die Tote ist?«

»Ich habe sie noch nie gesehen«, stellte Calhoun fest.

»Ich auch nicht«, fügte Parnell hinzu.

Der Sheriff trat zwei Schritte vor und starrte die tote junge Frau an.

»Wie konnten Sie sich nur so irren, Sheriff?« fragte Calhoun vorwurfsvoll.

»Nun, das Gesicht der Toten war ziemlich im Schatten und kaum zu erkennen«, antwortete Eldon. »Und die blutende Kopfwunde hat die Identifizierung nicht gerade erleichtert. Aber Sid Rowan hat sie als Lorraine Calhoun identifiziert – und Lew Turlock ebenfalls.«

»Lew Turlock hat allerdings nur einen kurzen Blick auf die Leiche geworfen, bevor er ans Telefon gelaufen ist, Bill«, warf der Coroner ein. »Wie Sie wissen, hat er im ersten Augenblick sogar geglaubt, die Tote sei seine Tochter Betty. Und als Sid Rowan hereingekommen ist, hat man ihm deutlich angemerkt, daß er am liebsten überhaupt nicht hingesehen hätte. Er hat nach einem flüchtigen Blick gesagt, die Tote sei Lorraine Calhoun. Ich nehme an, daß er sich durch Miss Calhouns Wagen vor dem Stall hat beeinflussen lassen.«

»Ja, natürlich«, stimmte der Sheriff zu. Er machte eine Pause. »Zwei Menschen müssen den Stall betreten haben. Diese junge Fau und noch jemand.«

»Meinen Sie damit meine Tochter Lorraine?« wollte Calhoun wissen.

»Vorläufig meine ich noch gar niemand«, wehrte Eldon ab. »Nur irgend jemand. Im Stall hat kein Licht gebrannt, Mr. Calhoun, so daß jeder, der hineingegangen ist, den Schalter betätigt haben muß.«

»Weiter!« forderte Calhoun ihn auf. »Heraus damit!«

»In der Pferdekrippe haben wir das Tagebuch Ihrer Tochter gefunden«, fuhr der Sheriff fort. »Und ich nehme an, daß das auch dazu beigetragen hat, die Leute davon zu überzeugen, diese Tote müsse Ihre Tochter sein. Ihr Gesicht war wirklich nur schlecht zu erkennen und . . . nun, ich verstehe, wie es zu der Verwechslung gekommen ist.«

»Ich nicht«, stellte Calhoun fest.

»Als Lew Turlock die Leiche gefunden hat«, sagte der Sheriff langsam, »hat im Stall kein Licht gebrannt. Die Pferde waren seit einiger Zeit unruhig gewesen, und Turlock hatte mehrmals aus dem Fenster gesehen, bevor er sich auf den Weg nach drüben gemacht hat.«

»Ich verstehe nicht, worauf Sie hinauswollen«, behauptete Calhoun.

»Ich halte es für ziemlich unwahrscheinlich, daß diese junge Frau nachts durch den dunklen Stall gestolpert sein soll«, erklärte Eldon ihm. »Sie muß Licht gemacht haben, als sie hineingegangen ist. Und sie hat es jedenfalls nicht mehr ausgemacht, nachdem . . . nachdem das hier passiert ist. Daraus geht hervor, daß jemand bei ihr gewesen sein muß und . . .«

»Wollen Sie damit etwa andeuten, Lorraine sei mit dieser jungen Frau im Stall gewesen«, unterbrach Calhoun ihn, »und nach einem Unfall dieser Art einfach verschwunden, ohne einen Arzt zu holen oder die Polizei zu benachrichtigen? Das ist doch Unsinn, Sheriff!«

»Immer mit der Ruhe«, wehrte Eldon ab. »Ich spreche von irgend jemand. Ich habe Ihre Tochter bisher mit keiner Silbe erwähnt. Ich rede nur von jemand, der mit dieser jungen Frau im Stall gewesen sein muß.«

»Aber was Sie meinen, ist klar genug«, sagte Calhoun. »Ich möchte, daß wir uns richtig verstehen, Sheriff. Ich wohne noch nicht lange in diesem County, aber ich habe nicht die Absicht, mir irgend etwas gefallen zu lassen. Mir passen Ihre Andeutungen nicht. Die Leiche dieser jungen Frau ist zufällig in meinem Pferdestall gefunden worden. Ich nehme an, daß die Zeitungen sich für den Fall interessieren werden, und möchte Sie schon jetzt warnen: Wenn Sie die Sache künstlich aufbauschen oder mich und meine Angehörigen hineinziehen, haben Sie nichts zu lachen! Ich könnte wahrscheinlich schon jetzt gegen Sie vorgehen. Ich habe eine wichtige Besprechung abgebrochen und bin hierher gerast, um dann festzustellen, daß ich das Opfer Ihrer unzulänglichen Ermittlungsmethoden geworden bin. Ein fast lächerlicher Fall, wenn er nicht so tragisch wäre! Ich rate Ihnen, sich Gedanken darüber zu machen. Gute Nacht, Sir.«

Calhoun nickte Parnell zu. Die beiden Männer wandten sich ab und wollten gehen. Aber nach einigen Schritten drehte Parnell sich erneut um.

»Machen wir doch reinen Tisch, Leute, damit's keine Mißverständnisse gibt«, schlug er vor. »Ich kenne Carl Calhoun noch nicht lange, aber ich habe ihn respektieren gelernt. Versetzen Sie sich einen Augenblick in seine Lage. Eine junge Frau gerät irgendwie in seinen Stall und verunglückt dort. Bisher haben Sie die Sache ziemlich verpatzt, aber vielleicht ist wenigstens der Rest zu retten.

Die Zeitungen bringen nur eine kurze Meldung, wenn Sie kühlen Kopf bewahren. Aber wenn Sie weiter Dummheiten machen, haben Sie bestimmt nichts mehr zu lachen. Sobald eine Zeitung auf die Idee kommt, der Fall sei irgendwie geheimnisvoll oder Lorraine Calhoun habe etwas damit zu tun . . . Nun, Sie können sich wohl vorstellen, was dann passiert. Calhoun läßt sich nichts gefallen und ist ganz vernarrt in seine Tochter – passen Sie also lieber auf.«

»Wo ist Lorraine jetzt?« wollte der Sheriff wissen.

Parnell lächelte nicht mehr. »Woher soll ich das wissen? Hören Sie, Sheriff, Lorraine Calhoun hätte eine Verunglückte ebensowenig wie . . .«

Er beendet den Satz nicht, sondern wandte sich ab und folgte Calhoun hinaus.

Logan und der Sheriff wechselten einen Blick.

»Hmm, da haben wir uns was Schönes eingehandelt, Bill«, meinte der Coroner.

Der Sheriff nickte.

»Die Sache mit der Identifizierung sieht natürlich schlecht für uns aus«, fuhr Logan fort. »Im Grunde genommen bin ich dafür verantwortlich. Sie haben das Tagebuch gefunden und sind mit Lew Turlock weggefahren, weil seine Tochter Betty darin erwähnt war. Ich hätte die Leiche identifizieren müssen, aber nachdem Rowan und Turlock sie angeblich erkannt hatten und da ihr Wagen draußen gestanden hat . . . nun, das ist ein Fehler, den jeder hätte machen können.«

»Was war mit Mrs. Rowan?« fragte Eldon. »Hat sie die Leiche nicht angesehen?«

»Nein, Bill. Nachdem Sie weggefahren waren, habe ich daran gedacht, daß George Quinlan Aufnahmen machen sollte, und alle von der Leiche ferngehalten. Außerdem wollte Mrs. Rowan gar nicht hin. Das ist mir aufgefallen, weil sie doch sonst so neugierig ist.«

Bill Eldon nickte langsam, wandte sich ab und starrte wieder die Tote an. »Verdammt schade um eine so junge hübsche Frau«, murmelte er. »Wir müssen sie identifizieren und feststellen, was sie in dem Stall zu suchen hatte – und wer bei ihr war.«

»Glauben Sie noch immer, daß sie in Begleitung gewesen ist, Bill?«

Der Sheriff antwortete nicht gleich. Er betrachtete den U-förmigen Abdruck des Hufeisens, der fast genau in der Stirnmitte saß.

»Fällt Ihnen daran etwas auf?« fragte er den Coroner.

»Woran?«

»An der Kopfverletzung.«

Logan schüttelte den Kopf.

»Für ein ausschlagendes Pferd liegt sie verdammt hoch«, erklärte der Sheriff ihm. »Und der größte Druck scheint mit dem vorderen Teil des Hufeisens ausgeübt worden zu sein. Um eine stehende Frau an der Stirn zu treffen, müßte das Pferd unglaublich hoch ausschlagen – und dann würde es mit dem hinteren Teil des Eisens treffen.«

»Richtig!« stimmte der Coroner zu. »Die junge Frau muß auf dem Boden gekauert haben, als sie getroffen worden ist!«

»Und noch etwas«, fuhr der Sheriff fort. »Haben Sie ein Maßband da, Jim?«

»Ja, nebenan.«

»Holen Sie's bitte?« forderte der Sheriff ihn auf.

Logan setzte sich in Bewegung, blieb dann aber wieder stehen, machte auf dem Absatz kehrt und wandte sich an Eldon.

»Bill«, sagte er, »ich bin dafür, daß wir jetzt etwas vorsichtiger werden. Wir sitzen ohnehin schon in der Klemme. Rush Medford, der Staatsanwalt, kann Sie nicht leiden und ist andererseits dafür bekannt, daß er Leute mit Geld und Einfluß begünstigt. Er möchte unbedingt Karriere machen, und ein Mann wie Calhoun kann ihn um den kleinen Finger wickeln.«

Bill Eldon starrte schweigend die Tote an. Seine Augen waren halb geschlossen, als denke er angestrengt nach.

»Bill!« sagte Logan irritiert. »Hören Sie mir überhaupt zu? Sie sind nicht mehr der Jüngste, und in letzter Zeit werden immer mehr Stimmen laut, die für einen jüngeren Sheriff plädieren. Und Sie müssen sich vor Rush Medford in acht nehmen. Er ist ein ganz hinterhältiger Kerl, der nur auf eine Gelegenheit lauert, um Sie abschießen zu können. Wir haben uns in dieser Sache große Blößen gegeben, so daß uns meiner Auffassung nach nur noch ein schneller Rückzug bleibt. Dabei sind keine Lorbeeren zu verdienen, aber das ist trotzdem besser, als gleich den Kopf zu verlieren.«

Der Sheriff wandte sich plötzlich von der Leiche ab. »Jim, ich habe nicht die Absicht, auf etwas zu verzichten, das ich für richtig halte. Los, wo ist das Meßband?«

Der Coroner zuckte mit den Schultern, verschwand nach nebenan und kam mit einem Stahlmeßband zurück, das er Eldon gab. »Zufrieden?« fragte er.

Bill Eldon nickte wortlos.

»Hören Sie, Bill«, drängte Logan. »Calhoun ist auf dem Kriegspfad. Calhoun hat Geld und Einfluß. Sie können nicht einfach Ihren Dickschädel . . .«

Als er sah, daß der Sheriff gar nicht zuhörte, zuckte er mit den Schultern, ging nach nebenan in sein Büro zurück und setzte sich an den Schreibtisch.

Logan wußte, was in diesem Fall geschehen würde. Wenn Bill Eldon nicht schnell einen Rückzieher machte, würde Calhoun versuchen, ihn zu erledigen – wenn er das nicht ohnehin vorhatte. Edward Lyons, der Herausgeber der *Rockville Gazette*, war seit Jahren als Gegner Eldons bekannt. Als er vor zwei Jahren erstmals versucht hatte, das politische Gewicht seiner Zeitung gegen den Sheriff einzusetzen, hatte Eldon ihn überlistet und lächerlich gemacht. Seitdem wartete Lyons auf eine günstige Gelegenheit, um sich an Eldon zu rächen.

Wenn Logan in dieser Sache mit dem Sheriff zusammenhielt, konnte er unter Umstaänden mit Eldon untergehen. Am besten sprang er gleich jetzt ab. Das war die vernünftigste Lösung. Er brauchte nur den Telefonhörer abzunehmen und Ed Lyons anzurufen.

Dann kam Bill Eldon herein und warf das Meßband auf Logans Schreibtisch.

»Der Hufeisenabdruck ist maximal dreizehn Zentimeter breit, Jim. Ich möchte, daß Sie sich selbst davon überzeugen. Ich muß noch einmal fort.«

»Wohin?«

»Ich suche ein junges Paar, das vielleicht ein bißchen schmusen will. Wo könnten die beiden sein?«

»Auf der Straße am Fluß«, antwortete Logan geistesabwesend.

»Nein, dort sind sie nicht.«

»Dann fällt mir nur noch das Baseballfeld ein. Das ist auch ein beliebter Platz.«

»Danke«, sagte Eldon. »Ich versuch's am besten gleich dort. Gute Nacht, Logan.«

»Gute Nacht, Bill«, antwortete der Coroner, ohne den Kopf zu heben.

Als der Sheriff den Raum verließ, saß er weiter am Schreibtisch und starrrte unschlüssig das Telefon an.

Das breite Tor zu dem eingezäunten Parkplatz des Baseballfeldes stand offen, und als der Sheriff hindurchfuhr, schien der Parkplatz leer zu sein. Aber als er in weitem Bogen wendete, sah er in der hintersten Ecke ein Auto stehen. Im nächsten Augenblick schaltete der andere Fahrer die Scheinwerfer ein und fuhr an. Der Sheriff versuchte, ihm den Weg abzuschneiden. Der andere fuhr noch schneller. Eldon schaltete das rote Blinklicht ein und nahm die Verfolgung auf. Als das andere Auto die Straße erreichte, stellte der Sheriff die Sirene an, trat das Gaspedal durch und machte sich daran, den Vorsprung des anderen Fahrzeugs zu verringern.

Aber der andere Fahrer konnte sich nicht lange behaupten: Eldon holte ihn auf halber Strecke zwischen Spielfeld und Stadtrand ein und zwang ihn zum Halten, indem er ihn fast von der Straße drängte.

»Was soll der Unsinn?« fragte der Sheriff, als er an der Fahrertür des anderen Wagens stand. »Haben Sie die Sirene etwa nicht gehört?«

Betty Turlock, die am Lenkrad saß, starrte ihn erschrocken an. Sie wollte etwas sagen, aber sie brachte kein Wort heraus.

Eldon knipste seine Stabtaschenlampe an. Ihr Lichtstrahl wanderte durch den Wagen. Der Rücksitz war leer. Auf dem Beifahrersitz neben Betty Turlock saß ein junger Mann.

»Das hätten Sie nicht tun sollen, Betty«, ermahnte der Sheriff sie väterlich. »Sie wissen doch, daß wir in einer Kleinstadt leben, in der Gerüchte schnell die Runde machen. Sie sind angeblich bei Rose Marie Mallard und wollen dort übernachten. Und an Ihrer Stelle würd ich zusehen, daß ich möglichst bald zu ihr komme. Ich nehme diesen jungen Mann mit. Wie heißt er übrigens?«

»Frank Garwin«, antwortete der junge Mann selbst.

»Oh, freut mich, Sie kennenzulernen, Frank. Sie sind nicht von hier, stimmt's?«

»Nein.«

»Aber Sie kommen manchmal her, um die Calhouns zu besuchen, nicht wahr?«

»Ja.«

»Mit Lorraine befreundet?«

»Ja.«

»Kennen Sie ein Mädchens namens Irma Jessup?«

»Ja.«

»Wer ist sie?«

»Lorraines Freundin.«

»Auch Ihre?«

»Ja, ich kenne sie seit Jahren.«

»Kennen Sie diese Irma auch, Betty?«

»Ich habe sie noch nicht persönlich kennengelernt. Aber Frank hat mir von ihr erzählt.«

»Sie hat versucht, Sie von der Stadt aus telefonisch zu erreichen. Draußen bei den Calhouns ist ein Unfall passiert. Ein Pferd hat ausgeschlagen und eine junge Frau getroffen.«

»Großer Gott!« rief Betty Turlock aus, während Garwin sich nicht anmerken ließ, was er bei dieser Mitteilung dachte. »Ist sie schwer verletzt?«

»Tot«, antwortete der Sheriff. »Wir sehen uns deshalb ein bißchen um. Ihr Vater sucht Sie, Betty, und ich empfehle Ihnen, sofort zu den Mallards zu fahren. Sie können bei mir einsteigen, Frank.«

Garwin flüsterte Betty etwas zu, stieg aus und schloß die Autotür. Im nächsten Augenblick fuhr Betty bereits mit durchdrehenden Reifen an.

»Kommen Sie, wir setzen uns in meinen Wagen«, forderte Eldon den jungen Mann auf. »Ich möchte Ihnen ein paar Fragen stellen.«

»Ja, Sir.« Frank Garwin nahm neben ihm Platz.

»Sind Sie lange mit Betty dort hinten gewesen?«

»Nein, nicht sehr lange.«

»Sie wohnen in der Stadt?«

»Ja.«

»Sie haben keinen eigenen Wagen?«

»Nein.«

»Wie sind Sie dann hergekommen?«

»Mit dem Siebenuhrbus.«

»Und Sie waren mit Betty verabredet?«

»Richtig.«

»Sie hat Sie abgeholt?«

»Ja, Sir.«

»Wo?«

»In dem kleinen Park hinter der Schule.«

»Wie sind Sie von der Bushaltestelle dorthin gekommen?«

»Ich bin zu Fuß gegangen.«

»Betty war aber ziemlich lange von zu Hause fort.«

»Ich . . . ich hatte mich verspätet«, sagte Garwin.

»Weshalb, Frank?«

Aber der junge Mann schüttelte nur den Kopf.

»Nachdem dieser Unfall bei den Calhouns passiert war, habe ich mich natürlich ein bißchen umgesehen«, sagte der Sheriff freundlich. »In der Futterkrippe habe ich ein Tagebuch gefunden, das Lorraine Calhoun zu gehören scheint. Da es ein Beweismittel ist, habe ich darin herumgeblättert. Sie sind wohl der Frank, von dem manchmal die Rede ist?«

»Ich nehme es an. Was schreibt sie über mich?«

»Vorerst stelle ich hier die Fragen«, wehrte Eldon lächelnd ab. »Lorraine scheint zu glauben, Sie gehörten ihr, und Betty habe versucht, sie zu verdrängen.«

Garwin zögerte noch.

»Packen Sie lieber aus, mein Junge«, forderte der Sheriff ihn auf.

Frank gab sich einen Ruck. »Ich komme mir wie ein richtiger Schuft vor«, sagte er plötzlich. »Meine Eltern haben ihr Vermögen beim Zusammenbruch einer Immobilienfirma verloren und sind wenige Jahre später gestorben. Ich war als Fünfzehnjähriger ein guter Basketballspieler, aber ich habe davon ein Sportlerherz bekommen. Das gibt sich wahrscheinlich wieder, wenn ich vorsichtig bin – aber ich darf nicht schwer arbeiten. Ich wollte mir mein Studium selbst verdienen und mußte nun einsehen, daß das unmöglich war. Lorraine und ich waren . . . nun, wir waren verliebt, glaube ich. Ich war's zumindest. Sie hat mir angeboten, ihren Vater zu bitten, mir das Studium zu finanzieren. Ich habe ihr Angebot angenommen. Und danach . . . dann habe ich Betty kennengelernt und mußte . . . Ich wollte Lorraine nicht hintergehen, wissen Sie. Deshalb habe ich versucht, ihr beizubringen, daß wir uns vielleicht verändert hätten. Aber das wollte sie nicht einsehen.«

»Deshalb haben Sie angefangen, sich heimlich mit Betty zu treffen?« fragte der Sheriff.

»Natürlich nicht!« widersprach Garwin energisch. »Ich habe Betty erklärt, daß . . . nun, sobald mir klar war, wie die Dinge standen, habe ich ihr gesagt, wir dürften uns nicht mehr treffen.«

»Aber Sie sind trotzdem zu einem Rendezvous gekommen?«

»Das war Bettys Idee. Sie hat mich um eine letzte Aussprache gebeten. Für sie . . . für sie war das alles sehr schwer zu begreifen.«

»Ja, das kann ich mir vorstellen«, bestätigte Eldon. »Und warum haben Sie sich verspätet?«

»Wir wollten uns in dem kleinen Park treffen, und ich wußte, daß wir uns wahrscheinlich nie mehr unter vier Augen sehen würden. Aber ich hatte das Gefühl, wenn Lorraine sich wirklich mit mir verloben wollte, müßte ich zu meinem Wort stehen. Und dann würde ich nie mehr hierherkommen, weil ich es nicht ertragen könnte, Betty nebenan zu sehen und sie wie eine flüchtige Bekannte zu begrüßen. Dazu bedeutete sie mir längst zuviel.

Ich bin also von der Bushaltestelle aus zu dem Park gegangen. Betty ist wenig später angekommen. Und dann hatte ich plötzlich nicht mehr den Mut, ihr gegenüberzutreten. Ich wußte ganz bestimmt, daß ich mich nie mehr von ihr trennen würde, wenn ich sie nochmals in den Armen hielte. Aber andererseits konnte ich nicht zu Lorraine gehen und ihr erklären, zwischen uns sei jetzt alles aus. Das konnte ich doch nicht, nachdem sie soviel für mich getan hatte! Sie wissen nicht, wie Lorraine das alles sieht, Sheriff. Sie bildet sich ein, Betty habe sich absichtlich zwischen uns gedrängt, und hält mich für einen gemeinen Schuft, der . . .«

»Ja, ich weiß«, sagte Eldon mitfühlend. »Deshalb haben Sie sich im Park versteckt und wollten abwarten, bis Betty nach Hause fahren würde?«

»Richtig«, bestätigte der junge Mann.

»Und was ist dann passiert?«

»Ich habe sie weinen gehört, als sie dachte, ich würde nicht kommen, und . . . mein Gott, ich hatte den Eindruck, wieder einmal alles falsch gemacht zu haben. Dafür habe ich nämlich besonderes Talent. Ich wollte nicht, daß sie dachte, ich hätte sie bei unserem letzten Treffen versetzt.«

»Aha«, sagte der Sheriff. »Wie lange waren Sie dort?«

»Ich kann Ihnen nicht genau sagen, wann ich sie angesprochen habe. Ich bin mit dem Siebenuhrbus angekommen und war um Viertel nach sieben im Park. Betty ist ungefähr zehn Minuten später hingekommen. Sie hat im Auto gewartet, bis sie nach etwa einer Viertelstunde glauben mußte, ich würde nicht mehr kommen. Ich habe ganz in der Nähe hinter einem Busch gestanden und sie schluchzen gehört. Nach einer Weile hab ich's nicht mehr ausgehalten und bin aus meinem Versteck gekommen.«

Der Sheriff ließ den Motor an. »Wir müssen vor allem an Betty denken«, entschied er. »Ich fahre Sie jetzt nach San Rodolpho, mein Junge, und Sie können von dort aus mit einem Bus in die Stadt zurückfahren, ohne daß jemand weiß, daß Sie hier waren. Wir tun einfach so, als sei Betty die ganze Zeit bei Rose Marie gewesen. Wenn Sie Lorraine nicht mehr lieben, tun Sie ihr keinen Gefallen, wenn Sie sie heiraten. Aber damit müssen Sie selbst fertig werden.«

Als der Sheriff ins Gerichtsgebäude zurückkam, verhandelte George Quinlan mit einer selbstbewußten jungen Frau, die ihn offensichtlich in die Enge getrieben hatte.

Quinlan grinste erleichtert, als sein Chef hereinkam. »Ah, da ist er ...«

Sie drehte sich nach Bill Eldon um – ein hübsches Mädchen mit kastanienbraunem Haar und gekonntem Make-up. Die Ähnlichkeit mit der Toten war auf den ersten Blick zu erkennen, und der Sheriff hätte die Besucherin ohne Quinlans Vorstellung erkannt.

»Miss Lorraine Calhoun«, verkündete der Deputy Sheriff, und sein Tonfall besagte, daß er sich hiermit vom Schlachtfeld zurückzog.

Die junge Frau zündete sich nervös eine neue Zigarette an, obwohl sie die letzte eben erst ausgedrückt hatte.

»Würden Sie mir *bitte* erklären, was das alles soll?« fragte Lorraine den Sheriff.

»Ich schlage vor, daß Sie wieder Platz nehmen, Miss«, antwortete Eldon. »Wir müssen uns ein bißchen unterhalten. Wie die Dinge im Augenblick stehen, habe eher *ich* eine Erklärung von *Ihnen* zu erwarten.«

Das klang alles durchaus freundlich, aber Lorraine spürte die Entschlossenheit hinter Eldons gutmütigem Lächeln. Deshalb änderte sie plötzlich ihre Taktik. Ihr strahlendes Lächeln war als Belohnung für einen Mann gedacht, der ihr bereitwillig einen kleinen Gefallen tun würde.

»Mein Tagebuch geht nur mich etwas an. Ich will es zurückhaben.«

»Das kann ich mir vorstellen«, sagte der Sheriff. »Wann haben Sie's zuletzt gehabt, Miss Calhoun?«

»Das geht Sie nichts an!«

»Wenn jemand Ihr Tagebuch gestohlen hat, ist es meine Pflicht, nach dem Täter zu fahnden«, erklärte ihr der Sheriff. »Wenn Sie es selbst in der Futterkrippe zurückgelassen haben, wird der Coroner sich dafür interessieren, ob die Leiche zu diesem Zeitpunkt schon dagelegen hat und wann Sie im Stall gewesen sind.«

Lorraine dachte darüber nach und wechselt dann erneut die Taktik. »Ich bin froh, daß Sie mir das erklärt haben, Sheriff. Ich sehe ein, daß Sie völlig recht haben.«

»Gut, wann haben Sie Ihr Tagebuch zuletzt gesehen?«

»Gegen sechs Uhr abends, bevor ich aus der Stdt weggefahren bin.«

»Und was haben Sie damit getan?«

»Ich habe eine Eintragung gemacht«, antwortete Lorraine. »Dann habe ich es ins Handschuhfach meines Wagens gelegt.«

»Und das Fach abgeschlossen?«

»Das weiß ich nicht mehr. Es war jedenfalls *offen*, als ich zu meinem Wagen zurückgekommen bin.«

»Mir ist aufgefallen, daß eine Seite aus Ihrem Tagebuch fehlt – der siebzehnte April.«

Sie zog erstaunt die Augenbrauen hoch. »Eine Seite fehlt?«

»Ja, sie ist herausgerissen.«

»Das kann ich nicht glauben!«

»Wo waren Sie am siebzehnten April?«

»Augenblick. Ich war . . . ja, ich war in Kansas City. Dort habe ich auf dem Weg nach New York eine Freundin besucht.«

»Sie sind also aus der Stadt gekommen, sind zu Ihrer Ranch gefahren und haben Ihren Wagen vor dem Stall geparkt?«

»Ja.«

»Und im Stall war alles dunkel?«

»Ganz recht.«

»Die Pferde waren also schon gefüttert worden?«

»Das weiß ich nicht.«

»Aber Sid Rowan war nicht da?«

»Richtig. Er und seine Frau waren nicht zu Hause. Ich war ein bißchen durcheinander und habe ... und habe einen langen Spaziergang gemacht.«

»Wohin?«

»Großer Gott, woher soll ich das wissen? Ich bin einfach meilenweit die Landstraße entlanggewandert.«

»Aus Ihrem Tagebuch geht hervor, daß Sie vielleicht etwas eifersüchtig auf Betty Turlock sind.«

Lorraine Calhoun lachte. »Ich soll auf die kleine Betty eifersüchtig sein? Unsinn!«

»Aber in Ihrem Tagebuch wird ein Mann erwähnt, mit dem Sie offensichtlich befreundet sind, und dann schreiben Sie über Betty und ihn ...«

»Gut, wenn Sie sich unbedingt für mein Privatleben interessieren müssen: Frank und ich sind seit Jahren befreundet. Betty Turlock hat es vom ersten Augenblick an auf ihn abgesehen gehabt. Ich weiß, daß Farmerstöchter besondere Reize haben sollen, aber ich wollte verhindern, daß Frank sich diesem Trampel an den Hals wirft. *Ich* würde ihn nie heiraten wollen, aber wir sind schließlich gute Freunde. Außerdem habe ich meinen Vater dazu gebracht, ihm die Studienkosten vorzuschießen, und möchte natürlich, daß Frank Karriere macht. Aber das kann er nicht, wenn er ein Mädchen wie Betty Turlock wie einen Klotz am Bein hat.«

Im Korridor kamen Schritte näher. Der Sheriff sah zur Tür hinüber. Rush Medford, der Staatsanwalt, stieß die Tür auf, ohne anzuklopfen. Hinter ihm erschienen Calhoun, Parnell und ein weiterer Mann, den Eldon nicht kannte.

»Sheriff«, sagte Medford, »was höre ich da, daß Sie Miss Calhouns Tagebuch haben?«

»Das stimmt«, gab Eldon zu.

»Geben Sie's ihr sofort zurück«, befahl Medford ihm.

»Es kann ein Beweismittel sein«, wandte der Sheriff ein.

»Ein Beweis wofür?«

»Das müssen meine Ermittlungen erst ergeben.«

»Als Staatsanwalt ist es meine Pflicht, Sie zu beraten«, stellte Medford irritiert fest. »Ich rate Ihnen jetzt, dieses Tagebuch zurückzugeben!«

Der unbekannte Dritte – ein eleganter Mann Ende Vierzig, dem man den Rechtsanwalt von weitem ansah – trat jetzt vor und räusperte sich gewichtig.

»Sie gestatten, daß ich mich vorstelle, Sheriff? Ich bin Oscar Delano von Delano, Swift und Madison. Wir sind Mr. Calhouns Rechtsvertreter. Ich möchte Ihnen keineswegs drohen, aber wenn wir das Tagebuch nicht zurückbekommen, habe ich von meinem Mandanten den Auftrag, sofort Klage gegen Sie einzureichen, damit er den Schaden ersetzt bekommt, der ihm entstanden ist, weil Sie fälschlich behauptet haben, seine Tochter sei tot.«

Der Sheriff trat an den Safe, knallte die Tür zu und verstellte das Kombinationsschloß.

»Klagen Sie meinetwegen«, sagte er dann.

»Wissen Sie überhaupt, was Sie sich damit einhandeln?« fragte Medford aufgebracht.

Bill Eldon setzte sich ruhig an seinen Schreibtisch.

»Sie können überhaupt keinen Rechtfertigungsgrund vorbringen«, behauptete Calhouns Anwalt.

»Vielleicht haben Sie recht«, meinte der Sheriff gelassen. »Aber wenn Sie mir erklären können, wie eine Stute, die ein elf Zentimeter breites Eisen trägt – das ist Größe null –, ausschlagen und auf der Stirn der Getroffenen einen dreizehn Zentimeter breiten Abdruck der Größe zwei hinterlassen kann, gebe ich Ihnen vielleicht das Tagebuch.«

»Was soll das heißen?« fragte Calhoun.

»Ihre Stute hat jedenfalls nichts mit dem Tod der Unbekannten zu tun gehabt«, erklärte Eldon ihm. »Ich behaupte, daß das ein Mord war. So jetzt können Sie mich meinetwegen verklagen.«

Am nächsten Morgen brachte die *Rockville Gazelle* ein Extrablatt heraus:

MORD – BEHAUPTET SHERIFF

SENSATIONSMACHE – WIDERSPRICHT STAATSANWALT

BLÖDSINN – SCHNAUBT CALHOUN

Der darunter folgende Artikel zeigte Edward Lyons, den Herausgeber und Chefredakteur des Blättchens, in sarkastischer Bestform. Er schrieb:

Als die Leiche einer jungen Unbekannten im Pferdestall des bekannten Börsenmaklers Carl Carver Calhoun, der vor kurzem einen Landsitz in Rockville erworben hat, aufgefunden wurde, verkündete Sheriff Bill Eldon, dessen Nase für Sensationen mindestens so gut wie seine Nase für Beweise ist, die Tote sei Lorraine Calhoun, die Tochter des Börsenmaklers.

Die junge Frau war offensichtlich von einem scheuenden Pferd tödlich verletzt worden.

Erst nachdem Mr. Calhoun und ein Geschäftsfreund nach halsbrecherischer Fahrt in Rockville eingetroffen waren und festgestellt hatten, daß die Verunglückte keineswegs Mr. Calhouns Tochter war, bequemte der Sheriff sich widerstrebend dazu, den Fehler einzugestehen. Mit Hilfe eines Meßbandes konstruierte er nun einen Indizienbeweis, der zeigen sollte, daß hier ein Mord vorliegt. Wegen zwei Zentimeter Unterschied zwischen der Größe des Hufeisens einer Stute und dem Abdruck des Hufeisens auf der Stirn der Verunglückten hielt Sheriff Eldon es für angebracht, gleich seine Mordtheorie zu verbreiten.

Unabhängig von dem Motiv, das hinter dieser Entscheidung gestanden zu haben scheint, mußte das Ergebnis jeden publicitysüchtigen Politiker begeistern. Sobald in den großen Redaktionen bekannt wurde, daß eine bisher nicht identifizierte junge Frau im Pferdestall eines reichen Börsenmaklers ermordet worden sein sollte, wurden Reporter und Fotografen nach Rockville entsandt.

Rush Medford, der zuständige Staatsanwalt, bezeichnete die Theorie des Sheriffs als »reichlich verfrüht, um es vornehm auszudrücken«. Was den Tod der jungen Frau betrifft, scheint Medford die bisher beste Zusammenfassung der bekannten Tatsachen abgegeben zu haben.

»Wir wissen noch nicht, wer die junge Frau ist«, stellte Medford fest. »Wir wissen auch nicht, aus welchem Grund sie in Mr. Calhouns Stall gewesen ist. Aber wir wissen, daß sie dort nichts zu suchen hatte. Sie ist unglücklicherweise von einem scheuenden Pferd tödlich verletzt worden. Weil Sheriff Eldon ein Größenunterschied zwischen dem Hufeinsen der Stute und dem Abdruck des Eisens auf der Stirn der Verunglückten aufgefallen ist, glaubt er, von Mord sprechen zu dürfen.

Sheriff Eldon hat Gelegenheit gehabt, einen Fall sensationell aufzubauschen, und hat dieser Versuchung nicht widerstehen können. Ich persönlich«, fuhr Medford fort, »halte es für äußerst bedauerlich, wenn ein öffentliches Amt dazu mißbraucht wird, seinem Inhaber Publicity zu verschaffen. Da Carl Carver Calhoun Rockville die Ehre erwiesen hat, sich hier niederzulassen, wäre es die Pflicht jedes Amtsinhabers unseres County gewesen, so diskret wie möglich vorzugehen und jeglichen Anstrich von Sensationsmache zu vermeiden.«

Carl Carver Calhoun drückte sich sogar noch deutlicher aus als der Staatsanwalt. »Was den Sheriff betrifft«, sagte er vor Pressevertretern, »ist er ein alter Mann, mit dem man Nachsicht üben müßte. Aber es ist schwer, nachsichtig zu sein, wenn man es mit jemand zu tun hat, dem es nur darum geht, sich als großer Kriminalist zu erweisen. Ich habe ihn gewarnt, daß wegen meiner Position alles, was mit meinem Namen in Verbindung gebracht werden kann, sensationell aufgebauscht werden würde. Ich habe ihn weiterhin gebeten, besonders behutsam vorzugehen und keine voreiligen Schlüsse zu ziehen.

Zu dieser Warnung habe ich mich veranlaßt gesehen, nachdem er die tote Unbekannte irrtümlich als meine Tochter identifiziert hatte. Aber anstatt sich die Warnung zu Herzen zu nehmen, hat er unbeirrt weitergemacht und private Schriftstücke meiner Tochter beschlagnahmt, um sie vermutlich später der Presse zugänglich zu machen.

Ich freue mich, daß Rush Medford, der hiesige Staatsanwalt, ein so intelligenter und umsichtiger junger Mann ist, der bestimmt rasch Karriere machen wird. Ich wollte nur, der Sheriff besäße ein Zehntel seiner Leidenschaft für Genauigkeit und einen Bruchteil seiner Integrität.«

Bisher ist die verunglückte junge Frau noch nicht identifiziert worden, aber da mehrere ihrer Kleidungsstücke und die Schuhe in Kansas City gekauft worden sind, ist zu hoffen, daß eine Identifizierung bald möglich sein wird.

Der Sheriff las die *Rockville Gazette* im Bus, als er morgens zu Irma Jessup unterwegs war.

Die junge Frau hatte eben gefrühstückt und war auf dem Weg zu der Bank, bei der sie in der Treuhandabteilung arbeitete. Sie hörte sich an, was der Sheriff zu sagen hatte, und zog die Augenbrauen hoch. Ihr Anruf bei Betty Turlock? Eine rein persönliche Sache – wichtig für Betty, aber völlig uninteressant für Außenstehende. Ja, sie hatte mehrmals angerufen. Sie hatte Mr. Turlock gesagt, die Angelegenheit sei sehr wichtig. Dann hatte sie die andere Nummer angerufen, die Mrs. Turlock ihr gegeben hatte.

Irma Jessup lachte nur, als Eldon ihr vorhielt, sie habe aufgelegt, als sie erfahren habe, daß sie mit dem Sheriff spreche.

»Großer Gott, ist das so merkwürdig?« fragte sie. »Ich hab einfach nicht gewußt, was ich sagen sollte – deshalb habe ich aufgelegt.«

»Haben Sie schon die Zeitung gelesen?«

»Nein, was steht denn darin?«

»Eine junge Frau ist in Calhouns Pferdestall tödlich verunglückt«, sagte Eldon. »Können Sie sich vielleicht denken, wer sie war?«

»Nein, natürlich nicht.«

»Ich möchte nicht neugierig sein«, fuhr der Sheriff fort, »aber ich muß leider wissen, weshalb Sie Betty Turlock angerufen haben, Miss Jessup.«

Die junge Frau zögerte nur kurz, bevor sie antwortete. »Betty ist ein nettes hübsches Mädchen, aber sie . . . nun, sie kann sich eben nicht mit Lorraine messen. Frank Garwin ist sehr in sie verliebt gewesen – und Lorraine in ihn, glaube ich. Sie hat jedenfalls ihren Vater dazu gebracht, Franks Studium zu finanzieren.«

Irma Jessup machte eine Pause. »Ich kenne Frank und Lorraine ziemlich gut, wissen Sie, und war deshalb auch nicht überrascht, als es zu einer gewissen Entfremdung zwischen ihnen gekommen ist. Lorraine war den Sommer über bei Freunden in Maine, und Frank . . . nun, er hatte den Eindruck, ihre Briefe seine etwas kühl. Er hat mir mir darüber gesprochen.«

»Und er hat einen Teil dieser Zeit bei den Calhouns in Rockville verbracht?«

»Ganz recht.«

»Und dort Betty Turlock kennengelernt?«

»Ja.«

»Okay, erzählen Sie mir jetzt, was mit dem Anruf war.«

»Frank ist mit dem Bus nach Rockville gefahren, um sich mit Betty zu treffen. Davon sollte niemand wissen, aber Lorraine hat es herausbekommen.«

»Wie denn?«

»Das weiß ich nicht.«

»Woher wissen Sie, daß sie's gewußt hat?«

»Sie hat mich angerufen und gefragt, ob Frank hier sei. Angeblich mußte sie ihn sofort sprechen. Ich habe an ihrem Tonfall gemerkt, wie wütend sie war. Ich war davon überzeugt, daß sie nach Rockville fahren würde.«

»Und Sie haben Betty angerufen, um sie vor Lorraine zu warnen?«

»Richtig.«

Der Sheriff war sichtlich enttäuscht. »Sie wissen also nichts von einer jungen Frau aus Kansas City – ungefähr zweiundzwanzig, einsdreiundsechzig groß, schlank, dunkelbraunes Haar und braune Augen?«

»Nein.«

»Kennen Sie eine Freundin Lorraines, auf die diese Beschreibung zutrifft?«

»Nein.«

Der Sheriff holte eine Fotografie aus der Tasche. »Sieht diese junge Frau jemand ähnlich, den Sie kennen – wenn Sie Abstriche wegen der geschlossenen Augen und der Kopfverletzung machen?«

»Nein, ganz bestimmt nicht. Ich habe sie noch nie gesehen, jedenfalls nicht wissentlich.«

Der Sheriff bedankte sich für ihre Auskünfte und verbuchte diesen morgendlichen Ausflug auf der Minusseite.

Bill Eldon kam erst kurz vor Mittag ins Büro, wo George Quinlan ihn aufgeregt empfing. »Wo warst du, Bill? Ich hab dich überall gesucht.«

»Was ist denn los?«

»Wir haben die Tote identifiziert.«

»Wer ist sie?«

»Eine gewisse Estelle Nichols aus Kansas City. Sie hatte ein Kundenkreditbüro in dem Kaufhaus, in dem sie ihre Schuhe gekauft hat, und eine Verkäuferin hat sich an sie erinnert.«

»Irgendeine Verbindung zu Calhoun?« fragte der Sheriff gespannt.

Quinlan schüttelte den Kopf. »Jetzt sind wir erledigt, fürchte ich.« Er zögerte, bevor er weitersprach: »Der Staatsanwalt hat irgendwo eine Zeugin aufgetrieben, eine Freundin dieser Estelle Nichols, die bestätigen kann, daß die junge Frau per Anhalter zu ihr unterwegs war. Sie hat einen Brief von ihr bekommen, den Medford der Presse übergeben will. Darin steht, daß sie unterwegs in Scheunen und Ställen übernachten wollte.

Sie muß Calhouns Ranch am frühen Abend in der Dunkelheit vor sich gesehen haben. Sid Rowan war anscheinend eben erst mit der Arbeit fertig und ins Kino gefahren. Und das ist die Erklärung dafür, warum sie im Stall kein Licht gemacht hat. Sie muß nach der Leiter zum Heuboden getastet haben, als das Pferd ausgeschlagen und sie tödlich verletzt hat.«

»Welches Pferd?« wollte der Sheriff wissen.

»Nun . . . eben ein Pferd«, sagte Quinlan.

»Ein Pferd mit Hufeisengröße zwei«, stellte Eldon fest. »Und wenn das Pferd diese Größe gehabt hat, ist sie nicht dort verunglückt, wo die Leiche gefunden worden ist. Denn dort in der Box hat eine Stute mit Hufeisengröße null gestanden.«

»Durch den Schlag ist die Stirn eingedrückt worden«, wandte Quinlan ein. »Nach Hawleys Aussage muß sich dabei auch der Abdruck verändert haben.«

Bill Eldon dachte darüber nach. »Vielleicht etwas«, gab er zu, »aber nicht um zwei Zentimeter!«

Quinlans resignierter Tonfall zeigte, wie ihm zumute war. »Sobald die anderen beweisen können, daß die Verunglückte eine Fremde war, die nur zufällig in Calhouns Stall geraten ist, sind wir erledigt. Damit müssen wir uns abfinden, Bill.«

»Wer hat diesen Brief?« fragte der Sheriff.

»Rush Medford. Aber ich habe mir eine Fotokopie geben lassen. Hier . . .«

Eldon las den handgeschriebenen Text:

Liebe Mae,

wenn Du diesen Brief bekommst, dauert es nicht mehr lange, bis wir uns wiedersehen. Ich schaffe es, zu Dir zu kommen, selbst wenn ich per Anhalter reisen und unterwegs in Scheunen und Ställen übernachten muß.

Ich bin davon überzeugt, daß Du auf mich hören wirst, auch wenn Du hypnotisiert worden bist. Ich kann Dir einiges erzählen, was Dir die Augen öffnen wird . . .

Noch etwas, Liebste: Kannst Du versuchen, die Adresse des Mannes, von dem ich Dir geschrieben habe, herauszubekommen? Ich habe ihn aus den Augen verloren, möchte ihn aber gern wiedersehen.

Immer Deine
Estelle

»Wer ist diese Mae?« erkundigte der Sheriff sich.

»Sie heißt Mae Adrian«, antwortete Quinlan.

»Und wo ist sie jetzt?«

»Draußen auf Calhouns Ranch.«

»Los, wir fahren hin«, entschied Eldon.

Quinlan zögerte noch. »Rush Medford ist auch draußen«, sagte er verlegen, »und Calhouns Rechtsanwalt. Sie sind mit Ed Lyons zusammen, und ich nehme an, daß sie . . . nun, ich dachte, du würdest lieber bis später warten.«

Eldon grinste. »Sie bereiten ein Massaker vor, stimmt's?«

»Du kannst dir ja denken, daß Lyons jetzt seine große Stunde gekommen sieht«, murmelte Quinlan niedergeschlagen.

Der Sheriff klopfte ihm auf die Schulter. »George«, sagte er, »ich weiß aus eigener Erfahrung, daß man Schwierigkeiten am besten dadurch meistert, daß man sich ihnen stellt. Komm, wir fahren gleich hin.«

Als sie Calhouns Ranch erreichten, standen ein halbes Dutzend Autos vor dem Stallgebäude. Der Sheriff nickte Parnell zu, der eben von den Turlocks herüberkam, und betrat den Stall.

Dort beherrschte Oscar Delano, Calhouns Anwalt, die Szene, während Rush Medford danebenstand und durch seine ganze Haltung schweigende Zustimmung demonstrierte. Die Zuhörer waren hauptsächlich Reporter und Pressefotografen aus der Stadt.

»Sie sehen also selbst, wie dieser Fall aufgebaucht worden ist«, sagte Delano eben zu Ed Lyons, dem Herausgeber der *Gazette*. »Die junge Frau war als Anhalterin unterwegs und hat nach eigener Aussage in Scheunen und Ställen geschlafen. Daraus hat jemand eine Sensation zu machen versucht. Aber ich als Außenstehender habe natürlich kein Recht, die Amtsführung Ihres Sheriffs zu kritisieren.«

»Aber mir steht das zu«, warf Medford ein, »und ich . . . ah, da ist er ja!«

Der Sheriff trat vor. »Okay, Medford, hier bin ich.«

Delano räusperte sich bedeutend, schwieg dann aber.

Ed Lyons lachte hämisch. »Na, Bill, Sie haben sich richtig ins Scheinwerferlicht gedrängt, um auf die Nase zu fallen!«

»Wir haben die Verunglückte inzwischen identifiziert«, erklärte Rush Medford dem Sheriff. »Sie war eine Anhalterin, die gewohnheitsmäßig in Scheunen und Ställen übernachtet hat.«

»Ist Mae Adrian hier?« fragte Eldon gelasssen.

Eine schwarzhaarige junge Frau trat fast ängstlich einen Schritt vor. »Ich bin Mae Adrian«, sagte sie leise. Sie starrte den Sheriff mit großen dunklen Augen an.

»Sie haben die Tote also gekannt?«

Miss Adrian nickte.

»Und Sie haben die Leiche gesehen?«

»Ja«, flüsterte sie.

»Einwandfrei identifiziert!« verkündete Ed Lyons triumphierend.

»Wann haben Sie den bewußten Brief von Ihrer Freundin bekommen?«

»Vor einer Woche.«

»Was hat Sie dazu veranlaßt, sich zu melden?«

»Ich habe das Foto in der Zeitung gesehen. Für mich stand fest, daß das meine Freundin Estelle Nichols sein mußte. Deshalb habe ich mich mit dem Staatsanwalt in Verbindung gesetzt, und er hat mir die Leiche zeigen lassen. Ich habe sie dann identifiziert.«

»Und Sie kennen keinen der Anwesenden?«

»Keinen.«

»Was bedeutet die Stelle in dem Brief, wo davon die Rede ist, daß Sie hypnotisiert worden seien?«

Mae Adrian lachte. »Estelle hatte eine unglückliche Liebesaffäre hinter sich und wahrscheinlich gefürchtet, ich würde die gleichen Fehler machen.«

»Damit ist das Bild also komplett«, warf Oscar Delano ungeduldig ein.

»Eine junge Anhalterin will im Stall meines Mandanten übernachten und verunglückt dabei. Der hiesige Sheriff sieht eine Chance, in die Zeitung zu kommen, und fängt an, unhaltbare Theorien aufzustellen.«

Einer der Pressefotografen nahm Delano auf, wie er voll gerechter Empörung auf den Sheriff zeigte.

»Und welches Pferd soll gescheut und ihr den Schädel eingeschlagen haben?« wollte Eldon wissen.

Der Rechtsanwalt trat dicht an ihn heran. »Sheriff«, sagte er, »ich will Ihnen ein großes Geheimnis verraten.« Er senkte die Stimme, als habe er tatsächlich eine vertrauliche Mitteilung zu machen. »Das Pferd, das Miss Nichols' Tod verursacht hat, war ein Vierbeiner mit Hufeisen. Seine Augenfarbe kann ich Ihnen leider nicht verraten. Die müssen Sie schon selbst herausbekommen!«

Inmitten des allgemeinen Gelächters brach ein wahres Blitzlichtgewitter los, als die Fotografen den alten Sheriff und die schallend lachenden Zuhörer aufnahmen.

Lew Turlock und seine Tochter Betty kamen aus Calhouns Pferdestall und gingen nach Hause.

»Das war eine Schande!« stellte Betty aufgebracht fest. »Ich finde es unfair, wie die Leute den Sheriff ausgelacht haben.«

»Na ja, er ist eben zu weit vorgeprellt«, meinte Turlock. Dann fügte er hinzu: »Du hast ohnehin noch Glück gehabt.«

»Wie meinst du das?«

»Wenn der Unfall in Wirklichkeit ein Mord gewesen wäre, hätten Ermittlungen begonnen, bei denen sich auch herausgestellt hätte, daß du an dem fraglichen Abend gar nicht bei Rose Marie gewesen bist, sondern dich . . .«

»Ja, ich weiß, Dad. Reden wir bitte nicht mehr darüber?«

Turlock blieb stehen. »Der linke Hinterreifen verliert Luft«, sagte er und zeigte auf seinen vor der Garage stehenden Wagen. »Am besten montiere ich gleich das Reserverad.« Er öffnete den Kofferraum. »He, was ist das?«

Er starrte verblüfft in den Kofferraum. Vor ihm lag eine Eisenstange, die am unteren Ende Y-förmig auslief. An diese Zinken hatte jemand ein Hufeisen geschweißt.

»Großer Gott, was . . .«, begann Betty.

Ihr Vater beugte sich nach vorn, um das Hufeisen näher zu betrachten. Die rotbraunen Flecken am abgerundeten Ende, wo noch einige Haare klebten, bewiesen nur allzu deutlich, daß dies eine Mordwaffe war. »Wie kommt *das* nur hierher?« fragte Betty und wollte danach greifen.

Turlock hielt ihre Hand fest. »Nicht anfassen! Ein Fingerabdruck genügt, um . . .«

Er brauchte den Satz nicht zu beenden. Bettys Hand zuckte zurück.

Lew Turlock knallte den Kofferraumdeckel zu und schloß ihn ab.

»Betty, wie kommt dieses Ding in unseren Wagen?«

»Keine Ahnung, Dad. Ich habe es eben zum erstenmal gesehen.«

»Was ist mit dem jungen Mann, mit dem du dich getroffen hast?« fragte Turlock weiter.

»Meinst du Frank?«

»Ja.«

»Um Himmels willen, was traust du ihm zu?«

»Nichts, ich stelle nur Fragen.«

»Frank könnte keiner Fliege etwas zuleide tun!«

»Kannst du ihn telefonisch erreichen?« erkundigte Lew Turlock sich.

»Ja, ich nehme es an.«

»Komm!« forderte er Betty auf.

Turlock blieb neben seiner Tochter stehen, während sie das Ferngespräch anmeldete. Als Frank Garwin am Apparat war, nahm er Betty den Hörer aus der Hand. »Hier ist Bettys Vater. Ich muß Ihnen einige sehr wichtige Fragen stellen. Haben Sie je eine Estelle Nichols aus Kansas City gekannt?«

Der junge Mann zögerte sekundenlang. »Ja«, gab er dann zu. »Ich habe sie vor ungefähr einem Jahr kennengelernt. Sie hat bei einer Bank gearbeitet. Warum fragen Sie nach ihr?«

»Sie war die junge Frau, die in Calhouns Stall umgekommen ist«, antwortete Turlock.

»Estelle Nichols ist in Calhouns Pferdestall umgekommen?« wiederholte Garwin ungläubig.

»Richtig. Haben Sie das Zeitungsfoto nicht gesehen?«

»Doch, aber ich hätte nie gedacht, daß ... Augenblick, ich muß nur eben rasch die Zeitung herholen! Bleiben Sie bitte am Apparat.« Eine halbe Minute später meldete Garwin sich wieder. »Ja, das *könnte* Estelle sein«, meinte er besorgt.

»Kommen Sie hierher«, wies Turlock ihn an, »und halten Sie bis dahin unbedingt den Mund. Kommen Sie so schnell wie möglich, verstanden?«

»Ja, Sir.«

Turlock legte auf und drehte sich nach seiner Tochter um. »Dieser Mord gilt vorerst noch als Unfall. Wenn wir schweigen, braucht niemand zu erfahren, daß es in Wirklichkeit kein Unfall war.«

»Vater!« rief Betty erschrocken.

»Blut ist dicker als Wasser«, murmelte er und wandte sich ab, damit Betty seinen Blick nicht sehen konnte.

Sheriff Eldon kam von Calhouns Ranch herüber und sagte zu Lew Turlock: »Sie haben doch hoffentlich nichts dagegen, wenn wir uns hier ein bißchen umsehen, Lew?«

»Natürlich nicht!« antwortete Turlock nervös. »Klar, sehen Sie sich nur um. Kann ich Ihnen irgendwie behilflich sein?«

»Ich wollte, Sie könnten mir helfen, Lew«, meinte Eldon. »Ich stolpere dauernd über Ungereimtheiten. Nehmen wir zum Beispiel die Verunglückte: eine junge Frau, die per Anhalter durchs Land reist. Sie betritt Calhouns Stall in einem leichten Mantel, einem Sommerkleid und dünnen Schuhen. Und was ihr Gepäck betrifft, hat sie nicht einmal eine Zahnbürste bei sich! Was ist aus ihrem Gepäck geworden, wenn sie wirklich ganz allein hierhergekommen ist?«

»Ja«, stimmte Turlock nervös zu, »das ist natürlich eine Frage.«

»Oder ein anderer Punkt«, fuhr der Sheriff fort. »Lorraine Calhoun will hierher gerast und dann meilenweit zu Fuß über Landstraßen gewandert sein. Das klingt einfach nicht richtig.«

»Allerdings nicht«, bestätigte Turlock.

»Läßt Ihr linker Hinterreifen Luft?« fragte Eldon plötzlich.

»Ja, ich muß ihn auswechseln«, sagte Lew Turlock. »Wonach wollen Sie sich hier umsehen, Bill?«

»Mir ist aufgefallen, daß Miss Calhoun ziemlich viel raucht, wenn sie nervös ist, und ich habe das Gefühl, daß sie den Wagen abgestellt und von irgendwoher Ihr Haus beobachtet hat. Lorraine ist eifersüchtig auf Betty, obwohl sie das natürlich nicht zugibt.«

»Betty hat nichts . . .«, begann Turlock.

»Ich weiß, Lew«, wehrte der Sheriff ab. »Ich habe nur den Verdacht, daß Lorraine Calhoun den ganzen Abend hier in der Nähe verbracht hat – und dann hätte sie auch sehen können, wie Estelle Nichols in den Stall gegangen ist, nicht wahr?«

»Es war aber schon dunkel«, wandte Turlock ein.

»Richtig. Aber jemand muß Lorraines Tagebuch aus dem Handschuhfach ihres Wagens gestohlen haben. Das hätte wohl niemand in der Dunkelheit getan – es sei denn, er hätte gewußt, wo es zu finden war –, und Estelle Nichols scheint Lorraine Calhoun nicht gekannt zu haben.«

»Bill«, fragte Turlock ernsthaft, »glauben Sie nicht, daß es für Sie besser wäre, wenn Sie dieser Sache ihren Lauf lassen würden?«

»Ich bin jetzt fertig‹, stellte Eldon fest. »Das Pressefoto mit den lachenden Zuhörern hat mir den Rest gegeben. Schlimmer kann’s nicht mehr werden. Sie können sich wahrscheinlich vorstellen, was passiert, wenn wieder Wahlen sind. Ed Lyons wird dieses Foto bringen und vielleicht darunterschreiben: Wie wär’s mit einem Sheriff, den die Leute nicht auslachen? He, Ihr Reifen hat ein schadhaftes Ventil, glaube ich! Man hört die Luft pfeifen, wenn man ganz gut hinhört.«

Turlock wollte sich schon zwischen den Sheriff und seinen Wagen stellen, beherrschte sich aber. Eldon schraubte die Ventilkappe vom Vorderreifen, drehte sie um und zog damit das andere Ventil an. Das leise Zischen hörte auf.

»Vielen Dank, Bill«, sagte Turlock.

»Ich muß den Reifen ohnehin wechseln. Machen Sie sich deswegen keine Sorgen. Sie haben selbst genug zu tun. Sie wollten sich doch umsehen?«

»Richtig«, bestätigte Eldon. »Dort drüben bei der Hecke wäre vielleicht kein schlechter Platz, um ... Am besten fange ich dort an, glaube ich.«

»Kommen Sie, kommen Sie!« drängte Turlock erleichtert. Er ging voraus, bis sie die Hecke erreicht hatten.

»He, sehen Sie sich das an!« rief der Sheriff schon nach wenigen Metern. »Hier liegt eine Zeitung, als hätte sie jemand ausgebreitet, um keine Grasflecken aufs Kleid zu bekommen ... und daneben ein Dutzend Zigarettenstummel. Augenblick, Lew. Mir wär's lieber, wenn Sie nicht zu nahe herankommen würden, falls noch Fußspuren zu finden sind. Von hier aus hätte sie Ihre Haustür beobachten können, aber ...«

Der Sheriff schwieg enttäuscht.

»Aber nicht mehr«, fügte Turlock hinzu. »Sie kann nicht gesehen haben, was drüben auf der Ranch ihres Vaters passiert ist. Sie kann weder das Haus noch den Pferdestall noch ihr eigenes Auto gesehen haben.«

Der Sheriff zuckte resigniert mit den Schultern.

»So ist das Leben, Lew«, sagte er mit müder Stimme. »Man überlegt sich etwas, das logisch zu sein scheint, aber dann kommt so etwas dazwischen. Lorraine schwindelt natürlich, wenn sie behauptet, einen weiten Spaziergang gemacht zu haben. Sie hat in Wirklichkeit hier gesessen und Ihr Haus beoachtet. Andererseits ist es natürlich nicht strafbar, die Haustür einer Rivalin zu beobachten, um zu sehen, wer mit ihr ausgeht.«

Eldon wandte sich ab und ging den Weg zurück, den sie gekommen waren.

Betty Turlock öffnete die Hintertür, trat ins Freie und sah die beiden Männer herankommen. Sie zog sich verlegen ins Haus zurück.

»Betty ist noch ganz durcheinander«, sagte Lew Turlock rasch. »Sie will am liebsten mit keinem Menschen sprechen.«

»Ja, ich kann mir vorstellen, wie ihr zumute ist«, stimmte der Sheriff zu.

Als sie weitergingen, kam ihnen eine Menschengruppe von Calhouns Ranch aus entgegen: Parnell, Carl Calhoun, seine Tochter, Mae Adrian und Oscar Delano.

»Hören Sie, Eldon«, begann Parnell, »ich bin Geschäftsmann und deshalb gewöhnt, nüchtern zu denken. Es hat wenig Zweck, diese Auseinandersetzung weiterzuführen. Mr. Calhoun ist mein Freund und Geschäftspartner. Er hat diese Ranch gekauft und will hier wohnen. Ich möchte, daß er sich in Rockville wohl fühlt.«

»Warum auch nicht?« warf der Sheriff ein.

»Doch, es gibt etwas, das ihm den Spaß verleiden könnte. Dies ist eine verhältnismäßig kleine Gemeinde. Mr. Calhoun hat seinen Rechtsanwalt angewiesen, Sie auf Schadenersatz wegen der falschen Identifizierung zu verklagen. Aber da jetzt diese andere Sache aufgeklärt ist, finde ich, daß die Klage zurückgezogen werden sollte.«

»Das hängt von Mr. Calhoun ab«, stellte der Sheriff fest.

»Wir machen einfach reinen Tisch«, sagte Parnell. »Wir ziehen die Klage zurück. Sie versuchen nicht mehr . . .«

»Was soll ich nicht mehr versuchen?« fragte Eldon.

Parnell schwieg unbehaglich.

»Sie versuchen nicht mehr, Kapital aus einem Unglücksfall zu schlagen, der sich leider auf meiner Ranch ereignet hat«, antwortete Calhoun an seiner Stelle.

Der Sheriff wandte sich an Lorraine. »Ich möchte Miss Calhoun fragen, ob sie ganz sicher weiß, daß sie ihren Wagen hier abgestellt hat und dann meilenweit über Landstraßen gewandert ist, wie sie mir erzählt hat.«

Lorraine zog an ihrer Zigarette und sagte dann: »Dad, gibt es denn keine Möglichkeit, ihm das abzugewöhnen?«

»Dort drüben an der Hecke ist nämlich die Stelle zu besichtigen, wo sie gesessen hat«, fuhr der Sheriff fort. »Man sieht eine Zeitung, die sie ausgebreitet hat, um ihr Kleid vor Grasflecken zu schützen, deutliche Fußspuren und ein Dutzend Zigarettenstummel der englischen Marke, die sie raucht. Und den Beweis für Datum und Uhrzeit liefert die Abendzeitung, die Miss Calhoun gestern gekauft haben muß, bevor sie die Stadt verlassen hat.«

»Unsinn!« protestierte Lorraine nachdrücklich.

»Durchaus nicht, Miss«, widersprach Eldon. »Das sind alles unbestreitbare Tatsachen. Wenn Sie ehrlich zugeben würden, was Sie . . .«

»Nein, nein, Sheriff«, unterbrach Delano ihn. »Mr. Parnell hat Ihnen ein Friedensangebot gemacht, und wenn wir einander nichts nachtragen wollen, muß das für alle Beteiligten gelten. Mein Mandant legt keinen großen Wert darauf, Sie auf Schadenersatz zu verklagen – aber er würde den Prozeß bestimmt gewinnen. Wenn er jetzt bereit ist, auf die Klage zu verzichten, müssen Sie uns auf halbem Weg entgegenkommen.«

»Tatsachen sind Tatsachen«, stellte der Sheriff fest. »Ich wollte sie nur ein bißchen aussortieren. Und ich möchte Miss Adrian eine weitere Frage vorlegen. Estelle Nichols hat in ihrem Brief einen Mann erwähnt, dessen Adresse sie haben wollte. Wer ist dieser Mann?«

»Ein Jurastudent«, antwortete Mae Adrian. »Sie hat ihn voriges Jahr im Urlaub kennengelernt.«

»Wissen Sie, wie er heißt?«

»Großer Gott, haben Sie denn nie genug?« ächzte Calhoun. »Müssen Sie ewig weitermachen?«

»Wie heißt er?« fragte Eldon nochmals.

»Sie kennen ihn bestimmt nicht, Sheriff«, sagte Mae Adrian. »Seine Familie stammt ursprünglich aus Kansas City. Er heißt Frank Garwin.«

»Frank Garwin!« rief Lorraine aus. »*Den* kenne ich auch! Wir sind sehr gut befreundet.«

»Ein Freund der Familie«, fügte Calhoun hastig hinzu.

»Ich kenne ihn selbst seit einigen Jahren«, sagte Parnell. »Was ist mit ihm?«

Mae Adrian war sichtlich verblüfft über die heftige Reaktion der anderen.

»Ich wollte versuchen, seine Adresse für Estelle herauszubekommen. Ich weiß nicht, was . . . Estelle hatte ihn nur kurz kennengelernt, aber ich glaube, daß sie sich auf den ersten Blick in ihn verknallt hatte.«

»Hören Sie, Sheriff«, sagte Oscar Delano, »ich gebe zu, daß hier ein gewisser Zufall mitspielt, aber ich möchte Sie davor warnen, diesen Zufall ausschlachten zu wollen.«

Parnell wandte sich an Lew Turlock. »Meiner Meinung nach ändert sich dadurch überhaupt nichts. Ich wollte Sie übrigens bitten, Miss Adrian in die Stadt zu fahren, Mr. Turlock. Ich kann im Augenblick nicht fort – aber ich hatte ihr versprochen, sie nach Hause zu bringen. Sie sollen selbstverständlich nicht umsonst fahren . . .«

»Wie die Sache aussieht, kann Miss Adrian vielleicht noch gar nicht nach Hause«, warf der Sheriff ein.

›Doch, doch«, wehrte Parnell irritiert ab. »Wie steht's damit, Turlock?«

Lew Turlock zögerte unschlüssig, sah dann zu Eldon hinüber und nickte ihm zu. »Kann ich Sie einen Augenblick allein sprechen, Bill?«

»Fahren Sie Miss Adrian also in die Stadt oder nicht?« fragte Parnell ungeduldig.

»Das sage ich Ihnen, wenn ich zurückkomme«, antwortete Turlock.

Der Sheriff und Turlock entfernten sich etwa zehn Meter von den anderen.

»Bill, die Sache in Calhouns Pferdestall war kein Unfall«, begann Lew Turlock.

»Das habe ich auch nicht angenommen«, sagte der Sheriff.

»Sie ist mit einem an eine Eisenstange geschweißten Hufeisen erschlagen worden.«

Eldon warf ihm einen prüfenden Blick zu. »Okay, Lew«, forderte er ihn auf, »was wissen Sie darüber?«

»Vor ein paar Minuten habe ich den Kofferraum meines Wagens aufgemacht«, berichtete Turlock, »und darin eine Eisenstange gefunden.«

»Was für eine Eisenstange?«

»Eine kurze Stange – etwa einen halben Meter lang – mit drei Zinken, auf die ein Hufeisen geschweißt ist. Wenn Sie mich fragen, Bill, ist das die Tatwaffe!«

»Haben Sie das Ding angefaßt?« fragte der Sheriff.

»Nein. Betty wollte danach greifen, aber ich hab sie zurückgehalten.«

»Erzählen Sie keinem Menschen etwas davon, Lew«, verlangte

Eldon. »Sagen Sie Parnell, daß Sie den Wagen selbst brauchen, weil Sie nach Rockville müssen. Dort fahren Sie in den Hof des Gerichtsgebäudes und lassen niemand an die Stange heran, bis Quinlan sie auf Fingerabdrücke untersucht hat. Hat das Hufeisen ungefähr Größe zwei?«

»Sieht so aus«, bestätigte Turlock. »Am vorderen Ende klebt noch etwas Blut. Das ist die Tatwaffe, davon bin ich überzeugt!«

Die beiden Männer kehrten zu der Gruppe zurück.

»Tut mir leid, Parnell, aber ich muß nach Rockville«, sagte Lew Turlock. »Sie müssen sich eben einen anderen Wagen suchen.«

»Der Staatsanwalt fährt in die Stadt«,, antwortete Parnell. »Er nimmt Miss Adrian mit.«

»Richtig«, bestätigte Rush Medford, der inzwischen herangekommen war. »Ich fahre in die Stadt, um Frank Garwin zu vernehmen. Ich habe eben von Mr. Turlocks Telefon aus mit ihm gesprochen.« Er machte eine bedeutungsvolle Pause, als wolle er warten, bis alle aufmerksam zuhörten. »Mr. Garwin hat nicht nur zugegeben, gestern abend hiergewesen zu sein, sondern auch von einem *Freund* nach San Rodolpho gefahren worden zu sein, damit niemand merken sollte, daß er in Rockville gewesen war. Dieser *Freund* war Sheriff Bill Eldon! Unter diesen Umständen dürfte eine Untersuchung sehr angebracht sein.«

Im Büro des Sheriffs bestäubte George Quinland die Tatwaffe mit einem weißen Metallpulver, das Fingerabdrücke sichtbar machen sollte.

»Was gefunden?« fragte Eldon.

»Nichts«, sagte Quinlan. »Die Stange ist sorgfältig abgewischt worden. Wohl mit einem Fensterleder.«

Bill Eldon holte Tabaksbeutel und Zigarettenpapier aus der Hemdtasche und drehte sich eine Zigarette.

»In solchen Situationen muß man einfach zum Fährtenleser werden«, meinte er.

»Hier gibt's nur leider keine Fährten«, behauptete Quinlan.

»Doch, doch, es gibt sogar viele!«

»Zum Beispiel?«

»Beispielsweise die Tatsache, daß wir jetzt wissen, daß das Ganze ein kaltblütiger Mord war, der sorgfältig geplant worden ist. Der Täter hat sich bemüht, die Sache als Unfall hinzustellen.

Aber im letzten Augenblick ist irgend etwas dazwischengekommen, so daß er seinen Plan ändern mußte.«

»Meiner Meinung nach war Garwin der Mörder«, sagte Quinlan. »Er hat sich mit Betty Turlock amüsiert, bis dann seine Freundin aus Kansas City hier aufkreuzen wollte. Wahrscheinlich hatte er sie sitzengelassen, was Betty Turlock aber nicht erfahren sollte.«

Der Sheriff zündete sich seine Zigarette an.

»Ich bin dafür, daß wir den Fall von allen Seiten beleuchten, George.«

»Das tue ich doch!« behauptete der Deputy Sheriff.

»Nein, das tust du keineswegs. Falls Garwin sie ermordet hat, muß er gewußt haben, daß sie in Calhouns Pferdestall kommen würde.«

»Das hat er nicht nur gewußt!« rief Quinlan aus. »Er ist mit ihr hingefahren. Er hat sie unter irgendeinem Vorwand dazu gebracht, den Stall zu betreten. Deshalb ist er zu seinem Rendezvous mit Betty zu spät gekommen.«

»Möglich«, gab Eldon zu.

»Und wenn das stimmt«, fuhr Quinlan fort, »sitzen wir noch schlimmer in der Klemme.«

»Warum das?«

»Du hast Garwin nach San Rodolpho gefahren, damit er dort mit einem anderen Bus in die Stadt zurückfahren konnte.«

»Richtig«, bestätigte der Sheriff, »aber ich schätze Frank Garwin anders ein. Er ist ein netter Junge, wenn man mit ihm redet, und ich halte ihn nicht für einen Schürzenjäger – und schon gar nicht für einen Mörder.«

»Gerade bei solchen Leuten kann man sich täuschen«, stellte Quinlan fest. »Sie geraten in eine Situation, aus der es keinen Ausweg zu geben scheint, und versuchen dann, die Hindernisse aus dem Weg zu räumen. Sie können einfach nicht so direkt sein wie ein eiskalter Bursche, der seiner Freundin erklärt: ›Hör zu, Kleine, wir haben uns in Kansas City ganz gut amüsiert, aber das ist schon lange her, und ich hab seitdem eine neue Freundin, die mir besser gefällt.‹«

Der Sheriff runzelte nachdenklich die Stirn und blies einen Rauchring.

»Du hast recht, George«, gab er dann zu. »Aber ich möchte versuchen, Betty aus dieser Sache rauszuhalten. Viele Leute würden auf falsche Ideen kommen, wenn herumkäme, daß Betty gesagt hat, sie fahre zu Rose Marie Mallard, während sie sich in Wirklichkeit mit Garwin getroffen hat.«

»Dagegen ist nichts zu machen«, stellte Quinlan fest. »Sie hat eben Pech gehabt, daß sie wegen des Mordes ins Scheinwerferlicht geraten ist.«

»Ja, ich weiß«, warf der Sheriff ein. »Aber Betty Turlock ist doch ein nettes Mädchen. Ich finde, wir könnten sie ein bißchen in Schutz nehmen.«

»Wir haben schon genug zu tun, wenn wir uns unserer Haut wehren wollen«, sagte der Deputy Sheriff. »Sobald Ed Lyons meldet, daß es jemand gegeben hat, der Estelle Nichols gekannt hat, und daß dieser auf geheimnsivolle Weise weggebracht worden ist . . .«

»Ja, natürlich.« Bill Eldon nickte resigniert. »Ed Lyons benützt sämtliche unfairen Tricks. Von ihm ist eben nichts anderes zu erwarten.« Er drückte seine Zigarette aus. Dann sagte er plötzlich: »Weißt du, eigentlich gibt es noch einen anderen Hinweis, den wir sozusagen übersehen haben.«

»Welchen?« fragte Quinlan.

»Nehmen wir einmal an, du wolltest jemand ermorden«, begann der Sheriff. »Und nehmen wir weiterhin an, du wolltest unerkannt entwischen. Würdest du dein Opfer dann nachts in einen Stall locken und mit einem Hufeisen an einer Stange erschlagen, damit es so aussieht, als sei das Ganze ein Unglücksfall?«

»Nein«, gab der andere zu.

»Ich auch nicht«, bestätigte Eldon.

»Aber wenn du jemand mit einem Hufeisen erschlagen willst, würdest du's natürlich in einem Stall tun«, warf Quinlan ein.

»Richtig – aber du mußt die Sache umdrehen, dann wird ein Schuh daraus.«

»Wie meinst du das?«

Der Sheriff grinste. »Wenn du jemand in einem Stall umbringen wolltest, würdest du vielleicht auf die Idee kommen, ein Hufeisen zu benützen. Ich glaub, daß wir *jetzt* allmählich auf der richtigen Spur sind.«

Die vom Staatsanwalt hastig zu einer Sondersitzung einberufene Grand Jury bestand aus Farmern und Geschäftsleuten, deren persönliche Integrität außer Zweifel stand. Sie konnten gerecht, aber streng sein, und der Vorwurf, der Sheriff habe in laufende Ermittlungen eingegriffen, indem er einen wichtigen Zeugen aus der Stadt geschmuggelt habe, würde gründlich untersucht werden.

Draußen im Vorraum saßen die von Rush Medford geladenen Zeugen. Und im Zuhörerraum wartete Ed Lyons, der Herausgeber der *Rockville Gazette*, zufrieden lächelnd darauf, Bill Eldons politische Laufbahn zu Ende gehen zu sehen.

Der Staatsanwalt erklärte den Geschworenen zu Anfang seine Position. »Dieses Verfahren hat den Zweck, endgültig klare Verhältnisse zu schaffen«, sagte er. »Sie alle wissen vermutlich, was geschehen ist. Eine junge Frau ist in Carl Carver Calhouns Pferdestall geraten und von einem scheuenden Pferd tödlich verletzt worden. Die Begleitumstände dieses Falls waren teilweise recht geheimnisvoll, wie Ihnen bekannt sein dürfte.

Zum Beispiel wurde Miss Lorraine Calhouns Tagebuch in der Futterkrippe der Box, in der die Tote lag, entdeckt. Eine Seite daraus fehlte. Wir können jetzt ziemlich sicher annehmen, daß die junge Frau nicht zufällig in diesen Stall geraten ist. Sie hat ihn absichtlich aufgesucht – und wahrscheinlich nicht allein betreten.

Es scheint nur einen Mann zu geben, den diese Frau hier gekannt hat und der seinerseits die Calhouns und die Verhältnisse auf der Calhoun-Ranch kennt. Dieser Mann ist Frank Garwin. Ich möchte, daß Sie sich seine Aussage anhören, Gentlemen. Ich möchte, daß Sie sich von ihm erzählen lassen, wer ihn mitgenommen und nach San Rodolpho gebracht hat.

Ich will mich nicht zu den Motiven äußern, die ich hinter diesen Tatsachen vermute. Es ist die Aufgabe dieser Anklagekammer, der Sache auf den Grund zu gehen. Ich rufe als ersten Zeugen Frank Garwin auf, Gentlemen.«

Mehrere Geschworene sahen zu Bill Eldon hinüber, der verbissen schweigend auf seinem Platz saß. Aus einigen Blicken sprach sogar Mitgefühl. Aber der Geschworenenobmann sprach auch in ihrem Namen, als er Medford antwortete: »Sie sind der Staatsanwalt. Rufen Sie Ihre Zeugen auf. Falls sich herausstellt, daß in unserem County irgendein Amt nicht richtig verwaltet wird, wollen wir etwas dagegen unternehmen.«

Frank Garwin wurde in den Zeugenstand gerufen und vom Staatsanwalt verhört. Er wiederholte seine Aussage, gab jedoch zu, Estelle Nichols gekannt zu haben, und behauptete, nichts von ihrer Ankunft in Rockville oder Umgebung gewußt zu haben. Er sagte aus, seine Verbindung zu ihr sei vor etwa einem Jahr abgerissen; sie seien für kurze Zeit befreundet gewesen, aber er habe seither ›andere Interessen‹.

Medford überging diese ›anderen Interessen‹, um zu dem Punkt zu kommen, auf den es ihm eigentlich ankam. »Sie waren also gestern abend hier in Rockville, Frank?« erkundigte er sich.

»Ja, Sir.«

»Und wohin sind Sie gegangen, nachdem Sie Mr. Calhouns Stall verlassen hatten?«

»Ich war nicht in seinem Pferdestall.«

»Gut, lassen wir das vorläufig. Sind Sie gestern mit Sheriff Eldon zusammengetroffen?«

»Ja, Sir.«

»Wo?«

»Er hat mich am Baseballfeld aufgefordert, mich in seinen Wagen zu setzen.«

»Und was hat er dann getan?«

»Er . . . nun, er hat mich zu einer Bushaltestelle gebracht, damit ich in die Stadt zurückfahren konnte.«

»Denken Sie jetzt bitte gut nach, junger Mann«, forderte Medford ihn auf. »Ich möchte vermeiden, daß es in diesem Punkt Mißverständnisse gibt. »Hat er Sie dorthin gebracht, wohin *Sie* wollten – oder hat er Ihnen vorgeschlagen, Sie zu einer bestimmten Bushaltestelle zu fahren?«

»Er hat eine vorgeschlagen.«

»Warum?«

»Nun, er dachte, es sei vielleicht besser, wenn ich nicht in Rockville gesehen würde.«

»Aha«, sagte Rush Medford zufrieden. »Er hat Sie also in seinem Dienstwagen heimlich aus der Stadt geschafft, nicht wahr? Auf Kosten des Steuerzahlers!«

Garwin schwieg.

»Kommen Sie, junger Mann«, verlangte der Staatsanwalt. »Beantworten Sie zumindest meine Fragen. Das ist doch passiert, nicht wahr?«

»Ich nehme an, daß es ein Dienstwagen war«, sagte Garwin leise. »Er war mit Blinklicht und Sprechfunk ausgestattet.«

»Danke, das genügt«, stellte Medford fest.

Der Geschworenenobmann wandte sich an den Sheriff. »Wollen Sie diesem jungen Mann ein paar Fragen stellen, um die Sache aufzuklären, Bill?« erkundigte er sich.

Der Sheriff schüttelte schweigend den Kopf.

Die Geschworenen wechselten vielsagende Blicke.

»Das war's vorläufig, junger Mann«, sagte der Obmann zu Garwin. »Gehen Sie bitte nach draußen zu den übrigen Zeugen. Sie dürfen nicht darüber sprechen, welche Fragen Ihnen hier gestellt worden sind und was Sie ausgesagt haben.«

Nachdem Frank Garwin verschwunden war, wandte der Geschworenenobmann sich an Eldon. »Wie ich die Sache sehe, Bill, ist jetzt eine hieb- und stichfeste Erklärung fällig.«

Die anderen nickten zustimmend.

Der Sheriff stand auf. »Meiner Auffassung nach handelt es sich hier um einen Mord, Gentlemen. Um einen kaltblütig vorbereiteten Mord.«

»Das klingt fantastisch und reichlich absurd«, wandte Medford ein. »Aber allein die Tatsache, daß Sie einen Mord für *denkbar* halten, macht Ihre Beihilfe zur Flucht eines der Hauptbeteiligten doppelt zweifelhaft. Wie ich die Sache sehe, Gentlemen, ist es ziemlich klar, daß Frank Garwin mit dieser jungen Frau in dem Stall gewesen ist. Er muß miterlebt haben, wie sie von dem scheuenden Pferd getroffen worden ist, und hat offenbar versucht, sich etwaigen Unannehmlichkeiten dadurch zu entziehen, daß er ausgerückt ist und Miss Turlock dazu gebracht hat, ihm ein Alibi zu liefern.«

Ich habe die Absicht, Miss Turlock in den Zeugenstand zu rufen und sie bestätigen zu lassen, daß sie nicht weiß, wo Garwin sich zu dem Zeitpunkt aufgehalten hat, an dem Estelle Nichols umgekommen ist. Sie soll weiterhin bestätigen, daß Garwin mit großer Verspätung zu ihrem Rendezvous gekommen ist – einfach weil er mit Estelle Nichols auf der Calhoun-Ranch im Stall war. Darf ich jetzt Miss Turlock hereinrufen?«

»Ich möchte nur sagen«, wandte der Sheriff ein, »daß ich dabei war, eine Erklärung abzugeben, als der Staatsanwalt mich unterbrochen hat.«

Der Geschworenenobmann nickte ihm zu. »Erklären Sie ruhig weiter, Bill.«

»In einem Mordfall stellen sich viele Kleinigkeiten als wichtig heraus«, sagte Eldon. »Aber nicht *alle* kleinen Dinge sind wichtig. Meiner Auffassung nach ist es überflüssig, ein nettes Mädchen wie Betty Turlock in den Zeugenstand zu rufen, nur um sich bestätigen zu lassen, daß der junge Mann, den es liebt, sich ein bißchen verspätet hat.«

»Ja, natürlich!« stimmte Medford ironisch zu. »Was *Sie* nicht erwähnt haben wollen, sind unwichtige Kleinigkeiten. Aber sobald Sie auf einen kleinen Unterschied in den Abmessungen eines Hufeisens stoßen . . .«

»Darf ich jetzt weiterreden?« unterbrach der Sheriff ihn. »Ich war gerade dabei, den Geschworenen meine Theorie zu erklären. Danach sind Sie wieder an der Reihe.«

»Er hat recht, Rush«, stimmte der Obmann zu. »Wir wollen Bill eine Chance geben, alles zu erklären.«

»Wenn ich behaupte, daß wir es in diesem Fall mit einem eiskalt geplanten Mord zu tun haben, weiß ich, wovon ich rede, Gentlemen«, fuhr der Sheriff fort. »Die Stute, in deren Box die Leiche gelegen hat, trägt Hufeisen der Größe null. Die tödliche Kopfverletzung ist durch ein Hufeisen der Größe zwei hervorgerufen worden. Die Stute hätte die junge Frau nicht an der Stirn treffen können, wenn Estelle Nichols hinter ihr gestanden hätte. Und die Verletzung zeigt deutlich, daß die Hauptwucht auf dem vorderen Bogen des Hufeisens gelegen haben muß. Hätte die Stute jedoch ausgeschlagen, hätten sich die *Enden* des Hufeisens stärker abzeichnen müssen.«

Rush Medford lachte sarkastisch. »Das Dumme bei dieser Beweisführung ist nur, daß Sie damit zuviel beweisen. Sie beweisen nämlich, daß *kein* Pferd den Tod der jungen Frau verursacht haben kann.«

»Richtig, Medford«, stimmte der Sheriff zu. »Sie sind allmählich auf der richtigen Spur. Und wenn Sie sehen wollen, womit Estelle Nichols ermordet worden ist – bitte sehr!«

Der Sheriff nickte Quinlan zu, der die Eisenstange mit dem Hufeisen auspackte und nach vorn brachte.

Die Geschworenen verließen ihre Plätze und drängten sich um die Mordwaffe.

»Wo haben Sie das her?« fragte Medford.

»Das spielt jetzt keine Rolle«, wehrte Eldon ab. »Ich bin noch nicht fertig.« Er wandte sich an die Geschworenen. »Berühren Sie die Waffe bitte nicht, Gentlemen, denn an dem Hufeisen kleben noch Blut und Haare, die wir als Beweismittel brauchen werden. Fingerabdrücke waren keine zu finden – offenbar ist die Stange sorgfältig abgewischt worden. Wenn Sie nun auf Ihre Plätze zurückgehen, schildere ich Ihnen gern, was passiert ist.«

Die Geschworenen befolgten seine Aufforderung. Der Staatsanwalt trat an den Tisch und betrachtete die Waffe mit ärgerlich gerunzelter Stirn.

»Nehmen wir einmal an, jemand wollte eine junge Frau mit einem Hufeisen erschlagen, um diesen Mord als Unfall im Pferdestall hinstellen zu können«, begann der Sheriff, »dann würde er natürlich dafür sorgen, daß andere Leute erfahren, daß sie die Absicht hatte, einen Stall zu betreten. Ich habe den Verdacht, daß Estelle Nichols mit ihrem Brief, in dem sie ihrer Freundin mitgeteilt hat, sie wolle notfalls in Scheunen und Ställen übernachten, ihr Todesurteil unterschrieben hat. Ich glaube, daß jemand, der von diesem Brief wußte, Estelle Nichols in den Stall gelockt und im richtigen Augenblick mit dieser Waffe erschlagen hat.

Der Täter hat gewußt, daß er nur einmal zuschlagen durfte, damit alles echt wirkte. Er hatte Miss Calhouns Tagebuch mitgebracht und brauchte beide Hände, um mit der nötigen Wucht zuschlagen zu können. Er hatte bereits eine Seite aus dem Tagebuch gerissen, das er nur aus diesem Grund an sich gebracht hatte. Und da er keine weitere Verwendung für das Tagebuch hatte, hat er es einfach in die Krippe geworfen, bevor er zu dem tödlichen Schlag ausgeholt hat.

Der Mörder wollte sich das Tagebuch später wieder zurückholen, aber er hatte seine Rechnung ohne die Stute gemacht. Das Tier war so nervös, daß er sich nicht in die Box hineinwagte. Aber andererseits brauchte er das Tagebuch eigentlich gar nicht mehr, weil er die Seite, die ihn interessierte, bereits herausgerissen hatte.«

»Warum sind Sie so überzeugt davon, daß der Mord von einem Mann begangen worden sein muß?« fragte der Geschworenenobmann den Sheriff.

»Selbstverständlich war es ein Mann«, antwortete Eldon bestimmt. »Sie brauchen sich nur die Tatwaffe anzusehen. Schließlich kann man nicht einfach in die nächste Schlosserei gehen und sich ein Hufeisen an eine Eisenstange schweißen lassen, wenn man damit jemand ermorden will. Das muß man selbst tun – und wie viele Frauen können schweißen? Nein, zahlreiche Kleinigkeiten deuten auf einen Mann hin, der sich zwar gelegentlich auf dem Land aufgehalten hat, aber doch nicht genug davon versteht. Ein Mann, der nicht weiß, daß es verschiedene Hufeisengrößen gibt. Ein Mann, mit dem Estelle Nichols offenbar schlechte Erfahrungen gemacht hatte, wie aus ihrem Brief an Miss Adrian hervorgeht. Alles weist darauf hin, daß die Tat von einem Mann verübt worden sein muß.«

Die meisten Geschworenen nickten zustimmend.

»Falls wir es also mit einem Mann zu tun haben«, fuhr der Sheriff fort »müssen wir annehmen, daß Mae Adrian ihn deckt. Meiner Theorie nach muß der Mörder den bewußten Brief gesehen haben, in dem Estelle Nichols schreibt, sie wolle notfalls auch in Scheunen und Ställen übernachten. Daraufhin muß er sofort beschlossen haben, sie in einem Stall zu ermorden und einen Unfall vorzutäuschen.

Hätte Miss Nichols wirklich in Scheunen und Ställen geschlafen, hätte sie das so kurz vor dem Ziel nicht mehr nötig gehabt. Sie hätte per Anhalter in die Stadt weiterfahren, ihre Freundin aufsuchen und sich ein Bad und ein Bett sichern können. Außerdem haben wir bisher kein einziges Gepäckstück gefunden, das der jungen Frau gehört hat. Aber wenn sie als Anhalterin gereist ist, muß sie doch wenigstens ein paar Kleinigkeiten mitgenommen haben.

Deshalb vermute ich, daß Estelle Nichols bereits bei ihrer Freundin Mae Adrian gewesen ist. Und der Mann, der ihr Mörder werden sollte, hat sie dort abgeholt und zur Calhoun-Ranch gebracht. Dann ist er wahrscheinlich zu Miss Adrian zurückgefahren und hat gesagt: ›Hör zu, Mae, da ist was Schreckliches passiert. Estelle und ich waren in einem Stall, und sie ist von einem scheuenden Pferd tödlich verletzt worden. Ich möchte nicht, daß bekannt wird, daß ich mit ihr zusammen war, weil mir das geschäftlich schaden könnte. Aber da die Sache ein Unfall war, brauchst du bloß den Mund zu halten, bis die Aufregung sich wieder gelegt hat.‹

Bedenken Sie bitte, daß diese Waffe zeigt, daß der Mord genau vorbereitet worden ist. Der Täter wollte jedoch versuchen, ihn als ›Unfall‹ hinzustellen; falls ihm das nicht gelang, hatte er noch ein zweites Eisen im Feuer: Er wollte Frank Garwin belasten. Warum? Weil er wußte, daß der junge Garwin an diesem Abend in Rockville sein würde. Und weil ihm bekannt war, daß Estelle Nichols sich bei ihrer Freundin nach der Adresse des jungen Mannes erkundigt hatte.

Das liefert uns einen weiteren Hinweis. Der Mann kennt nicht nur Mae Adrian sehr gut, sondern er kennt auch Frank Garwin und muß gewußt haben, daß das Ehepaar Rowan an diesem Abend ins Kino wollte. Und er hat auch gewußt, daß Garwin zumindest für einen Teil des Abends ein Alibi haben würde. Deshalb wollte er die genaue Tatzeit verschleiern, damit wir glauben sollten, die Stute sei nach dem Mord zu nervös gewesen, um noch zu fressen. Um das zu erreichen, hat er ihr wieder Heu vorgeworfen, obwohl sie ihre erste Ration bereits gefressen hatte.

Der Mörder hatte allen Grund, mit sich selbst zufrieden zu sein. In neunundneunzig von hundert Fällen wäre Miss Nichols' Tod auch als Unfall zu den Akten gelegt worden. Aber wenn irgend etwas schiefzugehen drohte, brauchte er die Tatwaffe nur in den Wagen zu praktizieren, in dem Frank Garwin am Abend der Tat gesessen hatte – und dafür zu sorgen, daß sie rechtzeitig entdeckt wurde! Das war fast am allerwichtigsten.

Um das zu erreichen, hat er einen simplen Trick angewendet: Er hat das Ventil am linken Hinterreifen von Turlocks Wagen eine Idee geöffnet, um die Luft langsam entweichen zu lassen.« Der Sheriff machte eine Pause. »Wenn Sie das alles interessiert, schlage ich vor, daß wir Mae Adrian hereinrufen und ihr ein paar Fragen stellen.«

Die Geschworenen stimmten eifrig zu.

Rush Medford wollte etwas einwenden, merkte aber, daß die Jury inzwischen auf Eldons Seite stand, und schwieg.

Mae Adrian kam herein und wurde als Zeugin vereidigt.

»Am besten stellen Sie ihr die Fragen gleich selbst, Bill«, forderte der Geschworenenobmann Eldon auf.

Der Sheriff lächelte der nervösen jungen Frau zu. »Ich möchte Sie bitten, uns hier einige Auskünfte zu geben«, sagte er freundlich. »Wir wollen nicht in Ihrem Privatleben herumschnüffeln, aber wir müssen diesen Fall aufklären.«

Sie nickte wortlos.

»Gut, fangen wir also mit dem Brief Ihrer Freundin an«, schlug Eldon vor. »Sie wollten offenbar etwas tun, das Miss Nichols für unklug gehalten hat – aber damit hat sie keine Ehe gemeint, nicht wahr?«

»Nein, das wohl nicht. Ich bin mit jemand befreundet und wollte ihn Geld investieren lassen, das ich geerbt habe.«

»Er ist ein geschickter Heimwerker, was? Er macht alle möglichen Metallarbeiten, nicht wahr?«

Mae Adrian lächelte. »Ja, das tut er. Ich habe einen gehämmerten Aschenbecher von ihm, und er schweißt moderne Eisenplastiken zusammen, die . . .«

»Und wie heißt er?« unterbrach der Sheriff sie.

»Er will nicht, daß ich seinen Namen nenne, und ich werde seinen Wunsch respektieren.«

»Hat er Estelle Nichols gekannt?«

»Ich vermute es . . . Ja.«

»Sie hat ihn ziemlich gut gekannt, nicht wahr?«

»Ja.«

»Und Sie haben diesem Mann den Brief Ihrer Freundin gezeigt und ihm erzählt, daß sie kommen wollte?«

»Ja.«

»Beantworten Sie meine nächste Frage bitte ganz offen, Miss Adrian«, forderte der Sheriff sie freundlich auf. »Dieser Mann ist Henry Parnell, nicht wahr?«

Sie schwieg verbissen.

»Heraus mit der Sprache!« verlangte Eldon. »Oder wollen Sie Schwierigkeiten bekommen, weil Sie die Aussage verweigert haben? Er und Estelle Nichols sind zu Calhoun gefahren, um etwas mit ihm zu besprechen, aber dann ist Estelle von einem scheuenden Pferd getroffen worden, und er wollte nicht, daß Calhoun erfuhr, daß er mit einer Fremden in seinem Stall gewesen war. Deshalb haben Sie sich darauf geeinigt, die Sache zu vertuschen, weil das Ganze ohnehin ein Unfall gewesen war und Ihre Freundin durch nichts ins Leben zurückzurufen gewesen wäre.«

Sie begann zu weinen.

»Und als die Sache unangenehm zu werden drohte, hat Parnell Ihnen geraten, die Tote zu identifizieren und den Brief vorzuweisen, weil darin stand, Estelle Nichols habe notfalls in Scheunen und Ställen übernachten wollen. Folglich würde es so aussehen, als sei Estelle in den Pferdestall gegangen, um dort zu schlafen. Das stimmt doch, nicht wahr, Mae?«

Sie nickte schluchzend.

»Danke, Miss Adrian«, sagte der Sheriff. »Sie können jetzt dort drüben ins Beratungszimmer gehen, und wenn Sie sich wieder besser fühlen, reden wir weiter.«

Nachdem sie den Raum verlassen hatte, wandte Eldon sich an die Geschworenen. »Das war's also, Gentlemen. Ich schlage vor, daß wir jetzt Parnell hereinholen. Meiner Meinung nach sind die Schuldbeweise überzeugend, selbst wenn er alles abstreiten sollte.«

»Ich verstehe nur nicht«, meinte der Geschworenenobmann, »wie Sie überhaupt auf Parnell gekommen sind, Bill.«

»Nun, der Mörder hatte offenbar versucht, den Mord als Unfall hinzustellen«, antwortete der Sheriff. »Als er gemerkt hat, daß ihm das nicht gelingen würde, hat er Frank Garwin belastet. Parnell hat viel daran gelegen, daß die Mordwaffe in Turlocks Wagen gefunden wurde. Die Luft ist so aus dem Reifen gezischt, daß das Ventil erst vor kurzem aufgedreht worden sein konnte. Ich habe mir überlegt, wer sich aus dem Stall entfernt hatte, um zu Turlock hinüberzugehen, und bin auf Parnell gekommen. Ich habe selbst gesehen, wie er auf die Calhoun-Ranch zurückgekehrt ist. Und als er dann Turlock dazu bewegen wollte, Miss Adrian in die Stadt zu fahren, war mir klar, daß er der Täter sein mußte; er wollte Turlocks Aufmerksamkeit auf die Reifenpanne lenken und ihn dazu bringen, den Kofferraum zu öffnen. Dort wäre dann die Tatwaffe gefunden worden.

Aber das waren nicht die einzigen Hinweise. Die fehlende Tagebuchseite bewies, daß der Mörder im April mit Lorraine Calhoun zusammengekommen sein mußte. Oder wahrscheinlich war es etwas, an das sie sich nur erinnern würde, wenn sie ihr Tagebuch las. Vielleicht haben Freunde in Kansas City ihr von einem Betrüger namens Parnell erzählt, und sie hat den Namen in Ihrem Tagebuch erwähnt, ohne sich später noch daran zu erinnern.

Aber einer von Parnells Freunden in Kansas City muß gewußt haben, daß diese Eintragung existierte, und ihm davon geschrieben haben. Das war peinlich für Parnell, der sich eben darum bemühte, Calhoun für ein riskantes Geschäft zu gewinnen. Diese

Information dürfte von Frank Garwin gekommen sein, denn Parnell hat zugegeben, Garwin seit Jahren zu kennen, während er Calhoun andererseits erst kurze Zeit kennt. Folglich muß er Garwin in Kansas City gekannt haben . . .

Der Rest war dann einfach, Gentlemen«, behaupte Eldon zufrieden. »Die Spuren haben auf einen ganz bestimmten Mann hingewiesen: auf einen Mann, der in Kansas City ein Mädchen sitzengelassen hatte, der jetzt versuchte, hier seiner Freundin ihre Erbschaft abzunehmen, und der außerdem seinen reichen Geschäftspartner hereinlegen wollte. Sobald man alles das kombiniert, *weiß* man, wer der Täter gewesen ist.«

»Gut, dann bin ich dafür, daß wir Parnell hereinholen und versuchen, ihn zu einer Aussage zu bewegen«, schlug der Obmann vor. »Wahrscheinlich wird er sie verweigern, aber wir müssen es wenigstens versuchen.«

Parnell kam herein, betrat den Zeugenstand und wartete höflich und hilfsbereit auf die erste Frage.

»Mr. Parnell«, begann Eldon, »wissen Sie bestimmt, daß Sie Estelle Nichols nie gekannt haben?«

»Ganz bestimmt.«

»Aber Sie kennen Mae Adrian, nicht wahr?«

»Hmmm, ich habe sie heute gesehen, ja.«

»Aber Sie haben sie nicht schon vorher gekannt?«

»Ich . . . darf ich fragen, welchen Zweck diese Vernehmung hat?«

»Wir versuchen nur, ein paar Tatsachen festzustellen«, antwortete der Sheriff.

»Ich finde aber, daß ich ein Recht darauf habe, etwas mehr zu erfahren.«

»Ich wiederhole die Frage«, sagte der Sheriff unbeirrt. »Kennen Sie Mae Adrian schon länger oder nicht?«

Parnell sah sich langsam um und schien zu spüren, daß diese Männer entschlossen waren, der Wahrheit auf den Grund zu gehen.

»Diese Frage möchte ich nicht beantworten.«

»Warum nicht?«

»Ich bin ehrlich gesagt der Meinung, daß Sie das nichts angeht, und mir gefällt die Haltung dieser Männer nicht.«

Der Sheriff holte plötzlich die Mordwaffe hinter seinem Stuhl hervor.

»Ich zeige Ihnen jetzt ein Hufeisen der Größe zwei, das an eine Eisenstange geschweißt ist. Haben Sie diese Konstruktion schon einmal gesehen?«

»Nein. Ich nehme an, daß es sich um eine Art Brandeisen handelt, aber ich habe es noch nie gesehen.«

»Sie geben doch zu, daß Sie Mae Adrian erzählt haben, Sie seien mit Estelle Nichols in dem Pferdestall gewesen und dort sei ein Unfall passiert? Ein scheuendes Pferd habe ausgeschlagen und Miss Nichols tödlich verletzt, nicht wahr? Und Sie haben hinzugefügt, Ihnen komme es darauf an, Ihren Namen aus dieser Geschichte herauszuhalten, stimmt's?«

Parnell fuhr sich mit der Zungenspitze über die Lippen. »Ich weigere mich, diese Fragen zu beantworten.«

»Aus welchem Grund?« wollte Eldon wissen.

Parnell holte tief Luft. »Weil die Antwort mich belasten könnte«, sagte er verzweifelt.

»Da haben Sie verdammt recht, das würde sie allerdings!« bestätigte der Sheriff. »Aber wir brauchen gar keine Antwort. Wir haben Mae Adrians Aussage und werden uns jetzt Ihre Hobbywerkstatt daraufhin ansehen, ob dort nicht noch etwas Material herumliegt, das mit der Tatwaffe identisch ist. Und was Sie betrifft, Mr. Parnell, bleiben Sie gleich hier im Gefängnis, bis Sie wegen Mordes vor Gericht gestellt werden.«

Der Sheriff schloß die Haustür auf. Es war kurz vor Mitternacht, und er war hundemüde. Er hatte einen anstrengenden Tag hinter sich, und da die Belastung jetzt von ihm gewichen war, spürte er eine gewisse Erschöpfung. Er konnte eben nicht leugnen, daß er auch nicht jünger wurde.

Eldon schlich auf Zehenspitzen durch die Diele. Seine Schwägerin würde ihn ausquetschen, wenn sie ihn sah.

Er war schon fast an der Schlafzimmertür, als er Doris im Morgenrock auf dem Sofa sitzen sah. Sie hatte die Abendausgabe der *Rockville Gazette* mit der Schlagzeile SHERIFF WIRD AUSGELACHT auf dem Schoß.

Der Sheriff betrat leise das Wohnzimmer und sah auf Doris hinunter. Selbst im Schlaf hatte ihr Gesicht noch etwas Wieselhaftes. Sie hatte ihren Platz so gewählt, daß sie den Hintereingang von der Garage her und das letzte Drittel der Diele beobachten konnte.

Bill Eldon beugte sich über die schlafende Gestalt, griff behutsam nach der Zeitung, strich das Wort SHERIFF in der Schlagzeile durch und ersetzte es durch CHEFREDAKTEUR, so daß sie nun lautete:

CHEFREDAKTEUR WIRD AUSGELACHT

Dann schlich er auf Zehenspitzen hinaus und verschwand im Schlafzimmer.

»Hast du Doris dort draußen gesehen?« fragte seine Frau verschlafen.

Eldon lachte leise. »Ja, ich hab sie gesehen«, antwortete er. Und als er Sekunden später das Hemd auszog, fügte er hinzu: »Zuerst.«

Der Mann auf der Straße

Georges Simenon

Die vier Männer saßen dicht aneinandergedrängt im Taxi. Es war eiskalt in Paris, und in dem fahlen Licht um halb acht Uhr morgens trieb der Wind dicht über dem Boden eisigen Staub vor sich her.

Dem Magersten von ihnen, der auf dem Notsitz saß, klebte eine Zigarette an der Unterlippe, seine Handgelenke waren gefesselt. Der Gewichtigste wiederum, der einen dicken Mantel und eine Melone trug, hatte kräftige Kinnbacken; er rauchte Pfeife, während er hinaussah auf die vor seinen Augen vorüberziehenden Gitterzäune des Bois de Boulogne.

»Wollen Sie, daß ich Ihnen eine schöne Szene hinlege?« fragte der Mann mit den Handschellen freundlich, ». . . mich auf dem Boden winde, um mich schlage, schimpfe und fluche?«

»Die Mühe kannst du dir sparen«, brummte Maigret, nahm ihm die Zigarette aus dem Mund und öffnete den Schlag: Sie waren an der Porte de Bagatelle angekommen.

Die Wege im Bois waren menschenleer, weiß und hart wie Quadersteine. Etwa zehn Leute vertraten sich an der Abzweigung eines Reitwegs die Füße, ein Fotograf wollte sich auf die jetzt näher kommende Gruppe stürzen. Aber P'tit Louis hob, wie man ihm geraten hatte, den Arm vors Gesicht.

Mürrisch wiegte Maigret den Kopf hin und her wie ein Bär und beobachtete alles: die neuen Wohnhäuser am Boulevard Richard-Wallace mit den noch geschlossenen Fensterläden, ein paar Arbeiter, die auf dem Fahrrad aus Puteaux kamen, eine beleuchtete Straßenbahn, zwei sich nähernde Concierges mit blaugefrorenen Händen.

»Alles bereit?« fragte er.

Am Vortag hatte er folgende Nachricht in die Zeitungen setzen lassen:

Das Verbrechen bei der Bagatelle

*Die Polizei hat diesmal nicht lange gebraucht, um ein Verbrechen aufzu-
klären, bei dem sie zunächst vor einem Rätsel stand. Bekanntlich hat am
Montag früh ein Waldhüter des Bois de Boulogne etwa hundert Meter
von der Porte de Bagatelle entfernt in einer Allee eine Leiche entdeckt, die
sofort identifiziert werden konnte.*

*Es handelt sich um Ernest Borms, einem bekannten Wiener Arzt, der
sich vor einigen Jahren in Neuilly niedergelassen hatte. Borms trug
Gesellschaftskleidung. Vermutlich wurde er in der Nacht von Sonntag
auf Montag auf dem Nachhauseweg zu seiner Wohnung am Boulevard
Richard-Wallace überfallen.*

*Ein aus nächster Nähe abgefeuerter Schuß aus einem kleinkalibrigen
Revolver traf ihn mitten ins Herz.*

*Borms, ein noch junger, gutaussehender und sehr eleganter Mann,
hatte eine bewegte gesellschaftliche Vergangenheit.*

*Knapp achtundvierzig Stunden nach diesem Mord konnte die Kri-
minalpolizei bereits eine Verhaftung vornehmen. Morgen früh zwischen sieben und acht Uhr wird ein Lokaltermin des Verbrechens
stattfinden.*

Später sollte man das Vorgehen Maigrets bei dieser Untersuchung
am Quai des Orfèvres immer wieder als ganz typisch für ihn an-
führen; wenn man aber in seiner Gegenwart darüber sprach,
wandte er nur den Kopf ab und stieß ein merkwürdiges Ge-
brumme aus.

Gut! Alles war an Ort und Stelle. Fast keine Gaffer, wie vorgese-
hen. Nicht umsonst hatte er den Lokaltermin zu dieser frühen
Morgenstunde angesetzt! Unter den zehn, fünfzehn Leuten, die
hier herumstanden, befanden sich im übrigen einige Inspektoren,
die sich so unauffällig wie möglich verhielten. Einer von ihnen,
Torrence, hatte eine Vorliebe für Verkleidungen und war als
Milchmann gekommen, was seinen Chef nur zu einem Achselzuk-
ken veranlaßte.

Hauptsache, P'tit Louis ließ sich nicht zu Übertreibungen hinrei-
ßen . . . Ein alter Kunde, der am Vortag wegen Taschendiebstahls
in der Metro festgenommen worden war . . .

»Du wirst uns morgen früh einen kleinen Diesnt erweisen, und
wir werden dann dafür sorgen, daß man diesmal Gnade vor Recht
ergehen läßt . . .«

So hatte man ihn aus der Untersuchungshaft geholt.

»Also los!« brummte Maigret. »Als du Schritte näher kommen hörtest, hast du dich hier an dieser Ecke versteckt, stimmt's?«

»Genau, Herr Kommissar ... Ich war vollkommen abgerissen, müssen Sie wissen, total blank! ... Na, und da sagte ich mir, einer der im Smoking heimgeht, hat bestimmt eine volle Brieftsche bei sich ... ›Geld oder Leben!‹ raunte ich ihm ins Ohr. Und ich schwöre Ihnen, es war nicht meine Schuld, daß der Schuß losgegangen ist. Nur wegen der Kälte bin ich mit dem Finger an den Abzugshahn geraten ...«

Elf Uhr vormittags. Maigret ging in seinem Büro am Quai des Orfèvres pausenlos auf und ab, rauchte eine Pfeife nach der anderen, trommelte auf dem Telefon herum.

»Hallo, sind Sie es, Chef ...? Hier Lucas ... Ich bin dem Alten nachgegangen, der sich so für den Lokaltermin zu interessieren schien. Bei dem ist nichts zu machen ... Der hat nur die Macke, daß er jeden Morgen eine kleine Runde durch den Bois dreht ...«

»In Ordnung, du kannst zurückkommen.«

Viertel nach elf.

»Hallo, Chef? ... Torrence! ... Ich bin dem jungen Mann gefolgt, auf den Sie mich durch ein Zwinkern aufmerksam gemacht haben. Das ist einer, der sich an allen Detektiv-Wettbewerben beteiligt. Er ist Verkäufer in einem Geschäft an den Champs-Elysées ... Soll ich zurückkommen?«

Erst fünf Minuten vor zwölf rief Janvier an.

»Ganz rasch, Chef ... Ich hab Angst, daß der Vogel sonst ausfliegt. Ich beobachte ihn durch die Glasscheibe der Telefonkabine. Ich bin in der Bar zum Nain Jaune am Boulevard Rochechouart ... Ja ... Er hat mich bemerkt. Ein ruhiges Gewissen scheint er jedenfalls nicht zu haben. Als er die Seine überquerte, warf er irgend etwas in den Fluß. x-mal hat er versucht, mich abzuhängen ... Soll ich hier auf Sie warten?«

Auf diese Weise begann, quer durch Paris, an eiligen, ahnungslosen Passanten vorüber, von Bar zu Bar, von Bistro zu Bistro, eine Jagd, die fünf Tage und fünf Nächte dauern sollte: ein einsamer Mann, der von Maigret und seinen Inspektoren, die sich ablösten, gehetzt wurde, und an deren Ende die Verfolger ebenso erschöpft waren wie der Verfolgte.

Es war die Stunde des Aperitifs, als Maigret gegenüber der Bar zum Nain Jaune aus dem Taxi stieg. Janvier lehnte mit aufgestützten Ellbogen an der Theke. Maigret gab sich gar nicht erst den Anschein, ein harmloser Bürger zu sein, ganz im Gegenteil!

»Welcher ist es?«

Der Inspektor deutete mit dem Kinn auf einen Mann, der in einer Ecke an einem Tischchen saß. Der Mann sah sie mit seinen hellen, blaugrauen Augen an, die seiner Physiognomie ein fremdländisches Aussehen verliehen. War er ein Nordländer, ein Slawe? Wohl eher ein Slawe. Er trug einen grauen Mantel, einen gut geschnittenen Anzug und einen weichen Hut.

Er war vielleicht fünfunddreißig Jahre alt, blaß, frisch rasiert.

»Was möchten Sie trinken, Chef? Einen heißen Picon?«

»Na gut, einen heißen Picon . . . Was trinkt denn er?«

»Cognac . . . Das ist schon der fünfte seit heute früh . . . Nehmen Sie es mir nicht übel, Chef, daß ich allmählich einen in der Krone habe, ich mußte ihm ja in jedes Bistro folgen. Der ist stark im Nehmen. Schauen Sie ihn nur an . . . So geht das nun schon den ganzen Vormittag. Nicht um alles in der Welt würde er den Blick senken . . .«

Das stimmte. Seltsam. Es lag aber weder Hochmut noch Herausforderung in seinem Blick. Der Mann blickte sie einfach an. Wenn er von Unruhe erfüllt war, so sah man ihm das äußerlich nicht an. In seiner Miene lag eher Trauer, eine verhaltene, gemessene Trauer.

»Als er bei der Bagatelle merkte, daß Sie ihn beobachteten, ging er sofort weg, und ich folgte ihm auf dem Fuß. Nach kaum hundert Metern drehte er sich um. Statt den Bois zu verlassen, wie er es offenbar vorgehabt hatte, bog er dann mit Riesenschritten in die erstbeste Allee ein. Dann wandte er sich wieder um, sah mich. Trotz der Kälte setzte er sich auf eine Bank, ich blieb stehen . . . Mehrmals kam es mir so vor, als ob er mich ansprechen wollte, schließlich aber ging er achselzuckend weiter . . . An der Porte Dauphine hätte ich ihn fast aus den Augen verloren, denn er sprang plötzlich in ein Taxi, wie durch ein Wunder bekam ich aber gleich darauf ebenfalls ein Taxi. An der Place de l'Opéra stieg er aus und eilte die Treppe zur Metro hinunter. Fünfmal stieg er in andere Linien um, ich immer hinterher, da hat er allmählich begriffen, daß er mich auf diese Weise nicht drankriegen würde . . .

An der Place Clichy stiegen wir wieder an die Oberfläche. Seither ziehen wir nun von einer Bar zur andern. Ich habe abgewartet, bis wir an einen günstigen Ort kamen, wo ich ihn beim Telefonieren im Auge behalten konnte. Als er mich anrufen sah, lachte er kurz und bitter auf. Seither schien er buchstäblich nur noch auf Ihr Eintreffen zu warten . . .«

»Ruf mal ›zu Hause‹ an und sag Lucas und Torrence, sie sollen sich bereithalten und, wenn ich sie rufe, sofort hierherkommen . . . Ich brauche auch einen Fotografen vom Erkennungsdienst, mit einem sehr kleinen Apparat . . .«

»Garçon«, rief der Unbekannte, »wieviel schulde ich Ihnen?«

»Drei fünfzig.«

»Ich wette, er ist Pole«, raunte Maigret Janvier zu. »Machen wir uns auf . . .«

Sie kamen nicht weit. An der Place Blanche folgten sie dem Mann in ein kleines Restaurant und setzten sich an einen Tisch dicht neben seinem. Es war ein italienisches Restaurant, und sie aßen Teigwaren.

Um drei Uhr kam Lucas, um Janvier abzulösen, als dieser und Maigret sich gerade in einer Brasserie gegenüber der Gare du Nord befanden.

»Der Fotograf?« fragte Maigret.

»Er wartet draußen, um ihn beim Hinausgehen zu erwischen . . .«

Als der Pole dann, nachdem er die Zeitungen gelesen hatte, das Lokal verließ, trat ein Inspektor jählings auf ihn zu und machte aus einem Abstand von weniger als einem Meter einen Schnappschuß. Der Mann verdeckte rasch sein Gesicht mit der Hand, aber es war schon zu spät. Er warf Maigret einen vorwurfsvollen Blick zu, womit er bewies, daß er genau verstanden hatte.

»Mein Lieber, du hast jedenfalls gute Gründe, uns von deiner Wohnung fernzuhalten«, sagte der Kommissar vor sich hin. »Aber bitte, wenn das hier ein Geduldspiel werden soll, an mir soll's nicht liegen . . .«

Am Abend schwebten Schneeflocken in der Luft, der Unbekannte hatte die Hände in die Taschen gesteckt und lief so lange in den Straßen herum, bis es Zeit war, schlafen zu gehen.

»Soll ich Sie für die Nacht ablösen?« fragte Lucas.

»Nein, besser, du kümmerst dich um das Foto. Zuerst suchst du in der Kartei. Dann fragst du in Ausländerkreisen. Dieser Junge hier kennt sich in Paris aus, der ist nicht erst seit gestern hier. Irgendwelche Leute müssen ihn kennen . . .«

»Sollen wir sein Bild in die Zeitung setzen?«

Maigret hatte nur einen verachtungsvollen Blick für seinen Untergebenen übrig. Hatte Lucas, der seit so vielen Jahren mit ihm zusammenarbeitete, denn nicht begriffen? Verfügte die Polizei denn auch nur über ein einziges Indiz? Nein! Nicht einmal über eine einzige Zeugenaussage! Ein Mann war bei Nacht im Bois de Boulogne umgebracht worden. Man fand am Tatort keine Waffe und keine Spuren. Dr. Borms hatte allein gelebt, und sein Bediensteter wußte nicht, wohin er am Vorabend gegangen war.

»Tu, was ich dir gesagt habe, los . . .«

Um Mitternacht entschloß sich der Mann endlich, ein Hotel zu betreten. Maigret betrat es hinter ihm: ein zweit-, ja sogar drittklassiges Hotel.

»Geben Sie mir ein Zimmer . . .«

»Füllen Sie bitte den Meldezettel aus!«

Er schrieb mit vor Kälte klamm gewordenen Fingern und maß dabei Maigret mit einem Blick, der besagen sollte:

»Glauben Sie nur nicht, daß mich das stört . . . Ich kann ja schreiben, was ich will . . .«

Und in der Tat trug er den erstbesten Namen ein: Nicolas Slaatkovitch, wohnhaft in Krakau, in Paris seit dem Vortag.

Die Angaben erwiesen sich bei der Überprüfung natürlich als falsch: Maigret rief die Kriminalpolizei an. Man durchsuchte die Akten der fremdenpolizeilichen Meldestellen, die Ausländerlisten, alarmierte die Grenzpolizei: Ein Nicolas Slaatkovitch war nirgends bekannt.

»Möchten auch Sie ein Zimmer?« fragte der Hotelbesitzer Maigret mit schiefem Grinsen, denn er hatte natürlich gemerkt, daß der ein Polizist war.

»Danke, ich werde die Nacht auf der Treppe verbringen.«

Das war sicherer. Er setzte sich vor die Tür Nummer 7 auf eine Stufe. Zweimal ging diese Tür auf, und der Mann blickte forschend in die Dunkelheit, erkannte Maigret und legte sich schließlich schlafen. Am Morgen war sein Bart gewachsen, seine Wangen rauh. Er hatte die Kleider nicht wechseln, ja nicht einmal sich kämmen können, seine Haare waren wirr.

Lucas traf ein.

»Soll ich weitermachen, Chef?«

Maigret konnte sich nicht entschließen, sich von dem Unbekannten zu trennen. Er hatte den Mann dabei beobachtet, wie er sein Zimmer bezahlte und dabei erblaßte, und er konnte sich schon denken, weshalb.

Kurz darauf nämlich, als sie in einer Bar sozusagen Seite an Seite ihren Milchkaffee tranken und Hörnchen aßen, begann der Mann ganz unverhohlen seine Barschaft zu zählen. Ein Hundert-Francs-Schein, zwei Zwanzig-, eine Zehnfrancs-Münze und etwas Kleingeld. Sein Mund verzog sich zu einer schmerzlichen Grimasse.

Nun, damit würde er nicht weit kommen! Zum Bois de Boulogne war er offenbar geradewegs von zu Hause gekommen, denn er war frisch rasiert gewesen, ohne ein Stäubchen oder Fältchen an seiner Kleidung. Wahrscheinlich war er darauf eingestellt gewesen, kurz darauf wieder nach Hause zu gehen, deshalb hatte er auch nicht daran gedacht, Geld einzustecken.

Was er in die Seine geworfen hatte, waren, vermutete Maigret, Ausweispapiere, vielleicht auch Visitenkarten.

Jedenfalls wollte er um jeden Preis verhindern, daß man seine Wohnung entdeckte.

Also begann der Heimatlose aufs neue durch die Straßen zu irren, vor Geschäften, Straßenverkäufern, Bars stehenzubleiben, in die er wohl oder übel von Zeit zu Zeit eintreten mußte, um sich ein wenig hinzusetzen, denn es war kalt draußen, oder er ging in eine Brasserie, wo man Zeitungen lesen konnte.

Einhundertfünfzig Francs! Also konnte er sich mittags kein Restaurant leisten. Der Mann begnügte sich mit harten Eiern an einer Theke, zu denen er ein Bockbier trank, während Maigret belegte Brote verzehrte.

Der Mann hatte sich lange überlegt, ob er in ein Kino gehen sollte und dabei in der Tasche mit seinem Geld gespielt: Lieber durchhalten ... Und so ging und ging er ...

Maigret fiel auf, daß der Mann sich auf seinem ermüdenden Gang stets in denselben Vierteln aufhielt: Er zog von der Trinité zur Place Clichy, von der Place Clichy über die Rue Caulaincourt zur Barbès, von der Barbès über die Rue La Fayette zur Gare du Nord ...

Ob der Mann befürchtete, anderswo erkannt zu werden? Gewiß

hatte er eine Gegend gewählt, in der er sich gewöhnlich nicht aufhielt und die möglichst weit weg von seiner Wohnung oder seinem Hotel entfernt lag ...

Hatte er sich wie viele Ausländer am Montparnasse oder in der Nähe des Panthéon angesiedelt?

Seine Kleidung ließ auf eine mittlere Position schließen: bequem, unscheinbar, gut geschnitten. Freier Beruf wahrscheinlich. Sieh da, er trug auch einen Ehering, also war er verheiratet!

Maigret mußte sich wohl oder übel irgendwann einmal von Torrence ablösen lassen. Er ging schnell zu Hause vorbei. Madame Maigret zeigte sich ungehalten, denn sie hatte für ihre ältere Schwester, die aus Orléans zu Besuch gekommen war, etwas Gutes gekocht, und nun rasierte sich ihr Mann nur schnell, zog sich um und ging gleich wieder weg, wobei er sagte, wann er zurückkäme, wüßte er nicht. Er sah am Quai des Orfèvres hinein.

»Keine Nachricht von Lucas für mich?«

Doch! Der Wachtmeister hatte das Foto in polnischen und russischen Kreisen herumgezeigt: Keiner kannte den Mann; dasselbe bei den politischen Gruppen. Als letztes Mittel hatte er zahlreiche Kopien der besagten Fotografie herstellen lassen, und nun gingen Polizisten in allen Stadtteilen von Haus zu Haus, von Concierge zu Concierge und in Cafés, um das Dokument Wirten und Kellnern zu zeigen.

»Hallo, Kommissar Maigret? Ich bin Platzanweiserin im Ciné-Actualités am Boulevard Strasbourg ... Ein Mann ... Monsieur Torrence ... hat mich gebeten, Sie anzurufen und Ihnen zu sagen, daß er hier ist, er wagt es nicht, den Saal zu verlassen ...«

Ganz gute Idee von dem Mann! Er hatte sich überlegt, daß es keinen besseren geheizten Raum gab, wo er für billiges Geld ein paar Stunden verbringen konnte ... Für zwei Francs Eintritt konnte er sich mehrere Vorstellungen ansehen ...!

Zwischen Verfolger und Verfolgtem, zwischen dem Mann, dessen Bart zusehends wuchs und dessen Kleider immer zerknitterter aussahen, und Maigret, der die Verfolgung nicht einen Augenblick aufgab, entwickelte sich eine merkwürdige Vertrautheit. Es gab sogar eine komische Gemeinsamkeit: Beide hatten einen Schnupfen bekommen. Ihre Nasen waren gerötet, und sie zogen fast gleichzeitig das Taschentuch heraus; einmal mußte der Mann unwillkürlich lächeln, als er sah, daß Maigret einen Niesanfall bekam.

Nach fünf Vorstellungen im Aktualitätenkino betrat er schließlich ein dreckiges Hotel am Boulevard de la Chapelle, wo er sich mit demselben Namen eintrug. Und Maigret richtete sich wieder auf einer Treppenstufe ein. Da dies hier aber ein Stundenhotel war, wurde er alle zehn Minuten von Paaren gestört, die ihn neugierig ansahen, wobei die Frauen durch seinen Anblick nicht gerade beruhigt wurden.

Würde sich der Mann, wenn er sein restliches Geld verbraucht hätte oder aber mit den Nerven einfach am Ende wäre, entschließen, nach Hause zu gehen? In einer Brasserie, in der er sich ziemlich lange aufhielt und seinen grauen Mantel auszog, zögerte Maigret nicht, das Kleidungsstück zu ergreifen und die Innenseite des Kragens zu untersuchen. Der Mantel stammte aus dem Old England am Boulevard des Italiens. Konfektionsware, ein Mantel, von dem das Geschäft gewiß Dutzende verkauft hatte. Immerhin ergab sich ein Hinweis: Das Kleidungsstück stammte aus dem letzten Winter. Der Unbekannte hielt sich also mindestens seit einem Jahr in Paris auf. Und in diesem Jahr hatte er ja wohl auch irgendwo wohnen müssen . . .

Maigret versuchte inzwischen, seinen Schnupfen mit Grogs zu bekämpfen. Der Mann gab sein Geld nur noch in kleiner Münze aus. Er leistete sich nur noch Kaffees, nicht einmal mehr »mit Schuß«. Er ernährte sich von Hörnchen und harten Eier.

Von »zu Hause« stets dieselbe Nachricht: Nichts Neues zu vermelden! Niemand erkannte den Polen auf der Fotografie. Niemand meldete eine Person als vermißt.

Auch über den Toten war nicht viel zu erfahren. Er hatte eine große Praxis geführt, viel Geld verdient, sich nicht um Politik gekümmert, er war viel ausgegangen, und als Nervenspezialist hatte er vor allem weibliche Patienten gehabt.

Es war ein Experiment, das Maigret bisher nie bis ans Ende hatte verfolgen können: Wie lange dauerte es, bis ein wohlerzogener, gepflegter, gutgekleideter Mann die Fasson verlor, wenn er auf die Straße gesetzt wurde?

Genau vier Tage! Jetzt wußte er es. Es begann mit dem Bartwuchs. Am ersten Morgen hatte der Mann ausgesehen wie ein

Rechtsanwalt oder Arzt, ein Architekt oder Industrieller, der aus einem peinlich gepflegten Heim zu kommen schien. Der vier Tage alte Bart veränderte ihn jedoch so stark, daß die Leute, hätte man ein Porträt mit seinem jetzigen Aussehen in Zusammenhang mit dem Mord im Bois de Boulogne in den Zeitungen veröffentlicht, ganz gewiß erklärt hätten:

»Man sieht doch auf den ersten Blick, daß er ein Mörder ist!«

Seine Augenlider waren vor Kälte und Übermüdung gerötet, und der Schnupfen ließ seine Wangen fiebrig glühen. Seine Schuhe, die ihren Glanz verloren hatten, wirkten unförmig. Der Mantel hing ihm von den Schultern, und seine Hosen waren an den Knien ausgebeult.

Auch sein Gang hatte sich verändert . . . Er ging nicht mehr gerade wie am Anfang, sondern schlich an den Wänden entlang. Er senkte den Blick, wenn Vorübergehende ihn ansahen. Und noch etwas: Wenn er an einem Restaurant vorüberkam, in dem man Gäste an reichgedeckten Tischen sitzen sah, wandte er den Kopf ab . . .

»Deine letzten zwanzig Francs, mein Lieber!« rechnete Maigret nach. »Und was wirst du dann tun?«

Lucas, Torrence und Janvier lösten ihn von Zeit zu Zeit ab, doch ließ er es so wenig wie möglich geschehen. Er eilte an den Quai des Orfèvres, um mit seinem Vorgesetzten zu sprechen.

»Sie sollten sich lieber ausruhen, Maigret . . .«

Maigret war mürrisch, reizbar, so, als würde er von den widersprüchlichsten Gefühlen hin und her gerissen.

»Ist es nun meine Aufgabe, den Mörder zu entlarven oder nicht?«

»Natürlich . . .«

»Also dann los!« seufzte er mit einem Unterton von Groll in der Stimme.

»Ich bin gespannt, wo wir heute schlafen werden . . .«

Nur noch zwanzig Francs! Nein, nicht einmal mehr soviel! Als Maigret bei Torrence eintraf, sagte dieser ihm, der Mann habe inzwischen in einem Café Ecke Rue Montmartre drei harte Eier gegessen und zwei Kaffee »mit Schuß« getrunken.

»Acht Francs fünfzig . . . So bleiben ihm also elf Francs fünfzig . . .«

Er bewunderte den Mann. Dieser dachte gar nicht daran, sich zu verstecken, sondern er ging vor ihm her, manchmal befand er sich sogar auf seiner Höhe, so daß Maigret sich zurückhalten mußte, ihn nicht einfach anzusprechen:

»Na, was meinen Sie? . . . Wäre es nicht an der Zeit, sich zu Tisch zu begeben? . . . Da gibt es doch irgendwo eine geheizte Wohnung, die auf Sie wartet, ein Bett, Pantoffeln, einen Rasierapparat . . . Wie? . . . Und ein gutes Abendessen . . .«

Aber nein! Der Mann streifte heimatlos unter den Bogenlampen der Hallen umher, an den Kohl- und Karottenbergen vorbei, stellte sich an die Seite, wenn der Zug pfiff oder die Lastwagen der Gemüsehändler vorüberfuhren.

»Kein Geld mehr für ein Zimmer!«

Das Thermometer zeigte an diesem Abend acht Grad unter Null an. Der Mann leistete sich heiße Würste, die eine Straßenhändlerin feilhielt. So würde er also die ganze Nacht nach Knoblauch und Fettdunst stinken!

Einmal versuchte er, sich in einen Marktstand zu schleichen, um sich dort in einer Ecke auszustrecken. Ein Polizist, den Maigret nicht rechtzeitig unterrichten konnte, verjagte ihn. Jetzt hinkte er. Sein Weg führte wieder über die Quais, den Pont des Arts. Wenn er nur nicht auf die Idee kam, sich in die Seine zu stürzen! Maigret fühlte sich wirklich nicht dazu aufgelegt, ihm in das schwarze Wasser nachzuspringen, in dem schon Eis trieb.

Er ging den Treidelquai entlang. Einige Clochards begannen zu murren. Die guten Plätze unter den Brücken waren schon belegt.

In einer kleinen Straße bei der Place Maubert sah man durch die Fensterscheiben eines merkwürdigen Bistros ein paar Alte, die ihren Kopf auf den Tisch gelegt hatten und schliefen. Für zwanzig Sous, einschließlich eines Glases Roten! Der Mann sah ihn in der Dunkelheit an. Dann machte er eine fatalistische Gebärde und stieß die Tür auf. Während die Tür auf und zu ging, schlug Maigret ein ekelerregender Geruch entgegen. Da blieb er lieber draußen. Er rief einen Polizisten herbei, der auf dem Gehsteig seinen Posten einnehmen sollte, während er Lucas anrief, der für diese Nacht zur Ablösung eingeteilt war.

»Wir suchen schon eine Stunde lang nach Ihnen, Chef. Wir haben ihn identifiziert! Durch eine Concierge . . . Der Mann heißt Stephan Strevzki, ist Architekt, 34 Jahre alt, geboren in Warschau, seit drei Jahren in Frankreich. Er arbeitet bei einem Innenarchitekten im Faubourg Saint-Honoré. Verheiratet mit einer Ungarin, einem wunderschönen Mädchen namens Dora. Er wohnt in der Rue de la Pompe in Passy, Monatsmiete zwölftausend Franc... Hat nichts mit Politik zu tun... Die Concierge hat das Opfer nie gesehen. Stephan ist am Montag morgen früher weggegangen als gewöhnlich. Sie hat sich gewundert, daß er nicht nach Hause kam, sich dann aber keine weiteren Gedanken darüber gemacht, weil...«

»Wieviel Uhr ist es?«

»Halb vier... Ich bin allein hier. Ich hab Bier heraufbringen lassen, aber es ist sehr kalt...«

»Hör zu, Lucas... Du wirst... Ja, ich weiß! Für die vom Morgen ist es zu spät, aber für die vom Abend... Hast du verstanden?

Die Kleider des Mannes waren an jenem Morgen eingehüllt in eine Wolke dumpfen Elendsgeruchs. Seine Augen lagen tief in den Höhlen. In dem Blick, den er Maigret im fahlen Morgenlicht zuwarf, lag leidenschaftliche Anklage.

Hatte man ihn nicht Schritt für Schritt, aber doch mit atemberaubender Geschwindigkeit an den Rand des Ruins gebracht? Er schlug den Mantelkragen hoch, machte sich wieder auf den Weg, verließ aber das Stadtviertel nicht mehr. Er betrat ein Bistro, das gerade geöffnet wurde und trank hintereinander vier Gläser Schnaps, um den grauenvollen Nachgeschmack, den die Nacht in seinem Mund und seinem Innern hinterlassen hatte, wegzuspülen.

Sei's drum, jetzt hatte er eben gar nichts mehr! Es blieb ihm nur noch die Möglichkeit, durch die Straßen zu gehen, die mit Glatteis bedeckt und rutschig waren. Er mußte sich wie gerädert fühlen. Er hinkte mit dem linken Bein. Von Zeit zu Zeit blieb er stehen und blickte verzweifelt um sich.

Da er jetzt kein Café mehr betrat, von dem aus Maigret hätte telefonieren können, kam eine Ablösung nicht mehr in Frage. Wieder die Quais entlang! Die mechanische Geste, mit der der Mann die zum Verkauf angebotenen Bücher betastete, die Seiten umblätterte und die Echtheit gewisser Stiche oder Holzschnitte prüfte! Ein eisiger Wind fegte über die Seine. Vor den vorüberziehenden Kähnen trieben winzige Eisstückchen her, die wie Pailletten klirrend zusammenstießen.

Von ferne sah Maigret das Gebäude der Kriminalpolizei, das

Fenster seines Büros. Seine Schwägerin war gewiß inzwischen nach Orléans zurückgefahren. Hoffentlich hatte Lucas . . .

Er ahnte nicht, daß diese qualvolle Art der Untersuchung einmal als eine der klassischen gelten und über Generationen von Kommissaren in allen Einzelheiten nachgeahmt werden würde. Es war ein lächerliches Detail, das ihn am stärksten beeindruckte: Der Mann hatte einen Pickel auf der Stirn, einen Pickel, der bei genauer Betrachtung ein Furunkel war, das sich bereits violett färbte.

Hoffentlich hatte Lucas . . .

Gegen Mittag lenkte der Mann, der sich offenbar wirklich gut in Paris auskannte, seine Schritte in Richtung der Volksküche, die sich ganz am Ende des Boulevard Saint-Germain befand. Er stellte sich in der Schlange der Zerlumpten an. Ein Greis sprach ihn an, doch er tat so, als verstünde er nicht. Daraufhin redete ein anderer, der ein pockennarbiges Gesicht hatte, Russisch mit ihm.

Maigret begab sich auf den gegenüberliegenden Gehsteig, zögerte einen Augenblick, betrat dann ein Bistro, um dort wohl oder übel ein paar Sandwiches zu sich zu nehmen; er drehte sich aber halb zur Seite, damit der Mann ihn nicht durch die Scheibe beim Essen sehen konnte.

Die armen Kerle kamen nur langsam voran, betraten zu viert oder sechst den Raum, in dem man ihnen eine Schüssel warme Suppe gab. Die Schlange wurde länger. Von Zeit zu Zeit schob einer von hinten, dann protestierten einige.

Ein Uhr . . . Am unteren Ende der Straße tauchte ein Zeitungsjunge auf . . . Er lief, den Oberkörper vornüber gebeugt . . .

»Kauft *L'Intran* . . . *L'Intran* . . .«

Auch er mußte vor den andern dasein. Schon von weitem erkannte er die Leute, die ihm die Zeitung abkaufen würden. Die Schlange der Hungerleider beachtete er nicht.

»Kauft . . .«

Der Mann hob demütig den Arm und machte:

»Psssttt! . . .«

Die andern blickten ihn an. So hatte der also noch Geld, um eine Zeitung zu kaufen?

Auch Maigret rief den Zeitungsjungen herbei, entfaltete das Blatt und fand zu seiner Erleichterung auf der ersten Seite, was er gesucht hatte: die Fotografie einer schönen, lächelnden jungen Frau.

Besorgnis über das Verschwinden einer Frau
Wir erfahren, daß eine junge Polin, Madame Dora Strevszki, seit vier Ta-
gen nicht in ihre Wohnung, Rue de la Pompe 17 in Passy zurückgekehrt ist.
   Besonders beunruhigend ist, daß auch der Ehemann der Vermißten,
Monsieur Stephan Strevzki, am Tag zuvor, das heißt Montag, ver-
schwunden ist, und die Concierge, die die Polizei gerufen hat, er-
klärt . . .

Der Mann hatte in der Schlange, die ihn vorwärtsschob, nur noch
fünf, sechs Meter zu überwinden, um eine Schüssel dampfender
Suppe zu erhalten. Doch er trat aus der Reihe, überquerte die
Straße, wäre dabei fast unter einen Bus gekommen, erreichte den
andern Gehsteig genau auf der Höhe Maigrets.

»Ich stehe zu Ihrer Verfügung«, sagte er. »Führen Sie mich ab . . .
Ich werde Ihre Fragen beantworten . . .«

Lucas, Janvier, Torrence und noch andere, die nichts mit der Untersuchung zu tun hatten, aber genau darüber unterrichtet waren,
hielten sich im Gang der Kriminalpolizei auf. Als Maigret vorüberging, machte Lucas ihm ein Zeichen, mit dem er ausdrücken
wollte:

»Geschafft!«

Die Tür wurde geöffnet und geschlossen. Auf dem Tisch standen Bier und belegte Brote bereit.

»Essen Sie zunächst mal etwas.«

Der Mann fühlte sich unbehaglich, es gelang ihm kaum, die Bissen hinunterzuschlucken. Dann sagte er:

»Jetzt, da sie weg ist und sich irgendwo in Sicherheit befindet . . .«

Maigret fühlte sich veranlaßt, im Ofen herumzustochern.

»Als ich in der Zeitung den Bericht über den Mord las . . . Ich
hatte schon eine Zeitlang den Verdacht gehabt, daß Dora mich mit
diesem Mann betrog . . . Ich wußte aber auch, daß sie nicht seine
einzige Geliebte war . . . Ich kannte Dora und ihr aufbrausendes
Wesen. Verstehen Sie? . . . Ich wußte, daß sie, wenn er sie verlassen
wollte, fähig war . . . Und sie trug stets einen perlmuttverzierten
Revolver in der Tasche . . . Als die Zeitungen dann über die Verhaftung des Mörders und den Lokaltermin schrieben, wollte ich
sehen . . .«

Maigret hätte am liebsten wie ein englischer Polizist zu ihm gesagt:

»Ich möchte Sie darauf aufmersam machen, daß alle Ihre Aussagen gegen Sie verwendet werden können . . .«

Er hatte den Mantel nicht abgelegt und trug auch noch den Hut auf dem Kopf.

»Jetzt, nachdem sie in Sicherheit ist . . . Denn ich nehme an . . .«

Er blickte angstvoll um sich. Es war ihm ein Verdacht gekommen.

»Sie hat wohl verstanden, als ich nicht heimkehrte . . . Ich wußte, daß die Geschichte so ausgehen würde, daß Borms kein Mann für sie war und sie es nie zulassen würde, ihm nur als Spielzeug zu dienen, und daß sie dann wieder zu mir zurückgekommen wäre . . . Am Sonntag abend ging sie allein weg, wie in letzter Zeit des öfteren . . . Sie hat ihn dann wahrscheinlich getötet, als . . .«

Maigret schneuzte sich. Er schneuzte sich ausführlich.

Ein Strahl jener durchdringenden Wintersonne, die typisch ist für sehr kalte Tage, drang durch die Scheibe herein. Der Pickel, das Furunkel glänzte auf der Stirn seines Gegenübers, den er bei sich nach wie vor einfach »den Mann« nannte.

»Ja, Ihre Frau hat ihn getötet . . . Als sie begriff, daß er sich nichts mehr aus ihr machte . . . Und Sie, Sie haben begriffen, daß sie ihn getötet hat . . . Und Sie wollten nicht . . .«

Plötzlich rückte er auf den Polen zu.

»Ich bitte Sie um Entschuldigung, mein Lieber«, murmelte er, als habe er einen alten Kameraden vor sich. »Ich mußte ja schließlich die Wahrheit aufdecken, nicht? . . . Es war meine Pflicht . . .«

Er öffnete die Tür.

»Führen Sie Madame Dora Strevzki herein . . . Lucas, mach du weiter, ich . . .«

Zwei Tage lang tauchte Maigret nicht mehr im Gebäude der Kriminalpolizei auf. Sein Chef rief ihn zu Hause an.

»Hören Sie mal, Maigret . . . Wissen Sie schon, daß sie alles gestanden hat und daß . . . Aber wie geht es Ihrem Schnupfen? Ich habe gehört . . .«

»Nicht der Rede wert, Chef! Es ist schon wieder vorüber . . . in vierundzwanzig Stunden . . . Und er?«

»Wer er?«

»Na, er!«

»Ach so, ich verstehe. Er suchte sich den besten Anwalt von Paris ... Er hofft ... Verbrechen aus Leidenschaft, Sie wissen schon ...«

Maigret legte sich wieder ins Bett und betäubte sich mit einer großen Menge Grog und Aspirin. Wenn man ihn später auf die Untersuchung ansprach, entgegnete er stets: »Welche Untersuchung denn?«, und zwar in einem so mürrischen Ton, daß keiner wagte weiterzufragen.

Der Mann kam ein- bis zweimal in der Woche zu ihm, um ihn über die Hoffnungen, die der Anwalt ihm machte, auf dem laufenden zu halten.

Zum Freispruch reichte es nicht ganz: ein Jahr Gefängnis mit Bewährung.

Und er war dann auch der Mann, der Maigret das Schachspiel beibrachte.

Die Ironie des Hasses

Ruth Rendell

Ich habe Brenda Goring ermordet aus einem Motiv, das ich für höchst ungewöhnlich halte. Sie hat sich zwischen mich und meine Frau gedrängt. Dabei will ich nicht sagen, daß in ihrer Beziehung zueinander etwas Unnormales gewesen wäre. Sie waren nur gute Freundinnen, wiewohl »nur« vielleicht nicht ganz zutrifft, denn immerhin wurde durch diese Beziehung ein ehedem geliebter Gatte mehr und mehr ausgeschlossen. Ich habe sie ermordet, um meine Frau wieder enger an mich zu binden, doch statt dessen habe ich uns erst recht und für immer voneinander getrennt und erwarte nun mit Furcht, mit ohnmächtiger Panik und mit einer Hilflosigkeit, die ich in dieser schrecklichen Weise noch nie kennengelernt habe, den bevorstehenden Prozeß.

Wenn ich die Fakten aufschreibe – und die Ironie, die entsetzliche Ironie, welche sich wie ein bösartig glitzernder Faden durch dieses Gewirr von Fakten zieht –, komme ich vielleicht dazu, die Dinge klarer zu sehen. Vielleicht finde ich einen Weg, um jenen unerbittlichen Mächten genau darzulegen, wie es wirklich war; vielleicht kann ich auf diese Weise erreichen, daß mir wenigstens der Verteidiger glaubt und nicht die Augenbrauen nach oben zieht oder den Kopf schüttelt; zumindest aber könnte ich, wenn Laura und ich schon voneinander getrennt sein müssen, auf diese Weise dafür sorgen, daß sie in dem Augenblick, in dem ich vom Gerichtssaal zu meiner langen Haftstrafe abgeführt werde, begreift, wie die Wahrheit ans Tageslicht gekommen ist und der Gerechtigkeit Genüge getan wurde.

In meiner Einsamkeit, in der ich nichts zu tun habe, als auf den Prozeß zu warten, könnte ich ganze Bände schreiben über den Charakter, das Aussehen und die Neurosen von Brenda Goring. Ich könnte den größten Roman des Hasses aller Zeiten schreiben. Hier, in diesem Zusammenhang hingegen, wäre manches irrelevant, und daher werde ich mich so kurz fassen, wie es mir möglich ist.

Eine Figur bei Shakespeare sagt über eine Frau: »O hätte ich sie nie gesehen!« Und die Antwort lautet: »Dann hättest du ein wundervolles Werk unbesehen gelassen.« Ja, wirklich, hätte ich Brenda doch nie gesehen! Was das wundervolle Werk betrifft, nun, da würde ich wohl auch zustimmen. Einmal ist sie sogar verheiratet gewesen. Um sie für immer loszuwerden, hat ihr der Mann zweifellos eine sehr hohe Apanage bezahlt und zudem noch eine beträchtliche Abfindung, mit der sie das hübsche kleine Haus ein Stück weiter oben in unserer Straße gekauft hat. Der Eindruck, den sie in unserem Dorf machte, war so gewaltig, wie man es bei einem solchen Neuankömmling nur erwarten konnte. Sie war einfach fabelhaft, eine erstaunliche, erfrischende Abwechslung für all die Pensionistenehepaare und zurückhaltenden Wochenendbesucher – mit ihren extravaganten Kleidern, ihrem langen blonden Haar, ihrem Sportwagen und ihrer Jet-set-Vergangenheit. Zumindest war sie für eine Weile interessant – bis sie sich als etwas erwies, womit die Leute hier nicht fertig werden konnten.

Schon von Anfang an hängte sie sich an Laura. Verständlich in gewisser Weise, da meine Frau das einzige weibliche Wesen in der Umgebung war, das etwa so alt war wie sie, das ständig dort lebte und das keinen Beruf hatte. Sie hätte sich – das jedenfalls dachte ich zunächst – nicht auf Laura versteift, wenn die Auswahl größer gewesen wäre. In meinen Augen ist meine Frau wunderbar, sie ist alles, was ich mir jemals wünschen konnte, die einzige Frau, die mir in meinem Leben wirklich etwas bedeutet hat, aber ich weiß, daß sie anderen eher scheu und farblos erscheint; eine einfache, stille kleine Hausfrau. Was hatte sie dann diesem extrovertierten, diesem juwelenbesetzten, glitzernden Schmetterling zu bieten? Einen Teil der Antwort gab sie mir selbst.

»Ist dir nicht aufgefallen, wie ihr die Leute aus dem Weg gehen, Darling? Die Goldsmith' haben sie letzte Woche nicht zu ihrer Party eingeladen, und Mary Williamson weigert sich, sie in ihr Festkomitee aufzunehmen.«

»Ich kann nicht behaupten, daß mich das überrascht«, antwortete ich. »So, wie sie redet – und die Dinge, über die sie spricht.«

»Du meinst, ihre Liebesaffären und das alles? Aber, Darling, sie hat in einer Gesellschaft gelebt, wo das alles ganz normal ist. Sie hält es für völlig natürlich, so zu sprechen, und ich finde es offen und ehrlich.«

»Sie lebt aber jetzt nicht mehr in dieser Art von Gesellschaft«, erwiderte ich, »und sie wird sich anpassen müssen, wenn sie will, daß man sie akzeptiert. Hast du die Miene von Isabel Goldsmith beobachtet, als Brenda die Geschichte erzählte, wie sie ein Wochenende weggefahren ist mit einem Kerl, den sie eben erst in einer Bar aufgerissen hatte? Ich wollte sie zurückhalten, wollte verhindern, daß sie über alle Männer berichtet, die ihr Mann bei der Scheidungsverhandlung angeführt hat, aber es ist mir nicht gelungen. Außerdem sagt sie immer: ›Als ich mit Soundso lebte‹ und ›Das war, als ich die Affäre mit diesem Dingsda hatte‹. Du weißt, ältere Leute finden das höchst unschicklich.«

»Aber wir sind ja doch keine älteren Leute«, widersprach Laura, »und ich hoffe, wir bringen etwas mehr Toleranz auf. Du magst sie nicht, oder täusche ich mich?«

Ich bin immer sehr gut mit meiner Frau umgegangen. Als Tochter kluger, dominierender Eltern, neben denen sie klein und unbedeutend erscheinen mußte, wuchs sie mit einem unauslöschlichen Minderwertigkeitsgefühl auf. Sie ist das geborene Opfer, jemand, der die Gegner zum Einschüchtern und Drangsalieren herausfordert, und deshalb habe ich versucht, sie niemals einzuschüchtern oder zu drangsalieren, ihr nach Möglichkeit nicht einmal zu widersprechen. Also sagte ich in dieser Situation nur, daß Brenda in Ordnung sei und daß ich mich darüber freue, wenn sie eine Freundin und Begleiterin in ihrem eigenen Alter gefunden habe, vor allem, da ich sie ja tagsüber allein lassen müsse.

Und wenn Brenda nur tagsüber ihre Freundin und Begleiterin gewesen wäre, hätte ich gar nichts dagegen einzuwenden gehabt, glaube ich. Ich hätte mich daran gewöhnt, daß Laura tagaus, tagein Geschichten aus einer Welt hören mußte, die sie nie kennengelernt hat, Geschichten, bei denen verbotene Liebe und Untreue glorifiziert wurden, und ich hätte mich dennoch sicher gefühlt, in dem Bewußtsein, daß Laura dadurch nicht verdorben werden konnte. Aber es blieb mir nicht erspart, Brenda selbst ertragen zu müssen, wenn ich abends nach meiner langen Heimfahrt vom Arbeitsplatz nach Hause kam. Da streckte und rekelte sie sich dann auf unserem Sofa kettenrauchend. Oder sie kam mit einer Flasche Wein, gerade in dem Augenblick, in dem wir uns zum Abendessen hingesetzt hatten, und verwickelte uns in eine ihrer Lieblingsdebatten wie »Ist die Ehe eine zum Aussterben bestimmte Institution?« oder »Braucht man eigentlich noch Eltern?« Und um einige ihrer trügerischen Behauptungen zu illustrieren, berichtete sie dann über entsprechende persönliche Erfahrungen von der Art, wie sie unsere älteren Freunde so entrüstet hatten.

Natürlich mußte ich nicht bei ihnen bleiben; unser Haus ist groß, und ich hätte ins Speisezimmer gehen können oder in den Raum, den Laura mein Studio nennt. Aber ich wollte ja nichts weiter als das, was ich früher einmal gehabt hatte, nämlich abends mit meiner Frau allein zu sein.Und es war noch schlimmer, wenn wir von Brenda zum Kaffee oder zu Drinks eingeladen wurden, in ihr luxuriös eingerichtetes und überladenes Cottage, in dem sie uns ihre neuesten Werke zeigte – sie stickte und webte und töpferte und patzte mit Wasserfarben herum – oder die Geschenke, die sie zu bestimmten Gelegenheiten von einem Mark und einem Larry und einem Paul und all den Dutzenden anderer Männer in ihrem Leben bekommen hatte. Wenn ich mich weigerte, zu ihr zu gehen, wurde Laura nervös und deprimiert und war rührend erleichtert, wenn ich nach ein paar herrlichen Abenden ohne Brenda ihr zuliebe vorschlug, doch wieder einmal bei ihr vorbeizuschauen.

Das einzige, was mich aufrechterhielt, war die Gewißheit, daß eine Frau, die beim anderen Geschlecht so beliebt war, früher oder später einen Freund finden würde und von da an weniger oder gar keine Zeit mehr für meine Frau aufbringen konnte. Ich wunderte mich, daß es noch nicht dazu gekommen war, und äußerte etwas in dieser Weise Laura gegenüber.

»Sie sieht ihre Freunde, wenn sie nach London fährt«, behauptete meine Frau.

»Aber bisher hat sie noch keiner hier besucht«, erwiderte ich, und als uns Brenda an diesem Abend einen sehr farbigen und ausführlichen Bericht über einen Maler aus ihrer Bekanntschaft gab, der Laszlo hieß, überaus attraktiv war und sie anbetete, erklärte ich, daß ich ihn gern kennenlernen möchte, und fragte, ob sie ihn nicht einmal übers Wochenende einladen könne.

Brenda ließ ihre langen, grünlackierten Fingernägel aufblitzen und schaute Laura mit einem verschwörerischen Blick »von Frau zu Frau« an. »Und was würden alle die verkalkten Spießerchen dazu sagen, frage ich euch?«

»Ich bin sicher, daß Sie über das Gerede erhaben sind, Brenda«, antwortete ich ihr.

»Natürlich. Sollen sie doch Gesprächsstoff haben. Ich weiß ganz genau, daß es nichts als saure Trauben sind. Ich könnte Laszlo sofort einladen, aber er kann nicht. Er haßt das Landleben und würde sich zu Tode langweilen.«

Offenbar haßten auch Richard und Jonathan und Stephen das Landleben; sie hätten sich vermutlich auch zu Tode gelangweilt oder fanden nicht die Zeit zu einem Besuch bei Brenda. Es war anscheinend viel besser, wenn sie sich mit ihnen in der Stadt traf, und ich bemerkte nach meinem Stochern in puncto Laszlo, daß Brenda öfter nach London zu fahren schien und daß die Berichte über diese Besuche immer sensationelleren Charakter annahmen. Ich halte mich für einen ziemlich scharfsinnigen Menschen, und bald begann in meinem Kopf eine Idee zu entstehen, die so phantastisch war, daß ich mich eine Weile sogar weigerte, sie vor mir selbst gelten zu lassen. Aber ich entschloß mich, Brenda auf die Probe zu stellen. Statt ihr nur zuzuhören und hier und da die üblichen, säuerlichen Erwiderungen einzuwerfen, begann ich damit, ihr Fragen zu stellen. Ich nagelte sie bei Namen und Daten fest. »Haben Sie nicht gesagt, Sie hätten Mark in Amerika kennengelernt?« warf ich dann ein, oder: »Aber Sie sind doch nicht *vor* Ihrer Scheidung mit Richard in die Ferien gefahren?« Ohne daß sie es merkte, verwickelte ich sie in ein Netz von Widersprüchen, und nun erschien mir die Idee gar nicht mehr so phantastisch. Der endgültige Test erfolgte an Weihnachten.

Ich hatte festgestellt, daß Brenda, wenn wir zwei allein beisammensaßen, eine ganz andere Frau war als in Gegenwart von Laura. War Laura zum Beispiel draußen in der Küche, um Kaffee zu machen, oder kam Brenda, wie es manchmal an den Wochenenden geschah, bei uns vorbei, während Laura zum Einkaufen außer Haus war, verhielt sie sich mir gegenüber sehr kühl und geradezu scheu. Verschwunden waren dann die extravaganten Gesten und die herausfordernden Bemerkungen, und Brenda klatsche so nüchtern und prosaisch über belanglose Dorfgeschichten wie Isabel Goldsmith. Das war nicht unbedingt das Verhalten, das man von einer selbsternannten Messalina erwarten konnte, die mit einem jungen und verhältnismäßig angenehmen Mann allein war. Damals fiel mir auch auf, daß Brenda zu den Zeiten, als sie noch auf Partys eingeladen wurde, und auch jetzt, wenn sie auf unseren Partys die Nachbarn traf, noch nie den Versuch unternommen hatte, mit einem der Männer zu flirten. Waren denn alle diese Männer zu alt für sie, als daß sie sie interessieren konnten? War ein schlanker, gutaussehender Mann, der auf die Fünfzig zuging, zu alt, um zumindest für das Spiel des Flirts zu taugen – für eine Frau, die ja immerhin auch die Dreißig hinter sich gelassen hatte? Sicher, sie waren alle verheiratet, doch das galt auch für ihren Paul und Stephen, und wenn man ihr glauben durfte, hatte sie keine Gewissensbisse gehabt, als sie diese Männer ihren Frauen wegnahm.

Wenn man ihr glauben durfte ... Das war die Crux des Ganzen. Immerhin hatte keiner ihrer Freunde Lust, Weihnachten mit ihr zu feiern. Keiner ihrer Londoner Liebhaber lud sie zu einer Party ein oder bot ihr an, mit ihm zu verreisen. Nein, sie würde natürlich bei uns sein, beim Weihnachtsessen am ersten Feiertag, danach den ganzen Nachmittag und Abend und am zweiten Feiertag, an dem wir unsere Freunde und Verwandten eingeladen hatten. Ich hatte einen Strauß mit Mistelzweigen in der Diele aufgehängt, und am Vormittag des Weihnachtstages öffnete ich Brenda die Tür, weil Laura noch in der Küche zu tun hatte.

»Fröhliche Weihnachten«, rief ich. »Geben Sie mir einen Kuß, Brenda«, und ich nahm sie unter dem Mistelstrauß in die Arme und küßte sie, wie es der Brauch ist, auf den Mund. Sie versteifte sich augenblicklich. Ich hätte schwören mögen, daß ihr ein Schauer über den Rücken lief. Sie empfand es als so peinlich und fühlte sich so ängstlich und angeekelt wie eine sehr behütete Zwölfjährige. Und dann wurde es mir klar. Sicher, sie mochte verheiratet gewesen sein – und nun war es nicht schwer, den Scheidungsgrund zu erraten –, aber sie hatte niemals einen Liebhaber gehabt, noch nie eine Umarmung genossen und war auch nie länger mit einem Mann allein gewesen als unbedingt nötig. Sie war frigid. Ein gutaussehendes, lebhaftes, gesundes Mädchen, und doch mit der Unfähigkeit zum Lieben, einer erotischen Gefühlskälte belastet. Ja, sie war kalt wie eine Nonne. Aber da sie die Demütigung eines Eingeständnisses nicht ertragen konnte, hatte sie sich ein Phantasieleben geschaffen, eine Phantasievergangenheit, in der sie als Phantasienymphomanin die große Dame von Welt spielte.

Zuerst hielt ich es für einen unglaublichen Witz und konnte es kaum erwarten, Laura alles zu erzählen. Aber es wurde zwei Uhr morgens, bis ich endlich mit ihr allein war, und als ich dann ins Bett kam, schlief sie schon. Ich konnte kaum schlafen in dieser Nacht. Meine Hochstimmung schwand dahin, als mir klar wurde, daß ich keine wirklichen Beweise für meine Theorie hatte, und wenn ich Laura erzählte, was ich getan hatte, das Stochern und Fragen und Prüfen, wäre sie vermutlich verletzt und verstimmt gewesen. Wie hätte ich ihr sagen können, daß ich ihre beste Freundin geküßt und eine eisige Reaktion darauf erlebt hatte? Daß ich in ihrer Abwesenheit mit ihrer besten Freundin zu flirten versucht hatte, ohne auf einen Funken Gegenliebe zu stoßen? Und dann, während ich noch darüber nachdachte, verstand ich, was ich in Wirklichkeit entdeckt hatte: daß Brenda die Männer haßte und daß kein Mann jemals daherkommen und sie mitnehmen und heiraten würde, um danach mit ihr zu leben und ihre Zeit in Anspruch zu nehmen. Nein, sie würde für immer allein bleiben, einen Steinwurf von uns entfernt, würde bei uns täglich aus und ein gehen und zusammen mit Laura, ihrer besten Freundin, alt werden.

Sicher, ich hätte fortziehen, ich hätte Laura von hier wegnehmen können. Von ihren Freunden? Von dem Haus und dem Garten, den sie liebte? Und welche Garantie hätte ich gehabt, daß Brenda uns nicht nachkommen würde, um in unserer Nähe zu sein? Denn inzwischen war mir auch klargeworden, was Brenda in meiner Frau sah: eine leichtgläubige, naive, stets vertrauensselige Zuhörerin, deren eigene Unerfahrenheit es verhinderte, daß sie die Löcher und die Unstimmigkeiten in diesem Kunterbunt unsinniger Geschichten erkannte, und deren rührende Entschlossenheit, sich als verständnisvoll und tolerant zu geben, sie davon abhielt, das Ganze als geschmacklos und töricht zu empfinden. Als der Morgen dämmerte und ich voller Liebe und Sorge auf Laura schaute, die neben mir schlief, wurde mir klar, was ich tun mußte, ja, daß es nur eines gab, was ich tun konnte. In dieser hohen Zeit des Friedens auf Erden entschloß ich mich, Brenda Goring zu töten, um meines eigenen und Lauras Glücks und unserer Zufriedenheit willen.

Leichter gedacht als getan. Eines hielt mich über Wasser und gab mir Mut bei meinen Überlegungen: daß ich in den Augen von jedermann kein Motiv für eine solche Tat hatte. Unsere Nachbarn hielten uns für überaus wohltätig und tolerant, weil wir uns überhaupt mit Brenda abgaben. Ich entschloß mich, besonders nett zu ihr zu sein statt nur negativ-gleichgültig wie bisher, und im neuen Jahr schaute ich sogar auf dem Rückweg von der Post oder vom Einkaufen bei Brenda vorbei, und wenn ich am Feierabend nach Hause kam und Laura allein antraf, fragte ich, wo denn Brenda sei, und schlug vor, sie gleich anzurufen und sie zum Abendessen oder zu einem Drink einzuladen. Laura gefiel das sehr.

»Ich hatte immer das Gefühl, daß du Brenda nicht leiden kannst, Darling«, sagte sie, »und das hat bei mir fast eine Art Schuldkomplex ausgelöst. Es freut mich so, daß du nun anfängst zu erkennen, wie nett sie in Wirklichkeit ist.«

Was ich tatsächlich zu erkennen begann, war eine Möglichkeit, wie ich sie töten konnte, ohne daß man es mir zur Last legen würde, denn inzwischen hatte sich etwas ereignet, das sie mir geradezu auszuliefern schien. Am Rand des Dorfes, in einem einzeln stehenden kleinen Häuschen, lebte eine ältere, unverheiratete Frau namens Peggy Daley; in der letzten Januarwoche wurde in das Häuschen eingebrochen, und der Einbrecher erstach Peggy mit ihrem eigenen Küchenmesser. Die Tat eines Psychopathen, wie die Polizei annahm, denn nichts war gestohlen oder beschädigt worden. Als sich dann zeigte, daß der Mörder wohl niemals ausfindig gemacht werden würde, überlegte ich, ob ich Brenda in derselben Weise töten konnte, damit es so aussah, als seien beide Morde von ein und demselben Täter begangen worden. Und in den Tagen, als ich diesen Gedanken ausarbeitete, mußte sich Laura mit einer Grippe ins Bett legen, sie hatte sich bei Mary Williamson angesteckt.

Natürlich kam Brenda, um sie zu pflegen und zu versorgen, kochte mir das Essen und säuberte das Haus. Da jeder der Meinung war, daß sich Peggy Daleys Mörder noch in der Gegend aufhielt, begleitete ich Brenda abends nach Hause, obwohl ihr Cottage nur ein paar Schritte von unserem Haus entfernt war, wenn man den schmalen Fußweg benützte, der an unserem Garten entlangführte. Dort war es stockfinster, da wir alle emsig gegen eine Installation von Straßenlampen opponiert hatten, und es verschaffte mir ein ironisches Amüsement, zu bemerken, wie Brenda zurückzuckte und sich versteifte, wenn ich sie bei diesen Gelegenheiten dazu aufforderte, sich bei mir unterzuhaken. Ich bestand immer darauf, sie ins Haus zu bringen und zu warten, bis sie die Lichter innen und außen eingeschaltet hatte. Als es Laura besserging und sie abends allein sein und früh schlafen wollte, begleitete ich Brenda manchmal schon eher nach Hause, trank bei ihr einen letzten Schluck vor dem Schlafengehen und gab ihr einmal sogar beim Gehen vor der Tür einen kameradschaftlichen Kuß auf die Wange, damit neugierige Nachbarn sehen konnten, wie gut wir befreundet waren und wie sehr ich Brenda für ihre aufopfernde Güte bei der Pflege meiner Frau dankbar war.

Dann bekam ich selbst die Grippe. Zunächst schien das meinen Plan zu stören, denn ich konnte nicht mehr allzulange warten. Die Leute wurden bereits nachlässiger, was den Mörder betraf, der sich angeblich noch in der Gegend herumtrieb, kehrten zu ihren früheren Gewohnheiten zurück und ließen die Hintertüren oder den Kücheneingang unversperrt. Doch dann erkannte ich, daß ich die Krankheit zu meinem Vorteil nutzen konnte. An dem Montag, als mir der Arzt mindestens drei Tage Bettruhe verordnet hatte und der Schutzengel Brenda fast ebensoviel Theater um mich machte wie meine eigene Frau, erklärte Laura, daß sie nicht zu den Goldsmith' gehen würde, wie sie eigentlich versprochen hatte, weil sie es nicht für richtig halte, mich in meinem Zustand allein zu lassen. Wenn es mir bis dahin besserginge, wolle sie am Mittwoch den Besuch nachholen, dessen Grund darin bestand, Isabel beim Zuschneiden eines Kleids zu helfen. Natürlich hätte Brenda anbieten können, anstelle von Laura bei mir zu bleiben, und ich glaube, Laura war ein wenig überrascht, daß dieses Angebot ausblieb. Ich kannte den Grund dafür und mußte insgeheim lachen. Mit Geschichten über ihre unzähligen Männer, die sie in der Vergangenheit umsorgt hatte, zu protzen, war eine Sache; sich mit einem nicht allzu kranken Mann in einem Schlafzimmer aufzuhalten, eine ganz andere.

Also mußte ich krank genug sein, um mir ein Alibi zu verschaffen, aber nicht so krank, daß Laura zu Hause blieb. Am Mittwochmorgen fühlte ich mich wesentlich besser. Dr. Lawson kam auf dem Rückweg von seiner Runde vorbei und erklärte nach einer sorgfältigen Untersuchung, daß ich immer noch Schleim auf den Bronchien habe. Während er im Bad war und sich die Hände wusch, hielt ich das Thermometer, das er mir in den Mund gesteckt hatte, kurz an den Heizkörper am Kopfende des Betts. Es klappte besser, als ich angenommen hatte, ja, beinahe zu gut. Das Quecksilber stieg auf 39,4 Grad Celsius, und ich verhielt mich entsprechend und erklärte mit schwacher Stimme, daß ich ziemlich benommen sei, einmal vor Hitze verginge und gleich danach den Schüttelfrost bekomme.

»Er soll im Bett bleiben«, sagte Dr. Lawson zu Laura, »und geben Sie ihm viel Heißes zu trinken. Ich bin nicht sicher, ob er aufstehen kann.«

Ich gestand etwas beschämt, daß ich es versucht und nicht geschafft habe; ja, daß meine Beine sich wie Pudding anfühlten. Sofort erklärte Laura, daß sie auch an diesem Abend nicht zu den Goldsmith' fahren wollte, und ich hätte Lawson umarmen können, als er ihr sagte, daß das albern wäre. Ich brauchte nichts als Ruhe und Schlaf.

Nach einer Menge Selbstbezichtigungen und Entschuldigungen und dem Versprechen, auf keinen Fall länger als zwei Stunden auszubleiben, verließ Laura schließlich um sieben das Haus.

Sobald ich gehört hatte, wie der Wagen weggefahren war, stand ich auf. Ich konnte Brendas Haus von unserem Schlafzimmerfenster aus sehen, und ich stellte fest, daß sie drinnen das Licht brennen, aber die Außenbeleuchtung nicht eingeschaltet hatte. Es war eine dunkle Nacht ohne Mond und Sterne. Ich zog mir eine Hose und einen Pullover über den Schlafanzug und ging nach unten.

Als ich auf der Hälfte der Treppe angekommen war, wußte ich, daß ich nicht »krank« hätte spielen oder mit dem Thermometer schummeln müssen. Ich war wirklich krank. Mein ganzer Körper zitterte, und ich schwankte hin und her. Schwindelgefühle und Benommenheit überkamen mich in Wellen, und ich mußte mich am Geländer festhalten, um nicht zu stürzen. Das war nicht das einzige, was schieflief. Ich hatte vorgehabt, sobald die Tat getan und ich wieder zu Hause war, den Mantel und die Handschuhe mit Lauras elektrischer Schere zu zerschneiden und die Reste im offenen Kamin im Wohnzimmer zu verbrennen. Aber erstens konnte ich die Schere nicht finden und vermutete, daß Laura sie zu den Goldsmith' mitgenommen hatte, um den Stoff zuzuschneiden. Und zweitens, noch schlimmer, brannte im Kamin kein Feuer. Unsere Zentralheizung funktionierte hervorragend; das Kaminfeuer zündeten wir nur zum Vergnügen und wegen der gemütlichen Atmosphäre, die es verbreitete. Also hatte Laura sich nicht die

Mühe gemacht, es anzuzünden, während ich oben krank im Bett lag und sie nicht zu Hause war. An diesem Punkt hätte ich meinen Plan beinahe aufgegeben. Doch dann sagte ich mir: jetzt oder nie. Nie wieder bekam ich eine solche günstige Gelegenheit und ein solches Alibi. Entweder brachte ich Brenda jetzt um, oder ich mußte mich für den Rest meines Lebens mit dieser schrecklichen, verhaßten *ménage à trois* abfinden.

Wir bewahrten die Regenmäntel und Handschuhe, die wir zur Gartenarbeit benützten, in einem hohen Küchenschrank neben der hinteren Haustür auf. Laura hatte nur das Licht in der Diele brennen gelassen, und ich hielt es nicht für klug, weitere Lichter einzuschalten. Im Halbdunkel fummelte ich in dem Schrank nach meinem Mantel, fand ihn und zog ihn an. Er kam mir ziemlich eng vor, mein Körper war ganz steif und verschwitzt, aber schließlich gelang es mir, den Mantel zuzuknöpfen. Danach zog ich die Handschuhe an. Ich nahm eines von unseren Küchenmessern mit und verließ das Haus durch die Küchentür. Es war keine Frostnacht, aber die Luft war rauh, kühl und feucht.

Ich ging ans Ende des Gartens und über den kleinen Pfad in den Garten von Brendas Cottage, mußte mich dabei regelrecht an der Seitenwand des Hauses entlangtasten, denn dort war es stockfinster. Aber in der Küche brannte Licht, und die Tür war unversperrt. Ich klopfte an und ging, ohne aufgefordert zu werden, hinein. Brenda, in eleganter Abendtoilette, einem glitzernden Pullover, einer langen Seidenhose und einem goldenen Halsband, stand am Herd und kochte sich ihr einsames Mahl. Damals, zum erstenmal und zu einem Zeitpunkt, an dem es nichts mehr ausmachte, empfand ich Mitleid mit ihr. Da war sie, eine schöne, reiche, begabte Frau mit dem Ruf der großen Verführerin, aber in Wirklichkeit allein, ohne Menschen, die sich wirklich um sie kümmerten; genauso einsam, wie die alte Peggy Daley es gewesen war; da war sie, elegant gekleidet wie für eine Party, und wärmte sich eine Dose Spaghetti auf, in ihrer Küche am Ende der Welt.

Sie drehte sich um und schaute mich besorgt an, aber nur, wie ich glaubte, weil sie immer, wenn wir allein waren, Angst davor hatte, ich könnte versuchen, ihr nahe zu kommen.

»Warum sind Sie nicht im Bett?« fragte sie – und dann: »Warum tragen Sie solche Sachen?«

Ich gab ihr wieder keine Antwort. Stach ihr das Messer in die

Brust, immer und immer wieder. Sie gab keinen Laut von sich, außer einem erstickten Stöhnen, und dann lag sie verkrümmt vor mir auf dem Boden. Obwohl ich gewußt hatte, wie es sein würde, ja, obwohl ich diesen Augenblick so sehr herbeigesehnt hatte, war der Schock für mich so groß, daß ich mich, ohnehin schon schwindlig und schwach, am liebsten ebenfalls auf den Boden gelegt und die Augen geschlossen hätte, um zu schlafen. Das war freilich unmöglich. Ich schaltete die Kochplatte ab. Dann überprüfte ich, ob ich Blut an der Hose oder an den Schuhen hatte, was nicht der Fall war, während der Regenmantel natürlich eine Menge abbekommen hatte. Ich taumelte hinaus und schaltete hinter mir das Licht aus.

Ich weiß nicht, wie ich den Rückweg gefunden habe; es war so dunkel, und inzwischen war ich völlig benommen, dazu trommelte mein Herz wie wild in der Brust. Ich hatte gerade noch die Geistesgegenwart, den Regenmantel und die Handschuhe auszuziehen und in den Verbrennungsofen für Gartenabfälle zu stopfen. Gleich am Morgen würde ich all meine Kräfte sammeln und hinausgehen müssen, um die Sachen zu verbrennen, bevor man Brendas Leichnam gefunden hatte. Das Messer wusch ich ab und legte es wieder in die Schublade.

Laura kam fünf Minuten nachdem ich mich ins Bett gelegt hatte, zurück. Sie war weniger als eine halbe Stunde fortgewesen. Ich drehte mich zu ihr um und fragte sie, warum sie schon so früh wieder hier sei. Dabei kam es mir so vor, als schaute sie irgendwie seltsam und verwirrt drein.

»Was ist denn los?« murmelte ich. »Machst du dir Sorgen um mich?«

»Nein«, sagte sie. »Nein, nein.« Aber sie kam nicht näher zu mir her und legte mir auch nicht wie sonst die Hand auf die Stirn. »Es war – Isabel Goldsmith hat mir etwas gesagt . . . Es hat mich sehr aufgeregt, ich war ganz durcheinander . . . Aber es hat keinen Sinn, jetzt darüber zu reden, du bist zu krank.« Dann fragte sie in schärferem Ton, als ich es je von ihr erlebt hatte: »Brauchst du noch etwas?«

»Ich möchte nichts als schlafen«, sagte ich.

»Ich schlafe im Gästezimmer. Gute Nacht.«

Das war ein vernünftiger Entschluß, auch wenn wir noch nie in unserer Ehe getrennt geschlafen hatten und sie kaum befürchten mußte, die Grippe von mir zu bekommen, da sie sie gerade erst hinter sich hatte. Aber ich war nicht in der Verfassung, mir auch noch darüber Gedanken zu machen, und fiel in den alptraumerfüllten Schlaf des Fiebers. An einen dieser Träume kann ich mich erinnern. Laura fand darin Brendas Leichnam, was durchaus im Bereich des Möglichen lag.

Aber nicht sie fand ihn, sondern Brendas Reinemachefrau. Ich wußte, daß es geschehen war, weil ich den Polizeiwagen unter meinem Fenster vorbeifahren sah. Etwa eine Stunde später kam Laura zu mir und teilte mir die Nachricht mit, die sie von Jack Williamson erfahren hatte.

»Es muß derselbe Mann gewesen sein, der die alte Peggy umgebracht hat«, erzählte sie.

Mir wurde schlagartig besser. Alles lief nach Plan. »Mein armer Liebling«, sagte ich, »das muß schrecklich für dich sein; ihr wart doch so gute Freundinnen.«

Sie erwiderte nichts, straffte die Schultern und verließ den Raum. Ich wußte, ich hätte aufstehen und den Inhalt des Verbrennungsofens vernichten müssen, aber ich kam nicht aus dem Bett. Ich schwang meine Beine hinaus und setzte die Füße vor das Bett, aber es war, als ob mir der Boden entgegenkäme und mich wieder zurückstieße. Ich machte mir dennoch keine allzu großen Sorgen. Die Polizei würde das gleiche denken, was Laura dachte und was jeder denken mußte.

Am Nachmittag kamen sie dann, ein Chief Inspector von der Kriminalpolizei und ein Sergeant. Laura führte sie in mein Schlafzimmer, und wir wurden gemeinsam verhört. Der Chief Inspector meinte, er hätte erfahren, daß wir mit der Toten sehr gut befreundet gewesen seien, wollte wissen, wann wir sie zuletzt gesehen und was wir am Abend zuvor getan hatten. Dann fragte er, ob wir eine Ahnung hätten, wer diese Tat begangen haben könnte.

»Natürlich dieser Verrückte, der die andere Frau erstochen hat«, antwortete Laura.

»Wie ich sehe, haben Sie die Zeitung nicht gelesen«, erwiderte er.

Normalerweise lasen wir die Zeitungen. Es war meine Gewohnheit, die Morgenzeitung im Büro zu lesen und eine Abendausgabe mit nach Hause zu bringen. Aber ich war ja krank gewesen und hatte zu Hause gelegen. Es stellte sich heraus, daß am Morgen zuvor ein Mann wegen des Mordes an Peggy Daley festgenommen worden war. Dieser Schock ließ mich zusammenzucken, und ich erbleichte, doch die Kriminalbeamten schienen es nicht zu bemerken. Sie dankten uns für unsere Hilfsbereitschaft, entschuldigten sich, weil sie einen Kranken gestört hatten, und gingen. Als sie weg waren, fragte ich Laura, was Isabel am Abend zuvor zu ihr gesagt hätte, und warum sie darüber so erregt gewesen wäre.

»Das ist jetzt egal«, sagte sie. »Die arme Brenda ist tot, und sie ist auf schreckliche Weise ums Leben gekommen, aber – nun, vielleicht bin ich sehr schlecht, aber es tut mir nicht leid. Schau mich nicht so an, Darling. Ich liebe dich und weiß, daß du mich auch liebst, und wir müssen ihr vergeben und wieder so sein, wie wir früher waren. Du weißt, was ich damit meine.«

Ich wußte es nicht, war aber froh, daß das – was immer sie damit meinte – vorüber war. Ich hatte genug Sorgen und konnte in dieser Situation die Kälte und Entfremdung meiner Frau nicht brauchen. Obwohl Laura in der kommenden Nacht wieder neben mir schlief, gelang es mir kaum, die Augen zuzumachen, aus Angst um das, was in unserem Verbrennungsofen war. Am Morgen tat ich so, als ob es mir viel besser wäre. Ich zog mich gegen Lauras Proteste an und erklärte, daß ich in den Garten gehen wollte. Aber die Polizei war bereits da, durchsuchte unseren ganzen Garten, und bei Brenda grub sie sogar in den Beeten herum.

An diesem Tag und auch am nächsten ließen sie mich in Ruhe, aber sie kamen noch einmal zu uns und sprachen allein mit Laura. Ich fragte sie danach, was die Polizei von ihr habe wissen wollen, aber sie tat es mit einer Handbewegung ab. Ich nahm an, sie hielt mich noch für zu krank, um mir zu gestehen, daß sie sie nach meinem Aufenthalt zur Tatzeit und nach meinem Verhältnis zu Brenda gefragt hatten.

»Nur ein paar Routinefragen, Darling«, beruhigte sie mich, aber ich war sicher, daß sie sich Sorgen um mich machte, und zwischen uns entstand eine Barriere der Angst. Es erscheint unglaublich, aber an diesem Sonntag redeten wir kaum miteinander, und wenn, dann wurde Brendas Name nicht erwähnt. Am Abend saßen wir schweigend da; ich hatte meinen Arm um Laura gelegt, ihr Kopf ruhte an meiner Schulter, und wir warteten und warteten . . .

Am Morgen erschienen die Polizisten mit einem Durchsuchungsbefehl. Sie baten Laura, ins Wohnzimmer zu gehen, und ich sollte im Studio warten. Sie würden das Küchenmesser finden, und natürlich würden sie Brendas Blut darauf entdecken. Ich hatte mich, als ich es säuberte, so miserabel gefühlt, daß ich jetzt nicht einmal mehr wußte, ob ich es geschrubbt oder nur unter laufendem Wasser abgespült hatte.

Nach langer Wartezeit kam der Chief Inspektor herein – allein.

»Sie haben uns gesagt, daß Sie mit Miss Goring eng befreundet waren.«

»Wir verkehrten in freundschaftlicher Weise miteinander, ja«, entgegnete ich und versuchte, meine Stimme nicht allzusehr schwanken zu lassen. »Sie war eigentlich die Freundin meiner Frau.«

Er achtete nicht darauf. »Sie haben uns nicht gesagt, daß Sie mit ihr eine intime Beziehung unterhielten, oder, um es deutlich auszudrücken, daß Sie mit ihr ein sexuelles Verhältnis eingegangen waren.«

Er hätte nichts sagen können, was mich mehr überrascht hätte.

»Aber das ist doch absoluter Quatsch!«

»Finden Sie? Wir haben es aus sicherer Quelle.«

»Was ist das denn für eine Quelle?« fragte ich. »Eine von der Sorte, die Sie leider nicht preisgeben können?«

»Ich sehe keinen Grund, es Ihnen zu verschweigen«, sagte er leichthin. »Miss Goring selbst hat zwei ihrer Freundinnen in London darüber informiert. Und sie hat es einer Ihrer Nachbarinnen gesagt, als sie sie kürzlich bei einer Party in Ihrem Haus traf. Man hat Sie gesehen, wie Sie die Abende allein bei Miss Goring verbrachten, während Ihre Frau krank im Bett lag, und wir haben einen Zeugen, der uns bestätigen kann, daß Sie Miss Goring zum Abschied an der Haustür geküßt haben.«

Jetzt wußte ich, was Isabel Goldsmith Laura gesagt und was Laura so durcheinandergebracht hatte. Die Ironie, die darin lag, diese schreckliche Ironie . . . Warum hatte ich, da ich Brendas Ruf und ihre Phantasieliebschaften kannte, nicht geahnt, welche Bedeutung man meiner gespielten Freundschaft mit ihr beimessen würde! Da war das Motiv, und ich hatte mich so sehr darauf verlassen, daß man mir mangels eines plausiblen Motivs nichts anlasten würde! Ehemänner töten ihre Geliebten, sei es aus Eifersucht, aus Frustration, aus Angst vor der Entdeckung.

Aber konnte ich nicht Brendas Phantasien zu meinen Gunsten nützen?

»Sie hatte Dutzende von Freunden, Liebhabern oder wie Sie sie nennen wollen. Jeder von ihnen hätte sie töten können.«

»Im Gegenteil«, erwiderte der Chief Inspector, »abgesehen von ihrem Exgatten, der sich in Australien aufhält, haben wir außer Ihnen keinen Mann in ihrem Leben entdecken können.«

»Ich habe sie nicht getötet!« rief ich in Verzweiflung. »Ich schwöre es, daß ich sie nicht getötet habe.«

Er schaute mich überrascht an. »Oh, das ist uns klar.« Und zum erstenmal sprach er mich mit ›Sir‹ an. »Das wissen wir, Sir. Niemand denkt daran, Sie in irgendeiner Weise zu beschuldigen. Wir haben Doktor Lawsons Aussage, daß Sie am Abend der Tat körperlich außerstande waren, das Bett zu verlassen. Außerdem waren es ja nicht Ihr Regenmantel und Ihre Handschuhe, die wir in Ihrem Verbrennungsofen im Garten gefunden haben.«

Ich hatte mich im Dunkeln zum Schrank getastet, darin herumgefummelt, und die Ärmel des Mantels waren zu kurz, die Schultern zu knapp... »Warum tragen Sie solche Sachen?« hatte Brenda gefragt, ehe ich sie erstach.

»Bitte, versuchen Sie, ruhig zu bleiben, Sir«, sagte der Chief Inspector sehr höflich. Aber ich habe seitdem keine Ruhe mehr gefunden.

Ich habe ein Geständnis nach dem anderen abgelegt. Ich habe Erklärungen geschrieben, habe den Polizeibeamten schwere Vorhaltungen gemacht, habe getobt und geschrien, bin mit ihnen die Ereignisse jener Nacht durchgegangen bis ins kleinste Detail... Und ich habe geweint.

Damals, in meinem Studio, habe ich nichts gesagt, habe nichts sagen können und den Chief Inspector nur wortlos angestarrt. »Ich bin noch einmal zu Ihnen gekommen, Sir«, sagte er, »um die Bestätigung einer Tatsache zu erhalten, die uns bereits bekannt war, und um Sie zu fragen, ob Sie uns zur Polizeistation begleiten wollen, wo gegen Ihre Frau wegen Mordes an Miss Brenda Goring Anklage erhoben wird.«

Siegesfeier

James Elroy

Aus meinem Bürofenster sah ich zu, wie Los Angeles das Ende des Zweiten Weltkrieges feierte. Central Division Warrants, die Fahndungsabteilung, nahm die gesamte Nordseite der City Hall im elften Stock ein, so daß ich von meinem Aussichtspunkt hoch oben einen umfassenden Blick hatte. Ich sah die auf dem Parkplatz der Hall of Records auf der anderen Straßenseite herumstehenden Angestellten, die die Flaschen kreisen ließen, und einen Haufen uniformierter Bullen, die gerade ein Einsatzkommando zusammenstellten und sich nach Little Tokyo einige Blocks weiter aufmachten, fest entschlossen, eine Gruppe jugendlicher Conga-Tänzer, die ganz so aussahen, als wären sie ihrerseits ganz scharf darauf, die Wirkung der Atombombe noch zu überbieten, mit ihren Schlagstöcken in Schach zu halten. Als ich meinen Kopf weiter aus dem Fenster streckte, sah ich hohe schwarze Qualmwolken über Bunker Hill aufsteigen – ein sicheres Anzeichen dafür, daß patriotische Studenten von Belmont High Autos auseinandernahmen und die Reifen in Brand setzten. Noch ein Stück weiter, Ecke Sunset und Figueroa, rottete sich ein Haufen geschniegelter Lackaffen zusammen, »Zoot Suiters«, die offenbar vorhatten, gegen die grellbunte Kleiderordnung, die etwas Farbe in den Einheitslook der öden Kriegstage gebracht hatte, zu verstoßen, da sie zweifellos annahmen, daß heute einfach alles erlaubt war.

Das winzige Fenster über meinem Schreibtisch ging nach Osten, und ein Blick von dort hinunter hatte nichts zu bieten als Smog und einen gigantischen Verkehrsstau in Richtung Boyle Heights. Ich starrte in den braunen Dunst, fantasierte über Karrenladungen voller Nutten, Stricher und Diebe, die sich zuckend unter giftigen Abgasen wanden und ausschweifenden Lustbarkeiten Stoßstange an Stoßstange hingaben. Meine Tagträume wurden immer zügelloser, und als der Himmel über mir voller A-Bomben hing, die

245

über den Büros des L. A. P. D. Detektive Bureau ausgeklinkt wurden, knallte ich meine Schreibtischschublade zu und griff nach den zwei Schriftstücken, die ich den ganzen Morgen über vermieden hatte, mir näher anzusehen.

Das erste Blatt war eine von Hand gekritzelte Mitteilung vom Leiter der Tagschicht des Raubdezernats unten im Erdgeschoß: »Lee – Wallace Simpkins vergangene Woche aus San Quentin auf Bewährung entlassen – bei uns meldepflichtig. Dachte mir, daß Du das wissen solltest. Sei vorsichtig. G. C.«

Am Tag der Jubelfeiern zu Kriegsende eine fröhlich stimmende Neuigkeit.

Das zweite Blatt war ein polizeiinternes Telex, herausgeschickt von der University Division, und wenn man seinen Inhalt mit Georgie Caulkins' Warnung zusammenbrachte, kündigte es den Beginn eines neuen Ein-Front-Krieges an.

Während der letzten fünf Tage hatte es im Bezirk West Adams vier schwere Raubüberfälle gegeben, ausgeführt von einem Zwei-Mann-Gangsterteam, in dem der eine ein Weißer, der andere ein Schwarzer war. Der *modus operandi* war in allen vier Fällen derselbe gewesen: Schnapsläden, in denen sich die Oberschicht der schwarzen Bevölkerung mit Nachschub eindeckte, wurden nachts heimgesucht, eine halbe Stunde vor Schließungszeit, wenn die Registrierkassen randvoll waren. Ein gutgekleideter, männlicher Weißer betrat um diese Zeit den Laden, schlug den Verkäufer mit dem Lauf einer .45er Automatik zu Boden, während sein schwarzer Komplize die Geldscheine in eine Papiertüte stopfte. Zweimal waren Kunden im Geschäft gewesen, als die Raubüberfälle stattgefunden hatten; sie waren ebenfalls bewußtlos geschlagen worden – eine ältere Frau schwebte im Queen of Angels noch in Lebensgefahr.

Das war einfach und wirkungsvoll wie eine Leuchtreklame. Ich nahm den Hörer von der Gabel und rief die Durchwahlnummer von Al Van Patten im County Parole Bureau an, das mit Bewährungssachen zu tun hatte.

»Also, dann red mal los, wo du den Münzschlitz schon mit deinem Geld fütterst!«

»Lee Blanchard, Al.«

»Big Lee! Du arbeitest heute? Wo der Krieg vorbei ist?«

»Nein, ist er eben nicht. Hör mir mal zu: Ich brauche Angaben über einen auf Bewährung Entlassenen. Kam letzte Woche aus

Quentin. Falls er sich gemeldet hat, brauche ich eine Adresse; falls nicht, sag's mir auch.«

»Name? Angeklagt weswegen?«

»Wallace Simpkins, Gefangenennummer 655. Hab ihn selbst '39 in den Bau geschickt.«

Al ließ einen Pfiff hören. »Leichter Wirkungstreffer also, wie? Ist da was am Kochen?«

»Ist wahrscheinlich sauber geblieben und hat drinnen irgendeinen Job in der Kriegsproduktion gehabt; sein Partner wurde nach Pearl Harbor zur Army entlassen. Du beeilst dich doch, ja?«

»Bin schon auf dem Sprung.«

Al ließ den Hörer auf seine Schreibtischplatte fallen, und ich mußte mir lange Minuten durch die Muschel verzerrtes Partygeräusch anhören – Gegacker von Männern und Frauen, Scheppern von Flaschen, fröhliche Nieten vom Bezirksamt, die am Radio drehten auf der Suche nach einem Sender mit Tanzmusik, jedoch nichts anderes reinbekommen als Jubelberichte über die große Neuigkeit. Währenddessen stellte ich mir Wild Wally Simpkins vor, die Taschen voller Kies und bis an die Zähne bewaffnet, wie er nach *mir* Ausschau hält. Mir war ganz zittrig, als Al wieder in der Leitung war und sagte: »Er ist ganz heiß, Lee!«

»Schon ein Haftbefehl ausgestellt?«

»Nein, bisher nicht.«

»Dann vergeude deine Zeit nicht!«

»Wovon redest du?«

»Kleinere Sachen, bis jetzt jedenfalls. Ruf Lieutenant Holland und seine Jungs im University an und sag ihm, Simpkins ist einer der Beteiligten an den Raubüberfällen, nach denen er sucht. Sag ihm auch, er soll ein Fahndungsblatt rausgehen lassen und nicht vergessen hinzuzufügen, ›bewaffnet und äußerst gefährlich‹ und ›mit allen für erforderlich gehaltenen Zwangsmitteln aufzuhalten‹.«

Al ließ wieder einen Pfiff ertönen. »So schlimm?«

Ich sagte »Yeah« und legte auf. »Mit allen für erforderlich gehaltenen Zwangsmitteln aufzuhalten« war die beschönigende Umschreibung des L. A. P. D. für »auf Rufweite sofort schießen«. Meine Angst ließ um einen Zahn nach. Flüchtige Ganoven aufzustöbern, war mein Job. Ich schob eine Extra-Kanone hinten in meinen Hosengürtel und machte mich auf, den Mann zu finden, der geschworen hatte, mich umzulegen.

Nachdem ich Fahndungsfotos von Simpkins eingesteckt und mir eine Kopie des Berichts von Georgie Caulkins über den Raubüberfall geholt hatte, fuhr ich rüber zum Bezirk West Adams. Es war ein feuchtheißer Tag, und der Mob flutete jetzt von den Bürgersteigen mitten auf die Straße und reichte wildhupenden Autofahrern Flaschen für einen Siegesschluck durch die Seitenfenster. Der Verkehr staute sich an jeder Ampel, und Papierschnitzel flatterten aus Bürofenstern nach unten – eine improvisierte Konfettiparade mit den Fetzen zerrissener Fernschreiben. Die ganze Szene machte mich kribbelig, also brachte ich mein Blaulicht auf dem Dach in Stellung, ließ die Sirene aufheulen, schlängelte mich vorbei an steckengebliebenen Autos, bis die Innenstadt in meinem Rückspiegel verblaßte. Als ich mit dem Tempo runterging, war ich direkt auf dem Weg nach Alvarado, und die Stadt, die ich zu beschützen geschworen hatte, sah wieder so normal wie immer aus. Auf der äußersten rechten Fahrspur entlangkriechend, dachte ich an Wallace Simpkins und wußte, daß das Kribbeln nicht aufhören würde, bis man sich den Schweinehund gekauft hatte und ihn schmoren ließ.

Das lag jetzt sechs Jahre zurück, Herbst 1939, als ich noch Anwärter bei der University Division war und eine Dauerattraktion im Halbschwergewicht im Hollywood-Legion-Stadion. Ein Zweiergespann schwarz-weißer Gangster hatte mit bewaffneten Raubüberfällen auf Jazzkneipen und Läden auf der West Adams zugeschlagen, wobei der Weiße sich als Mitglied der Bande von Mickey Cohen ausgegeben und die Besitzer gezwungen hatte, wegen Fälligkeit der monatlichen Schutzgelder an den Safe zu gehen, während der Neger mit unschuldiger Miene danebenstand und dann den Leuten an der Kasse eins überzog. Sobald der weiße Kerl an den Safe rankam, nahm er das ganze Geld und schlug dann den Besitzer mit seiner Pistole bewußtlos. Danach fuhren die Räuber gemächlich nach Norden in den vornehmen Wilshire District, mit dem Weißen am Steuer, während der schwarze Typ sich auf dem Rücksitz zusammenkauerte.

Ich geriet durch einen glücklichen Zufall in die Ermittlungen.

Nach ihrem fünften Ding stellte die Gang ganz plötzlich die Überfälle ein. Einer meiner Spitzel erzählte mir, Mickey Cohen habe herausgefunden, daß es sich bei dem weißen Schläger um einen seiner früheren Eintreiber handelte, und daß er ihm einen Schuß vor den Bug versetzt habe. Es ging das Gerücht, daß der farbige Typ – ein Cowboy, den man nur unter dem Namen Wild Wallace kannte – nach einem neuen Partner und nach einem neuen Betätigungsfeld Ausschau hielt. Ich gab diese Information an die Detectives weiter und vergaß die Sache schnell wieder. Eine Woche später dann flog mir die Scheiße um die Ohren.

Als Belohnung für meinen Hinweis bekam ich einen ausgesprochenen Mondscheinauftrag zugeschanzt, nämlich als Leibwächter bei einer Pokerpartie mit Höchsteinsätzen, die regelmäßig von den Oberbossen des L. A. P. D. und hohen Tieren bei der Navy veranstaltet wurde, die eigens dafür von San Diego herunterkamen, den starken Mann zu markieren. Das Spiel fand im Hinterzimmer von Minnie Robert's Casbah statt, dem flottesten polizeigeschützten Puff im Süden. Alles, was ich zu tun hatte, war stämmig, gemein und servil auszusehen und bereitwillig Anekdoten aus meiner Boxerlaufbahn zu erzählen. Es war ein wichtiger Schritt auf dem Weg, mir die Sergeantstreifen zu verdienen und die Versetzung zur Detective Division, also zur Kriminalabteilung.

Es ging alles ganz glatt – rundherum Lächeln und Schulterklopfen und Fachsimpeleien über meine Punktniederlage gegen Jimmy Bivins – bis ein Neger in Chauffeursuniform und ein olivhäutiger Knabe in der Uniform eines Marineoffiziers durch die Tür hereinspaziert kamen. Ich sah unter dem linken Arm des Chauffeurs die Ausbuchtung einer Pistole, und als das Licht des Kristallüsters über das Gesicht des Marinemannes huschte, entdeckte ich die blasse Haut eines Mischlings, und mir fielen seine künstlich geglätteten Haare auf.

Da wußte ich Bescheid.

Mit meiner ausgestreckten Rechten ging ich auf Wallace Simpkins zu. Als er sie ergriffen hatte, verpaßte ich ihm eins mit dem Knie in die Eier und schlug ihm einen schweren linken Haken an den Hals. Als er auf den Boden knallte, nagelte ich ihn – den Fuß in die Ausbuchtung gestemmt, wo seine Waffe war – auf den Brettern fest, zog mein eigenes Schießeisen und richtete es auf seinen Partner. »Bon Voyage, Admiral«, sagte ich.

Der »Admiral« hieß William Boyle, war als bewaffneter Räuber noch in der Grundausbildung und stammte von einer Familie aus dem schwarzen Bürgertum ab, die schlechte Zeiten durchgemacht hatte. Er machte sich zum Kronzeugen der Anklage gegen Wild Wallace, bekam auf seine Strafe von fünf Jahren einen Straferlaß von zwei Jahren und saß als Teil der Vereinbarung die restlichen drei Jahre in Chino ab, von wo er dann Anfang 1942 auf Bewährung zur Armee entlassen wurde. Simpkins wurde in fünf Fällen des Raubes überführt, wobei in einem Fall verschärfend schwere Körperverletzung hinzukam, bekam fünf Jahre mit der Androhung von Sicherheitsverwahrung im Wiederholungsfall, abzusitzen im Big Q, und zog während des Prozesses gegen Billy Boyle und mich eine Voodoo-Nummer ab, in der er bei der Seele von Baron Samedi schwor, uns beide kaltzumachen, uns zu Hackfleisch zu zerstückeln und an seinen Hund zu verfüttern. Ich nahm seinen Schwur mehr als zur Hälfte ernst, und während der nächsten Jahre, die er aus dem Verkehr war, spürte ich jedesmal einen unerklärlichen Stich oder Schmerz, wenn ich ihn mir vorstellte, wie er in seiner Zelle saß und in die blau uniformierte Voodoo-Puppe Lee Blanchard große Nadeln stach.

Ich überlas noch einmal den Bericht über den Raub, der auf dem Sitz neben mir lag. Die Tatorte der vier neuen Überfälle durch das schwarz-weiße Team erstreckten sich von der 26th und Gramercy bis nach La Brea und Adams. Als ich die rassische Demarkationslinie überfuhr, bemerkte ich, wie sich die Topographie verschob von vernachlässigten Mittelklasseheimen zu den prunkvollen Sitzen der arrivierten Schwarzen. Östlich von St. Andrews waren die Häuser ungepflegt, mit abblätternder Farbe und ausgetretenen Rasenflächen. Die Häuser auf der Westseite verströmten demgegenüber einen zarten Hauch von Eleganz: Schmucke kleine Villen waren eingefaßt von Steinmauern und umgeben von gutgepflegten Grünflächen; die Herrenhäuser, die West Adams den Beinamen High Darktown eingebracht hatten, stellten die Kästen von Beverly Hills in den Schatten – sie waren älter, weitläufiger und architektonisch weniger angeberisch, als sei den Besitzern sehr wohl bewußt gewesen, daß die einzige Art, reich und zugleich schwarz zu sein, nur darin bestehen konnte, verschwenderischen Aufwand durch das diskrete *noblesse oblige* gediegenen alten, weißen Geldes herunterzuspielen.

Ich selbst kannte High Darktown nur vom Hörensagen, und die Erzählungen waren durchweg äußerst widersprüchlich. Als ich bei der University Division arbeitete, hatte ich dort nie Streifendienst getan. Die Gegend hatte die geringste Verbrechensrate pro Kopf von ganz Los Angeles. Bei den oberen Rängen von University herrschte stillschweigendes Einvernehmen darüber, daß man die gutgespickten schwarzen Bullen auch den reichen schwarzen Geldsäcken ließ, ganz so, als wären sie der Meinung, blau uniformierte weiße Cops würden dort nicht mal die Sprache verstehen können. Und die Bürger von High Darktown leisteten ja auch tatsächlich ganze Arbeit. Einbrecher, die dämlich genug waren, sich über weitläufige Rasenflächen durch riesige Vorgärten anzuschleichen und Tiffany-Fenster einzuschlagen, bekamen eine volle Ladung aus 1000-Dollar-Präzisionsgewehren vor den Latz geknallt, abgefeuert von schwarzen Geldleuten mit einem aristokratischen Flitz, der dem jedes gutbetuchten Weißen in nichts nachstand. High Darktown leistete ausgezeichnete Arbeit darin, sich unangreifbar und uneinnehmbar zu machen.

Doch die Geschichten hatten irgendwie noch einen anderen Beigeschmack, und als ich bei der University Division arbeitete, fragte ich mich, ob sie nicht deswegen vorgebracht und immer wieder rumerzählt worden waren, weil biedere, unbedarfte weiße Cops es nicht in ihren Schädel bekommen wollten, daß es »Nigger« und Dunkelhäutige aller Schattierung gibt, die durchaus imstande sind, für ein Leben zur Billigmiete auch Bares hinzublättern. Die Geschichten waren teils verhältnismäßig prosaisch: Schwarze Schnapsschmuggler mit Beziehungen zu den höheren Verbrecherkreisen, die sich ihren Gewinn schnappen und davon Getränkelager voll Fusel in Watts kaufen und mit illegalen Einwanderern besetzte Konfektionsbuden in San Pedro kauften; aber teils hörten sie sich auch exotischer an: dieselben Edelganoven, die die Farbigengettos mit verschnittenem Heroin überschwemmten und ihre schönsten kaffeebraunen Pferdchen an die einflußreichen Typen und kommenden Leute in Los Angeles verkuppelten, um die Meldepflicht zu umgehen und gewisse Absprachen im Grundstücksgeschäft, die getroffen wurden, um das Vordringen der Farbigen in rein weiße Wohngegenden zu verhindern. Alle Geschichten hatten nur einen einzigen gemeinsamen Nenner: Es herrschte Übereinstimmung darüber, daß zwar das Geld in High Darktown aus schmutzigtrüben Quellen kam, doch jetzt blitzsauber und schneeweiß gewaschen war.

Nachdem ich vor dem Schnapsladen in der Gramercy eingeparkt hatte, überflog ich noch einmal den Ermittlungsbericht zum Raubüberfall, aus dem hervorging, daß der Verkäufer allein gewesen war, als das Ding gedreht wurde und er die beiden Räuber noch aus nächster Nähe gesehen hatte, bevor ihn der weiße Mann mit der Pistole zu Boden schlug. Da ich einen Augenzeugen wollte, der mir Lieutenant Hollands Personenbeschreibung bestätigen konnte, betrat ich den blitzsauberen kleinen Laden und ging zum Verkaufstresen.

Ein Neger mit einem bandagenumwickelten Kopf kam aus dem hinteren Teil des Geschäfts, musterte mich von oben bis unten und sagte: »Ja, bitte, Officer?«

Mir gefiel seine knappe, kurz angebundene Art, und ich verhielt mich entsprechend wortkarg. Ihm das Fahndungsfoto von Wallace Simpkins vorhaltend, fragte ich: »Ist das hier einer der Kerle?«

Zurückprallend sagte er: »Ja. Schnappen Sie sich ihn!«

»Den kaufen wir uns, und dann kriegt er, was er verdient«, beruhigte ich ihn.

Eine Stunde später hatte ich drei weitere Bestätigungen durch Augenzeugen und zerbrach mir den Kopf über die einzuschlagende Strategie. Jetzt, da die Personenbeschreibung von Simpkins raus war, wurde er wahrscheinlich gleich von dem ersten Uniformierten, dem er über den Weg lief, eingebuchtet, aber dieser Gedanke vermochte mich auch nicht groß zu beruhigen. Artie Holland hatte wahrscheinlich in den hinteren Räumen anderer Schnapsläden in diesem Bezirk Eingreifkommandos in Stellung gebracht und ein Abgrasen all der Orte, wo Simpkins sich für gewöhnlich aufhielt, war für einen einzelnen weißen Mann ein lächerliches Unternehmen. Geparkt in einer von Ulmen gesäumten Straße, beobachtete ich japanische Gärtner dabei, wie sie Rasenflächen von der Größe eines Fußballfeldes ihre Pflege zuteil werden ließen und fing an, ein Gespür dafür zu bekommen, daß Wild Wallace' Hingezogensein zu High Darktown und weißen Partnern genau der Hebel war, den ich brauchte. Ich machte mich auf die Jagd nach bleichhäutigen Eindringlingen, wie ich selbst einer war.

Südlich über die La Brea zur Jefferson, dann die Western hoch und über die Adams zurück. Dann die 1st Avenue hinauf und hinunter, dann 2nd Avenue, danach 3rd, 4th und 5th. Die einzigen Weißen, die ich sah, waren andere Cops, Postboten, Ladenbesitzer und ein paar herumstreifende weiße Typen, die eine Negerin für eine schnelle Nummer aufreißen wollten. Ein Rundgang durch die Bars auf der Washington war ähnlich unergiebig; keine weißen Gesichter und keine bekannten Kriminellen, aus denen ich vielleicht ein paar Informationen hätte herausschütteln können.

Als die Dämmerung einsetzte war ich hungrig, wütend, und es überlief mich noch immer ein unbehagliches Kribbeln bei der Vorstellung, daß Simpkins inzwischen Nadeln in die brandneue Puppe eines Blanchard in Zivil stieß. Ich hielt vor einem Grill-Lokal und schlang ein Roastbeef-Sandwich mit Kraut und Fritten hinunter. Ich war bei meiner zweiten Tasse Kaffee angelangt, als das gemischte Pärchen hereinkam.

Das Mädchen war eine hübsche, sehr hellhäutige Farbige – weich gerundet an den richtigen Stellen, in einem rosafarbenen Sommerkleid, das vergeblich ihre Kurven zu verharmlosen suchte. Der Mann war untersetzt und muskulös, trug ein zerknittertes Hawaii-Hemd und scharfgebügelte Khakihosen, die aussahen, als kämen sie aus Armeebeständen. Von meinem Tisch aus konnte ich hören, wie sie ihre Bestellung aufgaben: Masthähnchen-Portionen für sechs Personen mit extra Bratensauce und weichen Brötchen. »Riesenappetit, die Kumpel«, sagte der Stämmige zum Mann hinter dem Tresen. Als seine Bemerkung mit ausdrucksloser Miene quittiert wurde, drängte er sich mit dem Knie an das Mädchen. Sie zuckte zurück, ballte die Hände zu Fäusten und bog den Kopf zur Seite, als versuche sie, einem erzwungenen Kuß auszuweichen. Als ich ihr zum ersten Mal voll ins Gesicht sehen konnte, waren Verachtung und Widerwille deutlich an ihren Zügen ablesbar.

Die beiden signalisierten geradezu Ärger, und ich ging raus zu meinem Wagen, um mich an sie dranzuhängen, sobald sie aus dem Restaurant kamen. Nach fünf Minuten tauchten sie auf, das Mädchen ging voran, der Mann blieb ein paar Schritte hinter ihr, die Nase witternd in der Luft, seine Zunge dabei vor- und zurückschnellend wie bei einer Eidechse. Sie stiegen in eine Packard-Limousine, ein Vorkriegsmodell, das direkt vor mir geparkt war, und der Eidechsenmann setzte sich hinters Steuer. Nachdem sie losgefahren waren, zählte ich bis zehn und folgte ihnen.

Es war spielend leicht, mich an den Packard dranzuhängen. Er war ausgestattet mit einer langen Autoantenne, an der ein Fuchsschwanz wehte, so daß es mir möglich war, einige Wagen zwischen uns zu lassen und den Fuchsschwanz als Wegweiser zu benutzen, dem ich stets mit den Augen folgen konnte. Wir fuhren auf der Western aus High Darktown hinaus, und innerhalb von Minuten wechselten Herrenhäuser und liebevoll gepflegte Heimstätten mit Mietshäusern und Hütten mit Teerpappedächern, die von Maschendraht eingezäunt waren. Je weiter südlich wir kamen, desto schlimmer wurde es; als der Packard auf der 94th nach links abschwenkte und in östliche Richtung fuhr, vorbei an Autofriedhöfen, durch Ladenfronten getarnten Voodoo-Höhlen und Friseursalons mit der Spezialität, krauses Haar zu glätten, bekam man das Gefühl, die Privathölle des Weißen Mannes zu betreten.

An der 94th und Normandie fuhr der Packard an den Randstein und hielt; ich fuhr bis zur Ecke weiter. Durch meinen Rückspiegel beobachtete ich, wie der Eidechsenmann und das Mädchen die Straße überquerten und auf das einzige anständige Haus im Block zugingen, einen weißgekalkten Kasten aus Adobe-Ziegeln im mexikanischen Stil, der wie ein Miniatur-Alamo aussah. Ich stellte meinen Wagen ab, schnappte mir die Stablampe unter dem Sitz und ging hinüber.

Die Schäbigkeit der Szenerie war wie ein Schlag auf den Kopf. Der Block bestand fast ausschließlich aus Karnickelställen für Wohlfahrtsempfänger, versteppten Freiflächen und ausgeschlachteten alten Schlitten, mit Ausnahme von sechs wunderschönen neueren Automodellen, Jahrgang 1940 und 1941, die dicht am Bürgersteig abgestellt waren. Mich bückend ließ ich den Lichtkegel meiner Taschenlampe über die Zulassungsschilder wandern, prägte mir die Nummern ein und rannte zu meinem nicht gekennzeichneten Wagen zurück. Gedämpft flüsternd gab ich die Zahlen über Funk an die Zulassungsstelle durch, drückte mich in meinen Sitz und wartete auf Auskunft über die Halter der Autos.

Zehn Minuten später bekam ich den Rückruf, und die Szenerie, die mir eben noch finster erschienen war, verwandelte sich jetzt zu tiefstem Schwarz.

Ich preßte das Funkmikrofon an mein Ohr und legte meine freie Hand darüber, damit möglichst wenig nach draußen drang und lauschte der quäkenden Stimme des Angestellten. Der Packard war eingetragen auf den Namen Leotis McCarver, Hautfarbe schwarz, männlich, 41 Jahre alt, aus 1348 West 94th Street, Los Angeles – das mußte also der sein, der in diesem Alamo-Verschnitt wohnte. In den Akten stand als Beruf »Gewerkschaftsfunktionär bei der Bruderschaft der Schlafwagenschaffner«. Die anderen Fahrzeuge waren eingetragen auf schwarze und weiße Gauner mit langen Vorstrafenregistern wegen Körperverletzung, die bis auf das Jahr 1922 zurückdatierten. Als der Mann am anderen Ende den letzten Namen ablas – Ralph »Big Tuna« De Santis, ein berüchtigter Schläger aus der Truppe von Mickey Cohen – beschloß ich, Klein-Alamo von oben bis unten durchzukämmen.

Bewaffnet mit Taschenlampe und zwei Kanonen lief ich querfeldein über unbebaute Grundstücke, bis ich im Hinterhof des Hauses stand, in das ich wollte. Ganz weit weg sah ich Feuerwerkskörper zum Himmel aufsteigen, doch hier draußen schien niemandem nach Feiern zumute – ihr nackter Kampf ums Überleben würde weitergehen. Als ich zur Gartenmauer kam, nahm ich Anlauf, schaffte es, mit Ellenbogen und Knien raufzukommen und fiel auf der anderen Seite auf weichen Rasen. Auf der Rückseite des Hauses war es dunkel und still, also riskierte ich es, meine Taschenlampe anzumachen. Ich entdeckte einen Lieferanteneingang mit einer windschiefen Holztür, ging auf Zehenspitzen darauf zu, drückte die Klinke – und fand die Tür unverschlossen.

Mit vorgestreckter Taschenlampe ging ich hinein; in ihrem Lichtkegel tauchten staubige Wände und Fußböden auf, vereinzelt standen Clubsessel herum, und die Tür eines Garderobenschranks stand halb offen. Ich machte sie ganz auf und entdeckte darin Offiziersuniformen auf Bügeln, alle in vollem Lametta, mit Kampfspangen und gestickten Kompaniewappen.

Lautes Stimmengebrüll ließ mich zusammenschrecken, und ich wandte meine Aufmerksamkeit dem Vorderteil des Hauses zu. Ich horchte angestrengt, und es gelang mir, die Sprechweise von Weißen und Schwarzen auseinanderzuhalten, die sich abwechselnd wüst beschimpften. Vor mir war eine Verbindungstür und dahinter Dunkelheit. Das Geschrei mußte aus einem der vorderen Räume kommen, also schob ich sie einen Spalt auf, hockte mich dann hin, um so viel wie möglich mitzubekommen.

»... un ich hab's ja imma gesachd, daß wir 'n Plass findn und von da Straße runda müssen«, schrie eine Negerstimme, »weil, nämlich, auch wenn wa uns drennen, Schwarze nur mid Schwarzn und Weiße nur mit Weißn, dann bleibn da imma noch die Sdraßnsperrn!«

Das wurde mit Stimmengemurmel quittiert, dann ertönte ein gellender Pfiff, brachte es zum Verstummen, und die Stimme eines Weißen wischte den Einwand beiseite: »Wir halten den Zug mitten auf dem Land auf. Weit und breit nur Acker. Wir vernichten alle Signallampen, und falls ein paar Fahrgäste sich aufmachen, um Hilfe zu holen: Der nächste Bahnhof ist fünfzehn Kilometer weit weg – und die Arschlöcher werden schön zu Fuß gehen müssen.«

Eine schwarze Stimme sagte glucksend: »Die wern dodal durchdrehn, wern die, die Soldadn.«

Ein anderer Schwarzer: »Un denn ham se den ganzn beschissnen Krieg *umsonst* gekämpft!«

In das Gelächter hinein tönte die kräftige Baritonstimme eines Negers: »Also, wir ham jetz genug rumgealbernd. Wir redn hier schließlich über Geld und sons' nix.«

»Und auch noch über Rache, Mister Gewerkschaftsführer. Vergiß nicht, daß ich im Zug noch 'ne extra Sache zu erledigen habe.«

Ich erkannte die Stimme auf Anhieb – vor Gericht hatte sie mir Voodoo-Verwünschungen entgegengeschleudert. Ich machte mich gerade auf den Rückzug, um Verstärkung zu holen, als plötzlich meine Beine unter mir wegknickten und ich mit dem Kopf voran in schwarze Dunkelheit stürzte.

Die Dunkelheit war sanft und wiegte mich, und ich hatte das Gefühl, in einem Ozean aus Samt zu schwimmen. Von weit her hallte wütendes Gebrüll, doch ich wußte, daß es harmlos war; es kam von einem anderen Planeten. Immer wieder spürte ich kleine Stiche an meinen Armen und sah dann stecknadelgroße Lichtpunkte, die irgendwie die Stimmen lauter werden ließen, doch danach wurde alles nur noch weicher, die samtenen Wellen schaukelten mich, beschwichtigten all meine Schmerzen.

Bis dann aus dem Samt Eis wurde und die freundlichen kleinen Stiche sich in krachende Tritte verwandelten, die mich überall im Rücken trafen. Ich versuchte mich zu einer Kugel zusammenzurollen, doch eine wütende Stimme, die unzweifelhaft von diesem Planeten stammte, wollte das nicht zulassen. »Wach auf, du Kacker, wir wollen nich noch mehr Dope für dich vergeuden. Wach auf! Verdammt, wach auf!«

Benommen erinnerte ich mich daran, daß ich schließlich Polizeibeamter war und wollte nach dem .38er an meiner Hüfte langen.

Doch ich konnte Arme und Hände nicht bewegen, und als ich versuchte, mich herumzuwerfen, stellte ich fest, daß man mich wie ein Paket verschnürt hatte und daß das Gehämmer Tritte in meine Beine und gegen meinen Brustkorb waren. Bei dem Versuch, ihnen auszuweichen, spürte ich Muskelkrämpfe vom Kopf bis zu den Zehen und öffnete die Augen. Unscharf sah ich Wände und Decke, und als ich klarer wurde, kam plötzlich die Erinnerung wieder. Ich schrie etwas, das im Gelächter unterging, und dann schwebte nur Zentimeter über mir das Gesicht des Eidechsenmanns. »Lee Blanchard«, sagte er und wedelte vor meinen Augen mit der Polizeimarke und dem Etui mit der Kennkarte. »Schon wieder eins vor'n Latz gekriegt, Kacker! Ich hab gesehen, wie Jimmy Bivins dich im Legion flachgelegt hat. Linker Haken aus dem Nichts und schon warste auf den Knien, und dann ham saftlose Niggermuskeln dich mit der Fresse voran auf die Bretter geschickt. Ich hab kein Respekt vor eim Mann, der sich von Niggern eins vorn Latz knallen läßt.«

Bei dem Wort »Nigger« hörte ich jemanden scharf Luft holen und drehte mich herum. Ich erblickte das farbige Mädchen im rosa Kleid, das nur wenige Meter entfernt auf einem Stuhl saß. Ich horchte noch nach anderen Geräuschen, und als ich nichts hörte, erkannte ich, daß wir drei im Haus allein waren. Mein Blick wurde jetzt schärfer, und ich entdeckte, daß der Ozean aus Samt ein mit Plüsch ausgeschlagenes Wohnzimmer war. Als ich jetzt glaubte, ich wäre weit genug, wieder Gefühl in die Knochen zu bekommen, spürte ich einen stechenden Schmerz, der meinen benommenen Kopf endgültig klar machte. Als ich hinten im Rücken einen scharfen Druck spürte, zuckte ich zusammen; der Extra-.38er mit dem kurzen Lauf, den ich in der City Hall hinten in meinen Hosengürtel gestopft hatte, war noch immer da, nur war er mir tiefer in die Wäsche gerutscht. Mutiger geworden, schaute ich hoch in das Eidechsengesicht und sagte: »Hast kürzlich wohl 'n paar Schnapsläden ausgeraubt?«

Er lachte auf. »'n paar. 'n Taschengeld, verglichen mit der dicken Kohle, die wir diesen Nach –«

Das Mädchen kreischte auf. »Stopp, erzähl ihm nichts!«

Der Eidechsenmann fuhr sich mit der Zunge über die Lippen. »Der is doch sowieso 'n Flachmann, Fallobst, 'ne tote Leiche, also, was macht das schon? Es is 'n Eisenbahnraub, du Glaskinn. Irgendein Bonze von der Army hat den Super Chief von L. A. nach

Frisco gechartert. Pokerrunden, Nutten in den Schlafwagen, heiße Filmchen im Salonwagen. Haste noch nichts davon gehört? Der Krieg is vorbei, Zeit, daß jetzt gefeiert wird. 'n paar harte Jungs von uns sind mit von der Partie – Nigger, die Schaffner spielen, 'n paar weiße Typen in Wichs und Gala. Alle hamse Bleispritzen dabei, und der kleine Freund von unserm Goldstück hier, Voodoo, der hat 'ne Maschinenpistole. Die nehm heut abend in der Gegend von Salinas den Zug auseinander, wenn die Macker in Uniform sich auf die Flittchen schmeißen und ganz scharf darauf sind, das ganze schöne Trennungsgeld zu verbumsen. Und dann wird Voodoo hierher zurückkommen und 'n kleines religiöses Ritual mit dir veranstalten! Er hat mir davon erzählt, hat gesacht, daß er noch immer diesen scharfen Köter, diesen Höllenhund hat, dem er den Namen ›Rache‹ gegeben hat. 'n Freund hat sich um ihn gekümmert, während er in Quentin war. Der Bursche war 'n Weißer, und der hat den Hund so gequält, daß weiße Männer für den schlimmer sind als Gift. Der Köter wird nur zweimal die Woche gefüttert und du kannst deinen Arsch darauf verwetten, daß ihm 'ne hübsch große Schüssel Bullenragout bestimmt schmecken wird. Das wirst du nämlich sein, du weißer Schlappschwanz! Voodoo wird dich bei lebendigem Leib ausweiden, macht dich zu Hundefutter aus der Büchse. Wollen wir wetten, was er zuerst abschneiden wird?«

»Das ist nicht wahr! Er wird doch nicht –«

»Schnauze, Cora!«

Mich zu dem Mädchen umdrehend, um sie besser sehen zu können, wagte ich einen Schuß ins Blaue. »Bist du Cora Downey?«

Cora klappte der Kiefer runter, doch die Eidechse übernahm das Reden für sie. »Schlaues Bürschchen! Ging früher mit Billy Boyle, jetzt gehört sie Voodoo. Diese Schokoladentorten kommen rum. Du kennst doch diesen Schlappschwanz hier, oder etwa nicht, Süße? Er hat deine beiden Boyfriends ins Loch gesteckt und wenn du sehr, sehr nett zu ihm bist, läßt Voodoo dich vielleicht hier und da auch mal ein Stück abschneiden.«

Cora kam zu mir herüber und spuckte mir ins Gesicht. Sie zischte »Schwein« und trat mit der Schuhspitze nach mir. Ich versuchte mich wegzurollen, und den nächsten Tritt versetzte sie mir in den Rücken.

Dann kam mir blitzartig die Erleuchtung, und ich spürte sie stärker als jeden der Schläge, die ich bisher eingesteckt hatte. Vergangene Nacht hatte ich Wallace Simpkins durch die Tür sagen hören: »Außer noch Rache, Mister Gewerkschaftsführer, ich hab im Zug noch 'ne eigene Sache zu erledigen.« Diese »Sache«, so rauschte es jetzt in meinem Kopf, war niemand anderer als Lieutenant Billy Boyle, und ich hätte eine Fünf-zu-eins-Wette darauf abgeschlossen, daß Cora ganz und gar nicht gefallen würde, was Simpkins da »erledigen« wollte.

Die Eidechse nahm Coras Arm, führte sie hinüber zur Couch und hockte sich dann neben mich. »Dich Schlappschwanz kann jedes Kind umnieten«, sagte er.

Ich lächelte zu ihm hoch. »Deine Mutter kratzt den Schleim in einem Zwei-Dollar-Puff zusammen.«

Er schlug mir ins Gesicht. Ich spuckte Blut zurück und sagte: »Und du bist potthäßlich.«

Er schlug mich wieder; als sein Arm an mir vorbeifegte, sah ich den Griff einer Automatik, die aus seiner rechten Hosentasche ragte. Mit vor Verachtung triefender Stimme höhnte ich: »Du schlägst zu wie ein Mädchen. Cora könnte es leicht mit dir aufnehmen.«

In den nächsten Schlag legte er seine ganze Kraft. Durch aufgeplatzte, blutende Lippen blubberte ich: »Bist du schwul? Nur Tunten lassen solche Wischer los.«

Eine Eins-Zwei-Kombination traf mich am Kinn und am Hals, und da wußte ich: Jetzt oder nie! Mit lallender Stimme, wie ein schwer angeschlagener Boxer, brachte ich heraus: »Laß mich hoch. Laß mich hoch, und wir kämpfen Mann gegen Mann! L-laß mich hoch!«

Eidechse zog ein Schnappmesser aus seiner Tasche und schnitt den Strick durch, mit dem meine Arme an die Seite gefesselt waren. Ich versuchte meine Hände zu bewegen, doch sie waren wie Gelee. In meinen zusammengetretenen Beinen war noch etwas Gefühl, so daß ich mich herumrollte, und ich schaffte es, auf die Knie zu kommen. Eidechse hatte einen Schritt zurück gemacht, eine Pose eingenommen, die er für eine Boxerstellung hielt und schlug mit links und rechts Heumacher in die Luft. Cora saß noch immer auf der Couch und wischte sich Tränen der Wut von ihren Wangen. Schwer keuchend und wie benommen von Drogen, meinen Oberkörper rollend, versuchte ich Zeit zu gewinnen, abzuwarten, bis ich wieder Gefühl in den Händen hatte.

»Komm hoch, du Stück Scheiße!«

Meine Finger ließen sich noch immer nicht bewegen.

»Ich sagte, komm hoch!«

Noch immer taub und unbeweglich.

Eidechse kam auf den Fußballen herangetänzelt, antäuschend und schattenboxend. In meinen Gelenken summte das Blut, und ich fing an, ganz unprofihaft wütend zu werden, als wäre ich ein blutiger Anfänger und nicht ein Cop von reifen einunddreißig Jahren. Eidechse traf mich zweimal, links, rechts, mit offenen Händen. Ganz plötzlich verwandelte er sich für mich in Jimmy Bevins, und ich stand wieder in der neunten Runde im Legion-Stadion 1937. Die linke Schulter fallenlassend, feuerte ich eine rechte Gerade ab, nahm dann genau Maß und setzte ihm einen linken Haken voll an den Brotkorb. Bivins keuchte und knickte vorn ein; ich machte einen Schritt zurück, um besser ausholen zu können. Dann war Bivins plötzlich wieder Eidechse, der nach seiner Kanone langte, und das brachte mich in die Wirklichkeit zurück.

Wir zogen beide gleichzeitig. Eidechses erster Schuß pfiff über meinen Kopf weg und zerschmetterte das Fenster hinter mir; mein Schuß, der durch mein unbeholfenes Zurückweichen verzögert war, klatschte in die gegenüberliegende Wand. Der Rückschlag riß uns beide herum, und bevor Eidechse Zeit hatte, mich aufs Korn zu nehmen, warf ich mich zu Boden und rollte zur Seite wie ein teppichbeißender Derwisch. Drei schnell hintereinander abgefeuerte Schüsse fetzten da durch die Luft, wo ich vor einer Sekunde noch gestanden hatte, und ich streckte den Arm, mit dem ich schoß, aufwärts, stützte mein Handgelenk mit der anderen Hand ab und pumpte Blei aus meinem Kurzläufigen in Eidechses Brust. Er wurde zurückgeschleudert, und durch das Echo der Schüsse hindurch hörte ich Cora lang und gellend aufschreien.

Ich taumelte zu Eidechse hinüber. Er stand kurz vor dem Abkratzen, aus drei Einschüssen quoll Blut, und er war nicht mehr in der Lage, den Abzug seiner .45er durchzuziehen. Seine Kraft reichte gerade noch, ein Stück hochzukommen und mir mit dem Mittelfinger ein schwächliches Lebewohl zu entbieten, und als der Abgänger noch halb in der Luft schwebte, trat ich ihn in die Herzgegend, drückte ihn nach unten und preßte den letzten Rest Leben in einem gewaltigen Schwall aus seinen Arterien aus ihm heraus. Als sein Zucken aufgehört hatte, wandte ich meine Aufmerksamkeit Cora zu, die neben der Couch stand und wieder einen schrillen Schrei ausstieß.

Ich erstickte den Lärm, indem ich ihr Genick an der Wand festnagelte und ihr zuzischte: »Also, jetzt Fragen und Antworten! Sag mir, was ich wissen will, und du kannst gehen oder scheiß mich an, und ich finde Stoff in deiner Handtasche und erzähl dem Staatsanwalt, daß du das Zeug an weiße Schulkinder verkauft hast!« Ich verstärkte meinen Griff.

»Erste Frage. Wo ist mein Auto?«

Cora faßte sich an den Hals. Ich konnte mir vorstellen welche Obszönitäten ihr auf der Zunge lagen, die sie gern losgeworden wäre. Doch die ganze rasende Wut sammelte sich in ihren Augen, als sie sagte: »Draußen. Hinten. In der Garage.«

»Haben Simpkins und der tote Vogel hier die Schnapsläden in West Adams hopsgehen lassen?«

Cora starrte auf den Fußboden und nickte. »Ja.« Als sie zu mir aufsah, trat in ihre Augen der Selbstekel dessen, der gerade zum Verräter geworden war. Ich sagte: »Dieser Kerl von der Gewerkschaft, McCarber, hat der den Zugüberfall ausbaldowert?«

Wieder ein bestätigendes Nicken.

Ich verschwieg ihr, daß Billy Boyle wahrscheinlich auch im Zug war und fragte dann: »Wer finanziert das alles? Wer hat die Waffen und Uniformen gekauft?«

»Dafür war das Geld aus den Schnapsläden, und dann war da noch so ein reicher Knabe, der Geld vorgestreckt hat.«

Jetzt stellte ich die entscheidende Frage: »Wann fährt der Zug von Union Station ab?«

Cora schaute auf ihre Uhr. »In einer halben Stunde.«

Im Flur entdeckte ich ein Telefon und rief im Bereitschaftsraum der Central Division an, gab Georgie Caulkins den Rat, alle verfügbaren Zivilbullen und Uniformierten zur Union Station zu schikken, da ein von der Armee gecharterter Super Chief, der gleich Richtung Frisco abfahren würde, von einer gemischten Bande von Weißen und Negern in Armee- und Schaffneruniformen überfallen werden würde. Mit gedämpfter Stimme, so daß Cora mich nicht hören konnte, empfahl ich ihm, einen schwarzen Quartiermeisterlieutenant namens William Boyle als Hauptzeugen vorläufig festzuhalten und legte dann auf, bevor er noch mehr sagen konnte als »Jesses«!

Cora rauchte eine Zigarette, als ich ins Wohnzimmer zurückkam. Ich hob das Etui für meine Erkennungsmarke vom Boden auf und hörte das Heulen näher kommender Sirenen. »Komm«, sagte ich. »Du willst doch bestimmt nicht mehr hier rumhängen, wenn die Bullen auftauchen.«

Cora schnippte ihre Zigarette verächtlich auf die Leiche, nahm Maß und verpaßte ihm noch einen gutgezielten Tritt. Dann machten wir, daß wir wegkamen.

Auf dem Weg in die Innenstadt blieb ich über Funk auf Code drei, der immer dann benutzt wurde, wenn jemand Alarm wegen eines Überfalls schlug. Das Adrenalin verflüchtigte die Überreste der K. o.-Droge, die ich noch immer in meinem System hatte, und meine Wut sorgte wie ein Deckel dafür, daß die Schmerzen, die ich am ganzen Körper verspürte, nicht überkochten. Cora war so weit von mir abgerückt wie sie konnte, ohne sich aus dem Fenster raushängen zu müssen und zuckte mit keiner Wimper, als die Sirenen näher kamen. Ich fing an, sie zu mögen und beschloß, meinen Bericht über die Festnahme zu frisieren, um sie aus der ganzen Scheiße herauszuhalten.

Kurz vor Union Station sagte ich: »Willst du im Knast versauern oder überleben?«

Cora spuckte aus dem Fenster und ballte ihre Hände zu Fäusten.

»Willst du von einer dieser Tucken im Stadtgefängnis leibesvisitiert werden oder lieber nach Hause gehen?«

Die Haut über Coras Fingerknöcheln spannte sich; die Knochen waren so weiß wie meine Haut.

»Willst du, daß Voodoo Billy Boyle aus dem Verkehr zieht?«

Jetzt hatte ich ihre volle Aufmerksamkeit. »Waas!«

Mit einem Seitenblick schaute ich auf Coras kreidebleiches Gesicht. »Der ist nämlich auch mit im Zug. Denk drüber nach, bis wir im Bahnhof sind und du von einer Meute Bullen aufgefordert wirst, deine Kumpel ans Messer zu liefern.«

Von der Beifahrertür wegrückend, an die sie sich gedrückt hatte, stellte mir Cora genau die Frage, die jeder kleine Gauner unvermeidlich jeden Cop seit Urzeiten fragt: »Warum machst du so 'nen Scheißjob?«

Ich ging darüber hinweg und riet ihr: »Am besten, du redest. Das ist in deinem ureigenen Interesse.«

»Das muß ich selbst entscheiden, aber sag mir das andere!«

»Was soll ich sagen?«

»Na ja, warum du –«

Ich unterbrach sie. »Wenn du dir's gründlich überlegt hast, sag mir Bescheid.«

Cora fing an, an ihren Fingern zu zupfen, und lehnte sich so nahe gegen mich, daß ich sie trotz der Sirenen hören konnte.

»Erstens, du hast dir gedacht, daß deine Tage als Boxer vorüber sind, wenn du erst mal die Dreißig erreicht hast, also hast du dir 'nen Job gesucht, bei dem 'ne Pension für dich rausspringt; zweitens, die Oberbosse bei den Bullen lieben es, sich mit Footballspielern, Boxern und erfolgreichen Sportlern zu umgeben – das is schon mal der erste Anreiz, 'nen bequemen Job als Sesselpuper zu kriegen. Drittens, dir macht's Spaß, Leuten in die Fresse zu hauen, und als Bulle kriegst du dazu reichlich Gelegenheit; viertens, auf deiner Kennkarte steht, daß du zur Fahndungsabteilung gehörst, und ich weiß, daß alle Cops in der Fahndungsabteilung die Taschen aufhalten und auch schon mal den einen oder anderen Steckbrief verschwinden lassen. Also ist klar, daß du reichlich Nebenverdienste hast. Fünftens –«

In gespielter Resignation riß ich die Hände hoch, als wollte ich endgültig aufgeben, fühlte mich dabei, als hätte ich gerade vier schwere Haken von Billy Conn weggesteckt und keine Lust mehr, mich in der fünften Runde knockout schlagen zu lassen. »Kluges Kind, aber du hast vergessen zu erwähnen, daß ich auch noch als Gorilla für Firestone gearbeitet habe und man mir Kopfgeld dafür bezahlt hat, daß ich illegale Einwanderer an den Grenzschutz verpfiffen habe.«

Cora richtete mir den Knoten meiner verrutschten Krawatte. »He, Baby, man macht eben mal dies, mal jenes und hier und da, und muß eben alles nehmen, wie's kommt. Ich hab auch Sachen gemacht, auf die ich nicht gerade stolz bin und –«

Ich fuhr sie an. »Das ist es nicht!«

Cora drückte sich wieder in ihre Ecke und lächelte. »Doch genau, Mister Po-liceman.«

Aufgebracht und wütend, wie immer, wenn ich am Verlieren war, tat ich das Nächstliegende was mir einfiel: angreifen. »Halt den Rand! Halt den Rand, bevor ich vergesse, daß ich angefangen hatte, dich zu mögen!«

Cora klammerte sich an das Armaturenbrett mit Händen, an denen die Knöchel weiß hervortraten und starrte durch die Windschutzscheibe. Union Station kam jetzt in Sicht, und als ich auf den Parkplatz einschwenkte, sah ich ein Dutzend schwarzweiße Streifenwagen und einige ungekennzeichnete Fahrzeuge vor dem Eingang. Dümmlich klingende, aus Megaphonen gebellte Kommandos hallten laut über den Platz, als ich meine Sirene ausstellte, und als ich meine Karre hinter den ungekennzeichneten Wagen zum Stehen brachte, entdeckte ich Zivilbeamte, die ihre Maschinenpistolen auf den Boden gerichtet hielten, wo Menschen lagen.

Ich klemmte meine Polizeimarke ans Revers und sagte: »Los, raus!« Cora stolperte aus dem Wagen und stand mit weichen Knien auf dem Pflaster. Ich kletterte raus, packte sie am Arm und zog und zerrte sie bis zu der Stelle, wo die Erkennungsparade abgehalten wurde. Als wir näher kamen, richtete ein Bulle in Uniform seinen .38er auf uns, zögerte dann und fragte: »Sergeant Blanchard?«

Ich sagte »Yeah« und übergab ihm Cora mit dem Zusatz: »Sie ist eine Hauptzeugin, seien Sie nett zu ihr.« Der Junge nickte, und ich ging vorbei an zwei Stoßstange an Stoßstange geparkten Schwarzweißen, um dann Zeuge der unglaublichsten Festnahme zu werden, die ich je erlebt hatte.

Neger in Zugschaffneruniformen und Weiße in den Khakiuniformen der Army lagen Gesicht nach unten auf dem Pflaster. Jakken und Hemden bis hoch über ihre Schultern gezogen, Hosen und Unterhosen runtergelassen bis zu den Knien. Uniformierte Cops waren ausgeschwärmt, sie zu durchsuchen, während Zivilbullen ihnen die Mündungen ihrer Schnellfeuergewehre an den Kopf drückten. In sicherer Entfernung lag ein Haufen konfiszierter Pistolen und abgesägter Schrotflinten. Die Männer am Boden beteuerten entweder brabbelnd ihre Unschuld oder brüllten Verwünschungen heraus, und es sah aus, als juckte es die Cops in den Fingern, den Abzug ihrer Waffen durchzuziehen.

Voodoo Simpkins und Billy Boyle befanden sich nicht unter den sechs Verdächtigen. Ich hielt Ausschau nach vertrauten Gesichtern unter den Polizisten und erkannte Georgie Caulkins, der vor dem Haupteingang über eine mit einem Tuch verhängte Tragbahre gebeugt stand. Ich hastete zu ihm hinüber und fragte: »Was haben wir denn hier, Skipper?«

Mit dem Fuß schob Caulkins das Laken zur Seite, und darunter kam die sterbliche Hülle eines Negers zum Vorschein, der etwa Mitte Vierzig sein mochte. »Das da unten ist Leotis McCarver«, sagte Georgie. »Angesehener farbiger Bürger, große Nummer bei der Bruderschaft der Schlafwagenschaffner, eine Zierde seiner Rasse. Er hat sich seinen .38er an den Kopf gesetzt, schoß sich das Gehirn raus, als die Schwarzweißen aufkreuzten.«

Als ich das Zwinkern in den Augen des alten Lieutenants mitbekam, fragte ich gedehnt: »Tatsächlich?«

Georgie lächelte und seufzte. »'n Klugscheißer kann man eben nicht anscheißen! McCarver kam raus, wedelte mit einem weißen Taschentuch, und irgendein halbstarker Grünschnabel hat ihm die Fahrkarte ins Jenseits gelocht. Hat 'ne Belobigung verdient, meinste nich' auch?«

Ich warf einen Blick auf die Leiche und sah, daß sich das Einschußloch genau zwischen den Augen befand. »Gebt ihm 'nen Scharfschützenorden und dann sofort 'nen Schreibtischjob, eh er noch versehentlich Löcher in unschuldige Zivilisten stanzt. Übrigens, was ist mit Simpkins und Boyle?«

»Abgehauen«, sagte Georgie. »Als wir hier ankamen, konnten wir die echten Soldaten und Schaffner nicht von den Gangstern unterscheiden, also warfen wir über alle ein Netz und filzten jeden einzelnen. Wir hielten jeden echten schwarzen Lieutenant fest – das waren übrigens nur zwei – und ließen sie dann wieder laufen, als sich herausstellte, daß der Gesuchte nicht darunter war. Simpkins und Boyle haben wahrscheinlich in dem Tohuwabohu abhauen können. Hinten vom Parkplatz wurde ein Wagen gestohlen – eine Zeugin hat ausgesagt, sie hätte einen Nigger in Schaffneruniform dabei beobachtet, wie er das Seitenfenster eingeschlagen hat. Das war wahrscheinlich Simpkins. Die Zulassungsnummer ist schon über Funk durchgegeben und auch 'ne detaillierte Personenbeschreibung. Dieser Schwarze ist praktisch schon tot.«

Ich mußte an Simpkins denken, wie er gerade Voodoo-Schutzgottheiten beschwor und sagte: »Ich nehm selbst die Verfolgung auf.«

»Du schuldest mir in der Sache noch einen Bericht.«

»Später.«

»Nein, *jetzt*!«

Ich sagte: »Später, *Sir*«, und rannte, das Echo von Georgies

»Jetzt« noch im Rücken, zu Cora zurück. Als ich zu der Stelle kam, wo ich sie stehengelassen hatte, war sie weg. Als ich mich umschaute, sah ich sie ein paar Meter weiter am Boden knien, mit Handschellen an die Stoßstange eines Schwarzweißen gekettet. Eine Meute Blauer umstand sie mit höhnischem Feixen, und ich wurde sehr, sehr wütend.

Ich ging zu ihnen hinüber. Ein besonders unbedarft und grün aussehender Typ beglückte die anderen mit seiner Version von Leotis McCarvers Abgang. Alle vier fuhren zusammen, als sie mich näher kommen sahen. Ich packte den Erzähler an der Krawatte und zerrte ihn zum Heck des Wagens. »Aufschließen!« sagte ich.

Der Jüngling versuchte sich loszureißen. Ich riß an seiner Krawatte, bis wir Gesicht an Gesicht standen und ich seinen Sen-Sen-Atem riechen konnte. »Und du wirst dich gefälligst entschuldigen!«

Der Junge wurde rot, und ich machte kehrt und ging zu meinem ungekennzeichneten Wagen. Hinter mir hörte ich Gemurmel, und dann tippte mir jemand auf die Schulter. Cora stand da und lächelte. »Ich bin dir was schuldig«, sagte sie.

Ich zeigte auf den Beifahrersitz. »Steig ein. Ich kassier's später.«

Die Fahrt zurück bestritten wir zu gleichen Teilen – ich mit nervöser Ungeduld, sie mit weitschweifigen Auslassungen über ihre Liebschaften und kriminellen Eskapaden. So was war mir schon Dutzende Male passiert. Ein Cop setzt sich gegen einen Kollegen für einen Verhafteten ein und das entweder aus grundsätzlichen Motiven oder weil der andere Cop ein echtes Stück Scheiße ist, und der Gefangene wertet das als Zeichen von Zuneigung und Respekt und fängt gleich eifrig damit an, eine Lebensbeichte abzulegen, jeden Fehltritt haarklein zu rechtfertigen, weil er mit dem Cop moralisch auf einer Stufe stehen möchte. Coras Schilderung ihrer Liebe zu Billy Boyle in ihren Tagen als Gangsterliebchen, ihr Abrutschen in einen Edelpuff, als er ins Gefängnis mußte, und wie sich dann zwischen Wallace Simpkins und ihr etwas angebahnt hatte, das alles hatte was peinlich Zwangsläufiges und wurde rührselig vorgetragen. Ich wurde zunehmend gereizter von ihrem ständig eingestreuten »Vastehste?« und den Klapsen auf den Arm, mit denen sie sie unterstrich, und wenn ich sie nicht als Fremdenführerin auf meiner Fahrt nach High Darktown gebraucht hätte,

hätte ich sie bestimmt mit einem Tritt aus dem Wagen und zurück in ihr altes Leben befördert. Doch mit einem Mal wurde ihr Monolog interessant.

Als Billy Boyle aus Chino freigelassen wurde, hatte er noch eine Woche Urlaub in L. A. vor seiner Einberufung zur Armee und war auf die Suche nach Cora gegangen. Er hatte sie in Minnie Roberts Casbah aufgestöbert, fand sie schwer auf dem Äthertrip mit Voodoo-Visionen und machte die Entdeckung, daß sie sich den Kunden als Coroloa, die afrikanische Sklavenkönigin, anbot. Er holte sie da heraus, brachte sie mit Dampfbädern und Vitamin-B12-Stößen vom Dope weg und überredete sie schließlich, für Uncle Sam zu kämpfen. Als Billy dann den Marschbefehl bekam, mußte irgend etwas in ihrem Gehirn geklickt haben, denn sie fing an, Briefe an Wallace Simpkins, auf den sie noch immer scharf war, nach St. Quentin zu schreiben. Da sie von seiner Leidenschaft für Voodoo wußte, schmuggelte sie ihm ein paar gepfefferte Fotos, die in der Casbah aufgenommen worden waren und sie als Sklavenkönigin zeigten, in die Zelle, und zwischen beiden entspann sich ein saftiger Briefverkehr. Inzwischen hatte Cora in Mickey Cohens Nummernfabrik im Süden die Arbeit aufgenommen und es sah alles ganz rosig für sie aus. Dann wurde Simpkins aus Big. Q. entlassen, das ganze Voodoo-Zeug und die Sexfantasien verwandelten sich in schale Wirklichkeit, und der Voodoo-Mann selbst fing wieder mit Raubüberfällen an, wobei er ihre guten Beziehungen zur Welt der weißen Kriminellen ausnutzte.

Als Cora ihre Geschichte beendet hatte, durchquerten wir gerade die Ausläufer von High Darktown. Abenddämmerung hatte eingesetzt; die Hitze ließ nach; die Neonlichter der Bumslokale an der Western Avenue waren gerade aufgeflammt. Cora zündete sich eine Zigarette an und sagte: »Billys Leute sind alle von hier aus der Gegend. Falls er nach einem Versteck oder einer Mitfahrgelegenheit sucht, wird er bestimmt in den Clubs an der West Jeff aufkreuzen. Wallace würde es nicht riskieren, hier seine miese Fresse zu zeigen, es sei denn, er hält nach Billy Ausschau, was er wohl zweifellos tun wird. Ich –«

Ich unterbrach sie. »Und ich hab immer geglaubt, Billy käme aus einer Spießerfamilie. Würde er denn nicht zu einem von denen gehen?«

Coras Blick verriet mir, daß sie mich für einen ausgemachten

Idioten hielt. »Hier gibt's gar keine Spießerfamilien, mit Ausnahme von denen, die Heimarbeit machen. West Adams ist auf Schnapshandel aufgebaut, Süßer. Schwarze vakaufen den Weißen Blitz an Schwarze, werden dick und fett, investieren dann *weiß*. Als ich noch Zöpfe trug, haben Billys Leute in Klein-Klein gemacht. Heute sind sie furchtbar respektabel, und sie hassen ihn dafür, daß er einsitzen mußte. Der wird sich eher an die Clubs halten, da kannste Gift drauf nehmen.«

Ich bog auf die Western in Richtung Jefferson Boulevard ab. »Woher weißt du das alles?«

»Ich bin aus High, *High* Darktown, Schatz.«

»Warum hast du dann diesen Schlunzenakzent beibehalten?«

Cora lachte. »Und da hab ich gedacht, ich hör mich an wie Lena Horne! Ich sag dir den Grund, Schnuckiputz: Eine schwarze Frau mit einem Diplom in Jura nennen sie ›Niggerin‹. Eine schwarze Puppe mit acht Zentimeter Stöckelabsätzen und einem Springmesser in der Handtasche nennen sie ›Baby‹. Vastehste?«

»Vasteh.«

»Nein, eben nicht. Halt mal an, Tommy Tuckers Club ist einen Block weiter.«

Ich sagte »Yes Ma'am« und fuhr an den Bordstein. Cora stieg als erste aus und stöckelte auf ihren acht Zentimeter hohen Absätzen hüftschwingend bis zur nächsten Ecke, von wo sie mir über die Schulter zurief: »Ich geh rein.«

Ich wartete unter einer purpurfarbenen Neonreklame, die diese Kaschemme als »Tommy Tucker's Playroom« auswies. Fünf Minuten später kam Cora wieder heraus und sagte: »Billy war vor ungefähr einer halben Stunde drin. Hat den Barmann um eine doppelläufige abgesägte Schrotflinte angehauen.«

»Und Simpkins?«

Cora schüttelte den Kopf. »Den hat keiner gesehen.«

Ich zeigte mit gekrümmtem Finger zum Auto. »Komm, den schnappen wir uns.«

Die nächsten zwei Stunden folgten wir Billy Boyles Spuren durch die Nachtlokale von High Darktown. Cora ging hinein und hörte sich um, während ich draußen wie ein weißes Mauerblümchen stehenblieb, die gezogene Waffe an mein Bein gepreßt, stets in Erwartung eines Voodoo-Killers, der mit einer Maschinenpistole auf mich zielen und abdrücken würde. Was sie mir mitteilen konnte, war immer dasselbe: Boyle war dagewesen, hatte mit seinen Offiziersstreifen Eindruck geschunden, einen Kurzen spendiert bekommen und war praktisch Hals über Kopf wieder aus der Tür gestürzt. Niemand hatte Wallace Simpkins zu Gesicht bekommen.

Um 11 Uhr abends stand ich unter dem Baldachin von Hanks Swank Spot, und vor Erschöpfung spürte ich überall am Körper feine, scharfe Nadelstiche. Adrette schwarze Kids zogen an mir vorüber, winkten mit kleinen amerikanischen Fähnchen aus Autofenstern, immer noch ganz aus dem Häuschen darüber, daß der Krieg jetzt vorüber war. In meinem Wahn hatten Männer wie Frauen ausnahmslos Steckbriefvisagen, auf deren Anblick hin mein Finger am Abzug nervös zuckte, obwohl ich doch ganz genau wußte, daß sie nicht *er*, Wallace Simpkins, sein konnten. Coras Stippvisite hier dauerte jetzt schon dreimal länger als ihre früheren, und als ein Wagen eine Fehlzündung hatte und ich auf die alte Dame hinter dem Steuer zielte, wurde mir bewußt, daß es in High Darktown sicherer sein würde, ohne daß ich mich auf der Straße rumtrieb, also ich ging rein, um nachzusehen, was Cora so lange aufhielt.

Die Innenausstattung von Swank Spot's war ägyptisch: Seidentapeten mit aufgeprägten Pharaonenköpfen und Mumien, Pyramiden aus Pappmaché, die die Tanzfläche säumten und eine lange Bar in der Form eines umgekippten Sarkophags. Die Gäste dagegen wirkten ganz normal modern: Neger in zweireihigen Anzügen und Frauen in Abendkleidern, die abfällig meinen schäbigen Anzug und meinen zweieinhalb Tage alten Bart musterten.

Ich übersah sie und hielt vergeblich nach Cora Ausschau. Ihr verschmutztes rosa Fähnchen mußte zwischen all dieser Haute Couture wie ein Feuermelder wirken, denn alle Frauen trugen Kleider in einem bläßlichen Weiß oder metallischem Schwarz. Panik stieg in mir auf, als ich ihre Stimme, überlagert von Bebop-Klängen, vom anderen Ende der Tanzfläche herüber laut klagen und bitten hörte.

Ich schob mich durch das Gedränge der Tanzenden und vorbei an drei Pyramiden, um zu ihr zu gelangen. Sie stand neben einem Plattenspieler und setzte sich gestenreich mit einem Schwarzen in Slacks und einer Kamelhaarjacke auseinander. Der Mann saß in einem Klappstuhl, und abwechselnd schaute er beifällig auf seine manikürten Fingernägel und abschätzig zu Cora hin, als wäre sie ein Stück Dreck.

Die Musik schwoll jetzt zu einem Crescendo; der Mann lächelte mich an; Coras Bitten wurden eingerahmt von Saxophonen, Posaunen und Schlagzeug, die jetzt wild loslegten. Plötzlich fühlte ich mich wieder in meine Zeit im Boxstadion zurückversetzt – trommelnde Faustschläge und Ellenbogen und beim Clinch noch mal voll mit den Verschnürungen der Handschuhe durch Platzwunden. Nach zwei verrückten Tagen drehte nun ich durch und beförderte den Plattenspieler mit einem Fußtritt zu Boden. Das Benny Goodman Sextett wurde krachend zum Schweigen gebracht, und ich richtete meine Kanone auf den Mann und sagte: *»Jetzt will ich's wissen.«*

Von der Tanzfläche kamen Protestschreie, und Cora drückte sich ängstlich an eine umgekippte Pyramide. Der Mann zog die Bügelfalten seiner Hosen glatt und sagte: »Coras alte Flamme war vor einer halben Stunde hier und bettelte. Ich hab ihn abgewimmelt, weil ich meiner Herkunft zumindest soviel schuldig bin, Leute zu hassen, die andere verpfeifen. Aber ich habe ihm von einem alten gemeinsamen Freund erzählt – nur ein kleiner Hinweis. Ein anderer von Coras Verehrern war vor ungefähr zehn Minuten hier und fragte nach Flamme Nummer eins. Schien ganz so, als hätte er was gegen ihn. Ich hab ihn an dieselbe Adresse verwiesen.«

Ich krächzte: »Wo?« und in meinen eigenen Ohren klang meine Stimme so, als gehörte sie nicht zu mir. Der Mann sagte: »Nein, Sie dürfen sich jetzt entschuldigen, Officer! Wenn Sie das getan haben, werde ich bei meinen guten Freunden Mickey Cohen und Inspektor Waters kein Wort über Ihr Verhalten verlieren.«

Ich steckte meine Pistole zurück in den Gürtel und holte ein altes Feuerzeug vor, das ich gewöhnlich benutzte, um Verdächtigen Feuer zu geben, wenn sie rauchen wollten. Ich zündete einen Funken, die Flamme schoß hoch, und ich hielt sie nur zentimeterweit von den Brokatvorhängen weg. »Erinnerst du dich noch an das Coconut Grove?«

Der Mann sagte: »Das werden Sie nicht tun!« und ich brachte die Flamme an den Stoff. Er entzündete sich sofort, und Rauch stieg zur Decke hoch. Drinnen im eigentlichen Clubraum schrien die Gäste gellend »Feuer!« Die Flamme züngelte am Brokat hoch, versengte ihn, bis der Mann herauskreischte: »John Downey«, sich dann die Kamelhaarjacke vom Leib riß und damit auf die Flammen einschlug. Ich packte mir Cora und pflügte mit ihr durch den

Club, mit Boxhieben und Ellenbogenstößen, um uns einen Weg durch die Nachtschwärmer und Zecher zu bahnen. Als wir draußen auf dem Bürgersteig standen, sah ich, daß Cora schluchzte. Ihr über das Haar streichend, flüsterte ich rauh: »Was denn, Kindchen, was denn?«

Es brauchte eine ganze Zeit, bis Cora ihre Stimme wiederfand, doch als sie sprach, hörte sie sich an, als hätte ich eine Professorin vom College vor mir: »John Downey ist mein Vater. Er verfügt hier in der Gegend über großen Einfluß, und er haßt Billy, weil er glaubt, daß Billy mich zur Hure gemacht hat.«

»Und wo wohnt –«

»Arlington und Country Club.«

Innerhalb von fünf Minuten waren wir dort. Dies hier war High, *High* Darktown – Herrenhäuser im Tudor-Stil, französische Schlößchen und maurische Villen mit terrassierten Rasenflächen vor dem Haus. Cora zeigte auf einen Herrensitz, ähnlich den Prunkvillen von Pflanzern in den Südstaaten.

»Geh zum Seiteneingang. Donnerstag hat das Hausmädchen abends Ausgang und es würde dich niemand hören, wenn du vorn klopfst.«

Ich hielt auf der anderen Straßenseite und sah mich nach anderen Autos um, die hier in dieser Umgebung deplaziert wirken mußten. Da ich nichts außer Packards, Caddys und Lincolns sah, die in Einfahrten standen, sagte ich zu ihr: »Du bleibst da. Beweg dich mit keinem Schritt von hier weg, ganz gleich, was du siehst oder hörst!«

Cora nickte stumm. Ich stieg aus und rannte hinüber zur Villa, flankte über ein Eisengitter, das in zwei weiße eiserne Pfosten eingehängt war und trabte dann eine endlos scheinende Auffahrt entlang. Aus dem Nachbarhaus, das vom Grundstück der Downeys durch eine hohe Hecke getrennt war, ertönte Lachen und Händeklatschen. Bei dem fröhlichen Treiben von nebenan konnte ich ungestört näher an das Gebäude heran, und bald schon stand ich so dicht davor, daß ich in Fenster hineinsehen konnte.

Mich auf Zehenspitzen langsam zur Rückseite des Hauses schleichend, erblickte ich Zimmer, die mit Wandbehängen aus Crewel-Garn und Stichen mit Jagdszenen geschmückt waren. Mein Gesicht immer ein paar Zentimeter von den Scheiben fernhaltend, hielt ich Ausschau nach schattenhaften Bewegungen und horchte auf Stimmen, wunderte mich, daß noch kurz vor Mitternacht alle Lichter brannten.

Die gesichtslosen Stimmen drangen aus dem nächsten Parterrefenster zu mir heraus. Mich dicht an die Wand drückend sah ich, daß das Fenster einen Spaltbreit offenstand. Ich brachte mein Ohr dichter heran und lauschte.

». . . und nach all dem Geld, das ich in die Vorbereitung gesteckt hatte, mußtest du auch noch diese Schnapsläden ausnehmen?«

Der Tonfall erinnerte mich an einen mäßig aufgebrachten Prediger, der seine Schäflein zurechtweist, und ich wappnete mich gegen die Stimme, die jetzt, wie ich wußte, gleich antworten würde.

»Ich hab Cowboy-Blut inne Adern, Mister Downey, wie Sie selbst auch gehabt ham müssen als junga Mann, als Se krumme Dinga gedreht ham. Der Cop muß sich befreit ham un hat dann Cora un Whitey dazu gebracht, zu singen. Hat'n ziemlichen Wirbel gemacht, aber wir komm' da vielleicht imma noch sauba raus. McCarver wa außer mir der einzige, der gewußt hat, daß *Sie* das Geld vorstrecken, und der ist tot. Billy is doch dèr, den *Sie* tot sehen wollen und der wird gleich hier auftauchen. Dann kriegt er mein Messer in'n Bauch, und ich lad ihn irgendwo ab und keina weiß, daß er übahaupt hier gewesen is!«

»Du willst Geld, stimmt's?«

»Mit fünf Riesen könnt ich irgendwo hübsch im Trockenen sitzen und dann vielleicht, wenna sich wieder sicha fühlt, bin ich zurück un schlitz den Cop auf. Die Sache wegen –«

Lauter Beifall aus dem Haus nebenan schnitt Simpkins' Satz mittendurch. Ich zog meine Kanone und raffte all meinen Mut zusammen, in der Erkenntnis, daß ich nur dann sichergehen konnte, wenn ich den Hundesohn da, wo er stand, in den Rücken schießen würde. Ich hörte noch lauteres Händeklatschen und fröhlichen Jubel darüber, daß die Amtszeit von Bürgermeister Bowron vorüber war, und dann setzte sich wieder der Predigerbariton von John Downey mit verdoppelter Lautstärke durch: »Ich will ihn tot. Meine Tochter treibt sich mit weißem Abschaum rum, sie ist eine Hure, und er ist –«

Hinter mir gellte ein Schrei, und ich kam unten am Boden gerade in dem Moment auf, als der Feuerstoß aus einer Maschinenpistole das Fenster klirrend zu Bruch schoß. Die nächste Salve brach durch die Hecke und zerschmetterte ein Fenster im Nachbarhaus. Ich drückte mich zuerst mit dem Rücken gegen die Wand und schob mich dann langsam hoch, als die Mündung einer Maschinenpistole nur ein paar Zentimeter von mir entfernt auf den Sims gelegt wurde. Als das Mündungsfeuer aufflammte und sich ein weiterer Feuerstoß daraus entlud, steckte ich meinen .38er blind hinein und schoß sechsmal ungefähr in Bauchhöhe. Die Maschinenpistole schnellte hoch und rotzte ihr Blei in den Himmel, und als ich wieder auf dem Boden aufprallte, waren die einzigen Laute, die ich hörte, chaotische Schreie aus dem anderen Haus.

Gebückt lud ich meinen Revolver nach, erhob mich dann vorsichtig und betrachtete mir durch die Fenster beider Häuser das angerichtete Blutbad. Wallace Simpkins lag tot auf John Downeys Perserteppich, und gegenüber sah ich, daß das Banner des West Adams Democratic Club blutverschmiert war. Als ich eine tote Frau ausgestreckt auf einem antiken Tisch liegen sah, schrie auch ich auf, kletterte mit den Ellenbogen voran in Downeys Haus und hob die Maschinenpistole auf. Die metallenen Handgriffe verbrannten mir die Hände, doch es machte mir nichts aus; ich sah die Gesichter jedes einzelnen Boxers, der mich besiegt hatte und auch das war mir gleichgültig; in meinem Hirn hörte ich Granaten krepieren und war froh, daß es sie gab, die Schreie all der Unschuldigen zu ersticken. Mit dem vorgestreckten Lauf der Maschinenpistole als Wegweiser machte ich einen Rundgang durch das Haus.

All meine Sinne schienen sich in den Augen und in meinem Abzugsfinger zu sammeln. Wind blähte einen Fenstervorhang, und ich schoß die Wand in Stücke; ich sah mich selbst in einem goldgerahmten Spiegel und zerschoß mein Abbild in einem Regen von Scherben. Dann hörte ich eine Frau aufstöhnen, »Daddy, Daddy, Daddy«, ließ die Maschinenpistole fallen und rannte zu ihr.

Cora kniete auf dem Boden der Eingangshalle und stieß immer wieder ein Messer in einen Mann, der ihr Vater sein mußte. Der Mann stöhnte im tiefen Bariton und versuchte nach oben zu gelangen, als wolle er sie umarmen. Coras *Daddy*-Rufe wurden leiser und leiser, bis beide in völliger Harmonie zu verschmelzen schienen. Als sie zuließ, daß der Sterbende sie umarmte, ließ ich ihnen noch ein paar gemeinsame Sekunden, zog dann Cora von ihm weg und zerrte sie nach draußen. Sie wurde in meinen Armen schlaff, und als überall Lichter angingen und sich aus allen Himmelsrichtungen Sirenen näherten, trug ich sie zu meinem Auto.

Das Klassentreffen

Mary Higgins Clark

Er beobachtete Kay aus den Augenwinkeln. Sorgfältig hatte er sich während der drei Tage von ihr ferngehalten, um auf keinem Gruppenfoto mit ihr zu erscheinen. Es war nicht schwierig gewesen. Fast sechshundert ehemalige Schüler waren zu dem Treffen gekommen. Drei Tage lang hatte das langweilige Gewäsch über Schulzeiterinnerungen an seinen Nerven gezerrt; Erinnerungen an jene gemeinsamen Tage in der Garden State High School von Passaic County in New Jersey.

Kay hatte gerade ihren Hot dog aufgegessen. Irgend etwas mußte an ihren Lippen hängengeblieben sein, weil sie mit der Fingerspitze darüberwischte und dann an ihren Zähnen herumpulte. Heute nacht würde er diese Finger in seinen Händen halten.

Er stand am Rand einer Gruppe. Er wußte, daß er sich in den vergangenen acht Jahren mehr verändert hatte als die meisten anderen Schüler. Er war dünner geworden, hatte sich einen Bart wachsen lassen, trug anstelle der dicken Brillengläser Kontaktlinsen, und unter dem schütteren Haar war eine kahle Stelle sichtbar geworden. Aber manche Dinge änderten sich nie. Kein Mensch war auf ihn zugekommen und hatte gesagt: »Donny, wie schön, dich zu sehen.« Selbst wenn man ihn erkannt hätte, wäre niemand stehengeblieben. Es war genauso wie früher. Er sah die Schulcafeteria wieder vor sich, wo er mit einem eingewickelten Sandwich von Tisch zu Tisch gegangen war. »Sorry, Donny«, hatten sie gemurmelt, »schon besetzt.« Schließlich hatte er sich auf die Stufen der Feuerleiter geschlichen und dort seinen Lunch verzehrt.

Aber jetzt war er froh, daß ihm während der drei Tage niemand auf die Schulter klopfte oder ihn beim Arm nahm oder »Wie schön, dich zu sehen« rief. Er bewegte sich am Rand der Gruppen, konnte Kay beobachten und konnte Pläne schmieden. In genau einer halben Stunde würde sie ihm gehören.

»Ich welcher Klasse waren Sie?«

Einen Augenblick lang war er unsicher, ob die Frage an ihn gerichtet war. Kay nippte an einem Sodawasser. Sie unterhielt sich mit einer Schülerin, die in Donnys Klasse Abschluß gemacht hatte. Irgendeine Virginia Soundso. Kays honigfarbenes Haar war heller, als er es in Erinnerung hatte. Aber sie lebte jetzt in Phoenix. Vielleicht hatte die Sonne es ausgebleicht. Es war kurz geschnitten und ringelte sich um ihr Gesicht. Früher fiel es bis auf die Schultern. Vielleicht würde er sie dazu bringen, es wieder wachsen zu lassen. »Kay, laß deine Haare wachsen. Als dein Ehemann darf ich das verlangen.« So würde er scherzen, aber er würde es ernst meinen.

Wie war die dumme Frage dieser dummen Person? Ach – das Jahr, in dem er seinen Abschluß gemacht hatte. Er drehte sich um. Jetzt erkannte er den Mann, es war der neue Direktor. Er hatte am Dienstag die Begrüßungsrede gehalten. »Ich habe vor acht Jahren abgeschlossen«, sagte Donny.

»Deshalb kenne ich Sie nicht. Ich bin erst seit vier Jahren hier. Ich heiße Gene Pearson.«

»Donny Rubel«, murmelte er.

»Die drei Tage waren wundervoll«, sagte Pearson. »Riesig viel sind gekommen. Das ist Schulgeist. Bei einem College ist das normal. Aber bei einer High-School . . . Es ist wunderbar.«

Donny nickte. Er blinzelte und tat so, als müßte er sich wegdrehen, weil die Sonne ihn blendete. Er sah, daß Kay den Leuten die Hand schüttelte. Sie wollte gehen.

»Wo wohnen Sie jetzt?« Pearson schien entschlossen, die Unterhaltung aufrechtzuerhalten.

»Ungefähr dreißig Meilen von hier.« Um allen weiteren Fragen zuvorzukommen, sagte Donny hastig: »Ich hab einen eigenen Reparaturbetrieb. Mein Lieferwagen ist meine Werkstatt. Im Umkreis von einer Stunde Fahrzeit übernehme ich alle Reparaturen. Wirklich schön, Sie kennengelernt zu haben, Mr. Pearson.«

»Sagen Sie, möchten Sie nicht auf unserem Berufsberatungstag sprechen? Die Schüler sollten erfahren, daß es eine Alternative zum College gibt . . .«

Donny streckte eine Hand aus, als hätte er nichts gehört. »Ich bin in Eile. Ein paar Jungs aus meiner Klasse und ich wollen zusammen essen gehen.« Er gab Pearson keine Gelegenheit für eine Antwort. Statt dessen streifte er über die Picknickwiese. Er hatte sich sorgfältig gekleidet, Khakihosen, blaues Polohemd. Die meisten männlichen Besucher hatten das gleiche an. Er wollte in der Menge untergehen. Er wollte genauso unauffällig sein, wie er während seiner ganzen Schulzeit auffällig gewesen war. Das einzige Kind, das einen Mantel anhatte, wenn alle anderen ein Jackett trugen.

Kay ging durch das Wäldchen, das die Picknickwiese von dem Parkgelände trennte. Das Schulgelände stieß an den Park. Es war ein idealer Platz für ein Schultreffen, und es war ideal für Donny. Gerade als sie ihre Wagentür öffnete, hatte er sie eingeholt. »Miss Weley«, sagte er, »ich meine Mrs. Crandell.«

Sie war überrascht. Er wußte, daß der Parkplatz eine Minute später voller Leute sein würde. Er mußte sich beeilen. »Ich bin Donny Rubel«, sagte er, »ich nehme an, daß Sie mich nicht mehr erkennen.«

In ihrem Blick zeigte sich Unsicherheit. Dann dieses Lächeln. Wie oft hatte er sich dieses Lächeln in schlaflosen Nächten vorgestellt. »Donny, wie schön dich zu sehen. Du siehst so verändert aus. Wie kommte es, daß ich dich vorhin nicht schon gesehen habe?«

»Ich bin gerade gekommen«, erklärte er. »Sie sind die einzige, die ich sehen wollte. Wo wohnen Sie?«

Er wußte es bereits. Im Garden View Motel, auf der Route 80. »Das ist prima«, sagte er, als sie antwortete. »In einer halben Stunde holt mich ein Wagen von dort ab. Ich bin mit dem Taxi rübergefahren. Könnten Sie mich mitnehmen? Wir könnten uns dann ein bißchen unterhalten.«

Hatte sie Verdacht geschöpft? Erinnerte sie sich an den letzten gemeinsamen Abend, als sie ihm sagte, daß sie im nächsten Semester nicht zurückkommen, sondern heiraten würde, und er zu weinen begonnen hatte? Sie zögerte unmerklich und sagte: »Natürlich, Donny. Sicher ist eine Menge passiert in der Zwischenzeit. Steig ein.«

Während er auf die Beifahrerseite eilte, gelang es ihm unauffällig, seine Schuhbänder aufzureißen. Nachdem er eingestiegen war, beugte er sich nach vorn und knüpfte sie umständlich wieder zu. Jeder, der den Wagen jetzt wegfahren sah, würde schwören, daß Kay die Picknickwiese allein verlassen hatte.

Kay fuhr schnell. Sie versuchte die leise Irritation zu unterdrücken, die ihr die Anwesenheit des jungen Mannes bereitete. Mike würde in einer Stunde aus New York zurückkommen, und nachdem sie gestern abend am Telefon so unfreundlich zu ihm gewesen war, wollte sie heute die Dinge wieder ins Lot bringen zwischen ihnen beiden. Dieses Schultreffen hatte ihr gutgetan. Es hatte Spaß gemacht die Lehrerkollegen zu treffen, mit denen sie zwei Jahre zusammengearbeitet hatte. Es war auch schön, die ehemaligen Schüler wiederzusehen. Unterrichten hatte ihr Freude gemacht. Dies war eines der Probleme zwischen ihr und Mike. Da er für seine Firma ständig neue Zweigstellen eröffnen mußte, blieben sie nie länger als ein Jahr an einem Ort. Zwölf Umzüge in acht Jahren. Als er sie in dem Motel abgesetzt hatte, bat sie ihn, sich bei seiner Firma um einen beständigeren Job zu bemühen.

»Das klingt wie ein Ultimatum, Kay«, sagte er.

»Vielleicht ist es das auch«, antwortete sie. »Ich möchte mich niederlassen. Ich möchte ein Baby. Ich möchte lange genug an einem Ort bleiben, damit ich wieder unterrichten kann. Ich kann nicht ständig auf Achse leben. Ich schaff das einfach nicht.«

Letzte Nacht hatte er ihr erzählt, daß ihm seine Firma eine Teilhaberschaft und einen ständigen Job in ihrem New Yorker Büro zugesagt hat, er müsse nur noch eine Filiale einrichten. Sie hatte einfach aufgelegt.

Sie war so sehr in ihre eigenen Gedanken versunken, daß sie die Schweigsamkeit ihres Fahrgastes nicht bemerkte, bis er sagte: »Ihr Mann ist bei einer Geschäftsbesprechung in New York. Sie erwarten ihn heute abend zurück.«

»Woher weißt du das?« Kay schaute kurz auf das undurchdringliche Profil von Donny Rubel und richtete ihren Blick dann wieder auf die Straße.

»Ich habe mit Leuten gesprochen, die sich mit Ihnen unterhalten haben.«

»Ich dachte, du wärst bloß beim Picknick gewesen?«

»Das haben Sie angenommen, ich habe es nicht gesagt.«

Der Ventilator blies frische Luft ins Wageninnere. Ein Kälteschauder zog über Kays Haut, als hätte sich der laue Abend plötzlich abgekühlt. Es war nicht mehr ganz eine Meile bis zum Motel. Sie trat aufs Gaspedal. Etwas in ihr warnte sie davor, Fragen zu stellen. »Es hat sich gerade so gut getroffen«, sagte sie. »Mein Mann mußte zu einem Geschäftstermin nach New York. Ich bekam die Einladung für das Schultreffen und . . .«

»Ich habe die Schulzeitung gelesen«, sagte Donny Rubel. »Dort stand, daß die beliebteste Lehrerin der Garden State High School zu dem Treffen kommen würde.«

»Das war ein nettes Kompliment.« Kay versuchte zu lachen.

»Sie haben mich nicht erkannt.« In Donnys Tonfall schien Befriedigung zu liegen. »Aber ich wette, Sie haben nicht vergessen, daß Sie mit mir zu der Abschlußfeier gegangen sind.«

Sie hatte damals Englisch und Chorsingen unterrichtet. Die Vertrauenslehrerin Marian Martin meinte, Donny Rubel sollte in den Chor aufgenommen werden. »Er ist einer von den traurigsten Fällen, die ich jemals gesehen habe«, sagte sie zu Kay. »Er bringt es im Sport zu nichts, und er hat keine Freunde. Ich halte ihn für intelligent, aber er kommt gerade so durch, und als das gute Aussehen verteilt worden ist, stand er weiß Gott nicht in der ersten Reihe. Wenn wir ihn doch bloß irgendwo unterkriegen könnten, wo er Freunde findet.«

Sie erinnerte sich an seine ernsthaften Bemühungen und an die Hänseleien der anderen im Chor. Als Donny gerade einmal nicht im Raum war, sprach sie das Problem an. »Ich muß euch was sagen, Jungs. Ich finde, ihr verhaltet euch hundsgemein.« Von da an ließen sie ihn in Ruhe, wenigstens während der Chorproben. Nach dem Frühlingskonzert kam er öfter bei ihr vorbei und unterhielt sich mit ihr. So erfuhr sie, daß er nicht an der Abschlußfeier teilnehmen wollte. Er hatte drei Mädchen eingeladen, und alle hatten ihm einen Korb gegeben. Spontan hatte sie vorgeschlagen, daß er allein kommen und an ihrem Tisch sitzen sollte. »Ich bin eine der Gouvernanten«, sagte sie, »ich würde mich über deine Gesellschaft freuen.« Voller Unbehagen erinnerte sie sich, wie Donny am Ende des Abends zu weinen begonnen hatte.

Das Motelschild stand auf der rechten Seite. Sie zog es vor, Donnys Hand keine Beachtung zu schenken, die an ihrem Bein entlang streichelte.

»Erinnern Sie sich, daß ich Sie auf der Abschlußfeier gefragt habe, ob ich Sie im Sommer besuchen dürfte. Sie sagten, daß Sie heiraten und wegziehen würden. Sie haben an vielen Orten gewohnt. Ich habe versucht, Sie zu finden.«

»Wirklich?« Kay versuchte, nicht allzu aufgeregt zu klingen.

»Ja. Ich wollte Sie vor zwei Jahren in Chicago besuchen, aber da waren Sie nach San Francisco gezogen.«

»Tut mir leid, daß wir uns nicht getroffen haben.«

»Gefällt es Ihnen, so oft umzuziehen?« Seine Hand lag nun auf ihrem Knie.

»Also hör mal, Junge, das ist mein Knie.« Sie versuchte, locker zu klingen.

»Ich weiß. Sie haben es doch sicher satt, so viel herumzuziehen, oder? Das brauchen Sie jetzt auch nicht mehr.«

Kay warf einen Blick auf Donny. Die schwere, dunkle Sonnenbrille verdeckte seine Augen und die Hälfte seines Gesichts, sein Mund war gespitzt und halb geöffnet. Als er den Atem ausstieß, ertönte ein pfeifendes Geräusch, das unheimlich nachhallte.

»Fahren Sie ans Ende des Parkplatzes und dann links am Hauptgebäude vorbei«, sagte er. »Ich zeige Ihnen, wo Sie parken können.«

Seine Hand schloß sich fester um ihr Knie. Bevor sie sie sah, fühlte sie die Waffe, die er ihr in die Seite drückte.

»Ich werde schießen, das wissen Sie«, flüsterte er.

Das durfte einfach nicht wahr sein. Sie hätte ihn niemals mitnehmen dürfen. Ihre Hände zitterten, als sie den Wagen gehorsam in die angegebene Richtung steuerte. In ihrer Magengrube fühlte sie einen kalten Schauder. Sollte sie versuchen, Aufmerksamkeit auf sich zu lenken und den Wagen gegen eine Wand fahren? Sie hörte das Klicken, mit dem er die Waffe entsicherte.

»Versuch keine Tricks, Kay. In der Kanone sind sechs Kugeln. Ich brauch bloß eine für dich, aber die andern werd ich nicht verschwenden. Fahr neben den Lieferwagen auf der anderen Seite. Auf den letzten Parkplatz.«

Sie gehorchte und bemerkte sofort, daß ihr eigener Wagen durch den dunkelgrauen Lieferwagen von den Hotelfenstern aus nicht mehr zu sehen war. »Jetzt mach deine Tür auf und schrei nicht.« Seine Hand lag auf ihrem Arm. Er glitt hinter ihr aus dem Wagen. Sie hörte, wie er die Wagenschlüssel aus der Zündung zog und sie auf den Boden warf. Mit einer einzigen Bewegung schob er sie nach vorn und zog die Seitentür des Lieferwagens auf. Mit einem Arm hob er sie hinein und folgte ihr. Das Türschloß klinkte ein. Drinnen war es nahezu vollkommen dunkel. Kay blinzelte.

»Donny, mach das nicht«, flehte sie. »Wir sind doch Freunde. Sprich mit mir, aber mach das nicht . . .«

Sie fühlte sich vorwärtsgeschoben, stolperte und fiel auf ein enges Klappbett. Etwas wurde über ihr Gesicht gezogen. Ein Knebel. Dann drückte er sie mit der Hand nieder, mit der anderen legte er ihr Handschellen an und fesselte ihre Füße mit einer schweren Metallkette zusammen. Er öffnete die Seitentür des Lieferwagens, sprang hinaus und ließ die Tür mit einem Schwung zufallen. Sie hörte, wie die Tür auf der Fahrerseite zuschlug, und einen Augenblick später fuhr der Wagen los. Ihre verzweifelten Versuche, auf sich aufmerksam zu machen, indem sie ihre gefesselten Füße gegen die Seitenwand des Fahrzeugs schlug, wurden von dem Geräusch der Reifen auf dem Schotter übertönt.

Voller Ungeduld nagte Mike an seinen Lippen, als der Taxifahrer anhielt, um an der Kreuzung vor dem Motel einem Lieferwagen die Vorfahrt zu geben. Der Wunsch, das Taxi möge schneller fahren, ließ seinen schlanken, durchtrainierten Körper vor Anspannung vibrieren.

Er fühlte sich miserabel, wenn er daran dachte, wie Kay und er gestern abend auseinandergegangen waren. Eigentlich wollte er zurückrufen, nachdem sie einfach aufgelegt hatte. Aber er kannte Kay – sie war nie für lange Zeit böse. Und jetzt konnte er ihr bieten, was sie wollte. *Noch ein Auftrag, mein Schatz. Höchstens noch ein Jahr . . . vielleicht auch bloß sechs Monate. Dann kann ich in das New Yorker Büro als Partner einsteigen.* Wenn sie wollte, dann könnten sie ein Haus in der Gegend kaufen. Es gefiel ihr dort.

Der Fahrer hielt vor dem Eingang des Motels.

Mike sprang aus dem Wagen. Mit langen Schritten durchquerte er die Halle.

Er und Kay hatten das Zimmer 210. Als er den Schlüssel umdrehte und die Tür öffnete, war seine erste Reaktion tiefe Enttäuschung. Es war noch zu früh, als daß Kay hätte zurück sein können, aber er hatte einfach angenommen, daß sie ihn erwarten würde. Der Raum war ein typisches Motelzimmer: schäbiger Teppich, beigebrauner Bettüberwurf, schwerer Toilettentisch aus Eichenholz, Fernseher in einer Schrankwand und Ausblick auf einen Parkplatz. Letzte Nacht hatte er Kay hier einfach abgesetzt und war sofort zu seinem ersten Termin nach New York weitergefahren. Nur zögernd erinnerte er sich daran, daß Kay die Nase gerümpft und gesagt hatte: »Diese Zimmer. Sie sind alle gleich, und ich bin schon in so vielen gewesen.«

Aber wie immer war es ihr gelungen, einen Hauch von Hei-
meligkeit in das Zimmer zu bringen. In einer Vase standen frische
Blumen und daneben drei Fotos in silbernen Rahmen. Auf einem
war er zu sehen, mit einem frisch gefangenen Barsch in der Hand,
das zweite war ein Schnappschuß von Kay, der sie vor ihrem Haus
in Arizona zeigte, das dritte war ein Bild der Familie von Kays
Schwester.

Die Bücher, die Kay mitgebracht hatte, lagen auf dem Nachttisch. Die Toilettengarnitur, die sie von ihrer Mutter geerbt hatte,
die Bürste, der Perlmuttkamm und der Handspiegel, lagen säuber-
lich geordnet auf dem Frisiertisch. Als er den Schrank öffnete,
nahm er den zarten Geruch der Duftkissen wahr, die über den sa-
tinbezogenen Kleiderbügeln hingen.

Unwillkürlich mußte Mike lächeln. Kays Ordnungsliebe war
eine beständige Quelle des Entzückens für ihn.

Er entschloß sich, schnell unter die Dusche zu gehen. Nach Kays
Rückkehr würden sie alles besprechen und er würde sie zu einem
festlichen Abendessen einladen. *Teilhaber, Kay. Nur noch ein Jahr.
Die vielen Umzüge haben sich gelohnt. Ich habe es dir versprochen.* Während er seinen Anzug aufhängte und seine Unterwäsche und Sok-
ken in den Wäschesack stopfte, wurde ihm plötzlich bewußt, daß
der ständige Wohnungswechsel ihn nie gestört hatte, weil es Kay
gelungen war, aus jedem Motelzimmer und jeder Mietwohnung
ein Zuhause zu schaffen.

Um Viertel nach sechs saß er an dem runden Tisch mit Blick auf
den Parkplatz. Er sah sich die Nachrichten im Fernsehen an und
lauschte auf das Geräusch des Schlüssels im Schloß. Aus dem
Kühlschrank hatte er eine Flasche Wein genommen. Um halb sieben öffnete er die Flasche und goß sich ein Glas ein. Um sieben Uhr
sah er eine Reportage von Dan Rather über einen erneuten Ausbruch terroristischer Aktivitäten. Um halb acht hatte er sich in eine
Art selbstgerechter Verärgertheit hineingesteigert... Also gut,
Kay ist mir immer noch böse. Wenn sie mit Freunden zu Abend essen wollte, hätte sie eine Nachricht hinterlassen können. Um acht
Uhr rief er das dritte Mal bei der Rezeption an, und wieder wurde
ihm von einem gereizten Angestellten versichert, daß *absolut keine
Nachricht für Mr. Crandell in Zimmer 210 hinterlassen worden war.*
Um neun Uhr begann er Kays Adreßbuch durchzugehen, und er
fand den Namen einer Schülerin, mit der Kay in Kontakt geblieben

war. Virginia Murphy O'Neil. Sie nahm nach dem ersten Klingelzeichen ab. Ja, sie hatte Kay getroffen. Kay war von dem Picknick weggegangen, als alle aufbrachen. Virginia hatte Kay auch wegfahren sehen. Das mußte Viertel nach fünf oder halb sechs gewesen sein. Sie war ganz sicher, daß Kay allein im Auto saß.

Nach dem Gespräch mit Virginia O'Neil rief Mike die Polizei an und erkundigte sich nach Unfällen auf der Strecke zwischen der Schule und dem Motel. Nachdem nichts von einem Unfall bekannt war, meldete er Kay als vermißt.

Die Handschellen schnitten in ihre Gelenke, die Fesseln an den Beinen brannten an ihren Knöcheln; der Knebel erstickte sie fast.

Donny Rubel? Warum tat er ihr das an? Plötzlich fiel ihr Marian Martin, die Vertrauenslehrerin, ein, die sie gebeten hatte, Donny in den Chor aufzunehmen. In jener letzten Woche hatte sie Marian erzählt, daß sie Donny zu der Abschlußfeier an ihren Tisch eingeladen hatte. Marian war deswegen in Sorge geraten: »Ich habe schon davon gehört«, sagte sie. »Donny hat jemandem erzählt, du hättest ihn gebeten, dich zu begleiten. Ich kann das ja verstehen, nachdem sich die anderen immer über ihn lustig machen, aber trotzdem . . . Ach, was soll's. Du gehst weg und heiratest in zwei Wochen.«

Aber er ist mir all die Jahre auf den Fersen geblieben. Kay fühlte, wie sie in Panik geriet. Sosehr sie sich auch anstrengte, sie konnte ihn durch die Trennscheibe nicht sehen. Der Lieferwagen erschien ihr ungewöhnlich groß, und im Halbdunkel konnte sie die Umrisse einer gegenüberstehenden Werkbank erkennen. Darüber hingen an einem Korkbrett verschiedene Werkzeuge. Was machte Donny damit? Was wollte er mit ihr anstellen? *Mike, hilf mir bitte.*

Die Straße schien anzusteigen und verschiedene Biegungen zu machen. Das schmale Klappbett geriet ins Schwanken, und ihre Schulter stieß gegen die Seitenwand des Lieferwagens. Schließlich spürte sie, daß es wieder bergab ging. Noch ein paar Kurven und Stöße, und der Wagen hielt.

Mit surrendem Geräusch öffnete sich die Trennscheibe. »Wir sind zu Hause.« Donnys Stimme klang hoch und triumphierend. Einen Augenblick später öffnete sich die Seitentür. Kay duckte sich weg, als Donny sich über sie beugte. Sie spürte seinen heftigen, warmen Atem, während er den Knebel löste. »Kay, ich möchte nicht, daß du schreist. Hier ist meilenweit kein Mensch, der dich hören könnte, und mich würde das nur nervös machen. Versprichst du's?«

Sie schnappte nach Luft. Ihre Zunge fühlte sich dick und trocken an. »Ich verspreche es«, flüsterte sie. Er nahm die Fesseln von ihren Füßen und rieb ihr besorgt die Fußgelenke. Dann nahm er ihr die Handschellen ab. Er legte den Arm um sie und hob sie von dem Klappbett. Ihre Beine waren gefühllos. Mit seiner Hilfe, halb stolpernd, stieg sie die hohe Stufe hinunter.

Der Ort, an den er sie gebracht hatte, war ein schäbiges Blockhaus, das auf einer kleinen Lichtung stand. An dem eingefallenen Vordach hing eine rostige Schaukel. Die Fenster waren mit Läden verschlossen. Die dichten Bäume rund um die Lichtung ließen die letzten schräg einfallenden Sonnenstrahlen kaum durchdringen. Donny führte sie zu dem Haus, schloß die Tür auf, schob sie hinein und schaltete die Deckenbeleuchtung an.

Der Raum, in dem sie standen, war klein und schmutzig. Ein Klavier, das man vor langer Zeit weiß gestrichen hatte, zeigte unter der abblätternden Farbe seinen ursprünglichen schwarzen Anstrich. Es fehlten mehrere Tasten. Eine dickgepolsterte Velourscouch und ein Sessel mußten einmal leuchtend rot gewesen sein. Jetzt changierte der Überzug in Violett und Orange. Auf dem unebenen Boden lag ein fleckiger Teppich. Auf einem Metalltisch stand eine Flasche Champagner in einem Plastikkübel mit Eis, daneben zwei Gläser. Das rohgezimmerte Bücherregal neben der Couch war mit Schulheften vollgestopft.

»Schau«, sagte Donny. Er drehte Kay so, daß sie auf die gegenüberliegende Wand blickte. In Plakatgröße hing dort ein Bild von ihr und Donny, das sie nebeneinander sitzend auf der Abschlußfeier zeigte. »Willkommen zu Hause, Kay«, stand darauf.

Detective Jimmy Barrot hatte den Auftrag, dem Anruf von Michael Crandell nachzugehen, dem Mann, der seine Frau vermißt gemeldet hatte. Auf dem Weg zum Garden View Motel hielt er an einem Imbiß und bestellte sich einen Hamburger und Kaffee.

Er aß während des Fahrens, und als er schließlich bei dem Motel anlangte, war der leichte Kopfschmerz verschwunden, und er war wieder ganz der alte Zyniker. Nach fünfundzwanzig Jahren im Büro des Staatsanwalts gab es seiner Meinung nach nichts mehr, was er nicht schon gesehen hätte.

Sein Instinkt sagte ihm, daß dies reine Zeitverschwendung war. Eine zweiunddreißigjährige Frau geht auf ein Schultreffen und kommt nicht auf den Glockenschlag zurück. Der Ehemann dreht durch. Jimmy Barrot kannte die Geschichten, wenn jemand zu spät kommt und nicht Bescheid sagt. Das war der Hauptgrund dafür, daß er zweimal geschieden war.

Als sich die Tür von Zimmer 210 öffnete, mußte Jimmy zugeben, daß der junge Mann Michael Crandell, ganz krank vor Sorge aussah. Gutaussehender Typ, dachte Jimmy Barrot. Ungefähr einsfünfundachtzig. Kantiges Gesicht, auf das die Mädchen stehen. Aber Mikes erste Frage brachte Jimmy auf die Palme. »Warum kommen Sie so spät?«

Jimmy ließ sich in einem Sessel nieder und öffnete sein Notizbuch. »Hören Sie«, sagte er. »Ihre Frau hat sich ein paar Stunden verspätet. Sie wird noch nicht einmal vierundzwanzig Stunden vermißt. Haben Sie sich gestritten?«

Der schuldbewußte Ausdruck in Mikes Gesicht entging ihm nicht. »Sie haben sich also gestritten?« hakte er nach. »Warum erzählen Sie mir nicht Genaueres darüber, und dann überlegen wir uns beide, wohin sie gegangen sein könnte, um sich wieder zu beruhigen.«

Für Mikes Gefühl hatte er die Angelegenheit schlecht ausgedrückt. Kay war aufgeregt gewesen, als sie gestern abend zusammen telefonierten. Sie hatte einfach aufgelegt. Aber es war nicht so, wie es nach außen hin aussah. Ihre gemeinsame Vergangenheit zog an ihm vorüber. Kay war zwei Jahre an der Garden State High School gewesen. Sie hatten sich bei ihrer Schwester in Chicago kennengelernt und dann geheiratet. Er hatte ihre Freunde in New Jersey nie kennengelernt. Ihre Schwester anzurufen hatte keinen Sinn. Jean machte mit ihrem Mann und ihren Kindern eine Europareise.

»Geben Sie mir eine Beschreibung des Wagens«, bat Jimmy Barrot. Weißer Toyota, 1986 in Arizona zugelassen. Er kritzelte die Zahlen aufs Papier. »Ganz schöne Strecke bis hierher«, stellte er fest.

»Mein Urlaub stand bevor. Wir beschlossen den Geschäftstermin und das Schultreffen mit meinem Urlaub zu verbinden. Wir müssen morgen nach Arizona zurückfahren.«

Jimmy schloß sein Notizbuch. »Meinem Gefühl nach ißt sie irgendwo eine Kleinigkeit und genehmigt sich einen Drink, allein oder mit ein paar alten Freunden, und wird in den nächsten Stunden auftauchen.« Sein Blick fiel auf die gerahmten Fotos auf dem Tisch. »Ist eine der Personen Ihre Frau?«

»Diese.« Er griff nach dem Bild, das Kay vor dem Haus stehend zeigte. Es war ein heißer Tag gewesen damals. Kay trug Shorts und ein T-Shirt. Ihr Haar war mit einem Band zusammengebunden. Sie sah aus, als wäre sie sechzehn. Sie sah auch verdammt sexy aus in dem T-Shirt, das sich an ihre Brüste schmiegte, und ihren langen, schlanken Beinen in den offenen Sandalen. Mike fühlte, daß der Polizeibeamte das gleiche dachte.

»Warum überlassen Sie mir das Foto nicht?« schlug Jimmy Barrot vor. Geschickt löste er es aus dem Rahmen. »Wenn sie in den nächsten vierundzwanzig Stunden nicht nach Hause kommt, geben wir eine Suchmeldung heraus.«

Aufgrund einer Eingebung machte Jimmy Barrot einen Rundgang über den Parkplatz, bevor er in seinen Wagen stieg. Um diese Zeit war der Parkplatz fast voll. Es standen ein paar weiße Toyotas dort, aber keiner mit einer Zulassung aus Arizona. Dann fiel ihm der Wagen am Ende des Platzes ins Auge; er stand etwas abseits. Er rannte zu der Stelle.

Fünf Minuten später klopfte er laut gegen die Tür von Raum 210. »Ihr Wagen steht auf dem Parkplatz«, sagte er zu Mike. »Die Schlüssel lagen auf dem Boden. Sieht aus, als hätte Ihre Frau sie für Sie zurückgelassen.«

Als er Mikes ungläubigen Gesichtsausdruck betrachtete, klingelte das Telefon. Beide Männer eilten zu dem Apparat. Jimmy Barrot erreichte ihn zuerst, nahm den Hörer ab und hielt ihn so, daß er hören konnte, was gesprochen wurde.

Mikes »Hallo« war fast unhörbar. Dann vernahmen die Männer Kays Stimme: »Mike, es tut mir leid, daß ich es auf diese Art tun muß, aber ich brauche Zeit zum Nachdenken. Ich habe den Wagen auf dem Parkplatz gelassen. Geh zurück nach Arizona. Mit uns ist alles vorbei. Ich melde mich wieder, um die Scheidung zu regeln.«

»Nein . . . Kay . . . bitte . . . ich gehe nicht ohne dich.«

Man hörte ein Klicken. Jimmy Barrot empfand eine Art widerwilligen Mitgefühls für den schockierten und verwirrten jungen Mann. Er nahm Kays Bild und legte es auf den Tisch. »Genauso ist meine zweite Frau abgehauen«, sagte er zu Mike. »Der einzige Unterschied ist, daß ich gerade im Dienst war, als sie die Möbelpacker da hatte. Sie hat mir nur einen Bierkrug und meine schmutzige Wäsche zurückgelassen.«

Die Bemerkung löste die Lähmung. »Aber das ist es ja«, sagte Mike. »Sehen Sie es denn nicht?« Er deutete auf den Toilettentisch. »Kays Toilettenartikel. Sie würde nie ohne sie weggehen. Ihr Make-up liegt im Badezimmerschrank. Hier ist das Buch, das sie gerade liest.« Er öffnete den Schrank. »Ihre Kleider. Welche Frau würde ihre persönlichen Sachen nicht mitnehmen?«

»Es würde Sie erstaunen, wie viele das nicht tun«, sagte Jimmy Barrot. »Es tut mir leid, Mr. Crandell, aber ich muß dies als eine private Angelegenheit zu den Akten legen.«

Er fuhr ins Büro zurück und schrieb seinen Bericht, dann fuhr er nach Hause. Als er zu Bett ging, konnte Jimmy Barrot nicht einschlafen. Die ordentlich aufgehängten Kleider, die sorgfältig arrangierten Toilettengegenstände. Irgend etwas in seinem Innern sagte ihm, daß Kay Crandell sie mitgenommen hätte. Aber sie hatte angerufen.

Wirklich?

Jimmy setzte sich kerzengerade auf. Eine Frau hatte angerufen. Er hatte nur Mike Crandells Wort, daß es die Stimme seiner Frau war. Und kurz vor ihrem Verschwinden hatten Mike Crandell und seine Frau einen Streit gehabt.

Stundenlang saß Mike neben dem Telefon. Sie ruft wieder an, sagte er sich. Sie wird es sich anders überlegen. Sie wird zurückkommen.

Wirklich?

Schließlich stand Mike auf. Er zog sich aus und ließ sich in Reichweite des Telefonhörers aufs Bett fallen. Beim ersten Klingeln hätte er abnehmen können. Dann schloß er die Augen und begann zu weinen.

Kay biß sich auf die Lippen, um nicht vor Protest zu schreien, nachdem Donny die Verbindung unterbrochen hatte. Donny lächelte sie voller Zuneigung an. »Das war sehr gut, Kay.«

Hätte er seine Drohung wahrgemacht? Er hatte sie gewarnt, wenn sie nicht exakt das sagen würde, was er aufgeschrieben hatte, und zwar überzeugend, dann würde er noch in der Nacht zu dem Motel fahren und Mike umbringen. »Ich war diese Woche zweimal in deinem Zimmer«, sagte er. »Ich arbeite manchmal für das Motel. Es war nicht schwer, einen Schlüssel nachzumachen.« Dann führte er sie ins Schlafzimmer. Die Möblierung bestand aus einem durchgelegenen Doppelbett mit einer billigen Chenilledecke darüber, einem Nachttisch und einem angeschlagenen Toilettentisch. »Gefällt dir die Überdecke?« fragte Donny. »Ich habe der Verkäuferin gesagt, daß es ein Geschenk für meine Frau ist. Sie meinte, daß die meisten Frauen weiße Chenille mögen.« Er deutete auf den Kamm, die Bürste und den Spiegel auf dem Toilettentisch. »Sie haben fast die gleiche Farbe wie deine eigenen.« Er öffnete den Schrank. »Gefallen dir deine neuen Kleider? Sie sind alle in Größe 38, wie die im Motel.« Im Schrank hingen ein paar Baumwollröcke und T-Shirts, ein Regenmantel, ein Bademantel und ein blumenbedrucktes Kleid.

»In den Schubladen ist Unterwäsche und ein Morgenrock«, sagte Donny stolz. »Und schau, auch die Schuhe haben deine Größe 37½. Ich habe Turnschuhe, flache Schuhe und hochhackige. Ich möchte, daß meine Frau gut angezogen ist.«

»Donny, ich kann nicht deine Frau werden«, flüsterte sie.

Er blickte sie erstaunt an. »Aber das wirst du. Du wolltest mich schon immer heiraten.« Erst jetzt bemerkte sie die sauber aufgerollte Kette neben dem Bett in der Ecke. Sie war an einer Metallplatte in der Wand befestigt. Donny hatte ihren erschrockenen Gesichtsausdruck bemerkt. »Nimm's nicht so schwer, Kay. In jedem Raum ist eine. Es ist nur, weil ich im Wohnzimmer schlafe und nicht möchte, daß du versuchst, mich zu verlassen. Und tagsüber muß ich arbeiten gehen. Ich habe sie so angebracht, daß du es dir im Wohnzimmer bequem machen kannst.«

Er führte sie ins Wohnzimmer zurück und öffnete feierlich den Champagner. »Auf uns.«

Als Kay ihn später betrachtete, wie er gerade den Hörer auflegte, bekam sie einen säuerlichen Geschmack im Mund, wenn sie sich an den Geschmack des warmen, süßlichen Champagners und an die fettigen Hamburger erinnerte, die Donny zubereitet hatte.

Während des ganzen Essens hatte er nichts gesagt. Dann bat er sie, ihren Kaffee auszutrinken, bis er zurückkäme. Als er wiederkam, war er glatt rasiert. »Den Bart habe ich mir nur wachsen lassen, damit mich die Leute in der Schule nicht erkennen«, sagte er stolz.

Danach zwang er sie, den Champagner mit ihm zu leeren und Mike anzurufen. Zufrieden seufzte er. »Kay, du mußt müde sein. Ich laß dich bald ins Bett gehen. Aber vorher möchte ich dir ein paar Kapitel aus dem Buch über dich vorlesen.«

Wichtigtuerisch stolzierte er zu dem Bücherregal und nahm eines der Hefte heraus.

Das ist alles nicht wahr, dachte Kay.

Aber es war die reine Wirklichkeit. Donny setzte sich in den Polsterstuhl ihr gegenüber. Im Zimmer war es jetzt kalt, doch auf seinem Gesicht und seinen Armen glänzte der Schweiß und hinterließ Flecken auf seinem Polohemd. Das unnatürliche Weiß seiner Gesichtsfarbe wurde durch die schwarzen Ringe unter seinen Augen unterstrichen. Als er die Sonnenbrille abnahm, war Kay über das intensive Blau seiner Augen erstaunt. Sie hatte sie als braun in Erinnerung. *Sie sind braun*, sagte sie sich. Wahrscheinlich trägt er farbige Kontaktlinsen. An ihm ist alles unecht, dachte sie. Fast scheu blickte er sie von unten herauf an. »Ich fühle mich wie ein Schulkind«, sagte er.

Kay hatte die leise Hoffnung, daß es ihr gelingen könnte, Autorität über ihn zu gewinnen, das alte Lehrer-Schüler-Verhältnis. Aber als er zu lesen begann, schnürte sich ihr die Kehle zu. »3. Juni. Gestern abend ging ich mit Kay zur Abschlußfeier. Wir ließen keinen Tanz aus. Als ich sie nach Hause fuhr, weinte sie in meinen Armen. Sie sagte, daß ihre Familie sie zwinge, einen Mann zu heiraten, den sie nicht liebe, und daß ich sie holen solle, wenn ich für sie sorgen könne. Meine schöne Kay. Ich verspreche dir, daß ich dich eines Tages holen werde.«

Eine schlaflose Nacht und die Tatsache, daß er keinen Löffel Kaffee in seiner Wohnung hatte, versetzte Jimmy Barrot in ungewöhnlich schlechte Laune. Nachdem er in einer Bar gefrühstückt hatte, ging er ins Büro. Als das Büro des Staatsanwalts frei war, ging er zu ihm hinein.

»Irgendwas stinkt bei dieser privaten Angelegenheit, über die ich gestern den Bericht geschrieben habe«, sagte er zu seinem Chef. »Ich würde mir den Ehemann gern etwas näher ansehen.« Er berichtete von dem Gespräch mit Mike, dem Auffinden des Wagens und dem Telefonanruf.

Der Staatsanwalt hörte zu und nickte. »Fangen Sie mit der Untersuchung an«, sagte er. »Lassen Sie es mich wissen, wenn Sie Hilfe brauchen.«

Im ersten Morgengrauen stand Mike auf, duschte und rasierte sich. Er hoffte, das abwechselnd heiße und kalte Wasser würde die Lähmung in seinem Gehirn vertreiben.

Irgendwann während der dunklen Nachtstunden war die Verzweiflung über Kays Verschwinden der sicheren Gewißheit gewichen, daß sie ihn niemals auf diese Weise verlassen hätte. Er nahm einen Notizblock aus seiner Aktenmappe, und während er Kaffee trank, machte er eine Liste aller möglichen Schritte, die er unternehmen konnte. Virginia Murphy O'Neil. Sie war am Schluß des Picknicks mit Kay zusammen gewesen. Sie hatte Kay gehen sehen. Vielleicht hatte Kay ihr etwas erzählt, das bis jetzt unwichtig erschienen war. Er würde sie zu Hause aufsuchen und mit ihr reden. Detective Barrot hatte das Auto um zehn Uhr entdeckt. Aber niemand wußte, wann es dort abgestellt worden war. Er würde mit den Hotelangestellten reden. Vielleicht hatte jemand Kay allein oder in Begleitung einer Person gesehen.

Er hätte am liebsten beim Telefon gewartet, denn Kay hätte wieder anrufen können. Aber das war verrückt. Mike gefror das Blut in den Adern bei dem Gedanken, daß sie vielleicht nicht in der Lage sein könnte, wieder anzurufen.

Als erstes ging er in die Telefonzentrale des Motels. Die Frau in der Vermittlung sagte ihm, daß sie viel zu beschäftigt sei, um Leuten, die anrufen würden, Nachrichten weiterzugeben; wenn für ihn etwas hinterlassen werde, dann würde sie dies notieren. Er legte einen vertraulichen Unterton in seine Stimme. »Hören Sie, hatten Sie schon einmal Streit mit Ihrem Freund?«

Sie lachte. »Fast jeden Abend.«

»Letzten Abend hatte ich Streit mit meiner Frau. Sie ist einfach fortgerannt. Ich muß jetzt weg, aber ich bin ziemlich sicher, daß sie anruft. Könnten Sie ihr dann bitte diese Nachricht geben?«

Die dick geschminkten Augen der Frau in der Vermittlung glänzten vor Neugier. Laut las sie den Zettel vor. In Blockschrift hatte Mike darauf geschrieben. »Wenn Kay Crandell anruft, sagen Sie ihr, daß Mike mit ihr sprechen muß. Er ist mit allem, was sie vorschlägt, einverstanden, aber bitte schreiben Sie gegebenenfalls die Telefonnummer oder die Uhrzeit des Rückrufs auf.«

Der Blick der Frau war plötzlich voller Sympathie und nicht ohne eine gewisse Koketterie. »Ich weiß nicht, wie eine Frau so dumm sein kann, Sie zu verlassen«, sagte sie. Mike schob ihr einen Zwanzigdollarschein in die Hand. »Ich hoffe, Sie spielen meinen Cupido.«

Die Angestellten zu fragen, wer einen weißen Toyota auf den Parkplatz hatte fahren sehen, war sinnlos. Es gab keinen Parkwächter. Der einzige Sicherheitsbeamte war den ganzen Abend im Haus gewesen. »Ich habe gerade angefangen, sagte er zu Mike. »Normalerweise bin ich auch nicht hier. Nein. Hier ist überhaupt nichts los.« Er kratzte sich am Kopf. »Gerade fällt mir ein, daß letztes Jahr ein Auto gestohlen wurde, aber zwei Meilen weiter ist es abgestellt worden. Der Besitzer sagte, jeder Dieb hätte gesehen, was für eine Rostlaube das war.« Er lachte.

Zwei Stunden später war Mike dreißig Meilen entfernt und saß im Haus von Virginia O'Neil am Küchentisch. Sie war eine kleine, propere junge Frau, die im letzten Jahr von Kays Zeit an der Garden State High School im Chor gesungen hatte. Die Küche war groß und freundlich und öffnete sich zu einem hellen Raum hin, der mit Spielsachen übersät war. Dort spielten Virginias zweijährige Zwillinge und machten dabei beträchtlichen Lärm.

Mike versuchte erst gar nicht, sich eine Geschichte auszudenken, warum er auf der Suche nach Kay war. Er mochte Virginia und vertraute ihr instinktiv. Nachdem er alles erzählt hatte, sah er seine eigenen Sorgen in Virginias Augen widergespiegelt. »Das ist vollkommen *verrückt*«, sagte sie. »So etwas würde Kay nie tun. Dafür ist sie viel zu verantwortungsbewußt.«

»Wie lange waren Sie auf dem Schultreffen mit ihr zusammen?«

An Mikes Fuß flog ein Teddybär vorbei. Einen Moment später kam eine kleine Gestalt herangesaust und packte ihn.

»Hör auf, Kevin«, befahl Virginia. Zu Mike gewandt, erklärte sie: »Meine Tante hat den Kindern gestern zwei Teddybären geschenkt. Dina knuddelt ihren und Kevin macht seinen kaputt.«

Das ist es, was Kay wollte, dachte Mike. Ein solches Haus und ein paar Kinder. Die Überlegung brachte ihn auf einen neuen, beunruhigenden Gedanken. »Haben die meisten Leute ihre Kinder zu dem Treffen mitgebracht?«

»Oh, da waren eine ganze Menge Kinder.« Virginias Gesicht wurde nachdenklich. »Wissen Sie, Kay sah etwas wehmütig aus, als sie gestern Dina hielt. Und sie sagte: »Alle meine Schüler haben Familien. Ich hätte nie gedacht, daß es für mich einmal so kommen würde.«

Mike stand auf und verabschiedete sich ein paar Minuten später.

»Was werden Sie tun?« fragte Virginia. Er nahm Kays Bild aus der Tasche. »Ich lasse Abzüge machen und verteile sie. Etwas anderes fällt mir nicht ein.«

Als Donny schließlich entschied, daß es Zeit sei zu Bett zu gehen, sagte er Kay, daß sie sich in dem kleinen Badezimmer umziehen könne. Es enthielt ein Waschbecken, eine Kommode und eine Dusche. Er gab ihr das Nachthemd, das er gekauft hatte, einen kurzen, durchsichtigen Fetzen aus Nylon, der mit imitierten Spitzen eingesäumt war. Der Bademantel sah ähnlich aus. Während sie sich umzog, versuchte Kay verzweifelt zu überlegen, was sie machen könnte, wenn er sie bedrängen würde. Er war ihr sicher an Kraft überlegen. Ihre einzige Hoffnung war, die Sache in den Griff zu kriegen und ein Lehrer-Schüler-Verhältnis herzustellen.

Aber als sie herauskam, machte er keinen Versuch, sie zu berühren. »Geh zu Bett, Kay«, sagte er. Er schlug die Überdecke zurück. Die Bettwäsche war blaugeblümt. Sie sah steif und neu aus. »Ich bin sehr müde, Donny«, sagte sie knapp. »Ich möchte jetzt schlafen.«

»Oh, Kay, ich verspreche dir, ich werde dich nicht anfassen, bis wir verheiratet sind.« Er deckte sie zu und sagte dann: »Tut mir leid, Kay, aber ich kann nicht riskieren, daß du wegläufst, während ich schlafe.« Dann fesselte er ihren Fuß an die Kette.

Die ganze Nacht lag sie wach, versuchte zu beten, Pläne zu machen, und konnte doch nur flüstern: *Mike, hilf mir; Mike finde mich.* Gegen Morgengrauen fiel sie in einen unruhigen Schlaf. Als sie aufwachte, sah sie, daß Donny sie anstarrte. Selbst im Halbdunkel war das Drängende seiner Haltung nicht mißzuverstehen. Durch seine zusammengepreßten Zähne flüsterte er: »Ich wollte nur nachsehen, ob du es bequem hast, Kay. Du siehst hübsch aus, wenn du schläfst. Ich kann es kaum erwarten, bis wir verheiratet sind.«

Er wollte, daß sie sein Frühstück zubereitete. »Dein zukünftiger Ehemann hat einen guten Appetit, Kay.« Um halb neun brachte er sie ins Wohnzimmer. »Es tut mir leid, daß ich die Läden wieder schließen muß, aber ich kann nicht riskieren, daß jemand vorbeigeht und hereinschaut. Das passiert zwar so gut wie nie, aber du verstehst das schon.« Er fesselte ihr Bein an die Kette im Wohnzimmer. »Ich habe sie abgemessen. Du kannst zur Toilette gehen. Ich lasse Eßwaren für Sandwiches, Wasser, und ein paar Sodaflaschen hier auf dem Tisch. Du kannst zum Piano rübergehen. Ich möchte, daß du übst. Und wenn du lesen willst, kannst du alle meine Bücher lesen. Sie handeln alle von dir, Kay. Ich habe acht Jahre lang über dich geschrieben.«

Er ließ den Telefonanrufbeantworter in einem Käfig mit Vorhängeschloß unter der Zimmerdecke hängen. »Ich lasse die Lautsprecher an, Kay. Du wirst Leute hören, die mich wegen Jobs anrufen. Ich rufe die Nachrichten jede Stunde telefonisch ab. Ich werde dann mit dir sprechen, aber du wirst nicht mit mir sprechen können. Tut mir leid. Heute ist ein arbeitsreicher Tag. Ich werde nicht vor sechs oder sieben Uhr nach Hause kommen.« Als er ging, hob er ihr Kinn nach oben. »Wirst du Sehnsucht nach mir haben, mein Liebling?« Sein Kuß auf ihre Wange war unschuldig. Sein Arm umschloß eng ihre Taille.

Er verriegelte die Läden, bevor er ging, und die dämmrige Deckenbeleuchtung warf Schatten in den Raum. Sie stellte sich auf die Couch, spannte die Kette, bis die Schlösser ins Fußgelenk schnitten, aber sie erreichte den Drahtkäfig nicht. Darüber hinaus war er verschlossen. Telefonieren war ausgeschlossen.

Die Kette war an einer Metallplatte in der Wand befestigt. Vier Schrauben hielten die Platte fest. Wenn es ihr gelang, diese Schrauben zu lösen, käme sie heraus. Wie weit war sie von der Hauptstraße entfernt? Wie schnell würde sie mit den Fesseln und der Kette an ihrem Fußgelenk laufen können? Womit könnte sie die Schrauben lösen?

Fieberhaft durchsuchte Kay das Wohnzimmer. Das Plastikmesser, das er zurückgelassen hatte, brach ab, als sie es an den Schrauben versuchte. Tränen der Enttäuschung füllten ihre Augen. Sie nahm die Polster von der Couch. Die Polsterung war mit Streben versehen, und sie konnte die Drähte sehen, aber es gab keine Möglichkeit eine herauszubrechen.

Sie schleppte sich zum Klavier hinüber. Wenn sie die Saiten erreichen würde, vielleicht könnte sie die mit etwas Scharfem herausreißen.

Aber es gab nichts Scharfes.

Es gab keine Möglichkeit, die Metallplatte abzuschrauben. Ihre einzige Hoffnung war, daß zufällig jemand vorbeikam, während er aus dem Haus war. Auf dem Bücherregal lagen ein paar Briefe. Die meisten waren an ein Postfach in Hornville adressiert. Ein paar waren an die Adresse des Hauses gerichtet, Timber Lane, Nummer 4, Hornville. Aber auf jeden Brief war die Nummer des Postfachs geschrieben worden, also kam kein Postbote.

Ihr Blick fiel auf die Reihen der schwarz-weißen Schulhefte. Er hatte ihr gesagt, daß sie sie lesen sollte. Sie zog ein halbes Dutzend heraus und schleppte sich zur Couch hinüber. Das Licht war dämmrig, und sie mußte die Augen zusammenkneifen. Sie hatte das Kleid angezogen, das sie am Vortag beim Picknick getragen hatte. Sie wollte wenigstens den Anschein von Identität aufrechterhalten. Aber das Kleid war zerknittert, und sie fühlte sich beschmutzt. Beschmutzt durch die Anwesenheit an diesem Ort, durch die Erinnerung an seine Hände, die ihre Taille umkrampft hatten, durch das Gefühl, mit einem wahnsinnigen Pfleger in einem Tierkäfig eingesperrt zu sein. Der Gedanke ließ sie fast hysterisch werden. Reiß dich zusammen, sagte sie laut zu sich. Mike versucht dich zu finden. Es war, als könnte sie die Stärke seiner Liebe spüren. Mike. Mike. Ich liebe dich. Sie wollte nicht mehr umziehen. Sie wollte an einem Ort bleiben. Sogar Donny hatte das gewußt. Und er erfüllte ihr diesen Wunsch. Kay bemerkte, daß sie laut auflachte – ein kreischendes, schluchzendes Lachen, das in einem Weinkrampf endete.

Es brachte wenigstens eine gewisse Erleichterung. Nach ein paar Minuten wischte sie sich das Gesicht mit dem Handrücken ab und begann zu lesen.

Die Hefte waren alle gleich. Eine tagtägliche Odyssee durch eine Fantasiewelt, die mit dem Abend der Abschlußfeier ihren Anfang nahm. Ein paar der Eintragungen betrafen Zukunftspläne.

»Wenn Kay und ich zusammen sind, machen wir eine Campingtour durch Colorado. Wir werden in einem Zelt wohnen und das einfache Leben unserer Vorfahren führen. Wir werden einen Doppelschlafsack haben, und sie wird in meinen Armen liegen, weil sie sich wegen der Geräusche der Tiere ein bißchen fürchtet. Ich werde sie beschützen und beruhigen.« An anderen Stellen schrieb er auf eine Weise, als wären sie zusammen gewesen. »Kay und ich hatten einen wunderbaren Tag. In New York gingen wir zur South Street Seaport. Ich kaufte ihr eine neue Bluse und blaue hochhakkige Schuhe. Kay hält beim Gehen gern meine Hand. Sie liebt mich sehr und möchte nie von mir getrennt sein. Wir haben beschlossen, falls einer von uns krankwerden sollte, wir uns trotzdem nicht trennen werden. Wir haben keine Angst zusammen zu sterben. Wir werden für alle Ewigkeit in den Himmel kommen. Wir sind Liebende.«

Zuweilen war es fast unmöglich, das unleserliche Gekritzel zu entziffern. Kay achtete nicht auf den zunehmenden Kopfschmerz, während sie Heft für Heft durchlas. Das Ausmaß von Donnys Wahnsinn ließ sie bis ins Innerste erschaudern. Sie mußte jedes einzelne Heft lesen. Vielleicht würde sie auf diese Weise auf irgendeine Möglichkeit kommen, ihn zu überreden, sie freizulassen oder an irgendeinen öffentlichen Ort mitzunehmen. Schrieb er nicht durchgehend vom gemeinsamen Ausgehen?

Ab ungefähr zehn Uhr begann das Telefon zu läuten. Sie konnte die Nachrichten hören, die für Donny hinterlassen wurden. Beim Geräusch der unpersönlichen Stimmen vibrierte jeder Nerv ihres Körpers. *Hört mich, wollte sie rufen. Helft mir.*

Donny hatte offensichtlich ein florierendes Reparaturunternehmen. Ein Pizzabäcker rief an, ob er so bald wie möglich kommen könne, einer der Öfen sei ausgefallen. Mehrere Hausfrauen brauchten ihn für ihre Fernsehapparate. Oder eine Fensterscheibe war zu Bruch gegangen. Im Abstand von etwa einer Stunde fragte Donny die Nachrichten ab und gab eine für Kay durch. »Kay, mein Liebling, ich vermisse dich sehr. Siehst du, wie beschäftigt ich bin? Ich habe heute morgen schon 200 Dollar verdient. Ich werde sehr gut für dich sorgen können.«

Nach jedem Anruf las sie weiter. Immer wieder kam er auf seine Mutter zu sprechen. »Als sie achtzehn war, erlaubte sie meinem Vater zu weit zu gehen. Sie wurde mit mir schwanger und mußte heiraten. Mein Vater verließ sie, als ich ein Baby war, und gab ihr für alles die Schuld. Ich werde nie so wie mein Vater sein. Ich werde Kay nicht anrühren, bevor wir verheiratet sind. Sie könnte mich sonst hassen und unsere Kinder nicht lieben.«

In den letzten Heften erfuhr sie von seinen Plänen. »Im Fernsehen hat ein Prediger gesagt, daß Ehen dann die besten Chancen hätten, wenn sich die Partner vier Jahreszeiten lang kennen. Daß im menschlichen Geist so etwas wie ein Zyklus existiert wie auch in der Natur. Ich war im Herbst und im Winter in Kays Klasse. Während des Schultreffens werde ich sie holen. Dann wird immer noch Frühling sein. Nur Gott wird unser Zeuge sein, wenn wir am ersten Tag des Sommeranfangs unser Gelöbnis ablegen. Das wird am 21. Juni geschehen. Dann werden wir zusammen eine Fahrt durch das Land machen, wir beide, als Liebende.«

Heute war Donnerstag, der 18. Juni.

Um vier Uhr kam ein Anruf vom Garden View Motel. Ob Donny diesen Nachmittag vorbeikommen könne. Ein paar Fernsehgeräte waren zu reparieren.

Das Garden View Motel. Zimmer 210. Mike.

Ein paar Minuten später rief Donny an. Seine Stimme klang seltsam hohl. »Siehst du, was ich meine, Kay. Ich arbeite oft drüben im Motel. Ich bin froh, daß sie angerufen haben. Das gibt mir die Möglichkeit nachzusehen, ob Mike Crandell abreist. Ich hoffe, daß du unsere Lieder geübt hast. Ich möchte heute abend sehr gerne mit dir zusammen singen. Für jetzt, leb wohl, mein Liebling.«

In seiner Stimme lag ein ärgerlicher Unterton, als er Mikes Namen aussprach. Er hat Angst, dachte Kay. Wenn irgend etwas seine Pläne durchkreuzt, wird er verrückt werden. Sie durfte ihm nicht widersprechen. Sie stellte die Hefte in das Regal zurück und schleppte sich ans Klavier. Es war hoffnungslos verstimmt. Alles was sie versuchte, ging wegen der fehlenden Tasten in disharmonischen Tönen unter.

Als Donny kam, war es fast acht Uhr. Er sah verbittert und ärgerlich aus. »Crandell reist nicht ab«, sagte er. »Er fragt nach dir herum und verteilt dein Foto.«

Mike war im Motel. Mike wußte, daß etwas nicht stimmte. O Mike, dachte Kay. *Finde mich. Ich gehe überallhin. An jeden Ort. Ich werde mein Baby in Kalamazoo oder Peoria bekommen. Was bedeutet es schon, wo wir wohnen, solange wir nur zusammen sind?*

Es war, als könnte Donny ihre Gedanken lesen. Er stand in der Tür und blickte sie finster an. »Du warst nicht überzeugend genug, als du gestern abend mit ihm gesprochen hast. Es ist dein Fehler, Kay.«

Er ging durch den Raum auf sie zu. Sie zog sich in die hinterste Ecke der Couch zurück, und das Kettenschloß riß ihren Knöchel auf. Glitschig floß ein dünnes Blutgerinnsel aus der Wunde.

Donny sah es. »O Kay, ich weiß, wie weh das tut.« Er ging ins Badezimmer und kam mit einem warmen nassen Tuch zurück. Liebevoll hob er ihr Bein vom Boden und legte es sich auf den Schoß. »Es wird gleich viel besser«, versicherte er, während er das Tuch herumschlang. »Und sobald ich sicher bin, daß du mich wieder liebst, nehme ich die Fesseln ab.« Er richtete sich auf, und seine Lippen streiften ihr Ohr. »Sollen wir unser erstes Kind Donald Junior nennen?« fragte er. »Ich bin sicher, es wird ein Junge.«

Am Donnerstagnachmittag betrat Jimmy Barrot das Büro von Michael Crandells Arbeitgeber, die Baufirma Fields, Warner, Quinlan und Brown. Nachdem er seine Polizeimarke gezeigt hatte, wurde er in das Büro von Edward Fields geführt, der über die Tatsache, daß Kay vermißt wurde, erschüttert war. Nein, sie hatten von Mike noch nichts gehört, aber das war nicht ungewöhnlich. Mike und Kay wollten nach Arizona zurückfahren. Mike wollte eine Woche Urlaub nehmen. Mike Crandell? Absolute Spitze. Der Beste. Er würde Teilhaber der Firma werden, sobald er den Job, den er letzten Monat begann, abgeschlossen hatte. Ja, es war ihnen bekannt, daß sich Kay wegen all der Umzüge aufregte. Die meisten Ehefrauen taten das. Ob Jimmy Mike treffen würde? Er solle sie wissen lassen, wenn sie irgendwie helfen könnten. Mike Crandell war der Beste. In jeder Hinsicht. Ob Jimmy wußte, wo Mike wohnte? Vorsichtig erklärte Jimmy Barrot, daß es sich vermutlich bei allem um ein Mißverständnis handelte.

Edward Fields wurde mit einemmal sehr formell. »Mr. Barrot«, sagte er. »Wenn dies nur eine Finte war und Sie in Wirklichkeit Informationen über Mike Crandell sammeln wollen, dann sollten Sie Ihre Zeit nicht verschwenden. Ich stehe mit meiner ganzen Person und meiner Firma hinter ihm.«

Jimmy rief den Auftragsdienst an. Es war nichts hinterlassen worden für ihn, also fuhr er nach Hause. Im Kühlschrank war nicht viel zu essen, daher entschloß er sich, in ein chinesisches Restaurant zu gehen. Auf eigentümliche Weise steuerte er seinen Wagen in Richtung Garden View Motel.

Um halb zehn kam er dort an. Vom Portier erfuhr er, daß Mike Fotos seiner Frau an alle Angestellten verteilt hatte, daß er der Frau in der Vermittlung zwanzig Dollar gegeben hatte, um eine Nachricht an seine Frau durchzugeben, falls sie anrufen sollte.

»Es gab absolut keine Schwierigkeiten hier letzten Abend«, sagte der Portier nervös. »Ich konnte ihm nicht verbieten, diese Fotos zu verteilen, aber es ist nicht die Art von Reklame, die wir wünschen.« Auf Jimmys Bitte zog der Portier die Bilder heraus. Es war eine Vergrößerung des Schnappschusses, unter dem in großen schwarzen Blockbuchstaben stand: Kay Crandell wird vermißt. Sie könnte krank sein. Sie ist 32 Jahre alt, 1,67 Meter groß, 115 Pfund Gewicht. Großzügige Belohnung für Auskünfte über ihren Aufenthaltsort. Dann folgte Mikes Name und die Telefonnummer des Motels.

Um zehn Uhr klopfte Jimmy an die Tür von Zimmer 210. Sie wurde sofort aufgerissen, und Jimmy sah die tiefe Enttäuschung in Mikes Gesicht, als er erkannte, wer gekommen war. Widerstrebend gestand sich Jimmy ein, daß man Mike Crandell die Sorgen ansah. Seine Kleider waren so zerknittert, als hätte er darin geschlafen. Jimmy ging an ihm vorbei und sah die Stapel der Abzüge von Kays Bild auf dem Tisch liegen. »Wo haben Sie die bis jetzt verteilt?« fragte er.

»Hauptsächlich in der Umgebung des Motels. Morgen werde ich sie an den Bahnhöfen und Bushaltestellen der umliegenden Städte verteilen und werde die Leute bitten, sie in die Schaufenster zu hängen.«

»Gehört haben Sie nichts?«

Mike zögerte.

»Sie haben etwas gehört«, sagte Jimmy. »Was war es?« Mike deutete auf das Telefon. »Ich habe der Vermittlung nicht vertraut. Heute nachmittag habe ich ein Tonband angeschlossen. Kay hat zurücktelefoniert, als ich gerade einen Hamburger holen ging. Es muß um halb zehn gewesen sein.«

»Hatten Sie vor, mich in die Sache einzuweihen?«

»Warum sollte ich?« fragte Mike. »Warum sollten Sie mit einer . . . wie haben Sie es genannt . . . privaten Angelegenheit belästigt werden?« In seiner Stimme lag ein Anflug von Hysterie.

Jimmy Barrot ging zu dem Tonband, spulte das Band zurück und drückte auf den Startknopf. Die gleiche weibliche Stimme wie am Tag zuvor war zu hören. »Mike, ich habe wirklich genug von dir. Fahr nach Hause und verteil nicht überall diese Fotos von mir. Es ist demütigend. Ich bin hier, weil ich es so will.« Dann folgte das Geräusch des Hörers, der auf die Gabel geknallt wurde.

»Meine Frau hat eine sanfte, hübsche Stimme«, sagte Mike. »Was ich höre ist Bedrängnis, sonst nichts. Vergessen Sie, was sie gesagt hat.«

»Sehen Sie«, sagte Jimmy, mit der für seine Verhältnisse sanftesten Stimme. »Frauen geben eine Ehe nicht ohne alle bedrängenden Gefühle auf. Ich kenne mich da aus. Meine erste Frau weinte bei der Scheidung, obwohl sie schon von jemand anderem schwanger war. Ich habe mit Ihren Arbeitgebern gesprochen. Die halten eine Menge von Ihnen. Warum gehen Sie nicht einfach an Ihre Arbeit zurück und lecken sich Ihre Wunden. Keine Frau ist diese ganze Aufregung wert.«

Er sah Mike erbleichen. »Mein Büro hat angerufen. Sie haben mir einen Privatdetektiv als Hilfe angeboten. Ich überlege, ob ich das Angebot nicht annehmen soll.«

Jimmy Barrot lehnte sich vor und nahm die Kassette aus dem Recorder. »Können Sie mir eine Person nennen, die die Stimme Ihrer Frau identifizieren kann?« fragte er.

Die ganze Nacht hielt Mike den Kopf in die Hände gestützt. Um halb sieben verließ er das Motel und fuhr zu den Bahnhöfen und Bushaltestellen der benachbarten Städte. Um neun Uhr ging er zur Garden State High School. Der Schulbetrieb war bereits geschlossen, aber die Leute in der Verwaltung arbeiteten noch. Er wurde in das Büro von Gene Pearson, dem Direktor, geführt. Pearson hörte aufmerksam zu, er runzelte die Stirn, und sein schmales Gesicht sah nachdenklich aus. »Ich kann mich gut an Ihre Frau erinnern«, sagte er. »Ich habe ihr gesagt, daß sie hier jederzeit wieder arbeiten kann. Nach allem, was mir ihre früheren Schüler erzählt haben, muß sie eine sehr gute Lehrerin gewesen sein.«

Er hat Kay einen Job angeboten. Wollte sie ihn annehmen?

»Was hat Kay darauf gesagt?«

Pearsons Augen verengten sich. »Nun, sie sagte: ›Seien Sie vorsichtig, ich könnte darauf zurückkommen.‹« Seine Haltung wurde plötzlich formell. »Mr. Crandell, ich kann Ihre Sorgen verstehen, aber ich weiß nicht, wie ich Ihnen behilflich sein könnte.« Er stand auf.

»Bitte«, flehte Mike. »Es muß Fotos von dem Treffen geben. Hatten Sie einen offiziellen Fotografen engagiert?«

»Ja.«

»Können Sie mir seinen oder ihren Namen geben. Ich brauche

sofort die gesamten Bilder. Sie können mir das nicht abschlagen.«

Als nächstes ging er zu dem Fotografen in der Center Street – er wohnte sechs Block weiter. Hier war alles nur eine Kostenfrage. Er gab eine Bestellung auf und ging zum Motel zurück, um das Band abzuhören. Um 11.30 Uhr ging er zu dem Fotografen zurück, der ihm einen Stapel Bilder im Format 8 x 10 cm angefertigt hatte, im ganzen waren es 200 Stück. Mit den Bildern fuhr Mike zu Virginia O'Neils Haus.

Die ganze Donnerstagnacht lag Kay wach auf der unbequemen Matratze mit den harten neuen Bettüchern. Daß sich in Donny etwas zusammenbraute, das kurz vor der Explosion stand, war allgegenwärtig. Nachdem sie angerufen und die Nachricht für Mike hinterlassen hatte, kochte sie für Donny das Abendessen. Er hatte Büchsenkartoffeln, Tiefkühlgemüse und Wein gekauft. Sie war auf ihn eingegangen und tat so, als ob es ihr Spaß machte, mit ihm zusammenzuarbeiten.

Während des Abendessens brachte sie ihn dazu, über sich und seine Mutter zu sprechen. Er zeigte ihr ein Bild von ihr, einer schlanken Blondine um die Vierzig, die einen Bikini trug, der für einen Teenager gepaßt hätte. Kay überlief eine Gänsehaut. Zwischen ihr und Donnys Mutter bestand eine deutliche Ähnlichkeit. Sie waren der gleiche Typ, bei aller Verschiedenartigkeit waren sie sich doch ähnlich, was Größe, Gesichtszüge und Haarfarbe betraf.

»Sie hat vor sieben Jahren wieder geheiratet«, sagte Donny mit ausdrucksloser Stimme. »Ihr Mann arbeitet für eines der Casinos in Las Vegas. Er ist viel älter als sie, aber seine Kinder sind völlig begeistert von ihr. Sie sind in ihrem Alter.« Donny zeigte ein anderes Bild, auf dem zwei Männer um die Vierzig ihre Arme um Donnys Mutter gelegt hatten. »Sie ist von ihnen auch ganz hingerissen.«

Dann wandte er seine Aufmerksamkeit dem Essen auf seinem Teller zu. »Du bist eine sehr gute Köchin, Kay. Das gefällt mir. Meine Mutter hat nicht gern gekocht. Meistens bekam ich nur Sandwiches. Sie war oft nicht zu Hause.«

Nach dem Abendessen spielte Kay Klavier und sang mit ihm. Er erinnerte sich an die Texte von allen Liedern, die sie im Chor gesungen hatten. Er hatte die Läden geöffnet, um die kühle Nachtluft hereinzulassen, zeigte aber keinerlei Furcht, daß man sie hören könnte. Sie fragte ihn danach. »Hier kommt kein Mensch mehr her«, sagte er. »Im See gibt es keine Fische, und zum Schwimmen ist er zu schmutzig. All die andern Häuser sind am Zusammenfallen. Wir sind hier vollkommen sicher, Kay.«

Als er entschied, daß es Zeit war ins Bett zu gehen, entfernte er die Kette an ihrem Bein und wartete wieder vor der Badezimmertür. Als sie aus der Dusche stieg, hörte sie, daß sich die Tür öffnete, aber nachdem sie sie wieder zuschlug, versuchte er es nicht noch einmal. Auf dem Weg ins Schlafzimmer fragte Donny: »Was für ein Hochzeitsessen möchtest du, Kay? Wir sollten uns etwas Besonderes überlegen.«

Sie gab vor, sich ernsthafte Überlegungen zu machen, schüttelte dann aber den Kopf und sagte mit fester Stimme: »Ich kann keine Heiratspläne machen, bevor ich nicht ein weißes Kleid habe. Wir werden warten müssen.«

»Ich werde darüber nachdenken, Kay«, sagte er, während er sie zudeckte und das Schloß an ihrem Fußgelenk befestigte.

Abwechselnd schlief sie ein und erwachte wieder. Jedesmal wenn sie aufwachte, stand Donny am Fußende des Bettes und starrte sie an. Ihre Augen öffneten sich, sie versuchte sie gewaltsam geschlossen zu halten, aber er ließ sich nicht täuschen. Das schwache Licht, das er im Wohnzimmer hatte brennen lassen, schien auf das Kissen. »Ist gut, Kay. Ich weiß, daß du wach bist. Sprich mit mir, Liebling. Ist dir kalt? In ein paar Tagen, wenn wir verheiratet sind, wärme ich dich.« Um sieben Uhr brachte er ihr Kaffee. Sie setzte sich auf und klemmte sorgfältig die Decke unter ihren Armen fest. Ihr gemurmeltes »Danke« wurde durch einen Kuß erstickt.

»Ich gehe heute nicht arbeiten«, sagte Donny.

»Die ganze Nacht habe ich darüber nachgedacht, daß du gesagt hast, du hättest kein Kleid, das du bei unserer Hochzeit tragen könntest«, sagte er. »Ich werde dir heute eines kaufen.«

Die Kaffeetasse in ihrer Hand begann zu zittern. Mit großer Anstrengung gelang es ihr, ruhig zu bleiben. Vielleicht war dies ihre einzige Chance. »Donny, es tut mir leid«, sagte sie, »ich möchte wirklich nicht undankbar sein, aber die Kleider, die du mir gekauft hast, passen nicht richtig. Jede Frau möchte sich ihr eigenes Hochzeitskleid selbst aussuchen.»

»Daran habe ich nicht gedacht«, sagte Donny. Er sah verwirrt und nachdenklich aus. »Das bedeutet, daß ich dich mit ins Geschäft nehmen muß. Ich weiß nicht, ob ich das tun soll. Aber ich würde alles tun, um dich glücklich zu machen.«

Am Freitagmorgen um halb sieben gab Jimmy Barrot jeden Versuch einzuschlafen auf und ging in die Küche. Er bereitete eine Kanne Kaffee zu, suchte auf dem Tisch nach einem Kugelschreiber und begann, auf der Rückseite eines Briefumschlags Notizen zu machen.

1. Hat tatsächlich Kay Crandell angerufen? Bitte Virginia O'Neil, die Stimme zu identifizieren.

2. Wenn es Kay Crandell ist, soll das Labor den Grad der Streßbelastung überprüfen.

3. Wenn Kay Crandell angerufen hat, wußte sie ein paar Stunden später über die Fotos, die Mike Crandell verteilte, Bescheid. Wie ist das möglich?

Diese letzte Frage vertrieb den Rest von Schläfrigkeit aus Jimmys Gehirn. Konnte es sich um einen verrückten Scherz handeln, den Mike und Kay ausgeheckt hatten?

Um halb elf Uhr war Jimmy der unfreiwillige Partner bei einem Ballspiel mit dem zweijährigen Kevin O'Neil. Er warf Kevin den Ball zu, der ihn mit einer Hand auffing, aber als er ihn zurückwarf, schrie Kevin »Handtot«. Jimmy hatte den Ball nicht aufgefangen.

»Handtot bedeutet, daß er einen bösen Zauber über Sie ausgesprochen hat«, erklärte Virginia. Sie hatte keinerlei Zweifel, daß es sich um Kays Stimme handelte. »Außer, daß sie nicht so klingt wie gewöhnlich«, sagte Virginia. »Miss Wesley, ich meine Mrs. Crandell, ach verdammt, wie oft hat sie mir gesagt, daß ich sie Kay nennen soll . . . Kay hat eine so melodische Stimme. Sie klingt immer so warm. Es ist ihre Stimme, aber doch auch wieder nicht.«

»Wo ist Ihr Mann?« fragte Jimmy.

Virginia war überrascht. »Bei der Arbeit. Er ist Wertpapierhändler bei der Handelsbank.«

»Sind Sie glücklich?«

»Natürlich bin ich das.« Virginias Ton war eisig. »Darf ich fragen, was diese Frage bedeuten soll?«

»Wie würden Sie klingen, wenn Sie sich ohne Ihre Kinder absetzen würden? Bedrängt?«

Virginia erwischte Kevin, bevor er seine Schwester attackieren konnte. »Detective Barrot, wenn ich meinen Mann verlassen würde, würde ich mich mit ihm an einen Tisch setzen und ihm erklären, warum ich ihn verlasse. Und wollen Sie noch etwas wissen? Kay Crandell würde es genauso machen. Ganz offensichtlich projizieren Sie *Ihre* Denkungsart auf Frauen wie Kay und mich. Falls Sie noch Fragen haben sollten, tut es mir leid, ich bin sehr beschäftigt.« Sie stand auf.

»Mrs. O'Neil«, sagte er. »Bevor ich hierher kam, habe ich mit Mr. Crandell gesprochen. Soweit ich weiß, hat er Abzüge der Fotos von dem Schultreffen anfertigen lassen, und er wird um den Mittag herum bei Ihnen auftauchen. Ich werde mittags zurückkommen. Versuchen Sie sich in der Zwischenzeit zu erinnern, ob sich Kay mit jemandem aus der Gegend getroffen hat. Oder Sie nennen mir die Namen von Leuten aus dem Kollegium, mit denen Sie befreundet war.«

Virginia trennte die Zwillinge, die sich jetzt über einen Teddybär stritten. Virginias Haltung lockerte sich. »Ich fange an, Sie zu mögen, Detective Barrot«, sagte sie.

Der gleiche Gedanke, der Jimmy Barrot gekommen war, ließ auch Mike stutzen, als er mit den Bildern von dem Schultreffen zu Virginia O'Neils Haus fuhr: Woher wußte Kay schon ein paar Stunden später, daß er ihr Foto verteilte.

Als Virginia auf sein Klingeln öffnete, war Mike am Rand eines Nervenzusammenbruchs. Der Anblick von Jimmy Barrots bedrücktem Gesicht gab ihm den Rest.

»Was machen Sie hier?« Seine Frage klang wie ein Schrei. Er spürte Virginia O'Neils Hand auf seinem Arm; er bemerkte, daß das Haus unnatürlich ruhig erschien. »Mike«, sagte Virginia, »Detective Barrot will helfen. Ein paar Frauen, die früher in unserer Klasse waren, sind hier. Wir haben ein paar Sandwiches gemacht. Wir werden die Bilder zusammen durchsehen.«

Mike spürte, daß sich seine Augen wieder mit Tränen füllten. Es war das zweite Mal in zwei Tagen. Diesmal gelang es ihm sie zurückzuhalten. Er wurde den anderen jungen Frauen vorgestellt. Margery, Joan, Dotty, alle waren Schülerinnen der Garden High School gewesen, als Kay dort unterrichtet hatte. Sie aßen zusammen und studierten die Bilder, die Mike mitgebracht hatte.

»Das ist Bobby . . . er wohnt in Pleasantwood. Hier spricht Kay mit John Durkin. Seine Frau ist dabei. Das ist . . .«

Jimmy Barrot klebte jedes Bild auf ein plakatgroßes Stück Pappe, bezeichnete jeden der Köpfe der Abgelichteten mit einer Nummer und ließ sie dann von den jungen Frauen identifizieren. Bald wurde klar, daß es zu viele Gesichter in den Gruppen um Kay gab, an die sich niemand erinnern konnte.

Um drei Uhr sagte Jimmy: »Tut mir leid, aber das Ganze führt zu nichts. Ich weiß, daß Sie einen neuen Direktor an der Schule haben. Er kann uns daher nicht weiterhelfen, aber gibt es nicht irgendeine Lehrkraft, die diejenigen früheren Schüler identifizieren könnte, an die Sie sich nicht mehr erinnern?«

Virginia und ihre Freundinnen sahen sich lange an und dachten nach. Virginia antwortete für alle: »Marian Martin. Sie war an der Garden State seit dem Tag, als sie eröffnet wurde. Sie ist seit zwei Jahren pensioniert. Sie wohnt jetzt in Litchfield in Connecticut. Sie sollte auch zu dem Treffen kommen, aber sie hatte andere Verpflichtungen, die sie nicht absagen konnte.«

»Das ist die Person, die wir brauchen«, sagte Jimmy Barrot. »Hat jemand ihre Telefonnummer oder Adresse?«

Der Hoffnungsfunken, der in Mike aufgeglüht war, als er zu begreifen begann, daß Jimmy Barrot auf seiner Seite war, wuchs zu einer regelrechten Flamme empor. Leute arbeiteten mit ihm zusammen, versuchten zu helfen. Kay, warte auf mich. Laß mich dich finden.

Virginia sah ihr Telefonbuch durch. »Hier ist die Nummer von Miss Martin.« Sie begann die Nummer zu wählen.

Vina Howard hatte das Ziel ihres Lebens erreicht, als sie in Pleasantwood, New Jersey, ihren Kleiderladen eröffnete. Vor ihrer zutiefst unglücklichen Ehe war sie Assistentin der Einkäuferin in einem Warenhaus gewesen. Als sie nach achtzehn Jahren Nick Howard schließlich verließ, kehrte sie gerade rechtzeitig zu ihrer Familie zurück, um ihre alten Eltern während einer Reihe von Herzanfällen und Infarkten zu pflegen. Nachdem sie gestorben waren verkaufte Vina das alte Haus, kaufte eine neue Eigentumswohnung und verwirklichte ihren Herzenswunsch mit der Eröffnung einer Boutique, die die jungen Frauen der Vorstadt mit Kleidern zu günstigen Preisen versorgte. Daneben führte sie auch

Modelle für deren Töchter im Teenageralter. Dies war ein Fehler gewesen, der ihr täglich aufs neue Ärger einbrachte.

Am Freitagmorgen, dem 20. Juni, ordnete Vina gerade die Kleider auf den Gestellen, polierte das Glas auf der Accessoirevitrine, stellte die Stühle vor den Umkleidekabinen zurecht und murmelte vor sich hin: »Schreckliche Kinder. Kommen rein und probieren alles an. Verschmieren die Kragen mit Make-up. Lassen alles auf dem Boden liegen. Es ist das letzte Jahr, daß ich für diese schlampigen Bälger etwas führe.«

Vina hatte allen Grund, sich aufzuregen. Sie hatte die Umkleidekabine gerade tapezieren lassen, und eine der frechen Gören hatte die ganze Wand mit den üblichen Vulgärausdrücken vollgeschmiert. Sie hatte es schließlich geschafft, das ganze abzuwischen, aber die Tapete war voller Flecken und hatte Risse.

Trotzdem hatte der Tag angenehm begonnen. Um halb elf, als ihre Verkäuferin Edna kam, war der Laden voller Leute und die Kasse klingelte.

Um Viertel nach drei war es ruhig, und Vina und Edna tranken gemütlich eine Tasse Kaffee zusammen. Edna versprach, daß ihr Mann mit der übriggebliebenen Tapete den beschädigten Teil in den Umkleidekabinen ausbessern würde. Eine sichtbar erleichterte Vina lächelte warm, als ein junges Paar den Laden betrat. Eine hübsche, junge Frau von ungefähr sechsundzwanzig oder achtundzwanzig Jahren, die einen billig aussehenden Rock und ein T-Shirt trug, und ein hohlwangiger junger Mann etwa gleichen Alters, dessen Arm eng um seine Begleiterin geschlungen war. Sein dunkel-rötlich gelocktes Haar sah aus, als käme er gerade vom Friseur. Seine porzellanblauen Augen glänzten. Die beiden haben etwas Unwirkliches an sich, dachte Vina. Ihr Lächeln wurde steif. Seit einiger Zeit gab es in dieser Gegend eine Reihe von Raubüberfällen, die auf Drogenkonsum zurückzuführen waren.

»Wir möchten ein langes weißes Kleid«, sagte der Mann. »Größe 38.«

»Die Zeit der Abschlußfeiern ist vorbei«, sagte Vina unsicher. »Ich habe keine große Auswahl an langen Kleidern.«

»Das ist doch sicher für eine Hochzeit passend.«

Vina wandte sich an die junge Frau. »Haben Sie an etwas Bestimmtes gedacht?«

Verzweifelt versuchte Kay mit der Frau Kontakt aufzunehmen.

Aus den Augenwinkeln konnte sie erkennen, daß der Angestellten an der Kasse an ihr und Donny etwas nicht geheuer erschienen war. Diese ausgefallene rote Perücke, die er trug. Ihr war auch klar, daß Donnys rechte Hand die Waffe hielt und daß der geringste Versuch, die Frauen auf etwas aufmerksam zu machen, deren Todesurteil gewesen wäre.

»Etwas in Baumwolle«, antwortete sie. »Haben Sie Satin? Oder reinen Jersey?« Sie sah die mit einem Vorhang abgetrennten Umkleidekabinen. Sie würde beim Umziehen allein sein . . . Vielleicht konnte sie eine Nachricht hinterlassen. Je mehr Kleider sie anprobierte, um so mehr Zeit würde sie haben.

Aber es gab nur ein einziges Satinkleid in Größe 38. »Wir nehmen es«, sagte Donny.

»Ich möchte es anprobieren«, sagte Kay entschlossen. »Die Umkleidekabinen sind hier.« Sie ging hinüber und zog den Vorhang zurück. »Siehst du.«

Es war kaum Platz für eine Person darin. Der Vorhang reichte nicht auf den Boden. »Also gut, du kannst es anprobieren«, sagte Donny. »Ich warte draußen.« Er lehnte es entschieden ab, daß Vina Kay half. »Geben Sie ihr bloß das Kleid.«

Kay riß sich das T-Shirt und den Rock herunter. Verzweifelt sah sie in der kleinen Kabine um sich. Auf einem schmalen Brett lag eine Schachtel mit Stecknadeln. Aber kein Stift. Es gab keine Möglichkeit eine Nachricht zu hinterlassen. Sie zog das Kleid über den Kopf und griff nach einer Nadel. Die Tapete in der Umkleidekabine war fleckig und zerrissen auf der einen Seite. Auf der anderen Seite versuchte sie das Wort ›Hilfe‹ einzuritzen. Die Nadel war dünn, und man konnte sie nicht schnell bewegen. Sie schaffte gerade ein zittriges H.

»Beeil dich, mein Schatz.«

Sie zog den Vorhang zur Seite. »Ich komme nicht an die Knöpfe im Rücken heran«, sagte sie zu der Verkäuferin.

Während diese das Kleid zuknöpfte, warf Vina einen nervösen Blick auf die Registrierkasse. Edna schüttelte leicht den Kopf. Wir wollen sie loswerden, bedeutete das.

Kay betrachtete sich eingehend in dem bodenlangen Spiegel. »Ich glaube nicht, daß es paßt«, sagte sie. »Haben Sie etwas anderes?«

»Wir nehmen es«, fuhr Donny dazwischen. »Du siehst wunderschön darin aus.« Er zog ein Bündel Scheine heraus. »Beeil dich, meine Süße«, befahl er. »Wir kommen sonst zu spät.«

Kay zog in der Kabine das Kleid aus, reichte es durch den Vorhang, streifte sich das T-Shirt und den Rock über und griff nach einer anderen Nadel. Mit der einen Hand gab sie vor, ihr Haar zu ordnen, mit der anderen versuchte sie, den Buchstaben I in die Tapete zu ritzen, aber es gelang ihr nicht. Sie fuhr herum, als sie Donny den Vorhang öffnen hörte. »Was machst du denn so lange mein Schatz?« fragte er. Sie stand mit dem Rücken gegen die Wand, auf die sie zu schreiben begonnen hatte. Mit den Fingern fuhr sie sich durchs Haar, als wollte sie es glattstreichen. Sie ließ die Nadel hinter sich fallen und beobachtete, wie Donny die Kabine inspizierte. Sein Argwohn war beruhigt, er nahm ihre Hand, und mit der Schachtel unter dem Arm verließen sie den Laden.

Marian Martin war gerade mit dem Einpflanzen ihrer neuen Azaleen fertig, als sie durch das Klingeln des Telefons ins Haus gerufen wurde. Sie war eine große, siebenundsechzigjährige Frau, mit festem durchtrainiertem Körper, kurzgeschnittenen Haaren, die sich um ihr Gesicht kringelten, lebhaften, braunen Augen und von freundlich zupackender Art. Nach ihrer Pensionierung als Vertrauenslehrerin an der Garden State High School war sie in diese ruhige Stadt in Connecticut gezogen und genoß es nun seit zwei Jahren, sich mit Dingen zu beschäftigen, für die sie früher nie genug Zeit gehabt hatte. Ihrem englischen Garten galt ihr ganzer, unverhohlener Stolz. Der Telefonanruf an diesem Freitagnachmittag war daher keine willkommene Unterbrechung. Aber nachdem sie gehört hatte, was Virginia O'Neil ihr erzählte, waren die ungepflanzten Dahlien nicht mehr wichtig.

Kay Wesley, dachte sie. Eine geborene Lehrerin. Sie war immer bereit gewesen, sich mit Kindern abzugeben, die Schwierigkeiten hatten. Alle ihre Schüler waren vernarrt in sie. Kay wurde *vermißt*. »Ich muß noch ein paar Sachen erledigen«, sagte sie zu Virginia. »Aber ich kann mich um sechs Uhr auf den Weg machen. Es dürfte etwa zwei Stunden dauern. Halt die Fotos bereit. Es gibt kein Kind, das jemals die Garden State besucht hätte und dessen Gesicht ich nicht kennen würde.«

Als sie aufgelegt hatte, fiel Marian plötzlich Wendy Fitzgerald, eine ehemalige Schülerin ein, die vor zwanzig Jahren nach einem

Schulpicknick verschwunden war. Rudy Kluger, der Hausmeister der Schule hatte sie ermordet. Rudy müßte inzwischen aus dem Gefängnis entlassen worden sein. Marians Mund wurde trocken. Nur das nicht, bitte.

Um Viertel vor sechs warf sie die Reisetasche auf den Rücksitz ihres Wagens und fuhr nach New Jersey. Die Einzelheiten jener furchtbaren Zeit, von dem Moment an, als Wendy Fitzgerald als vermißt gemeldet wurde, bis zu dem Tag als man ihre Leiche fand, gingen Marian durch den Kopf. Ihr ganzes Denken drehte sich ausschließlich um Rudy, daß sich der flüchtige Gedanke an einen Vorfall in Verbindung mit Kay in ihr Unbewußtes entzog.

Virginia legte auf. »Miss Martin wird gegen acht hier sein«, sagte sie.

Jimmy Barrot schob seinen Stuhl zurück. »Ich muß ins Büro zurück. Wenn diese Vertrauenslehrerin eine neue Information hat, irgendeine, dann rufen Sie diese Nummer an. Andernfalls komme ich morgen früh wieder.« Er übergab Virginia eine Visitenkarte mit Eselsohren.

Die jungen Frauen erhoben sich ebenfalls. Auch sie wollten am nächsten Tag Miss Martin helfen.

Mike stand auf. »Ich verteile noch ein paar Fotos. Dann fahre ich ins Motel zurück. Es besteht immer die Möglichkeit, daß Kay wieder anruft.«

Diesmal klebte Mike Kays Bild an die Telefonzellen in den Hauptstraßen der Städte, durch die er fuhr, und hängte sie in den großen Einkaufsstraßen der Gegend aus. In Pleasantwood hatte er fast einen Zusammenstoß mit einem Lieferwagen, der ihn überholte, als er auf den städtischen Parkplatz fuhr. Verdammter Irrer, dachte Mike. Er wird noch jemanden umbringen.

Donny hatte den Lieferwagen auf dem städtischen Parkplatz hinter der Boutique geparkt. Als sie den Laden verließen, hielt er Kay eng umfaßt, bis sie den Lieferwagen erreicht hatten, dann öffnete er die Seitentür und stieß sie vorwärts. Verzweifelt blickte Kay auf den stämmigen, jungen Mann, der zwei Parkplätze weiter gerade dabei war seinen Wagen anzulassen. Einen Moment lang hatte sie Augenkontakt mit ihm, dann fühlte sie den Lauf der Waffe seitlich an ihrem Körper.

»Da ist ein kleines Kind auf dem Rücksitz des Wagens, Kay«, sagte Donny sanft. »Wenn du einen Laut von dir gibst, dann sind das Kind und der Mann tot.«

Ihre Beine fühlten sich wie Gummi an, als sie die Stufe hinaufstolperte. »Hier ist das Paket, mein Schatz«, sagte Donny laut. Er beobachtete, wie der Wagen an ihnen vorüberfuhr, dann stieg er in den Lieferwagen und schlug die Tür zu.

»Du wolltest dem Typen ein Zeichen geben, Kay«, zischte er. Der Knebel, den er ihr in den Mund geschoben hatte, war grausam fest. Roh hatte er ihr die Handschellen angelegt, die Füße gefesselt und zusammengekettet. Er stellte die Schachtel neben sie auf das Klappbett. »Erinnere dich, Kay, zu welchem Zweck wir das Kleid gekauft haben, und mach anderen Männern keine schönen Augen.« Er öffnete die Tür einen Spalt, sah sich um, schob die Tür etwas weiter auf und schlüpfte hinaus. In dem Augenblick, als ein Lichtstrahl ins Innere des Wagens fiel, erblickte Kay einen langen, dünnen Gegenstand, der auf dem Boden unter der Werkbank lag.

Ein Schraubenzieher.

Wenn sie den Schraubenzieher hätte, könnte sie die Metallplatte in der Wand aufschrauben. Vielleicht gäbe es eine Möglichkeit zu fliehen, während Donny bei der Arbeit war.

Der Lieferwagen machte einen Satz nach vorn. Donny mußte mit seinen Nerven am Ende sein, wenn er so schnell fuhr. Wenn ihn doch nur die Polizei aufhalten würde. Doch dann verlangsamte der Wagen deutlich spürbar seine Geschwindigkeit. Es mußte ihm aufgefallen sein, daß er zu schnell fuhr.

Sie drehte sich um, ließ ihre gefesselten Hände nach unten gleiten und versuchte, mit den Fingerspitzen den Schraubenzieher zu erreichen. Tränen des Ärgers und der Enttäuschung verdunkelten ihre Augen. Voller Ungeduld schüttelte sie sie fort. In der Dunkelheit konnte sie die Umrisse des Werkzeugs erkennen, aber so sehr sie sich auch anstrengte und die Handschellen in ihre Gelenke einschnitten, er war außerhalb ihrer Reichweite.

Sie rollte auf den Rücken und hob die Hände hoch, bis sie auf ihren Knien lagen. Das Klappbett quietschte, als sie sich aufsetzte, ihre Beine nach unten stellte und ihren Körper bis an das äußerste Ende des Klappbettes bewegte. Dann streckte sie die Beine nach dem Schraubenzieher aus. Den brennenden Schmerz, den die Fesseln an ihren Fußgelenken verursachten, beachtete sie nicht. Sie reckte die Spitzen ihrer Sandalen vor, bis sie die dünne Schneide spürte, hielt ihn dann zwischen den Sohlen ihrer Sandalen fest und schob den Schraubenzieher in Richtung des Klappbetts. Schließlich war er direkt unter ihr. Sie schwang die Beine nach oben und griff mit den Händen wieder nach unten auf den Boden. Die Schmerzsignale, die ihr geschundenes Fleisch aussandte, spürte sie nicht mehr, denn ihre Finger umklammerten den Griff des Schraubenziehers, hielten ihn fest und hoben ihn hoch.

Einen Moment lang hielt sie keuchend vor Anstrengung inne und war außer sich vor Freude über ihren Sieg. Plötzlich kam ihr ein neuer Gedanke, und ihre Finger schlossen sich enger um das Werkzeug. Wie konnte sie den Schraubenzieher ins Haus bringen? Sie konnte ihn nirgendwo am Körper verstecken. Das billige T-Shirt lag eng an, und der Baumwollrock hatte keine Taschen, die Sandalen waren offen.

Sie hatten die Hütte fast erreicht. Sie spürte die Erschütterung des Lieferwagens, der sich rumpelnd die ungeteerte Straße entlangschlängelte. Die Kleiderschachtel kippte um und streifte ihren Arm. *Die Kleiderschachtel.* Die Verkäuferin hatte eine Schnur um die Schachtel gebunden und doppelt verknotet. Sie würde sie nicht öffnen können. Vorsichtig schob Kay ihre Finger zwischen den Deckel und den Boden der Schachtel und begann langsam, den Schraubenzieher in die Öffnung zu schieben. Sie spürte, daß der Deckel an einer Seite aufriß.

Der Lieferwagen hielt an. Verzweifelt schob sie den Schraubenzieher hinein, versuchte, ihn zwischen den Falten des Kleides zu verbergen, und es gelang ihr, die Schachtel auf die Seite zu drehen, bevor sich die Wagentür öffnete. »Wir sind zu Hause, Kay«, sagte Donny tonlos.

Sie betete, er möge die neuen Wunden an ihren Hand- und Fußgelenken nicht bemerken. Als er die Kette und die Handschellen aufsperrte, waren seine Bewegungen wie mechanisch. Er klemmte sich die Schachtel unter den Arm, ohne auch nur einen Blick darauf zu werfen, und schob sie so schnell in die Hütte, als würde man ihn verfolgen. Im Innern der Hütte war es stickig.

Instinktiv wußte Kay, daß sie ihn auf irgendeine Weise beruhigen mußte. »Du bist hungrig«, sagte sie. »Du hast seit Stunden nichts gegessen.« Das Mittagessen war fertig, als er um ein Uhr in die Hütte zurückkam, aber er war zu aufgeregt um zu essen. »Ich mache dir ein Sandwich mit etwas Limonade«, sagte sie. »Du brauchst das.«

Er ließ die Kleiderschachtel auf die Couch fallen und starrte sie an. »Sag mir, wie sehr du mich liebst«, befahl er. Seine Pupillen waren geweitet, der Griff an ihrem Handgelenk umschloß sie fester als die Fesseln. Er atmete in kurzen, unregelmäßigen Stößen. Voller Angst trat Kay zurück, bis sie den harten Velours des Couchüberzugs an ihren Beinen spürte. Er schien völlig den Verstand verloren zu haben. Er würde es sofort bemerken, wenn sie versuchte, ihn mit Lügen zu beruhigen. Statt dessen sagte sie trocken: »Donny, ich würde gerne mehr darüber erfahren, warum du mich liebst. Du behauptest, du liebst mich, aber du wirst immer ärgerlich über mich. Wie kann ich dir noch glauben? Lies mir etwas aus deinen Büchern vor, während ich uns etwas zu essen mache.« Sie zwang sich zu einem Tonfall voller kalter Autorität. »Donny, ich möchte, daß du mir jetzt etwas vorliest.«

»Natürlich, Miss Wesley.«

Seine Stimme klang nicht mehr verärgert, die Tonlage war höher geworden, sie klang fast jungenhaft. »Aber zuerst muß ich den Telefonanrufbeantworter abhören.«

Er hatte das Telefon auf dem Tisch neben der Couch stehenlassen, als sie weggegangen waren. Er nahm ein Notizbuch und einen Stift aus der Tasche und drückte den Startknopf. Es waren drei Nachrichten auf dem Band. Eine von einem Eisenwarenhändler, ob Donny morgen vorbeikommen könne? Ein Angestellter war wegen Krankheit ausgefallen. Eine vom Garden View Motel. Sie brauchten eine Hilfskraft bei der Installation von elektrischen Geräten für ein Seminar. Man würde ihn den ganzen Abend brauchen.

Der letzte Anruf kam offensichtlich von einem alten Mann. Deutlich konnte man das pfeifende Atmen in seiner stockenden Stimme wahrnehmen, als er seinen Namen nannte. Clarence Gerber. Ob Donny vorbeikommen und sich den Toaster ansehen könne? Die Heizspirale sei nicht in Ordnung, und seine Frau würde bei dem Versuch im Backofen Toast zu machen, das ganze Brot verbrennen. Darauf folgte ein bemühtes Lachen mit dem Zusatz: »Setzen Sie uns an den Anfang der Liste, Donny. Rufen Sie an und lassen Sie mich wissen, wann Sie kommen.«

Donny steckte sein Notizbuch ein, spulte das Band zurück, stieg auf die Couch und stellte den Recorder in den Drahtkäfig. »Ich kann den alten Gerber nicht ausstehen«, sagte er zu Kay. »Sooft ich es ihm auch verbiete, jedesmal, wenn ich etwas für ihn repariere, steigt er in den Lieferwagen und redet auf mich ein, während ich arbeite. Und überhaupt muß ich zuerst ins Motel. Dort wird bar bezahlt. Ich habe schon eine Menge Geld für uns zusammen, Kay.« Er stieg von der Couch herunter. »Und jetzt lese ich dir vor. Zeig mir, welches Buch du noch nicht angesehen hast.«

»Schon am ersten Tag im Chor, als Kay ihre Hände auf meine Brust legte und sagte, ich solle singen, spürte ich, daß zwischen uns etwas Besonderes und Schönes war.« Donny las und trank die Limonade dabei. Seine Stimme wurde ruhiger, als er von den vielen Telefonanrufen sprach, in denen sie ihn gebeten hatte zu ihr zu kommen. Kay hielt es kaum aus. Immer und immer wieder sprach er davon, wie glücklich er wäre, mit ihr zu sterben, wie wundervoll es wäre, bei der Verteidigung seines Anrechts auf sie den Tod zu finden.

Er beendete das Vorlesen und lächelte. »Oh, ich habe das ganz vergessen«, sagte er. Er nahm sich die lockige rote Perücke ab und enthüllte seinen kahl werdenden Kopf mit dem schütteren Haar. Er lehnte sich nach vorn und nahm zum erstenmal die blauen Kontaktlinsen heraus. Seine eigenen Pupillen, erdig braun mit vereinzelten grünen Flecken, starrten sie an. »Magst du mich so wie ich bin am liebsten?« fragte er. Ohne die Antwort abzuwarten, ging er um den Tisch und zog ihren Stuhl vor. »Ich muß ins Motel gehen. Ich bringe dich ins Wohnzimmer, Kay.«

Vina Howard und ihre Verkäuferin Edna verbrachten fünf angenehme Minuten mit Tratsch über die beiden, die gerade das weiße Kleid gekauft hatten. »Ich könnte schwören, daß die auf dem Trip waren«, sagte Edna. »Wir waren uns doch beide einig, daß das Kleid nichts taugte. Sie wollten es gerade heruntersetzen, oder? Und jetzt haben Sie den vollen Preis bekommen. Noch dazu in bar.«

Vina stimmte zu. »Er sah wirklich total verrückt aus. Er färbt seine Haare. Das könnte ich beschwören.« Die Tür ging auf, und eine neue Kundin kam herein. Vina half ihr bei der Auswahl von einigen Röcken und führte sie dann zu den Umkleidekabinen. Ihr plötzlicher Wutausbruch verblüffte sowohl Edna wie die Kundin.

»Sehen Sie sich das an«, brach es aus Vina hervor. Mit zitternden Fingern zeigte sie auf das H an der Wand. »Sie war noch schlimmer als er«, kochte sie. »Jetzt wird uns die Tapete nicht für beide Wände reichen. Wenn ich die in die Finger kriegen würde.« Selbst die mitfühlenden Äußerungen der Kundin und Ednas erneuter Hinweis darauf, daß sie das Kleid zum vollen Preis verkauft hatte, konnten Vinas Wut nicht besänftigen.

Vina schäumte innerlich vor Zorn. Auch als sie um sechs Uhr den Laden schloß und zu Fuß nach Hause ging, war ihre Wut nicht verraucht. So starrte sie auf das Plakat, das an dem Telefonmasten hing, und es wurde ihr nicht bewußt, daß die Frau, deren Gesicht sie sah, die gleiche unglückliche Kreatur war, die das letzte Stück ihrer Tapete ruiniert hatte.

Es war schon fast neun Uhr, als Mike ins Garden View Motel zurückkam. Es war heiß und stickig geworden, und sobald er aus dem Wagen mit der Klimaanlage ausgestiegen war, bildeten sich Schweißperlen auf seiner Stirn. Er ging zum Motel hinüber. Plötzlich wurde ihm schwindlig; er blieb stehen und lehnte sich gegen den Wagen, an dem er gerade vorüberging. Es war ein dunkelgrauer Lieferwagen. Ihm fiel ein, daß er außer dem Sandwich bei Virginia noch nichts gegessen hatte. Er ging in sein Zimmer und hörte das Tonband ab. Es war keine Nachricht hinterlassen worden.

Die Cafeteria war noch geöffnet. Nur drei oder vier Tische waren besetzt. Er bestellte ein Steak-Sandwich und Kaffee. Die Bedienung lächelte ihn mitfühlend an. »Sie sind der Mann, dessen Frau vermißt wird. Viel Glück. Ich bin sicher, daß alles gut wird. Ich habe ein Gefühl für so etwas.«

»Danke.« *Ich wollte, bei Gott, ich hätte das Gefühl auch,* dachte Mike. Andererseits, wenigstens nahmen die Leute von Kays Bild Notiz.

Die Bedienung entfernte sich und brachte dem Mann, der ein paar Tische weiter saß, eine Essenstüte und die Rechnung. »Du hast heute lange gearbeitet, was Donny?« fragte sie.

Um sechs Uhr fuhr Donny weg. Sobald sich das Geräusch des Wagens entfernt hatte, suchte Kay in der Kleiderschachtel nach dem Schraubenzieher. Wenn es ihr gelänge, die Metallplatte von der Wand zu lösen, könnte sie das Telefon erreichen. Aber als sie das schwere Vorhängeschloß betrachtete, wußte sie, daß es zwecklos sein würde. Entweder die Metallplatte oder gar nichts.

Sie schleppte sich zu der Platte und setzte sich auf den Boden. Die Schrauben saßen so fest, als wären sie eingeschweißt worden. Der Schraubenzieher war klein. Minuten verstrichen, eine halbe Stunde, eine Stunde. Sie arbeitete weiter und achtete weder auf die Hitze, noch auf die Erschöpfung in ihren Fingern. Schließlich wurden ihre Anstrengungen belohnt. Eine der Schrauben begann sich zu drehen. Entsetzlich langsam gab sie nach und war endlich lose. Sorgfältig befestigte sie sie so, daß sie nicht herunterfiel. Dann versuchte sie es bei der nächsten Schraube. Wieviel Zeit war vergangen? Wie lange würde Donny wegbleiben?

Nach einer Weile wurde sie vollkommen gefühllos. Sie arbeitete wie ein Roboter ungeachtet des Schmerzes in ihren Armen und Händen und ungeachtet des Krampfs in ihren Beinen. Gerade hatte sie bemerkt, daß sich die zweite Schraube bewegte, als sie aus der Entfernung das Geräusch des Lieferwagens hörte. Verzweifelt schleppte sie sich zur Couch, schob den Schraubenzieher zwischen die Sprungfedern und nahm das Heft, das Donny auf der Couch hatte liegenlassen.

Quietschend öffnete sich eine Tür. Donnys schwere Schritte hallten auf den Dielen. Er hielt eine Tüte in der Hand. »Ich habe dir einen Hamburger und Soda gekauft«, sagte er. »Ich habe Mike Crandell in der Cafeteria getroffen. Dein Bild hängt überall aus. Es war keine gute Idee, daß du mich gezwungen hast mit dir zum Einkaufen zu gehen. Wir werden unseren Hochzeitstag verschieben müssen. Ich muß am Morgen ins Motel gehen – sie würden es merkwürdig finden, wenn ich dort nicht auftauchen würde. Und sie schulden mir noch Geld. Aber wenn ich zurückkomme, dann heiraten wir und gehen von hier weg.«

Die Entscheidung schien ihn beruhigt zu haben. Er ging zu ihr hinüber und legte die Tüte auf die Couch. »Freut es dich, daß ich immer, wenn ich für mich etwas kaufe, auch an dich denke?« Innig küßte er sie auf die Stirn.

Kay versuchte keine Abwehr zu zeigen. Bei dem dämmrigen Licht konnte er zumindest nicht erkennen, wie geschwollen ihre Hände waren. Und morgen früh würde er ins Motel arbeiten gehen. Das bedeutete, daß ihr nur noch ein paar Stunden blieben, bevor sie mit ihm verschwinden würde.

Donny räusperte sich. »Ich werde ein furchtbar nervöser Bräutigam sein, Kay«, sagte er. »Wir wollen unser Gelöbnis jetzt üben. Ich Donald, nehme dich, Kay . . .«

Er kannte die Worte, die bei der traditionellen Zeremonie üblich waren, auswendig. Kays Gedanken waren erfüllt von der Erinnerung an den Moment, als sie sagte: »Ich Katherine, nehme dich Michael.« O Mike, dachte sie, Mike.

»Nun, Kay?« Der scharfe Ton kehrte in Donnys Stimme zurück.

»Ich habe kein so gutes Gedächtnis wie du«, sagte sie. »Vielleicht ist es besser, wenn du den Wortlaut aufschreibst, dann kann ich morgen üben, wenn du bei der Arbeit bist.«

Donny lächelte. In dem dämmrigen Licht sah es aus, als lägen seine Augen tief in ihren Höhlen, sein schmales Gesicht erschien fast skelettartig. »Ich denke, das wäre hübsch«, sagte er. »Warum ißt du deinen Hamburger nicht?«

In dieser Nacht hielt Kay ihre Augen fest geschlossen, ihren Atem zwang sie gleichmäßig zu klingen. Es war ihr bewußt, daß Donny kam und ging und sie beobachtete. Aber ihr ganzes Denken richtete sich allein auf eine Tatsache. Selbst wenn sie es schaffte, die Metallplatte zu lösen, bevor er zurückkam, gab es keine Garantie, daß sie ihm entfliehen konnte. Wie weit käme sie in diesen unbekannten Wäldern mit den Fesseln an einem Fuß und mit der Last der Platte und der Kette?

Auf der Route 95 Süd herrschte starker Verkehr. Marian Martin spürte, daß der leicht anhaltende Kopfschmerz vermutlich daher rührte, daß sie mittags nur ein kleines Sandwich gegessen hatte. Eine Tasse Tee und eine Semmel, dachte sie sehnsüchtig. Aber das nicht nachlassende Gefühl der Dringlichkeit ließ sie den Fuß auf dem Gaspedal halten, bis sie um zehn vor sieben in die Einfahrt von Virginia O'Neils Haus in Jefferson Township einbog.

Virginia hatte im Wohnzimmer Käse, Crackers und Wein bereitgestellt. Dankbar verzehrte Marian den Briekäse, trank Chablis und sah sich in dem freundlich möblierten Wohnzimmer um, in dessen Nische ein mit Notenblättern bedeckter Flügel stand.

Die Notenblätter erinnerten Marian plötzlich an etwas. »Du hast doch in Kay Wesleys Chorklasse Klavier gespielt?«

»Nicht das ganze Jahr hindurch. Nur im letzten Semester, als Kay unterrichtete.«

»An irgend etwas im Zusammenhang mit dieser Klasse versuche ich mich zu erinnern«, sagte Marian voller Ungeduld.

Zum Abendessen gab es Hähnchen in Zitronensoße mit wildem Reis und Salat, aber so hungrig Marian auch war, wußte sie kaum, was sie zu sich nahm. Sie bestand darauf, die Bilder des Schultreffens anzusehen, während sie aß. Rudy Kluger war groß und schlank gewesen. Als er Wendy Fitzgerald ermordete, war er Anfang Dreißig. Das hieß, er müßte jetzt um die Fünfzig sein. Marian ging die Bilder schnell durch. Die ältesten Schüler mußten nun im Alter von ungefähr vierzig Jahren sein. Es dürften nicht viele ältere Männer auf dem Foto sein.

Sie hatte recht. Die wenigen, die sie sah, ähnelten nicht im entferntesten Rudy. Während sie die Fotos durchging, erzählte ihr Virginia, daß Mike Kays Bild in den umliegenden Städten verteilte und daß der Detective anfangs an keinen Kriminalfall geglaubt hatte, nun aber aktiv bei der Suche mithalf. »Er ist heute bis spät abends in seinem Büro«, sagte Virginia. »Er bat mich, ihn anzurufen, falls wir auf etwas stoßen sollten.« Sie nahm ihren Stuhl und setzte sich neben Marian; in der Zwischenzeit räumte Jack den Tisch ab und servierte den Kaffee. Virginia nahm ein Bild heraus. »Sehen Sie«, sagte sie, »das war am Schluß. Kay hatte gerade den Hot dog gegessen. Sie verabschiedete sich von den Leuten, die um sie standen. Ich habe als letzte mit ihr gesprochen. Dann ging sie den Weg entlang zum Parkplatz.«

Marian betrachtete das Bild eingehend. Kay stand nahe bei dem Weg. Plötzlich erkannte Marian etwas in dem Wäldchen, das neben dem Parkplatz lag. »Hast du ein Vergrößerungsglas?« fragte sie.

Ein paar Minuten später waren sie sich einig. Halb verborgen hinter einer Ulme war etwas zu sehen, das durchaus ein Mann sein konnte, der nicht gesehen werden wollte. »Das bedeutet vermutlich gar nichts«, sagte Marian und versuchte, nicht aufgeregt zu klingen. »Aber vielleicht sollte ich doch mit dem Detective sprechen.«

Jimmy Barrot saß an seinem Schreibtisch, als ihn der Anruf erreichte. Wie es der Zufall wollte, sah er sich gerade die Akte von Rudy Kluger durch, der vor zwanzig Jahren eine sechzehnjährige Schülerin an der Garden State High School ermordet hatte, nachdem er ihr in dem Wäldchen bei dem Picknickgelände aufgelauert hatte. Rudy Kluger war vor sechs Wochen aus dem Gefängnis entlassen worden und hatte bereits gegen die Auflagen seiner Bewährung verstoßen, indem er sich nicht bei der Polizei gemeldet hatte.

Jimmy Barrot fühlte, wie sich ihm die Kehle zuschnürte, als er der früheren Vertrauenslehrerin zuhörte, die glaubte, jemand hinter einem Baum auf der Lauer zu sehen, gerade in dem Moment, als Kay Crandell das Fest verließ, und die sich wegen Rudy Kluger schreckliche Sorgen machte.

»Miss Martin«, sagte Jimmy Barrot. »Ich will es Ihnen ganz offen sagen. Rudy Kluger ist aus dem Gefängnis entlassen worden. Wir fahnden bereits nach ihm. Aber wollen Sie mir bitte einen Gefallen tun? Tun Sie so, als würde Kluger nicht existieren. Sehen Sie sich die Bilder ohne alle Vorurteile an. Ich weiß nicht warum, aber ich habe das Gefühl, daß Sie auf etwas kommen werden, das uns weiterhilft.«

Sie wußte, wie recht er bezüglich der Vorurteile hatte. Marian legte auf und vertiefte sich wieder in die Betrachtung der Bilder.

Um halb zwölf konnte sie die Augen nicht mehr offenhalten. »Ich bin auch nicht mehr so jung, wie ich einmal war«, sagte sie entschuldigend.

Das Gästezimmer war am anderen Ende des Gangs, auf dem auch das Kinderzimmer war. Trotzdem hörte Marian die Zwillinge mitten in der Nacht weinen. Sie fiel wieder in Schlaf, aber in der kurzen Zeit des Wachseins bemerkte sie, daß sie etwas beunruhigte, etwas, das sie auf den Fotos gesehen hatte, woran sie sich unbedingt erinnern mußte.

Clarence Gerber schlief in dieser Freitagnacht nicht gut. Brenda mochte zum Frühstück nichts lieber als Toastwaffeln, und der Toaster war schon seit zwei Tagen kaputt. Und Brenda meinte, daß es nicht nötig sei einen neuen zu kaufen, weil Donny Rubel für zehn Dollar den alten reparieren konnte, daß er so gut wie neu war.

In dieser ruhelosen Nacht dachte Clarence darüber nach, daß das tatsächliche Problem des Rentnerdaseins war, nach dem Aufstehen nichts zu tun zu haben, und das bedeutete, daß man nichts zu erzählen hatte. Jetzt waren die beiden Schwestern von Brenda so oft hier im Haus, daß er nie zu Wort kam. Sie unterbrachen ihn sofort, wenn er anfing zu reden.

Während Brenda neben ihm schnaufte und sich herumwarf, so

weit wie möglich von ihm entfernt auf der anderen Seite des Doppelbettes, gerade noch ohne hinauszufallen, begann Clarence gegen fünf Uhr morgens seinen Plan zu entwickeln. Vielleicht lohnte sich für Donny der Zeitaufwand nicht, für einen Zehn-Dollar-Job extra zu ihm zu kommen. Aber Clarence hatte eine Lösung gefunden. Ein- oder zweimal hatte er kein Geld dabeigehabt, um eine Reparatur bei Donny zu bezahlen, daher hatte er ihm einen Scheck geschickt. Er besaß seine Adresse. Irgendwo in Howville. Timber Lane. Das war es. Nahe bei den Seen, wo Clarence als Kind zum Schwimmen gegangen war. Am Morgen würde er zu Donnys Haus fahren und, falls Donny nicht da war, den Toaster mit einer Nachricht dort lassen, daß er ihn abholen würde, wenn Donny ihn repariert hatte.

Der Schlaf schloß Clarence die Augenlider. Mit einem halben Lächeln entschlummerte er. Es war gut, einen Plan zu haben, etwas zu tun zu haben, wenn man aufwachte.

Lange vor Morgengrauen hörte Kay geräuschvolles Herumhantieren im Wohnzimmer. Was tat Donny da? Mit einem dumpfen Laut fielen Gegenstände zu Boden. Donny packte die Koffer. Die Unausweichlichkeit dessen, was diese Stoß- und Ziehgeräusche bedeuteten, ließ Kay ihre Fäuste auf ihren Mund pressen. Wenn es jemals notwendig war, ruhig zu bleiben, damit er keinen Verdacht schöpfte, dann in den nächsten Stunden. Die einzige Möglichkeit zu fliehen, gab es nur dann, wenn er heute morgen seine letzten Aufträge und Besorgungen erledigte. Wenn er irgendeinen Verdacht schöpfte, würde er sofort mit ihr wegfahren.

Als er ihr um sieben Uhr eine Tasse Kaffee brachte, schaffte sie es, ein gequältes Lächen aufzusetzen. »Du denkst an alles, Donny«, murmelte sie, während sie sich aufsetzte und dabei darauf achtete, die Decken unter ihre Arme zu stopfen.

Er sah sie erfreut an. Er trug eine dunkelblaue Hose und ein kurzärmeliges weißes Hemd. Statt seiner üblichen Slipper hatte er auf Hochglanz polierte hellbraune Schuhe an. Offensichtlich hatte er sich besondere Mühe mit seinem Haar gegeben. Es war so glatt an seinen Schädel gekämmt, als ob er Haarspray benutzt hätte. Seine trübbraunen Augen glommen vor Aufregung. »Ich habe alles genau geplant, Kay«, sagte er zu ihr. »Das meiste von dem Zeug packe ich in den Lieferwagen, bevor ich wegfahre. So können wir gleich heiraten, wenn ich heimkomme und unser Hochzeitsessen feiern. Das muß vormittags sein, weil ich nicht bis heute abend warten will. Dann fahren wir einfach los. Ich werde auf dem Tonband eine Nachricht hinterlassen, daß ich einen längeren Urlaub mache. Meinen besten Kunden sage ich heute morgen, daß ich heiraten werde. So wird es niemand komisch finden, wenn wir für längere Zeit nicht zurückkommen.«

Er war von seinen Plänen offensichtlich sehr angetan. Er beugte sich über Kay und küßte ihr Haar. »Wenn du ein Baby hast, fahren wir vielleicht zu meiner Mutter. Sie hat immer über mich gelacht, wenn ich ihr erzählt habe, daß ich mit den Mädchen nie richtig weiterkomme. Sie sagte dann immer, daß ich erst dann eine Freundin haben werde, wenn ich das Mädchen festbinde. Aber wenn sie sieht, wie schön du bist und wie wir unser Baby lieben, dann wird sie sich wohl entschuldigen.«

Er ließ nicht zu, daß Kay sich vor dem Frühstück anzog. »Zieh einfach dein Kleid an.« Die Spannung in seinem Körper war schon fast wie ein Fieber. Sie wollte nicht in dem dünnen, engen Nachthemd und dem Kleid herumlaufen.

»Donny, es ist unglaublich kalt. Leih mir deinen Regenmantel, während wir warten.«

Er hatte einige Utensilien draußen gelassen, auch den Kaffeetopf, den Toaster, zwei Teller. Alles andere war verpackt.

»Die meiste Zeit werden wir in Zelten und Blockhütten wohnen, bis wir nach Wyoming kommen, Kay. Du magst es doch, wenn es ein bißchen rauher ist, oder?«

Sie mußte sich auf die Lippen beißen, um ein heftiges nervöses Lachen zu unterdrücken. Sie hatte voll eingerichtete Wochenendhäuser, die oft sehr attraktiv waren, eigentlich als »etwas rauh« bezeichnet. Mike. Mike. Als sie seinen Namen dachte, wurde aus dem aufsteigenden Lachen eine Tränenflut. Nicht, warnte sie sich selbst, nicht.

»Weinst du etwa, Kay?« Donny beugte sich über den Tisch und starrte sie an. Irgendwie schluckte sie ihr Schluchzen hinunter.

»Natürlich nicht.« Sie schaffte es, atemlos und etwas ärgerlich zu klingen. »Jede Braut ist vor der Hochzeit etwas ängstlich.«

Seine über den Zähnen breit auseinandergezogenen Lippen waren die Karikatur eines Lächelns. »Frühstücke jetzt, Kay. Du mußt deine Sachen einpacken.«

Er schleppte einen großen roten Koffer an. »Schau her! Den habe ich für dich gekauft.« Er er erlaubte ihr nicht, Jeans und ein T-Shirt anzuziehen. »Nein, Kay. Pack alles ein außer deinem Hochzeitskleid.«

Um halb zehn fuhr er los und versprach, nicht länger als zwei oder drei Stunden wegzubleiben. Im Wohnzimmer standen seine beiden alten Koffer neben ihrem neuen roten. Nur das Poster mit dem Bild von ihnen beiden auf der Abschlußfeier blieb an der Wand. »Davor werden wir unser Gelöbnis sprechen«, hatte Donny gesagt.

Das durchsichtige Kleid war an den Schultern zu eng. Es spannte und zerriß, als sie sich tief in die Federn der Couch nach dem Schraubenzieher bückte. Kay erwischte den Schraubenzieher mit der Hand, legte ihn dann hin und riß sorgfältig das Stück Papier in Fetzen, auf das Donny ihr die Hochzeitsformel aufgeschrieben hatte. Er würde sie ja sowieso umbringen. Sie konnte ihn genausogut hier herausfordern, wo irgendwann ihr Körper gefunden würde und Mike dann nicht mehr nach ihr zu suchen brauchte.

Mit der Ruhe der Verzweiflung nahm sie den Schraubenzieher, stand auf und ging zu der Metallplatte, schleppte dabei die schwere Kette hinter sich her. Sie kniete sich auf den Boden, nahm die bereits losgedrehte Schraube heraus und steckte die Spitze des Schraubenziehers in die zweite Schraube, die bereits gestern abend begonnen hatte sich zu lockern.

Mike traf um neun Uhr im Haus der O'Neils ein. Es war ein wunderbarer Junitag, strahlend voll Sonne. Es war widersinnig, daß irgend etwas an einem Tag wie diesem verkehrt sein könnte, dachte Mike. Wie in einem Traum sah er in einem Nachbargarten einen jungen Mann, der den Rasensprenger aufdrehte. Überall um ihn herum erledigten die Menschen ganz gewöhnliche Samstagmorgenangelegenheiten oder fuhren zum Golfspielen oder mit ihren Kindern ins Grüne. Er hatte in den vergangenen Tagen drei Stunden noch mehr Abzüge von Kays Bild an die Telefonhäuschen in der Nähe der örtlichen Schwimmbäder geklebt.

Er klopfte an die vordere Tür, ging dann hinein. Die anderen saßen bereits um den Küchentisch. Virginia und Jack O'Neil, Jimmy Barrot, die drei Mitschülerinnen von Virginia. Mike wurde Marian

Martin vorgestellt. Er spürte sofort die gesteigerte Spannung im Raum. Er hatte Angst zu fragen und sah Jimmy Barrot an. »Sagt mir, was ihr wißt.«

»Wir *wissen* gar nichts«, erwiderte Jimmy Barrot. »Wir *glauben*, daß Miss Martin jemanden gesehen haben könnte, der sich am Weg versteckte, genau als Kay das Picknick verließ. Wir haben das Bild jetzt vergrößern lassen. Aber wir sind nicht sicher, ob es nicht doch ein Ast oder so etwas ist.« Er zögerte, als ob er noch mehr sagen wollte, sagte dann: »Laßt uns keine Zeit verlieren und weiter die Leute auf diesen Bildern identifizieren.«

Minuten vergingen. Mike saß hilflos da. Es gab keine Möglichkeit zu helfen. Er dachte daran, vielleicht in weiter entfernte Orte zu fahren, wo er noch keine Fotos von Kay aufgehängt hatte, aber irgend etwas hielt ihn hier fest. Er hatte das Gefühl, daß die Zeit davonlief. Er war sicher, daß es jedem so ging.

Um halb zehn schüttelte Marian Martin ungeduldig ihren Kopf. »Ich hatte gedacht, daß ich jedes Gesicht kenne, so ein Blödsinn. Menschen verändern sich. Ich brauche eine Liste der Studenten, die beim Klassentreffen waren. Das würde uns helfen.«

»Es ist Samstag«, sagte Virginia. »Das Büro ist geschlossen. Aber ich rufe Gene Pearson zu Hause an. Er ist der Direktor der Garden State«, wandte sie sich an Mike.

»Ich kenne ihn.« Mike erinnerte sich an Pearsons frühere Unfreundlichkeit.

Aber als er knapp dreißig Minuten später eintraf, war offensichtlich, daß Gene Pearson, wie auch Jimmy Barrot, seine Meinung geändert hatte. Er war unrasiert, sah aus, als wenn er nur schnell in irgendwelche Kleider geschlüpft war, er entschuldigte sich dafür, daß er so spät gekommen war.

Pearson gab Marian die Liste derjenigen, die am Klassentreffen teilgenommen hatten. »Wie kann ich Ihnen helfen?« fragte er.

Das Telefon klingelte. Alle sprangen auf. Virginia nahm den Hörer. »Es ist für Sie«, sagte sie zu Jimmy Barrot.

Mike versuchte, etwas aus Jimmys Worten zu entnehmen, verstand jedoch nichts. »O. k. Lest ihm seine verdammten Bewährungsauflagen vor und paßt auf, daß er das Papier unterschreibt«, sagte Jimmy. »Ich komme gleich rüber.«

Im Zimmer war es totenstill. Jimmy legte auf und sah Mike an. »Wir haben versucht, einen Kerl namens Rudy Kluger aufzuspüren, der vor kurzem aus dem Gefängnis entlassen worden ist. Er hat 20 Jahre abgesessen, weil er ein Mädchen ermordet hat, das er von dem Picknickgelände bei der Garden State High School entführt hat.«

Mikes Brust verkrampfte sich, während er wartete.

Jimmy leckte sich über die Lippen. »Vielleicht hat das nichts mit dem Verschwinden Ihrer Frau zu tun, aber sie haben ihn genau in diesem Wald aufgegriffen. Er versuchte, einer jungen Joggerin aufzulauern.«

»Und er könnte am Mittwoch auch dagewesen sein«, sagte Mike.

»Das ist möglich.«

»Ich komme mit Ihnen.« *Kay,* dachte Mike, *Kay.*

Als ob sie ihr Vorhaben jetzt sinnlos fänden, legten alle am Tisch ihre Fotos wieder hin. Eine der Schulkameradinnen von Virginia begann zu schluchzen.

»Mike, Kay *hat* dich doch vorgestern abend angerufen«, erinnerte ihn Virginia.

»Aber gestern abend nicht. Und jetzt versucht vielleicht Kluger, jemand neuen zu finden.«

Mike ging hinter Jimmy Barrot zum Auto. Er war sich dessen bewußt, daß er einen Schock hatte. Er fühlte überhaupt nichts, weder Kummer noch Trauer noch Zorn. Wieder flüsterte er Kays Namen, aber er löste kein Gefühl aus.

Jimmy Barrot parkte gerade rückwärts aus, als Jack O'Neil aus dem Haus gestürzt kam. »Anhalten«, rief er. »Ihr Büro ist am Apparat. Eine Frau namens Vina Howard hat eines der Fotos von Kay gesehen und schwört, daß Kay gestern nachmittag in ihrer Boutique in Pleasantwood war.«

Jimmy Barrot stieg heftig auf die Bremse. Er und Mike sprangen aus dem Auto und rannten ins Haus. Jimmy nahm das Telefon und stellte Fragen und bellte Anweisungen. Er hängte auf und wandte sich an Mike.

»Diese Frau Howard und ihre Assistentin schwören beide, daß es Kay war. Sie kam mit einem Jungen so um die Zwanzig. Frau Howard dachte, sie seien von irgend etwas high, aber nachdem sie mit meinen Leuten gesprochen hat, meint sie, daß Kay vielleicht verängstigt war. Kay hat den Buchstaben *H* in die Wand der Umkleidekabine gekratzt.«

»Ein Junge um die Zwanzig«, rief Mike aus. »Das bedeutet, daß es nicht Kluger sein kann.« Erleichterung mischte sich mit neuer Angst. »Sie hat versucht, etwas in die Umkleidekabine zu schreiben.« Seine Stimme schwankte, als er jetzt flüsterte. »Ein Wort mit H.«

»Sie hat vielleicht versucht, ›Hilfe‹ zu schreiben«, warf Jimmy Barrot ein. »Jedenfalls wissen wir jetzt, daß sie nicht mit Kluger zusammen war.«

»Aber was hat sie in einer Boutique gemacht?« fragte Jack O'Neil.

Jimmy Barrots Gesicht war voll Zweifel. »Ich weiß, daß es verrückt klingt, aber sie wollte ein Hochzeitskleid kaufen.«

»Ich muß mit dieser Frau reden«, sagte Mike.

»Sie kommt mit ihrer Assistentin so schnell wie möglich in einem Streifenwagen hierher«, sagte Jimmy Barrot zu ihm. Er deutete auf den Tisch. »Es ist ziemlich wahrscheinlich, daß sie den Typen, mit dem Ihre Frau unterwegs war, auf einem dieser Fotos herausfinden.«

Clarence Gerber war überrascht, wie sehr sich die Umgebung von Howville verändert hatte. In seiner Jugend war dort alles richtig ländlich gewesen, mit Bergen und versteckten Seen. Hier hatte sich nichts so entwickelt wie in den meisten Städten dieser Gegend. Seit vielen Jahren gab es Luftverschmutzung. Abfälle aus den Fabriken hatten das Schwimmen und Fischen unmöglich gemacht. Aber er war nicht vorbereitet darauf, wie heruntergekommen dieses Gebiet war. Häuser verrotteten, als ob sie für immer verlassen wären. Dreck und Schrottautos waren in den Abwassergräben neben der Straße zu rostigen Haufen getürmt. Warum bloß blieb ein Junge wie Donny hier draußen? fragte sich Clarence.

Längst vergessene Erinnerungen kamen wieder hoch in ihm. Timber Lane war nicht direkt an der Hauptstraße. Er mußte an dieser Abzweigung nach ein oder zwei Meilen abbiegen, dann noch fünf Meilen weiter, dann nach rechts auf eine Schotterstraße, die zur Timber Lane führte.

Clarence freute sich über den sonnigen Tag, er freute sich darüber, daß sein elf Jahre altes Auto so gut durchhielt. Er hatte erst vor kurzem das Öl gewechselt, und auch wenn es in Steigungen ein wenig keuchte, »so wie ich«, meinte er dazu, so war es doch ein gutes, schweres Auto. Nicht wie diese neuen Blechkisten, die sie heutzutage Autos nennen und Preisschilder dranklebten, für die man in seiner Jugend einen ganzen Landsitz hätte kaufen können.

Brendas Schwestern waren gekommen, noch bevor er einen Schluck Kaffee getrunken hatte. Sie waren alle ganz froh, daß er etwas vorhatte, und waren vollauf damit beschäftigt, über den Kerl zu reden, der überall in der Gegend Fotos von seiner verschwundenen Frau aufhängte. Clarence versuchte sich vorzustellen, daß Brenda verschwunden wäre. Er kicherte. Ihn würden sie nie als Ruhestörer belangen können, weil er überall Bilder von ihr aufhing.

Er fand die Abzweigung. Bleib rechts, sagte er sich. Das Schild zur Timber Lane kann verschwunden sein, aber er wußte, daß er sich auskennen würde. Der Toaster stand auf dem Beifahrersitz. Er hatte daran gedacht, ein leeres Blatt Papier und einen Umschlag mitzunehmen. Wenn Donny nicht zu Hause war, würde er ihm eine Nachricht hinterlassen. Vielleicht könnte er ein nettes Schwätzchen mit Donny halten, wenn er auf dem Rückweg den Toaster abholte. Donny war es hier draußen sicher ziemlich einsam. Es sah so aus, als wenn im Umkreis mehrerer Meilen keine Menschenseele lebte.

Die zweite Schraube lag auf dem Boden. Die dritte begann sich zu lockern. Kay setzte ihr ganzes Gewicht ein, um den Schraubenzieher zu bewegen. Sie spürte, wie sich ganz langsam etwas in dem Werkzeug veränderte. O Gott, hoffentlich bricht er jetzt nicht. Wie lange war er schon weg? Wenigstens eine Stunde? Das Telefon hatte zweimal geläutet, und der Anrufer hörte die Nachricht über den langen Urlaub, aber Donny rief nicht an. Sie richtete sich auf und wischte sich den Schweiß von der Stirn. Ihre Benommenheit warnte sie, daß sie fast völlig erschöpft war. Ihre Beine hatten sich verkrampft. Sie wollte zwar die Zeit nicht verschwenden, stand jedoch auf und streckte sich. Sie drehte sich um, und ihr Blick fiel auf das Foto von der Abschlußfeier, auf der gegenüberliegenden Wand. Geschwächt fiel sie wieder in sich zusammen und drehte dann mit einem neuen Energieausbruch den Schraubenzieher. Plötzlich drehte er in ihrer Hand durch. Die dritte Schraube war lose. Sie zog sie heraus und wagte zum erstenmal zu hoffen, daß sie wirklich eine Chance haben könnte.

Und dann hörte sie es, das Geräusch eines Autos, das Quietschen der Bremsen. Nein, nein, nein. Erstarrt legte sie den Schraubenzieher auf den Boden und faltete die Hände. Soll er sehen, was sie getan hatte. Soll er sie hier und jetzt töten.

Zuerst glaubte sie zu fantasieren. Das war nicht möglich. Und doch war es so. Jemand hämmerte an die Tür. Die Stimme eines alten Mannes rief: »Hallo, ist hier jemand da?«

Das Sirenengeheul in dem Streifenwagen, die verrückte Raserei über rote Ampeln ließen die zehn Meilen Fahrt von Pleasantwood zum Haus der O'Neils in Jefferson Township für Vina Howard und ihre Assistentin Edna zu einer Ewigkeit werden. *Gestern abend habe ich das Bild dieser Frau gesehen, machte Vina sich stille Vorwürfe, und ich habe nur an die Tapete gedacht. Wenn . . .*

Sie hätte es merken müssen, daß da etwas nicht gestimmt hatte. Dieser Kerl hatte es so eilig gehabt. Sie wollte das Kleid unbedingt anprobieren, versuchte dazubleiben, indem sie noch nach anderen Kleidern fragte. Er schaute durch den Vorhang der Umkleidekabine, als wenn er ihr nicht trauen würde. *Und ich habe mir nur um die Tapete Sorgen gemacht.*

Jimmy Barrot schnitt Vina das Wort ab, als sie im Haus der O'Neils all das erzählen wollte. »Mrs. Howard, bitte. Wir nehmen an, daß derjenige, der Kay Crandell entführt hat, auf einem dieser Bilder sein muß. Können Sie sich die jetzt einmal ansehen? Sind Sie sicher, daß er rote Haare hatte? Sicher, daß er blaue Augen hatte?«

»Absolut«, sagte Vina. »War es nicht sogar so, daß wir noch darüber geredet haben, daß er wahrscheinlich gerade beim Friseur gewesen war?«

Marian Martin stand vom Tisch auf. »Setzen Sie sich hier hin. Ich will mir die Liste noch einmal ansehen.« Das schreckliche nagende Gefühl, daß sie etwas übersehen hatte. Warum explodierte es in ihr? Sie ging in das Wohnzimmer. Gene Pearson folgte ihr.

Virginia gab ihren Freundinnen ein Zeichen. Sie setzten sich auf eine halbrunde Couch am anderen Ende des Raumes.

Mike stand am Tisch und beobachtete die ernsten Gesichter der beiden Frauen, die Kay gestern gesehen hatten. Pleasantwood. Dort war er gewesen. »Um welche Uhrzeit, sagten Sie, war Kay in Ihrem Laden?« fragte er Vina.

»Gegen drei. Es kann eine Viertelstunde später gewesen sein.«

Er hatte dieses Haus gestern um drei Uhr verlassen und war direkt nach Pleasantwood gefahren. Er muß in dieser Stadt gewesen sein, als Kay dort war. Angesichts dieser Ironie wollte er auf die Wand mit seinen Fäusten einschlagen.

Jack O'Neil schob die Bilder zusammen, nachdem Vina und Edna sie weggelegt hatten. »Sie können ihn nicht verfehlen«, sagte Vina zu Jimmy Barrot. »Sie müssen nur nach diesem Haarschopf Ausschau halten.« Sie hielt inne und nahm eines der Bilder. Wissen Sie, es ist schon komisch. Bei ihm hier ist irgend etwas . . .«

»Wie bitte?« Jimmy Barrot fuhr hoch.

»Der kommt mir so bekannt vor.« Vina biß sich verstört auf die Lippen. »Oh, ich verschwende nur Zeit. Ich weiß, was ich meine. Das ist ja *er* da.« Sie zeigte in das Zimmer hinüber, wo Gene Pearson zusammen mit Marian die Liste des Klassentreffens durchging.

Edna nahm ihr das Bild aus der Hand. »Ich sehe, was es ist, aber . . .« Ihre Stimme brach ab. Sie sah sich das Bild noch genauer an.« Es klingt dumm«, sagte sie, »aber mit diesem Mann mit dem Bart und der dunklen Brille ist etwas . . .«

Nebenan studierte Marian Martin jetzt die Liste der früheren Schüler unter einem anderen Gesichtspunkt. Sie suchte nach einem Namen, den sie aus irgendeinen Grund ausgelassen hatte. Sie war gerade am Anfang des Buchstabens R, als ein Satz von Virginia sie aufmerksam werden ließ.

»Erinnert ihr euch noch daran, wie wir uns alle so wie Kay Wesley anziehen wollten? Sie hätte die Königin in der Abschlußfeier sein können, als sie damals Anstandsdame war.«

Das Abschlußfest, dachte Marian Martin. Daran habe ich mich zu erinnern versucht. Donny Rubel, dieser eigenartige zurückgezogene Junge, der so hinter Kay her war. Ihre Finger rasten über die Seite. Er hatte sich bei dem Klassentreffen eingetragen, aber sie hatte ihn nirgendwo auf irgendeinem der Fotos gesehen. Deshalb war ihr der Name nicht eingefallen.

»Virginia«, fragte sie, »hat jemand Donny Rubel auf dem Klassentreffen gesehen?«

Virginia sah ihre Mitschülerinnen an. »Ich habe ihn nicht gesehen«, sagte sie langsam. Die anderen nickten zustimmend. »Ich habe gehört, daß er so eine Art Reparaturbetrieb hat, aber er war ja immer ein Einzelgänger«, fuhr Virginia fort. »Ich bezweifle, daß er mit irgend jemandem aus der Schule später noch Kontakt gehabt hat. Ich denke, wir hätten ihn bemerkt, wenn er zum Klassentreffen gekommen wäre.«

»Donny Rubel«, unterbrach sie Gene Pearson. »Ich bin *sicher*, daß ich mit ihm gesprochen habe. Er hat sogar von seinem Reparaturbetrieb erzählt. Ich fragte ihn, ob er am Berufsberatungstag reden würde. Es war ziemlich gegen Ende des Picknicks. Er hatte es so eilig, er hat mich ziemlich kurz abgefertigt.«

»Ein kleiner Untersetzter«, schnaufte Marian. »Dunkelbraune Haare, braune Augen. Nicht mal sechs Fuß groß.«

»Nein, dieser Kerl war ziemlich dünn. Er hatte einen Bart und wirklich wenig Haare. Ich war reichlich überrascht, als er sagte, daß er erst vor acht Jahren die Schule abgeschlossen hatte. Wartet eine Minute.« Gene Pearson stand auf und kratzte sich mit einer Hand die Bartstoppeln in seinem Gesicht. »Auf einem der Fotos ist er mit mir zusammen. Laßt mich mal sehen.«

Pearson, Marian Martin, Virginia und ihre Klassenkameradinnen liefen sofort zusammen aus dem Wohnzimmer in die Küche. Vina Howard hatte gerade ihrer Assistentin das Foto mit Pearson und Donny Rubel aus der Hand genommen.

»Er hat eine Perücke getragen«, schrie Virginia.

»Deshalb sah sein Haar so ordentlich aus. Das ist der Mann, der in meinem Geschäft war.«

Marian Martin, Virginia und ihre Freunde starrten auf den dünnen, bärtigen Fremden, den niemand erkannt hatte. Aber Gene Pearson rief: »Das ist Rubel. Das ist Rubel.«

Jimmy Barrot nahm Marian die Liste aus der Hand. Donny Rubels Adresse stand neben seinem Namen. »Timber Lane, Howville«, sagte er. »Das sind von hier ungefähr 15 Meilen. Der Streifenwagen steht vor der Tür«, sagte er zu Mike. »Fahren wir.«

Clarence Gerber traute seinen Ohren nicht. Die Stimme einer Frau im Innern des Hauses schrie auf ihn ein, Hilfe zu holen, die Polizei anzurufen, denen zu sagen, daß sie Kay Crandell sei. Aber vielleicht war das irgendein Witz, oder jemand da drinnen hatte Drogen genommen oder so etwas. Clarence beschloß, einen Blick in das Haus zu werfen. Aber es war unmöglich, die Türen oder Fensterläden zu öffnen.

»Verschwenden Sie keine Zeit«, rief Kay. »Er wird jeden Augenblick zurückkommen. Fahren Sie und holen Sie Hilfe. Er wird Sie umbringen, wenn er Sie hier findet.«

Clarence rüttelte noch einmal an dem vordersten Fensterladen. Er war von innen verriegelt. »Kay Crandell«, sagte er laut und merkte jetzt, daß ihm der Name bekannt vorkam. Das war die Frau, über die Brenda und ihre Schwestern heute morgen gesprochen hatten, die, deren Ehemann die Bilder aufhängte. Er sollte sich beeilen, zur Polizei zu kommen. Er vergaß völlig den Toaster, den er auf die Veranda gestellt hatte, ging zum Auto zurück und versuchte, soviel wie möglich aus der alten Kiste herauszuholen, die sich jaulend die kurvige, schlechte Schotterstraße entlangquälte.

Kay hörte, wie das Auto davonfuhr. »Hoffentlich kommt er rechtzeitig, hoffentlich kommt er rechtzeitig.« Wie weit war es bis zum nächsten Telefon, wie lange würde es dauern, bis die Polizei hier sein konnte? Zehn Minuten? Fünfzehn? Es könnte zu spät sein. Die vierte Schraube saß noch völlig fest. Die würde sie nie losbekommen. Aber vielleicht doch. Da schon drei Schrauben herausgedreht waren, konnte sie mit dem Schraubenzieher eine Ecke der Metallplatte von der Wand wegdrücken. Sie drückte die Kette in die Öffnung, bis sie sie mit beiden Händen fassen konnte. Sie krümmte sich, streckte ihre Arme und zog die Kette mit sich, bis sie mit einem krachenden, klirrenden Geräusch belohnt wurde, dann stolperte sie rückwärts, als die Metallplatte aus der Wand herausgerissen wurde, ein Klumpen Mauerwerk hing noch an ihr.

Kay stand auf und spürte ein wenig Blut an der Stelle, wo sie mit dem Kopf an die Couch gestoßen war. Die Metallplatte war schwer. Sie klemmte sie unter einen Arm, schlang sich die Kette um die Taille und ging zur Tür hinüber.

Das vertraute Geräusch des Lieferwagens, der in die Lichtung einbog, drang in ihr Ohr.

Die angestaute Aufregung in Donny war wie ein Fieber. Er hatte alle Aufträge erledigt. Er hatte all seinen Kunden erklärt, daß er heiraten und einen langen Urlaub machen würde. Sie waren überrascht gewesen, hatten dann gesagt, daß sie sich für ihn freuten und ihn sicher vermissen würden. Sagten, er solle sich melden, wenn er wieder da sei.

Er würde nie zurückkommen. Wohin er auch kam, sah er die Bilder von Kay. Mike Crandell suchte überall nach ihr. Donny tastete nach der Pistole in der Innentasche seines Jacketts. Bevor er Kay verlieren würde, würde er Mike, Kay und sich selbst umbringen.

Aber darüber wollte er nicht nachdenken. Es würde alles gut werden. Er hatte sich um alles gekümmert. In ein paar Minuten würden Kay und er heiraten und ihr Hochzeitsessen haben. Er hatte Champagner eingekauft und einiges aus dem Feinkostgeschäft und einen Kokosnußkuchen, der ein wenig wie ein Hochzeitskuchen aussah. Danach würden sie wegfahren. Heute abend kämen sie noch bis Pennsylvania. Er kannte einige gute Campingplätze. Es tat ihm leid, daß er nicht genug Zeit gehabt hatte, um für Kay noch ein Hochzeitsnachthemd einzukaufen. Aber das, das sie trug, war wirklich schön.

Er kam zu der Abzweigung. Noch zehn Minuten. Er hoffte, daß Kay die Heiratsformel auswendig gelernt hatte. Eine Juni-Braut. Er wünschte, daß er daran gedacht hätte, ihr Blumen mitzubringen. Das würde er wieder gutmachen. »Dein Ehemann wird sich um dich kümmern, Kay«, sprach er laut vor sich hin. Die Sonne war so hell, daß seine Augen sogar trotz der dunklen Gläser zu tränen begannen. Glücklich wird die Braut sein, an deren Hochzeitstag die Sonne scheint. Er dachte an Kays strahlendes Haar. Heute wird ihr Kopf auf seiner Schulter ruhen. Sie wird ihre Arme um ihn legen. Sie wird ihm sagen, wie sehr sie ihn liebt.

Noch bevor er es sah, hörte er das alte Auto, das näher kam. Er mußte an die Seite fahren, um es vorbeizulassen. Nur flüchtig sah er wirres weißes Haar, einen dünnen Kerl, der sich über das Steuer beugte. Er hatte große Schilder »Einfahrt verboten« an der letzten Biegung der Straße vor seinem Haus aufgestellt, und es würde sowieso niemanden interessieren, zu einem mit Brettern vernagelten Haus zu fahren. Eben deshalb spürte Donny, wie sein Körper vor Zorn zitterte. Er wollte nicht, daß irgendwer hier herumschnüffelte.

Rücksichtslos trat er mit seinem Fuß auf das Gaspedal. Der Lieferwagen schlingerte die kurvige Straße entlang. Strähniges weißes Haar. Dieses Auto. Das hatte er früher schon gesehen. Als er den Lieferwagen zum Stehen brachte, erinnerte Donny sich an den Anruf von gestern. *Clarence Gerber.* Das war der Mann in dem Auto.

Er sprang aus dem Lieferwagen und lief auf das Haus zu, sah dann den Toaster auf der Veranda. Er erinnerte sich jetzt an die eigenartige Art, wie Gerber gefahren war, als ob er versuchte, das Auto noch schneller zu machen. *Gerber fuhr zur Polizei.*

Donny sprang wieder in den Lieferwagen. Er würde Gerber einholen. Das alte Wrack, in dem er fuhr, war nicht schneller als 40 Meilen in der Stunde. Er würde ihn von der Straße drängen. Und dann ... Donny startete den Lieferwagen, sein Mund war eine dünne, erbarmungslose Linie. Und dann würde er zurückkommen, und sich um Kay kümmern, die ihn, wie er jetzt wußte, betrogen hatte.

Mike saß neben Jimmy Barrot auf der Rückbank des Streifenwagens und hörte das Heulen der Sirene. Kay ist noch fünfzehn Meilen weit weg, noch zwölf Meilen, acht Meilen weit weg. »O Gott, bitte, wenn es dich gibt, und ich weiß, daß es dich gibt, du kannst von mir verlangen, was du willst, ich werde alles tun. Bitte. Bitte«, dachte er.

Die Landschaft hatte sich unversehens verändert. Plötzlich befanden sie sich nicht mehr in ordentlichen Vorortsiedlungen mit gut gepflegtem Rasen und blühenden Rosenbüschen. Neben der Schnellstraße türmten sich Abfallhaufen. Der Verkehr war fast völlig verschwunden.

Jimmy Barrot sah sich die Landkarte an. »Ich würde wetten, daß hier seit zwanzig Jahren kein Straßenschild mehr steht«, murmelte er. »Noch ungefähr eine Meile, dann kommen wir an eine Abzweigung«, bellte er den Polizisten am Steuer an. »Fahren Sie dort rechts.«

Sie waren fast an der Abzweigung, als der Fahrer auf die Bremse stieg, um nicht einen alten Mann anzufahren, der in der Mitte der Straße winkte und dessen blutverkrustetes Haar ihm ins Gesicht hing. Im Straßengraben konnten sie ein Auto erkennen, das in Flammen aufgegangen war. Jimmy riß die Tür auf, sprang heraus und zog den alten Mann in den Polizeiwagen.

Clarence Gerber keuchte: »Er hat mich von der Straße gedrängt. Donny Rubel. Er hat eine Kay Crandell in seinem Haus.«

Vor Entsetzen ungläubig hörte Kay die quietschenden Reifen, als der Lieferwagen die Staße heraufkam. Donny mußte das Auto gesehen haben, das der alte Mann fuhr, er muß Verdacht geschöpft haben. Laß nicht zu, daß Donny ihn verletzt, betete sie zu einem

Gott, der still und weit weg zu sein schien. Sie humpelte zur Tür, schob den Riegel zurück, zog die Tür mit einem Ruck auf. Wenn der alte Mann noch rechtzeitig zu einem Telefon kam, hatte sie eine Chance. Sie könnte es schaffen, sich im Wald zu verstecken, bis Hilfe kam. Es hatte keinen Sinn zu versuchen, wegzulaufen. Mit dem Gewicht, das sie mitschleppte, konnte sie sich kaum bewegen. Einer Eingebung folgend, zog sie die Tür hinter sich zu. Wenn Donny erst im Haus herumsuchte, würde sie einige Minuten gewinnen.

Wo sollte sie sich verstecken? Die helle Sonne stand hoch am Himmel, leuchtete gnadenlos jeden Zwischenraum zwischen den Ästen der struppigen Bäume aus. Er würde sicher davon ausgehen, daß sie versuchen würde, zur Straße zu kommen. Sie stolperte zu den Bäumen auf der anderen Seite der Lichtung und hinüber zu einer Gruppe von Ahornbäumen. Sie hatte sie gerade erreicht, als der Lieferwagen dröhnend die Straße heraufkam und stehenblieb. Sie sah, wie Donny mit der Pistole in der Hand mit gemessenen, präzisen Schritten zum Haus hinüberging.

»Vertrauen Sie mir, ich kenne mich hier aus«, sagte Clarence Gerber zu Jimmy Barrot, mit unsicherer und schwankender Stimme. »Ich war gerade erst vor fünf Minuten dort.«

»Auf der Karte . . .« Jimmy Barrot dachte offensichtlich, daß Clarence Gerber verwirrt war.

»Vergessen Sie die Karte«, gab Mike an. »Machen Sie, was er sagt.«

»Es ist eine Art Abkürzung«, erklärte ihnen Clarence. Sprechen fiel ihm schwer. Er fühlte sich irgendwie schwindlig. Er konnte kaum glauben, was geschehen war. In der einen Minute fuhr er noch so schnell, wie sein altes Auto es eben schaffte, in der nächsten Minute wurde er geschnitten, nach rechts gezwungen. Nur kurz konnte er Donny Rubels Lieferwagen erkennen, bevor er merkte, daß seine Räder von der Straße rutschten. In jedem anderen Auto wäre er tot gewesen. Aber er hielt sich um seines Lebens willen am Steuerrad fest, bis sich das Auto nicht mehr überschlug. Er roch das Benzin und wußte, daß er schnell raus mußte. Die Tür auf der Fahrerseite konnte er nicht öffnen, sie war in den Boden gedrückt, aber es gelang ihm, die andere Tür zu öffnen und dann den Graben hinaufzuklettern. »Hier entlang«, sagte er zu dem Fahrer.

»Ich sag's Ihnen, ja? Jetzt hier die nächste rechts, vorbei an dem Einfahrt-verboten-Schild. Das Haus steht in einer Lichtung, ungefähr hundert Yards von hier.«

Mike sah, wie Jimmy Barrot und seine Polizisten ihre Pistolen zogen. Kay, bitte, sei da, mir zuliebe, sei da. Sei am Leben. Bitte. Der Streifenwagen schoß in die Lichtung und blieb hinter Donny Rubels Lieferwagen stehen.

Kay beobachtete, wie Donny die Tür öffnete und sie aufstieß. Sie konnte seine Wut fast spüren, als er merkte, daß sie nicht mehr da war. Die Hütte stand weniger als dreißig Yards entfernt von der Baumgruppe, in der sie sich verbarg. Laß ihn zuerst auf die Straße sehen, betete sie.

Einen Moment später stand er im Türrahmen, blickte wild um sich, die Pistole hielt er direkt vor sich. Sie preßte die Arme an ihre Seite. Wenn er wirklich in diese Richtung sehen sollte, würde das weiße durchsichtige Kleid durch die Blätter und Äste scheinen. Bei jeder Bewegung würde die Kette klirren.

Sie hörte das Geräusch eines Autos, das näher kam, im selben Moment, als sie Donny in das Haus zurückspringen sah. Aber er schloß die Tür nicht. Er blieb stehen, wartete. Das Auto fuhr hinter den Lieferwagen. Kay sah das rote Blinklicht. Ein Polizeiauto. Seid vorsichtig, dachte sie, seid vorsichtig. Es ist ihm egal, wen er umbringt. Sie sah, wie zwei Polizisten aus dem Auto stiegen. Sie hatten den Wagen neben der Hütte abgestellt. Die Fensterläden waren verschlossen: Sie konnten auf keinen Fall Donny sehen, der jetzt auf die Veranda hinaus kam, die harte Karikatur eines Lächelns auf seinen Lippen. Die hintere Tür des Polizeiwagens wurde geöffnet. Zwei Männer kamen heraus. *Mike. Mike* war da. Die Polizisten hatten ihre Pistolen gezogen. Sie bewegten sich vorsichtig auf das Haus zu. Mike war dabei. Donny ging auf Zehenspitzen über die Veranda. Er würde schießen, wenn sie um die Ecke bogen. Ihm war es egal, ob er umkam. *Er würde Mike töten!*

Die Lichtung lag völlig still. Selbst die Schreie der Eichelhäher und das Summen der Fliegen waren verstummt. Kay hatte den überwältigenden Eindruck, daß dies das Ende der Welt sei. Mike war weit nach vorne gegangen. Er stand nur wenige Schritte von der Ecke der Veranda entfernt, wo Donny wartete.

Kay trat hinter dem Baum hervor. »Ich bin hier, Donny«, rief sie. Sie sah ihn auf sie zulaufen, versuchte, sich an den Baum zu drücken, spürte, wie die Kugel ihre Stirn streifte, hörte andere Schüsse, sah Donny sich am Boden krümmen. Dann rannte Mike zu ihr. Schluchzend vor Freude stolperte Kay auf die Lichtung und in die Arme, die er weit für sie ausbreitete.

Jimmy Barrot war kein sentimentaler Mann, aber seine Augen waren verdächtig feucht, als er jetzt Kay und Mike beobachtete, die sich im Sonnenlicht vor den Bäumen umarmten, als ob sie sich nie mehr loslassen würden.

Einer der Polizisten beugte sich über Donny Rubel. »Mit dem ist es vorbei«, sagte er zu Jimmy.

Der andere Polizist hatte Clarence Gerbers Kopf bandagiert. »Sie sind ganz schön zäh«, sagte er zu Clarence. »Soweit ich das beurteilen kann, sind das vor allem Fleischwunden. Wir bringen Sie ins Krankenhaus.«

Clarence nahm jedes Detail in sich auf, um Brenda und ihren Schwestern alles erzählen zu können. Wie Kay Crandell versucht hatte, Donny abzulenken, wie Donny auf sie zugelaufen war, auf sie geschossen hatte. Wie sich das junge Paar umarmt hatte, wie sie jetzt weinten. Er sah sich um, damit er später auch die Hütte beschreiben konnte.

Die Frauen würden alles ganz genau wissen wollen. Sein Blick fiel auf etwas, das auf der Veranda stand, und er lief hinüber. Obwohl er ja ein Held war, würde es Brenda doch sehr ähnlich sehen, wenn sie sich über ihn lustig machte, weil er vergessen hatte, den Toaster mit nach Hause zu bringen.

Die Überraschung seines Lebens

Elizabeth George

Als Douglas Armstrong Thistle McCloud das erste Mal besuchte, hatte er noch keinerlei Absicht, seine Frau zu ermorden. Erst zwei Wochen später, beim vierten Besuch, kam ihm dieser Gedanke.

Douglas sah genau zu, wie Thistle sich auf eine Offenbarung aus einer anderen Dimension vorbereitete. Sie hielt seinen Ehering in der linken Hand, schloß die Finger darum. Dann glitt sie mit der rechten Hand über die geballte Faust der anderen. Dabei summte sie ein paar Takte, die verdächtig nach dem Anfang von »I Love You Truly« klangen. Und ganz langsam verdrehte sie die Augen unter ihren gelb geschminkten Lidern. Sie war eine etwas über dreißigjährige Frau mit Kreissäge, gestreifter Weste, weißem Hemd und getupfter Krawatte, und sah aus, als gehöre sie zu einem Friseurquartett und suche verzweifelt nach ihren Mitstreitern.

Bei seinem ersten Besuch hatte Douglas Thistles Kleidung – die sich in den folgenden Sitzungen nicht sonderlich veränderte – für die geschickte Aufmachung einer Scharlatanin gehalten, die vorhatte, die Aufmerksamkeit der Kunden auf das Äußere zu ziehen und von den Hilfsmitteln abzulenken, deren sie sich bedienen würde, um in ihrer Vergangenheit, ihrer Gegenwart, ihrer Zukunft und – am allerwichtigsten – in ihrer Brieftasche zu graben. Doch nach einer Weile merkte er, daß Thistles merkwürdige Aufmachung nicht dazu dienen sollte, irgend jemanden abzulenken. Das erste Mal, als sie seine alte Rolex in der Hand hielt und mit leiser, eindringlicher Stimme über den verlorenen Sohn zu sprechen begann, über seine immer wiederkehrenden Abschiede und ebenso immer wiederkehrenden Rückkünfte, über seine alternden Eltern, die ihn immer mit offenen Armen und frohem Herzen empfingen, und über seinen Bruder, der all das mit einem falschen, starren Lächeln beobachtete und sich innerlich fragte: *Und was ist mit mir? Be-*

deute ich euch nichts?, hatte er das Gefühl, daß Thistle genau das war, was sie vorgab zu sein – ein Medium.

Er war das erste Mal zu ihr gekommen, weil er bis zu seiner jährlichen Prostatauntersuchung noch vierzig Minuten Zeit hatte. Er hatte Angst vor der Untersuchung und davor, daß er mit zusammengebissenen Zähnen die joviale Frage seines Arztes – »Alles zum Einsatz bereit?« – wahrheitsgetreu beantworten mußte: In letzter Zeit machte sich die Schwerkraft immer deutlicher an seinem besten Teil bemerkbar. Und da es noch sechs Wochen bis zu seinem fünfundfünfzigsten Geburtstag waren, und weil alle Katastrophen seines bisherigen Lebens sich in Jahren ereignet hatten, die sich durch fünf teilen ließen, wollte er, falls es eine Möglichkeit gab zu erfahren, was die Götter für ihn und seine Prostata bereithielten, alles in seiner Kraft Stehende tun, um das Schicksal abzuwenden.

All diese Dinge waren ihm durch den Kopf gegangen, als er im trüb-goldenen Licht eines späten Dezembernachmittags auf dem Pacific Coast Highway entlangbrauste. Auf einem düsteren Abschnitt voller Pizzalokale und Surfbrettläden hatte er das kleine Gebäude, an dem er schon tausendmal zuvor vorbeigefahren war, zum erstenmal bewußt wahrgenommen und das handgemalte Schild mit der Aufschrift EIN BLICK IN DIE ZUKUNFT gelesen. Er hatte einen Blick auf seine Tankanzeige geworfen, um einen Vorwand zum Anhalten zu haben, und während er unverbleites Super in den Tank seines Mercedes gefüllt hatte, war er bezüglich des kleinen blauen Gebäudes auf der anderen Straßenseite zu einem Entschluß gelangt. Was soll's, hatte er gedacht. Es gab schlechtere Methoden, die vierzig Minuten totzuschlagen.

So hatte er also seine erste Sitzung bei Thistle McCloud hinter sich gebracht, die so gar nicht seinen Vorstellungen von einer Hellseherin entsprach, weil sie weder eine Kristallkugel noch Tarotkarten, sondern nur ein Schmuckstück von ihm verwendete. In den ersten drei Sitzungen hatte sie die Strömungen immer aus seiner Rolex empfangen. Doch heute hatte sie die Uhr beiseite gelegt, erklärt, ihre Kraft sei ausgeschöpft, und den Blick auf seinen Ehering gerichtet. Dann hatte sie den Finger darauf gelegt und gesagt: »Ich glaube, ich werde den benutzen, vorausgesetzt, Sie wollen etwas erfahren, das weiter von Ihrer Geschichte entfernt liegt und Ihrem Herzen näher ist.«

Er hatte ihr den Ring hauptsächlich wegen des letzten Satzes gegeben: *weiter von Ihrer Geschichte entfernt und Ihrem Herzen näher.* Er zeigte ihm, wie gut sie wußte, daß die Angelegenheit mit dem verlorenen Sohn, mit seiner Vergangenheit, zu tun hatte, während seine tiefste Sorge seiner Zukunft galt.

Den Ring in der geschlossenen Faust, die Augen nach oben verdreht, hörte Thistle auf zu summen, atmete sechsmal tief ein und schlug die Augen auf. Sie betrachtete ihn mit melancholischem Blick, und er fühlte sich, als habe er ein Loch im Bauch.

»Was?« fragte Douglas.

»Sie müssen sich auf einen Schock gefaßt machen«, sagte sie. »Es geht um etwas Unerwartetes. Es kommt aus dem Nichts und wird Ihr Leben für immer verändern. Schon bald. Ich spüre, daß es sehr bald kommen wird.«

Mein Gott, dachte er. Genau das brauchte er jetzt, drei Wochen nachdem ihm jemand gleichgültig den Zeigefinger in den Arsch geschoben hatte, um zu sehen, was die Ursache für seinen schlaffen Schwanz war. Der Arzt hatte gesagt, es sei nicht Krebs, aber er hatte ein halbes Dutzend anderer Möglichkeiten offengelassen. Douglas fragte sich, auf welche davon Thistle ihre empfindlichen Antennen gerade gerichtet hielt.

Thistle öffnete die Faust, und sie betrachteten beide seinen Ehering, auf dem eine dünne Schicht ihres Schweißes glänzte. »Der Schock kommt von außen«, erläuterte sie. »Die Umwälzung in Ihrem Leben kommt nicht von innen, sondern von außen und wird Sie bis ins Mark erschüttern.«

»Sind Sie sich da ganz sicher?« fragte Douglas.

»Ziemlich sicher unter den gegebenen Umständen, denn Sie tragen einen ganz schön dicken Schuldschild mit sich herum.« Thistle gab ihm den Ring zurück, und dabei berührten ihre kühlen Finger leicht sein Handgelenk. Sie sagte: »Sie heißen nicht David, stimmt's? Ihr Name war noch nie David, und Sie werden auch nie so heißen. Aber das ›D‹ stimmt, habe ich recht?«

Er holte seine Brieftasche aus der Gesäßtasche. Sorgfältig seinen Führerschein verdeckend, zog er einen Fünfzig-Dollar-Schein zwischen Daumen und Zeigefinger heraus. Er faltete ihn einmal und reichte ihn ihr.

»Donald«, sagte sie. »Nein, das stimmt auch nicht. Vielleicht Darrell oder Dennis. Ich glaube, der Name ist zweisilbig.«

»Namen sind doch in Ihrem Metier nicht so wichtig, oder?« sagte Douglas.

»Nein, aber die Wahrheit ist immer von Bedeutung. Eines Tages, Sie Nicht-David, werden Sie lernen müssen, Ihren Mitmenschen die Wahrheit anzuvertrauen. Vertrauen ist der Schlüssel zu allem. Vertrauen ist wesentlich.«

»Vertrauen«, erklärte er ihr, »treibt die Menschen ins Unglück.«

Draußen überquerte er den Coast Highway zu der engen Seitenstraße, die parallel zum Meer verlief. Hier stellte er immer seinen Wagen ab, wenn er Thistle besuchte. Sein teuer bezahltes Nummernschild DRIL4IT – »Bohr danach« - verriet ziemlich deutlich, wem der Mercedes gehörte. Douglas war schon sehr früh zu dem Schluß gekommen, daß es nicht gerade einen Kaufimpuls für neue Investoren darstellen würde, wenn jemand ausplauderte, daß der Präsident der South Coast Oil regelmäßig zu Sitzungen bei einer Hellseherin erschien. Riskante Investitionen waren die eine Sache, sein Geld einem Mann anzuvertrauen, der die Parapsychologie und nicht die Geologie einsetzte, um Ölvorkommen aufzuspüren, die andere. Was natürlich nicht der Fall war, denn in seinen Sitzungen bei Thistle ging es nie ums Geschäft. Aber wie sollte er das dem Vorstand klarmachen. Oder irgend jemandem sonst.

Nun stieg er in den Wagen und machte sich auf den Weg nach Süden, zu seinem Büro. Die Leute von South Coast Oil waren der Ansicht, daß er die Mittagspause zusammen mit seiner Frau bei einem romantischen Winterpicknick auf den Klippen von Corona del Mar verbracht hatte. »Ich schalte das Handy eine Stunde lang aus«, hatte er seiner Sekretärin mitgeteilt. »Bitte versuchen Sie uns nicht anzurufen; stören Sie uns nicht. Diese Zeit gehört nur Donna und mir. Sie hat das verdient. Und ich brauche es. Haben wir uns verstanden?«

Es war immer gut, Donna ins Spiel zu bringen, wenn er ein paar Stunden lang Ruhe vor South Coast Oil haben wollte, denn alle Mitarbeiter konnten sie gut leiden. Und nicht nur alle Mitarbeiter, sondern schlicht alle Menschen. Besonders die Männer.

Sie müssen sich auf einen Schock gefaßt machen.

Ja. Douglas setzte diese Feststellung in Bezug zu seiner Frau.

Wenn er Donna darauf hinwies, wie gut die Männer sie leiden konnten, reagierte sie immer überrascht. Und sie erklärte ihm, daß die Männer in ihr lediglich eine Frau erkannten, die als einziges

Mädchen unter Brüdern aufgewachsen war. Doch das, was er in den Augen der Männer sah, wenn sie seine Frau betrachteten, hatte nichts mit brüderlicher Zuneigung zu tun. Es hatte vielmehr mit ihrem Wunsch zu tun, sie nackt zu sehen, schamlos, mit dem Wunsch, mit ihr ins Bett zu gehen.

Der Schock kommt von außen.

Tatsächlich? Aber welcher Art war der Schock? Douglas erwartete das Schlimmste.

Jeder Mann-Frau-Beziehung auf Gottes Erdboden lag Sex zugrunde. Das wußte er nur zu gut. Seine Probleme, einen hochzukriegen und Donna zu befriedigen, frustrierten ihn, und er mußte zugeben, daß er Angst hatte, ihre Geduld mit ihm könne sich erschöpfen. Wenn sie erst einmal erschöpft wäre, würde sie anfangen, sich anderswo umzusehen. Das war nur natürlich. Und sobald sie begann, sich umzusehen, würde sie auch jemanden finden.

Der Schock kommt von außen und wird Ihr ganzes Leben verändern.

Scheiße, dachte Douglas. Wenn das Chaos mit seinem fünfundfünfzigsten Geburtstag über ihn hereinbrechen sollte, hatte Donna, das wußte Douglas, sehr wahrscheinlich damit zu tun. Sie war fünfunddreißig, seit vier Jahren seine dritte Ehefrau, und obwohl sie sich nach außen hin zufrieden gab, kannte er die Frauen doch gut genug, um zu wissen, daß stille Wasser mehr taten, als nur tief zu gründen. In ihnen verbargen sich Felsen, an denen Boote zerschellen und in Sekundenschnelle versinken konnten, wenn der Seemann nicht aufpaßte. Und Liebe führte dazu, daß Menschen nicht mehr so genau aufpaßten. Die Liebe führte dazu, daß Menschen ein bißchen den Verstand verloren.

Aber natürlich galt das nicht für ihn. Er hatte immer alles unter Kontrolle. Doch eine zwanzig Jahre jüngere Frau zu lieben, eine Frau, deren Witterung Männer im Umkreis von fünfzig Metern aufnahmen, eine Frau, deren körperliche Begierden er selbst nicht mehr jede Nacht befriedigen konnte ... und schon seit Wochen nicht mehr befriedigt hatte ... eine solche Frau ...

»Reiß dich zusammen«, ermahnte sich Douglas. »Diese ganze Geschichte mit der Hellseherin ist Quatsch, oder? Genau.« Aber er wurde den Gedanken an den bevorstehenden Schock nicht los, der von außen kommen würde. Nicht von seiner Prostata oder von seinem Schwanz, nicht von einem Organ seines Körpers, sondern von einem anderen Menschen. »Scheiße«, sagte er.

Er lenkte den Wagen die Anhöhe hinauf, die zur Jamboree Road führte, einer sechsspurigen Straße, die sich zwischen verkümmerten Amberbäumen und einigen der teuersten Grundstücke in Orange County hinzog. Sie brachte ihn zu dem Büroturm mit den getönten Glasscheiben, der sein ganzer Stolz war: South Coast Oil.

Im Innern des Gebäudes brachte er eine unerwartete Begegnung mit zwei Ingenieuren der SCO, ein kurzes Gespräch mit einem Geologen, der gleichzeitig mit einer amtlichen topographischen Karte und einem Bericht der Umweltschutzbehörde herumwedelte, und eine Unterredung mit dem Chef der Buchhaltungsabteilung hinter sich. Seine Sekretärin reichte ihm ein paar Nachrichten, als er schließlich in seinem Büro anlangte. Sie sagte: »Na, war das Picknick schön? Unglaublich, das Wetter heute, finden Sie nicht auch?« und dann: »Alles in Ordnung, Mr. Armstrong?«, als er ihr keine Antwort gab.

Er sagte: »Ja. Was? Wunderbar« und ging die Nachrichten durch. Er stellte fest, daß ihm die Namen nichts, aber auch überhaupt nichts sagten.

Er ging zu dem Fenster hinter seinem Schreibtisch und genoß die Aussicht durch die riesige getönte Glasscheibe. Unter ihm stiegen vom Flughafen des Orange County in rascher Folge Jets in einem so spitzen Winkel in die Luft, daß man an der Vernunft und auch an der Aerodynamik hätte zweifeln können, doch das Arrangement diente dazu, die empfindlichen Ohren der Millionäre zu schonen, die in der Einflugschneise direkt darunter wohnten. Douglas sah den Flugzeugen zu, ohne sie wirklich wahrzunehmen. Er wußte, daß er auf die telefonischen Nachrichten reagieren mußte, aber er konnte nur an Thistles Worte denken: *Der Schock kommt von außen.*

Was konnte äußerlicher sein als Donna?

Sie trug Obsession, tupfte es sich hinter die Ohren und unter den Busen. Wenn sie einen Raum durchschritt, hinterließ sie ihren Geruch.

Die dunklen Haare glänzten, wenn die Sonne darauf fiel. Sie trug sie kurz, klassisch geschnitten, links gescheitelt, ungefähr bis zu den Ohren.

Sie hatte lange Beine, und ihre Schritte waren fest und selbstsicher. Wenn sie strahlend neben ihm herging – untergehakt, hoch aufgerichtet –, wußte er, daß sie jedermanns Aufmerksamkeit auf sich zog. Er wußte, daß nicht nur all ihre Freunde, sondern auch fremde Menschen sie beneideten.

Das spiegelte sich in den Gesichtern der Menschen wider, an denen sie gemeinsam vorbeigingen. Ob im Ballett, im Theater, bei Konzerten oder in Restaurants – Douglas Armstrong und seine Frau zogen die Blicke aller auf sich. In den Augen der Frauen las er den Wunsch, so jung wie Donna zu wirken, wieder die glatte Haut zu haben und dynamisch zu sein, fruchtbar und bereit. In den Augen der Männer sah er die Begierde.

Es hatte ihm Spaß gemacht, die Reaktionen der anderen auf seine Frau zu beobachten. Aber jetzt erkannte er, wie gefährlich ihre Attraktivität in Wirklichkeit war und daß sie drohte, seinen Seelenfrieden zu stören.

Ein Schock, hatte Thistle zu ihm gesagt. *Machen Sie sich auf einen Schock gefaßt. Auf einen Schock, der Ihr ganzes Leben verändern wird.*

Als Douglas an jenem Abend das Haus – fünftausend Quadratmeter Kalksteinböden, gewölbte Decken und Panoramafenster auf einem Hügel, von dem aus sich westlich ein Blick aufs Meer und östlich auf die Lichter von Orange County bot – betrat, hörte er das Wasser laufen. Das Haus hatte ihn ein Vermögen gekostet, aber das hatte ihm nichts ausgemacht, denn Geld bedeutete ihm nichts. Er hatte das Anwesen für Donna gekauft. Bezüglich seiner Frau hatte er bereits Zweifel gehabt – die von seinen Sexualproblemen herrührten und sich während der Sitzung bei Thistle zur Gewißheit verdichtet hatten –, und nun, als Douglas das Wasser laufen hörte, begann er endgültig die Wahrheit zu sehen. Denn Donna war in der Dusche.

Er beobachtete ihre Silhouette hinter der Milchglasscheibe der Dusche. Sie wusch sich gerade die Haare und hatte seine Anwesenheit noch nicht bemerkt. Er betrachtete sie eine Weile, ihre festen Brüste, ihre Hüften und langen Beine. Normalerweise badete sie – sie lag träge in einem Schaumbad in der erhöhten, ovalen Badewanne mit Blick auf die Lichter von Irvine. Die Tatsache, daß sie duschte, deutete auf eine ernsthaftere und energischere Bemühung hin, sich zu säubern. Und daß sie sich die Haare wusch, ließ darauf schließen . . . Nun, es lag auf der Hand, worauf das schließen ließ. In den Haaren blieben Gerüche hängen: Zigarettenrauch, die Dünste von gebratenem Knoblauch, frischem Fisch, Sperma, Sex. Und um die beiden letzten Gerüche ging es hier. Klar mußte sie sich da die Haare waschen.

Sie hatte ihre Kleidung beim Ausziehen einfach auf den Boden fallenlassen. Nach einem hastigen Blick in Richtung Dusche ging er sie durch und fand ihre Spitzenunterwäsche. Er kannte die Frauen. Er kannte *seine* Frau. Wenn sie am Nachmittag tatsächlich mit einem Mann zusammen gewesen war, wären die Körpersäfte seiner Frau mittlerweile im Schritt ihres Slips angetrocknet, und er könnte noch ihren Geruch wahrnehmen. Ein klarer Beweis. Er hob den Slip an die Nase.

»Doug! Was zum Teufel machst du denn da?«

Douglas ließ den Slip mit roten Backen und verschwitztem Nakken fallen. Donna sah in durch den Spalt der Duschwand an, die Haare voller Shampoo, das ihr die linke Backe herunterlief. Sie wischte es weg.

»Und was machst *du* da?« fragte er zurück. Drei Ehen und zwei Scheidungen hatten ihn gelehrt, daß ein schnelles Offensivmanöver den Gegner aus dem Konzept brachte. Es funktionierte. Sie stellte sich wieder unter die Dusche – wie klug von ihr, so konnte er ihr Gesicht nicht sehen – und sagte: »So schwer dürfte das nicht zu erraten sein. Ich dusche. Mein Gott, was für ein Tag.«

Er ging näher an die Dusche heran. Sie hatte keine richtige Tür, sondern nur eine Abtrennung zwischen der Wand aus Glasbausteinen. So konnte er ihren Körper betrachten, nach den verräterischen Zeichen des wilden Sex suchen, den sie liebte. Und sie merkte nicht einmal, daß er sie beobachtete, weil sie gerade das Shampoo ausspülte.

»Steve hat sich krank gemeldet«, sagte sie. »Deshalb hab ich alles allein machen müssen im Hundezwinger.«

Sie züchtete schokoladenfarbene Labradore. So hatte er sie auch kennengelernt, denn er hatte einen Hund für seinen jüngsten Sohn gesucht. Er hatte ihren Zwinger in Midway City – weniger als zweieinhalb Quadratkilometer Futtergeschäfte, andere Zwinger, heruntergekommener Nachkriegsstuck und wackelige Dächer, die sich als Vororte verrieten – auf Empfehlung eines Tierarztes aufgesucht. Midway City war für eine junge Frau von der geldigen Seite von Corona del Mar ein merkwürdiger Ort, ihren Beruf auszüben, aber genau das liebte er an Donna. Sie war kein personifiziertes Klischee, kein Strandhäschen, kein typisches südkalifornisches Girl. Das hatte er zumindest gedacht.

»Das schlimmste war der Auslauf«, sagte sie. »Die Pflege der Hunde macht mir nichts aus – die hat mir noch nie was ausgemacht –, aber ich hasse es, den Auslauf sauberzumachen. Ich hab fürchterlich nach Hundescheiße gestunken, als ich nach Hause gekommen bin.« Sie drehte den Wasserhahn zu, griff nach zwei Handtüchern, schlang das eine um ihren Kopf und das andere um den Körper. Dann trat sie lächelnd aus der Dusche und sagte: »Ist es nicht seltsam, wie manche Gerüche am Körper und an den Haaren klebenbleiben und andere überhaupt nicht?«

Sie gab ihm zur Begrüßung einen Kuß, sammelte ihre Kleidung vom Boden auf und stopfte sie in den Wäscheschacht. Zweifelsohne dachte sie: aus den Augen, aus dem Sinn. Sie war ziemlich clever in dieser Hinsicht.

»Das ist jetzt das dritte Mal in zwei Wochen, daß Steve sich krank gemeldet hat.« Sie trocknete sich ab, während sie zum Schlafzimmer ging, ließ das Handtuch ungehemmt wie immer herunterfallen, und begann sich anzuziehen – zarte Unterwäsche, schwarze Leggins, eine silberfarbene Kittelbluse. »Wenn er so weitermacht, werd ich ihn entlassen müssen. Ich brauche jemanden, der zuverlässig ist. Und wenn er seine Arbeit nicht richtig erledigt . . .« Sie sah Douglas mit fragend gerunzelter Stirn an. »Was ist denn los, Doug? Du schaust mich so merkwürdig an. Ist irgend was nicht in Ordnung?«

»Nicht in Ordnung? Nein.« Aber er dachte, das sieht fast wie ein Knutschfleck aus, an ihrem Hals. Und er trat auf sie zu, um besser zu sehen. Er wölbte die Hände um ihr Gesicht und drückte ihren Kopf ein wenig zur Seite. Der Schatten des Handtuchs, das sie um den Kopf gewunden hatte, löste sich auf, an ihrem Hals war nichts mehr zu sehen. Nah und? dachte er. Schließlich wäre sie nicht so dumm, sich einen Knutschfleck machen zu lassen, egal, wie heißt er sie gemacht hatte. So blöd war sie nicht. Nicht seine Donna.

Aber sie war auch nicht so schlau wie ihr Mann.

Am nächsten Tag ging er um Viertel vor sechs in die Personalabteilung. Das war besser, als die Gelben Seiten, denn hier wußte er zumindest, daß derjenige, der die Hintergrundinformationen über die neuen Angestellten von South Coast Oil eingeholt hatte, gleichermaßen kompetent und diskret war. Es hatte sich nie jemand darüber beschwert, daß irgendein vorwitziger Detektiv die Nase in sein Leben steckte.

Die Abteilung war, wie Douglas es sich erhofft hatte, menschenleer. Die Bildschirmschoner, die die Computer schützten, waren unterschiedlich gestaltet: Sie zeigten schwimmende Fische, hüpfende Bälle, aufplatzende Blasen. Das Büro des Leiters am hinteren Ende der Abteilung war dunkel und verschlossen, aber der Hauptschlüssel von Douglas löste das Problem. Douglas ging hinein und schaltete das Licht an.

Er fand den Namen, nach dem er suchte, unter den eselsohrigen Karten der Rollkartei – ein merkwürdiger Anachronismus in einem ansonsten völlig computerisierten Büro. *Cowley and Sons, Nachforschungen*, stand da in ausgebleichter Maschinenschrift. Dazu eine Telefonnummer und eine Adresse auf Balboa Island.

Douglas betrachtete beides etwa zwei Minuten lang War es besser, sich Klarheit zu verschaffen, oder weiter nach dem Motto zu leben: Was ich nicht weiß, macht mich nicht heiß? fragte er sich. Aber er war nicht heiß, oder? Und er war schon lange nicht mehr heiß gewesen, wenn es um Sex ging. Also war es besser, sich Klarheit zu verschaffen. Er mußte Bescheid wissen. Wissen war Macht. Macht war Kontrolle. Und er brauchte beides.

Er nahm den Telefonhörer in die Hand.

Douglas ging immer – es sei denn, es war eine Konferenz mit seinen Geologen oder Ingenieuren anberaumt – auswärts zum Essen, und so hob auch niemand fragend die Augenbrauen, als er das Gebäude der South Coast Oil am folgenden Tag kurz vor Mittag verließ. Wieder fuhr er die Jamboree Road zum Coast Highway, doch statt den Wagen nach Norden, nach Newport und zu Thistle, zu lenken, wählte er den Weg direkt über den Highway und die Anhöhe hinunter, wo sich eine kleine Brücke über einen öligen Teil des Newport Harbor spannte, der das Festland von einem amöbenförmigen Landstrich mit dem Namen Balboa Island abtrennte.

Im Sommer wimmelte es auf der Insel von Touristen. Sie verstopften mit ihren Wagen die Straßen und veranstalteten Radrennen um die Insel herum. Kein Einheimischer, der noch bei Sinnen war, wagte sich im Sommer nach Balboa Island, wenn er nicht einen guten Grund dafür hatte oder dort lebte. Doch im Winter hielten sich praktisch keine Menschen dort auf. Douglas brauchte nicht einmal fünf Minuten, um sich durch die engen Straßen zur Nordspitze der Insel zu schlängeln, wo die Fähre darauf wartete, Autos und Fußgänger das kleine Stück zu der Halbinsel hinüberzubringen.

Dort drehten sich ein Karussell mit Streifenbaldachin und ein Riesenrad wie die gegenläufigen Werke einer gewaltigen Uhr. Sie steckten die Grenzen der sogenannten »Fun Zone« ab, eines Gebietes, das lange Zeit der Schrecken der örtlichen Polizei gewesen war. Heutzutage jedoch machten keine Jugendbanden mit Sprühdosen mehr die Gegend unsicher. Die einzigen Leute in der Fun Zone waren ein Gelähmter im Rollstuhl und sein Begleiter auf dem Fahrrad.

Douglas kam an ihnen vorbei, als er von der Fähre herunterfuhr. Sie waren ganz in ihr Gespräch vertieft und bemerkten weder das Riesenrad noch das Karussell. Genausowenig wie Douglas und seinen blauen Mercedes, was Douglas nur recht war, denn er war nicht gerade versessen darauf, gesehen zu werden.

Er stellte den Wagen gleich beim Strand auf einem Parkplatz ab, auf dem fünfzehn Minuten einen Vierteldollar kosteten. Er warf vier Vierteldollarmünzen in die Parkuhr und machte sich auf den Weg nach Westen, in Richtung Main Street, eine baumbestandene Straße von ungefähr sechzig Meter Länge, die bei einem Restaurant im Neuengland-Stil mit Blick auf den Newport Harbor begann und am Balboa Pier endete. Der Pier ragte in den Pazifik hinaus, graugrün an jenem Tag und von den Wogen eines winterlichen Sturms aus Alaska umspült.

Douglas hatte nicht viel Mühe, die Nummer 107-B Main zu finden. Die 107 befand sich gleich östlich einer schmalen Straße. Es handelte sich dabei um ein zweistöckiges Gebäude, dessen Erdgeschoß von einem anachronistisch anmutenden Friseurladen mit Unmengen Makramee, Topfpflanzen und Postern von Janis Joplin – daher auch sein Name »JJ« – eingenommen wurde. Im oberen Stockwerk befanden sich Büros, die über eine bautechnisch fragwürdige Treppe an der Nordseite des Gebäudes zu erreichen waren. Die Nummer 107-B war die erste Tür im ersten Stock – JJs Natürliche Haarpflege schien also 107-A zu sein –, doch als Douglas den stumpfen Messingtürknopf unter dem ebenso stumpfen Namensschild, auf dem COWLEY AND SON, NACHFOR-

SCHUNGEN stand, herumdrehen wollte, stellte er fest, daß die Tür verschlossen war.

Er warf stirnrunzelnd einen Blick auf seine Rolex. Er hatte einen Termin um Viertel nach zwölf. Im Augenblick war es zehn nach zwölf. Wo also steckte Cowley? Und wo war sein Sohn?

Er ging zur Treppe, um zu seinem Wagen und seinem Handy zurückzukehren, bereit, Cowley aufzuspüren und ihn zur Schnecke zu machen, weil er einen Termin vereinbart hatte und nun nicht da war, um ihn wahrzunehmen. Doch er war gerade erst drei Stufen hinuntergelaufen, als er einen khakifarben gekleideten Mann auf sich zukommen sah, der mit der Begeisterung eines Zwölfjährigen einen Orange-Julius-Drink schlürfte. Sein schütteres graues Haar und das sonnengegerbte Gesicht jedoch ließen ihn mindestens fünf Jahrzehnte älter aussehen. Und sein Hinken sowie seine Kleidung ließen darauf schließen, daß er eine Kriegsverletzung hatte.

»Sind Sie Cowley?« rief Douglas von der Treppe aus.

Der Mann winkte zur Antwort mit seinem Orange-Julius-Becher. »Sind Sie Armstrong?« fragte er.

»Ja«, antwortete Douglas. »Hören Sie, ich hab nicht viel Zeit.«

»Das geht uns allen so, mein Sohn«, sagte Cowley, während er sich die Treppe hinaufschleppte. Er nickte Douglas freundlich zu, zog einmal heftig an seinem Strohhalm und hinterließ, als er an Douglas vorbeiging, eine Wolke Aftershave einer Marke, die dieser seit gut zwanzig Jahren nicht mehr gerochen hatte: Canoe. Du lieber Himmel. Wurde das immer noch verkauft?

Cowley drückte die Tür auf und legte den Kopf ein wenig schräg, um Douglas zu bedeuten, daß er eintreten solle. Das Büro bestand aus zwei Räumen; aus einem kärglich möblierten Wartebereich, durch den sie nun gingen, und aus einem Zimmer, das offenbar Cowleys Reich war. In der Mitte stand ein olivgrüner Schreibtisch aus Stahl. Aktenschränke und Bücherregale aus dem gleichen Material befanden sich an den Wänden.

Der Detektiv ging zu einem alten Bürostuhl aus Eiche hinter dem Schreibtisch, aber er setzte sich nicht. Statt dessen öffnete er eine der seitlichen Schubladen. Gerade als Douglas erwartete, einen Flachmann mit Bourbon in seiner Hand zu sehen, holte Cowley ein Fläschchen mit gelben Pillen heraus. Er schüttelte zwei davon in eine Handfläche und schluckte sie mit Orange Julius herunter. Dann ließ er sich auf den Stuhl sinken und packte die Armlehnen.

»Arthritis«, sagte er. »Ich geh mit Schlüsselblumenöl dagegen an. Lassen Sie mir eine Minute Zeit, ja? Wollen Sie auch ein paar Tropfen?«

»Nein.« Douglas warf einen Blick auf seine Uhr, um Cowley zu zeigen, daß er seine Zeit nicht gestohlen hatte. Dann schlenderte er zu den Bücherregalen aus Stahl.

Er hatte Munitionsbeschreibungen, Strafgesetzbücher und Grundlagenwerke zum Detektivhandwerk erwartet, etwas, das die potentiellen Klienten davon überzeugen sollte, daß sie mit ihren Problemen zum Richtigen gekommen waren. Doch er fand Gedichte, Band um Band, alphabetisch nach Autoren geordnete Sammlungen von Matthew Arnold bis William Butler Yeats. Er war sich nicht so sicher, was er davon halten sollte.

Die leeren Räume am Ende der Regalfächer wurden von Fotos ausgefüllt. Sie waren ungeschickt gerahmt, die meisten davon Schnappschüsse, und zeigten grinsende kleine Kinder, eine grauhaarige Frau Typ Großmutter und mehrere junge Erwachsene. Und Douglas entdeckte auch, unter Plexiglas, ein Verwundetenabzeichen. Er nahm es in die Hand. Er hatte noch nie zuvor eines gesehen, freute sich aber, daß seine Vermutung über Cowleys Humpeln sich als richtig erwiesen hatte.

»Sie haben also 'ne Kugel abgekriegt?« fragte er.

»Mein Hintern hat 'ne Kugel abgekriegt«, erwiderte Cowley. Als Douglas ihn ansah, fuhr der Privatdetektiv fort: »Tja, bei mir ist die Kugel in den Hintern gegangen. So 'n Scheiß passiert schon mal, stimmt's?« Er löste die Hände von den Armlehnen seines Stuhls und faltete sie über seinem Bauch. Genau wie der von Douglas hätte er ein bißchen weniger rund sein können. Die beiden Männer waren sich auch sonst ähnlich: Sie waren stämmig und nahmen schnell zu, wenn sie nicht regelmäßig Sport trieben; sie waren zu groß, um klein genannt zu werden, und zu klein, um als groß zu gelten. »Was kann ich für Sie tun, Mr. Armstrong?«

»Meine Frau«, sagte Douglas.

»Ihre Frau?«

»Vielleicht hat sie . . .« Jetzt war es an der Zeit, das Problem und seine Ursachen zu formulieren, doch Douglas war sich nicht so sicher, ob er das schaffen würde. Deshalb sagte er: »Wer ist der Sohn?«

»Was?«

»Es heißt hier Cowley and Son, aber ich sehe nur einen Schreibtisch. Er ist Ihr Sohn?«

Cowley griff nach seinem Orange Julius und saugte an dem Strohhalm. »Er ist tot«, sagte er. »Ein Betrunkener hat ihn auf dem Ortega Highway überfahren.«

»Tut mir leid.«

»Wie gesagt: So 'n Scheiß passiert. Und was für 'n Scheiß ist Ihnen passiert?«

Douglas stellte das Verwundetenabzeichen auf seinen Platz zurück. Mit einem Blick auf die grauhaarige Großmutter auf einem der Bilder sagte er: »Ist das Ihre Frau?«

»Ja, seit vierzig Jahren. Sie heißt Maureen.«

»Ich bin schon bei der dritten. Wie haben Sie es bloß vierzig Jahre mit ein und derselben Frau geschafft?«

»Sie hat Sinn für Humor.« Cowley zog die mittlere Schublade seines Schreibtischs heraus und legte einen Block und einen Bleistiftstummel auf den Tisch. Dann schrieb er in Großbuchstaben ARMSTRONG ganz oben auf das erste Blatt Papier und unterstrich das Wort. Er sagte: »Die Sache mit Ihrer Frau . . .«

»Ich glaube, sie hat eine Affäre. Ich möchte wissen, ob meine Vermutung stimmt. Ich möchte wissen, wer der Mann ist.«

Cowley senkte den Stift aufs Papier und sah Douglas einen Augenblick lang an. Draußen stieß eine Möwe von einem der Dächer aus einen heiseren Schrei aus. »Wie kommen Sie auf die Idee, daß sie ein Verhältnis mit jemandem hat?«

»Soll ich Ihnen Beweise verschaffen, bevor Sie den Fall übernehmen? Ich dachte, dafür heuere ich Sie an. Damit *Sie* mir Beweise besorgen.«

»Sie wären nicht hier, wenn Sie keinen Verdacht hätten. Wie sieht er aus?«

Douglas dachte nach. Er würde Cowley nichts davon erzählen, daß er versucht hatte, an Donnas Unterwäsche zu schnüffeln, also ließ er sich Zeit, um vor seinem geistigen Auge noch einmal ihr Verhalten der letzten paar Wochen Revue passieren zu lassen. Und als er das tat, drängten sich ihm die Beweise geradezu auf. Mein Gott. Wie zum Teufel hatte ihm das bloß entgehen können?

Sie hatte sich die Haare anders machen lassen; sie hatte sich neue Unterwäsche gekauft – so schwarzes Spitzenzeug; er hatte sie zweimal beim Telefonieren erwischt, als er nach Hause gekommen war, und sobald er den Raum betreten hatte, hatte sie hastig aufgelegt; sie war mindestens zweimal ziemlich lange nicht zu Hause gewesen, ohne ihm ihre Abwesenheit zu erklären; sie hatte sich sechs- oder siebenmal mit angeblichen »Freunden« verabredet.

Cowley nickte nachdenklich, als Douglas ihm die Verdachtsmomente aufzählte. Dann sagte er: »Haben Sie ihr einen Grund gegeben, Sie zu betrügen?«

»Einen Grund? Was soll denn das? Bin ich hier der Schuldige?«

»Frauen gehen normalerweise nicht fremd, ohne daß der Mann ihnen einen Grund gibt.« Cowley betrachtete ihn unter seinen dichten Augenbrauen hervor. Am einen Auge, das sah Douglas jetzt, bekam er einen grauen Star. Herrgott, der Kerl war ganz schön altmodisch, ein richtiges Fossil.

»Keinen Grund«, sagte Douglas. »Ich betrüge sie nicht. Ich will's nicht mal.«

»Aber sie ist doch jung. Und ein Mann in Ihrem Alter . . .« Cowley zuckte mit den Achseln. »Uns alten Kerlen passiert eben so 'n Scheiß. Und die jungen Dinger haben nicht immer die Geduld, um das zu verstehen.«

Am liebsten hätte Douglas Cowley darauf hingewiesen, daß dieser mindestens zehn Jahre älter war als er, wenn nicht sogar mehr. Außerdem hatte er kein Interesse daran, dem Klub der *alten Kerle* anzugehören. Doch der Privatdetektiv betrachtete ihn voller Mitgefühl, und so sagte Douglas ihm, statt sich mit ihm zu streiten, die Wahrheit.

Cowley griff nach seinem Orange Julius und leerte den Becher. Dann warf er ihn in den Papierkorb. »Frauen haben Bedürfnisse«, sagte er, bewegte die Hand vom Schritt zu seiner Brust und fügte hinzu: »Und ein kluger Mann verwechselt nicht, was hier« – der Schritt – »vor sich geht, mit dem, was da« – die Brust – »passiert.«

»Nun, vielleicht bin ich also nicht klug. Wollen Sie mir nun helfen oder nicht?«

»Sind Sie sicher, daß ich Ihnen helfen soll?«

»Ich will die Wahrheit wissen. Damit kann ich leben. Aber ich kann nicht damit leben, sie nicht zu kennen. Ich muß einfach wissen, womit ich es zu tun habe.«

Cowley sah ihn an, als wolle er feststellen, wie ernst es Douglas mit seiner Aussage war. Irgendwann schien er dann zu einem Entschluß zu gelangen, allerdings gefiel ihm dieser offenbar nicht, denn er nahm kopfschüttelnd den Stift in die Hand und sagte: »Geben Sie mir ein paar Hintergrundinformationen. Wenn sie ein Verhältnis hat, wen haben Sie dann im Verdacht?«

Douglas hatte sich über diese Frage auch schon Gedanken gemacht. Das war Mike, der sich einmal die Woche um dem Swimmingpool kümmerte. Dann war da Steve, der in Midway City zusammen mit Donna in den Hundezwingern arbeitete. Schließlich war da noch Jeff, ihr persönlicher Fitneßtrainer. Und der Postbote, der Mann von Federal Express, der Fahrer von UPS und Donnas ganz schön junger Gynäkologe.

»Sie übernehmen also den Fall?« fragte Douglas und zog seine Brieftasche heraus, aus der er ein Bündel Geldscheine holte. »Sie wollen wahrscheinlich einen Vorschuß.«

»Ich brauche kein Geld, Mr. Armstrong.«

»Trotzdem . . .« Douglas hatte nicht die Absicht, durch die Ausstellung eines Schecks Spuren zu hinterlassen. »Wieviel Zeit brauchen Sie?« fragte er.

»Ein paar Tage. Wenn sie tatsächlich ein Verhältnis hat, wird der Mann irgendwann auftauchen. Das ist immer so.« Cowley klang niedergeschlagen.

»Betrügt Ihre Frau Sie?« fragte Douglas.

»Wenn ja, habe ich es wahrscheinlich verdient.«

Nun, so sah Cowleys Einstellung aus, aber Douglas schloß sich ihr nicht an. Er verdiente es nicht, betrogen zu werden. Das verdiente niemand. Und wenn er herausfand, mit wem seine Frau . . .

Sein Entschluß verfestigte sich an jenem Abend im Schlafzimmer, als er seine Frau mit einem Kuß begrüßte, aber durch das Klingeln des Telefons unterbrochen wurde. Donna löste sich hastig von ihm und nahm den Hörer von der Gabel. Sie schenkte Douglas ein Lächeln – als habe sie gemerkt, was ihre Eile ihm verraten hatte –, schüttelte die Haare so sexy wie möglich zurück und strich sich mit ihren schmalen Fingern hindurch.

Douglas hörte zu, was sie sagte, während sie sich umzog. Er bemerkte, wie sie ihr Gegenüber freundlich mit »Ja, ja, *hallo* . . .« begrüßte und dann weiterredete: »Nein . . . Doug ist gerade nach

Hause gekommen, und wir haben uns über den Tag unterhalten . . .«

Also wußte der Anrufer jetzt, daß er im Zimmer war. Douglas konnte sich schon vorstellen, wie das Schwein jetzt sagte: »*Also kannst du nicht reden?*«

Worauf Donna wie auf ein Stichwort antwortete: »Nein, überhaupt nicht.«

»*Soll ich dich später noch mal anrufen?*«

»O ja, das wäre toll.«

»*Das heute war toll. Ich geh wirklich gern mit dir ins Bett.*«

»Wirklich? Prima. Das muß ich mir noch mal genauer anschauen.«

»*Ich will dich genauer anschauen, Baby. Hast du schon ein feuchtes Höschen?*«

»Klar. Hör zu, wir reden später noch mal, okay? Ich muß mich jetzt ums Abendessen kümmern.«

»*Ja, aber vergiß heut nachmittag nicht. Das war toll. Du bist toll.*«

»Gut. Tschüs.« Sie legte auf und kam zu ihm, legte ihm die Arme um die Taille. Dann sagte sie: »War gar nicht so leicht, sie abzuhängen. Nancy Talbert. Mein Gott, für sie gibt's nichts Wichtigeres als einen Schuhsonderverkauf bei Neiman-Marcus. Damit kann sie mir gestohlen bleiben. Bitte.« Sie drückte sich an ihn. Er konnte ihr Gesicht nicht sehen, nur ihren Hinterkopf im Spiegel.

»Nancy Talbert«, sagte er. »Kenn ich die?«

»Aber klar, Schatz.« Sie drückte ihre Hüfte gegen seinen Körper. Er spürte die hoffnungsvolle, aber letztlich unnütze Erregung in seinem Unterleib. »Wir sind zusammen bei den Soroptimists. Du hast sie letzten Monat nach dem Ballett kennengelernt. Hmmm. Du fühlst dich gut an. Das gefällt mir. Mein Gott, ich mag's, wenn du mich im Arm hältst. Soll ich das Abendessen richten oder möchtest du vorher lieber noch ein bißchen Spaß haben?«

Ganz schön schlau: Er würde nicht meinen, daß sie ihn betrog, wenn sie immer noch mit ihm schlafen wollte. Egal, ob er konnte oder nicht. Sie war ihm treu, und dieser Augenblick bewies es. Das glaubte sie jedenfalls.

»Würd ich gern«, sagte er und gab ihr einen Klaps aufs Hinterteil. »Aber laß uns zuerst was essen. Und dann, da auf dem Eßtisch . . .« Er zwinkerte ihr so lüstern zu wie er konnte. »Da kannst du was erleben, Schätzchen.«

Sie lachte, ließ ihn los und ging in die Küche. Er setzte sich niedergeschlagen aufs Bett. Das war eine Farce und eine Quälerei. Er mußte die Wahrheit erfahren.

Cowley and Son, Nachforschungen ließen zwei schreckliche Wochen lang nichts von sich hören, in denen er drei weitere kokette Telefonate zwischen Donna und ihrem Liebhaber, vier weitere fadenscheinige Entschuldigungen für unvorhergesehene Absenzen und zwei weitere mittägliche Duschvergnügen ertragen mußte, die sie wieder mit Steves Nichterscheinen in den Zwingern erklärte. Als Cowley sich schließlich meldete, war Douglas mit den Nerven am Ende.

Cowley hatte Neuigkeiten für ihn und sagte, er werde ihm alles bei einem persönlichen Treffen erklären. »Wie wär's mit einem Mittagessen?« fragte Cowley.

Nein, kein Mittagessen, sagte Douglas, denn er würde keinen Bissen herunterbringen. Er würde sich um Viertel vor eins in Cowleys Büro einfinden.

»Na schön, dann treffen wir uns eben am Pier«, sagte Cowley. »Da hol ich mir einen Burger bei Ruby's, und hinterher können wir uns unterhalten. Kennen Sie Ruby's? Am Ende des Piers?«

Er kannte Ruby's. Es handelte sich um einen Coffee-Shop aus den fünfziger Jahren am Ende des Balboa Pier, und er traf Cowley dort wie versprochen um Viertel vor eins. Cowley verleibte sich gerade einen Cheeseburger mit Pommes ein, und neben seinem Erdbeershake lag ein brauner Umschlag.

Cowley trug dieselbe khakifarbene Kleidung wie bei ihrem ersten Treffen. Dazu kam diesmal noch ein Panamahut. Er tippte mit dem Zeigefinger an die Krempe, als Douglas auf ihn zukam.

Douglas nahm gegenüber von Cowley Platz und griff nach dem Umschlag doch Cowleys Hand hielt ihn zurück. »Noch nicht«, sagte er.

»Ich muß es wissen.«

Cowley schob den Umschlag vom Tisch auf den Kunststoffsitz neben sich. Dann drehte er den Strohhalm in seinem Milchshake und beobachtete Douglas aus trüben Augen, die das Sonnenlicht von draußen zu reflektieren schienen. »Bilder«, sagte er. »Das ist alles, was ich für Sie habe. Bilder sind nicht die Wahrheit. Begreifen Sie das?«

»Okay. Bilder.«

»Ich weiß nicht, was ich aufnehme. Ich beschatte einfach die Frau und nehme das auf, was ich sehe. Und das, was ich sehe, muß nicht unbedingt Scheiße bedeuten. Begreifen Sie das?«

»Zeigen Sie mir die Bilder.«

»Draußen.«

Cowley warf einen Fünfer und drei Eindollarscheine auf den Tisch, rief der Kellnerin »Bis später, Susie« zu und ging voran. Er humpelte in Richtung Geländer, von wo aus er aufs Wasser hinaussah. Ein Walbeobachtungsboot wippte ungefähr einen Kilometer vor der Küste auf und ab. Es war noch zu früh im Jahr, um einen Pottwal auf seiner Reise nach Alaska zu beobachten, aber die Touristen an Bord wußten das wahrscheinlich nicht. Ihre Ferngläser funkelten im Licht. Douglas gesellte sich zu dem Privatdetektiv. Cowley sagte: »Sie müssen wissen, daß sie sich nicht wie eine schuldbewußte Frau verhält. Sie scheint einfach nur ihr Leben zu leben. Sie hat sich mit ein paar Männern getroffen – das will ich Ihnen nicht verschweigen –, aber ich hab sie nie dabei erwischt, daß sie was nicht ganz Koscheres macht.«

»Geben Sie mir die Bilder.«

Doch Cowley sah ihn nur mit einem scharfen Blick an. Douglas wußte, daß seine Stimme ihn verriet. »Ich würde sagen, wir beschatten sie noch zwei Wochen«, meinte Cowley. »Das, was ich bis jetzt rausgefunden habe, ist nicht sonderlich viel.« Er öffnete den Umschlag. Er stand so da, daß Douglas nur die Rückseite der Bilder sehen konnte. Cowley reichte sie ihm in Gruppen.

Die erste Gruppe war in Midway City aufgenommen, nicht weit von den Zwingern entfernt, in dem Futterladen, in dem Donna das Futter für die Hunde kaufte. Auf den Fotos lud sie Fünfzig-Pfund-Säcke auf die Ladefläche ihres Toyota-Pick-up. Ein Calvin-Klein-Typ mit engsitzender Jeans und T-Shirt half ihr dabei. Sie lachten beide, und auf einem der Bilder hatte Donna ihre Sonnenbrille hochgeschoben, um sich ihren Begleiter genauer ansehen zu können.

Sie schien zu flirten, aber sie war eine junge, hübsche Frau, und Flirten war etwas ganz Normales. Diese Gruppe von Bildern schien in Ordnung zu sein. Natürlich könnte sie ein bißchen weniger fröhlich ausgesehen haben in Gesellschaft dieses Sexprotzes, aber sie war eine Geschäftsfrau, und was sie da tat, hatte mit ihrem Geschäft zu tun. Damit wurde Douglas schon fertig.

Die zweite Gruppe von Bildern zeigte Donna in dem Fitneßcenter in Newport, wo sie zweimal die Woche mit einem persönlichen Trainer Gymnastik machte. Ihr Trainer hatte einen muskelbepackten Körper und einen vollen Haarschopf, der aussah, als kümmere sich tagtäglich der Friseur darum. Auf den Fotos trug Donna ihre Sportkleidung – die hatte Douglas natürlich schon früher gesehen –, aber zum erstenmal fiel ihm auf, wie sorgfältig sie sie zusammenstellte. Die Leggings, der Body und sogar das Stirnband schmeichelten ihr. Dem Trainer war das offenbar nicht entgangen, denn er saß in der Hocke vor ihr, während sie ihre Übungen machte. Sie hatte die Beine gespreizt, und es konnte keinen Zweifel daran geben, worauf er sich konzentrierte. Das sah schon ernster aus.

Douglas wollte Cowley gerade bitten, den Trainer zu beschatten, als der Privatdetektiv sagte: »Sie hatten nur den Körperkontakt, den man unter solchen Umständen erwarten würde.« Dann reichte er ihm die dritte Gruppe von Bildern mit den Worten: »Das sind die einzigen, die für mich irgendwie gefährlich aussehen, aber vielleicht haben sie nichts zu bedeuten. Kennen Sie den Mann?«

Douglas starrte die Fotos an, und dabei ging ihm immer wieder die Frage *Kennen Sie den Mann? Kennen Sie den Mann?* durch den Kopf. Anders als auf den anderen Bildern, auf denen Donna und ihr Begleiter sich immer nur an einem Ort befanden, zeigten diese Donna an einem Fenstertisch in einem Restaurant am Meer. Donna auf der Balboa-Fähre, Donna am Hafen von Newport. Auf jedem der Bilder wurde sie von einem Mann begleitet, von ein und demselben Mann. Und auf jedem der Fotos hatten sie Körperkontakt. Nichts Extremes, weil sie sich ja in der Öffentlichkeit befanden. Aber es war eine verräterische Art von Körperkontakt: ein Arm um ihre Schulter, ein Kuß auf die Wange, eine enge Umarmung, die sagte: Spür mich, Baby, ich bin nicht schlaff wie er.

Douglas hatte das Gefühl, als drehe sich alles, aber er brachte ein schiefes Lächeln zustande. Er sagte: »O je. Jetzt komme ich mir vor wie ein Vollidiot.«

»Warum denn das?« fragte Cowley.

»Der Typ . . .« Dabei deutete Douglas auf den durchtrainierten Mann auf dem Bild mit Donna. »Das ist ihr Bruder.«

»Das ist nicht Ihr Ernst.«

»Doch. Er ist Aushilfstrainer in der Newport Harbor High-School und heißt Michael. Er ist ein Freigeist.« Douglas hielt sich mit einer Hand am Geländer fest und schüttelte den Kopf, verärgert, wie er hoffte. »Ist das alles, was Sie haben?«

»Ja. Ich kann sie noch eine Weile beschatten und sehen . . .«

»Nein. Vergessen Sie's. Mein Gott, ich komme mir vor wie ein Volltrottel.« Douglas machte Konfetti aus den Fotos und warf sie ins Wasser, das gegen den Pier schwappte. »Was schulde ich Ihnen, Mr. Cowley?« fragte er. »Was muß ich Rindvieh dafür bezahlen, daß ich der tollsten Frau dieser Welt nicht vertraut habe?«

Er lud Cowley zu Dillman's Ecke Main/Balboa Boulevard ein, wo sie zusammen mit den Einheimischen an einer gewundenen Theke saßen und ein paar Bierchen tranken. Douglas gab sich allergrößte Mühe, fröhlich zu wirken, und spielte den beschämten Ehemann, dem plötzlich klar wurde, wie blöd er war. Er ging noch einmal alle Aktionen Donnas aus den letzten Wochen durch und interpretierte sie für Cowley neu. Die ungeklärten Abwesenheiten hatten mit einer Überraschung für ihn zu tun: vielleicht der Kauf eines neuen Wagens oder eine Reise nach Europa oder die Überholung seines Bootes. Aus den geheimnisvollen Telefonaten wurden Nachrichten seiner Kinder, die eingeweiht waren in ihren Plan. Die neue Unterwäsche verwandelte sich in einen Beweis ihres Wunsches, ihm begehrenswert zu erscheinen, ihn aus seiner vorübergehenden Impotenz aufzurütteln, ein neues Interesse an ihrem Körper in ihm zu wecken. Er kam sich vor wie ein Vollidiot, erklärte er Cowley. Konnten sie die verdammten Negative verbrennen?

Sie machten ein richtiges kleines Fest daraus und verbrannten die Negative der Bilder in der kleinen Straße hinter JJs Natürlicher Haarpflege. Danach fuhr Douglas wie benebelt zur Newport Harbor High-School und hielt den Wagen auf der anderen Straßenseite an. Er wartete zwei Stunden lang. Schließlich sah er seinen jüngsten Bruder von der nachmittäglichen Trainingsstunde kommen, einen Basketball unter dem Arm und eine Sporttasche in der Hand.

Michael, dachte er. Diesmal aus Griechenland zurückgekehrt, wie immer der verlorene Sohn. Vor Griechenland war er ein Jahr lang für Greenpeace auf der *Rainbow Warrior* gewesen. Und davor hatte er an einer Expedition den Amazonas hinauf teilgenommen. Und wieder davor hatte er gegen die Apartheid in Südafrika demonstriert. Er konnte einen Lebenslauf vorweisen, auf den jeder präpubertäre Junge mit Lust auf Spaß stolz gewesen wäre. Er war Mr. Abenteuer, Mr. Verantwortungslosigkeit und Mr. Charme. Er war Mr. Gute Absichten, die er nie einlöste. Wenn es darum ging, ein Versprechen zu halten, verschwand er – aus den Augen, aus dem Sinn, aus dem Land. Aber alle mochten dieses Schwein. Er war vierzig, der jüngste der Armstrong-Brüder, und er bekam immer genau das, was er wollte.

Und jetzt wollte er Donna, dieses Schwein. Obwohl sie die Frau seines Bruders war. Das machte die Sache nur noch reizvoller für ihn.

Douglas wurde es übel. Sein Magen verkrampfte sich rumpelnd. Er fing an zu schwitzen. So konnte er nicht ins Büro zurück. Er griff zum Telefonhörer und rief seine Sekretärin an.

Er sagte ihr, er sei krank. Wahrscheinlich habe er etwas Falsches gegessen. Er sei auf dem Weg nach Hause. Dort könne sie ihn auch erreichen, wenn etwas Wichtiges anliege.

Zu Hause lief er von Zimmer zu Zimmer. Donna war nicht da – sie würde erst in einigen Stunden heimkommen –, also hatte er genug Zeit, seine nächsten Schritte zu überdenken. Er ließ vor seinem geistigen Auge die Bilder Revue passieren, die Cowley von Michael und Donna gemacht hatte. Dazu stellte er sich vor, was sie gemacht hatten, bevor die Fotos aufgenommen worden waren.

Er ging in sein Arbeitszimmer, wo ihn seine Sammlung von Elfenbeinerotika in der Glasvitrine empfing, als wolle sie sich über ihn lustig machen. Winzige asiatische Figuren verschlangen sich zu unterschiedlichen sexuellen Stellungen und hatten ganz offenbar einen Heidenspaß dabei. Douglas' Phantasie ersetzte die cremefarbenen Gesichter der Figuren durch die von Michael und Donna. Sie ließen es sich auf seine Kosten gutgehen. Sie rechtfertigten ihr Vergnügen mit seinem Versagen. Schau her, ich hab keinen schlaffen Schwanz, spottete Michaels Stimme. Was ist denn los, großer Bruder? Kannst du nicht besser auf deine Frau aufpassen?

Douglas war am Boden zerstört. Er redete sich ein, daß er mit allem anderen fertig geworden wäre; er wäre damit zurechtgekommen, wenn sie ihn mit einem anderen hintergangen hätte. Aber ausgerechnet Michael, der ihn sein ganzes Leben lang verfolgt und sich auf jedem Gebiet durchgesetzt hatte, auf dem Douglas versagte. Auf der High-School waren das Sport und Schülermitverwaltung gewesen, auf dem College die studentischen Verbindungen. Und als Erwachsener hatte Michael sich fürs Abenteuer entschieden, nicht für die Monotonie der Geschäftswelt wie er selbst. Tja, und jetzt bewies er Donna, worin wahre Männlichkeit bestand.

Douglas konnte sie sich genauso deutlich zusammen vorstellen, wie er nun die verschlungenen Elfenbeinfiguren sah. Ihre Körper waren vereint, sie hatten den Kopf zurückgeworfen, die Hände ineinander verschränkt, und ihre Hüften preßten sich gegeneinander. Mein Gott, dachte er. Seine Phantasie würde ihn noch in den Wahnsinn treiben. Er hatte Mordgelüste.

Die Telefongesellschaft verschaffte ihm den Beweis, den er brauchte. Er bat um einen Ausdruck der Telefonate, die von seinem Haus aus geführt worden waren. Und tatsächlich, da war Michaels Nummer. Nicht ein- oder zweimal, sondern immer wieder. Alle Anrufe waren geführt worden, als er – Douglas – nicht zu Hause war.

Es war schlau von Donna, sich die Abende auszusuchen, an denen Douglas ehrenamtlich für die Telefonseelsorge von Newport arbeitete. Sie wußte, daß er die Mittwochabendschicht nie ausfallen ließ, denn dieser Dienst an der Gemeinschaft war wichtig für die politische Karriere, den Sitz im Stadtrat, den er anstrebte. Der Telefondienst machte einen Teil des Bildes aus, das er von sich aufbauen wollte: Douglas Armstrong, Ehemann, Vater, Vorsitzender der Ölgesellschaft und mitfühlender Zuhörer für Menschen in Not. Er brauchte etwas, einen Ausgleich für die Umweltsünden seines Unternehmens. Die Hotline gab ihm die Möglichkeit zu sagen, daß vielleicht ein paar lausige Pelikane ihr ölverklebtes Gefieder ihm zu verdanken hatten, daß er aber nie einen Menschen im Stich lassen würde.

Donna hatte gewußt, daß er nie auch nur einen Teil seiner Abendschicht ausfallen lassen würde, also hatte sie sich diese Zeit ausgesucht, um Michael anzurufen. Nun hatte er den Beweis schwarz auf weiß: Jedes einzelne Telefonat war an einem Mittwochabend zwischen sechs und neun geführt worden.

Na schön, sie mochte also den Mittwochabend. Dann würde er sie auch an einem Mittwochabend umbringen.

Seit er den Beweis für ihren Betrug in der Hand hatte, konnte er ihre Anwesenheit kaum noch ertragen. Sie wußte, daß etwas nicht stimmte, weil er kein Bedürfnis mehr hatte, sie anzufassen. Ihre dreimal wöchentlichen Versuche, miteinander zu schlafen, die jedesmal schiefgegangen waren, gehörten schon bald der Vergangenheit an. Dennoch verhielt sie sich, als stehe nichts und niemand zwischen ihnen. Sie stolzierte mit ihrer Reizwäsche durchs Schlafzimmer und versuchte ihn dazu zu verführen, daß er sich selbst zum Narren machte, damit sie dann später zusammen mit seinem Bruder Michael über ihn lachen konnte.

Aber da hast du dich geschnitten, Baby, dachte Douglas. Es wird dir noch leid tun, daß du mich für so blöd gehalten hast.

Als sie sich schließlich im Bett an ihn kuschelte und murmelte: »Doug, ist etwas nicht in Ordnung? Willst du reden?«, hätte er sie am liebsten weggeschoben. Nichts war in Ordnung. Die Sache würde auch nie wieder in Ordnung kommen. Aber zumindest könnte er einen kleinen Rest seines Selbstwertgefühls retten, indem er dafür sorgte, daß das kleine Miststück bekam, was es verdiente.

Sobald er sich für den folgenden Mittwoch entschieden hatte, war alles ganz leicht.

Letztendlich war nur eine Fahrt zu Radio Shack nötig. Er wählte den vollsten Laden aus, den er finden konnte, mitten im Barrio von Santa Ana, und ließ sich viel Zeit, bis der jüngste Verkäufer mit der schlimmsten Akne und dem niedrigsten Intelligenzquotienten sich ihm zuwenden konnte. Er bezahlte seinen Einkauf bar, einen Anrufweiterleiter, genau das richtige für vielbeschäftigte mobile Leute, die keinen Anruf verpassen wollten. Solche Leute kauften sich keinen Anrufbeantworter. Das Gerät leitete den Anruf mit Hilfe eines einfachen Computerchips an eine andere Nummer weiter. Wenn Douglas das Gerät mit der Nummer programmierte, die die Telefonate entgegennehmen sollte, hätte er ein Alibi für die Nacht, in der seine Frau ermordet würde. Es war so leicht.

Donna war ziemlich dumm gewesen, daß sie versucht hatte, ihn zu betrügen. Und noch dümmer war es gewesen, daß sie es ausgerechnet am Mittwochabend getan hatte, denn das brachte ihn erst auf die Idee, sie an just jenem Abend ins Jenseits zu befördern. Die Freiwilligen der Hotline arbeiteten in Schichten. Normalerweise waren zwei Leute da, einer auf jeder Leitung. Aber die Strandtypen von Newport spielten nur selten mit Selbstmordgedanken, und wenn doch, gingen sie eher zu Neiman-Marcus und bekämpften ihre Depressionen mit Einkäufen. Mitte der Woche kamen besonders wenige Leute auf die Idee, Schlaftabletten zu schlucken oder sich die Pulsadern aufzuschneiden, deshalb waren die Mittwochsschichten alle nur mit einer Person besetzt.

Douglas verwendete die Zeit vor dem Mittwoch darauf, sein Timing fast militärisch zu planen. Er entschied sich für halb neun als Zeitpunkt von Donnas Tod, denn so hatte er Zeit, sich aus dem Büro der Hotline zu schleichen, nach Hause zu fahren, seine Frau umzubringen und wieder zum Telefondienst zurückzukehren, bevor seine Ablösung um neun kam. Er rechnete lediglich einen Spielraum von fünf Minuten ein, mehr war nicht drin, damit er ein glaubwürdiges Alibi hatte, wenn ihre Leiche gefunden wurde.

Es lag auf der Hand, daß er leise vorgehen und kein Blut vergießen durfte. Lärm würde die Nachbarn aufmerksam machen, und das Blut würde ihn verraten, wenn nur ein Tropfen davon auf seiner Kleidung landete, dafür sorgte die Genauigkeit der modernen DNA-Analyse. Also dachte er sorgfältig über seine Waffe nach und war sich auch der Ironie der Wahl bewußt, die er letztendlich traf. Er würde den Satingürtel von einem ihrer verführerischen Morgenröcke verwenden. Sie hatte ein halbes Dutzend davon, also konnte er einen davon vor dem Mord an sich nehmen, den Gürtel entfernen, den Morgenrock ebenfalls vor dem Mord in einen Container werfen – dieser Gedanke gefiel ihm besonders, Beweise bereits *vor* dem Verbrechen zu beseitigen; welcher Mörder hatte schon jemals daran gedacht? – und dann am Mittwochabend mit dem Gürtel seine Frau, die Ehebrecherin, erdrosseln.

Der Anrufweiterleiter würde ihm ein Alibi verschaffen. Er würde ihn ins Büro der Telefonseelsorge mitnehmen, ihn ans Telefon anschließen, den Weiterleiter mit der Nummer seines Handys programmieren, und es würde so aussehen, als befinde er sich am einen Ort, während seine Frau an einem anderen ermordet wurde. Er versicherte sich, daß Donna zu Hause war, indem er das tat, was er am Mittwoch immer machte: Er rief sie vom Büro aus an, bevor er sich auf den Weg zur Hotline machte.

»Ich fühle mich miserabel«, erklärte er ihr um Viertel vor sechs.

»Ach, Doug, nein!« sagte sie. »Bist du krank oder nur deprimiert, weil du . . .«

»Mir geht's einfach nicht gut«, fiel er ihr ins Wort. Was er jetzt keinesfalls brauchen konnte, war ihr gespieltes Mitleid. »Vielleicht habe ich was Falsches gegessen.«

»Was hast du denn gegessen?«

Nichts. Er hatte seit zwei Tagen nichts mehr gegessen, aber er sagte »Shrimps«, weil er vor ein paar Jahren von Shrimps eine Lebensmittelvergiftung bekommen hatte. Vielleicht erinnerte sie sich daran noch, vorausgesetzt, sie erinnerte sich im Zusammenhang mit ihm überhaupt noch an etwas. Dann fuhr er fort: »Ich versuch, früher von der Hotline nach Hause zu kommen. Möglicherweise geht das aber nicht, wenn ich keinen Ersatzmann für meine Schicht auftreibe. Ich fahr jetzt los. Wenn ich einen Ersatz kriege, komme ich ziemlich zeitig heim.«

Er hörte, wie sie ihre Enttäuschung zu verbergen versuchte, als sie sagte: »Aber Doug . . . Ich meine, was meinst du denn, wann du nach Hause kommst?«

»Keine Ahnung. Ich hoffe, spätestens um acht. Warum?«

»Nein, nein. Aber ich hab mir gedacht, vielleicht möchtest du was zu Abend essen . . .«

Eigentlich, das wußte er, dachte sie darüber nach, daß sie das Têta-à-tête mit seinem kleinen Bruder absagen mußte. Douglas lächelte darüber, wie leicht es gewesen war, ihr einen Strich durch die Rechnung zu machen.

»Verdammt, ich hab keinen Hunger, Donna. Ich will bloß so schnell wie möglich ins Bett. Bist du da und kannst mir den Rükken massieren? Oder bist du unterwegs?«

»Aber nein. Wo soll ich schon hingehen? Doug, du klingst irgendwie merkwürdig. Ist irgendwas?«

Nein, es war nichts, erklärte er ihr. Doch er sagte ihr nicht, wie richtig ihm alles erschien. Jetzt hatte er sie, wo er sie haben wollte. Sie würde daheim sein, und zwar allein. Vielleicht rief sie Michael an und sagte ihm, sein Bruder würde früher nach Hause kommen, so daß sie ihr Schäferstündchen abblasen mußte, aber selbst wenn sie das tat, würde sich Michaels Aussage durch Douglas' ununterbrochene Anwesenheit im Büro der Telefonseelsorge widerlegen lassen.

Douglas mußte nun früh genug wieder zur Hotline zurück, um den Anrufweiterleiter abzumontieren. Er würde ihn dann auf dem Heimweg loswerden – was konnte leichter sein, als ihn in den Müll hinter dem riesigen Kinokomplex auf dem Weg von der Hotline nach Harbour Heights, wo er wohnte, zu werfen. Und dann würde er wie üblich um zwanzig nach neun nach Hause kommen und den Mord an seiner geliebten Ehefrau »entdecken«.

Es war alles so einfach. Und so viel sauberer, als sich von der kleinen Nutte scheiden zu lassen.

Unter den gegebenen Umständen war er bemerkenswert ruhig. Er war wieder bei Thistle gewesen, die seine Rolex, seinen Ehering und seine Manschettenknöpfe in der Hand gehalten hatte, um sich besser auf sein Schicksal konzentrieren zu können. Sie hatte ihn mit der Bemerkung begrüßt, seine Aura sei stark, und sie spüre Kraft von ihm ausstrahlen. Und als sie, seine Sachen in der Hand, die Augen geschlossen hatte, hatte sie gesagt: »Ich spüre eine große Veränderung auf Sie zukommen, Sie Nicht-David. Eine Ortsveränderung vielleicht oder einen Klimawechsel. Planen Sie eine Reise?‹

Möglicherweise, erklärte er ihr. Er war seit Monaten nicht mehr verreist. Konnte sie ihm verraten, welche Ziele sie sah?

»Ich sehe Lichter«, antwortete sie, ohne auf seine Fragen zu achten. »Ich sehe Kameras. Ich sehe viele Gesichter. Sie sind umgeben von Ihren Lieben.«

Sie würden natürlich alle zu Donnas Beerdigung kommen, und die Presse würde auch darüber berichten. Schließlich war er eine Persönlichkeit des öffentlichen Interesses. Den Mord an Douglas Armstrongs Ehefrau konnten sie nicht ignorieren. Und Thistle würde herausfinden, wer er wirklich war, wenn sie Zeitung las oder die örtlichen Nachrichten im Fernsehen sah. Aber das war egal, denn er hatte ihr gegenüber nie etwas von Donna erwähnt und würde für den Zeitpunkt ihres Todes ein Alibi haben.

Er langte um fünf Uhr sechsundfünfzig im Büro der Telefonseelsorge an und löste eine UCI-Psychologiestudentin namens Debbie ab, die froh war, nach Hause zu können. Sie sagte: »Nur zwei Anrufe, Mr. Armstrong. Wenn Ihre Schicht so ist wie die meine, können Sie was zu lesen brauchen.«

Er wedelte mit seinem *Money*-Magazin herum und nahm ihren

Platz am Schreibtisch ein. Nachdem sie gegangen war, wartete er zehn Minuten, bevor er den Anrufweiterleiter aus seinem Wagen holte.

Die Hotline befand sich im Hafenviertel von Newport, einem Labyrinth aus Einbahnstraßen, die das obere Ende der Balboa-Halbinsel überzogen. Tagsüber lockten die Antiquitätengeschäfte, Schiffsausrüster und Secondhand-Boutiquen sowohl Einheimische als auch Touristen an. Doch in der Nacht war das Viertel wie ausgestorben. Nur ein paar New-Wave-Beatniks gingen in das Alta-Café drei Straßen weiter, wo magersüchtige, schwarz gekleidete junge Frauen Gedichte vorlasen und auf Gitarren herumklimperten. Deshalb war auch niemand unterwegs, der Douglas dabei beobachtet hätte, wie er den Anrufweiterleiter aus seinem Mercedes holte. Und es war auch niemand auf den Straßen, der ihn gesehen hätte, wie er das winzige Büro der Telefonseelsorge hinter dem Immobilienmakler um Viertel nach acht verließ. Wenn sich irgendein verzweifelter Mensch während seiner Heimfahrt an die Hotline wandte, würde dieser Anruf zu seinem Handy umgeleitet, und er konnte ihn beantworten. Mein Gott, der Plan war einfach perfekt.

Während er die gewundene Auffahrt zu seinem Haus entlangfuhr, dankte Douglas dem Schicksal, daß er sich eine Wohngegend ausgesucht hatte, in der die Privatsphäre die oberste Priorität der Anwohner war. Alle Anwesen befanden sich genau wie das von Douglas hinter Mauern und Toren und Bäumen versteckt. Höchstens an einem von zehn Tagen sah er tatsächlich einmal einen seiner Nachbarn. Die meiste Zeit jedoch – genau wie an jenem Abend – ließ sich niemand blicken.

Doch auch wenn jemand seinen Mercedes hätte den Hügel hinauffahren sehen, wäre das nicht schlimm gewesen, denn es war Januar und ziemlich dunkel, und sein Wagen war nur eines von vielen Luxusautos – Rolls-Royce, Bentley, BMW, Lexus, Range Rover und Mercedes gaben sich hier ein Stelldichein. Und wenn er tatsächlich jemanden oder etwas Verdächtiges entdeckt hätte, wäre er einfach umgedreht, wieder zur Hotline zurückgefahren und hätte auf einen anderen Mittwoch gewartet.

Aber er sah nichts Ungewöhnliches. Er sah niemanden. Vielleicht standen ein paar Autos mehr als sonst auf der Straße, aber auch die waren leer. Die Nacht gehörte ihm.

Am oberen Ende der Auffahrt schaltete er den Motor aus und

ließ den Wagen bis zum Haus rollen. Drinnen war es dunkel, was bedeutete, daß Donna sich im hinteren Teil aufhielt, in ihrem Schlafzimmer.

Doch er wollte sie vors Haus locken. Das Gebäude war mit einer Alarmanlage ausgestattet, deren sich auch die Tresorräume einer Bank nicht hätten zu schämen brauchen, also mußte er dafür sorgen, daß der Mord draußen stattfand, wo ein durchgedrehter Voyeur oder ein Einbrecher oder ein Massenmörder ihr aufgelauert haben konnte. Er dachte an Ted Bundy, wie er seine Opfer eingewickelt hatte, indem er an ihre Hilfsbereitschaft appellierte. Er würde es wie Bundy machen, beschloß er, denn Donna half immer gern.

Er stieg leise aus dem Wagen aus und ging hinüber zur Tür. Dann drückte er die Klingel mit dem Handrücken, um keine Fingerabdrücke auf dem Knopf zu hinterlassen. Schon nach weniger als zehn Sekunden hörte er Donnas Stimme über die Gegensprechanlage: »Ja?«

»Hallo, Baby«, sagte er. »Ich habe die Hände voll. Kannst du mich reinlassen?«

»Augenblick«, sagte sie.

Während er wartete, holte er den Satingürtel aus seiner Tasche. Dabei stellte er sich vor, wie sie vom hinteren Teil des Hauses nach vorne kam. Er wickelte den Satingürtel um seine Hände und zurrte ihn fest. Wenn sie die Tür öffnete, mußte er blitzschnell handeln. Er würde nur eine Chance haben, ihr den Gürtel um den Hals zu schlingen. Damit rechnete sie nicht, das war sein Vorteil.

Er hörte ihre Schritte auf dem Steinboden. Er packte den Satingürtel fester und rüstete sich. Er dachte an Michael. Er stellte sich vor, wie sie mit Michael zusammen war. Er dachte an seine asiatischen Erotika. Er dachte an Betrug, Versagen und Vertrauen. Sie hatte es verdient. Sie hatten es beide verdient. Es tat ihm nur leid, daß er nicht auch noch Michael umbringen konnte.

Als die Tür aufging, hörte er sie sagen: »Doug! Du hast doch gesagt . . .«

Und dann stürzte er sich auf sie. Er legte ihr den Gürtel mit einem Ruck um den Hals und zerrte sie aus dem Haus. Dann zog er fester und fester und fester zu. Sie war zu verblüfft, um sich zu wehren. In den fünf Sekunden, die sie brauchte, um sich in einer Reflexbewegung an den Hals zu greifen, hatte sich der Gürtel bereits so tief in ihre Haut gegraben, daß ihre hektisch tastenden Finger keinen Halt mehr fanden.

Er spürte, wie ihr Körper schlaff wurde. Er sagte: »Mein Gott. Ja. Ja.«

Und dann passierte es.

Die Lichter im Haus gingen an. Eine Mariachi-Band fing zu spielen an. Leute riefen: »Überraschung! Überraschung! Über . . .«

Douglas hob keuchend den Blick von seiner toten Frau und sah in das Blitzlichtgewitter von Kameras. Die fröhlichen Rufe aus dem Innern des Hauses wurden von dem Schrei einer Frau übertönt. Er ließ Donna auf den Boden sinken und starrte verständnislos in den Eingangsbereich und ins Wohnzimmer. Dort hatten sich mindestens zwei Dutzend Menschen unter einem Transparent mit der Aufschrift: ÜBERRASCHUNG, DOUGIE! GLÜCKWUNSCH ZUM FÜNFUNDFÜNFZIGSTEN! versammelt.

Er sah die entsetzten Gesichter seiner Brüder und ihrer Frauen und Kinder, die Gesichter seiner eigenen Kinder, seiner Eltern und einer seiner Exfrauen. Dazu kamen seine Kollegen und seine Sekretärin. Und der Polizeichef. Und der Bürgermeister.

Er dachte: Was soll denn das, Donna? Soll das ein Scherz sein?

Und dann sah er Michael aus der Küche kommen, Michael mit einem Geburtstagskuchen in Händen, Michael, der sagte: »Haben wir ihn überrascht, Donna? Der arme Doug. Ich hoffe, sein Herz . . .« Und dann, als er seinen Bruder und die Frau seines Bruders sah, sagte er nichts mehr.

Scheiße, dachte Douglas. Was habe ich getan?

Das war genau die Frage, die er sich den Rest seines Lebens stellen würde.

Kain

Andrew Vachss

1

»Sehen Sie sich meinen Buster an . . . sehen Sie nur, was die mit ihm gemacht haben.«

Der alte Mann deutete mit einem zitternden Finger auf den Hund, einen deutschen Schäferhund. Das Tier kauerte in der Ecke der Küche der Eisenbahnerwohnung – sein prächtiger Kopf war schief, unter dem zottigen Fell fehlte ein Stück Schädel. Eine tiefe Tasche Narbengewebe leuchtete weiß, wo einmal ein Auge gewesen war, das andere war milchigtrüb vom grauen Star, gesprenkelt mit Angst. Der Schwanz des Hundes hing in einem irrwitzigen Winkel, eine Vorderpfote steckte in einem Gipsverband.

»Wer war das?«

Der alte Mann hörte nicht zu, war noch nicht fertig. Drückte die Wunde, um den Eiter herauszubekommen. »Buster paßt hinter dem Haus auf, da wo der Hühnerdraht ist. Die haben ihn gequält, Steine nach ihm geworfen, ihn ganz verrückt gemacht. Dann haben sie das Schloß geknackt. Es waren zwei. Der eine hatte einen Baseballschläger, der andere ein Stück Rohr. Mein Buster . . . der würde keinem Menschen was tun. Sie haben auf ihn eingeschlagen, immer und immer wieder, und gelacht. Ich bin runtergelaufen, damit sie aufhören . . . die haben mich einfach weggestoßen, als wäre ich eine Schmeißfliege. Die haben meinen Buster so zugerichtet, daß es ihm sogar weh tut, wenn ich versuche, ihn zu streicheln.«

Der alte Mann saß weinend an seinem Küchentisch.

Der Hund beobachtete mich, ein klägliches Heulen löste sich aus seinem offenen Maul. Sein halbes Gebiß war weg.

»Sie wissen, wer das war«, sagte ich. Es war keine Frage. Wenn er das nicht gewußt hätte, dann hätte er mich nicht gerufen – ich bin kein Privatschnüffler.

»Ich habe ... ich habe die Cops gerufen. 911. Die sind nie gekommen. Ich bin runter zum Revier. Die haben gesagt, ich soll den Tierschutzverein anrufen.«

»Sie kennen die?«

»Ich weiß nicht, wie sie heißen. Zwei Männer, junge Männer. Einer hat viel Muskeln, der andere ist mager.«

»Sind sie hier aus der Nachbarschaft?«

»Ich weiß nicht. Sie sind immer zusammen – ich habe sie auch vorher schon gesehen. Jeder kennt sie. Sie haben rasierte Schädel.«

»Jeder kennt sie?«

»Jeder. Sie quälen auch andere Hunde. Sie machen so lange, bis die Hunde sie anbellen, und dann ...« Er weinte wieder.

Ich wartete, beobachtete den Hund.

»Die kommen wieder. Ich sehe sie die Gasse runtergehen. Fast jeden Tag. Ich kann Buster nicht mehr draußen lassen – kann nicht mal mehr mit ihm spazierengehen. Ich muß jetzt immer saubermachen, wenn er sein Geschäft gemacht hat.«

»Was wollen Sie?«

»Was ich will?«

»Sie haben mich gerufen. Von irgendwem haben Sie meinen Namen. Sie wissen, was ich tue.«

Der alte Mann stand auf und kniete sich neben seinen Hund. Legte eine Hand behutsam auf den Kopf des Tieres. »Buster war der zäheste Hund auf der Welt – hatte vor nichts und niemandem Angst. Ich habe ihn als Welpe gekriegt. Heute will er nicht mal mehr mit mir aus dem Hoffenster schauen.«

»Was wollen Sie?« fragte ich noch einmal.

Beide sahen mich an. »Sie wissen schon«, sagte der alte Mann.

2

Ein freistehendes Backsteingebäude in Red Hook, nicht weit vom Wasser, umgeben von einem Maschendrahtzaun mit Nato-Draht oben drauf. Ich klingelte. Ein Hund knurrte warnend. Ich schaute in die verspiegelte Scheibe, wußte, daß ich beobachtet wurde. Die Stahltür ging auf. Ein Mann in einem weißen T-Shirt über einer schlabbrigen, schwarzen Hose öffnete. Er war barfuß, hatte dunkles, kurzgeschnittenes Haar und einen so geschmeidigen Körper, als wäre er aus Gummi. Er verbeugte sich leicht. Ich erwiderte die Verbeugung, folgte ihm hinein.

Ein rechteckiger Raum, aufgerauhter Holzfußboden. In einer Ecke baumelte ein mit Segeltuch bezogener, schwerer Sack von der Decke. In einer anderen hing ein Autoreifen an einem dicken Seil.

»Ich hole ihn«, sagte der Mann.

Ich wartete, rührte mich nicht von der Stelle.

Er kam zurück, führte einen Hund an einer Kette herein. Es war ein stämmiger Pitbull, ganz weiß bis auf einen schwarzen Fleck über dem einen Auge. Der Hund beobachtete mich, ruhig wie eine Kobra.

»Hier ist er«, sagte der Mann.

»Sind Sie sicher, daß er es macht?«

»Garantiert.«

»Wie heißt er?«

»Kain.«

Ich ging in die Hocke, sagte den Namen des Hundes, kraulte ihn hinter seinen aufgerichteten Ohren, als er zu mir kam.

»Wollen Sie mit ihm üben?«

»Ja, wäre besser. Ich kenne zwar die Befehle, die Sie mir gesagt haben, aber . . .«

»Warten Sie hier.«

Ich spielte mit Kain, machte mit ihm die Standard-Gehorsamsübungen. Er war eine Maschine, perfekt.

Der Hundetrainer kam zurück. Bei ihm waren zwei Männer in Schutzanzügen, ledergefüttert und gepolstert. Über dem Gesicht Masken wie Torwarte beim Eishockey.

»Also los«, sagte er.

3

Ich ging die Gasse hinter dem Haus des alten Mannes entlang. Kain an einer dünnen Lederleine, die ich locker in der linken Hand hielt. Der Hund kannte die Strecke inzwischen – es war unser fünfter Tag.

Zwanzig Meter vor mir kamen sie um die Ecke. Der Kleinere hatte einen Baseballschläger über der Schulter, der Muskelmann ließ ein Stück Bleirohr immer wieder in seine Hand klatschen.

Sie kamen näher. Ich trat zur Seite, um sie vorbeizulassen, zog Kain dicht an mein Bein.

Sie gingen nicht vorbei. Der Kleinere pflanzte sich vor mir auf, sah mir in die Augen.

»He, Mann. Das ist ein Pitbull, stimmt's? Ganz schön gefährliche Hunde, hab ich gehört.«

»Nein, der ist nicht gefährlich«, sagte ich mit stockender Stimme. »Er ist ein Haustier.«

»Ich finde, er sieht wie ein ziemlich übler Hund aus«, sagte der kräftige Bursche, fuchtelte mit dem Bleirohr vor dem Maul des Hundes herum, stach zu. Kain wich zurück.

»Bitte, tun Sie meinem Hund nichts«, flehte ich die zwei an und zog gleichzeitig an der Leine.

Kain sprang in meine Arme, vergrub sein Gesicht an meiner Brust. Ich konnte die angespannten Muskeln an seinen Beinen spüren, während er alle vier Pfoten gegen mich stemmte.

»Oooh, hat Ihr Hund vielleicht *Angst*, Mann?« spottete der Kräftige, trat dicht vor mich und schlug mit dem Rohr auf den Rücken des Hundes.

»Lassen Sie uns in Ruhe«, sagte ich und wich zurück, sie kamen näher.

»Setz den Hund runter, Schwuchtel!«

Ich legte meinen Mund dicht an Kains Ohr, flüsterte »Los!« und breitete die Arme aus. Ohne einen Laut drückte sich der Pitbull von meiner Brust ab, seine Alligatorzähne schlossen sich um das Gesicht des Größeren. Ein Schrei sprudelte heraus. Der Kerl stürzte zu Boden, krallte sich an Kains Rücken. Fetzen seines Gesichts flogen weg, rot und weiß. Er zuckte, als säße er auf dem elektrischen Stuhl, aber der Hund ließ nicht locker, löste den Biß nicht. Der kleinere Bursche stand da wie gelähmt, mit offenem Mund, aus dem kein Laut herauskam, zwischen den Beinen verfärbte sich seine Hose dunkel.

»Aus!« herrschte ich den Hund an. Kain trat zurück, hatte blutigen Schaum vor dem Maul.

»Du bist dran«, sagte ich zu dem Kleineren. Er rannte los, lief um sein Leben. Kain erwischte ihn, stürmte einfach seine Wirbelsäule hoch, schloß die Kiefer um seinen Nacken.

Als ich ein Knacken hörte, rief ich ihn zurück.

Wir drehten uns um, gingen die Gasse wieder hoch, da schaute ich nach oben.

Der alte Mann stand am Fenster. Neben ihm hatte Buster den Gipsverband um seine Pfote lässig auf den Sims gelegt.

Fisherman's Friend

Ingrid Noll

Ausgerechnet auf diesen blöden Anglerfesten lernte ich die Männer kennen. Schon als kleines Mädchen mußten Mutter und ich einmal im Jahr mit den Sportsfreunden meines Vaters und ihren Familien ein Sommerfest feiern.

Die Frauen bereiteten Kartoffelsalat, Streuselkuchen und andere kulinarische Höchstleistungen zu, die Männer sorgten für Bier vom Faß und gegrillten Fisch. Die Kinder spritzten sich mit Wasserpistolen naß und heulten, weil sie von einer Wespe gestochen wurden. Es wurde gefressen, gesoffen, gegrölt und geschwoft, aber immer im Rahmen einer gewissen Zucht und Ordnung. Das Ganze fand im Vereinshaus am See statt, bei schönem Wetter auf den Wiesen am Bootssteg. Unter Lampions habe ich Eugen kennengelernt, später den Ulli.

Damals war ich siebzehn und dumm wie Bohnenstroh. Ich kapierte nicht, daß Eugen sich nur deshalb an mich heranmachte, weil ihn die Torschlußpanik erwischt hatte; er war fast vierzig, und noch keine Frau hatte bis jetzt angebissen. Ich empfand sein Alter als Auszeichnung. Ein Mann, der fast so alt und konservativ wie mein Papa war und ausgerechnet mich bevorzugte, das war eine Gnade. Eugen war klein und mickrig, weder witzig noch interessant, aber wenigstens ein bißchen reich. Er besaß ein alteingesessenes Fachgeschäft für Schirme, Handschuhe und Hüte. Bisher hatte ich nur Omas gestrickte Fäustlinge getragen, von da an wurde ich die Besitzerin einer Kollektion feinster Lederhandschuhe.

Meine Eltern waren nicht viel klüger als ich, denn sie hielten Eugens Werbung ebenfalls für einen Glücksfall. Nicht lange fackeln, zugreifen! empfahlen sie. Ich war damals nämlich nicht bloß unbedarft, auch meine berufliche Karriere als Briefträgerin sah nicht vielversprechend aus.

Mit achtzehn war ich verheiratet, mit neunzehn Mutter. Anfangs sollte ich im Laden helfen, aber schon nach den ersten Versuchen hatte ich keine Lust mehr. Weil ich von Tuten und Blasen keine Ahnung hatte, nahmen mich die Verkäuferinnen als Chefin nicht ernst. Es verletzte mich, daß hinter meinem Rücken über mich getuschelt wurde, und zwar nicht gerade positiv. Wahrscheinlich habe ich Eugen so mit meinem Gejammer genervt, daß er mich nie mehr im Laden sehen wollte. Ich blieb also zu Hause, hatte mit Haushalt und Kind genug zu tun und war anfangs fast zufrieden.

Es dauerte eine Weile, bis ich Eugen näher kennenlernte. Seine Hobbys waren Angeln und Autofahren. Er besaß einen Landrover für den Sport und einen dicken Mercedes für die Stadt. Da er sehr klein war, trug er stets karierte Hüte aus dem eigenen Geschäft, damit wenigstens ein Stückchen Eugen hinterm Steuerrad zu sehen war. Morgens war er der erste und abends der letzte im Laden. Wenn er heimkam, wollte er essen, fernsehen, die ADAC- oder Angler-Zeitung lesen und es sich in Pantoffeln und Bademantel gemütlich machen. Falls es nicht in Strömen goß, verbrachte er die Wochenenden in reiner Männergesellschaft am See. Nachdem er so rasch einen Erbprinzen gezeugt hatte, schien ihn die Lust verlassen zu haben, noch einen zweiten Angler in die Welt zu setzen.

Eugen wußte aber, daß eine junge Frau im allgemeinen gewisse Ansprüche stellt, und hatte ein latent schlechtes Gewissen. Daher verhielt er sich in finanzieller Hinsicht sehr großzügig. Ich bekam ein reichliches Taschengeld und konnte mir Kleider, Kosmetika, Schuhe und Handtaschen nach Herzenslust kaufen, ohne daß er je gemeckert hätte. Ja, er war geradezu stolz, daß sich der kleine braune Spatz an seiner Seite zu einem Goldfasan mauserte. Gelegentlich gingen wir zusammen essen, dann genoß er es, daß ich sowohl bei Männern als auch bei Frauen Aufsehen erregte. Zur Geburt unseres Sohnes schenkte er mir eine Perlenkette, zum fünften Hochzeitstag einen Pelzmantel. Nicht gerade originell, aber gut gemeint.

Durch mein verändertes Aussehen – abgesehen von den schikken Klamotten war ich auch selbst hübscher geworden – wuchs mein Selbstbewußtsein und meine Unternehmungslust. Täglich ging ich mit dem Kleinen nachmittags in den Schloßpark, ließ ihn ein wenig auf dem Spielplatz tollen und besuchte anschließend das Schloßcafé. Jonas löffelte ein großes Eis, ich trank einen doppelten Espresso. Leider waren um diese Zeit meistens ältere Damen oder Mütter mit Kindern unterwegs, so daß ich keine Gelegenheit hatte, mit einem Mann anzubändeln.

Aber auf dem nächsten Anglerfest geschah es. Ich hatte den Ulli bereits gekannt, als wir beide noch Kinder waren, aber dann zog seine Familie fort. Ulli hatte Abitur gemacht und war Textilingenieur geworden. Vor kurzem hatte er seine erste Stelle in der hiesigen Weberei angetreten.

Er war das Gegenteil von Eugen. Jung, hübsch, groß und stark, lustig und kein bißchen langweilig. Natürlich waren alle Mädels scharf auf ihn, ich rechnete mir keine großen Chancen aus. Manchmal kommt einem aber das Schicksal zu Hilfe. Ulli suchte einen gebrauchten Wagen, Eugen wollte seinen Landrover verkaufen. Sie verabredeten sich für den nächsten Sonntag bei uns.

Ich hatte Kaffee gekocht und mich hübsch gemacht, obgleich man mich bei der Probefahrt sicher nicht mitnehmen würde. Aber ich hatte ein zweites Mal Glück: Kurz bevor Ulli eintraf, rief die Polizei an. In der Samstagnacht war in Eugens Laden eingebrochen worden. Mein Mann fuhr sofort hin, um den Schaden zu begutachten; ich sollte unterdessen den Gast bewirten, in die Garage führen und ihm den Wagen zeigen. Unser Kleiner übernachtete am Wochenende stets bei meinen Eltern – »damit ihr ausschlafen könnt«, sagten sie. Wahrscheinlich verbanden sie mit diesem Angebot die Hoffnung auf eine Enkelin.

Ulli wollte den Wagen nicht bloß anschauen, sondern auf einer Geländefahrt testen. Wir stiegen ein, fuhren in den Wald, hielten an und küßten uns. Dann ging es wortlos wieder zurück. Als der geplagte Eugen heimkam, bemerkte er nicht, wie aufgeregt ich war, denn ich hatte mich wahrscheinlich zum ersten Mal im Leben verliebt.

Von da an war ich nicht mehr zu bremsen. Zweimal in der Woche lieferte ich Jonas am Nachmittag bei meinen Eltern ab und besuchte Ulli gegen fünf Uhr in seiner Wohnung. Wenn Eugen um sieben nach Hause kam, war ich schon wieder da. Natürlich waren meine illegalen Ausflüge riskant. In einer mittelgroßen Stadt wie der unseren blieb es Ullis Nachbarn wohl kaum verborgen, wer ihn so häufig besuchte. Es war nur eine Sache der Zeit, wann man Eugen im Geschäft oder beim Stammtisch gehässige Andeutungen machen würde.

Seit ich Ulli liebte, konnte ich meinen Mann nicht mehr ausstehen. Ich malte mir anfangs die Scheidung, später seinen Tod aus. Die zweite Version hatte den Vorteil, daß ich eine gute Rente und die Lebensversicherung ausbezahlt bekäme. Ich wäre dann wirtschaftlich unabhängig, denn auf einen gewissen Luxus mochte ich nie mehr verzichten.

Obgleich ich nicht allzuviel Phantasie habe, begann ich, einen Plan aufzustellen, um Ulli gegen Eugen systematisch aufzuhetzen. In Phase I stellte ich mich als Heilige dar, die einem Sadisten schutzlos ausgeliefert war. Ullis Ritterlichkeit wurde geweckt, ebenso sein Mitleid. Er wollte mich durch Entführung aus des Teufels Fängen erretten. In Phase II wurde ich konkreter: Ich setzte Ulli die Heirat als Lösung allen Unheils in den Kopf und deutete an, daß mich Eugen im Falle einer Scheidung völlig über den Tisch ziehen würde. Meinem Lover war es nach reiflichem Überlegen natürlich lieber, eine begüterte Frau zu bekommen. Phase III zielte direkt auf die Bedrohung unseres Lebens: Sollte Eugen von unserer Beziehung erfahren, würde er uns wahrscheinlich beide umbringen.

Ulli war – ich sagte es schon – ein schöner, starker, großer Junge, aber nicht übermäßig intelligent. Er glaubte mir alles und sah ein, daß wir Eugen zuvorkommen müßten.

Mein Mann wunderte sich, als ich ihn eines Abends über seine Angelgründe ausfragte. »Seit wann interessierst du dich für meine Hobbys?« fragte er und erzählte mir dann, daß er kürzlich einen kleinen See im Odenwald entdeckt hätte, wo er in völliger Einsamkeit wundervolle Fische an Land zöge. Das sei aber wie beim Pilzsuchen, er werde sein Geheimplätzchen keiner Menschenseele verraten. »Aber mir kannst du es schließlich sagen, ich bin ja keine Rivalin! Nimm uns doch einmal mit«, bat ich, »für unseren Jungen wäre das ein Paradies . . .« Bis jetzt hatte unser Jonas wenig Freude am Angeln gefunden, er war noch zu klein, um stundenlang still zu sitzen und ins Wasser zu glotzen. Eugen war zwar nicht begeistert, aber er sah ein, daß er seinen Sohn allmählich an die männlichen Freuden der Wildnis gewöhnen mußte.

Der kleine See war wirklich nicht leicht zu finden, man mußte auf Feldwegen und durch matschige Wiesen fahren, aber der neue Geländewagen schaffte das spielend. Ich saß mit Jonas im Fond und machte mir heimlich Notizen und kleine Zeichnungen. Fast bedauerte ich es, daß ich Eugen nie auf seinen sonntäglichen Ausflügen begleitet hatte. Es war zauberhaft hier. Obgleich es noch früh im Jahr und reichlich kühl war, kam die Sonne doch ein paarmal heraus, leuchtete über das stille Wasser und wärmte uns. Wildenten ließen sich kaum stören, Haselkätzchen blühten. Eugen und Jonas setzten sich auf die mitgebrachten Klappstühle und warfen die Angel aus, ich machte einen kleinen Spaziergang. Als ich nach einer Viertelstunde zurückkam, war es dem Kind bereits kalt und langweilig geworden. Jonas saß im Auto und betrachtete Comics.

»Wenn du den Frieden hier draußen einatmest«, sagte Eugen, »kannst du vielleicht besser verstehen, daß sich mein eigentliches Leben nicht bloß im Hutgeschäft abspielt. Hier bin ich Robinson, hier fühle ich mich lebendig.«

Nicht mehr lange, dachte ich, dafür werde ich schon sorgen.

Gemeinsam mit Ulli fuhr ich einige Tage später hinaus und zeigte ihm den verschwiegenen See. »Du mußt so tun, als hättest du diese Idylle gerade erst entdeckt, wenn du am nächsten Sonntag auf Eugen triffst. Es wird kein großes Problem sein, ihn versehentlich ins Wasser zu werfen und seinen Kopf bei der ›Rettungsaktion‹ ein wenig unterzutauchen. Vergiß nicht, die hohen Gummistiefel anzuziehen!«

Ulli nickte. Hand in Hand liefen wir um den kleinen See, blieben gelegentlich stehen, um uns zu küssen oder auf irgendeinen Wasservogel aufmerksam zu machen. Ich brach braune Rohrkolben ab, ohne zu bedenken, daß ich sie nicht mit heimnehmen konnte. Plötzlich tauchte ein Förster auf. Was wir hier im Naturschutzgebiet zu suchen hätten? Ob wir die Schilder nicht lesen könnten? Offensichtlich hatte Eugen einen Schleichweg ausfindig gemacht, der abseits aller Hinweise verlief. Wir wurden freundlich ermahnt und nach Hause geschickt. Gegen Liebespaare ist man nachsichtig.

Leider konnte ich Eugen nicht erzählen, daß er auf unerlaubtem Terrain fischen ging. Andererseits konnte es aber sein, daß er das durchaus wußte, ja daß er eine Sondererlaubnis des Försters besaß. Eugen hatte überall hilfsbereite Stammtischkumpel und Sportskameraden, denen er seinerseits beim Einkauf von Anglerhüten, olivgrünen Schals und fingerfreien Jägerhandschuhen einen guten Rabatt einräumte.

Am nächsten Sonntag wollte Ulli jedenfalls sein Glück versuchen. Jetzt, im Vorfrühling, waren kaum Menschen unterwegs, denen er begegnen konnte. Und falls der Förster wieder auftauchen würde, dann mußte er eben kurzfristig umdisponieren.

Den besagten Sonntag verbrachte Jonas wie immer bei meinen Eltern, ich wartete auf Ullis Anruf. Nie hätte ich gedacht, daß ich so durchdrehen könnte, bereits in der vorausgegangenen Nacht hatte ich kein Auge zugetan. Ich konnte nicht essen, trank aber Kognak zur Beruhigung. Im Haus herrschte vollkommene Ruhe, es tat sich absolut nichts. Vergebens wählte ich Ullis Nummer. Allmählich wurde es dunkel, und ich mußte Jonas abholen; natürlich durfte ich mich auf keinen Fall anders benehmen als sonst.

Längst war ich mit meinem Sohn wieder daheim und saß mit ihm vorm Fernseher – natürlich ohne irgend etwas von der Sendung mitzubekommen –, als ich Eugens Wagen hörte. Ich rannte an die Haustür.

Ulli und Eugen stiegen in bestem Einvernehmen aus, ließen sich überhaupt nicht von meinem bleichen Antlitz beeindrucken, sondern holten aus dem Kofferraum eine große Plastiktüte. »Fast zu schade zum Einfrieren«, sagte Eugen, »einen derart riesigen Zander habe ich noch nie rausgeholt, so was nennt man Anfängerglück.« Ulli hatte anscheinend alle unsere Pläne vergessen, denn er präsentierte mir seinen fetten Fisch mit leuchtenden Augen. »Ohne deinen Mann hätte ich das nie geschafft«, versicherte er dankbar.

Während ich Jonas ins Bett brachte, hantierten die beiden Männer in der Küche herum. Sie hatten beschlossen, den Zander auf der Stelle zum Abendessen zuzubereiten. Ulli schälte Kartoffeln, Eugen nahm den Fisch aus und entfernte die Schuppen, zu weiteren küchentechnischen Aufgaben war er allerdings unfähig. Es dauerte nicht lange, da saßen die beiden Angelkumpane biertrinkend im Wohnzimmer, während ich mit Tränen in den Augen den Fisch in der einen, die Kartoffeln in der anderen Pfanne briet. Man hatte mir einen hübschen Haufen schleimiger Eingeweide und sandiger Kartoffelschalen hinterlassen, außerdem verspritzte Kacheln und verschütteten Schnaps. Es stank gen Himmel.

Bald ließen es sich die beiden schmecken; Eugen prahlte mit früheren Erfolgen, Ulli mit dem heutigen Fang. Ich saß dabei, aß keinen Bissen und sprach kein Wort. Die beiden Männer trafen

Verabredungen für das nächste Wochenende. Sie waren offensichtlich in kürzester Zeit dicke Freunde geworden.

Natürlich blieb mehr als die Hälfte des kapitalen Fisches übrig, obgleich die Männer wie die Scheunendrescher zugeschlagen hatten. »Den Rest gibt's morgen«, schlug Eugen vor. Ich schüttelte den Kopf; weder Jonas noch ich mochten ständig aufgewärmte Fischreste essen, ich hatte dem Jungen für den nächsten Tag Schnitzel mit Pommes versprochen. »Lieber werde ich alles einfrieren«, sagte ich.

Der Versuchung, den allseitig angesäbelten Fisch in den Mülleimer zu werfen, widerstand ich. Vorsichtig löste ich die Gräten heraus, zog die Haut ab und gab das Fischfleisch in den Mixer. Vermengt mit einem eingeweichten Brötchen, Salz, Curry, Kapern, feingewiegten Zwiebeln und Crème frâche stellte ich appetitliche Fischfrikadellen her. Als ich sie gerade braten und anschließend einfrieren wollte, kam mir allerdings die zündende Idee. Behutsam entnahm ich dem Abfalleimer größere und kleinere Gräten und bettete sie liebevoll und unauffällig in die geformten Frikadellen. Dann erst wurde gebraten und gefroren, damit meine sportlichen Männer beim nächsten Ausflug ein Überraschungspicknick mitnehmen konnten. Frischer Salat und gebuttertes Vollkornbrot boten sich als perfekte Ergänzung an.

Man war am nächsten Sonntag gerührt über das zünftige Picknickkörbchen, das ich vorbereitet hatte. Als liebende Gattin und heimliche Geliebte hatte ich außer den mit Salat und Tomaten garnierten Frikadellen noch rotkarierte Servietten, einen Salzstreuer und sogar kleine Schnapsfläschchen eingepackt, obgleich ein richtiger Angler in der Regel den eigenen Flachmann bei sich trägt.

Meine anfängliche Wut auf Ulli war inzwischen einer ungezügelten Rachlust gewichen. Er hatte es tatsächlich gewagt, nach meinem vorwurfsvollen Anruf den Beleidigten zu mimen. »Dein Mann ist eigentlich sehr nett«, hatte er behauptet, »ich verstehe gar nicht, was du gegen ihn hast! Gott sei Dank hat sich alles anders ergeben, als du es dir ausgedacht hast! Oder hast du etwa im Ernst geglaubt, ich könnte einen Mord begehen?«

An diesem Sonntag mußte ich wieder unendlich lange auf ein Lebenszeichen der Angler warten. Ich malte mir die verschiedensten Gräten-Katastrophen aus, die von panikartigem Husten bis zu Erstickungsanfällen führten. Möglicherweise hatten sie jedoch bereits beim ersten Bissen die Gefahr und auch die böse Absicht erkannt und standen in wenigen Minuten mit gezücktem Hirschfänger vor der Tür.

Eugen kam allein und brachte kaum ein »Guten Abend« heraus. Erst auf meine eindringlichen Fragen erfuhr ich, daß Ulli bereits zu Hause war. Auch am anderen Morgen benahm sich Eugen seltsam. Er verließ das Haus allzu zeitig, ohne Frühstück und Gruß. Das Picknickkörbchen war weder in seinem Wagen noch in der Garage zu finden. Obgleich es mein Stolz fast verhinderte, rief ich Ulli im Büro an. Er sei nicht zu sprechen, ließ mir die Sekretärin ausrichten. Als er eigentlich längst zu Hause sein mußte, nahm er dort den Hörer nicht ab.

Zwei Tage später las ich in der Zeitung, daß man im Naturschutzgebiet an einem kleinen See im Odenwald einen toten Förster aufgefunden habe. Als Zeuge werde der Inhaber eines Landrovers gesucht, da die Reifenspuren am Ufer von einem solchen Wagen stammen mußten. Ob Unfall oder Mord könne erst nach der Obduktion festgestellt werden, allerdings würden verschiedene Zeichen auf einen Tod durch Ersticken hinweisen. Rätselhaft sei außerdem der Fund von mehreren Schnapsfläschchen und den Resten eines Picknicks.

Ich stellte Eugen zur Rede. Es müsse sich um den See handeln, den er mir gezeigt habe, es seien auch sicher die Reifenspuren seines Rovers, und das Picknick stamme aus meiner Küche. Ob ihn der Förster bei verbotenem Fischen entdeckt habe?

Eugen brach zusammen. Der Förster bekam regelmäßig eine »Spende« für das unerlaubte Fischen zugesteckt, man kannte und schätzte sich. An jenem verhängnisvollen Sonntag habe man die mitgebrachten Mahlzeiten ausgetauscht. Ulli und Eugen erhielten Kabanossi, Landjäger und Schwarzbrot mit Gänseschmalz, während der Förster sich über die Fischfrikadellen hermachte. Als er nach einem grauenvollen Würge- und Hustenanfall erstickte, ohne daß sie ihm durch Rückenklopfen, Schütteln und Finger-in-den-Mund Helfen konnten, waren sie in blinder Panik geflohen. Aber nicht etwa gleich nach Hause, sondern in eine Kneipe ganz in unserer Nähe. »Wir mußten uns erst abreagieren«, erklärte Eugen, der mir noch viel kleiner vorkam als sonst.

Natürlich konnte ich mit keiner Seele über seine Beichte sprechen, denn meine eigene Rolle in diesem Drama durfte auf keinen Fall ans Licht kommen; hoffentlich hielt Ulli dicht.

Wahrscheinlich haben wir die nächste Zeit alle drei unter schweren Träumen gelitten, haben jedes Telefonklingeln und jeden fremden Schritt an der Haustür als Bedrohung gedeutet. Aber nichts geschah, weder Ulli noch die Kripo meldete sich.

Langsam begann ich, nicht ständig an den toten Mann am See zu denken, den falschen Ulli aus meinem Gedächtnis zu streichen und mich dem Alltag zuzuwenden. Jonas wurde demnächst eingeschult, eine wichtige Sache für Mutter und Kind.

Mehrere Monate waren verstrichen, als ich den Anruf einer fremden Frau erhielt. »Mein Name tut nichts zur Sache, nennen Sie mich einfach Adelheid«, sagte sie und deutete an, daß sie Dinge wisse, die von großer Wichtigkeit für mich seien. Falls ich das vorgeschlagene Stelldichein nicht einhalte, würde sie ein uns beiden bekanntes Geheimnis an die Öffentlichkeit bringen.

Was blieb mir anderes übrig? In meiner Angst dachte ich allerdings nur, daß es eine Erpresserin sei, die mein Verhältnis mit Ulli – das längst beendet war – meinem Mann verraten wollte. Ich mußte wahrscheinlich zahlen.

Jonas war bei meinen Eltern, Eugen war angeln, ich saß in einem Café einer unbekannten Frau gegenüber, wohlweislich nicht in unserem Städtchen, sondern in einer benachbarten Großstadt.

Die sogenannte Adelheid ließ hurtig die Katze aus dem Sack. Bei einem doppelten Espresso, warmem Apfelstrudel und einem Klacks Vanilleeis erfuhr ich, daß sie die Frau des verstorbenen Försters war. Anhand seiner Notizen hatte sie herausgekriegt, von wem die monatliche »Spende« stammte. Ihr Mann hatte sie überdies eingeweiht, daß er sich gelegentlich am See mit einem »Spezi« treffe, dessen Finanzspritze dem geplanten Urlaub in der Karibik zugute komme.

»Als mir die Polizisten den Tod meines Mannes meldeten, brachten sie ein fremdes Picknickkörbchen mit und stellten es mir in die Küche. Während ich den Beamten Kaffee kochte, habe ich den Korb nebst Inhalt untersucht. Ich hatte damals den Verdacht, daß mein Mann vergiftet worden sei, und nahm eine von den zwei

Frischfrikadellen heraus. Man hört ja immer wieder, wie schludrig in den Labors gearbeitet wird.«

Wie eine unglückliche Witwe sah die Fremde nicht aus. Gut gekleidet, gut geschminkt, gut erhalten, stellte ich fest, und sie verstand es überdies, lebhaft und fesselnd zu berichten. Aber was wollte sie von mir?

»Die Polizisten nahmen den Korb plus Inhalt wieder mit, als sie erfuhren, daß diese Dinge nicht aus unserem Haushalt stammten. Im übrigen war mein Verdacht berechtigt, denn bei der chemischen Analyse wurde nur festgestellt, daß kein Gift im Fisch enthalten war. Bei der Obduktion hatte man allerdings sofort entdeckt, daß mein Mann letzten Endes an einer Gräte im Hals gestorben war, denn er erstickte an Erbrochenem. Also ein Unfall, Fischfrikadellen können naturgemäß ein paar Gräten enthalten, dachten die klugen Herren.«

»Was habe ich damit zu tun?« fragte ich und konnte nicht verhindern, daß fieberhafte Röte mein Gesicht überzog.

Sie fuhr fort. »Die Fischfarce ist im Mixer püriert worden, das konnte ich sofort erkennen. Wären Ihnen versehentlich ein paar Gräten hineingeraten, dann wären sie ebenfalls zu Mus geworden, wie jede Hausfrau weiß. Also war klar, daß Sie die Gräten absichtlich, nachträglich und nicht mit liebevollen Gedanken hineinpraktiziert haben.« Ich sah die Fremde jetzt voll an. Sie erwiderte meinen Blick ohne Vorwurf, ja mit leichter Bewunderung. Schließlich lächelten wir beide.

»Sie haben mir einen großen Gefallen getan«, sagte sie, »denn ich wollte diesen einfältigen Wild- und Wassermann schon lange loswerden; nur hatte er mir bis dahin nicht den Gefallen getan, eine Lebensversicherung abzuschließen. Er meinte, es sei nicht nötig, als Beamtenwitwe sei ich gut versorgt.«

Das war bedauerlich, ich mußte es zugeben. »Wie stünden Sie in einem solchen Fall da?« fragte sie teilnahmsvoll. Stolz konnte ich berichten, daß Eugen nicht so kleinlich war. Im Falle seines Ablebens war ich bestens abgesichert.

Wir trafen uns noch mehrmals, bis der Plan ausgereift war. Es war schon Sommer, als sie anrief und mit geheimnisvoller Stimme den ängstlichen Eugen an den See lockte. Sie habe dort etwas gefunden, das ihm gehöre.

Merkwürdigerweise vertraute sich Eugen mir an. Die Försters-frau habe ihn an den See bestellt, wahrscheinlich wolle sie ihn an Hand seiner früher gemachten Zahlungen erpressen. Falls er nicht Punkt sieben zurück sei, solle ich Ulli anrufen und ihm zu Hilfe ei-len. Leider könne er keinen Freund mitnehmen, denn die Frau habe ausdrücklich verlangt, daß er allein komme.

Im flachen Teil des Sees hatten wir einen von Eugens Hüten über eine Weidenrute gestülpt. Wir lauerten beide im Schilfgürtel, hockten in einem niedrigen Kahn, trugen klobige Männerschuhe, um falsche Spuren zu hinterlassen, und tranken aus dem Flach-mann des toten Försters.

Eugen kam pünktlich, wartete in nervöser Aufregung, sah stän-dig auf die Uhr und entdeckte schließlich den Hut auf der Stange. Er wunderte sich offensichtlich und zögerte mindestens zehn Mi-nuten, bis er sich die hüfthohen Gummistiefel anzog und ins Was-ser watete. Wir waren schnell zur Stelle. Mit den Rudern brachten wir ihn zu Fall, hielten seinen Kopf gebührend lange unter Wasser und übergaben ihn dann seinen geliebten Fischen.

Der Urlaub mit Adelheid läßt sich gut an. Wir haben uns schick eingekleidet, und die schönen reichen Männer der Karibik lassen sicher nicht lange auf sich warten. Wer Hochseefischerei betreibt, ist wahrscheinlich in der Wahl seiner Eltern vorsichtig gewesen.

Quellenverzeichnis

Gilbert Keith Chesterton: »Das Duell des Dr. Hirsch« (The Duel of Dr. Hirsch), aus: Gilbert Keith Chesterton PATER BROWN UND DER SPIEGEL DES RICHTERS. Scherz Verlag, Bern, München, Wien.

Agatha Christie: »Der Daumenabdruck des heiligen Petrus« (The Thumb-Mark of St. Peter), aus: Agatha Christie DER DIENSTAG-ABEND-CLUB, Copyright 1932 by Agatha Christie Mallowan. Scherz Verlag, Bern, München, Wien. Aus dem Englischen übersetzt von Maria Meinert.

Arthur Conan Doyle: »London im Nebel« (The Adventure of the Bruce-Partington Plans), aus: Arthur Conan Doyle DER SCHWARZE PETER; Copyright © 1996 by The Sir Arthur Conan Doyle Copyright Holders. Reprinted by kind permission of Jonathan Clowes Ltd. on behalf of Andrea Plunket, Administrator of the Sir Arthur Conan Doyle Copyrights. Scherz Verlag, Bern, München, Wien. Aus dem Englischen übersetzt von Tanja Terek.

James Ellroy: »Siegesfeier« (High Darktown), aus: Matthew J. Bruccoli/Richard Layman (Hrsg.) 38 SPECIAL, Copyright © 1986 by James Ellroy, Copyright © 1987 der deutschen Übersetzung Ullstein Verlag GmbH, Berlin. Aus dem Englischen übersetzt von Jürgen Behrens.

Erle Stanley Gardner: »Der Fall mit dem hungrigen Pferd« (The Case of the Hungry Horse), aus: Ellery Queen (Hrsg.) 11 KRIMINALSTORIES, Copyright © by Thayer, Hobson & Company, Copyright © der deutschen Übersetzung Wilhelm Heyne Verlag GmbH & Co. KG, München. Aus dem Englischen übersetzt von